有些事，你不想说，我也不会问。
我说过，很多事要你自己去面对。
但我会陪着你，看着你。

石头代码的GiGi

码代码的Gigi 著

上 册

青岛出版集团 | 青岛出版社

图书在版编目（CIP）数据

夏日蝉鸣时 / 码代码的Gigi著. -- 青岛 ： 青岛出版社, 2025. -- ISBN 978-7-5736-2815-2

Ⅰ. I247.5

中国国家版本馆CIP数据核字第2024AB4398号

XIARI CHANMING SHI

书　　名	夏日蝉鸣时
作　　者	码代码的Gigi
出版发行	青岛出版社（青岛市崂山区海尔路182号）
本社网址	http://www.qdpub.com
邮购电话	18613853563
责任编辑	方泽平
特约编辑	徐晓辰
校　　对	李玮然
装帧设计	蒋　晴
照　　排	梁　霞
印　　刷	三河市良远印务有限公司
出版日期	2025年5月第1版　2025年5月第1次印刷
开　　本	32开（880mm×1230mm）
印　　张	16
字　　数	430 千
书　　号	ISBN 978-7-5736-2815-2
定　　价	69.80元（全2册）

编校印装质量、盗版监督服务电话　4006532017　0532-68068050

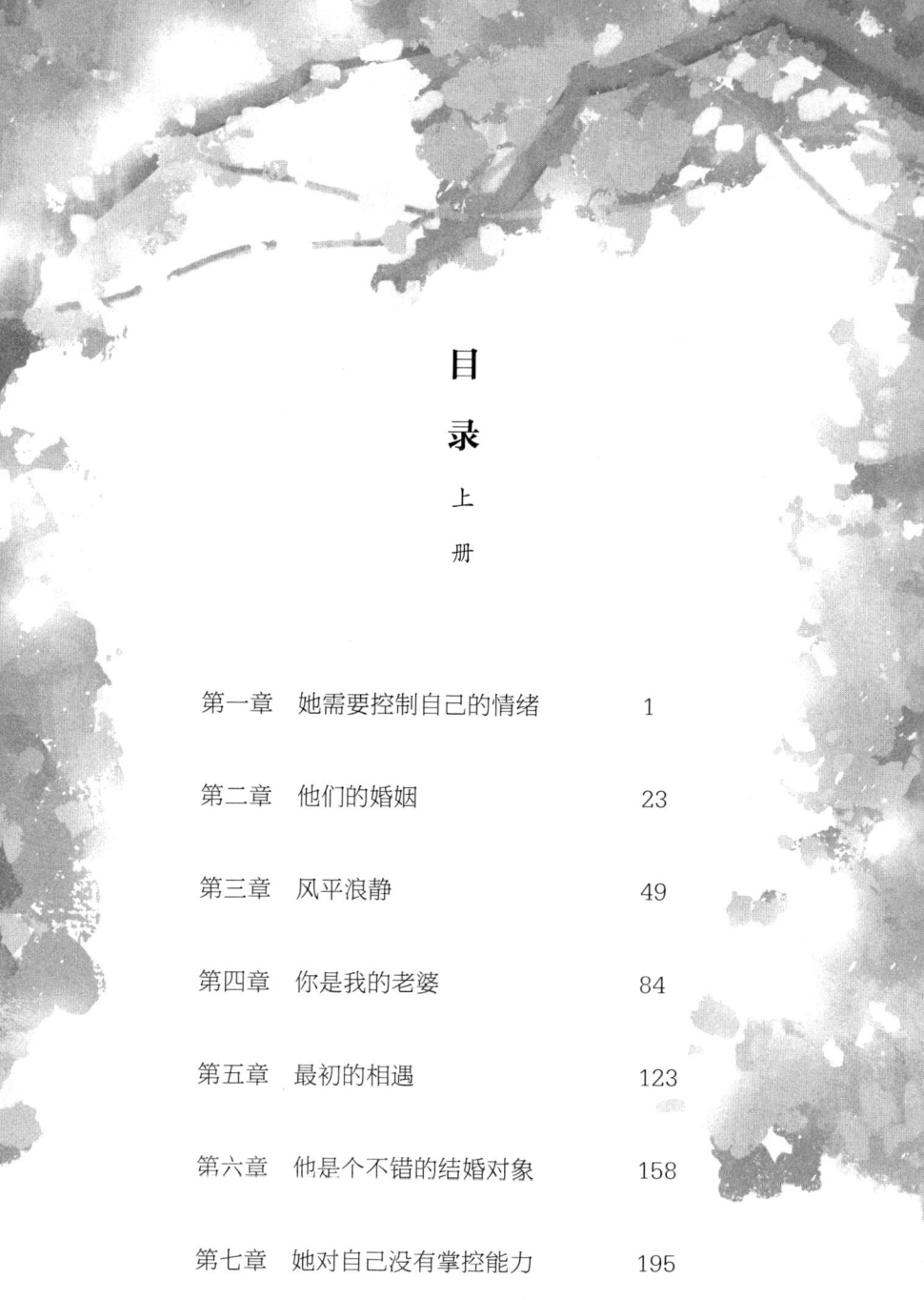

目 录

上 册

第一章　她需要控制自己的情绪　　1

第二章　他们的婚姻　　23

第三章　风平浪静　　49

第四章　你是我的老婆　　84

第五章　最初的相遇　　123

第六章　他是个不错的结婚对象　　158

第七章　她对自己没有掌控能力　　195

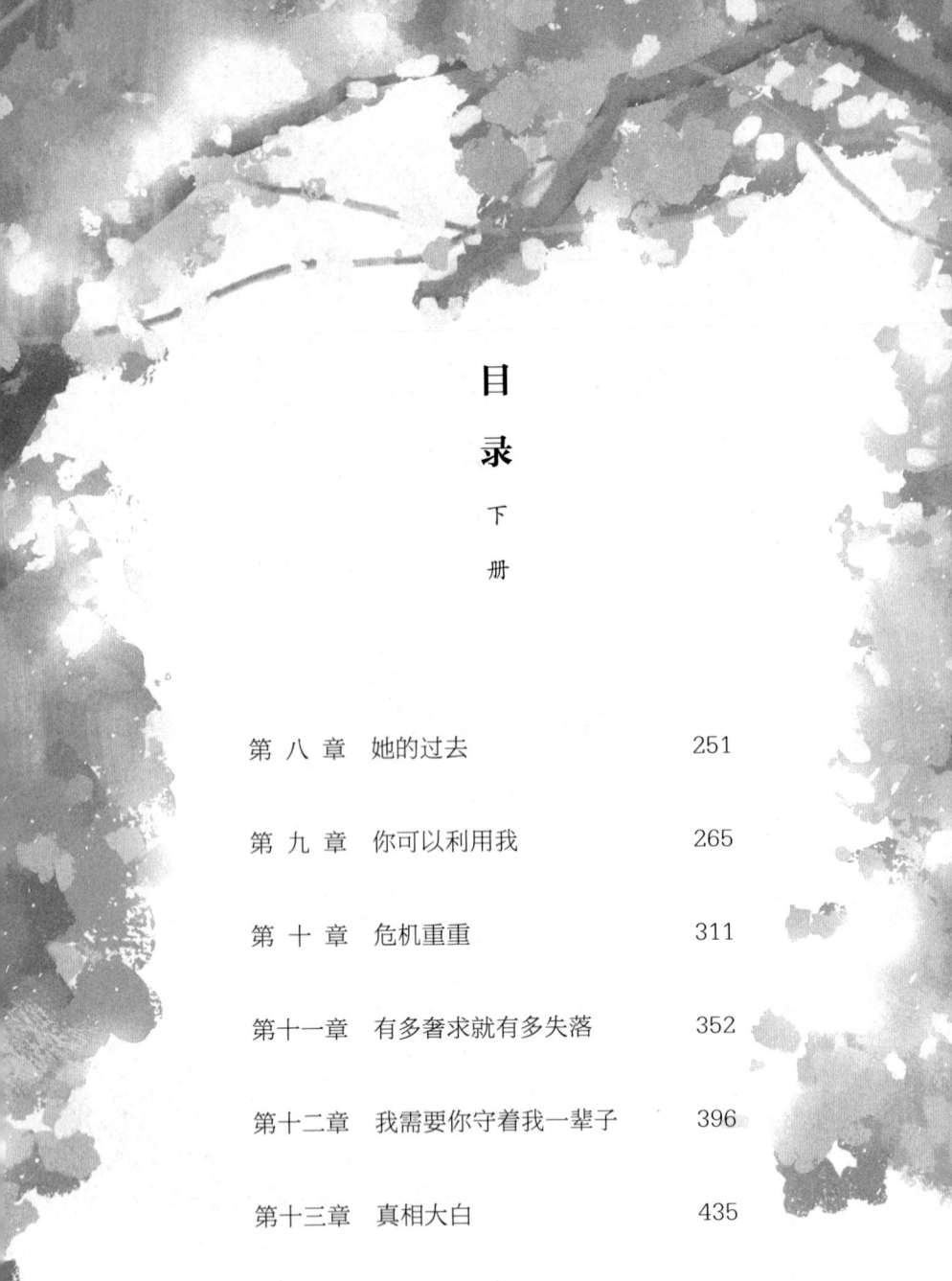

目录

下册

第 八 章　她的过去　　　　　　251

第 九 章　你可以利用我　　　　265

第 十 章　危机重重　　　　　　311

第十一章　有多奢求就有多失落　352

第十二章　我需要你守着我一辈子　396

第十三章　真相大白　　　　　　435

第一章

她需要控制自己的情绪

刚入夏的午后,树叶被晒得半蔫,知了叫得敷衍,令人昏昏欲睡。

永胜钢丝厂是下午一点半开工,一点四十,厂房内就传来了有节奏的"咔噔咔噔"声,是钢丝被铰断后掉落在地面上的声音。同时,厂房外的起重机启动,吊臂下移,徐徐地移向被密集缠绕成圆柱的钢丝圈。驾驶员操纵着摇杆,将重达半吨的钢丝吊起,再驶向西南角的池子处。

池子上蒸腾着一层厚重的白雾,雾气带着浓重的腐蚀性酸味。驾驶员戴着加厚的棉质口罩,打了个哈欠,顺着肌肉记忆操纵着起重机将钢丝沉入酸洗液中。

厂房的门卫午睡还没醒,传达室内有个隔间,是门卫的卧室。这个点一般没有货车进出,门卫老李把厂房大门一关,开了空调在屋内能一觉睡到两点。

老李睡梦中依稀听到汽车的喇叭声。厂房外是一条宽敞的马路,他只当是行驶的车辆在鸣笛。

烈日当空的时候,人干什么都没有精神。老李翻了个身,想再眯一会儿,可那"嘀嘀"声依旧不停,烦扰了他的美梦,并以极其不耐烦的频率响着。

老李突然睁开了眼,不同汽车的喇叭声不尽相同,而此时的这辆极其有辨识度。他猛地弹跳而起,拖鞋都来不及穿,摸索出枕头下的遥控钥匙,一手打开隔间的门,另一只手忙不迭地将遥控钥匙对准大门按下了开门键。

灼热的日光透过传达室的玻璃窗刺到老李的眼,他眯着眼往外看——奥迪A8,是小林总的车。

很多年前,老板的车是别克。厂里员工用"别克来了"作为通风报信的代号,如今老板一年都不见得来一回。

电动推拉门缓缓移动,车在推拉门外等待着。老李透过轿车的风挡玻璃向内望去,车内的女子戴着墨镜,他看不清她的神情,不知她喜怒。

老李一阵心虚,偶尔贪睡就被抓个正着,也不知小林总有没有看他。老李殷勤地带着笑意朝车内的人挥了挥手。

林夏看到了,可大热天的,谁不想多午睡会儿呢?她按了一下喇叭以示回应,再一脚踩下了油门。

她很久没来永胜了。

永胜钢丝厂位于本市与邻省的交界地带,北临高速,交通便利,若不堵车,她从市区过来只需行驶一个多小时。永胜仅是一个钢丝厂,规模在整个建林集团中的占比很低,技术程度不高,只要机器设备开着,工人干活儿,厂里有业务,生产线就能盈利。

永胜的特殊之处在于,这里是林建华发家的地方。

邻省铁矿资源丰富,林建华最初是在村口搭了两间屋子,倒腾便宜的钢筋回来搞焊接,打磨了再卖出去。后来规模大了,便有了永胜。

办公楼前的梧桐树还在,这是建厂伊始便移植过来的。

繁茂的树枝从粗壮枝干上斜长出,投下一大片阴影。没有风,水泥地上的树荫空隙都变得静止。树皮脱落了大半,只剩些许快被晒干的还附着在树干上,一碰就掉,幼时的她喜欢将这些残存的树皮一片片撕下。

将车开到车棚内,林夏灌了一大口冰美式咖啡,下了车去拿后备箱中的牛仔外套。上次外套被丢在车里她忘记洗了,上面还有斑斑点点的机油渍。

没有人通知过她,早两天司机被退了一车货——厂里拉了两吨货过去,人家瞧了一眼,都没过磅,直接就将货退了。

这是老客户的单子,这一批订单远不止两吨。虽说货被退回来再加工便是,但这质量到底是得多次,让对方一点儿情面都没留就直接退了?

她顶着大太阳,戴了鸭舌帽,往厂房走去。她脚蹬运动鞋,身穿灰色的运动裤与破旧的牛仔外套,这副打扮与厂内工人并无差异。

林夏走到厂房门口,还未往里走去,听到"奥迪来了"信号的周旺财就迎了上来,朝她寒暄道:"小夏你好久没来了啊。"

周旺财是厂里的老人,当年跟林建华是一个村的。当年林建华办钢丝厂时周旺财就跟着过来做事,混到今天,厂里大大小小的琐事基本都由周旺财说了算。

阳光太刺眼,林夏用手挡在额头前,被晒得下意识地皱起了眉头:"周叔,带我去看看被退的那批货。"

周旺财紧跟着疾步向前的林夏。他五十多岁了,人还胖,走了五百米便气喘吁吁,腋下和后背的衣服湿了一大片,想着该找什么理由来解释这批货的问题。

厂房里的盘条密集地堆叠着,林夏看了一眼那批货,看样子还没来得及进行二次加工,可是这已经过了两天了。她什么都没说,转身往酸洗槽的方向走去。

"周叔,你觉得这是什么问题?"

周旺财心想着:你这不是明知故问吗?

可他不敢糊弄她,她蹲过厂房,他还是她的师父。

当时林夏刚大学毕业,喝的还是洋墨水,结果回了国就说要来永胜实习。开什么玩笑,一个钢丝厂,她能学到什么?

不过钢丝厂能学的东西还真不少,周旺财也没想到,林夏竟然吃得了苦。从酸洗配比到打磨磨具开坯,再到拉钢丝,整个流程她亲自学过、干过。

林夏白天学干活儿,有时也跟着出去拉客户,晚上待在办公室里看账本。办公室里边有间卧室和卫生间,那段时间她就住在厂里。一开始她觉得不适应,还跟他说半夜听到狗叫声,她都吓得拿起手电筒出门看,就怕贼来偷东西。

林夏干了三个月,老板过来视察厂子,看到正在开吊车的女儿,心中不是不动容的。等她下了车,平日里要求甚高的老板也在众人面前夸了句女儿努力。

林夏那时还是一副稚气未脱的学生模样,脱了帽子,用挂在脖子上的毛巾擦了汗,就笑语盈盈地跟她爸撒娇,说:"那您可得给我奖励。"

当时陪老板视察的一群人在旁边起哄,都说女儿这么吃苦能干,老板必须给奖励呀。

林建华也笑着问:"想要什么奖励呀?"

在众人好奇的眼神中,林夏脸上透出些许紧张神色。她把一切掩饰得恰到好处,跟她爸说:"能不能把永胜交给我管?"

林建华反问:"你是觉得这里现在管得不好吗?"

周旺财当时都被吓到了,她不该当着这么多人的面问,让林建华处于被动的局面。

那时林夏年少轻狂,说:"还可以更好,给我半年时间,利润率提高两个点,做不到我就滚。"

彼时新兴钢丝厂如同雨后春笋般冒出来,市场竞争压力陡增,销售利润率哪里是那么容易提高的?!

林总果然变了脸色,但最终还是抛下了话:"好,从今天起永胜你做主。就算你完不成任务,也别让我给你擦屁股。"

那个场景周旺财一直记着。

"酸洗不彻底。"他斟酌着回答,然后又加了一句,"磨具规格没控制好。"

林夏笑了笑,没说什么,更没指责周旺财。

她一路带着周旺财,跑了酸洗、磨具和拉丝处,当着他的面,把相应负责人找出来骂了个狗血喷头。

这次厂里送货白跑一趟,油费、过路费、货车司机工资,这些高昂的运输费都是成本。产品加工制造产业的销售利润率非常低,每一个环节都要严格控制成本。

"这不是两百公斤,是两吨!规模和尺寸要求都明明白白地放在这儿,出库前没有一个人来检查吗?"在厂房内机器的轰鸣声下,她说话都要提高嗓门,"下次再这样,直接扣钱!"

林夏看着他们低着头不说话,脸色缓和了些,正好这时老李推着平板车从门外走来。

"我让老李送了冰棍过来,大家先休息一下。"她走到推车旁,帮着老李将箱子搬下来,顺手将冰棍递给了众人。

虽然大家刚刚被训了一顿,但这么热的天有冰棍吃也挺不错。看着老板好转的脸色,工人们连忙接过她亲手递过来的冰棍并道谢。

林夏笑了:"夏天才刚开始就这么热,中午食堂烧的饭,大家还有胃口吃吧?"

"有的,今天食堂还烧了红烧肉。肉汤拌饭,我连吃了两碗。"一个拉丝工人主动接上了小林总的话。

"那下次烧红烧肉了告诉我,我得特地来这儿吃饭。"

厂房里自是没有空调制冷的,下午这才开工一个多小时,大家身上就都有一层臭汗了。林夏想起来又补了一句:"天热大家辛苦了,这个月一人发两百块的冷饮费。"

周旺财在一旁看着,心想:呵,她这是骂完人再施恩。这些个没头脑的工人还要觉得小林总大方,她对工人好。

末了人员散去,林夏走到洗手池处。她抓了一把旁边桶里的木锯末混洗衣粉，在掌心里揉搓着，洗去手上沾到的机油，随口跟周旺财抱怨着："他们做事太不认真了，师父你可得帮我盯着点儿。"

这样的抱怨话语似是拉近了两个人之间的距离，周旺财心有戚戚焉，刚刚她指桑骂槐是在敲打他呢。他搓了搓手，说："这事是我做得不好，没把控好质量。"

林夏把手冲洗干净后拧上水龙头，甩干了指尖上的水滴，开口说："厂太大了，这区区两吨货你顾不过来也正常。"

周旺财一时噤了声，心中算盘打得飞起。什么叫他顾不过来？

"不过旺财叔你已经干了这么多年了，这肯定是一时疏忽。下次货出问题了，厂里有什么事了，你得让我知道。"林夏笑了笑，然后往外走去，"我先走了，有事电话联系。"

周旺财看着林夏远去的背影，才知道她这一趟来的目的。

回到车上时，林夏将冷气开到最大，手放在风口吹着，再将带着凉意的手放到发烫的脸上降温。她坐了好一会儿，看了一眼时间，才两点半，就先发动了车子回城区。她下午有会，要回公司。

但这一身臭汗，她得先回公寓洗个澡。

这套公寓是她回国时买的，当时她没有想过回家住，恰逢这边楼盘开卖，走高端公寓的路线。她来看了趟样板房，入户大堂便是矗立的水晶柱，是聚财的。这里地理位置优越，也很安静，据说请了设计大师来做室内装饰，的确很时尚，她当即就定下了房子。

这里完全是她的私人领地，连次卧都没有。

客厅很大，沙发上放着抱枕和毛毯，一块低矮的白色大理石当了茶几，上面随意地扔了两本杂志。茶几前边的悬空电视柜上有个遥控器，墙上却没有电视。整个客厅内连盆具有生活气息的绿植都没有，更显得空阔。

若非卧室床上的被子凌乱地铺着，枕头边放着一只小泰迪熊玩偶，这屋子几乎看不出人居住的痕迹。

从进门到洗完澡，林夏不过花了十分钟。她把头发擦得半干，裹了浴巾出来时看到门口的洗衣篮里昨天扔的衣物，就一脚将洗衣篮踢进了放置洗衣机的小隔间里，眼不见为净。

林夏又走去了衣帽间，上周空气里还带着梅雨季尾声的阴冷气息，这周便是艳阳高照，于是衣柜里毛衣、卫衣、衬衫和T恤凌乱地摆放着。她翻了半天，找了条没有褶皱的浅绿色的真丝半裙和一件白色的衬衫。

换了衣服后擦了护肤品和防晒霜，林夏便出门开车去了公司。

她到办公室时，桌上已经按紧急程度依次摆放了不少要她审批的文件。林夏照例先泡杯茶，已经喝了半包的金骏眉还是从程帆那儿拿的。他喝茶极为讲究，可惜小气，只用一包金骏眉就打发了她。只因有一次他泡了茶，她回家时正渴，将他泡的一壶茶喝了个精光。他问她觉得这茶怎么样，可她哪里来得及细品，更不知道他拆的这块正是七十年代的江城青砖。她夸了句好喝，逗他说比她买的立顿好喝。他果然被她气笑了，她再讨要一杯时，他就坚决不给了。

芽尖正缓缓上升，还未舒展开来时，助理就敲了门进来，说董事长喊她过去。林夏将茶杯放在桌上，低着头说了句："知道了。"

林夏踩着厚实的地毯进入林建华的办公室，入眼是占了左面半壁墙的泼墨山水画，浓重的中式风格，然后是红木办公桌，舒适的黑色真皮椅容纳着他发福的身躯。林夏每次进来看到他身后的猛虎出山图，没来由的压迫感都会浮上心头。

"爸，你找我。"

林夏拉开椅子，坐下来看着对面的林建华。他脸上堆着的肉连到了下巴上，下垂的眼皮让本就不大的眼睛显得更小，几乎眯成了一条缝。赘肉、皱纹、眼旁的斑点和变薄的上唇，这些衰老的自然变化呈现在他的脸上时，并没有让他显得更为慈祥。相反，在他沉默时，他的下属十分害怕他。

六十多岁，是普通人步入退休的年纪，可对企业经营者，特别是家族企业创始人来说，用"正当盛年"来形容也不为过，皱纹是时光赋予他们的年轮。

"我才知道程帆都把生意做到新西兰去了。"看着女儿一脸茫然的表情,林建华皱起了眉,"你不知道这件事?"

程帆十年前创建了隆盛,以光伏组件起家。不久后欧洲主权债务危机爆发,贸易冲突硝烟弥漫,海外市场萎缩,这给光伏行业投下一片阴霾,对主要依赖欧美市场的生产企业而言几乎是灭顶之灾。

在这样的行业寒冬里,程帆极其大胆,融资了两亿美元,再次出海,在东南亚建厂。现金流是企业生存的根本,他又收购了一批现金流断链、面临破产的公司进行重整合并。

这些大刀阔斧的投资行为,在行业回暖后彻底奠定了隆盛在光伏行业内的地位。

如今,全世界都在进行绿色能源转型发展,制定"零碳电力系统"发展政策。上半年,隆盛与英国本地能源公司签约了光伏储能项目,隔了几个月,又在新西兰准备落地新项目。

隆盛这是要继续扩张海外市场,显然布局已久。看着女儿毫无反应,林建华显然不满意。

"他的工作上的事,我不过问。"

"他不允许你碰他的生意吗?你嫁给了他,总归是他家的人。"

"公司的事已经很多了,我哪里顾得上管他的事,"林夏摆出一副轻松的样子,"只要他每个月给够家用就行了。"

"你挺久没有去看你妈妈了吧?"林建华记忆力不差,"你上次去美国,还是去年秋天吧?跟程帆一起去的。"

林夏不知道他想说什么:"嗯,我前两天还跟妈妈视频通话呢,她上个月搬回西雅图过夏天了,最近状态不错。"

"快一年不见了,你该回去看看她了。"

她将右腿搭在左腿上,身子靠在椅背上,双手放在腿上,大拇指的指腹无意识地不停摩擦着真丝半裙。

她只是看着林建华,没有说话。她知道他话没说完。

"你跟程帆都结婚三年了,还没有孩子。他家的人不催,不代表不想要。"林建华换了个更为舒适的姿势坐着,结实的身躯与真皮座椅摩擦,发出让人头皮发麻的声音,"先成家,后立业。今年给你个长假,你去美国陪你妈妈,顺便生孩子,怎么样?"

"爸……"

正当林建华以为她要说出什么反驳话的时候,她却笑了。

"你说得对,是该要孩子了。不过我们俩计划的就是明年,他最近应酬太多了,烟酒暂时也断不了。"

"你们俩有这个计划就好。对了,还有件事,让林洲回集团做事吧。"

林夏的拇指不断摩挲着裙子,指甲边的倒刺碰到了裙子,她用力一扯,线头都被她不耐烦地扯了出来。一条 Max Mara(意大利服饰品牌),就这么报废了。

"为什么?"

"为什么?"林建华咀嚼着这句话,笑了一声,"哈,你们都是我的孩子,我要一视同仁。"

"好。"林夏倏然站起身,"爸,没什么事我先走了,十分钟后我有个会。"

林建华点了点头,看着女儿远去的背影,不知在想什么。

林夏回到办公室里时,手边的茶已经彻底变凉了。舒展开的茶叶再次沉到杯底,茶汤红艳,茶面在陶瓷杯边缘留下一层金黄色的圆圈痕迹。

熟悉的感觉重现,手微微颤抖,她想极力抑制心底的冲动,却不受控制。

"啪嗒!"

茶杯瞬间四分五裂,碎片散落一地。原本舒展的茶叶脱离温润的水波,在瓷砖上无力地蜷曲着。茶汤溅到了她的半裙上,浅绿色的缎面被打湿了,如同一幅泼墨画。

那清脆的破裂声，让她觉得心中痛快。

林夏若无其事地拿起文件，走出了办公室，对外边的秘书说："里面收拾一下。"

之后，她便头也不回地往会议室走去。

内部会议她从不迟到。下属插了转换头将电脑上的画面投到了平板电视上，默认界面是集团官网。林夏刚想宣布会议开始，这只是场各个部门负责人的例行报告会，但扫视了一眼电脑屏幕，主页上是一则集团通讯，大意是新公司完成了工商注册，林建华出任法人代表。

"'建林集团创始人兼董事长林建华亲自出任法人代表。'"林夏念了出来，"谁写的？"

她抬头去找公关部负责人："杨总你也在啊，你觉得这写得怎么样？"

被点名的杨洁有点儿蒙。他哪里用亲自写这种通讯稿，但看林总的脸色她显然不是要跟他开玩笑的样子。

顶着她注视的目光，他认认真真地看了两遍通讯稿，愣是没看出来有什么问题。但排除掉绝对正确的内容，这段话里只剩下一个多余的词。

"'亲自'，'亲自'用错了。对不起林总，这是我工作失职。"

林夏点了点头："会议开始吧。"

本是一场不太重要的会议，但大家都被林总一开头对公关部的发难搞得战战兢兢，汇报时十二万分小心地等待着林总挑刺，结果她从头到尾也没再搞突袭。

会议结束时大家都松了一口气。看着林夏走远，一群人才三三两两地走出办公室，窃窃私语着。

"这'亲自'到底哪里用错了？"

"就是啊，看起来没问题啊。"

"呵，一看你们都不读报。但凡读点儿机关报，你去看看，'亲自'这词是给谁用的？咱一个民企，配用吗？"

"没想到林总这么谨慎,这都能看出来。"

林夏没有加班。今晚是苏城的单身狂欢夜,她开车赶去了酒店。

苏文茜在地下车库里遇到了林夏。半裙贴身包裹着林夏的臀,显出纤细的腰,发丝柔软地垂在肩上。明明是很有女人味的一身搭配,可林夏非要将白色衬衫的袖子卷至手肘处,瞬间工装味十足,整个人像是要去跟人干仗。

一部分富家子弟似乎是老天的宠儿,除了拥有丰富的物质资源之外,还有着姣好的面容与身材。毕竟就算父辈相貌平平,只要觅得美人,便能改善下一代的基因。当然,这也要遗传过程足够稳定。

但苏文茜也得说一句,倾城之姿永远无法被完美遗传,林夏没她妈漂亮,虽然两个人没什么可比性。

"你穿这么正式干什么?"

"这不是刚下班嘛。"

苏文茜再瞧了她一眼:"你怎么包都不背?"

林夏举了举手机:"落在公司里了,不过只带手机也不需要包。"

苏文茜无语,对她能有什么指望?

苏文茜想起上次拖了林夏陪她去购物,刚好店里上了春夏系列的新品,款式还很全,她正在白色和粉色之间纠结时,林夏已经挑了黑色的包去买单了。

苏文茜揶揄她:"某人不是嫌拎包麻烦吗?出门只要带部手机就行,不行买个书包什么都塞得下,某人还嫌弃我买的包不实用呢。"

结果林夏来了一句:"有个客户惧内,合作得要老婆拍板,我买来送礼的。"

她还继续抱怨说:"以前送礼烟酒茶叶就行了,遇上有文化的,去淘个孤品紫砂壶。现在这些暴发户,都看不上国产货了,起步都得奢侈品了。"

苏文茜翻了个白眼:"你干吗骂自个儿呢?你家才是暴发户呢。"

林建华的发家之路的确充满了暴富的色彩。

他以钢材加工发家,干了几年有了最初的资本积累后,并没安于现状。他拉了一支施工队,一开始如同所有的草台班子一般,凑齐了人,租赁了设备,就开始干工程。不过非常具有迷幻色彩的是,在两年内做了好几个项目,人员扩了几倍,连设备都自己买得起后,他迎来了转折点。

在不乏全国各地具有特级资质的建筑企业参与竞争的政府机关办公楼招标中,建林集团的前身——建林建设有限公司——中标了。

林夏也是在那一年出生的。

苏城包了酒店一整层楼来办派对。他穿着浮夸的碎花衬衫配白裤子,手中拿着酒杯,一副潇洒公子哥的样子。看到林夏进来他便迎了上去,不顾她的反抗,一把将她圈在怀里,说:"你怎么又迟到了?"

"你这是在扮演伍佰吗?"

"喂,我可比他帅好吗?"他放开林夏后,看着两手空空的她问,"礼物呢?"

"忘记了,给你微信转账,自己去买。"

"真无情。你老公呢?"

侍者端着托盘从他们身旁走过,林夏顺手端了杯香槟:"出差。"

苏城瞧了她一眼:"他这是一年有三百六十天都出差啊。"

林夏将大半杯香槟一饮而尽:"钱难赚,屎难吃。人想赚钱可不就得奔波操劳?"

"啧,你这是肝火旺盛,得找你家程帆消消气呀。"

"去你的,我让你查的事有消息了吗?"

林夏真是社交不超过三分钟,就立即切入了正题。

她性格就这样,苏城无奈:"还想着明天给你,今晚你放松一下不行吗?你不要把自己当作工作机器。"

"派对办得超棒呀,我都特地来找你,可不就是来放松的?"林夏看着大厅的布置,装饰风格难得地走了古典风。她看着西装革履的各色人物举着酒杯觥筹交错,心想毕竟苏城也是要结婚的人了,他一改往日的夜店风,能把一场单身夜派对都给办成大型社交现场,也许他的狂欢活动是在下半夜吧。

"给我吧,你好好玩。"

苏城掏出手机将文件加密传给了她。

整个房间很宽敞,东南角处有一扇窗户,那里无人聚集,林夏端着一杯酒走了过去。她侧着身靠在墙上,确定周围并无他人,才打开手机,看完了资料。

林夏收起手机,向窗外看去,目光所及之处是本城的电视塔。它在一片车水马龙之中腾空而起,地上的一片灯火似在饲养这座高高矗立的塔。塔尖汲取着能量而直达人心,注视它时,人心神似被慑住,内心的欲望在灼烧。

"你怎么在这里发呆?"苏文茜找了林夏半天,才发现她一个人站在这里。朝她走过来时,苏文茜看着她的背影,竟感觉有一丝落寞的味道。

"这儿的夜景挺好看的。"林夏看着大厅内热闹的场景,突然连去打招呼的心情都没有了,"我有点儿累了,想先回去了。"

苏文茜坏笑着问:"程帆才回来,你就这么迫不及待地要走啊?我保证今晚不给你发信息打扰你。"

"你怎么知道他回来了?"林夏自己都不知道。

"我今天去机场接人,看到司机去接他。"苏文茜捂住了嘴,"哇,他不会在给你惊喜吧?!我是不是不该告诉你?"

林夏无奈地看着她。

没有结婚的人,看待婚姻是有多少粉红泡沫幻想?

"还可能是惊吓。"

"为什么?"

"万一我发现他一夜未归呢?"

"怎么可能?!我上次在你家附近的星巴克看到他,旁边一桌子的美女,他头都没抬一下。"

"那我得回家批评他。"

苏文茜被她的冷幽默逗笑:"你这个女人,真的是。好啦,看你也挺累的,早点儿回去休息吧。"

初夏的夜,算不上热。

林夏走出酒店,却懒得开车。这里距离她和程帆的家不到两公里,虽然她觉得有点儿累,但还是选择走回去。进入小区坐电梯到家门口时,她抑制住想逃回自己的公寓的冲动,按下密码开了门。

她刚打开门,屋子里的冷气就扑面而来。她不动声色地换了鞋,走了进去。

客厅里的那个人估计是刚洗完澡,头发半干、睡袍半敞着坐在沙发上,腿伸直搭在前边的茶几上,手边是一罐啤酒。他正边喝啤酒边看电影。

看见她进来,他扭头瞧了一眼,又将注意力放到了电视上。

林夏左拐去了厨房,瞧了一眼料理台和垃圾桶,都是空的。她打开冰箱,也拿了罐冰啤酒,然后走到客厅里,坐在了程帆旁边。

沙发微微下陷,她将啤酒递给了他。

他却不看她,只接过啤酒,两指扣住易拉罐,食指轻巧一拉,再往下扣,泡沫顿时便溢了出来。

她从他的手里接过啤酒,喝掉了浮起的泡沫。

两个人一言不发,林夏陪着他看完了电影最后二十分钟的剧情。电影结束屏幕转黑时,她用戴着钻戒的手抓住了他的手,头靠在了他的肩膀上。

"今天过得好不好?"她倦极,闭着眼问。

"在没有看见你之前,过得好极了。"

林夏笑了,握紧他的手:"我今天过得挺糟糕,但听到你的这句话,心情突然好了点儿。"

他却没挣脱她的手。

林夏歪头看着他:"和好?"

"为什么?"

"啧,真无情。"

程帆将最后一口啤酒喝完,单手将空罐捏扁,投在了旁边的垃圾桶里:"我以为你能跟我倔三个月,这才一个月,你怎么不再接再厉?"

林夏身体下移、滑落,头枕在了他的大腿上,自下而上地看着他的脸。他比她大八岁,两个人结婚时他已是而立之年,事业有成,内心强悍、成熟,是她会喜欢的类型。

这一段婚姻,是她主动选择的,也让她顺利进入了建林集团出任副总。

她伸手摸上他的脸,他胡子没刮,怪刺人的。她说:"我想你了。"

程帆抓住她的手,低头审视着她:"我不信。"

林夏翻了个身,环住了他的腰,头埋在他的小腹前:"真的。"

她不安分的手解开了他的浴袍的腰带,淡淡的青柠味从他的身上传来——他用了她的沐浴露。她的手继续向里探。

"那你想我了吗?"她这时忽然停下动作,抬头看了他一眼,"你是特地在这里等我的吗?"

程帆的气息依旧平稳,没一丝紊乱的迹象。

"你知不知道'自作多情'是什么意思?"

"不知道。"

她的发丝摩擦在他的小腹上,他闷哼了一声,差点儿有结束这一切的冲动。他不喜欢被人掌控,她也从来没能耐来掌控他。

许久之后,程帆从背后抱住站在落地窗前发呆的林夏。她刚洗完澡,很好闻,程帆吻着她的脖颈低声问:"在想什么?"

客厅内的吊灯并未开,只有四周小小的壁灯亮着。林夏看着落地窗上他抱着她的影子,是一番酣畅的情事让他在半夜时分多了几分温柔感。

也许处于婚姻中的人也会有粉红泡沫般的幻想:他在事业上给予你帮助,不乏浪漫的约会,还对你忠诚,这不是爱是什么?

他对她一定有爱,只是没那么多。

他那一句"我觉得你应该控制一下你的情绪"让她再次认识到,一个清醒、冷静又克制的男人,不需要那么多感情。

或者说,换一个人处在她的位置上,他也能同样待之。

对此,林夏并没有什么意见。

这一段婚姻,是她衡量利弊得失后的选择。程家背景深厚,林建华当初都吃惊她竟然能嫁给程帆。

"在想……我这算不算职业经理人,随时能被一脚踢走。"林夏看着夜空中的星星,它们在皎洁的月亮旁边,总显得微不足道。

没有任何一家公司的决策者不偏好独断专行,更何况是创始人掌舵的家族企业。比起女儿的身份,她更像个高级打工仔。

"那我就帮你把桌子掀了。"

她笑了,不管是真话还是假话,这总是好听的话。

"好啊,那我回家专职做你的太太。在新西兰看星星了吗?"

"没特地去。"隔着一层丝滑的布料他依旧能感受到她的小腹柔软的触感,他的手流连地抚摩着,"想看星星?那我们去新西兰过年好了。"

"还有半年呢。"林夏抓住他上移的手,"明天要早起,我先去睡了。"

家中有两个卧室,没事时两个人睡在一起,要早起或晚归了就分开睡,不打扰对方休息。

"明天要出差吗?"

林夏停住脚步,回头看他:"对,去香港。"

"好吧。"他耸肩,颇为遗憾的样子,"还想跟你约个早午餐的。"

· 16 ·

他也没问她去中国香港干什么，两个人没有过明文约定，却很有默契地从不过问对方的行程。道了声"晚安"，两个人便各自去睡了。

林夏上一次去中国香港还是一个月之前，那次待了一周。

飞机快落地时，降了两次都降不下去。她顺着舷窗看下去，都能清晰地看到跑道旁边的建筑了，飞机又突然拉高，以至少三十度的角度重新飞上了天。

飞机在半空中盘旋的这十来分钟里，机舱内一阵骚动。

林夏却无任何反应，这种情况出事概率低到可以忽略不计，只是风大而已，离地面这么近，飞机总能降落的。

她还记得那一年飞波士顿，飞机在空中遇气流颠簸得厉害时，她只是在担忧见不到他怎么办……

那时的她是多么幼稚的年纪！现在在久降而落不下的飞机上，她头脑一片空白，没什么人特别想见。

飞机在第三次时终于降落成功。

"最近怎么样？"

"就这样，忙工作。"

林夏躺在靠窗的单人沙发上，香薰是让人舒适的橙花香，窗外是碧蓝的天空。屋子面积不大，毕竟中国香港就这么大，寸土寸金。办公桌在外间，内里布置温馨，摆着两张沙发，中间用一张小茶几隔开，给人心理上的安全感。

她看向窗外，盯着云望了许久。夏天的云总是好看的，一团团的，简单又干净。

"昨天，我差点儿再次失控了。"

对面的人并没有问为什么，而是耐心地等待着她继续说。

林夏却突然失去了说出口的冲动。

也许她是一个很难搞的客户，这是她找的第三个心理咨询师，前两个在本市。

第一个上来就问她的家庭情况和个人隐私。她反问了一句:"在我没有跟你建立任何信任的情况下,你凭什么问我这些问题?"

第二个聊了几句后,跟她谈咨询的套餐价格。

她不想有任何在本市被人发现她的事的风险,一怒之下换了城市。

林夏从不觉得自己有病。她怎么可能有病呢?她就是需要一点儿心理咨询。

她不抑郁,也不焦虑。她只是在偶尔情绪发作时无法控制自己,手抖到想要把身边的一切东西都毁掉。一个多月前,她在自己的公寓客厅里,把一切能砸的东西都给砸了。

砸完后,她恢复正常,榨了杯橙汁喝了提升血糖,然后打了个电话让人上门收拾残局。第二天,她照常上班。

她很满意现在的心理咨询师——不自作聪明地试图改变她,以倾听为主,跟个朋友一样聊天。

林夏尝试开口,却又语塞。烦躁的情绪随之而来,她再次烦躁,对自己极度不耐烦。

她咬着下唇,这还是小时候被爸爸批评时她的习惯性动作——用牙齿撕咬干燥的下唇死皮,死皮被扯断时,铁锈味的鲜血随即从缝隙中流出,染到唇舌之上。

现代人保养精致,去做脸时连唇部护理都一道做了,涂唇膏也成了种习惯。她现在没有死皮可以被扯破,只是上齿在下唇上压出了一道痕迹。

"没什么,只是摔了个杯子而已。"说完这句话,林夏自己都笑了。她站起了身:"忽然觉得我不需要咨询了,谢谢。"

昨天订了机票,今天赶了早班机,出了机场坐的士来到这栋大楼,接受着以美金结算的心理咨询,林夏却在坐下一刻钟后,决定不继续下去。

她摔个杯子就要特地来接受心理咨询,是不是太小题大做了?

她这一趟行程的成本足够她摔几百个杯子了。

她出了门便戴上墨镜，今天穿了条牛仔短裤配绿色吊带，戴了顶鸭舌帽，背了双肩包，很有度假风。快走到大楼门口时，她感到背后包中的手机在振动。

这个包是由肩带的链条控制开口，并没有拉链。林夏单手扯下肩带想把包拿到前面时，包中的小物件顺着微张的口子滑了出来。

钱包、口红、纸巾、薄荷糖和手机零散地掉落在地面上，手机还在不停地振动。林夏弯腰拿起了手机，是秘书打的电话。

她先接了电话，然后蹲在地上，一只手拿着手机，另一只手捡起钱包扔进包里。口红滚到了两米开外的地方。

"这件事等我回去再说。"她站起身想走去捡口红。

她站起身时，一个西装革履的男人将口红递到了她面前。电话那头的助理问她今天何时能到公司，林夏没回答何时到，只说她来打电话解决问题。

林夏接过口红。面前的人很高，她戴着帽子不抬头不能看到他的脸。她一脑门子官司，边看一眼时间边说了句"thank you（谢谢）"，之后就准备离开。也许她该改签机票。

"林夏？"

并不确定的疑问声响起。

林夏停住脚步，回头看去。高大的男人后面跟着好几个人，众人一身正装，都看着她。

她愣了一下，摘下墨镜："嘿，好久不见。"

李子望转身吩咐下属们先上去，Amy用眼神示意他快点儿。

"来香港玩吗？"

"不是，有点儿事情。"

"要不要去喝杯咖啡？"

林夏扫视了一眼手机屏幕，并无合适的改签时间点："好。"

李子望带她去了附近一家酒店喝下午茶，林夏不想再摄入咖啡因，

· 19 ·

点了壶玫瑰花茶。

自从毕业的那个夏天分别后,两个人再没见过面,这都多少年了?

六年吧。

李子望看到了她的手指上的钻戒:"结婚了吗?"

"对,结婚三年了。"其实手上的这个戒指是她自己买的,她纯粹喜欢戒指的设计。婚戒的钻石有点儿大,她这种时不时跑工地的人觉得不方便。

李子望看她漫不经心地喝着茶,吊带和鸭舌帽是她大学时期夏日里最爱的穿搭。看她杯中的茶被喝完,他端起茶壶给她添了一杯:"能让你定下来的男人不一般哪,结婚怎么样?"

林夏听到这个问题时愣了愣神,从没有人问过她这个问题,她用来应付人的现成答案也没有。

"挺好的啊。结婚了我们也有各自的独立空间,待在一起时也挺开心的。"

"你还在你爸爸的公司里工作吗?"

她毕业那年,他还在读博。他当时以为她会像大多数人一样先在美国工作等他毕业,之后的计划可以再商量:她可以留在美国,也可以跟他回中国香港。

林夏却问他:"那你毕业了能跟我回家吗?我想在家里的公司做事。"

李子望没有告诉过她,他有个庞大的家族,他不可能去内地某个城市长居。

他坦诚地说:"不能。但我们可以先登记结婚,我两地跑。"

林夏直接拒绝了,提了分手。她说:"你不在我身边,这样的恋爱没有必要坚持。"

那一刻,李子望知道这个女人的心是硬的。再浓烈的爱,也能被她及时喊停。

林夏惊讶于他的记忆力不错："是啊，你呢？"

"我毕业后留在美国工作了两年，然后就回来了，做点儿和投资相关的事。"

林夏敏锐地察觉到了他在看手表的小动作："你有事就先走吧，我再坐一会儿就去机场了。"

"几点的飞机？我让人送你。"

"不用。"

李子望站起身前问了一句："加个联系方式可以吗？"

她笑着摇头："不用了，今天能遇见你，一起坐着喝杯茶就很好了。"

被拒绝他没有觉得意外，这就是她干脆利落的风格。

"好，再见。"

会议紧急，李子望赶到会议室时对方已开着视频在等他。他先道了歉："抱歉苏总，我迟到了。"

三场密集的会议开完，李子望坐在办公椅上闭眼揉太阳穴，忽然觉得很累。

Amy给他带了杯咖啡："这是我第一次见你开会迟到。"

"凡事总有第一次。"

"她是谁？"Amy看到他手边的办公桌上有张卡片，眯起眼看了一下内容，"老板，你最近工作压力大到要去看心理医生了吗？"

李子望不悦地睁开眼，将那张卡片撕碎了扔进垃圾桶里："七点前，把会议报告整理给我，你还有四十分钟。"

Amy抗议："喂，我还没吃晚饭。"

"我还以为你很闲，有空来关心你老板的精神状态。"

"OK（好）。我闭嘴，八点前给你。"

Amy关了门，办公室内一片寂静。

她说她挺好，很开心，所以就独自跑到这里来做心理咨询吗？

李子望走后，林夏打了两个电话解决了工作的事，打包了一盒司康。离登机还有三个多小时，人在中环，她去逛了街。

下周有婆婆的生日宴，她去爱马仕买了礼物。因为刷的是程帆的卡，想起他上次抽烟时把裤子给烫破了，林夏又顺便给他买了两条裤子。

她说得没有错，跟程帆结婚是挺好的。

三年了，两个人在婚姻里保持着对彼此的忠诚。林夏甚至相信，即使有一天产生厌倦感，两个人也能做到体面，不让彼此难堪。

没有人教过她应当如何经营婚姻，包括她的妈妈。

程帆也从未对她有要求，优渥的物质生活让她不用被生活琐事消耗，各自工作挺忙用不着天天见面。

她从没有抗拒过生孩子，正如她三年前没有抗拒过婚姻。人在实现自我的路上，有时"自我"都是可以用来牺牲的筹码。

她的感情经历十分简单，李子望是她的初恋，她回国单身两年后遇到了程帆。

林夏从不回头看，觉得与前任无须有任何联系。爱则生怨，当年她幼稚，所以恨他说着爱她，但依旧坚持他的人生方向不肯为她做改变。

如今当然能释怀，她没有资格要求他人为她改变人生轨迹。

首鼠两端之人看到故人总不免懊悔——如果当年走了另一条路，如今会不会更好？

林夏只是更坚定了当初的选择。她想要建林集团，要让林建华满意，需要嫁给程帆。从现在开始，她需要控制自己的情绪。

第二章
他们的婚姻

程帆晚上有饭局,喊了苏城一起去跟一个德国人吃饭。

公司有越来越多的业务在海外开展,在具体落地施行方面需要得到一些战略与运营方面的合规服务,程帆就请了这个德国人来做顾问。

这个德国人八年前在迈阿密机场被逮捕,后被控涉嫌商业贿赂,关了几年后出来办了个公司,为跨国公司提供预防国际腐败咨询服务。

这个人在业内以服务专业到位出名,苏城笑着说:"看来犯过罪的人才最懂如何预防。"

德国人喝得酩酊大醉,最后勾肩搭背地和程帆说:"下次去我家吃猪肘子。"程帆边把他送上车边暗笑,这个人在国内才待了半年,已经将饭局文化学了一大半。

才九点多,他又和苏城找了个地方续摊。初夏的晚上两个人坐在外边吹着风,喝两杯酒还挺舒服。

苏城点了根烟,再把打火机递给程帆:"看来我家的老头非得看我将公司搞上市才考虑放权。"

程帆手捂住烟头,烟草被点燃的瞬间发出细微的声响。吸烟时他下意识地皱起了眉,将打火机扔到了桌上:"那你就搞呗,香港投资方那边搞定了?"

"前两天开了线上会，这只老狐狸，只是初步确定了合作意向。但这种投资的谈判事宜，他肯定得来当面谈。后续还要筹备在香港上市的事，还有的搞呢。"苏城叹了一口气，"现在都要搞上市圈钱，还要折腾着去香港。"

"那不是能直接拿到美元？"程帆拿过烟灰缸轻弹了一下烟，"现在一堆烧钱的互联网公司，按照A股政策根本无法上市，放个风说要去香港，就立马给开绿色通道了。"

"唉，我家老头一把年纪了觉少，一大早醒了去公司转悠，还觉得我太懒了十点才去。我前一晚在饭局上当'三陪'陪到半夜，他怎么不提这茬？"

"你什么时候还提供'陪睡服务'了？"

"就这么点儿家业，这些老头怎么就不放心，还怕咱们给败光了啊？"苏城喝了一口冰啤酒，随口抱怨着，"你丈人也不放心将公司给你老婆啊。不过这个……谁让他还有个儿子呢？"

程帆扫了他一眼："你怎么知道？"

"你老婆……"苏城觉得自己真喝多了，差点儿说漏了嘴，"上次好像听你老婆讲的。"

"你知道的事怎么比我都多？"

"哎，你可别误会，我都快结婚的人了。"苏城逗他，"虽然你老婆很漂亮。"

"滚。"

"不过我说，婚姻真让你改变了不少。"

他认识程帆这么多年，从前的程帆谈不上花心，但也是风流多情的。但自从认识林夏结了婚后，程帆便收了心，私生活干干净净。

"有吗？我不觉得。"

林夏从不试图改变他，两个理性的人总能舒坦地相处，给对方留足空间。由感性主宰的一段关系是危险的，这是程帆选择跟她结婚的原因之一。

若找个凡事要报备、非得你侬我侬、天天甜言蜜语、动不动查岗的伴侣，他估计得疯。

"你都结婚三年了，会厌倦吗？"

程帆懒得搭理他："等你结婚坚持到三年就知道了。"

实际上他还没觉得厌倦，这也是他在男女关系里维持得最久的一段感情。

忠诚是他对自己的要求——人到了一定年龄，选择了婚姻定下来，就该收心，将有限的时间与精力花在真正想做的事上。隆盛规模越来越大，一大摊子事要他去操持。

更何况，私生活也是考查一个人的标准之一。一般人挑选合作伙伴，如果对方将私生活都搞得一团混乱，也许这个人能做好本职工作，但合作的风险是很大的。

"等到我结婚三年时，你不是要到七年之痒了？"苏城叹了一口气，"月底就要结婚了，我还真有点儿婚前恐惧感。"

程帆灭了烟头，将杯中的啤酒一饮而尽："你恐惧去吧，我回家了。"

林夏昨天到了机场后，直接去了趟公司。招标会不用她亲自去，但她还是浏览了一下投标文件，之后将到她手头的各项报销和事务性工作给审批了。

以前林建华做事太细致了，公司采购一台空调他都要亲自审批，每一笔账都记在他的脑子里。林夏后来全改成了线上办公系统，按照层级一级一级审批。

她九点多到家时程帆还没回来。奔波了一天，她洗完澡吹头发时就已经哈欠连天。头发吹得半干她就扔了吹风机躺在了床上，连闹钟都没设，关了灯就睡着了。

窗帘密不透光，醒来时她还以为很早，边想着赖会儿床，边伸出手去掏手机。屏幕的光很刺眼，她被吓了一跳，都十点半了。

她去了衣帽间，这里的衣物远比她自己的公寓里的多，还整齐得多——衬衫、半裙等分门别类地放着，家政定期上门整理。

林夏忽然想起，她两天前穿过的衣服还扔在公寓的衣篓里没洗，黄梅季后的衣物和床上用品都还没拿出来洗晒过。她想起来就头疼，不知今天能不能抽空去一趟，自己收拾一下屋子。

换完衣服走进客厅，她想烤个带回来的司康当早饭，没想到看到程帆正从厨房里走出来。他穿着睡袍，带子没系紧，肌肉若隐若现。程帆手里端了一杯咖啡，头发还翘着，一副没睡醒的样子，倒有点儿可爱。

"早。"

"早，你倒会赶巧。"程帆喝了一口咖啡后，把手中的咖啡递给她，自己去厨房再做一杯，"吃早饭吗？"

"谢谢。"林夏接过，咖啡的香味飘入鼻腔，有一股淡淡的奶香，它的口感的确很不错。

林夏走进厨房，见灶台上正烧着一锅水："你做什么早饭？"

"煮面，要不要来一碗？"

"好啊。"

看到她从冰箱里拿了司康，程帆笑了。他挺爱吃这玩意儿的。

"对了，我昨天给你买了两条裤子，你试试。尺寸应该没问题，不行我拿去改。"林夏将司康放进了烤箱，回头看到他正看着自己，嘴角的笑意还没消失。

程帆长得是帅的，面部线条硬朗，眼眶微凹使整张脸有了立体感，浓眉下一双眼敏锐而犀利。无奈他气场太过强大，不苟言笑时显得非常严肃。她第一次带他回家时，邻居家的两岁小孩看到他都被吓哭了。

平时在社交场合，大家都称赞他事业有成。显然夸人要找别人不常说的点，恋爱时的林夏从不夸他工作能力强，就明着跟他说："我喜欢你就是因为你长得帅。再有钱的人，不帅，在我这里也没用。"

林夏心下一动，放下了杯子，走到他面前，踮起脚亲了他一口。

这是一个早安吻。

刚要离开时，林夏就被他按住了臀，他吻了上来。被他禁锢住时她下意识地推搡着他，却摸到了他结实的肌肉，肌肉手感太好，她也没真舍得推开。

他的吻、口中的咖啡味道、烤箱中飘来的奶油香，一切都那么美妙。

当锅中水烧开，程帆放开她时，她眼神一瞬间有些茫然，胸前的衬衫扣子被他解了一颗，他瞧了一眼，问："你几点出门？"

"早上来不及。"

若没有重要事情，林夏只涂隔离霜简单修饰肤色。她皮肤天生白皙，但不注重防晒时就容易长小斑点，再用遮瑕笔遮掉就好。

她拿了手机放进客厅沙发上的包里，这时早饭也做好了，两碗面条被放在了餐桌上。

程帆煮面简单粗暴——煮熟了面条，不炒浇头，也不做酱油汤底，直接把鱼子酱倒进去干拌。鱼子酱本身咸鲜，用来拌面意外地好吃。这么奢侈的懒人吃法，亏他想得出来。

在公司里见到林洲，林夏并不意外。

林洲算是她哥哥，同父异母。林夏的妈妈孙玉敏，是林建华的第二任妻子。

准确点儿说，是在林建华与前妻的夫妻关系还没结束时，孙玉敏就已经跟他好上了。

这件事情到底不光彩，可三十年过去了，没人提这件事，就连被拿来当茶余饭后笑料的价值都不剩多少。

不知当年有没有人在孙玉敏的面前说闲言碎语，但能在她的跟前说上话的人，不会那么不知趣。

更何况孙玉敏不是个花瓶。她跟林建华结婚时，他只有一个永胜钢丝厂，算得上小富而已。后来的建林集团，是夫妻俩一同创建的。

这么些年，林洲没有进家里的公司，可想而知孙玉敏在集团里多有话语权。

林夏出了电梯正往办公室走去时，看到行政办的人正给他介绍这一层的办公区域，之后他还要跟主要部门的负责人见面打个招呼。

林洲看到她时没有说话，秘书停住了脚步，看着这尴尬的一幕。

倒是林夏主动跟林洲打了招呼："林洲，好久不见。"

这次是正式进集团，林洲穿身银灰色的正装，暗红色的领带显得太过用力。他比她年长几岁，身材保持得宜，没顶着啤酒肚，甚至那副银色镜框的眼镜让他显得有些斯文。这种内敛的气质是因个人性格，也是来自职业的熏陶。

林夏知道，他大学去了美国西北大学读建筑，工作了两年后回国，进了家前身隶属于市政府的设计院，参与了若干项市政工程的设计。后来他跳槽去了一家房地产公司，转而供职于工程部，且职务不低。以招聘者的眼光看，这是份金光闪闪的履历。

林洲甚少与这个妹妹联系，上一次看到她好像还是在饭店里。他出门透气时看到她身旁跟着两个下属，她边走边厉色地跟他们布置任务，包间门一打开，她已是满脸笑容。

她能有这个气量先来打招呼是他没有想到的，林洲迎了上去，开口道："好久不见。"

林夏看了一眼秘书，这秘书等着看戏的八卦神色没藏好。

"楼下几个部门参观过了吗？没有的话，我带你走一圈吧。"

"谢谢，刚刚去看过了。对了，爸爸说等你来了，让你和我一起去见他。"

"好的。"林夏没有再寒暄，"一会儿见。"

虽然自小父母离异，林洲并没有跟着父亲一起生活，但在物质生活上，林建华没有亏待过他。无论是他出国留学，还是回国购房，都有林建华的手笔。

上个月奶奶的祭日，林建华回乡下，父子俩在家里吃了顿饭。

奶奶活着的时候便不愿去城里生活，林建华很早就在乡下给老太太盖了别墅。林洲的母亲王秀萍离婚后并没有改嫁，也一直住在乡下的家里。

在一个普遍不富裕的年代里，有钱的男人有外遇并不稀奇，非得闹到离婚才稀奇。但对方是孙玉敏，好像又不奇怪，一个狐狸精一样的女人，脑子跟外貌一样好使。

当初老太太反对他俩离婚——孙子才三岁，王秀萍的娘家哥哥娶了个势利的嫂嫂，王秀萍哪里还有家可回？王秀萍改了嫁，这个小孙子就相当于没了妈。

老太太跟孙玉敏约法三章，说："我这个媳妇离婚了没娘家可回，洲洲年纪小要娘照顾，那就只能委屈你跟我那个不成器的儿子出去住了。反正你们有钱，别在村里待着了，去镇上住吧。"

林建华答应了，这才终于把婚离了。

老太太只对孙玉敏说过这一回狠话，之后一生任外面风风雨雨，都没说过这个媳妇一句不是。

墙上挂着老太太的照片，当初去拍照时她已经很瘦了，脸上都没了肉。林建华每次来都要端详这张遗照，再说一句："当初应该早点儿去拍照片的。"

饭后，王秀萍端了锅碗去厨房洗。

林建华没喝酒，但吃完饭脸涨得通红，很清醒地对林洲说："洲洲，爸爸这辈子做错过一些事，有些是不能弥补的错误。我现在只有你一个儿子了，你回来帮我吧。"

林洲没有立即答应，说："我需要考虑一下。"

林建华想要再说些什么，却也没有说出口，起身时手重重地拍了拍林洲的肩膀，没再停留，出门开车走了。

看着坐在对面圈椅上的林夏，林洲清楚地知道，若不是出了一些意外，他是没有机会坐在这里的。

红木茶几上摆了一套茶具，平日里习惯了柔软的沙发，坐在方正坚硬的圈椅上，林夏下意识地挺直了腰背，感觉并不太舒服。

林建华从外边走进来，一屁股坐下，喝了一口茶润嗓子，没看林洲，对着林夏问："老王家的新工程，你怎么连招标都没参加？"

"他家搞激进扩张，杠杆有点儿高，我们垫资太多，回款的时间长，风险有点儿大。"林夏适时提醒他，"上半年我们还帮他担保了两千万元。"

"哪个公司不是负债经营的？他打电话都打到我这里来了。"林建华思索半刻，说道，"接了吧。"

林夏心中不认同，但他发话了，这事就基本定了，没有反驳的空间。

"好。"

这时林建华才看向坐在一旁的林洲："对了，你刚来公司，老王这个项目交给你，你顺便和各部门的人都打个交道，有什么事跟林夏汇报就行。"

林建华看了一眼女儿："你的精力主要放在地产上，现在行业低迷，我们得做点儿事情了。就这么件事，你们有什么意见？"

"没有。"林洲又加了一句，"爸爸，我会好好做的。"

"你现在跟我承诺屁用都没有。"林建华毫不客气，不喜欢说得多做得少的人，"没什么问题你就先走吧。"

"好的。"林洲站起身，踏着厚实的地毯一步步走到门口，看着那张结实厚重的红木办公桌，再扫了一眼坐在圈椅上一言不发的林夏，轻轻地关上了门。

"你这是有意见？"

"爸爸，我是有哪里做得不好吗？"她意外于自己的直接，就这么问出口，将那点儿不满的情绪口无遮拦地表现了出来。

林建华笑了笑，内心对她这个问题很不满意："现在把林洲放到这个位置上,你可以理解为以后让你有个自己人可以用。集团是我跟你妈妈一手建立的,我更希望有一天能将其交到你手里。"林建华放下了茶杯,站起身俯视着女儿,"只要你有这个能力。"

他懒得再废话:"好了,别浪费时间了,你去做事吧。"

幼稚是种不易被察觉的"慢性绝症",人并不能因为出身而理所当然地得到一切东西,更不能因为做出了一点儿成绩,就能来撒娇着问哪里做得不够好。

林建华没有提醒她这一点,她到底还是活得太顺遂。

斗争的弦要永远绷着,林建华并不介意看到他俩斗起来。

周六是婆婆周敏的生日,程家在家中设宴。

程家是个大家庭,子女和侄辈都被教育得不错。家底虽厚实,但子女并未都在商界里发展,而是全面开花,遍布于学术界、机关部门和大型国企里。更难得的是家庭关系和睦,凡有聚会大家都争取排开时间到场。

程父年纪大了图清净,住在近郊。婆媳关系虽是千古难题,但双方不住在一个屋檐下,平日里没事不见面,林夏其实很省心。

至于要见面时,她也不拿捏姿态。天底下没几个婆婆能把媳妇当自己人,她与其想着如何多沟通联络感情,不如直接把婆婆当大客户相处。

礼物是早就准备好的,原本两个人准备各开各的车,出门前林夏拿车钥匙时,程帆说:"你坐我的车好了。"

她也懒得开车,就把礼物搬到了他的车的后备箱里。

车子才出车库,程帆就接到了下属的电话,然后就边开车边骂人。

林夏看了他一眼,他靠边停了车,两个人换了座位,他坐到副驾驶位上继续骂。

我还不如开自己的车。林夏内心吐槽着,当他的下属估计心理压力挺大的。

程帆在工作上对人要求非常严苛，不过挺有涵养的，骂人不带脏字，但有时一语中的的讽刺话语简直是刻薄。

他谈事时高强度输出逻辑严密的信息与观点，没有任何表情管理，甚至会面无表情，整个人都带着一股压迫感，给对方很大压力。林夏跟他偷学过这一点，有时挺管用的。

这种完美主义要求，也幸亏只在工作上，在生活中他倒没那么吹毛求疵。

"行了，就这样。"

见他挂了电话，林夏余光扫了他一眼。他伸出左手摸了摸她的头，像是安抚她一般，说："生产线出了点儿问题，我再打个电话。"

车已上了高架桥，虽还没到中午，但已经有了堵车的迹象。

林夏不习惯开他的车，也没放点儿什么节目或音乐听。开自己的车时，她经常打开播客听着当消遣。

他今天开的揽胜还是三年前买的。当时两个人还没结婚，好像是去约会。她坐在车里没听到声音，但感受到车被撞了一下，回头隔着玻璃看了一下，是个四十多岁的女人骑着破旧的电瓶车，从侧后方猛撞了他们的车一下。对方一看就是着急赶路的农村妇女。

这车他刚提没多久，林夏要他打保险公司的电话处理。结果他只开了窗，对着后边要赶上来道歉的女人摆了摆手，摇头说："不用了。"他也没下车看一眼就继续上路了，没有抱怨，也没显摆自己心善，就像刚才没发生过那一场剐蹭事故一样。

打了一个漫长的电话后，看着前方龟速前行的车流，程帆忽然问了一句："你最近公司没什么事吧？"

林夏正看着前边车尾上巴斯光年救胡迪的玩偶挂件发呆，这时愣了一下，问："什么？"

她那一晚的反常表现，和苏城那说到一半的话，加上他知道岳父还有个儿子，正常人都能推断出会发生什么事。

但程帆也没主动提这件事："看你最近挺累的。"

昨晚他到家早，洗完澡就躺在床上拿了本书，边看边等她。结果她在书房里待到了半夜，就直接去了另一个卧室睡觉。

他既然问了，林夏也没想瞒着："没什么，就林洲——我爸前妻的儿子，来公司做事了。"她还有心情接着开一句玩笑，"你说，按电视剧里的情节，接下来我是不是得跟他争家产了？"

"那你想吗？"

林夏摇头："我争得过来吗？"

她又拿什么争？

一家民企，股权高度集中在创始人家族手中，没有分散风险的股权结构下，大概率是一言堂的模式。子女不缺钱，但也没什么股份足以在重大决策上有话语权。他们跟员工并无区别，不能质疑老板的决定，只需要绝对服从，不然可以走人。

不争，她就要耐心地等待。物质生活丰裕，医疗水平先进，这些条件可以让人活很久，也多的是子女年近四十岁才接班的情况。

"你的确争不来。"

程帆没有说后半句话：要抢。

周敏今年六十五岁，保养得宜。

她已多年不吃晚饭，身材保持得很好。她穿着一袭手工繁复的墨绿色旗袍，无须更多配饰，只戴了一对简单的珍珠耳环。

林夏将礼物递给了站在一旁的刘姨，轻轻抱了一下迎上来的周敏，说："妈，生日快乐。"

周敏笑着轻拍她的手："外面热得厉害吧，赶紧进去坐着。"

他们来得不算晚，但宾客已经到了大半，正围坐在客厅里喝茶聊天。

公公程云鹤已退休，多年的官场生涯可谓跌宕起伏——整过人，也被人整过，曾被打伤的腿现在遇到阴雨天时都隐隐作痛。虽然上了年纪，公公也并无含饴弄孙的心情，每天早起打一套太极，再读书看报。

他们坐下前,周敏正说到程远的年少趣事:"他那时候才三岁吧,老三篇就全会背了。当时街道开会学习,喊他上去背诵文章是大人们的必点节目。"

程远是程帆的大哥,四十多岁了,两年前被调任去了某沿海城市,这次亦赶回来为母亲贺寿。比起程帆,他长相随程云鹤,更为严肃内敛,脾气更是相似。

"我那时在湖南工作,每年只有一周的探亲假。他才三岁,一整本语录都会背了,一字不差。"

忆起往事,程云鹤内心对大儿子是有几分骄傲的。出于种种原因,他几乎缺席了大儿子的整个童年。大儿子从小天赋就展露无遗,现在坐到这个位置上,虽说有家庭的助力,但更多是靠他自己。

至于小儿子,中年得子,程云鹤得承认自己对小儿子是宠过头了。啧,小儿子那样瘫在沙发上,坐没坐相,还拿了个手机在看,程云鹤都懒得搭理他。

程远对父亲甚为恭敬,笑着岔开了话题:"您当年在湖南工作,是不是很难理解当地的方言?我早两年去那里出差,要联系的人没一个会说官话的,我愣是一句也没听懂,还是找了个当地的翻译来。"

"可不是,每个地方的话还都不一样。"

林夏坐在沙发上,程帆他爹可没当众夸过程帆,甚至嫌弃他一股铜臭味。秉着看戏的微妙心理,她看了一眼身边的人。

这人倒没什么不满的样子,半个身子都压过来,在她身上寻找舒适的支撑点。他懒散地坐着听着他们说话,察觉到了她的目光,弯腰伸手拿了个小核桃递给她,说:"给我剥一个。"

林夏知道他有恃无恐,在婆婆面前,自己就得扮演一个小媳妇伺候他。她拿过核桃,但在众人面前用牙齿沿着裂缝咬开总不雅观吧。

林夏站起身来,说:"我去找夹子。"

她顺势逃离了客厅,却在去厨房找开壳器的路上被嫂子王瑞霞捉住了。

"我说你面子还挺大,来了不跟我打招呼,还得我先来向你问好啊?"

林夏主动挽上她的胳膊:"嫂子你这是哪里的话?这不是刚跟爸妈打完招呼就来找你了呀?"

王瑞霞瞧了林夏一眼。林夏穿了条黑白条纹的无袖连衣裙,裙子裹在雪白的身上,啧,王瑞霞才发现她还挺丰满,身材极为凹凸有致。林夏够瘦,不用怎么锻炼肱二头肌都能凸显出来,光裸的手臂线条感十足,及肩的发丝柔软地垂落。

这可真是个尤物,还是个冰山美人,难怪招程帆喜欢。当初不是没有更好的结婚人选,有很多能在事业上助他一臂之力的,但他还是选了她。

王瑞霞反手捏住了林夏的手臂:"看到你这么好的身材,我真的是忌妒死了。这都到夏天了,我还是少吃一口都不行,一饿就心慌。"

"多吃没关系,夏天多运动、多出汗就行了。"

"真的?"王瑞霞半信半疑地问,"你是每天运动吗?还是一周三次?"

林夏压根不运动,一到夏天就没胃口,吃得少能不瘦吗?

"我最近买了瑜伽私教课,早上有空就去上一节。"

"那好,我也要去报个瑜伽班试一试。"王瑞霞挽着她的手臂,将她带到了偏厅里,一群妯娌正在喝茶吃点心。

林夏跟她们一一打了招呼,找了个角落里的空位子坐了下来,手里把玩着那枚小核桃。听着她们说些女人之间的私密话,林夏觉得还挺有意思。她并不喜欢让自己成为焦点,在人多的场合,一般都默默听着,偶尔说一两句话。

"刚过梅雨季,怎么就这么热了?我昨晚都被热醒了。"

"是呀,全球都在变暖。不过这个天是要开空调了,你昨晚没开吗?"

"我还没开,我老公体寒,这个天他还要盖薄被睡觉。今晚我回去把风扇找出来,放在我这头吹。"

"到了大热天,他也不开空调吗?"

"他洗完澡开一会儿,定时三个小时,不能开一整夜。唉,有什么办法呢?习惯了就好。"

林夏想起昨夜异常闷热,自己回卧室前又去冲了凉。作为一个怕热的人,她是挺不能理解有条件还得受热的人。

听到那一句"有什么办法呢",她就没忍住,对着堂嫂说了一句:"你们可以分开睡。"

堂嫂难以置信地问:"分房间睡吗?"

"是。"看着众人都以一种不可思议的眼神望着她,林夏把后面的"啊"字默默地吞掉了。

"今天分房睡,明天是不是要分居了?"

"是呀,两个人不在一张床上睡,还是夫妻吗?"

王瑞霞眯了眯眼,林夏这都结婚三年了,还没怀孕。她用审视的目光看着林夏,问:"夏夏,难道你跟程帆会分房睡?"

这时婆婆周敏也走到了偏厅门口,虽不知前情,但听到大儿媳妇问的这句话,也看向了小儿媳,想知道小儿媳的回答。

不然呢?家里房间那么多,放着当摆设吗?

夫妻双方总有彼此应酬到半夜的时候,带着一身烟酒味,在外间的浴室收拾干净了,跟做贼一样摸黑轻声进入卧室,若遇上对方浅眠或刚入睡,再小心都不免会将对方吵醒。

既然对方都睡了,自己这么折腾一番,图什么?

这么一算,的确,她跟程帆结婚三年,睡在同一张床上的次数有限。更多的时候她是一个人睡,床够大,不必因为顾及另一个人而让出一半空间,不必习惯彼此睡觉的脾性。

是的,在这三年的婚姻生活里,她所做的改变极少,她甚至不必打破旧习惯,建立新习惯,而他也没对她有过什么要求。

"当然……没有。"林夏内心叹了一口气,人家那是炫耀夫妻情深,自己怎么就犯傻了,当真以为人家是吐槽问怎么办……

她余光扫到了站在门口的婆婆,又加了一句苍白而无力的解释话语:"分床睡不好,影响感情。"

她要是认真解释并科普分房睡的好处,估计今晚她的名声就能在亲友圈里臭了;在婆婆面前说"我老公就喜欢抱着我,我俩从来不分床睡"更是错的,没有婆婆喜欢媳妇跟儿子在她面前打情骂俏。

"对的,而且夏天冷气吹多了也不好,空调开到半夜,下半夜也热不到哪里去。"

周敏走了进来:"在说什么呢?"

"我们一群女人,正说点儿私房话呢。"王瑞霞站起身来迎婆婆,"小娟说她老公不能吹空调,我们就在说要不要分房睡。"

"老程睡觉打呼噜,我年纪大了神经衰弱都没直接分房睡,把原来的书房打通了,中间安了扇推拉门,有事喊一声就听得见。"周敏走了进来,眼神扫过林夏,"年纪轻轻夫妻就分房睡,像什么话?"

周敏倒也没指名道姓地说她。

林夏笑了笑,当没听懂。

"人都到齐了,去餐厅吧。"

生日宴程家是请了米其林餐厅的厨师上门服务,从食材、摆盘,再到口味,几乎与店里保持着一样的稳定水准。

吵闹的小孩们被放在了临近厨房的小餐厅内吃饭,有家里的阿姨照顾着。

难得相聚,大家自然要喝酒。程帆昨天就派人把酒送过来了,母亲生日,他拿的还是老酒。喝酒是种硬社交礼仪,稍微重要点儿的应酬场合,酒最次也得是玛歌。以前他是在欧洲预订期酒,后来出差时顺便收了个酒庄,便自产自喝了。

他拿了周敏的酒杯,给她倒酒倒了半满:"妈,生日快乐。祝您身体健康,依旧貌美如花。"

"我都这个年纪了,哪里还有什么美貌?"周敏却"扑哧"一声笑了。这个小儿子,油嘴滑舌。

"爸,"程帆看向程云鹤,"妈这是在抱怨你,平时不欣赏赞美她呢。"

众人都被程帆的幽默言语逗笑了,夫人做主的热闹场合,程云鹤也愿意在小辈们面前失点儿颜面:"我的错,在这里给夫人道歉了。"

周敏娇嗔地望了他一眼。林夏看到她的眼神,心中一动。一个六十五岁的女人,向伴侣撒娇时是很可爱的。

"你怎么不给自己倒酒啊?蔫坏啊你。"表弟周睿看到程帆轮番给大家倒了酒,到自己那里就停了,立马嚷嚷开了。

王瑞霞反驳了他:"这你就不懂了,说不定人家备孕了,戒烟酒呢?"

"我下午要去工厂处理点儿事,就不能喝了。"程帆换了瓶白葡萄酒,倒给了坐在旁边的林夏,"我让我老婆替我喝,行不?"

"程哥你还真行,让嫂子替你喝,我们好意思对嫂子劝酒吗?"

"你知道就好。"程帆却手下留情,只倒了半杯酒,将酒杯递给林夏时说:"少喝点儿。"

林夏温柔地看了他一眼:"好的。"

在他妈家,他怎么着都行。

"工厂?"程远想起了什么,"是你在 A 市拿地要建的工厂吗?"

"不是。"

程云鹤也看了过来,开口问:"你要在 A 市建工厂?"

"是的,阿帆上个月拿了块地,二十多万平方米,要建一条新的生产线做胶膜原料。"

这事是程远偶然知道的,当时还打了个电话给程帆。

兄弟俩感情好,程远年长程帆不少,做事更为谨慎。每次看到弟弟动静不轻地进行投资,他总在一旁多看着点儿。

"对,已经开始打桩做土地检测了。"

这可是重资产，固定资产投资就快占投资总额的一半了。这种工业投资项目，花钱速度是直接烧钱都赶不上的。

这么大的投资动作，林夏听程帆说过。

在光伏的产业链上，隆盛是处于下游行业的。下游行业天然受制于中上游的供给，如果能再将其中一环控制在自己的手里，那么就能控制住采购、管理和物流等成本，将综合成本控制得比竞争者低。

这项投资项目，年初时程帆就已经在筹备。林夏能肉眼看出他的压力很大，他不说，她也不主动问。

她不擅长开导人如何解压，他看起来也并不需要开导。况且这么多钱的投资项目，她说两句，他哪里就能压力不大了啊？他要真做到没压力，那估计也不正常了。

听到 A 市时，林夏怔了怔。她不知道程帆是在那儿建厂。

她读小学前，是在 A 市度过的。

程帆发现了她在愣神："怎么了？不能喝就不要喝了。"

她已经很久没有回过 A 市了，忽然对他说了一句："你知不知道我是在 A 市长大的？"

"你没跟我说过。"程帆没有多说什么，却问，"我下个月去看施工进度，你要不要跟我一起去？"

"好。"

一场酒喝得尽兴，蛋糕被小朋友们分了去，大家坐在小板凳上吃着蛋糕看电视。

程远家的老二程星艺才四岁，早两年二孩政策出来后，王瑞霞拼的二胎。

中年危机下的男人会犯蠢，经常是小错不犯，一犯就犯个兜不住的错误。

程远位置越高，他受到的诱惑也越大。

她生个闺女挺好，程远一下班就只想着回家陪女儿玩。女儿会说话以后，都是女儿来打电话问爸爸什么时候回家。

吃了一块蛋糕还不够，程星艺小跑着来到了餐桌这边。妈妈不允许她吃太多甜食，她很聪明地跑向了林夏。

小孩子天然懂美丑，程星艺喜欢这个婶婶，婶婶长得漂亮，对她有求必应。她趴在婶婶的膝盖上，扯着婶婶的裙子，小肉手把纸盘递了上去："婶婶，蛋糕。"

看见程帆面前的一块蛋糕没有被动过，林夏拿了过来，给程星艺时这个小姑娘竟然撒娇说要她喂。

林夏吃得差不多了，在长辈面前到底要端着，刚好有个由头离开："妈，我抱她去吃蛋糕。"

小姑娘还挺重，林夏把她抱到了沙发上，边喂她吃蛋糕，边听她讲悄悄话。

"王栋梁喜欢我，张浩然也喜欢我，我不知道怎么选，两个我都喜欢。"

林夏拿着纸巾擦去了她嘴角的奶油："那你肯定有一个更喜欢的吧。"

小姑娘皱眉："可我最喜欢的李子轩不喜欢我。"

"那你就不要喜欢他呀。"

"为什么？"

林夏很少跟小孩相处，也不知如何去理解他们的思维给出回答，干脆就把她当成年人。对这个问题想了半天也没想出个答案来，她干脆说："我也不知道，随你。"

程星艺显然不满意这个回答，但又换了个问题："婶婶，我什么时候可以结婚？"

"等你读完大学。"

"如果我到时候不想结婚了怎么办？"

"那就不结呗。"

"那我想结婚呢？"

"可以呀，你找个爱的人结婚就行。"

程星艺咬着木勺，小脑袋里在想爱是什么……

两个人回去自然是程帆开的车，林夏坐在副驾驶座上昏昏欲睡。她喝了酒脸颊酡红，一缕鬓发垂在胸前。

刚刚在吃饭时，嫂子说："看星艺多喜欢她，程帆，你们要不要自己生一个？"

他妈并没有催，一是大哥已有孩子，二是知道他不喜欢父母干预他的婚姻及家庭计划。

正如当初，他们不满意程帆选的结婚对象，也没有干预。

他可以选择更为简单的婚姻道路。他的太太大可不出去工作，他可以将家庭理财与保险交给太太，建立慈善基金会，组织募捐活动。如果愿意，太太可以帮着老公打理人际关系，生两个小孩，保姆、家教不会少。

林夏于他而言，是一种困难模式。

在遇上她时，他已三十而立。那不是个幼稚而狂热的年纪，他不再会敏锐地发现并热切回应伴侣的需求。他会心动，会喜欢一个人，但能让一段关系持久的是利益的制衡与双方的理性。

"偷看我干什么？"林夏并没有睡，头有些昏沉，"你刚刚怎么给我倒那么多酒？"

她刚喝完一杯酒，坐在她旁边的他便服务周到地又给她续上了。也是天太热，冰镇后的白葡萄酒更为清爽，她贪杯了。

"那不是看你挺能喝的吗？谁敢劝你喝酒啊？"程帆拐了个弯，"睡吧，我先送你回家。"

车子驶在一条绿荫道上，繁茂的梧桐隐约有遮天蔽日的架势，往前看去是地上蒸腾的热浪，后视镜里是不断缩成一道绿线而又被迅即放大的绿树。

说到劝酒，程帆想起了他们俩第一次见面的场景，那是在一个饭局上。

他应酬到一半出来透气,结果就被一个朋友撞上了,朋友要拉着程帆去自己的饭局喝两杯。这种事总是存在,借着人脉的势就能干成一些事,谁也不能精明过度到不被别人沾一点儿光。

程帆就去了,想着打个招呼,再喝一杯酒就走。

他进去时,第一眼瞧见的就是背对着他的一个快两百斤的中年男人。那人手里端着酒杯,在向旁边的女人劝酒。

那个女人长得挺漂亮,衬衫外披了件淡蓝色的西装外套,一身正装,不会是陪酒的,连伴儿估计都算不上。

众人没有注意到程帆走进来,还在各聊各的。谁也没注意那个中年男人的身体越加靠近透着一股冷意与抗拒之意的女人,毕竟饭局上劝酒是常规操作。

当男人的手摸上那截纤细的手腕时,程帆有点儿不愿意再看。

这种场面他看多了。他只能说,不会让这种事发生在自己的局上。看到喝多了要开始搂搂抱抱的那种人他都烦,真有人做出点儿过分的举动,下一次他绝对不会让这种人出现在自己眼前。

别人的局,他管不了。那一点儿不愿情绪,也许是不忍,也许是心中五味杂陈。

程帆刚想回头喊落在后边的朋友,让他进来管好他自己的局时,就看到那个女人站起了身,举起酒杯,手腕轻转,八分满的红酒一滴不剩地全洒在了中年男人的头上。男人的衬衫迅即被染红,挂在发丝上的酒一滴滴地往下滑落,用摩丝固定的造型坍塌,为数不多的几根头发贴在了头皮上。

周围安静到极致。

众人都看着这一场突如其来的"闹剧",不知所措。

"你知道我爸是谁吗?你再敢碰我一下,我就喊人把你的手打断。"

若不是从背后看到她的另一只发抖的手,程帆还真以为她如她表现的这么有恃无恐。

红酒流过鼻翼，发酵的味道弥漫开来，被泼了酒的男人好一会儿才反应过来。一身衣服弄脏了事小，在众人面前失了颜面事大。

男人后知后觉的怒意升腾而起，他半醉的头脑指挥着粗壮的手臂就要哆嗦着给面前的女人一巴掌。然而这时，他肩膀上传来一股颇有力道的重压。

他转头看去，那个男人像个误入的不知情者，颇有礼貌地问他："怎么了？您没事吧？"

老金皱着眉头，甩着膀子挣脱开了他的手："你是谁啊？别多管闲事。"

"我只是被喊来喝酒的。"他向后看了一眼正在疾步往前走的老韩："韩总，这酒还喝不喝啊？"

韩宇没想到出去一趟就发生了这样的事，别看老程一副和气的态度，他站出来说一句话，就表示内心已经很不爽了。

韩宇好不容易把他请来喝杯酒，向众人暗暗展示他韩宇交了这样的朋友，结果就让程帆看到这种不堪场面，还让程帆出面过问了。

老金是不是脑子不好？这种场合连个陪酒小姐都没请，他还色胆包天地敢来戏弄一个对他而言来路不明的女人？这个人实在是蠢。

韩宇走上前，低声对老金说："老哥，给我个面子。"

程帆看了一眼面前站着的女人，女人面容精致，略施薄妆，头发垂至锁骨。虽然她看起来浑身带着遮不住的稚气，不过那一双强装镇定的眼挺特别的。

老金还未说话时，这个女人已经拿起了包，对着韩宇道歉："对不起，韩总，坏了你的饭局，我改天上门向你赔罪。"

她说完就走，除了方才程帆上前阻止时看了他一眼，到离开时都没再看他一眼，更别说是说一句感谢的话。

程帆不以为意。他没有英雄救美的爱好，况且美女他见的多了去。

饭局上的人都是人精，最擅长插科打诨与视若无睹。大家三言两语就把这事给绕了过去，老金也装作没事人一样照常喝酒聊天，谁也不再提这茬。

程帆相信，若是方才那个女人没有拒绝老金，闷声吃了这个亏，这些人一样能做到视若无睹。阅历越广，见的人越多，他对人性越是日益感到悲凉。

他寒暄了一番，再喝了两杯酒，就走出了包间。

也许最近饭局真是太多了，还是逃不了的局，心里疲倦了，他边走边想，真没意思。

一群赚了点儿钱就自以为是的蠢货，还没赚到大钱就觉得随时能把底线抛下以换滔天富贵的傻子。当然，他不爱标榜自己有道德，那玩意儿他也不稀罕有。

就说最简单的，这都互联网时代了，但凡要整你的人，在私人饭局里偷拍了视频发到网上去，会造成多大的影响？

他和这种人谈不了道德，但这些人对这种事发生的可能性与后果无任何预判，不是蠢是什么？

他不耐烦地扯了扯领带，又回到了饭局上，争取半个小时结束，他要回家歇着去。

结果又是远离预期，但也算早，九点半饭局就结束了。这个饭店没有地下车库，他来时将车停在了对面的停车场里。程帆不爱用司机，边往外走，边想是打车还是喊代驾。

结果，他还没走到马路边上，就看到了坐在花坛旁的长凳上的女人。她看到了他，站起了身，并向他走了过来。

"你好，刚刚谢谢你。"

程帆没有心情应付一个来表达感激之情的女人："不用。"

那个女人也没继续啰唆，却从包里拿出一个信封递给了他："我也不想浪费你的时间，请你收下。"

程帆看了信封厚度，乐了。

他自然是不会收这钱的，但她在这里等了他一个小时，不简单。

他指了指对面的星巴克："你请我喝杯咖啡就好，我不需要这个。"

九点半的星巴克里已经没什么人了，一个员工在料理台上清洗着容器，另一个员工在拖地。他找了个角落的位置坐下。

程帆挺喜欢星巴克，装修风格、灯光和氛围，都让人挺舒服的。他没事时就带本书，去个人少的店坐半天。

她端了两杯咖啡走过来，稳当地将其放在了小圆桌上，再坐在了他的对面。

程帆看她虽然一身都市职场人打扮，但她仍略显稚嫩，可能是长相，也可能是纯澈的眼神，与人打交道时不够老练："你这是刚工作？"

"不是，我已经毕业快两年了。对了，我叫林夏。"

温热的红茶拿铁落肚挺舒服，程帆并没有介绍自己："好，林夏，我没有帮你什么，你没必要这么谢我。"

他心里纳闷。他今天穿得很廉价吗？还是他落魄到像个上饭局陪领导喝酒的潦倒下属？

晚上他来饭局前去了趟工厂，衬衫有点儿皱和脏，也没来得及换。前段时间跟朋友喝了大酒，他半夜坐在大马路上，打了电话让人来接他，清醒后发现手表和两部手机已经没了。他反省了一下自己，真不该这么喝多了。挺贵的表丢了有点儿可惜，但万一命没了呢？他痛定思痛，决定半年不买也不戴手表来警示自己。

"我不是在特地等你，就是坐在外面冷静了一下。我不觉得我刚刚是冲动了，不过也许有更好的解决方法。"

他估计这姑娘是第一次在饭局上被人骚扰，入秋的夜里寒气重，她手捧着咖啡，面容冷静，却藏不住声音中的一丝颤抖之意。

"就算有更好的方法，但如果你没那么做，估计事后会懊悔没痛快一把，人还是要在兜得住的范围内活得随心所欲。"

林夏被他逗笑了。刚才出了包间，她就去卫生间洗了很久的手。

"你说得对。"

"是老板让你来参加饭局的吗？"程帆看她犹豫着没回答，也没打算继续问,"混人脉的饭局,是谈不成事的。"

"我不是混人脉。"她下意识地反驳了他,想说什么又没说出口,叹了一口气,"你不懂。"

"不说这个了,你是韩总的下属吧?你刚刚帮我,会让你被老板骂吗?"

他差点儿把口中的拿铁喷出来,憋着笑喝下了那一口后,老实地回答了她:"不会。"

"你不要有别的想法,大家在外面打工都不容易。你帮了我,也是我见过的第一个会在饭局上站出来的人。这点儿钱没什么,你收下吧。"她又从包里将信封拿出来,放到了他的咖啡杯旁边。

进咖啡店时,不知她知不知道他的身份,也不知她有何目的,程帆存了警惕心,但她好像真的什么都不知道。

"口气这么大。"他没看那沓钱,说话不留情面,"如果这么有钱,那你应该具备基本的辨别能力,哪些饭局是有用的,哪些是混圈子的。"

这个人说话难听,林夏也没跟他生气。刚刚在外面吹了冷风,此时待在温暖的星巴克里,暖黄的灯光投射而下,明亮而舒适,对着一个陌生人,苦熬了一个多月的她忽然有了点儿倾诉欲。

吞掉了那句"你说得轻松",她略带苦恼地说:"但当没有任何办法时,每一个机会,就算概率再小,都应该去尝试一下。"见他没有说话,她解释了一句,"我爸开公司的嘛,简单来说,就是我想拿到一个项目,向他证明我的能力。"

"然后呢?"

"他看到了我的能力,就能把更大点儿的部门交给我管哪。"

"那你这是还没拿到?"

林夏喜欢他用的"还",是还没有,不是不能,但也不愿意再跟他说更多,敷衍了一句:"差不多吧。"

她喝了一口咖啡,就准备起身拿包离开。虽然这个人长得还挺帅,但她没幼稚到就因为他帮她解了围而心生好感。很久了,她都没有任何心情有男女关系方面的心思。

她准备告别时,对面的男人开了口。

"如果你的目的就是拿下项目,那你为什么要舍近求远呢?"

林夏愣住:"什么?"

"既然你刚刚泼人酒时,都知道拿出你爸来吓唬人。那谈项目时,你为什么不用你爸的关系呢?"

她一时没说出话,心想:你这不是废话吗?我不是要证明自己吗?我用我爸的关系拿了项目,那不还是靠他吗?

但她好像又没必要认真反驳他。

"如果不想用他的任何关系,那你为什么不去自己创业呢?"程帆没有给她回答的机会,"擅长利用已有的资源与禀赋是种能力,很多人有关系也不一定能办成事。"

很多人说过他谈事时是六亲不认的,不论是多好的关系,他都能全然理性,甚至是不照顾对方心情,说该说的话,做该做的事。

他又说:"不然呢?当你问我要解决方法时,我已经默认你做好了心理准备来面对问题。"

程帆想自己是不是闲得慌,面对一个陌生人,人家也没问他该怎么办,他犯不着这么说话。他尚有些自知之明,人到三十岁,就该学会闭嘴,更别提主动教人怎么做事,不然是挺让年轻人讨厌的。

"抱歉,这只是我的想法。"他率先站起了身,端着喝了一半的拿铁,"谢谢你请我喝咖啡,钱就不用了,再见。"

想到明天早上要赶飞机,程帆打了电话让人过来开车,准备走到前边的路口过马路。最近真的太忙了,给自己放个假的心情都没有,他只能想着再过两个月,就去滑半个月的雪,谁也别想找到他。

结果还没走几步,他就被人从后面喊住。

她都没来得及穿外套,衣服搭在了手臂上,左手端着咖啡,右手拿着包。秋风吹起,扫过地面上的枯枝落叶,将小跑着赶过来的她的发丝吹起,还有一缕缠绕在她光洁的脖子上。

他看了一眼,又别开了视线。

站在他面前时,她没顾上整理头发,埋头从包里掏出了一张名片递给他:"这是我的名片,如果你遇到了什么事,可以找我帮忙。虽然我不一定帮得上,但谢谢你刚刚跟我说的话。"

他收下了名片,不置可否。

上车后,程帆随手将名片塞进了座椅靠背上的收纳袋里。

第三章

风平浪静

周六，林洲没有加班，五点就回了家。电梯里的楼层数字不断增加，这套房是去年交的，他喜欢住高楼层，喜欢站得高。

进屋子时他就闻到了一阵从厨房里飘来的饭香，还以为是女友在做饭，正纳闷她不是出差了嘛，就看到他妈王秀萍走了出来。

"你怎么这么早就回来了？等我再做个丝瓜汤，你就能吃饭了。"

"妈，你怎么来了？"

"这不是天热嘛，鸡也养不住了，我就杀了两只带过来。一只放在冷冻层里，另一只我刚刚烧好，今天吃一部分，剩下的装在保鲜盒里放进冰箱，你可以吃两天了。"

林洲进厨房洗了手，打开冰箱，满满当当都是王秀萍从乡下地里摘来的菜："你来怎么不告诉我一声？"

"怎么，交了女朋友，就不想让我过来了？"

王秀萍今天一早就来了，虽然儿子这里有保洁定期上门，可这些人做事不仔细，沙发底下、边角的灰尘都不打扫。她拿起抹布就搞了个大扫除，在收拾衣橱时发现了女人的衣物。

"自己拿碗盛饭，一会儿你吃完我洗完碗就坐地铁回去。"

林洲看到客厅的毛毯被整齐地叠放着，内心无奈："我开车送你回去。"

王秀萍做事利落，边烧汤的工夫，又加了个红烧冬瓜。不过十分钟，热气腾腾的饭菜就上了桌。

"在你爸那里干得怎么样？"

"就那样。"

"好好做事，以后这一切都是你的。"

"妈，他没这个意思。"

"他要没这意思，喊你回去干什么？"王秀萍夹了鸡心给他，"林洲，你小时候我就跟你说，不想当将军的士兵不是好士兵，你就是要比那个女人的孩子优秀。你现在做到了，这些东西本来就属于你。"

王秀萍自认吃了半辈子的苦，内心的苦往往比生活的苦更难挨。老公刚发家就被人勾引了去，两个人离了婚，她留在婆婆家没有走，没有再婚。

当时还算年轻，她可以再婚的。再婚她就一定要给人生孩子，但能有几户人家接受她带着儿子改嫁？母子俩长久不见面，那就相当于是断了母子情分。那时婆婆劝她：你留下来，只要有我在，都有你们娘儿俩的吃住。

王秀萍没文凭，就在一家外资的纺织厂里上班，福利待遇好，她也没换过工作。十年前，纺织厂倒闭，她拿了笔赔偿金。恰逢婆婆身体不好，她就再没出去工作，一直在家照顾着婆婆。

这些年，别人看她衣食无忧，但自己这跟寄人篱下有什么区别？

她回娘家要被说没能力守住老公，不然哥嫂哪里还用得着这么辛苦工作。过年林建华带着老婆和孩子回乡拜年，没人知道她有多尴尬。她躲在厨房里做饭，人前笑着人后落泪，但还得教儿子给爸爸拜年，时不时打个电话联络感情。

命运让她吃了大半辈子的苦，还是给了她一次好运。她到底是赢过了让她恐惧，也恨了半辈子的女人。

孙玉敏风光了这么多年，儿子却死了。她一蹶不振，后来去了美国,说是去静养。

婆婆走之前,跟王秀萍说了一句:"那个孩子,以后怕是要出事。"

没两年,事情就被婆婆说中了。

"对了,他还有个女儿,你见过吗?"

她做的饭菜偏咸,林洲起身倒了杯水:"妈,饭要一口一口地吃。"

王秀萍内心嘟囔着:你老娘我就是个粗人,吃饭就习惯扒着碗狼吞虎咽。我这把年纪了,也学不会城里人那样一小口菜,再慢条斯理地一小口米饭哪。

正在饭厅吃饭,王秀萍耳朵尖,隐约听到了密码锁输入密码的声音,紧接着传来"啪嗒"声。她连筷子都没放就跑去了门口,结果跟提着行李箱的女人大眼对小眼。

这模样,她肯定见过:"周倩?"

"阿姨好。"

林洲走了过来,看到这一幕有些头疼:"妈,周倩,我女朋友。"

王秀萍甚是惊奇:"你们俩什么时候在一起了?"

她就说这小姑娘怎么眼熟呢,这是周老狗的女儿啊。这个周老狗长得那副丑样,女儿却生得水灵。

但他俩差了有好几岁,而且村子大得很,一个东边一个西边,也没机会见着面哪,怎么就在一起了?

"一年了。"林洲拿过了周倩的行李箱:"还没吃饭吧?洗手来吃饭。"

周倩也没扭捏,边吃饭边跟王秀萍说着方言聊天,夸她做饭好吃,饭后还主动去收拾了碗筷。王秀萍走之前还关照周倩冰箱里的新鲜菜赶紧吃完。

等林洲把王秀萍送回家再回来时,周倩早已洗了澡,在床上等他。他进了门,周倩便扑进了他的怀里:"你妈来怎么不告诉我?我还想着给你个惊喜呢。"

林洲抱紧了她:"那你这算不算见家长了?"

周倩埋在他的怀里没说话,只觉得无比幸福。她是做室内设计的,两个人在工作中认识,他是她的甲方,平时也没见面的机会,还是在聚会中见到了他。

其实她早就知道他,一来二去,他们就在一起了。女人由爱意激发的同情心可真奇妙,她觉得他从小父母离婚,可真可怜,就想心疼他。

林洲在她耳边细语:"那你见过了我妈,我是不是得改日跟你回去见你家长了?"

她顿时好羞涩。才一年不到,她都没想过这一步。最终,他听到了声若蚊蚋的一声"嗯"。

林夏的一天挺忙碌。

早上审批文件,她看到行政部报备即将组织的团建活动——野外拉练,徒步二十公里,预计下下周末进行,顿觉一头雾水。

"谁想出来的?是不是脑子不好。"林夏合上了文件,将其扔到了一旁,"到时候四十多摄氏度,就算山里温度低点儿,也热啊。"

二十多公里,万一有人猝死了呢?

秘书站在一旁尴尬地回答:"是董事长。他之前吩咐了一句,行政办那边就开始着手组织了。"

林建华信奉狼性文化,甚至将其与企业文化相挂钩,喜欢搞些耐力训练也不足为奇。他认为这可以锤炼心智,让人无所畏惧。

林夏虽不需朝九晚五地坐班,但明白工作已经很累了,难得的休息日出来搞团建算加班,更何况是这么热的天。

"我没看到有任何急救措施及预案,退回去。"

"好的。"秘书没有多嘴,将文件拿了出去。

工作信息不断,集团下一个子公司的财务总监找了她,跟她告了状。审计发函发错了,其他应付发成了其他应收,还被客户发现了。估计财务平时被审计刁难了,这次借题发挥,告到了她这里,潜台词是要不要考虑换事务所。

当然暂时没可能换,但林夏还是先应下来,说去了解一下情况。

最后她要处理的就是林建华说的进军房地产的事。

建林集团主要以建筑为主导产业,也涉足房地产,前些年成立了一家由集团全资控股的房地产公司,也只是小打小闹。

建林集团在本省的三线小城市里拿了地,但先天不足,招商、物业管理和营销团队,都是从外部找的公司合作,自身的开发能力很薄弱。

虽然开发商总是在号叫税负重,但去看房地产上市公司,特别是大的上市公司,纳税最为规范的,它的利润占销售额最低都是百分之十,做得好的能到百分之三十多,与工业性产业的利润率——百分之二到百分之三相比,前者利润这么高,知名的大企业都跑去做房地产了也不足为奇。

林建华一直想往房地产上发展,据说没同意的人是孙玉敏。

建林集团一直是闷声发财的架势,早年资源非常强悍,政府办公楼、机关医院、商业中心和一些地标性建筑,都由其承建。虽然现在集团不缺业务,财务报表好看,但社会关系带来的资源不如从前。林夏不知道原因,隐约推断是人走茶凉。

这一次,林建华想在房地产上大干一场,而孙玉敏远在美国,几乎是不问世事。

林夏看着直接由他的办公室传达的文件,他步子迈得很大,准备同时在多地购地,而且主要集中于三四线城市。

她在文件中看到了A市,一个不甚发达的邻省城市。当地政府正在招商引资,要做个集住宅、商业及办公于一体的综合社区。正式文件还未下达,但很快就会出台。

A市这个项目,被放在了首位。

林夏才后知后觉地想起来,早两天林建华问了她一句,程帆在A市的工厂怎么样了。

程帆在A市拿了那么大一块地，也是当地招商引资的重点项目，区委主任出席了奠基仪式，可见这一产业基地对当地的重要性，以及他背后与当地政府的良好关系。

林夏心中了然，难怪这项目要交给她，至于后续的拿地规划，简单来说，难点在钱。

建林集团并未上市，无法从股市获得输血，就算是现在借壳上市，也无法一蹴而就。银行贷不了这么多钱，他们需要找资金合作方，林建华说资金方他会来想办法。

工程部那一块，目前是她担着总负责的名头。现在又要让她转移重心去搞A市这个项目，难道林建华真要搞分权与制衡那套？

林夏懒得多想。她知道，自己一向不擅长去跟人争抢。正如刚毕业时她选择了去钢丝厂，总得做出一点儿事情证明了自己，才有资格让林建华给她更多东西。

林洲的工作并不直接向她汇报，她也没这种人刚来就摆出架势跟人搞内斗的心思。他们何必为了点儿利益就闹得鸡飞狗跳，让人看笑话？这到底是自家的产业，有这精力，她不如多去谈两个项目。

她甚至对林洲没有敌意，爱、恨、厌恶，都需要很多力气。她不相信血浓于水的虚幻感情，但极其偶尔的时候，会想他们的成长轨迹其实很像——被忽略着，若非没有选择，他们并不会被选择。

在盛夏来临前，苏城举办了婚礼。

程帆夫妇俩自然要参加，不过两个人也没有兴趣跟着一帮小年轻玩迎亲那一套，到点出门直接去婚礼现场就行。

程帆的手机被扔在了外边，没有设闹钟。约莫清晨时他醒了一回，想着林夏会喊他，昏沉中又睡了过去。

等到他再次醒来时，卧室一片黑暗，隔音好到几乎是静谧一片。他昨天回来得晚，她没在这间屋子里睡。

他躺着发了会儿呆，想起今天的行程也只有一件事——去参加婚礼。

他和林夏举行婚礼时,天倒没那么热,是在春天。本来他们可以更为浪漫地去海岛或是欧洲小国举办婚礼,但要请的客人中一部分身份特殊,日程安排紧,出国也不方便,林夏也不是个追求完美浪漫婚礼的人,相反,她的要求甚低。

程帆听多了狐朋狗友们结婚前对伴侣的抱怨,她们简直是吹毛求疵到极致,小到鲜花种类、场地设置、客人酒店预订,大到主桌坐谁、礼仪规格、婚纱定制,无一不要求尽善尽美,甚至连抱怨的语句都一致——她们总说婚礼一生只有一次。

的确,这么搞我,我一辈子只想办一次婚礼。

办婚礼前,程帆想的是他给足预算,不要让他这么被折腾就行。可他没想到,林夏比他还心大,只是与他一起定下了宾客名单,其他流程琐事都全权委托给了策划人去做,她过目一下就行。

反倒是他对她说:"婚礼只有一次,你怎么这么不上心?"

她诙谐一笑,说:"有这么大的钻戒和 Vera Wang(美国纽约品牌)的婚纱,我已经很满意了。我审美一般,还不如交给专业的人去做。"

她的审美挺好的。她被婚纱裹紧而露出的肩膀白皙而瘦削,头发被绾在脑后,温婉大气,蓬松如云朵般的裙摆垂在身后,被她父亲挽着向他走来时,他才有了这就是结婚的真实感受。

度蜜月时两个人去欧洲溜达了一圈,程帆每次去欧洲几乎都是出差,除了象征性地去一两个著名景点,倒没闲心瞎逛。

两个人没有规划,可以在博物馆里待一天,也可以在不知名的街道上走许久,累了就找个临街的咖啡店坐着,无话可说时各自发呆也不尴尬。在他没倒过来时差时,她会半夜陪着他去酒店外的街道上抽烟。两个人都不爱拍照分享,连朋友圈都不发,被大家说去度个蜜月就跟人间蒸发了一样。

那的确是段难得的放松时光,他们暂时将工作的压力卸下,失去了熟悉环境的牵绊,像是两个人在与世隔绝的角落里流浪。日均一万多步，晚上再任由身心极致地放纵，事后感受着彼此的心脏跳动由快到慢，两个人都睡得很好。

度完蜜月，回归到日常生活之后没多久，林夏跟他说他有时回来得太晚，影响她休息，要分房睡，他也没有意见。

她不是拿乔的人，有问题就直说，毕竟两个人不是上班族，没有相对一致的作息时间。他也没把这当成个问题，也许婚姻中两个人朝夕相处会加快厌倦期的到来，这样也好，他们可以保持对彼此的新鲜感。

这么个先河开了后，平均下来，一个月两个人没几天能睡在一张床上。

有时，比如现在，醒来后百无聊赖、没有紧急的工作行程需要开展的清晨，他觉得分房睡也不好。

程帆并没有在这个问题上想太久，掀了被子起床去洗漱。刮完胡子向客厅走去时，他听到了电视声。

窗帘紧拉着，伦敦腔的台词从音响里低沉地流出，旧时的贵族庄园在屏幕上展现。在古典而堂皇的会客厅里，一群着装正式的客人端着酒杯在闲聊，一股阴郁气息却无法从本该热闹的场景中消散，此时进来了一个面色颓废而长相英俊到绝美的男子。

她蜷缩在沙发上，裹着毛毯，眼睛盯着屏幕，没有注意到程帆的到来。

当他坐在她身旁时，她才如梦初醒，欲起身拿起遥控器关电视。他按住了她的肩膀，说："才八点，怎么醒这么早？"

林夏睡得并不好，昨晚一点多勉强睡着，早上六点就醒了，再也无法入眠，便起来泡了杯参茶吊精神："昨天睡得早。"

程帆将她拉到了怀里，低声在她耳边问她："为什么不等我？"

"你不说你几点回家，我要等到几点？"

他轻笑，开口说："那我下次报备。"

"别了。"林夏隔着一层毛毯握住了从她的睡裙下摆处钻进去的手，吞下了直白的"我没心情",改口道,"下午好不好?"

她已经连着好几天没睡好了,早上绝无这样的兴致应付他。但她想也许可以在参加婚礼时多喝点儿酒,下午找个酒店开房,跟他消耗一下体力再睡一觉。

背后的他没了声音,林夏刚想问他怎么了,就被他用力一扯,跌落在他的大腿上。她下意识地抓住了他的手臂,看着他面无表情地看着她,心想她刚刚只是建议放到下午,他至于这么摆脸色给她看吗?

林夏还以为他生气了,却忽然听到他问:"你的眼睛怎么红了?"

"估计没睡好。"她最近眼睛是挺容易红的,还有些畏光,"对了,下午我要去买副墨镜。"

"你刚刚不是跟我说一早就睡了吗?"他不顾她的呼痛声,捏了捏她的鼻子,"起来。"

程帆起身又去了卧室,拿了放在床头柜上的人工泪液,让她重新躺到他的腿上,手指撑开了她的眼皮:"别躲。"

失眠后倍感干涩的双眼得到了滋润,泪滴顺着眼角滑落,闭了眼的她感受到他的大拇指轻轻滑过她的眼角,将泪滴拭去。

耳旁是塞巴斯蒂安的嗓音,看过太多遍,她几乎都会背他的台词了。

"这是什么剧?"

她迟疑了一会儿,回答了他:"《故园风雨后》。"

这种剧不会是他喜欢的类型,她没有解释说,这是 1981 年的电视剧,不是 2008 年再次被改编的电影。如果他感兴趣,只要看电视剧就好,电影改了故事线,很糟糕。她也没有说,这是她最喜欢的电视剧。

他果然没有再问。

她枕在他的腿上,他身上有种沉稳的力量。她从没有想过要任何人保护她,此刻却觉得有一些踏实。林夏闭眼听着剧,迷糊间竟然睡了过去。

被他喊醒时已经十点四十,她蒙了半分钟,便迅速起身去换了衣服，然后拿了粉饼和口红塞进包里，坐在他车里化了妆。

婚宴场地坐落在山脚，被湖泊环绕着，隔绝了闹世的喧嚣气息，私密性强。近年来，重要的国际会议与外事活动都在本市举行，也都用了此处的场地。

在城市之中，大片的绿意与清新的空气是奢侈的。人们想要逃离城市的时候，不用舟车劳顿地驶向远方，来这里过个周末挺好，绕着山脚饱览绿意，累了就窝在房间里泡澡，透过窗户看山清水秀的景致。

程帆开车稳而快，两个人没迟到。

苏文茜显然快忙疯了，在签到处招呼着男方的亲友，看到林夏时，赶紧拉着她走到了旁边："你总算来了，我从早上到现在水都没喝一口。"

林夏从包里拿出颇厚的红包给了她，虽是电子支付的时代，但婚礼上大家还是颇为传统，送红彤彤的现金吉利。

这么多客人，婚礼过后，估计新人数钱对账都要弄一天。每一笔钱，都是人情的重量，情谊重的朋友自然要多送，平时受过恩惠的人，在结婚这种重要的场合，就算是借也得把该尽的礼送上。

"不是有你表妹在吗？你去喝水呗。"

"我还得去上个厕所，你替我一会儿吧。"苏文茜不由分说地将林夏拉到了招待桌旁，吩咐她，"你看着她写完名字，把红包放进包里就行。"

说完苏文茜就托着礼服，踩着高跟鞋小跑着往卫生间的方向跑去。

林夏无奈地看了程帆一眼："你先进去跟苏城打招呼吧。"

程帆点头："你一会儿来找我。"

林夏做事认真，将红包整理了放进下边的尼龙包里，遇上人多到来不及写名字时，便拿了支笔帮忙写着。旁边自有人跟客人打招呼，她忙得头也来不及抬。

手边滑过一个红包，苏文茜的表妹轻声跟她报了名字："李子望。"

宾客很多,耳边响着不绝的寒暄声,林夏听得并不真切。后知后觉反应过来时,她下意识地抬头看向叫这个名字的人。

他穿着剪裁得体的淡蓝色西装,显得休闲而不失正式,淡褐色的眼眸对上了她的眼,正朝着她微笑。

林夏不知道他为何会出现在这里,但被旁边人催促着,没有打招呼,连笑容都欠奉,又低下头用凌厉的笔锋写下了他的名字。

苏文茜终于赶了回来,没有接过林夏的工作,先跟李子望打了招呼:"李先生,昨晚睡得好吗?还适应这里的酒店吗?"

"挺好的,周围环境特别棒,我今天还晨跑了一圈,谢谢你们。"

"有什么需要就跟我说。"

"好的,看你挺忙的,我就先不打扰你了。"

"好呀,一会儿见。"这是个绅士,苏文茜一脸笑意地看着他离开,才对着旁边的林夏说,"你是不是也觉得他长得挺帅?"

"嗯。"林夏敷衍了一句,将笔递给了她,"你来吧,我先进去了。"

林夏进入了婚宴现场,仿佛置身中世纪的宫廷里,香槟玫瑰快布满整个现场,桌台上的金属烛台与雕塑的小天使也加深了氛围感。

一旁的屏幕上播放着这一对新人的旅拍照片,两个人在雪山上拥吻,在篝火旁跳舞,在无人的道路上开车狂奔,在山顶携手登上直升机。

置身被精心营造的一场梦中,新娘被父亲挽着送到了新郎手中。女孩脸上依旧带着纯真的娇憨表情,那是被疼爱与好好对待的证明。看着新娘红了眼眶不舍地看着要走下台的父亲时,林夏却一下子落了泪。

她拿过纸巾装作若无其事地擦去眼泪,只当为爱情的纯真而落泪。

当仪式结束,灯光骤然亮起时,众人从一场梦中醒来,开始最世俗而热闹的觥筹交错环节。半开放式的宴席,吃从来不是重点,大家只是借着场子应酬热络着。新人被不停地劝着酒,伴郎、伴娘在旁边替着喝。

林夏跟在程帆旁边,与他一同跟人打招呼。他人脉广,有时她顶着他太太的名头挺好用的。

两个人应酬到一半,撞上了苏城在跟人聊天,苏城喊住他俩:"嘿,给你们介绍一个人——李子望,我好不容易求来的合作伙伴。"苏城用酒杯示意着他俩:"程帆、程太太。"

苏城说完看了一眼程帆,这个家伙,不喜欢自己叫他老婆夏夏。

"苏总您太客气了。"李子望对着程帆主动伸出了手打招呼:"程总,你好。"

程帆与他握了手,礼貌地回应:"李总,你好。"

李子望又对着林夏伸出了手:"程太太,您好。"

这种场合,林夏只当作与他第一次见面:"您好。"

打完招呼,他们简短地聊了几句投资的事,林夏在一旁站着,不想加入话题。李子望跟苏城有合作,苏城跟林夏没有生意上的往来,她和李子望也自然不会见面,她无须多余地跟程帆解释一句:这是我前男友。

婚姻上她将心比心,从未问过程帆的历任女朋友,讨论这事没意思,非要问着对方最爱哪一任也挺无聊的。她不问过去,但如果他现在跟前任女友频繁地接触,即使是工作上的事,不告诉她,她肯定内心不舒坦。可他若只是偶然碰见了人,告不告诉她都无所谓。

程帆注意到对面的男人看了他的老婆一眼,谈笑风生间余光扫到了林夏,她正盯着空了的酒杯发呆。程帆不动声色地跟林夏对调了酒杯。

苏城看到了他的小动作,阴阳怪气地挑拨离间:"要是我让小范帮我喝酒,她回家非得揍我一顿。夏夏,你老公怎么这样哪?"

林夏被逗笑,对着程帆说:"你交友不慎,他这是撺掇我回家揍你呢。"

程帆搂住了她的腰,声音含着笑意说:"我是该检讨。"

苏城一脸嫌弃:"吐了,在我的婚礼上秀什么恩爱呀。"

他们又客气地闲聊了几句,便散了场。

程帆倒是兴致缺缺了,两个人都喝了酒,也没法开车。在人群之中,他低声问了她一句:"还记得早上你说了什么吗?"

早上她在他的腿上睡了很好的一觉。

林夏抬头望着他,在大多数人眼中,他都是个无比严肃而认真的人,好多人却不知他身上也有不羁而叛逆的一面。此时他喝了两杯酒,眼神中朦胧而蒸腾着的欲望只有她懂。

看到她歪着头对他笑了一下,程帆再也抑制不住,拉着她的手出了宴会厅,去前台拿了房卡便扯着她进了电梯。两个人进房门时窗帘被自动打开,望去是一片美丽的湖景。

谁要在这里看景色?程帆将她压在了门上。

当林夏的指甲陷入他的肩膀时,他却捏住了她的下巴,眼神带着冷意看着她,她又痛又不想拒绝。

"下次不许穿得这么漂亮。"

林夏睡得并不踏实,光怪陆离的梦一个接着一个,过往的碎片与虚幻的片段交织,让她醒不过来。

她被接回京州时,那个美丽而冷漠的妈妈主动抱了她,她却怕满手的血弄脏了妈妈白色的连衣裙。

躲在书房里偷玩时她听到了很多听不懂的话。

外婆病重时来了京州治疗,她休了学,去医院陪外婆。那一层的病房死气沉沉的,她似乎闻得到日渐衰朽与腐烂的气息。人终日待在其中,日复一日地绝望。

众人都指责她冷漠无情,没有人站出来帮她,虽然她并不在意被人如何评价。那些人更是一群彻头彻尾的失败者,她无须挂齿。

某一年夏天,她在巴塞罗那的圣家堂参观,近落日时分,阳光照在彩色玻璃上，瑰丽的光影洒在恢宏的梁柱上。她独自逛了很久，要离开时被人喊住，那人给她看了刚刚偷拍的她的照片。她正抬头，柔和的光影打在她的侧脸上，给她蒙上了一层朦胧而肃穆的色彩。那人说："你给我留个邮箱，我把照片发给你。"

她和那个人一起看她最爱的电视剧时，他悄悄地对她说："你不会是Sebastian。"她泣不成声，那一刻想过永远。

她与那人分别也是在夏天。回国的飞机上，她蒙着毛毯哭了很久。她从不会开口让别人为她牺牲。

在交换对戒时，她看了一眼台下的妈妈，想知道看着女儿出嫁，妈妈会是何种心情与神情。

梦中的她，那一眼始终没有看到。

林夏倏然惊醒时，心脏跳得很快，记忆错乱到不知自己身在何处。

白昼依旧漫长，窗帘没有拉上，湖对面的绿荫被晚霞笼罩着。夏天常有热烈到燃烧火焰般的晚霞，此时她睡得浑身有点儿酸软，并没有心情特地走去窗边看落日。

等待心跳逐渐恢复平稳后，林夏转头去看程帆。一条薄被只裹在了她身上，他火气旺盛，连床毯子都懒得盖。

他身材很有型，挺赏心悦目的。主要是他有点儿精力旺盛到变态，不出差时，几乎是每天去小区的健身房锻炼，还能管得住嘴，中午只吃一盘沙拉。她夸他这身材比得上年轻小伙，被他反问了一句："你确定现在的小伙子有我这身材？"

沉重的梦让人心情低落，容易生出一切皆空的虚无感，而醒来面对他时，她像是被扯了回来，翻到了另一面。

人皆有两面，黑暗而隐秘的那一面给自己。

那些过往，她从未跟他说过，因为没有必要。

"看我干什么？"程帆睁了眼，看见她眼角挂着残存的泪痕，"怎么哭了？"

他的语气中却没有半丝关心或紧张之意，因为他根本没见她伤心哭过。林夏这人，不把让她不爽的人弄哭就不错了。

她随口胡诌着："梦见你出轨，伤心哭了。"

他想了半天，特认真地问了一句："那出轨对象是不是比你漂亮？"

"可不是，还比我有钱，人家就要跟你好呢。"

林夏不想再睡，不然晚上又要失眠了。她撑着手坐起身，看到凌乱的衣物从门口脱到了床沿，要穿的内衣挂在了床尾，半垂着就要彻底掉下去。

感受到他带着热意的手掌在她光洁的后背游移时，她喊了停："别。"

躺着的程帆单手扣住她的腰，将她再次按回了床上，掀了被子的一角盖在身上："陪我躺会儿。"

林夏看着天花板，陪他干躺着，这人习惯醒来后发会儿呆。心情好时，他就把她当玩偶，抱着她发呆。这倒不是真要她陪着他，他纯粹是不想看到她在房间里乱晃制造噪声。

"我后天要出差，去越南，"安静了很久，他突然开了口，"大概一周。"

她知道他在那边有工厂："谈业务吗？"

"嗯，很久没去了，再去看看那边的环境。"

数据与报告能够有效分析一个地方的营商环境、有无政策风险性等，但程帆仍偏好自己去走一圈。下至工厂工人，上至政府官员，他都要打一遍交道，这些直观感受是纸面文件不能给的。

"那边环境你觉得怎么样？"

这自然不是问天气和旅游，程帆想了想，开口说："挺落后的，只能做些衣、帽、鞋的代工，电子产品上的装配。交通基础设施落后，没办法做更高级的业务，也不好形成产业链。"

听着他讲工作，林夏忽然翻了身，面对着他："我爸要去搞房地产。"

程帆不知她是随口一问,还是另有目的,不动声色地问了一句:"那你怎么想的?"

她皱起了眉:"我怎么想的重要吗?我不认为我能够影响他的决定。"

房地产,曾经救过程帆的命。

刚创业时,他运气挺好,头两年就赚了很多钱。

那时他去参观了一个企业,说是交流,其实就是人家公司做大了,就得办点儿交流会让人体会一下自己的厉害之处,这样才有成就感。介绍的人说:"我们在全国都有推销员,他们经常过来,住宾馆的开销还挺大,所以想着把这栋小厂房改造成招待所。"

程帆当时感同身受,这笔开销完全是能被节省的,随着业务量增大,他的公司以后也会有这个问题。但他心里想的是:做什么改造,有闲钱直接去买几十套房放着当招待所不就行了?

那时房价还没起来,他真诚地给人提了这个建议,人家笑了笑,事后也不知采纳了没,反正他回去就把这件事给干了。

后来,一条投资巨大的业务线遇上所在国的政策性风险,他亏得血本无归,甚至会影响到主线业务的正常运营。

遇上那事时,他可以让他母亲强大的娘家出手相救,也可以向他哥求助。

他要点儿脸面,谁也没求,整天熬着想办法。后来他还被他爹叫回家训了一顿,他爹骂他做事太过招摇,贪功冒进,赚了点儿钱就飘了。

自他创业以来,程云鹤就没对他满意过。他并不忌妒父亲每次对大哥赞许,大哥的优秀是他追赶不上的,但父亲非得在落难时给他脸色看,这不公道。

盛怒之下的程帆对他爹说:"那就断绝关系好了。"

后来他就把已经升值了一倍多的那么多栋房子都卖了补窟窿。自己当时住的那套房子还挺值钱,但他也一并卖了,之后租了个小单间,非常苦闷地住了半年。

事后他想想,程云鹤骂得对。他年轻气盛,成功来得太容易。那一笔投资,事前那么多风险预警,他都视若无睹,甚至带着赌徒的心态想大赚一笔。

但说完那句话后,他两年都没踏进过家门一步。他妈和他哥都上门当过说客,他左耳朵进右耳朵出,脾气犟到最后他爹服了软,主动先来找了他,两个人才修复关系。

林夏说得对,对直接承担风险的老板而言,本质上他们不需要听任何人的意见。

"的确是。"她的发丝垂到他的胸膛上,有点儿痒,程帆将碎发捋到她的脑后,手回来时摸着她的脸蛋,"那你就听他的话去做。"

她叹了一口气:"如果我不想呢?"

"那你就坐上他的位置,让他再也说不了话。"

听着他像是随口说出这话,但又不像是开玩笑,神情轻松到只把这当成了一句平常的建议,林夏心中一惊,半天没说话。

他并不满足于皮肤细滑的脸蛋,他的手向下又摸到了细长的脖颈子,她的脖子一只手就能握住。

"要让人说不了话,你就得先掐住这里。一开始别掐得太紧,得慢慢来,然后在对方意想不到时拧断它。"

在床上,他用无比低沉、近似说私密情话的语调开口,一张成熟而英俊的面容蛊惑着她,可最后那一句话蕴含着戴上剑鞘也无法掩藏的杀气。

看着这样危险的他,这是另一个她不曾见识过的程帆,林夏莫名其妙地感到恐惧。对这个只为达到目的不择手段的男人来说,如果有必要,他是不是也会将她一并牺牲掉?

程帆看着她,这个女孩没有经历过真正的杀戮场面,有时有点儿天真。

周二,林夏去参加了一个奠基仪式。

仪式地点在近郊,是瑞生地产的桂花园项目。随着城市的发展,外来人口增加,城市的边界不断向外围拓展。

林建华与瑞生地产董事长王瑞是多年老友,王瑞这人有点儿迷信,每次动工前必要举行仪式。要是碰到点儿大项目,他还要请道士来作法。

她正好有空,就来参加了。

瑞生地产来的是王瑞的儿子——王浩岩。他先是迟到了,各方人员都就位了,瑞生地产那边的负责人在一旁不停地打电话,再跟他们解释,说是王总要他儿子来参加的。大家很给面子地笑了笑,还帮着解释说现在是早高峰,估计是路上堵车了。

众人等了二十分钟,人终于来了。王浩岩没有穿正装,就穿了大裤衩和T恤衫,瞌睡还没醒。他被负责人拉到了位置上,但又嫌弃太阳大,眯着眼拿着铲子配合着仪式象征性地挖了一点儿土。最后他不耐烦地等到了仪式结束,招呼也不打一个就上车走了。

林夏没有说什么,非要评价的话,那就是这种富家子弟当得才叫爽嘛。

桂花园项目用的一部分钢筋将由永胜钢丝厂提供。既然都到近郊了,林夏又开了半个小时的车,去永胜跑了一趟。

她没将车开进厂区,就停在了外边的马路上,估计这里也没人来贴罚单。正值午饭点,外边的大门开了一个小口,老李没在传达室里,但桌上放了一碗饭菜。

食堂在进门右转的一排房子里,林夏正在往食堂走时,就看到了老李正端着一碗汤往传达室走着,边走还边急不可耐地喝了一口。喝完那一口,他挑起眉头时,就看到了林夏。

老李呆住:"林总?你怎么来了?"

"汤这么好喝啊？"林夏瞧了一眼，是冬瓜海带汤，底下还藏了一块排骨，"赶紧去吃饭吧。"

"好嘞。"

她走进食堂，冷气开得很足，员工们正在排着队让阿姨打菜，饭是在旁边自己添的。今天的菜是炒茄子、丝瓜鸡蛋和红烧肉。

这是之前林夏定下的规矩，两素一荤一汤。夏天猪肉这么贵，依旧如此，她能说，这是附近厂区里最大方的伙食了。

只要没下限，食堂的成本就能近乎无限低。廉价的冷冻肉、菜市场处理的不新鲜蔬菜、瘟病猪、让员工自己带米饭……只要员工不吃坏肚子，食堂就能不断降低餐标。

食堂的刘阿姨在这里做了好几年，采购也是由她一手负责。林夏知道采购上她总能捞点儿油水，但也睁一只眼闭一只眼，哪里能让人不贪的，只要不过分就行。

"阿姨，给我多打点儿肉汤，您做的红烧肉特好吃。"

这是一个颇为甜美的嗓音，林夏向那人看去，那是一个年轻姑娘，笑容甜甜的，林夏不认识。姑娘端着餐盒向吃饭区走去，坐下来时，她对面坐的正是周旺财。

周旺财眼尖地看到了门口的林夏，赶忙放下筷子走了过来："小夏来了。"

"上次听说红烧肉好吃，我今天就特地来吃了。"林夏招呼着他，"你去吃，我去打饭。"

"那个是我女儿——周倩。她昨天回来，今天休息半天，她妈不在家，我就带她来这里吃饭了。"

周旺财真是个人精，看林夏瞧了一眼，就特地来解释了。

"你女儿挺可爱的，你去吧，我马上来找你。"

跟着周旺财，刘阿姨也看到了林夏，立马热情地招呼着："林总来吃饭哪，你快来，我给你打饭菜。"

林夏跟员工们打了招呼，就从刘阿姨手里接过被填得满满的饭菜，朝周旺财的位置走去。

周旺财刚刚就叮嘱了女儿:"林总马上过来,你要主动跟她打招呼。"

周倩口中这一口肉也不香了。跟老板一起吃饭,她哪里还有胃口?

可她看到林夏时,心里觉得林夏好漂亮啊。看似简单但剪裁、板型一流的衬衫,咖色的西装裤下是一双高跟鞋,林夏整个人显得非常利落高挑。

"林总,您好。"

林夏坐在了她的旁边,这个姑娘长得很灵,眼睛挺大,脸小,有点儿肉嘟嘟的,很可爱。

"别这么客气,周倩,你就叫我林夏好了,是刚毕业吗?"

周倩腼腆地笑了:"我都工作两年啦。"

"看不出来呀,做什么的?"

"做室内设计的,目前方向主要是风格定位,关于配色、面材、家具和配件这类的。"

林夏"嗯"了一声,就埋头吃饭了。她没吃早饭,有点儿饿了。红烧肉真的挺好吃,软而不烂,甜得恰到好处,特别是就着一口米饭吃。她就寻思:为什么人均四位数的中餐馆,就是不能把红烧肉做得这么好吃?难道因为她是饿着来吃饭的?

但刘阿姨给她打多了饭菜,她吃完还剩了一半。

林夏让刘阿姨去拿了个饭盒,自己把这肉打包了,回去当晚饭。程帆出国了,自然无福吃这一口了。

周倩看着她的举动,心里想:难道老板都喜欢装节省?

林夏吃完饭,周旺财陪着她去厂区溜达了一圈,她提了句桂花园项目钢材的事,让他注意着点儿,严格把关。

周旺财不断点头应承着。

当初离开钢丝厂时,她想过要不要请个人过来管理。林建华想也没想就驳回了,说:"外面人懂个屁,都没一个老周管用,请来干吗?供起来吗?"

林夏只是顺便跑一趟,说完了就往回走,跟老周唠嗑了两句:"你女儿在本市工作?"

"是啊,唉,我这住在乡下,她的公司离家实在是太远了,只好让她在外租了房,遇上调休,她就回来住两天,今天就要走了。唉,她估计是工作不顺。每次她工作上不开心了,就跑回家来。不然她待在市里有吃有喝有玩的,哪里要回来?"

"我一会儿走,要带她一起走吗?"林夏知道要从这里去市里,得先走去公交车站,乘车到地铁站,地铁估计还得换乘,挺麻烦的。

"好,我去问问她。"

周倩也有从偶像剧里学来的刻板印象——富裕家庭,继母生的女儿一定是骄横跋扈的。

她与林洲在一起时,他从来不谈家庭。

周倩自小在村里长大,但也从没见林夏回来过,过年都不曾见到过她,只见到过她的妈妈。

想起孙玉敏,周倩反应过来,林夏的高挑身材和姣好容貌来自孙玉敏。

周倩想:也许是幼年记忆太过深刻而震撼,原来电视上的女明星真会在现实中出现。

那年春节,下了大雪,父母带着她去林家拜年。孙玉敏穿了白色的貂,涂着红色指甲油的手上拿着一根烟,坐着跟人聊天。周倩看呆了,为什么这个女人抽烟都能那么好看?屋子里所有人的注意力都在孙玉敏身上,特别是她笑时,周倩不知如何形容,只想起村里人骂的"狐媚子"。

村里很多人会说她的闲话,周倩总是偷偷听着。大家会骂她不要脸当小三,也有人说她手段强硬,后来毫不留情地把厂子里的亲戚辞退了一大半,甚至包括她的小叔子——林建华的弟弟林建业。

林建业去厂里闹,骂孙玉敏是只破鞋,还说:"钢丝厂是我哥的,你一个女人有什么资格做主?"

即便当着全厂人的面被骂了,孙玉敏都能面不改色,喊了人把他拉了出去,当作无事发生。

幼年听到这个故事时,周倩觉得不痛快,不像电视里那般快意恩仇。她还不停地拉着爸爸问:"后来呢,欺负她的人怎么样了?遭到报复了吗?"

周旺财笑了笑,并没有回答她的问题。

看到林夏,周倩再次想起了这件事。自己才工作两年,已经被社会毒打过一轮,办公室政治、拉帮结派给人穿小鞋使绊子、被逼着站队……各种恶心事她都经历过。被人算计时,她一个毫无背景的小角色都有不顾形象、当场与人对骂的冲动。

当年孙玉敏都已经坐在了那个位置上,还能生生忍下那口气。这份气度与耐力,绝不是寻常人能有的。所以周倩也不用再问答案,一个擅长忍耐的人,受过的欺负,一定会数倍偿还。

除了林洲,周倩并不认识什么有钱人。

不对,林洲除了有一个有钱的父亲,并不算是有钱人。他也不过是有两套房,开着一辆三十多万元的车,在这座城市中,这实在是算不上什么。

周倩略带拘谨地坐在内饰低奢的车里,林夏专心地开着车,除了上车时问了她要去哪儿,就再没说话。

林夏有些冷漠,刚刚在厂里时,即使做出了平易近人的姿态,实则是一句废话都不说。这类人,也许不会骄横跋扈,但也不会轻易与和自己不是一个圈子的人攀谈做朋友。

车在郊区的路上行驶着,马路两侧是大片的农田,还有搭着的棚子。瓜农在马路边支起了摊位卖草莓、香瓜和西瓜等应季水果。

周倩看到了穿着大裤衩拿着蒲扇、边卖西瓜边吃得满脸都是汁水的王伯，不禁笑出了声。

林夏看了她一眼，问："怎么了？"

"看到了在卖西瓜的王伯，他被老伴骂，卖的都没他吃的多。"

这段路开得并不快，林夏看了一眼后视镜，的确有个老汉在吃瓜："他自己家种的西瓜吗？"

"对，他女婿种的。"周倩又补充了一句，"那是个上门女婿，外地人。现在本地年轻人怎么舍得吃苦种地？"

林夏笑了："种地是很苦。还记得我小时候想去偷桃子，早上五点就起床偷偷出门，等我跑到田里时，人家早已经在打农药了。"

"哈哈哈，幸亏你没偷成，不然就得中毒了。"周倩没想到她这人这么幽默，就很心直口快地问出了口，"在我们村吗？我以为你一直是城里长大的呢。"

"不是，我是在村里长大的。"

不过她只待了五年。夏天时外婆会将西瓜放到井里，在她午睡时给她扇风，她醒来后就能吃上一口凉凉的西瓜。

周倩见她不愿再说，也知趣地没有再问。

林夏送完周倩后没去公司，苏文茜约了她逛街喝下午茶。

林夏还早到了二十分钟，看着全身MiuMiu（意大利服装品牌）的苏文茜感觉挺不适应，心想：苏文茜什么时候走这么可爱的风格了？

苏文茜到时特惊讶："你竟然比我还早？"

"还好，你怎么这么突然约我？"

林夏不喜欢没目的地瞎逛，那是浪费时间。基本上逛一次她就买全了一个季度的衣服，家中食物和日用品会有阿姨帮忙采购，昨天苏文茜非得拉她出来，她也想休息半天，就答应了。

苏文茜倒是先有点儿害羞了："先点单嘛。"

苏文茜这点儿少女心思，她想来想去，也只有跟林夏说。她不是没有更为亲密、天天聊天的闺密，但谁都没讲。

一是人家单身,她从不介绍自己的历任男友给闺密认识。好的异性资源永远是抢手的,不是她心机深,她是不轻易考验人性。

二是林夏已婚,嫁得好,而且婚姻经营得很成功。到了程帆那个位置的男人,不会没有女人主动扑的,明知结婚了有些人也会扑。这跟买彩票似的,只要中一次就行。但程帆至今在外面都干干净净的,至少说明林夏是个聪明的女人。跟这种人聊感情问题,苏文茜很放心。

苏文茜犹豫着开口:"我喜欢上了一个人。"

林夏喝了一口茶,没说话,等着她继续说。

"你还记得吗?就是上次在婚礼上,我跟他打了招呼的,李子望。"

借由合作的机会,苏文茜已将他的背景摸清。他在中国香港长大,在新加坡读了中学,后又去美国读大学,经济学博士,现在为他的家族做事。

就履历而言,这人显然是一路优秀着过来的,并非纨绔子弟。在接触中,他非常有绅士风度,出入各种地方的门时,都会侧身让女士先行,这种细节处的修养不是能装出来的。谈工作时他更是冷静而专业,连她哥哥都承认他很厉害,虽然原话是骂他狡猾。

总之,心动过后再经过一番审视,苏文茜觉得他是一个可以认真考虑的对象。而且经过旁敲侧击后,她知道了他单身。

李子望在管投资这一块的业务,富人在对钱变得不值钱这件事上,是比穷人更为恐惧的,虽然钱不值钱后穷人可能更活不下去。

他暂时已回中国香港,不过即将在本市设立办事处,一部分投资业务将在内陆展开。他自然不会在本地久待,但估计初始阶段会常来。

一口茶正滑过咽喉,林夏咽了下去,但也只惊讶了一下,毕竟这很正常。

她只心烦这事苏文茜为什么要跟她讲。难道她现在就要告知苏文茜:他是我的前男友?

大家都是一个圈子里的,林夏今天说了,保不准这件事明天就有多少人知道。她还得回家先跟程帆报备,以防他先从别人那里听到这件事。虽然这也没事,他情商也没这么低,但她这么做会显得她在乎他的感受。

如果她不讲,李子望知道她结婚了,并不会多嘴地将这件事讲出来给她造成麻烦。出于对他的人品的信任,林夏决定多一事不如少一事。

"嗯。"

"你觉得,等他下次来,我主动约他好吗?"苏文茜有些纠结。她从来不是主动的人,但碰上了条件这么好的男人,自己是不是该主动些?

林夏看着她认真地说:"我不知道,文茜,这个问题你别问我。"

苏文茜知道她这人性格就这样,直来直去,但作为朋友,这样也挺扫兴。

苏文茜:"为什么啊?我就想问问你的意见,你看着给点儿参考呗。"

"我不喜欢听或讨论别人的感情问题,更不能给出任何意见去影响别人。"林夏看着她不悦的神情,撒娇服软,"我就是这样的人嘛,你谅解一下。一会儿我给你买个包吧。"

这个女人性格冷静,甚至有那么点儿冷感,估计对她老公都没撒过几回娇,今天倒是将这手段用在了她身上。苏文茜没好气地说:"我真烦死你这个性格了,你宁可给我买包,也懒得听我唠叨感情是吧。你觉不觉得你这样就像渣男?"

林夏哑然失笑,不过真是。她一听到别人说感情问题就烦躁,翻来覆去就是那几句话,有完没完哪?她承认在这件事上,她缺乏基本的同理心,不擅长安慰别人,且连倾听的耐心都没有。

"总比热心地给你提点儿没用的建议,但根本就买不起包的老实男人好吧?"

"不愧是你。"苏文茜吐槽着她,"你跟程帆待久了,怎么说话都跟他一个德行了?只剩下钱味,人味都快没了。"

周倩已经跟林洲同居了。她不是个爱好社交的人,不爱去夜店,对年轻人爱玩的剧本杀、野营也兴致缺缺,下班就爱回家待着。

下班后她生活得很充实,会动手炒两个菜。公司没有食堂,她经常自己带饭,自己做的快手菜营养又健康,还便宜实惠。毕竟二十多块钱的外卖,肉没几片就算了,老板连菜叶子都吝啬给。

吃完饭她出去独自散了一会儿步,回来洗完澡看看书或看看剧,顺便等着林洲。他工作忙,特别是刚进入他爸爸的公司,都没准时下过班,有时还有应酬。

不过今天林洲回来得早,周倩帮他拿好了毛巾,让他去洗澡。林洲拉着让她进去帮忙搓背,就真的是很单纯的搓泥。

周倩看了一眼他脱下的衬衫,估计他是去了工地,一身的灰尘。

她打湿了搓澡巾,弯下腰在他细皮嫩肉的背上搓着:"我今天碰到你爸的女儿了,她叫林夏,是不是?"

林洲背一僵,转回头问她:"你怎么看到她了?"

"我去我爸那里,她刚好来了。她还顺便把我带回市里了。"周倩将他的肩膀按回去,继续手中的动作。

"你别跟她有什么接触,也少去你爸厂里。"

听着他颇为严厉的嗓音,周倩有点儿委屈。她撇了撇嘴,但也没说什么。

感受到背上的力道在减弱,林洲回头一看,这个姑娘眼眶里打着转的泪就要流下来了。唉,他什么时候招惹过这么年轻又爱哭的姑娘呀?但看着她胖嘟嘟的脸,他不厚道地想:她哭起来都这么可爱呀。

"我担心你,万一她知道你是我女朋友,对你起坏心呢?"

"她人挺好的啊。"

林洲冷笑了一声:"你看谁都人好。"

生意场上没有人是好人,林夏也根本不简单。在进建林集团之前,林洲就分析过她。她擅长开疆拓土,在外部资源上,能整合利用关系到极致。

之前他听人说过一次,有一个颇重要的政府项目竞标,从概率上说建林集团中标的可能性不是很大。而林夏做事极为细致,不仅把负责人的家庭情况和背景履历捋了个遍,还将四个主要竞争对手的人物和家庭关系摸清了,发现了其中一个亲戚可能跟客户的一个亲戚有姻亲关系。

这是很正常的事,哪里有人不靠关系的?但这是政府项目,估计是那家关系也不太行,她先黑了人家,再唱了一次高调。有谁经得住这么搞?经过一番周折而精妙的妥协艺术后,建林集团与另外一家公司中标,共同建设这个政府项目,活生生让她分了这块蛋糕。

但林夏的缺点也很致命,还不止一个。

"不许哭。"林洲发现自己说完这一句话,这个姑娘的眼泪更停不住了,自己还光着呢,就得狼狈地给她擦眼泪,"别哭了,你想明天顶着两个核桃去上班?"

"你就是在玩弄我,不想让别人知道我俩的关系呗。"

"不是。"林洲顿了顿,许久才轻声说,"现在我什么都没有,不配向你提承诺。"

程帆出差,林夏才想起来回一趟自己的公寓。

上次她脱下的那件衣服竟然一直忘了,放得太久,连酸臭味都没了。她开了窗通风,大晚上的也懒得喊保洁,正好怕晚上失眠,便开了扫地机器人,再把被套、衣物放洗衣机。这个公寓离公司更近,她打算住两天。

洗完澡,拿出了新的被单铺上,再将刚刚被她放到沙发上的泰迪熊玩偶抱到了床上,她趴着看她的泰迪熊。

"最近好累,什么都不想做。一堆烦心的事,我谁也不想理。上次我跟你说,我不要去看医生了,我觉得自己已经能控制情绪了。

"其实我真没什么理想,你信吗?别人总以为我想要很多东西,但我只想把该做的事做好。

"我是不是挺自私的？你是我最好的朋友，我却不把你带到我的另一个家里去。

"你会永远陪着我的，对吧？"

林夏在自己的公寓内也睡得并不是很好，十二点多关了灯，早上醒来时以为至少是八点了，结果才七点不到。

上次随口跟人胡诌了说早上去练瑜伽，刷牙时看着略带黑眼圈的脸，她想着要不真试试运动。

除了极少部分真心喜欢运动的人，突然开始坚持运动的只有两种情况——看到别人身体不行了，或者发现自己身体不行了。她显然是后者，不到迫不得已，比如现在连着一阵子睡眠质量都糟糕，也不会考虑运动。

在运动上她没恒心，不像程帆，他擅长在认为有必要且带来好处的事情上坚持，况且小区里有健身房和恒温泳池，很方便。

他们现在住的那套公寓与闹市隔了两条街道，既享受着生活的便利，又于闹中取静。人置身屋内向窗外看去，饱览着红尘最深处的景色。但走在小区里，大片的绿化区，颇具东方古典审美的庭院，幽静到让人感觉不像是身处钢铁丛林的城市中。

那套房自然是程帆买的，虽然她家也算是有钱，但有钱人之间的差距还是挺大的。看房前要先验资，她名下资产有限，估计连接待中心都进不了。

人只有一副肉身，拥有的东西有再多，一次也只能穿一套衣，住一套房。那边住得挺舒服，但她偶尔还是会住回自己的公寓。

林夏关了空调，打开了窗户通风，从储物室里拿出瑜伽垫，跟着视频跳了半个小时的操，再做了套拉伸运动。许久没动，筋都硬了，更别提薄弱的心肺能力，她累得出了一身汗，毫无形象地瘫倒在了垫子上。

她想起健身房里有私教，但自己从来没去过。一时脑子短路，她忘记可以先找物业，而是直接发了信息问程帆怎么预约课程。

两个人出差时，没要紧事几乎不打电话，更没浓情蜜意到要打个视频的程度。有事他们通常发信息，对方有空回就行。

发完信息她就将手机扔在了垫子上，喘着气懒得动弹。结果不到半分钟，一阵振动感传来。

这么早有电话来，林夏吓了一跳，以为出什么事了，结果是她刚刚发短信的那个人打来的电话。

"喂。"

程帆正在行政酒廊上吃早饭。他昨天从河内再次回到胡志明市，这里国土狭长，没有纵深的内陆，工业中心还是集中在南部。大规模的基础设施建设还没开始，交通依旧不便利，就算人力成本低，但技术工人少，工业生产人才跟不上。

他仍不确定是否该再追加投资，转移一部分生产线到这里来。在当地商会的邀请下，他今天去大使馆参加宴会，这也是他来这里的目的之一。

这几天他连着看工厂，见合作伙伴，赶路时脑子里还盘算着一堆事。回了酒店，他洗了澡几乎是倒头就睡。

他睡眠质量颇高，早上醒得早，正将柠檬挤进澄澈的汤里时，手机就振动了。

看到林夏的信息时，他乐了。

这次灰头土脸地出差，还真是第一件让他觉得有点儿意思的事。这几天两个人一条信息往来也没有，忙起来他的确是会忘了自己还有个老婆。离司机来接他还有半个小时，时间宽裕，他顺手就打了个电话过去。

"你的手机没被人偷啊？"

林夏脑子转了个弯，才明白他的讽刺意思，内心翻了个白眼。

背部一身的汗，贴在瑜伽垫上不舒服，她一只手拿着手机，另一只手想撑着垫子坐起来，没预料到刚刚做了两分钟平板支撑的腹部根本不能使力。她酸软到不由自主地发出一声呻吟，人又倒在了垫子上。

程帆停住了筷子："你在干什么？"

"我在运动。"

"为什么这么喘？"

林夏无奈："你运动完不喘啊？"

筷子拨动着碗里的米粉，程帆也没继续吃："你从来不在早上运动。"

"我骗你干什么？那你以为我在干什么？"她到底是个成年人，一问完就反应过来了，"你瞎想什么呢？"

刚刚那点儿绮思烟消云散，他反问："那你说，我在想什么？"

"有这么行的老公，我何必自己动手？"

"那你还得独守空房，我起码还有三天才回去。"

运动完心情挺好，她继续跟他扯淡："那你报销路费，我去找你。"

"你只要来我就报销。"程帆不想和这个会说好话，但不会有任何实际行动的女人胡诌，转移了话题，"你怎么想开始运动了？"

"睡不好，想着运动是不是能助眠。"

他喝了一口汤，鲜美中带着轻微的酸辣味道，让人胃口大开，再将生牛肉夹到汤粉内："那你请什么私教？我带你跑步去，你顺便可以杜绝我发展婚外情的机会。"

林夏大笑，可小腹的肌肉酸痛让她不敢笑得太大声。这个人，可真是斤斤计较。

他大多数时候是早上去健身房，偶尔晚上户外跑。

一次他晚上跑完大汗淋漓地回了家，坐在沙发上看电脑的她瞧了他一眼，说："你很少在晚上出门运动，回来时还这么累，是不是出门偷情去了？"

他关了运动手表的锻炼记录，刚才跑了七公里。他也不辩解，就讨论了一下作案时间："我出门四十五分钟，找个安全的地方，路程来回要十五分钟。上床出不了这么多汗，我至少快跑十五分钟，衣服才能湿成这样。你确定剩下的十五分钟我就能完事?"

她头都没抬,边看文件边指出他的漏洞:"你的快跑时间不能单独算,来回路上跑步也能出汗,说不定你想着老婆在家里还能偷情,被刺激了呗。"

她就逗了他一次,被他记到了现在。

林夏憋着笑:"不用,我信任你,报个普拉提就行。行了,你吃早饭吧,我挂电话了。"

挂了电话的程帆都没意识到嘴角还挂着一丝笑意。

当初在这里建工厂时,他时常过来。只要在这座城市,他都住在这里。他住过的酒店太多,这一家并不是太惊艳,一直保持着高水准而已,而且每次他都很赶,没有欣赏的闲心。

白天在尘土飞扬的公路上跑,见识着此地最真实的一面,此时他置身酒店,身边是旧时的法国风格装饰以及充满年代感的桌椅,脚下是花团锦簇的地毯,阳光透过百叶窗照进来,头顶的水晶吊灯偶尔折射出光芒,容易让人产生时空错乱的感觉。

他没有文艺细胞,不曾读过以此地为背景的小说《情人》,但年少时看过这部电影。现在忽然想起,他倒觉得这家酒店别有风味,在这里与她度假也不错,只干一件事就好。

林夏没有敲门,便进了林建华的办公室。

他正拿着采血笔,眉头一皱,血从指尖上流出。接着他按住指腹,将血滴在了试纸上。他边等结果边看了站着不动的女儿一眼,说:"坐。"

"爸,"林夏看着桌上放着好几瓶药,心中忽然有点儿酸涩,犹豫着问了一句,"您身体还好吧?"

"死不了。"结果显示出来后,他扔了针头和试纸,"找我有什么事?"

"爸,A市去年的几轮土拍,一半是城投托底,底价成交。现在市场遇冷，政策不确定性大，我们的资金压力也会很大。A市虽然位于长三角，但优质资产与资源并不偏向它，在这里搞这么重资产的项目，会不会风险太大？"

林夏说完，发现林建华看着她不说话，只是一张脸上神色喜怒不辨，那是他不满意的前兆。她没有再说什么，只是抬头看着他，等他说话。

"说完了？你研究这么几天，就得出这个结论？"林建华从桌角拿了份文件放到手边，也没打开，"我突然有点儿后悔让你来做这件事了，你一直是个厌恶风险的人。你从来没有想过，也没胆子把生意做得更大。"

"也不知道你像谁。"

他轻笑着似是在说呓语，心想不像他，更不像她妈："你进集团几年了，怎么一点儿长进都没有？"

这样的评价，林夏并不是第一次听到。一如小时候，就算考得再好，她都会被评价为"不聪明，太过认真显得呆板，做事情很笨不灵巧"。

林建华对人严厉，早年在钢丝厂，工人做错事，他能把小伙子骂得当场掉眼泪。此时他对她如此态度，已是有父女关系的情分在，话没说得那么难听。

她从不忤逆他，连顶嘴的情况都没有过。她在集团做事，不要把他当父亲，当成老板，就不会有太多情绪。

林建华一锤定音："如果你做不了这事，就现在说，我让别人来。"

"没有，"林夏摇头，迅速转换了态度，"我只是在担心资金问题，流动资金没这么多，下个月招标，在这之前我们要找到资金合作方。"

"你没有就好。"

在A市竞标拿地，大家虽然明面上是比拼资金实力，但竞标过程和后续开发，都需要在当地有一定的人脉，毕竟强龙不压地头蛇，地产开发上尤其如此。这个关系，需要借用林夏背后的程帆，所以这件事，林建华也只有让她来做。

"至于资金方，我在谈。他明天来京州，我约了他下午谈事。你把晚上时间空出来，先去订个位置。"

"好。"

林建华知道刚刚把话说重了："夏夏，我对你是有很大期望的。地产这块，一切刚起步，建林集团必须转型做得更大，我希望你能担起这个责任。"

"好。"她站起身，"您记得吃药，多注意身体。"

林夏出门时看到林洲正在外边等待，于是点了点头就当打了招呼。回办公室后她在窗边站了好一会儿，看着角落里的绿植，深呼吸着缓解突如其来的胸闷感。她双手抓着窗沿，等待着这一阵心悸反应过去。

心悸的反应过去后，她感觉胸口还是闷着不舒服，完全没有精力处理工作。她看了一眼时间，十二点了，拿了包走出办公室，跟秘书说取消下午的会议。

她准备打车回去躺一下，坐电梯到一楼出来时，另一部电梯的门打开，人群蜂拥而入，她的余光扫到了一张熟悉的人脸。

她停住了脚步，那人走进电梯后，又被挤入的高个子挡住了脸。但他转身的那一瞬，林夏看清了他的样子。

那是林建业——林建华的亲生弟弟。

自从林建业当年被孙玉敏赶出钢丝厂后，后来的建林集团都没让他进来过。但他这些年生活优越，肯定受了哥哥的恩惠。他具体在干什么，林夏也没去了解过。

他怎么会现在公然来集团？

算了，孙玉敏走了几年，威慑力不再，是该改朝换代了。

林夏胸闷着无法思考更多事情，想着明天再说。她大概率弄不清楚他来干什么，这对哥儿俩之间的事，就看林建华要给他什么。

林建业比林建华小七岁，五十多岁的人，比他凡事都要操心的哥哥年轻得多。他穿了条休闲短裤和白色T恤，戴了个标识为C的帽子。

这些年，他一直过着林建华以前的日子。他做了个小包工头，用着他哥的关系，项目从来就不愁。他没有什么事业心，爱好吃喝，手里一年几十万元的纯进账，过年再跟哥哥哭穷要点儿，日子过得很轻松。他也没什么压力，女儿出国读书都是哥哥赞助的。

他跟他哥长得那么像，漂亮的前台工作人员也没敢拦他。门都没敲，他就推开了林建华的办公室的门。

"哥，怎么还不去吃饭？你这胃可经不起饿。"林建业没个正形地晃进来，到跟前才发现椅子上坐的是林洲，伸手搭上了林洲的肩膀，"我的大侄子也在呀。"

林洲喊了人："叔叔。"

"你来干什么？"林建华不悦地看了弟弟一眼，对林洲说："你出去吧。"

"好的。"

林建业拿过他哥哥的杯子，倒了一杯水："你气血虚，要弄点儿人参泡着喝。我认识一个中医，下次把你带过去让他把把脉，配点儿中药调养身体。"

"又缺钱花了？"

"我至于这么没出息吗？"林建业把水递给了他，"念念明年就要回国了。唉，现在男女平等了，她也要我给她在市里买房呢，说女人结婚前要有自己的房子，不然她都不结婚。"

父亲走得早，林建华一直是长兄如父，几乎是养着弟弟一家。林建华并不觉得这有什么不对，就算是家族里的其他人，有事相求时他也是能帮则帮的。

孙玉敏当年只要求林建业不能进自家公司——这个聪明的女人不会没分寸到让老公与弟弟断了关系。对这些经济上的帮助，她一直睁一只眼闭一只眼。家里那么大的生意，一点儿小钱她犯不着计较。但她在那里，林建业就不敢太过分。

林建华没有工夫听他扯淡:"你想要什么?"

"哥,现在工程生意是越来越难做了,跟人要钱,我还得先倒贴着请人吃饭按摩,看人脸色呢。"

"快点儿说,不然就给我滚蛋。"

"我想换个生意做。建林集团这么大,当初嫂子不让我进来,这么多年了,我也一直尊重她,都不敢踏进门一步。"林建业看着他哥,心里也拿不准他哥会不会答应这个要求,"你能不能把钢丝厂给我?这是你当年的东西,现在对你来说也算不上什么。以后我就有个自己的生意了。哥,我知道靠我的能力,我给你提鞋都不配,但我也想做点儿事情哪。"

"你可真敢想。"林建华冷笑了一声,"把永胜交给了林夏后,这几年我都没管过。我把永胜交给你,你能撑多久?"

"林夏?你还真准备把东西都留给她啊?"林建业看到他哥不悦的脸色,赶忙转移了话题,"我要是做得不好,再还给你呗。你总要给我一个机会尝试一下呀?"

林建华沉默了片刻,开了口:"让我考虑一下。"

"好嘞,您慢慢考虑。"听到他哥的这句话,林建业就知道有五成的把握了,"走吧,我请你吃饭。"

"你滚吧,以后没事不要来公司。"

第四章

你是我的老婆

接到林建华的电话时,林夏正在健身房里。

她正头往后仰,小腿弯曲,极力勾着紧绷的脚趾。下午没什么事,她就约了来上一节体验课。

他说晚上宴请客人,让她记得过去。

他这是谈成了?

林建华做事与其说是神秘,不如说是他笃信事以密成,语以泄败。

重要的宴会他都是去私人俱乐部谈,无论最终能不能达成合作,能被林建华如此重视且宴请,这个客人很不一般。

原本打算自己带瓶酒去,但想起林建华存了酒,她也就没献这个殷勤,毕竟程帆的私藏酒都挺贵的。这些酒除了平时两个人在家喝,就是用于私人聚会。

林夏回家洗了个澡,挑了件黑色无袖连衣裙穿上,修身简约的剪裁风格,正式而不呆板。她又顺手拿了件外套,以防室内空调温度太低。

怕遇上晚高峰,林夏出门早,到地方时才五点半,预计他们要七点多才来。这儿有个咖啡厅,为了下午锻炼,她中午就吃了份沙拉,这会儿自然是饿了。

她找了个角落的座位坐下，点了杯冰巧克力，松饼现做要等二十分钟。她从包里拿出本书，工作忙时没有耐心读社科类书籍，常常读点儿小说应付年初定下的阅读量。手上这本《钱商》是被程帆随手放在桌上的，她翻了两章便被吸引，看得还剩三分之一，出门前明智地将书塞进了包里。

一盘刚出炉的松饼，配着旁边的玻璃碗里放着的香蕉和冰激凌球。她挖了一勺冰激凌混着香软的松饼送进嘴里，眼神都不离开书半秒。她边看边赞叹作者功力之深，决心看完这本书，再把这个作者的其他书全看了。

太阳落山了，不过天还没彻底黑下去。角落里光线原本有些弱，室内暖色调的灯被打开，光落在书页上时，林夏的专注状态被打断。她拿了放在一旁的手机看时间，却敏锐地感受到有人在看自己。她不悦地抬头望去，看到那个人影时，却愣了愣。

李子望来京州要见的人、谈的事很多，下午跟林建华聊完后，他并没有久留。

当林建华问他是否能赏脸晚上吃饭时，他没有推托，但表示七点后才有空，把地址告诉他，他直接过去碰面就好。

结果事情结束得早，李子望也从来没有让人等的习惯，就让司机送他到了林建华宴请他的地方。他没有先去包间，就被服务生带到了咖啡厅，服务生说"请在这里休息一下，林先生很快就到"。

进来时他就看到了坐在角落里的林夏，她端坐着在翻看一本书，头也没抬，面前的松饼吃了一半就不再碰。

一位知名记者曾说过："做采访就像勾引人上床，如果用翻译，岂不是上床时中间隔了一个人？"这话过于直接，但也说明了大家用同一语言沟通的必要性，效果远非用翻译可比拟的。

他来内地谈工作，一些人会惊讶于他的普通话之标准与熟练，这自然是更有利于合作洽谈的。

Amy曾好奇地问他："老板，你普通话何时这么好的？"他们听得懂普通话，但工作和生活中大多用英语沟通，口语能力没这么强。

他没有回答 Amy 的问题，更不会说在念书时，女朋友跟他交流都用普通话，有时还嘲笑他蹩脚的口音。他还偷偷上网找了老师学习，结果等他能说一口字正腔圆的普通话时，她已经离开了。

李子望没有打扰林夏，点了杯咖啡，静静地坐着。

他的家族在不同的地区与行业都有投资，对内地房地产，他动作谨慎。

因为对市场缺乏了解，他势必会选本地的合作伙伴进行共同开发。不贸然向一线城市进军，转而占领三四线城市的地产市场，在这一点上，他与林建华的想法不谋而合。

在对建林集团做背景调研时，Amy 提出质疑，建林集团的另一大股东是林建华的妻子孙玉敏。她也是创始人之一，拥有美国永久居留权。她两年前去了美国后，就没有再回来。这对他们的投资也许会有潜在的风险，这一点要写进备忘录里。

他问："那其他人呢？"

Amy 说："林建华和两个子女都没有境外永久居留权。"

下午李子望与林建华面谈，这个六十多岁的男人，眼角皱纹包围下的欲望、对风险刀口舔血般的追求让人印象深刻。林建华可以说是大胆而有魄力，其作风之独断专行也可见一斑。

李子望相信，这样的做事风格，必然会让合作无比高效。比起外企层层向上汇报的组织架构，这些民企只需要一把手的一句话，事情就能定下。这种效率，在别处是无法想象的。

林建华也很会放下身段，没有摆架子。见面前的几次线上会议，他都亲自参加，极力推进合作进展。

不过李子望也有一点儿水土不服的地方，比如受邀去参加饭局，席间不停被劝酒，好像不被前呼后拥着就是不给他面子。来内地做生意多年的一位朋友对他说："你习惯就好，习惯了，也就体会到它的好了。"

他端起咖啡，抬头时忍不住看向角落里的林夏。这就像作弊，他不曾是她这几年生活的见证者，现在却轻易得到了答案。资料里的几行字，共同朋友聊天时的几句话，就拼凑出了这几年的她。

此时室内灯光亮起，她兴许是察觉到了他注视的目光，颇有警惕性的眼神扫来，一时间让他猝不及防。

他刚站起身想去跟她打招呼时，背后就传来了林建华的声音。

林建华穿了条西裤，被白色衬衫外的黑色吊裤带拉扯着，脚蹬着锃亮的皮鞋，走路生风，肥胖的腹部被提拉着，整个人显得精气神十足。

"李总，你来了怎么也不告诉我一声？实在是抱歉，请你吃饭还让你等。"

李子望看到林建华后边跟着一个面部轮廓颇像他的男子，猜到这应该是他的儿子林洲："林董您太客气了，这里环境挺好，坐着也舒服。"

"这是我的儿子——林洲。"林建华转头对林洲说："你得跟人家李总多学着点儿。李总年轻有为，你要有他一半的能力，我都犯不着操心你了。"

"你在这里怎么都没跟人李总打招呼？"林建华看到走过来的林夏，揽过她，对李子望介绍："林夏——我的女儿，也是我的得力干将。"

"林总，你好。"

看到林建华出现时，林夏已猜到李子望就是他们的资金合作方，没有表现出任何惊讶的表情，微笑着打招呼："李总，客气了，叫我林夏就好。"

"别在这儿站着了，去包间吧。"

包间自然雅致，若干根铜管做了墙面装饰，墙上留了盏圆灯，一朵梅花映在其中。在大片的暗黑气氛基调之下，一点儿色彩留下了想象空间，完全不显得压抑。角落里辟出一块地方铺了鹅卵石，放了棵松树和几块石头，意境顿生。

面向小众群体的饮食，主厨更有自我发挥的余地。食材不追求稀而贵，偏爱新鲜而高品质的时令菜，做法上更是大胆创新，常打破味蕾的偏见，颠覆寻常的模式。

食客的反馈意见也见仁见智，有人觉得惊艳，有人觉得不适应。但在商务宴请上，氛围与服务质量已经够让人买单了。毕竟真心来吃饭的人少，大多是谈事，就算饭菜不合口味，稍微有点儿情商的人都不会当众说难吃。

李子望很有礼貌，每尝一道菜都会给出点评，夸它好吃。

饭局还真变成了纯吃饭，林建华眼光犀利，这个李子望压根不是能靠喝酒把事给谈成的人。林建华拿出了酒，也只是象征性地倒了一杯，并没有强劝。

"李总，我这人实诚，咱就喝一杯。"林建华站起了身，"这一杯，为我们的合作，敬你。"

李子望也站起了身："林董，希望我们合作愉快。"

林建华看向了林夏："夏夏，去敬李总一杯。"

"李总，林夏是我一手带出来的，也是我最信任的人。集团里的一切事务她都能说了算，未来的 A 市项目也由她一手抓。"

一个父亲对女儿进行夸奖，语气中的自豪感毫不掩饰。在外人面前，林建华从不对林夏说一句重话，相反，一直是在捧她。

林夏站起身来，举起了酒杯："我父亲这是过奖了。李总，这一杯，预祝我们合作愉快。"

瘦削的肩背在裙装的包裹下挺直着，她曾经的稚气消失，只剩下了端庄与美丽。清脆的碰杯声响过，李子望看着她，将杯中的酒一饮而尽。

一顿饭吃得热闹，话题自然少不了，大家聊着市场和生意经，讲着拿下 A 市项目后初步的规划和后续的开发工作。

李子望颇有闲心地观察了面前这三个人的关系，看上去林建华偏爱林夏，而林夏对林洲态度客气，会将话题抛给他，并不像他父亲，几乎没有让他说话的机会。

"咦，对了。"林建华突然想起了什么，"林夏，你跟李总读的是同一所大学，芝加哥大学是不是？"

林建华对那破地方印象深刻。林夏毕业时，他刚好在美国，住了一周，买了几套房当作投资，顺道去参加了她的毕业典礼。

那也是他第一次去芝加哥，在那里住了一晚。女儿让他晚上不要出酒店，他不信，晚上出去溜达了一圈。结果他走错了一条街，一群黑人在那里站着，眼神让人悚然。经历过再多风浪的人在异乡心里也怕，他就怕把命交待在那里了。

"真的吗？"林夏笑着做惊讶状，"李总，这么巧吗？我们还是校友？"

看到她一脸伪装的表情，李子望并不适应："是的，很巧。"

"有您这么一位校友，我可太有面子了。"

饭局结束后，李子望拒绝了林建华要喊人送他回酒店的建议，说自己有司机接送。

林洲没有喝酒，要扶林建华上车时被林建华一把推开，林建华说："我还没七老八十呢，扶什么？！"

告别过后，上了车的林建华摇下车窗，叮嘱着林夏："把李总送走你再离开，你喝了酒就别开车了，路上小心。李总，我年纪大了受不了热，先走了啊。"

林洲看了一眼后视镜里的两个人，启动车子，车子平稳地驶入了主路。

才在外边待了五分钟，就已热得出了汗，坐在后座上的林建华闭眼感受着冷气。

许久，他睁开了眼："来集团做事还适应吗？"

"嗯，挺适应的。"

"你叔叔想要钢丝厂,你说我该不该给他?"

比起偌大的建林集团,一个小小的钢丝厂的确算不上什么。但林洲并不明白他的意思,诚实地回答:"我不知道。"

林建华看向了车窗外,景致一片迷蒙。晚上他的视力不好,人老了,要控制血糖。

"林洲,你不要以为你是我儿子,就什么都等着我给你。如果连你妹妹都赢不了,你什么东西都别想得到。"

初夏的夜晚,微风将白日残留的热意吹去,将林夏的发丝吹得凌乱飞舞。她将头发别到耳后,对着旁边的李子望说:"有空吗?请你喝杯东西。"

"好。"

附近最近的咖啡馆都要步行两公里,林夏懒得再找个地方,就去附近的便利店买了两瓶水,带着他走去了旁边的滨江风光带。

远处是一座跨江大桥,夜里流光溢彩,此段滨江并非身处热闹的风景区,游客并不多。路旁相距甚近的路灯一盏盏都开着,照得周围通亮。夏天夜跑的人装备齐全,控制着节奏不停歇,在此散步的附近居民脚步都轻快得很。

林夏递了瓶水给他:"喝矿泉水吧。"

他接过水,拧开瓶盖下意识地想递给她时,她已经打开了自己的那瓶,灌了一大口水下去。林夏并不介意自己喝得太急,水溢在了嘴边,她只是随手擦去了。

"你变了很多。"

水是冰镇的,镇住了夏天的燥意,林夏挑眉:"变成什么样了,精明、世俗,还是更势利了?"

你的盔甲变得更坚硬了。

"没有,"李子望摇了摇头,"变得更漂亮了。"

林夏大笑:"谢谢,我很开心听到这句话。"

一旁的慢跑者看了这两个人一眼,两个人穿着正式而得体,像是刚从宴会上出来的，男帅女靓，在轻松安静的江边，显得有点儿格格不入。

"我能私下问个问题吗？"寒暄两句过后，林夏直入了主题，"为什么跟建林集团合作？"

"对房地产的投资策略上，我认同你父亲的见解和做事风格。我们解决一部分的资金问题，你们进行后续的开发工作。"

李子望跟着她往前走着，吹着江边的风。他住的酒店也在江边，他却只在窗边看过夜晚的江景，没有下来独自走过。

"我再非常自恋而冒犯地问一句——"林夏停住了脚步，看向他，"这笔投资，有我的关系在吗？"

"没有。"他回答得很干脆，"我们在京州不只这一笔投资，这也是整个团队表决下一致决定的，我没有这么大的权限。"

林夏继续往前走着："好，我还有一个要求，你可以答应我吗？"

"什么？"

"虽然知道你不是这样的人，也知道一段感情于我们而言都过去了，但我还是想非常小人之心地确认一遍，请不要让任何人知道我们曾经的关系。"

李子望连纠结犹豫的样子都没有，就回了她："好，我答应你。"

"谢谢。"

"那你呢？你会跟别人说这段感情吗？"

林夏愣了一下。她为什么要跟别人说？但她转念想起了程帆，他不是别人。

"不会。"

李子望拧开瓶盖，喝了一口水："其实你完全不用说这句话，我不会跟任何人提这件事，更不会用一段曾经的经历去影响现在的你。"

心里知道对方是个体面而绅士的人，断不会用过往的事伤害她，但林夏不需要这种默契："所以我说，是我小人之心了。"

"没有，你做得对。"

他曾不解，一个家境优越的女孩，为何观念如此保守。在国外留学时，她从不接受男生的约会邀请，只有喜欢他后，才答应了和他约会。此时的他并不惊讶，结了婚的她会因为一段过去感情而避嫌。也许不是林夏多爱她的丈夫——她这样做只是她的道德感使然。

"那我能不能也问你一个问题？"李子望耸肩，"你不要多想，我只是出于好奇。"

"行，你问吧。"

"你说过，只有更强大了才能不让自己受到伤害。"他盯着她冷静的面庞，"我现在想知道答案，你还相信你曾坚持的东西吗？"

也许是难以置信，很久没有人问过她这样犀利的问题了，林夏呆滞了两秒，逃避了他的眼神，转头向江面看去。

身为本地人，她却甚少来江边散步。此地附近为高端商务区，两岸高楼林立，纵有一轮圆月，波光粼粼的江面上却毫无明月照大江的孤寂美感。

许久，她给出了答案："相信。"

李子望看着她的侧脸，没有再问，问什么都不合适。她给出这个答案时，已经是她离他最近的时刻。

江面上吹来的风有些冷，穿着平底软鞋走久了并不舒服，林夏看了一眼手机，电不多了："不早了，回吧。"

李子望笑了："你说的喝杯东西，就是请我来江边喝瓶矿泉水吗？"

"矿泉水不是挺好喝的吗？"林夏掉头往岸上走去，"我的手机快没电了，我下次再请你喝东西。"

李子望打了电话给司机，问了她这是哪里后报了地址："我先让司机送你回家吧。"

"不用，"她举起手机，"我已经打车了。"

她打的车先到了，李子望给她打开了车门，在她坐进去要关门之前，对她说："你已经够强大了，也许你坚持的东西是错的。"

"师傅，我换个目的地。"

打车时填的地址是她的公寓，林夏忽然想换地址。

曾经的他跟她说："受到伤害不是你的错，变得更强大不是自我保护的唯一方式。你要说出来，跟我讲，好不好？"

她不是不相信他，而是更相信自己。她无比厌恶自己的每一处软肋，认为只有将缺口都堵上，才能不被攻击。

她用最后的电量发了信息问程帆："你什么时候回来？"

回家时手机已经自动关机，她找了充电线插上，就去洗澡了。

她洗完澡出来，重启了手机。程帆已经回了信息，说临时有事去了新加坡，估计还有四天才回。

林夏坐在地毯上，抱着小腿，下巴抵在膝盖上，看着茶几上的水晶杯，多层切面在客厅灯光的照耀下显得熠熠生辉，让人看得着了迷。

兴许是见她没回复，他又发了信息问她："有什么事？"

她拿起手机，打了一行字又删除，发了一句："没事，就问一下。"

新加坡很小，特别是在经济论坛上，几乎所有在这里的朋友程帆都见了个遍。

堂哥程飞一家早几年就移民来了新加坡，昨天程帆去他家时，他正带着上完足球课的女儿回家。

程飞早已实现财富自由，在国内时是个工作狂，来了新加坡后倒成了居家男。有钱也不是万能的，前两年为了让小孩进南洋小学，他还跑去做义工。现在孩子去兴趣班和辅导班都由他接送，他追着女儿让她别吃冰激凌时，哪里还有在商界杀伐决断的狠劲？

与程帆一同来参加论坛时，堂哥还在跟他说："有孩子太幸福了，你的整个世界都会不一样。"

程帆看着他这一副奶爸样，不置可否。

财政部部长做了开场致辞后，各个行业的大人物都相继上台演讲。

会议看着规模大，实则明面上的信息量很少，大家私下里交谈才能谈成生意。

晚宴时，程帆与朋友聊完，转头就看到了程飞在与一个人聊天。很巧，那个人程帆还认识。他没有上前打招呼，刚刚喝多了水，转而去了卫生间。

他回来后，程飞找到了他："你去哪儿了？刚才想把一个朋友介绍给你，他最近转战内地，去了京州投资。"

程帆顺手拿了杯酒，记忆力挺好："李子望？"

"你怎么知道？"

"你怎么认识他的？"

"他家在新加坡有生意，认识之后我才知道他还是我的学弟。"

大家毕业后，大学就两个作用，一是认识人时攀亲带故地拉近距离，二是发邮件要捐赠。

"现在还流行认校友？你是什么学校啊？"

程飞皱着眉头看了堂弟一眼："你是什么破记性？芝大啊，人家还是博士生呢。"

程帆看着远处那人的背影，认真地问了他堂哥一句："荣誉博士？"

"去你的，滚。"程飞笑骂着，程帆何时变得这么刻薄，"你是不是跟人家有仇啊？"

"没有，不认识。"

"你什么时候回去？"

"明天吧。"

程帆想起早两天林夏发了信息问他何时回去，准备提前一天回去。他不是会制造惊喜的人，但临时改了行程也没告诉她。

第二天程帆到机场后，没去贵宾室待着，一反常态地去逛了免税店。

他买东西很快,销售员介绍了今年最新系列的首饰后,他直接买了镶钻的手镯和耳环。

程帆拎着包装袋出来时,又觉得他一个男人拿着这些东西是不是不太合适,想着要不要装进登机箱里。

但行李箱里装不下了,经历过若干次人到了但行李丢了的突发状况,他现在出差就只带一个行李箱,随身携带。

奢侈品要这么多包装干什么?不然他可以直接将东西塞进兜里。

结果飞机晚点了,等他落地京州,司机再把他送到小区时,已经晚上十点多了。他到家时,家里漆黑一片。

他动作颇轻地放下行李,去了主卧,里面没人。他又打开了次卧的门,里面依旧没人。

他打了她的电话,没人接。

林夏洗完澡出来,擦完身体乳,吹干了头发,才想起去客厅里找手机设闹钟。

结果看到程帆打了两通电话过来,她心想:这是有什么急事吗?

但他也没在微信里给她留言,她当即回拨了电话过去。

他很快就接通了电话:"喂,你在哪儿?"

"我在家啊,有什么事啊?"她边说边摸着发尾,刚刚吹干了还有些粗糙,要再去补些精油。

"是吗?"

林夏感受到电话那头的人反常的态度,动作顿了顿:"你在哪儿?"

"在家。"

"你什么时候到家的?"她边拿电话边走去找衣服,"我今天加班了,刚到公司附近我的公寓里,马上回家。"

程帆站起身,去拿了车钥匙:"不用,我去找你。"

"你出差累了。"她听到电话那头的关门声,拿衣服的动作停住,"好,那就辛苦你来找我了。"

他这是在查她的岗吗？

林夏挂了电话，忽然就把挂着裙子的木质衣架扔到了地上，"砰"的一下，衣架与地板相碰发出沉闷的声响。

林夏看着镜子里的自己，深呼了一口气，试图冷静下来。

自以为是的安全地带很可笑，除了一颗心之外，她再无可坚守、需防卫的战壕。她没有理由不让程帆来她的公寓。

她将衣服捡起来重新挂起，再走去厨房，翻了翻冰箱，有一盒蓝莓和酸奶，冷冻层里还有包小馄饨。他的晚饭至少是有着落了，她不用再点外卖。

林夏将刚刚洗澡换下的衣服扔进洗衣机，再将烘干后被扔在床上的床上四件套叠了塞进柜子里。也许她是有进步了，能忙着干家务转移注意力而不是摔东西发泄情绪。

她听到门铃声时，备用拖鞋已被她找出来摆在了玄关处。

林夏开了门，就看到他手中拎着购物袋。

她愣了一下，心想：虽然这是个奢侈品袋子，但他这是在里面装了夜宵？

程帆把袋子递给了她，换了鞋走进客厅。进来后他感觉颇不适应，这里异常空旷，基本的室内装饰品都有限。

"电视呢？"

"坏了，送去修了。"

林夏拿出购物袋里的其中一个盒子，扯了包装精美的丝带，打开后发现是一个钻石手镯。她打开卡扣，在手腕上试戴了一下便脱下放进了盒子里。

"谢谢，我很喜欢。"

她将另一个盒子打开，里面是同系列的镶钻耳环。

林夏没有试，将两个盒子随手放在了茶几上。

"吃晚饭了吗？"

"没有。"程帆看了她方才的动作，她似乎没多么喜欢他买的礼物。

"酸奶，还是小馄饨？"

他最好是选酸奶，她就不用下厨了。

"小馄饨吧。"

林夏去厨房烧了锅水，从冷冻层里拿出一盒小馄饨，料包中有一包猪油，她将冻住的油放在锅盖上，站着等待水被烧开。

锅中水汽慢慢蒸腾而起，积攒着热意等待沸腾。她正看着锅盖上的水珠发呆时，忽然感受到背后的拥抱。

"不喜欢耳环吗？"他摸着她的耳垂。

夏天她总是穿衬衫居多，经常是戴一对简单的耳饰来搭配。温润的珍珠，或耀眼的钻石，都很配她。

"不啊，我很喜欢，戴了又要脱有点儿麻烦。怎么突然给我买礼物？"

他不是平时有闲心到特地给她买礼物的人，也不是吝啬的人，副卡给了她，家用都由他承担。

在首饰、衣物和包包上，林夏想要什么都能自己买，不在乎这种仪式感。逢年过节大采购，她也不客气，一并刷他的卡买单。

"到机场太早，就逛了一圈打发时间。"

林夏打开锅盖，怕沸腾的热水溅出来，拿着筷子将小馄饨一个个夹了放进锅里，再开大了火，小馄饨几分钟就能煮好。

"这里没有你的换洗衣物，一会儿吃完我们回家吧。"

"你经常住在这里吗？"恋爱时他来过这里，结婚后倒还真没来过。

"没有，你出差，我又下班晚时就会住在这里。"林夏转身。见他的衬衫被他不耐烦地扯开了两颗扣子，她帮他捋顺了："有你的地方才叫家，你不在，我在那么大的房子里待着都很寂寞。"

"这是在抱怨我经常出差吗？"听着她半真半假的话，程帆低声说了一句，"这不是你一发信息，我就赶着提前回来了吗？"

"没有抱怨，家里总要靠你赚钱哪。不过你今天对我态度有点儿差,是不放心我,在查我的岗吗?"

他没有回答,指了她背后的锅:"锅快开了,别溢出来。"

说完他就走出了厨房。

他查岗?

程帆真没想过。他知道她绝对不是这种人。

只不过坐在家中颇大的客厅里,一向享受自由与安静的他,却觉得空无一人的家里有些冷清。打了她的电话没人接,当她终于接了却说"在家"时,他心中顿生无名之火。

他当即只能做出一个决定——去找她,而不是等她回来。

程帆去了卫生间洗手。被她提醒了说"查岗",他真就无聊到扮幼稚。他打开她的卧室门看了一眼,简约的装修,里面几乎没什么摆件,只一张大床,烟粉色的床单凌乱地铺着。床头柜上放了本书,程帆眯起眼看了一眼,还是他的。

要关灯前,他看到枕头旁的被子里捂着一小团东西。他走了进去,掀开被角,发现那是一个玩偶熊。他笑了,真不知道她这么大的人了,竟然还会抱着个玩偶睡觉。

被子再次被掀回了熊的身上,灯灭了,门关了,卧室又陷入一片黑暗之中。

卧室旁依旧朝南的房间被用作了书房,靠墙那面做了书架,一格格地塞满了书,角落里的一格放了一些照片,有她和家人的合影,有她和他的结婚照,也有一张她的大学毕业照。

林夏将调料包倒进碗里,捞完小馄饨再舀了一勺汤,虾米随之浮起。半透明的馄饨,皮如薄纱,包裹着鲜虾的馅。

看到他正从房间里走出来,脸色还挺不好,心情原本挺糟糕的林夏忽然被他这神情逗笑:"怎么,发现我偷情的证据没有?"

她又回厨房给他拿了个勺子:"有点儿烫,你慢点儿吃。"

薄如蝉翼的馄饨皮中带着汤汁,那么一丁点儿肉的鲜香味道在口腔中迅速被味蕾捕捉到,程帆慢悠悠地吃着,看着她拿着耳环在试戴。

他刚刚不过说了一句,她就反馈表示没有不喜欢。现在这样,她到底是在意他的感受,还是把他当成了上司?

林夏不适应戴耳骨夹,费了一番力气将耳环戴上去后,开了手机前置摄像头当镜子,竟然还挺好看。

放下手机时,发现他正看着她,她问了一句:"好看吗?"

"还行。"

她摘下了耳环,随口问了一句:"出差怎么样?"

"就那样,有点儿累。"程帆吃完了最后一个馄饨,抽了张纸巾擦了嘴,"在新加坡时,去程飞家住了两天。他晚上辅导完孩子写作业,得喝两杯酒才能缓过来。"

她笑了:"他也许该请个人来辅导,不然自己会被气死的。"

"还在那里遇到了一个熟人。"

"谁呀?"

"苏城的合作伙伴,上次在他的婚礼上我们见过的。"

林夏将耳环收进了首饰盒里,不知道他为什么突然提到了李子望,但他这人很聪明,心眼和手段一样多,她犯不着在这件事上对他有所隐瞒。

"我有两件事跟你说。"

"你说。"

"第一件事,我爸在 A 市的地产项目,资金方找的是李子望,这件事我早两天才知道的。第二件事,李子望是我的前男友。上次在婚礼上我没有跟你说,是因为我觉得没有必要。自从知道合作方是他后,你在出差,我就想等你回来当面跟你说这件事。"

程帆笑了:"所以你那天问我什么时候回来,是要跟我说这件事?"

林夏不知道他为什么笑,其实他说得不对,那一天她只是有点儿难过,一个人待在空旷的房子里,突然有点儿想要他陪她。

但是他一个电话都没有打过来问她怎么样,伤心有保质期,她现在不需要他关心了。

他们的相处模式一向都是如此,她并不怪他。

"是的。"

他沉默了两秒,淡淡地说了一句:"行,我知道了。"

他语气、态度如同听下属汇报工作,林夏心中想:可不就是这样?

当人处于冷静而理性的状态时,便不会认为一切理所当然。一场表面门当户对的婚姻,实则是她仰仗他更多。

所有的危机公关都不如事前预防,这件事上她的确需要跟下属一般及时向他报告。

可能她的恋爱经验实在是太少,她并不知道如何跟现任男朋友谈前任的问题。但这些事也太烦了,她没脑子想这些。她可从来没问过他的前任女朋友们,自己不感兴趣,也懒得问。

这件事在她这里已经结束了,反正她提前告知过他。

林夏站起身,端着他面前的碗进了厨房,与锅一起放进洗碗机内。想起自己这几天眼睛有点儿干涩,她洗了碗蓝莓。

出来后她发现他还坐在餐桌边,桌上放了包烟,打火机在他手里打着转。他烟瘾重,但从不在家抽,她提醒了他:"阳台没封,你可以去外边抽。"

想起 A 市的招标事宜,她还得找他帮忙引见一下关键人物。

看着他依旧坐着没动,林夏从餐椅后双手环住了他,下巴垫在他的肩膀上:"他那边不参与具体管理的事,资金投资为主,我们见不到几次的。如果要见面,我提前跟你报备,行不行?"

"不用。"

林夏用手拨动着他的衬衫纽扣,指尖不经意地滑过他的胸膛:"那你在瞎想什么呢?不要高估你老婆的魅力好吗?"

他抓住她乱动的手:"那我可能一直低估你了。"

"你这个马屁拍得挺有水平的啊。"她转而亲了亲他的脖颈,"就算不相信我,你也得相信你的魅力。"

她洗过澡了,沐浴露的味道与家中一向较为清新的柑橘不同,是玫瑰清香。味道淡淡的,他觅着香气寻进了庄园,却始终找不到一片盛放的红玫瑰。

"你就不能让我坐着发会儿呆吗?"

"当然可以。"

她显然想多了。林夏站起身,拿着桌上的手机看了一眼,十一点半了,再跟他说要回去挺不合适的,就抱着碗蓝莓去了卧室,躺着看小说。

结果她躺下还没十分钟,那个说要发呆的人就打开了房门,问她要毛巾。

林夏起身给他拿毛巾,他在卫生间里边淋浴,透明的玻璃一览无余。她又在洗手池下边的柜子里找了新牙刷,拆开给他挤了牙膏,放在了漱口杯上。

他赤身出来后,她瞧了他一眼,把浴巾扔给了他。淋浴处氤氲的热气传来,她转身回了房间。

程帆走到卧室里时,发现她半躺在床上,背后垫了个竖起的枕头,怀中抱着泰迪熊,估计为了舒适,双腿屈起,书放在了膝盖上。她翻了一页书,看都没看他一眼。

他将擦头发的毛巾扔到了地毯上,再顺手关了灯。

她眼前骤然一暗,只有一盏床前阅读灯发出微弱的光线。他的重量压到床上时,她都能感受到床垫微微下陷。

她刚想说自己正看到结局,能不能再开十分钟的灯,他的手就抚上了她的小腿。

林夏看不到他的脸,幽暗中一切感官的刺激都被放大了。她悄悄地将怀中的泰迪熊塞进了薄被里。

林建业最近在近郊包了个工程,年初政府发布了城市轨道交通意见稿,规划中的地铁线路将延伸至这一片区,换乘站有两座,与几个主城区域串联，成了经济区枢纽中的一环。

这一片区域很快就搞起了开发，地产商买了地开始建房子不说，园林局那边还在这里规划了公园，他承包了一部分工程项目。

最近他每天早晨来巡视一圈，监督进度。总有偷懒的小工，他骂一圈后，就跑去附近的驴肉火烧店吃午饭。本城做这玩意儿的店不多，这是味道最正宗的一家，周末还有人特地从市里赶来吃。

他总是老三样：一个火烧、一碗粉丝，再来盘凉菜。店开在这种算得上偏的地段，东西的价格也便宜，这三样不过才二十八块钱。

但这对在附近工地上干活儿的人来说并不便宜，他们不可能有三十块钱的餐标。他们更常去旁边的面馆，点一碗面或一份盖浇饭，才十来块钱。

林建业正嚼着酥脆的饼皮时，听到了外边食客在跟老板招呼着说多加点儿驴肉，很熟悉的声音。他抬头看了一眼，那人长得黑乎乎的，鼻子下一颗痣都快成一颗肉粒了。

"小鹏。"

田小鹏听到有人喊自己，惊喜地赶了过来："老林，这都多久没看到你了，你怎么在这里？"

"坐。老板，给他一碗肉汤，再加个饼。"

田小鹏是永胜钢丝厂的运货司机，没什么文凭，跟林家有那么一点儿姻亲关系。开车比在厂里干活儿轻松点儿，没货拉时就在家歇着，工资还不算低，他在厂里干了很多年。

工作时间算是灵活，他还干了点儿兼职，去给死人抬棺材、去殡仪馆排队等位置。这种事给钱多，不过他只偶尔偷偷地干。毕竟大多数人觉得晦气，他被发现了就说是帮亲戚。这件事上次被林建业恰巧发现了，田小鹏苦着脸说没办法，儿子在上高中，成绩还不错，得攒钱供儿子读书买房。

田小鹏眉开眼笑："谢谢老林请客了。"

"你怎么跑这里来了，你家又有亲戚走了？"

"我也想哪，岳父中风了在床上躺着就是不死。"田小鹏拿了双筷子，指了指外边的北侧，"来送货，那边的桂花园不是集团承包的吗？"

"全用了厂里的钢筋吗？"

"怎么可能？一部分吧。"

这个破店不舍得开空调，林建业抽了张纸擦了汗，随口问了一句："厂里现在谁在管哪？"

"还是老周管事，小林总偶尔过来一趟。"

"她经常去吗？"

田小鹏咬了一大口火烧，摇了摇头，边嚼边说："不，顶多一个月来一次，她不是在管公司吗，哪里能天天往厂里跑？"

"她这人做事怎么样？"

驴肉掺着呛鼻的青椒差点儿把田小鹏噎住，他喝了一口汤缓了一下："还行吧。"

但凡事都有比较，田小鹏算是厂里的老人了，经历过孙玉敏的旧时代，林夏是断然比不上孙玉敏的，只能说还行。

小林总的确是挺能干的，接管了钢丝厂后，业务从没缺过，忙起来时还要再请一个司机送货。大家只要做事规矩，她就不会为难人。

孙玉敏呢？

她是一个让全厂人都又怕又敬的女人，大家怕到不敢对她有任何隐瞒，敬到厂里有任何风吹草动都会主动告诉她。

这人是不是犯贱呢？孙玉敏手段那么多，甚至有时毒辣到让人胆寒，而明明林夏规矩分明，人也更好相处些，但他就是认为，在当老板上，林夏比不上她妈。

林建业冷哼了一声："不还是靠老周？她一个丫头片子，管得住你们？"

田小鹏聪明地没说话，心想：你们一家人的事情，没半点儿好处，我可不插嘴。

林建业吃完饭就开车回了镇上,下午要摸两圈麻将。打麻将这事,得熟悉的牌友玩才有意思。虽然市里有房,但他还是更愿意待在乡下。

回来得早,他就开着车去村里转一圈。他在村里承包了一个池塘,放了鱼苗。之前有个老板的老爹喜欢钓鱼,他天天载人来钓鱼,完事了再来一顿农家乐伺候着。

现在天热,鱼不容易上钩,村里还总有不识相的人来偷偷地钓鱼。之前他抓到过一个,那人还跟他嚷嚷说这池塘是公共的,真是的,这种人活该一辈子的穷命。

一进村,他就看到了王秀萍正站在树下跟人窃窃私语。见他来了,那人一个眼神都不给就走了。

林建业上前打了招呼:"嫂子,这么热的天,还待在外边,不怕中暑啊?"

"刚好出来倒垃圾,吃过了吗?"

王秀萍心想:这个小叔子,这么多年一直还喊她"嫂子",从没像那些势利眼的人看不起她过。

"进来喝杯茶。"她说。

别墅外边有个颇为宽敞的走廊,大理石的地砖,屋子里没那么热。林建业进了门,她才开了客厅的空调。

"天太热了,你这么节省干什么?难道林洲还付不起这点儿电费吗?"

"客厅这种立式空调,从早开到晚,电费也不少。而且我这个筋骨,哪里经得起天天吹冷风哪?"王秀萍从热水瓶里倒了杯水给他。

"我上次在我哥那里看到林洲了,他刚到公司,还适应吗?"林建业喝了一口水就想吐,这是隔夜的水,闷在热水瓶里一晚上了,一股味道。

"他工作上的事不跟我说,说了我也不懂。但他爸让他进公司,总是件好事。"

"嫂子,你这是福报来了。"林建业轻笑,"我还不了解我哥?儿子到底是儿子，女儿可不一定。以后集团不还是洲洲的？"

"这种话可千万别在你哥面前说。"比起林建业，她更了解她的前夫。林建华生性多疑，骨子里谁也不信。

"我当然不会讲。谁能想到，孙玉敏风光了半辈子，到头来儿子没了，都是一场空？"

空调的制冷效果很强，才几分钟，出风口下边就已经凝结了一层水雾。屋外艳阳高照，客厅的窗帘拉上了，屋里没有开灯，有些暗。空调摆动着扇叶将风吹到王秀萍身上时，她想到了那个女人，一瞬间浸骨的寒意让她哆嗦了一下。

"她真的不会回来了吗？"

林建业拿了毛毯盖在她的膝盖上："洲洲是我看着长大的。他多苦啊，只有你疼他。不管她回不回来，公司本该就是你们的。"

"我只希望他过得开心。"王秀萍不愿再谈这事，转移了话题，"对了，洲洲有女朋友了。"

"他这个年纪，也该定下了。"

"他女朋友，还是咱们认识的。"

"谁呀？"

"周旺财的女儿。"

林建业皱起了眉："钢丝厂里的周旺财？"

他还要问些什么时，口袋中的手机铃声响了，是催他上麻将桌的。他哪里还有心思继续跟王秀萍唠家常，边说"来了"边站起身，打了个招呼就往外跑了。

在他开车去麻将馆的路上，又有个电话打进来。

"老林，新到了一批雏，你什么时候有空来？"

"晚上吧，等我打麻将结束。"

去东南亚出差，不用倒时差，虽然连着跑了好几座城市挺累的，但程帆下午还是去了一趟公司。他懒得开车，喊了司机来接他。

睡眠是恢复精力最快的方式之一，昨晚他睡了这两周以来最好的一觉。他想了一下，这好像是大半个月以来，他第一次跟她睡在同一张床上。

醒来时已经快正午，他发现自己占了一大半床，侧趴着，手搭在了她的身体上。

窗帘拉得不严实，就着缝隙里透出的光，他看到她缩在床边，背对着他，怀中还抱着那只泰迪熊。

她一向睡相挺好，经常平躺着，似乎一整夜都能保持一个姿势不动，从不缠着他，更别提什么抱着他睡的情形。他觉得挺好，能保证彼此的睡眠质量。

这是他第一次在她的房间里过夜，她却跟被鸠占鹊巢了似的，躲到了角落处，还抱着个玩偶。

他翻了个身，手从她的身上拿下。估计是身上的重压卸下，她终于能翻个身，面朝向了他这一侧，睡梦中下意识地将熊抱得更紧了。

她夏天爱穿真丝衣物，肤感凉爽而透气，睡觉则更是。墨绿色的睡裙，颇细的半侧肩带早已随着她的动作而滑落。玩偶被她压在了身下。他离她极近，通过透些缝隙的阳光，看到那只熊一副无辜的样子。

平日里的她一向理性，心智极其成熟而不世故，穿衣打扮是一副利落的模样，约会时也不介意穿得性感些。

他们的家中自然是一只毛绒玩偶都没有。他从不知道，她竟然会抱着一只玩偶熊睡觉，还有点儿依赖它的样子。

程帆试图轻轻地将那只玩偶熊拿出来，但她抱得有点儿紧，他用力一抽时，她被惊醒。她睁开了眼，迷茫而下意识警戒地看着他，搞得他像被当场捉到的小偷一样。

她倒是反应很快，抱着玩偶熊时的一脸懵懂表情已不再，把泰迪熊放到了一边，跟他说了声"早"，然后就起了身。

他拿了枕头垫在肩后，半躺着问了一句："你很喜欢玩偶吗？"

她正在脱睡裙，说："没有。"

他看了一眼那只玩偶熊，有些陈旧，样子也平平无奇，就是只普通的玩偶而已。

他又问："是只喜欢泰迪吗？我给你买一个放家里？"

她沉默了一下，说："不用，我只喜欢这一只。"

她说不用，程帆也只当个插曲，没有闲心去买她说不要的东西。

司机老尹开车很稳，程帆坐在后边，貌似在看着窗外发呆，实则脑子里一堆事。

林建华是以何种渠道找到的李子望做资金方？程帆从不惜以最坏的恶意揣测对方。林建华知不知道林夏跟李子望的关系？

这到底是单纯的投资行为，还是掺杂了人情？

他信任林夏，但不信林建华。

建林集团要在 A 市竞标拿地，这是要转型做地产。这么重大的转型项目，至少是现在，林建华就全权交给了林夏。

程帆自然明白林建华其中的算计，而林夏——她到底在想什么呢？

进公司后，程帆喊来了助理戴奕："过两天我要去 A 市看工厂，安排个饭局，顺便多请个能在住建局说得上话的人。"

戴奕跟了老板好几年，关系算亲近，但从不逾矩问为什么："好的。"

"去给我查一下……"程帆说了一半停住，想了一下又开口，"算了，不用。"

戴奕没有说话，知道他话还没说完。

"帮我关注着点儿建林集团的动向，我不希望它有什么事，我是最后一个知道的。"

这句话分量颇重，戴奕知道他这已经是很不高兴的意思了。

林总家的事，必要时老板都会出手帮忙，但估计对方有什么事瞒了他，已经让他不舒服了。

"好的。"

程帆亲手烧了水,器物是为人服务的,他没心情时哪里顾得上繁复的泡茶步骤,直接掰了块茶饼放在壶中,滚烫的水浇了进去。

窗外夏日漫长,存了二十多年的茶被泡开,满室的馥郁茶香。他端起茶壶倒了一杯,金红的茶汤,滋味细腻而悠远。

他虽常在漫长的等待中蛰伏并不求回报,但不要挑战他并不多的耐心。

林建华准备动身去美国,走之前喊了林夏来办公室。

"土拍准备得怎么样了?"

"这是这一批集中供地中唯一的商住地块,竞争者不会少。正在准备中,资金到位的话,竞价上估计没问题。"

林夏刚才进办公室时发现茶水台上多了个小冰箱,他面前的办公桌上放着一堆纸张,下面隐隐约约压了一支笔。她想靠近些去看那纸时,感受到了他扫视来的目光,又补充道:"我明天会去 A 市,跟程帆一起去参加个饭局。"

林建华点了点头,自然知道这不是普通的饭局:"你做事我放心,相关方面的人物打交道多费点儿心。"

"好的。"

"他在那边的工厂怎么样了?"

"不清楚,这次他过去要看一下工厂进度,我估计会跟他一起去。"

"应该的,你也该多了解他的事情。"林建华看着对面的女儿,在某些方面,她似乎是个极其单纯的人。他想了想又叮嘱了她一句:"男人到了那个地位,受到的诱惑很多。你要上点儿心,管住他。"

林夏内心惊讶了一下,他什么时候跟她说过这种话?她的脑袋里一瞬间生出了很多想法。

"好的,爸爸。"她笑了一下,"我的确不太管他。"

"男人，你既不能管得太过，也不能放手不管，要时不时敲打他一下。"林建华打开保温杯，里边是晒干的蒲公英泡的茶，据说这玩意儿能降血糖，还是他弟拿过来的。

看着跟妻子有五分像的女儿，他难得温情地说："夏夏，你结婚前爸爸就跟你讲了，物质上我能给你托底，关于结婚，你只要能幸福就好了。家庭上的事有时比事业上的都难处理，我还是希望你能认真对待。"

她怔了怔，原来这只是父亲对女儿的关心。

他从不是不关心她，每次她被压力逼到墙角，觉得他在工作上对她太过冷漠而严苛时，这样偶尔的关心行为，都让她能够合理化那些对待。

"爸爸……"她停顿了一下，也只是说了一句，"我会的。"

"我大概去半个月，公司的事就都交给你了。"

即使中美往返航班多，交通便利，头等舱舒适，但因为往返的时差、车旅奔波，对一个六十多岁、身体不是特别健康的人来说，出国不是件舒服的事。

自从孙玉敏在美国长居，这还是林建华第二次去。

"好的。"

"等A市的项目定下来，你有空了也该去看看她。"

林夏没有说话，想起了去年秋天是和程帆一起去的。

那时孙玉敏住在尔湾，家是一套带后院的独栋别墅。那天是周日，他们开车到时孙玉敏不在家。住家的保姆开了门，说太太出去了，还要一个多小时才回家。

时差让林夏觉得有点儿累，她却如同客人，也没问保姆有没有提前收拾出一个房间，能让她躺下休息一会儿。她坐在客厅中喝茶提神，程帆待在外边的院子里抽烟，似乎是有意给她腾出空间跟保姆闲聊家事。

孙玉敏来这里后，每周上两堂英语课。

尔湾华人多，足够有钱的人，不会英语也可以活得挺好。孙玉敏是初中文凭，刚来时请了个附近的大学的留学生，天天上门教她英语。

保姆告诉林夏，孙玉敏有了很多新朋友，还会在家里办聚会。

林夏看着餐桌上鲜艳的玫瑰，问了一句："也有人追她吧？"

一个拥有非凡美貌的女人，无论在哪个年龄段，都不会缺少追求者。

保姆尴尬地笑了笑，说："有的。"

林夏没有再问，孙玉敏不会找一个嘴不严的保姆。

她又喝了两杯茶，孙玉敏才回来。孙玉敏穿了套深蓝色的衣服，踩了双乐福鞋，戴了墨镜，裹得严严实实的。她本就高挑，有规则的褶皱面料显出气质的同时，更显得人严肃。

见到女儿她并没有惊讶，连拥抱举动都没有，只是摘了墨镜说了一句："你来了。"

晚上在外边餐厅吃了饭，林夏没什么话说，擅长交际的程帆时不时抛出一个话题，才不至于彻底冷场。

吃完饭，他们开车将孙玉敏送回家中，她没有开口邀请两个人在这里住下，而林夏也早有先见之明地订好了附近的酒店。这样也没什么不好，各自作息与习惯不同，她住到母亲家中倒不如住酒店来得方便而自在。

告别时，看着站在门口目送他们的孙玉敏，坐上车的林夏忽然开了车门，跑到孙玉敏面前不由分说地抱住了她。林夏抱了许久，感受到妈妈的手轻拍着她的背，忍住心中的酸涩情绪，开口说："妈妈，回来吧。"

一个经历过风风雨雨、亲手缔造了一个建筑集团的女人，在后半生将自己囚在了华丽的异乡别墅里。

回程的航班上，林夏突然问程帆："你看过《飘》没有？"

不等他回答，她就接着问："你知道郝思嘉为什么不喜欢她的孩子吗？"

"她会回来吗？"

林建华没有回答，忽然站起了身。他发现肚皮处的衬衫扣子忘了扣，边转身向后边的窗户处走去，边扣上了扣子。

当年他们拿了这块地，盖了这栋办公大楼。正式搬进来的那一天，也是在这个位置，她穿了件红色的大衣，站在他身旁，一同看着远方平地而起的高楼。

她说："建华，这只是我们的开始。"

日头太足，站在窗边的林建华闭上了眼。

"你出去吧。"

林夏常去的日料店发了信息，说研发了新品，若她有空，请过去尝试一下。

程帆今晚有饭局，林夏不想那么早回家，又不想加班，就开车去吃饭了。

她挺喜欢这样的吃饭方式，一个人，任由厨师决定菜单，不必说话，只需一盘又一盘地吃东西。食物海鲜为主，味道清淡，她吃多了也胖不到哪里去。若心情不好，她就多吃几个寿司，满满的碳水进去，自然开心起来。

下车时想起家中的面霜用完了，林夏便先去了专柜。

她走到专柜前，柜姐跑来问她需要什么。她要了罐面霜，柜姐又给她介绍了另一个系列的精华和眼霜。看对方介绍得如此认真，林夏就顺手买了。

她挑好了东西就结账，叮嘱了柜姐不要用礼盒包装，太浪费了，用袋子装一下就行。

林夏提着袋子要走时，才发现站在香水柜台前的周……她想了一下，眼前的人叫周倩。

周倩下午出外勤，不必回公司打卡，刚好在商场附近，就进来想买瓶香水。

她曾在网上买过这个牌子的香水小样,甚是痴迷那种一座城堡里,一场大雨后,湿润的泥土混合着草木清香的味道。

但是这个系列找不到代购,昨天发了工资,她查看了官网的价格有了心理准备后,才来了专柜。

她来了后,跟柜姐说自己想试一下香水。估计是看她穿着普通,柜姐拿了张试纸给她喷了一下,就没有再给她试其他味道。

此时看到另一位客人来了,柜姐就丢下她,跑去招待别人了。

她颇为尴尬地站在原地。来专柜不是不买,但她花了钱,就想试一下其他味道,要求很过分吗?

柜姐围绕着新来的客人颇为热情地介绍着产品,周倩只看到了那人的侧影,手腕上的钻石手镯足够闪耀,再细看时发现竟然是熟人。

她买东西很快,三分钟就挑好了护肤品,目测要几千块,没有犹豫就刷了卡买单。

当她走时,周倩想转身当没看到,结果被发现了。

周倩挤出笑容跟她打招呼:"林总好。"

"在买香水吗?"

"是的,在挑……"

看着小姑娘耷拉着脑袋,一副掩盖不住的不开心样子,林夏做过销售跑过业务,自然猜出了其中的门道。

林夏拿了瓶面前的香水喷在试纸上,闻了一下递给她:"挺好闻的,你试试。"

周倩从她手中接过试纸,闭上眼轻闻,是她买的小样的味道。这个味道她才试完,手中又被递上了一个新的味道的香水。

林夏将纸袋挂在手腕间,一只手拿着试纸,另一只手颇不方便地打开瓶盖,将香水喷洒在试纸上,然后递给周倩。

柜姐此时迎了上来:"您要试哪款?"

林夏把喷洒过的香水放回原位,对着柜姐说:"你给她都试一下。"

柜姐将这一个系列的几瓶香水都给周倩试闻了一下,周倩还是最喜欢她原先想买的那一款:"我就要这个了。"

"五十毫升的吗?"

"是的。"

在等待柜姐拿货的工夫,周倩对林夏道了谢:"林总,谢谢你。"

一个有钱的小姐姐在自己身旁,她花钱买东西都多了点儿自信心,不那么露怯了。

林夏看着这么怯生生的姑娘。老周的工资不算低,他这是舍不得给女儿花吗?

"吃过晚饭了吗?"

"啊?"周倩没多想,老实回答了,"没有。"

因为她是老周的女儿,又碰巧遇见了,林夏邀请道:"一起去吃吧。"

周倩拎着纸袋,跟在林夏后边,一路脑袋都在犯迷糊,心想:吃饭是不是要 AA,如果吃得太贵怎么办?

前边的林夏问服务生:"还有位置吗?"

服务生将她们迎了进去,说:"您来得早,可以再加个位置。"

这家店是吧台式的就座方式,两位主厨站在里边准备食材,看起来是现场制作。周倩颇为不安地坐在了林夏旁边,想拿出手机查人均消费,可又怕被发现。

林夏当没看到小姑娘的动作,也懒得主动闲聊。她来吃饭就是纯吃,直接拿起筷子开始吃餐前的味噌黄瓜。

主厨动作颇快,量颇少的食物精致地摆好盘,一道道地被递到她们跟前。主厨介绍着食材,简单提了两句做法。

这是周倩第一次吃如此形式的日料:海胆装在木盒里,被海苔包裹着,尝起来无比细腻而鲜美;鲍鱼比手都大;鱼生新鲜到一点儿腥味都没有;手握寿司的米与炙烤的鱼完美融合,芥末都用得恰到好处,

113

让人上头,连吃好几个都觉得不够。

刚刚旁边的林夏不说话,周倩还挺害怕的,也不敢主动搭话。但吃着如此美味而新奇的食物,人胃口大开时反而没了拘谨的感觉,周倩边嚼着寿司边感叹:"我第一次吃到这么好吃的寿司,之前吃的原来是紫菜包饭。"

林夏被她逗笑:"是不是还想吃?"

周倩点头如捣蒜:"难道没了吗?我还没吃饱呢。"

"还有,但上完了你还没吃饱的话,你就盯着主厨使劲看。他不忍心拒绝你,会再做两个送你的。"

戴着口罩的主厨对她们笑了:"当然不会拒绝,必须让你吃饱了走。"

"刚刚真的很感谢你,我站在那里挺尴尬的。"吃饱了肚子,周倩也有了力气生气,想骂人。

"平时不去专柜买东西吗?"

"不会啊,专柜多贵呀,找代购买啊。"

周旺财是厂里的老人,工资是之前林建华给他开的,每年还涨一点儿,加上过年奖金,一年税后能有近三十万元。这在当地算非常高的工资了。

林夏问了一句:"你爸平时不给你零花钱?"

"他一个在工厂里上班的人,能有多少钱哪?他说不定比我都穷。"周倩说完才觉得不对劲,这像是在她爸的老板面前抱怨工资低,"也不是,我爸这人抠门,还喜欢哭穷,我哪里会问他要钱?"

"你爸这是要攒钱给你买房呢。"

"不会啊,他连辆车都不给我买,怎么可能买房?而且他说了要攒养老钱,说不指望我给他养老。"

这个老周,要么是真抠,要么就是把钱花在别的事上了。

别的事无非四件:吃喝嫖赌。

林夏收住,没有再问。

周倩最后真快到了扶墙出去的程度,那个师傅给她加了好几次寿司,她能塞尽塞,最后那口蜜瓜也太甜了。

电梯里只有她们俩,周倩按了一层的数字,又帮她按了B2(地下二层)的地下车库,最后不好意思地问出口:"林总,这顿饭多少钱哪?"

"不用,你早点儿回去吧,路上小心。"

林总的话一如既往地少,她说不用时,周倩没敢再拉扯着问,就怕她突然不耐烦了。虽然她看上去人挺好,但很冷漠,让人不敢靠近。

周倩出了电梯后,才想起去上网查了价格。商场的冷气很足,看到人均消费金额时,她震惊地呆立在了原地。

她吃的是金子吗?

程帆晚上倒不是去应酬,是参加朋友间的聚会。一人带一瓶酒,喝酒为主,大家也难得这样聚,一群男人在一起有什么好聊的?

聊完正事后,大家开始扯闲篇。有人问苏城最近怎么没看到文茜时,他叹了一口气。

"别提了,她正在家里伤心呢。借着伤心的由头,我都给她买了俩包了。"

"呦,她这是怎么了,失恋了?"

"真是的,怎么说……"苏城喝了一口冰酒,"还没到恋的程度,她就被人拒绝了。"

"谁敢拒绝咱文茜,眼瞎了啊?"

程帆坐在一旁兴致缺缺地喝着酒。他对八卦不感兴趣,准备一会儿找个借口先走。

苏城又叹了一口气:"唉,这就是这件事尴尬的地方,人家还是公司的合作方。"

程帆放下酒杯的手顿住了,他问:"李子望?"

"你怎么知道?"苏城想起来,上次在婚礼上介绍他俩认识过,"你怎么记得这么清楚？"

坐在角落里的老刘插了嘴："那个姓李的人，跟老程家丈人合作了呗。"

"一开始我挺支持我妹去追求他的，毕竟她真有点儿喜欢他，况且人家那条件也放在那里，结果人家说法非常委婉，可实际上直接就把我妹给拒绝了。"苏城越想越气，"我妹长得那么漂亮，我家有的是钱，他哪里来的脸拒绝她啊？"

旁边的人跟着帮腔："就是，他眼瞎。连咱文茜都看不上，他要求到底是有多高？那他到底喜欢什么样的人？"

"谁知道？！"苏城突然反应过来，骂道，"什么叫看不上文茜？这叫不合适。"

老刘看着突然站起身往门外走去的程帆："欸，老程，你去哪儿啊？这还没喝几杯你就要上厕所？你肾虚啊？"

程帆打开门，头都没回："回家。"

翌日，林夏随程帆去 A 市，司机来接他们，预计两个小时不到的单趟车程，当天往返。

林夏昨晚睡得一般，干躺半个小时后终于有了点儿睡意时，回家的他开错了房门，还顺手开了灯，刺眼的灯光让她下意识地用胳膊挡住了眼睛。

心中虽恼，但她还是压住火气跟他说："我要睡了，你能不能把灯关了，再把门关上？"

要不是这人是程帆，她发不了火，不然早拿着抱枕砸过去了。

估计他真喝多了，反应也迟钝了，看了她好一会儿才按下开关，把门给带上。

房间又陷入一片黑暗之中。屋子的隔音很好，任他在外边洗澡走动，卧室内都一片寂静。积攒的睡意被驱赶后，她又陷入了睡意反复积攒期。

漫长而黑暗的夜里，一个人躺着，失眠也许是情绪变糟糕的前兆。所谓沉沦，不过是任由自己陷入情绪的泥潭，如同路人般冷漠地无视痛苦，并不想要被拯救。

睡不着时她会想，自己又是从何时起，对自己都如此漠然的？

刚被接回京州时，她有了辆自行车，独自在家门前的道路上学着骑。她学得很快，发现只要脚放在踏板上使劲蹬，速度足够快，车子就能跑起来。

她兴奋地骑到了路的尽头，转弯时，自行车把手偏离的角度太大，车子却没有减速。自行车骤然失控后，她整个人摔在地面上，蒙了两秒才发现一条腿在水泥地上被蹭破了皮，沙砾陷在模糊的血肉中，另一条腿被自行车压着，经历了强烈震感的屁股开始疼痛。

当看到妈妈从院子里走出来时，原本只是酸了鼻子的她开始号啕大哭，想要妈妈抱她、哄她，妈妈身上的气息总是很好闻。

妈妈走过来，将压在她身上的自行车抬起，却并没有帮她擦去眼泪。妈妈站着低头对她说："女孩子哭是没有用的，只会让人觉得你很好欺负。要哭就一个人躲起来，别让人看到。"

当被阿姨抱回去，用蘸了酒精的棉团处理伤口时，她咬唇忍着疼痛，没有掉一滴眼泪。她偷偷瞄着坐在沙发上的妈妈，妈妈是希望自己更坚强吗？

事物发展的起点总是事后归纳而来的，也许她的人生，从那一刻开始就被定下了基调。

被这样对待，她从不觉得有什么错，甚至觉得无比正确。哭泣是软弱的证明，没有人会来哄她。伤痛就该她独自吞下消化，她只有变得更强大才不会受到欺负。

她严重缺乏同理心，自己的伤口发炎了都能用手撕开、让脓流出后等待结疤，旁人只是流血擦破了皮，又何必大声呼痛？当人选错倾诉对象时，喊疼的行为都显得那么矫情而可笑。

只是有点儿讽刺的是,造就了这一切的女人,现在却躲在美国不肯回来。

或许这又算不上躲,她年近六十岁,这已是普通人退休的年纪,前半辈子创造的财富足以让她享受安稳而富足的后半生。她也有削肉剔骨莲花化身的能力,重学了语言,融入了当地生活。

程帆正在看文件,发现坐在一旁的她正盯着车窗外的景致发呆,忽然想起那天在他爸妈家她说的话。

"你爸是 A 市人吗?"

"啊?"林夏转头看向他,"不是啊。"

"那你上次怎么说你在 A 市长大的?"

"我外婆家在 A 市,小时候我在那里待过几年。"像是怕他再追问,她一次性全说了,"外婆很早就去世了,舅舅一家移民去了加拿大。"

林建华和孙玉敏,双方家庭极其普通,甚至算得上是贫穷。两个人从农村走出来,白手起家,一同创立了建林集团。

一个家族里,只要有一个人发达了,便能托举整个家族,某种程度上能改变他们的命运。舅舅家独女被孙玉敏资助去了加拿大留学,毕业工作后决定留下。在孙玉敏的帮助下,舅舅和舅妈也移民去了加拿大。

"好吧,还想带你回去看一眼。"

"一个破落的村庄,现在都不知道还在不在,有什么好看的?"林夏从包里掏出了墨镜,"你下次换个贴膜,阳光太刺眼了。"

太阳在他这一侧,程帆放下手中的文件,胳膊撑到了她的腿上,偏移了身子去感受她那一侧窗外的光线,并不怎么刺眼。

随着他的动作,程帆的头侧在了她的胸前。她的衬衫最上面的那颗扣子未系上,粗硬的头发扎到了她娇嫩的皮肤上,她感觉有点儿疼。

她戳了戳他的肩膀:"头过去点儿。"

两个人离得极近,程帆看了看戴着墨镜、一脸冷意的她,突然很不爽:"这么讨厌我碰你?"

昨天他到家挺早的,不知道她在不在家,见主卧没人,就进了次卧打开灯看了一眼。当时她已经躺到了床上,看样子是还没睡着。他想说:时间还早,要不你过来睡?或者我洗完澡过来也行。

结果她一脸不情愿的样子,在他开口前,她就先把他请了出去。

结婚之初,只有他偶尔深夜回家时,两个人才分房睡。

可现在,只要晚上他不在家,她从不问他几点回家,就直接去次卧睡,一副不想跟他躺在同一张床上的样子。

她跟他一起睡,有这么为难吗?

程帆冷了脸色,手从她的大腿上离开,直起身子,对前边的司机说:"老杜,明天去给车换个膜。"

"好的。"

林夏觉得莫名其妙,看他又拿起文件低头看起来,一副把她当空气的样子,她也懒得解释,干脆闭上眼养神。

司机老杜看了一眼后视镜,这辆车的后座宽敞,程总和林总端坐在两侧,谁也没理谁。

唉,幸亏他们没在车上吵起来,不然他这司机当得多尴尬。不过他还真没见这两个人吵过架,可能两个人都顾面子,还得等到回家了再吵。

他给程总开了好几年的车,看程总这脸色,估计程总心里不痛快。

A市分公司负责人贺林早已到达工厂,从程总的助理处获悉,这一次程总的夫人也会一起来视察工厂。

下午两点多,车子驶入厂区,贺林从大厅走出来迎接。他从未见过程总的夫人,不知要搞何种规模的接待仪式。程总不是个喜欢排场的人,不知他的夫人是否要点儿排场让她觉得自己被重视了。贺林问过助理戴奕,戴助理说:"你可别弄巧成拙,什么都不要搞。对了,别叫人老板娘,叫林总。"

车平稳地停下，贺林刚想上去给人开车门，结果车后边的两扇门同时被打开，两个人各自从车里走了出来。程总还"砰"的一声把门摔上了，贺林听得都心疼，这么贵的车，爱惜点儿不行吗？

程总一言不发地走在前边，戴着墨镜的林总跟在后面。两个人身形高挑，各自一副冷漠的气场。

"程总下午好。"贺林对着后边的老板娘打招呼："林总好，我是工厂的负责人贺林。"

林夏摘了墨镜："你好。"

一行人走入大厅，正中间是个沙盘，是整个厂区的模型图。

贺林引着林夏来到了沙盘前，向她介绍着："左边这一排是研发实验室，中间的小房子是办公楼，右边这一整片是厂区，也就是前边的这一大片空地。"

林夏顺着他的手指的方向看去，但被一排车和蓝色的铁皮挡住了视线，看不到空地。

"一会儿带你去看。"站在身旁的程帆终于说了句话，而后，他又对贺林说，"贺林，先带她去看一下生产线。"

"好的，程总。"

另一个员工给林夏拿来了防护服，生产线的门前是一个除菌室，林夏随着指引站在了出风口处让其清除身上的灰尘。

车间里边的白色地面异常干净，几乎是一尘不染，摆着若干台精密的仪器，显示屏上一堆参数。工作人员并不多，这一个车间里不过三四个人站着。

车间面积很大，贺林走走停停，指着显示屏上的图案给她讲整条生产线的流程。他讲得太过专业，林夏听不太懂，但还是装懂地点着头，听完问了一句："这一条线要多少钱？"

贺林伸出了一个手掌："五千万元。"

林夏内心咋舌：这只是其中一条生产线，外边空地上的厂区还没搭建好,这一共得投入多少钱?

程帆平时挺低调,车就那么三四辆,衣服是她帮忙买,基本款买全了照旧补货就行,家里那么多手表都是他以前玩剩的。上次他还从优衣库买了个轻便大容量的书包说出差方便。他唯一讲究点儿的地方可能就是茶和酒,都不说酒了,他的一块茶饼都抵得上一个铂金包。

跟开工厂比起来,吃喝玩乐根本花不了几个钱。

林夏经常觉得这个人脾气挺臭,强势得不行,但看到这个工厂吧,觉得他还有点儿厉害。毕竟他能坚持投入做实业,烧了这么多钱,晚上还睡得挺好。

林夏跟着贺林继续往里边走去,有一面玻璃能让人看到右边的房间。里面几个工作人员穿得严严实实的,戴着口罩,几乎只有一双眼睛露在外面。

"这个车间我们不能进去,只能在外边看。"

估计这里对洁净度要求高,林夏点了点头,一路走进来,看到的员工很少。

"机械化操作,是不是几乎都不需要员工了?"

"是的,自动化程度高的仪器基本用不着人,只要把程序写好,设定了参数,观察一下操作就行。"

"整个工厂,什么时候完工?"

"这里分为两期,第一期建设八月底全部完成,第二期是后年开始筹建。"贺林老实回答着老板娘的问题,同时默默地观察着她。她看上去人挺干练的样子,不像是个在家做太太的人。

参观完整条生产线,林夏又回到了刚刚所在的大厅里,等了五分钟,程帆才匆匆从门外走来,跟她说一起走。

两个人出门又坐上了车,司机看上去来过不止一次,轻车熟路地拐着弯,将他们带到了在建的厂区处。

数万平方米的空地上,挖掘机在轰鸣,运输车在进进出出。一眼望去,一座座高压铁塔连绵不绝,远处依稀有一片丛林。

他们后边有几个下属陪同，跟程帆汇报着进度，他边走边听，指着左边的空地对下属下达了几句指示。

走到了空地的边缘处，程帆终于停下。太阳挺毒，他眯起眼看了眼前方，转头对她说："下个月月底验收，要不要陪我一起来？"

这个男人，是在跟她炫富吗？但他偶尔这样炫富还挺帅。

下属离他们有三米远。

"可以，只要你把车门摔得更大声点儿。"

程帆笑了，并不顾及身后的下属，忽然伸手揽住了她的腰，带着她往回走。

"不改贴膜了，给你换辆新车。"

大片的荒地上，男人搂着女人大步往前走着，下属们跟在后边。

车型粗犷的路虎在尘土飞扬的工地上并不显得格格不入，甚至意外相配，司机正在车旁等候着为他们开门。

男人却亲自开门把女人送上车，给她关了门，再走到另一侧，自己上了车。车子起步，下属们站在原地目送着他们离去。

车内，男人粗鲁地握住女人的后颈，侧过身亲了一口，在她耳旁用只有两个人听得到的音量说了一句话。

"你是我老婆，我想碰你就碰你，你讨厌也没用。"

第五章

最初的相遇

工厂在开发区，位置较偏。

刚刚下了高速，车开往工厂的路上时，林夏就接连看到工厂和园区，再看到对面路段上的运输车队装载着货物，往高速公路的方向驶去。

现在再从开发区往市中心驶去，林夏看到的是不断拔起的高楼，暑假期间大学附近都不绝的人流，一闪而过的公园，若干座商业中心和聚集的银行等金融机构。

坐在车内观察着这座城市，很多年都没有回来过的城市，林夏想自己真是刻板印象了。林建华说她厌恶风险，可能说得对，也可能是她下意识地想逃离这个地方。

外边风景不断变化，建筑被推翻了重建，一片换了新天地的模样。除了城中偶尔的几处老小区，衣服、被套挂在外边晾着，外墙上还挂了没被晒死的绿藤，像是给破旧的墙体贴上了斑驳的墙纸，蹩脚地掩盖着城市的旧日记忆。

林夏早已认不清这些地方，直到车子经过一栋楼，看到红底白字的"新华书店"挂在玻璃外墙上时，才猛然反应过来，将这里与记忆中的 A 市对上了号。

幼年时的暑假，只要外婆有空，都会带着她和媛媛姐姐来市里。从公交车上走下来，外婆一手牵一个孩子，买两根冰棍，两个孩子一碗水端平，从不偏袒谁。

三个人先去少年宫，舅舅给媛媛姐姐报了书法课，林夏也吵着要跟姐姐一起。姐姐长得文弱，人也很有耐心。林夏年纪小坐不住，上了一堂课便说什么都不要去了。外婆又给她报了个跆拳道班，结果她上了一学期，腰带都不会系。

上完课，外婆再带着她们去书店看半天的书，媛媛比她大两岁，认识的字比她多，偶尔压低了声音给她念故事，更多时候是她抱着字典，边看边查。外婆在一旁读着已经读了很多遍的《红楼梦》。查字典，也是外婆教她的。

在她三岁前，外婆就拿着家中的硬纸壳剪成了小卡片，每张卡片上写一个字让她念。有时外婆会夸她真厉害，说："夏夏要多读书，不要像你妈妈，那么聪明，可就是不喜欢读书。"

看完书，外婆会带她们去吃面。她爱吃细的拉面，媛媛爱吃刀削面，两个孩子胃口不大，外婆很节约，总是再拿个碗分出一碗面。

林夏头往外偏了一下，像是要去找记忆中的面馆，实际上却是在抑制住内心的某些冲动，凝住心神，不再去想往事。

程帆察觉到了她的动作："怎么了？"

"没什么。"她停顿了一下，低头拿了包中的水杯，"想起小时候在这里吃拉面，一碗才三块钱，还有好几片牛肉。"

"现在可能要三十块一碗，才能有几片牛肉。"

"很多年没有来过，感觉这里发展得不错。"

"是的，特别是这几年京州的房价对寻常人来说难以承受，企业会往外迁。A市这里有几所大学，教育资源还行，本地政府招商上也做得不错。"

程帆说完看了一眼她的水杯，杯子是粉色的，这不是她的风格。

察觉到他的眼神，林夏把水杯递给了他："喝点儿吗？"

看着他略带迟疑地接过水杯，仿佛拿个粉红色水杯有心理负担似的，林夏在内心翻了个白眼。

他喝完皱起了眉，并不喜欢这个味道："泡了玫瑰？怎么想起喝这个？"

"对，生理期快到了。"

他一言不发地把杯子还给了她，又拿起手机看，车厢内恢复了方才的平静气氛。她收起杯子时，听到了手机信息提示的振动声。

信息是旁边这人给她发的。有话不说，他非得拿手机发信息，能是什么好话？

林夏看完信息，想瞪他一眼时，他倒是装正经地看向了窗外。

饭局不是在什么高端酒店或私人俱乐部，是在一个居民楼下的饭店里。

一道围栏之隔的小区内，角落里种着一片绣球花，一朵朵的小花堆叠着。淡粉、浅紫、深蓝色的无尽夏，在一株上都能生出这温柔到让人心动的颜色。

林夏多看了一眼，这是她最喜欢的花。

夏天在外边看到时，她总忍不住多看几眼，每次看到都觉得很美好。不过她从没有想过拥有，没心思养花，鲜切的也要养护和更换。

她慢了两步，程帆已在前边台阶处等着她。她移开视线，跟着他往饭店里走去。

六点钟日头还没彻底落下，外边依旧很热。饭店的面积并不大，一楼是小桌，为了增加座位，过道都难行。就餐环境没那么舒适，甚至颇为吵闹，但大堂等候区都已经坐满了人，还有两个站着的。

已经等待了二十分钟的食客看着这一对衣装精致、气度不凡的男女没有被叫号就走了进去。有人看到女人身上背着的铂金包，心想算了，有钱人，懒得计较；有人等得不耐烦，看他们上了楼，气冲冲地跑去问结账处的服务生："你们这儿都不让线上取号，非要让人来这里等着,那为什么他们不要排队?"

结完账的服务生回了一句:"人家是老板的朋友,又不占用你们的位置。"

二楼地方依旧局促,只放了三张大圆桌,但往右有条单独的通道,打开门,里面竟然藏了个房间。房间里倒没什么特别的装修,风格朴素,只放了桌椅,墙上挂了幅画。

他们刚到包间没两分钟,老板就过来了——人胖乎乎的,套了件沾了油渍的厨师服,下意识地抹了把额头上的汗。

"程哥,等你好久了。酒已经到了,你这一桌我今天掌勺。"

"辛苦了,这个天太热了。"程帆烫了水杯,撒了些许茶柜上的大红袍,再拎着水壶倒了热水,先递了一杯给林夏,"老金,我太太——林夏。"

"嫂子好。"老金热络地喊了人,不好意思地挠了挠头,"我手上都是汗,不搞握手那一套了啊。"

林夏笑了:"老金,你好。"

"你店里忙,先去吧。人一会儿到了,麻烦帮我带上来。"

"好嘞,我就不打扰你们了。"老金又跟林夏点头致意了一下,才退出去。

程帆捧着手中的茶呷了一口。他在家喝茶甚为讲究,但出门在外从不挑剔,几十块一斤的红茶也能喝得津津有味。

"怎么在这里吃饭?"

"好吃,便宜。"程帆走到窗前,看着下边马路上来往的车辆。这里位于闹市附近,这个点已经开始堵车,旁边的老小区拆不动,附近商铺竞争激烈,店铺面积并不大。但这里的东西味道实在是好,价格实惠,就是没什么环境氛围可言。这个包间,老金只招待朋友。

现在谨慎点儿的人接受宴请,哪里敢在高档场所大肆吃喝,这个平时难订到、人均一两百块的小饭馆,的确是个好选择。饭便宜,酒就好一点儿。

一场饭局前,他习惯沉默地待着。从前是盘算着饭局上的利益往来与关系,后来倒是纯放空。他这两年饭局参加得少,能推就推。这一次若不是为了林夏,他也懒得组织这一场饭局。

这个社会弱肉强食,处于低位的人总难以保障尊严。作为男人,年轻时他也不可免俗地想要有一番自己的事业,不愿屈居人下,并将其列于人生第一优先级目标。恋爱不过是调剂,他无法给出更多时间,关系出问题时不会有耐心去解决问题。曾经分手时他被骂太过强势,他颇有风度地说抱歉,心里想:那又怎样?

当真正有了自己的事业后,也许骨子里强烈的掌控欲没有变,但人倒是能看起来更温和了。对妻子,他从不吝啬在必要时施以援手。有钱的好处不过是,他能做些想做的事,拒绝不愿做的事。

两个人等了一刻钟,人已经陆陆续续地到齐了。寒暄与热闹气氛充斥包间,同僚间也在打招呼聊两句。

程帆收起方才的漠然样子,一副商人做派地与客人热络地打着招呼:"孙局,真荣幸能够请到您来。"

孙宏云刚五十岁出头,人长得着急了点儿,皱纹不多,但肤色黑,还长斑,看着就显老。他穿了件藏蓝色polo衫(网球衫),配了黑色的西裤,用一根像在超市里买的皮带勒住了腰。

他自然知道程帆,越推行市场经济的地方越要招商。他们有经济任务目标需要完成,解决就业问题,带来税收,这些商人自然会成为他们的座上宾。程帆的工厂在本市落地,这么大笔投资,是经过双方反复多次洽谈才落地的。

"哪里,程总何必这么客气?这个饭馆我平时都排不上,托了程总的福,今天我还能坐个包间了。"

旁边的王局应和了一句:"是啊,他家的鸭舌煲可是一绝。"

"喜欢就好,我还怕这个地方又小又吵,你们吃得不舒适呢。"

"哪里,能来一起吃顿家常菜,最好不过了。"

"孙局说的是。对了，"程帆微侧身朝向旁边的林夏，"给您介绍我太太——林夏。"

林夏主动伸出手与孙宏云打招呼，知道他就是程帆安排这次饭局的关键人物："孙局，您好。"

孙宏云觉得她的面部轮廓与印象中的故人有几分相似，不动声色地笑着回握了林夏的手："程太太，您好。我们可是开了眼，程总这可是第一次舍得把夫人带出来应酬。"

"是啊，老程，你这可藏得深哪。"

"不敢，我夫人不怎么能喝酒，带她出来干什么？"

"老程，你这就不对了，她不能喝酒，你能替她喝啊。"

"王局批评得对，今天我替她敬你们，还请大家多担待。"

寒暄一番后，大家都落了座。孙宏云坐在了林夏旁边，问了一句："程太太这是第一次来本市吧？"

林夏摇头："不是，我与A市的渊源可大了。我母亲是本市人，我小时候还在这里生活过几年。"

"竟然这么巧，你家在哪里呀？"

"我外婆家在乡下，可能您不认识。"林夏并不愿意提及那个村庄，但看着对方一副想知道的样子，只好说，"叫小坪村。"

孙宏云心中了然，眼前的人是她的女儿。他没有再问。

这到底是宴请，菜再好吃，大家也免不了要喝几杯酒。若两个人一同参加外边的饭局，程帆一概说她不能喝酒，他替她喝了。曾经遇上过没眼色的人强行要她喝一杯，他当场甩了脸色。事后回家时，林夏说："我不是不能喝，一杯而已，把局面闹成那样子不好。"

程帆说了一句："对方不给你脸，就是不把我放在眼里。"

他不会知道，那一句话让她感动了很久。也许她自己都不清楚，那一瞬鼻酸与落泪的原因。

程帆站起身，给自己倒了一杯酒："感谢各位对我的公司的照顾，工厂能在本市顺利落地，都靠你们帮助。"

王局笑眯眯地说:"是我们彼此努力,程总今后若有困难,尽管来找我,为企业家解决困难,搞好经济,解决就业问题,是我们该做的事。"

林夏看着旁边的男人说着场面话,就算他放低了姿态、表达再低调,都难掩一副高贵的气质。这也许是天生的,也许是因为他的家庭——有一个身居高位的父亲,他从小耳濡目染。

大家敬了酒、说了漂亮话后,终于开始吃饭,边吃边闲聊着。

此时包间门被打开,一道道热菜上桌,香气顿时飘满了整个包间,有人催着上饭,说这么下饭的菜,得配两碗米饭。

林夏看到了一盘炒白芹,这是她小时候喜欢吃的菜。已经很久没有吃到白芹了,她还挺惊讶:为什么这个季节还有白芹?

她夹了一筷子,白芹口感脆嫩,清爽多汁,应该是大火速炒,带了股家常菜特有的锅气。

程帆看着她对着一道菜夹了好几次:"这么好吃?"

他刚刚喝了两杯酒,说话时带着酒意的清香喷洒在她的鼻间,林夏夹了一筷子白芹给他:"你吃点儿,喝酒前你没吃东西。"

两杯酒当然醉不了人,他却靠近了她,低声说了一句:"我这是为了谁?"

林夏又夹了根鸭舌给他:"要不要吃点儿饭垫肚子?不然喝了酒,空腹坐车容易吐。"

程帆坐直了身体,懒得搭理这个没良心的东西。

饭局结束,程帆起身送客。

一顿饭吃得无可指摘。司机老杜早已打点好,将酒搬进了几个人的车里,程帆云淡风轻地说了一句:"自家酒庄产的酒,刚运过来一批,请大家尝个鲜,不要嫌弃。"

看着程帆随着宾客下楼,林夏正要拿起包跟着下去时,发现旁边的孙宏云迟缓了两步。她及时停下了脚步。

按下心中犹疑的情绪,林夏又向他问了好:"孙局,这儿环境一般，招待不周，您请多包涵。"

"没有，我这都吃撑了。"看着同僚们随着程帆走出了包间，孙宏云又给自己倒了杯绿茶消食，看着林夏，缓缓地开了口，"我也是小坪村的，你母亲是否叫孙玉敏？"

林夏怔了怔，心中算盘太多。不过她从未想过，从他口中听到了她妈妈的名字。

她重新打量了这个人，他看上去年近六十岁，但结合他的职务来看，他的年纪应该没这么大，应该与她妈妈差不多大。

"是的，孙玉敏是我妈妈。您是她的朋友吗？"

孙宏云笑了一下，倒不知如何回答这个问题。二十多年未见，他们应当不算是朋友。可他第一眼看见她的女儿，心中就有股熟悉感。

看着眼前的林夏，关于那个女人的往日零碎记忆从深处浮现，他这么些年一直没有忘过。

孙玉敏是她妈改嫁带过来的孩子，上户口时改了姓，她妈后来又生了个儿子。她年少时，美貌就已经远近闻名了。

那个年纪的男孩子，谁又不暗恋她呢？孙宏云自然是其中一个，被她的妈妈请去给她补习功课，回来了都还愣神，在想她刚刚嘟嘴撒娇说不想读书的样子。她扎了两个麻花辫，清纯动人。

他妈冷笑，说："她不会是个安分的女孩子，我农活儿都不让你干，就是让你好好读书考大学的。你下次不许去给她补习浪费时间。"

果真，孙玉敏不喜欢读书，很快开始谈恋爱。追她的人很多，她换男朋友跟吃饭、喝水一样正常。

后来，他考上了大学，是小坪村第一个大学生。平日里镇上甚少来往的亲戚都跑来了他家祝贺，看着快把门槛踏破的亲友、邻居，他心中颇觉讽刺，这挺像范进中举的场面。

那天傍晚，孙玉敏来找他，送给了他一支钢笔，盒子上的牌子还是英文的。他并不认识钢笔的牌子，钢笔具有银色的笔身，出墨流畅。

他说："我不能收，太贵了。"

孙玉敏倒是毫不在意的样子，说："给你你就收着呗，你管它贵不贵？"

两个人年纪相近，孙宏云自然跟她聊了起来，说自己家里挺穷的，也不知道读了大学后能干什么。

她说："你这人心思重，一件事，别人只有一个想法，你却能把他们的想法猜个遍，适合去当官。那句话怎么说来着？唯有读书高，读了书你才能做官哪。"

当时的孙宏云都尚未察觉自己的这一特性，以后真走上这条路时，都不得不感叹，十几岁的她，眼光就能毒辣到如此地步。

他问："那你呢？你不想读书吗？"

她摆了摆手，说："我根本不是读书的料，读完书工作，赚钱也太慢了，我不要过那种生活。"

他问："那你要过哪种生活？"

躺在门前草地上的她看着天上的星星，嘴里叼了根狗尾巴草，美而不自知地毫不在意形象。

她想了好一会儿，说："我要过一种很厉害的人生。"

后来，孙玉敏离开了小坪村。她的母亲守口如瓶，从不向人说女儿去了哪儿。

一个漂亮的女人，总是容易引起很多流言，甚至夸张到都有人谣传她躲出去生孩子了，毕竟她过年也不回来。

孙宏云对这些谣言很无奈。她绝对不是这样的人。但两个人自此也断了联系，一个联系方式都没有留下。

他大学毕业时，周围同学对进机关单位并不感兴趣。那时机关单位人浮于事，正提机构改革。机关单位人多分房难，彼时又大力提倡教育办新学校，所以毕业生更倾向去学校，因为分房容易，还不用论资排辈地熬着。他却选择了进机关单位。

他再次见到孙玉敏是在京州。

他的父亲在家吐了血，被母亲送到医院，检查完医生劝他们转院，让他们去最近的京州医院,那里能动手术。母亲喊了亲戚借车送父亲去了京州,再打了电话给当时在某县城小镇上的他,让他赶紧过去,再带点儿钱。

孙宏云赶了一天一夜的车,第二天早晨才到京州。医院里大楼太多,他记住了楼层,却记错了楼。他跑到了三楼,看到一堆大肚子的女人时傻眼了。难道这京州的医院,是把妇产科和内科放在了一起?

他还是把每个房间都看了一遍,结果就看到了孙玉敏。她挺着大肚子,在病房里来回走着。

眼前的人留着大波浪的头发,四肢依旧纤细,脸都没有因为怀孕变胖,与从前唯一的区别就是肚子变大了。

他正在震惊中,孙玉敏就先打了招呼,说:"孙宏云?你怎么在这里啊?"

他说:"我爸住院了,估计是胃癌,要开刀。你呢,怎么怀孕了?"

他说完才发现这话狗屁不通,补救了一句:"好久不见,原来你在京州啊。"

这时一个年轻女人走进来,孙玉敏对她吩咐了一句:"小静,你带他走,看一下病房在哪里,然后去找院长,要动手术给他安排最好的医生。"

她又转头对他说:"有什么事随时来找我,你去吧,你爸那里等着你呢。"

他当时确实急,被她这么一安排,都来不及感谢,就跟着人走了。

好几年不见,他不知她在做什么、是何种身份,她就有了如此人脉,甚至配备了秘书——这个小静并不像是保姆。

她理所当然地发号着施令,在谈话间轻易地占据着主动权,不动声色地帮他安排好了一切。孙宏云克制着好奇心,但又觉得不稀奇,她似乎天生就有这种能力。

孙玉敏帮他父亲请了主任来亲自动刀,手术顺利,病灶被切除得很干净。

他妈让他买了水果,包了红包,一起去探望了快要临盆的孙玉敏,她当时收下了东西。

孙宏云带着父亲要离开医院的那天,从护士处得知她昨天晚上生下了孩子,生的是个男孩。他又包了个红包,病房里全是前来探望她的人,那些人看上去都非富即贵,送的红包很厚不说,连果篮都那么精致。

他在外边等了好一会儿,人陆续走了后,他才走了进去,第一次见到了她的丈夫。男人很高,一副老板派头。

孙玉敏没有收他的红包,还把之前的红包退给了他,说他们之间不要来这些虚的。

他自然不肯,说什么都要给她。

她说:"宏云,你以后是要走到高处的人,前期不能在金钱上犯错。你现在工作没几年,父亲又动了手术,留着吧。"

话说到这个份上,孙宏云不能再拒绝了。

他走前看了看旁边的婴儿,说:"真可爱,起名字了吗?"

那时孙玉敏半躺在病床上,方才的寒暄已经让她觉得有些累,唇色略发白,不过容貌依旧美丽,眉眼间多了从不曾有过的温柔之色。她看着孩子微笑着说:"起了,叫林玮文。"

孙宏云带着父亲回家后,收拾完物件,才想起衣服夹层中的红包。他打开红包时呆住了,孙玉敏给他塞了一笔钱。

后来没几年,他升得很快,也带着父母搬离了小坪村。他没有将那笔钱还回去,决定留下这份情,今后还。

当年她说:"你以后要走到高处。"

宦海浮沉,他自然算不上什么高官。但他农村出身,坐到这个位置已算比较高了。

"算是,只不过这些年没了联系。"刚才在饭局上,他装作不认识她，现在看她更像是看晚辈，"没想到这么巧。"

"是的，孙局，太巧了。"

"小夏，别这么生分，叫我'孙叔'就好。"

林夏挺惊讶，但没问什么，笑着说"好"，喊了声"孙叔"。

"我多年前见她时，还是在京州。她最近还好吗？"

"她挺好的，不过最近身体不好，退出了公司的日常管理工作，去美国休养身体了。"

"公司？"孙宏云问了一句，"什么公司？"

"建林集团。"看上去他对孙玉敏了解得并不多，林夏回答，"她与我爸一同创立的建筑公司。"

听到公司名时，孙宏云心中了然。但这个地点与时间，他并不打算聊这件事，之后林夏肯定还会来找他。

"希望她下次回来时，我能去看看她。"

"好，若她回来，我一定告诉您。"

平日里孙宏云的话并不多，他更不打探他人隐私。但对孙玉敏，就算这么多年不见，他却破了例，忍不住多问两句。

他想起最后一次见孙玉敏时，在医院里刚出生的那个孩子，按照年纪推断，那应该是小夏的哥哥："你还有个哥哥吧？他出生时我还抱过他。"

林夏僵住。已经很久了，不论是谁都默契地对她哥哥闭口不谈，仿佛这个人从来没出现过。今天忽然来了个陌生人，还挺兴致勃勃地问旧友的家庭成员，这让她无所适从。

"是的。"

正当她不知如何应对他接下来可能问出的问题时，程帆送走了宾客，又回了二楼。

"原来孙局您在这里，刚刚还在下边找您呢。"

"刚刚跟小夏聊了一下，我才发现她是我的旧友的女儿。程总，这可是你的错，你承认不？"

程帆没问具体情况，就笑着道了歉："当然，这是我的错。今天太晚了，下次定要带夏夏来 A 市亲自拜访您。"

"好。"孙宏云点了点头，"下次来我家吃饭。"

"您不嫌麻烦就行。"

"好了，时间不早了，我先走了。你们还要赶回京州吗？"

"是的。"程帆跟着走出包间的孙宏云一起下了楼，"两个小时就能到家。"

"这么晚了，你们俩路上小心点儿。"

"好的，下次见。"

看着孙宏云的车离开后，程帆没问身旁的林夏什么，先去前台把账给结了。

老金来了拦着不让他付："程哥，你跟我这么客气做什么？"

"一码归一码，你要这样，我下次哪里敢来你这里吃饭？"程帆付完钱，想起了什么，"对了，你后厨还有白芹吗？"

"有啊，估计不多了，怎么了？"

"装一捆，放我车里去。"

"好嘞，你等一会儿啊，我去找个冰袋隔着放，不然怕蔫了。你最好是明天就吃了，这个东西放久了不新鲜。"

"行。"

夜里风大了些，没那么热，程帆看她还站在门口："散步吗？"

"好。"她刚吃了晚饭也不想立刻坐上车。

两个人沿着小区的外墙散着步，马路上路灯密集而明亮，照在里边的道路上，还能看到小区里探出的月季，玫红色的花瓣在昏黄路灯灯光下显得更娇艳。

"孙宏云是你爸的朋友吗？"

"不是，是我妈妈的朋友。"被孙宏云的那个问题问得心中不舒服，林夏不想去想那件事，换了话题，故作轻松地跟她老公八卦了一句，

"他不会是我妈妈的初恋吧？"

这都多少年没见了，他只是见了她的女儿，就让改口喊了人。他叫她"小夏"，喊程帆却依旧是"程总"。

程帆回了一句："可能吧，男人都对初恋念念不忘吗？"

林夏想了想：她妈妈那么漂亮，孙宏云刚刚那样，怎么可能没有心动过？

"是的，很有可能。"

他瞥了她一眼："是吗？"

"这个问题问你自己呀，我又不是男人。"林夏很民主地补充了一句，"你不用告诉我答案。"

程帆自然不会引火烧身，换了话题："对了，我哥下下周估计回来一趟。侄子要上高二了，还是准备回京州读书，学校八月份就开始上课了。"

程远前两年被调任外地，夫妻长久分居不好，嫂子也换了工作，带着孩子与他一起过去。每次他回来，全家人都会一起吃顿饭。

林夏知道，这是要她空出时间，陪他回去吃饭。

"好。我发现你爸经常夸你哥，怎么没听他夸过你呢？"

"你这是挑拨离间哪。"程帆笑着拍了拍她的头，"我哥本来就比我聪明、比我厉害啊。"

程远从小就展现了他异于常人的智商，高考轻而易举地考了最好的大学，理工科出身的技术型人才，步步高升。

他爸错过了他哥的童年，估计是弥补在他身上。可对他来说这是灾难，因为他爸从没进行什么现代人提倡的鼓励教育，反而是常拿他哥来骂他。

他爸没带过他哥一天，还觉得大儿子的优秀成就有自己的功劳，说不定都觉得该写本养儿心得在同僚间传阅。再对比这个叛逆不省心的儿子，他爸脾气能好到哪里去？

他比他哥小得多，从小这么被比较，从没记恨过他哥，倒是跟他爸不对付。

　　古人讲究个学而优则仕，他爸思想观念很传统，他一个做生意的人，比得过有坦荡仕途的程远吗？他爸甚至嘱咐过他，生意上别找他哥帮忙，就怕给他哥留下什么污点。

　　程帆也懒得跟他爸计较。结婚前，有时回家他还得装孙子听他爸训两句，烦得不行。结婚后，他每次回家都带着林夏，他爸总不好意思在儿媳妇面前训斥儿子。

　　对着林夏，程帆还是很诚实地说了一句："但说实话，小时候我确实有点儿忌妒他。"

　　"忌妒他聪明优秀吗？"

　　"不是，是忌妒我爸对他那么信任吧。我哥无论做什么，我爸都挺放心的。到我这里，我爸动不动就是一顿骂。"

　　听了这话，林夏心中百感交集。以她一个旁观者的视角，她觉得他爸这不是更疼他吗？

　　他爸愿意花时间、费诸多口舌在他身上，比摆出信任的姿态不闻不问，可能更宠爱一些吧。

　　而且她哥已经不在了，她连比较都没了任何意义。

　　谁又没有过"阴暗"的比较心呢？

　　人擅长在时间中消弭伤痛，可刻意遗忘的人再次被外人提起时，林夏觉得恍惚，恍惚到对旁边的人说："我也忌妒过我哥。"

　　这是程帆第一次听到她说她哥，这当然不是活着的那个。他转头去看她，发现她说完这话，两行泪已落下。

　　"有时候我觉得自己很恶毒，很想跟他道歉，我不该把他当成假想敌。"

　　没有哭腔，她只是陈述事实。

　　眼泪在脸上滑过，有点儿痒，林夏倒是清醒了，若无其事地擦去了眼泪："回去吧。"

　　要转身的时候她忽然被抱住，听到他说了一句："忌妒是种很正常的心理,你不要责怪自己。"

她只对她的心理咨询师说过这话。她说完时,咨询师问她为什么,为什么觉得自己恶毒。

每一次咨询,她都是在剖析自己,有时是滔滔不绝,有时是长久沉默,失语到无法说出一个字。

听到他说这句话时,她没有感动,甚至有点儿不适应。

"为什么?"林夏推开了他,抬头看着他,"你为什么要对我说这句话?"

"我们是家人。"

家人?

林夏觉得这个词很陌生,不知道这具体意味着什么。

父母是她的家人,给她提供了优渥的物质生活。

读大学时,她不喜欢与人合租,就毫不犹豫地租了一整套公寓,坐在客厅里就能看到穿行而过的密歇根湖。

她知道这样很奢侈,有认识的来这里读研的学姐为了实现美国梦,只凑够了第一年的学费和一点儿生活费就敢过来。来了后,课余时间学姐就在餐厅里打工,还笑着说当服务生多轻松,只要露出甜甜的假笑,就能拿到小费。

她邀请学姐来公寓一起写作业,那时正是圣帕特里克节前后,学姐坐在沙发上,看着被染绿的河流说:"真羡慕你啊。"

毕业后她选择离开,学姐不理解她,问:"你都来了,为什么不拿到永久居留权再走?"

林夏借用了书中的一句话:"在异国,我是边缘人,融入不了别人的主流社会。"

学姐冷笑,说:"你这个理由可真是文绉绉到让人难以反驳。那李子望呢?你跟他一起在这里,也觉得自己是个边缘人吗?他昨天都来找我了,委婉地让我劝你留下。你可真有本事,把他逼成那样。从我认识他那天起,他就没让我帮过忙。"

那时林夏没能给出回答,可能是无法对自己承认,为了没有太爱她的家人,就放弃了很爱她的恋人。

第一次从他口中听到"家人"这个词,她笑了笑,并不以为然。

她的笑容中带着不易被察觉的讽刺之意,程帆有些莫名其妙:"笑什么?"

"不要当我的家人。"看着他变得有些许严肃的表情,林夏伸手摸了摸他的脸,"你做好我的老公就好。"

家人,是多么沉重的责任,他若不能承担,就不要轻易开口。

在朦胧的夜色中望着他的脸,林夏想起了他们第二次见面的情景。

那时已是深秋,林夏已进入建林集团的工程部。

工作忙碌,她跟在一个项目经理后面,看着他如何协调各方关系,跟着跑一遍流程。她又不是学的建筑类专业,看不懂图纸,也只能去学点儿皮毛糊弄下面的人。

个人生活,除了周末朋友的聚会,她就是忙完了回家瘫在沙发上看电视。有时清晨醒来她发现自己在沙发上躺着,电视还开着。

一个长得还行、家里还有钱的单身女人,不会缺追求者,但林夏兴致缺缺,别说谈恋爱,连约会都没有。

可能是工作上说的话、消耗的脑细胞都太多,她没有精力再去跟新认识的人进入一段恋爱关系,不想乏味地谈着过去来拉近两个人之间的距离,无聊地分享日常生活来维系关系。

她身边陆陆续续有朋友结婚,或被父母催着去相亲。她的父母无疑是开明的,连催促都没有催促过一句。

甚至有一次参加婚礼时,孙玉敏对她说:"想结就结,但在此之前,你可以多谈几次恋爱。"

林夏当时在吃东西,听到这话时差点儿被噎住,但听她妈妈说出这种话,又不觉得奇怪。她喝了一口水咽下了食物,说了句"没兴趣"。

孙玉敏没有再说什么。她从不干预女儿的人生和选择，偶尔给出一句建议，但也不要求女儿听进去。

从遗传角度看，这一点上林夏谁也不像，甚至保守到像是置换了角色。

她的一个朋友也说，现在的年轻人往往比他们的父母更保守。都不说国内了，连好莱坞都不爱拍乱搞男女关系的电影了，现在电影张口闭口都是家庭了。

她当时听了这话只是一笑而过。

一个月前，拿到第一个项目时，林夏想起了那天给过她两句提点的男人。她向来记不住有过一面之缘的人的模样，但那个人，她脑子里还是有那么点儿印象的。

对方长得有点儿帅，更多的表情是严肃，不说话时持重到让人觉得压抑，但人又没那么凶，甚至还挺好，毕竟帮了她这个陌生人。她给了他名片，他至今也没联系过她。

她事后才意识到，这个人不简单。他压根没有告诉她他的名字，更别说留联系方式了。难道他是怕人认识了他，有求于他吗？

林夏并不介意一个陌生人有如此谨慎的态度，这件事过去了，她也快忘了这号人。

她再一次见到他，是在工地旁的一个厂房内。

那一片区在年初时被列入开发区域，规划发展速度总是很快，之后便是政府拍卖了土地，迅速开发了商圈与住宅区。

建林集团承包了附近一个楼盘的建筑，这也是林夏全程跟着项目经理跑的第一个项目，她常跑过来看一看。

一天上午，她去银行办完事，临时起意顺便去工地看一圈。去时经理正在训人，她在旁边看着，没说什么，外行人不管内行事。

突击检查完，正值饭点，她就准备在附近找个小饭馆随便应付一下。

这一片地方颇乱，不远处是刚刚拔地而起的建筑高楼，近处是脏乱的建筑工地，秋风吹来时一片灰尘。一排的小饭馆被建筑挡板挡住了视线，这都是开了许久的苍蝇馆子。此地未被规划发展时，是工厂的聚集地，周围自然也有密集逼仄的住宅楼，是外来打工人的聚集地。

一部分工厂已经向外搬迁，在此处有房产的居民终于等来拆迁，有些恨不得立马拆了拿到钱，有些不想拆，不然留着以后做个商铺租出去，不是赚得更多？随之而来的是租金骤然上涨，没有生根能力的外地人口便随着工厂而动，寻找下一个租住地。

林夏正在找上次在这里吃过的酸笋拌粉，酸笋味道很正，在市里找不到这样的店。但她方向感不行，没有严格按照上次的路线走，转了两个弯就已经完全不认识路了。

结果她就走到了一个工厂旁，那里非常吵，外边停了好几辆城管的车，不知发生了何事。林夏迈开脚步，不由自主地随着过去看热闹的人一起走了过去。

林夏走到工厂前，看到外边院子里随意堆着零件。这一栋厂房面积不大，三楼正在搭建，钢结构的棚子，外边的铁皮却被强行撕扯开来，上边站了一堆人，"嘭嘭"的敲打声不绝于耳，还伴随着近乎声嘶力竭的呐喊声。

众人议论纷纷，一人说上周才被拆了，二楼下边都漏水，今天又跑来拆了。

另一人说，真是不干人事，人家早买了地，现在自己往上搭一层，都说违建。

众人突然低呼一声，林夏抬头，看到三楼一人正站在楼房的边缘地带。距离远，她看不清那人的表情，只听见他在大喊。

"你们再拆，我就跳下去，你们这是要逼死人！"

林夏看到这幅场景，手下意识地颤抖起来。她走到一旁，拿出手机拨了"110"。电话接通后林夏说话都有些紧张，一口气说完了具体地点，面对一连串的问题，只说了有人要跳楼，让警察尽快派人过来。

三楼"乒乒乓乓"的敲打声停了一阵，不一会儿又响起，拆房的人像是没把他的威胁举动当回事。

那人忽然半只脚伸到了铁框外,绝望到好像在哭:"这是我的工厂,我买的地,你们凭什么说拆就拆啊?我死了,你们才会停吗?"

没有了议论纷纷的声音,围观者也屏住了气,不敢说话。大家看着半个身体快悬空的工厂老板,不知这件事如何收场。

此时车轮和粗糙地面的摩擦声传来,一辆迈巴赫急刹住,还没停稳车门就被打开,一个身形挺拔、西装革履的男人从车里出来,看了一眼三楼的人就往厂房内跑去。

站在旁边的林夏刚好看清了那个男人的正脸,他后面又跟了个年轻男人,年轻男人随着他一起进了工厂。

遇到这种人多且混乱的场景,安全起见,她应当远离,以免意外发生在自己身上。但没来由的好奇心驱使着她靠近,她想知道里面究竟发生了什么事。

林夏当即跟着那个男人后边疑似他的助理的年轻人,快步进了工厂。估计是她的穿着穿得正式,进去时没被拦住,她一路跟着爬上了三楼。

三楼是意料之中的混乱场景,十来个没穿制服、不像是城管的社会闲散人员,正散落在几百平方米的厂房内。他们手里抢着棍子,四处敲打着,将这刚搭建齐全的屋子给拆了一半,地面一片狼藉。

到了三楼,林夏才发现情形有多危险。外侧连简单的围墙都没有,就钢架子支撑着,连个阻碍物都没有,要跳楼的人一只手抓着钢柱,只要放开手再一倾身,整个人就会立刻从三楼掉下去。

没人敢过去拉他,柱子之间距离不近,只要他挣扎,连个可搭把手当支点的地方都没有,旁边的人随时会被情绪失控的人拉下去。

这个高度,她真不知人若是摔下去没摔死到底是幸还是不幸。

那个男人直接往外跑去,他的助理跟在后面,却没有拦住他。但助理在距离边缘五米处便停下了,到底是有些害怕,没有再上前。

此时要跳楼的人正看着外边,那个男人话都没说一句,伸手就扯住了要跳楼的人的胳膊。那人刚要下意识地挣扎，就被一股巨大的力量往里拖，胳膊被扯痛到手指不受控地放开了钢架。没了支撑点后，男人再骤然用力，毫不客气地将要跳楼的人摔在了地上。

刚刚动作幅度太大，外套都被扭出了皱褶，男人脱了外套扔在地上，不耐烦地扯了在重要会议前打得很精致的领带，忽然就发狠踢了被他救下的那人一脚。

见地上这人还跟废物一样躺着，男人弯身单手将人拎起，让人站直。男人左手抓着那人的衣领，右手握成拳打在了那人的脸上。那人踉跄一下后，男人又补了一脚，那人再次被男人掀翻在了地上。

躺在地上的人像是终于清醒过来，看着打了他的人，喊了声"程哥"。

"你想死就赶紧跳，在那儿磨磨叽叽干什么？记得先买个意外险，弄成意外死亡，给你老婆、孩子留点儿钱。"

估计是听到了"老婆、孩子"，地上的人终于控制不住，不顾这么多人在场就掉了眼泪："程哥，我也没办法啊。"

那个男人扫视了一眼被拆得不成样的厂房，对助理说："帮我打个电话给刘主任。"

林夏看着男人旁边的助理拿出手机，拨通电话后将手机递给了那个男人。男人拿着手机到旁边讲电话，而助理拿起了地上的衣服，也没扶地上满身灰的人，只说了句"这件事程总会帮忙"。

那个男人打完电话，回去跟人说："下午会有人来找你谈这件事，你别再找死了。"

不等地上那人回应或感激，男人说完就转头离开了，助理又跟在了他身后。

白色衬衫有些凌乱，袖口处沾了血，男人边走边解袖扣，解完抬起头正要吩咐助理什么时，余光就扫到了旁边的女人。

他没有停下脚步，但又不经意地看去确认了一遍。她穿了件风衣，又高又瘦，光裸的脚脖子下是一双高跟鞋，显得十分利落。

143

看着他继续往前走,林夏以为他没认出自己,忽然觉得自己挺有病的,到这么危险的地方来。虽然她来之后更证实了她的猜想,这里原来是一块工业用地,但因开发需求,被改成了商业用地,前者的税收收入远不及后者的收益,自然就会发生现在这样的冲突状况。

她莫名其妙地觉得尴尬,想着马上就下去,就当来看个热闹,挺后悔没戴个帽子出来。

结果前面那个男人忽然停住脚步,转身走到了她跟前,语气挺不客气地问她:"你来这儿干什么?"

没等她回答,他又问了一句:"你为什么要穿着高跟鞋来这里?"

她来这里干什么?

主要是因为看到了他,京州这么大,她没想到能在这里看到他。也是好奇心驱使,她想知道里面究竟发生了什么事。里面可能一片混乱且有点儿危险,但她想着跟在他后边应该没事吧。

跟着进来时她还在想,一会儿怎么去跟他打个招呼。毕竟这也真是挺巧的,这人挺不一般,她当个人脉结交一下也行哪。

但林夏没想到,第二次见面他这人说话依旧直接到不客气。他认出了她,但一句礼貌的招呼话都没有,浑身的戾气像是没消散,就连着质问了她两个问题,搞得跟她做错了事一样。

她挺不喜欢他如此居高临下的态度,手插在口袋里,穿了高跟鞋,几乎能与他平视:"刚刚在外面看到这里可能要出事,我报了警,顺便上来看看。没事了就行。"

没等他回应,林夏说完就掉头往楼梯方向走去。

楼梯是由钢板制成,高跟鞋踏在钢板上,"咚咚"声像是在打节拍,声音估计能传上下两层楼。

她来这个地方穿高跟鞋的确显得夸张而不合时宜,此时的响声更是佐证了他的质疑,让她尴尬不已。

林夏试图踮起脚或是减缓速度,但又觉得没必要——她又不是故意穿着高跟鞋过来的。同时感受到身后颇快的步伐带来的震动时,她加快了脚步,任由"乒乒乓乓"的脚步声更响。

林夏很快便走下了楼,一路往工厂外走去。

"林夏!"

听到那人喊自己的名字,她停住脚步,转头看向他:"什么事?"

程帆喊住了她,却忽然不知道该说什么。

上午他正在参加一场挺重要的会议,求救电话打到了他这里。这人是他刚做生意时的供应商,许久不联系,但有往日情分在。人命关天,他立刻离场。

把人救下后,他心中顿生无名之火。这人怎么回事,跳个楼就能解决问题了?这人居然还在嚷嚷着喊记者。

这件事中间的弯弯绕绕不少,这块地势必要被改成商业用地。用地性质被改变了,价值会翻几番,开发商自然会用些非常规的方式逼着工厂拆迁。

他打了电话,找人帮忙解决问题,谈够补偿,或是在置换土地上多点儿选择权。可他也只能帮到这个程度了,解决事情后转身就走,这地方没什么好多待的。

临走时,他还以为自己看花了眼,竟然在这里看到了那个女人。

她的名片还在他的车里,不过是在另一辆里。在如此危险的工厂内,她还穿了双高跟鞋,挺能耐的。

"一起吃午饭吗?"

林夏没想到,这个人上一句话还在斥责她穿高跟鞋,下一句话就问她要不要一起吃饭。而她,连他的名字都不知道。

"我要去附近的小吃店吃粉。"

如果这是一场约会,那对方应该提前约好时间、定好餐厅。

就算衬衫带了皱褶,有型的身材仍让他显得衣冠楚楚,一副上流人的做派。但这人压根不是什么绅士,仅两面之缘,她就能看出这人平时作风强势到很少给人拒绝的余地。

她完全可以拒绝。

"你要不要一起去？"

"好。"程帆对身后的助理说了句"你先回去"。

门外看热闹的人已经散得差不多了，林夏看到他的助理先开了车走，心中暗自感叹：啧，车不错。

想来她真是蠢，上次竟还以为人家是个普普通通的打工人。她自己不过开着一辆三十多万元的沃尔沃。

误打误撞走到了这个工厂里，林夏更不清楚小吃店的位置了，边走边拿出手机开了导航，但这个 App（手机应用软件）难用到定位都不准。

看着她拿着手机找不着北，程帆掏出手机问了她："这家店叫什么？"

林夏说了店名，就见他搜索完大致看了一眼方位，就将手机塞进裤袋里，对她说："跟我走。"

他另辟蹊径，走了几步转入了一条僻静的街道上，一侧是空置的厂房，外墙上已用喷漆写了"拆"字，另一侧是颇为粗壮的连排树木，叶子已掉落了大半，不知后续如何规划，会不会被移植。

"上门强拆的，大多是被雇的地痞流氓。下次遇到这种事，不要进去，在外面报警就好。"

"我只是不想看到他真跳下。"

这短短半个小时，她情绪起伏太大。看到那人要跳楼时，脑海中霎时想到地上的一摊血，白色的脑浆喷溅在几米外，她差点儿就要吐。

那是她上初三时，早起去阳台外收外套，打开窗想呼吸一下新鲜空气，结果一眼扫去，就看到了草坪上的人。她被吓得都发不出叫声，看着血腥的场面，被慑住心魂般无法收回视线，随后模糊了意识。

"人有选择结束自己生命的权利，但为了报复别人而自杀，不值得。"林夏深呼了一口气，挺惊讶怎么就跟他说出了这句话。

"陷入绝境的人，无法分清这是在报复，还是彻底没了勇气和力量。他以为死亡能换得公正，但没有任何用。"程帆不动声色地换了话题,"项目拿到了吗?"

"啊?"她反应过来,"哦,拿到了。"

"恭喜,那你很厉害。"

她拿到项目时,她爸都没夸她一句,只觉得这是理所当然的事。她用着资源与人脉,要是失败了才不正常。这人挺严肃,也不像是在骗她的样子,她笑着转头问他:"真的吗?"

他看了看她,回答:"真的。"

林夏不自然地转开头,已经随着他右转进入一个小区楼下。外边的一层房子是被租出去的商铺,她刚想问他是不是很熟悉这一片,但扫了一眼右边的玻璃橱窗时,看到有人光着坐在那里,差点儿被吓死。

她又看了一眼,原来那是个塑胶人,上面挂了蕾丝的三点式内衣,这是家情趣用品店。

程帆随着她的动作看过来,这种店在这种地段不足为奇,没什么好看的。收回视线前,他看到了玻璃上两个人的影子,她站在他的旁边。她好奇地看着里面,他却默契地等着她。

两个成年人,对这个场面做出惊奇的反应才不正常,若无其事地继续向前走着,当没看到过才对。

倒是林夏不好意思了。她从没看到过情趣用品店,第一次遇到,要不是他在旁边,她还想偷偷看一下旁边的产品介绍。

"你很熟悉这一片地方吗?"

"很久之前我有个工厂在这里。"

"哦,我是在这里有个工地,最近常往这里跑。这一家拌粉很好吃,我就没在本地吃过这么正宗的酸笋。"

说话间,两个人走到了小吃店。卷帘门上白纸黑字写着"家中有事",林夏又抬头确认了一遍,就是这个店,没有走错。店竟然关门了,她失望地走下了台阶。

程帆从旁边的水果摊上买了两杯鲜榨甘蔗汁,撕开吸管戳进一杯递给她:"我请你吃别的吧。"

她接过甘蔗汁喝了一大口，甘蔗汁清甜。她咬着吸管，想说自己下午有事，不吃了。

一切都快脱离她的控制，她简直快疯了。她跟一个算是不认识，还不打算告诉她名字的男人跑来找一碗粉，粉没吃到，在这个破地方站着喝一杯甘蔗汁。

不行，她要回去。如果这是第一次约会，她必须要求去个好餐厅。

但话还没说出口，她就看到他戳吸管时带着血印的袖口顺着动作被撸起，露出了手臂，里面竟然擦破了皮，血已经干了凝成了印子。

这估计是他在救人时，手臂在钢柱上蹭破的，万一蹭到了什么铁锈，这要打破伤风的。

林夏指了指他的手臂："你这需要去医院。"

程帆被她提醒了才发现，刚刚拉人时感到一阵痛，事后也没注意，还以为袖子上的血是被沾上的："没事，一会儿用酒精消毒就行。"

皮已经掉了一块，一个个小出血点连成了一片红色，林夏实在觉得有点儿看不下去，有点儿恶心。

"我的车在附近，车里有酒精，你要先消毒吗？"

SUV的内部空间挺大，后座上放着两件外套，他进来前她将副驾驶座上的包扔到了后面。

林夏有点儿洁癖，车里酒精、湿巾和棉签一应俱全。袖口被拉上去露出了伤口处，她拿了片酒精湿巾，小心地在伤口上擦着。

随着她低头的动作，头发落在了他的胳膊肘上，他感觉有点儿痒。

程帆没有提醒她，她估计是自己意识到了，将带着血的脏湿巾扔在了塑料袋里，再去储物盒里拿了发圈，抬手将头发随意扎起。她认真做事时并未说话，又拿了片湿巾，清理着伤口。

手臂的疼痛可以忽略不计，车厢内安静到只能听见衣服摩擦的"窸窣"声。

"这么爱吃粉，带你去吃米粉可以吗？"

"不去。"

"为什么？"

"我为什么要跟一个不告诉我名字的人去吃饭？"

"那你为什么刚刚答应我一起吃饭？"

林夏没有回答，拿了根棉签擦去刚刚沁出的血痕，抬起头时发现他正看着她。男人没说话，也不偏移视线，就这么盯着她，逼得她给出一个答案。

"头脑发热。"

他笑了，突然单手捧着她的头吻了上去。

林夏没有抗拒。到底是他的吻技太好，还是她太久没有谈恋爱而寂寞了，她竟然主动到伸手搂住了他的肩膀。

车厢内只有他们的接吻声，声音在密闭的空间里几乎是环绕在耳旁。

甘蔗水的清甜气息中，两个人尝到了彼此的味道。

林夏不知道，喜欢和欲望，到底是哪个在前面。

这个男人长在她的审美点上，在三楼时她感觉他很帅，帅到想让人要他。

第二次见面，两个人就接了吻。她都不知道他的名字，可也无所谓，名字只是称呼而已。

他们还是如此合拍，合拍到在擦枪走火之前都选择了停下。她咬了咬唇试图让自己冷静，心脏跳得很快。太可怕了，她这是太过寂寞了吗？

他的脸同样带着浓重的欲望，见她的第一面，他就想过这件事。但这种感觉来得太快，他需要冷静一下。

程帆轻摸了摸她的脸，大拇指滑过樱红的唇："我叫程帆。"

她不想细水长流地谈恋爱，想顺从身体的本能，进入一段让她纯粹愉悦的关系。

"程帆。"她第一次喊了他的名字，开口才发现嗓子很干，很想再喝一杯甘蔗汁,"去酒店吗?"

程帆没有回答,指腹将她被蹭到嘴角处的口红擦掉。她这么大胆地邀请他,但刚刚接吻时,她的动作又是如此生疏与慌乱。看着她意乱情迷的眼神,他忍不住又吻了下去。

他的身体充满了力量感,被他抱着亲的林夏都能感受到他白色衬衫下的肌肉轮廓。

人有时只是被激素掌控的动物,肾上腺素飙升的身体经不住一个吻撩拨,缺氧的大脑感到眩晕。

他西装革履时,一副现代社会精英的文明做派。两个人第一次见面时,他言行举止礼貌而绅士,帮了忙又不求回报,过后没有再与她联系。

他不是信奉暴力的人,但昂贵的衣装不过是包装,能被他轻易丢掷在脏乱的地面上。撕下了包装,他骨子里未被进化的丛林社会的野性展露无遗。

她产生了最纯粹的生理反应,被压抑了太久的自我,此时想要亲手解开他的皮带。

正是深秋午后,车停在了路边,路旁种了一排银杏,落叶铺满地面。一阵秋风刮过,树上残存的叶子终于坚持不住,开始飘落。

一片金黄树叶下,一对男女在车内热烈地吻着,一颗银杏果掉落在风挡玻璃上,不知是车子隔音太好,还是两个人太过专心投入,他们都未察觉声响。

两个人再次停下时,她的手都还挂在他的颈后,她就听他说了一句话。

"我不玩一夜情。"

"现在是白天。"

她真是头脑发热,听到了"夜"字,下意识地纠正了这是白天。

说完她又觉得不对劲:不是,你在跟我装什么纯情?

是他主动亲了她,这么说搞得她是个随便到跟人玩一夜情的人一样。但的确是,她这么说,对方将她当成了这样的人,不是很正常吗?

她绝不是如此开放的人,但也真被欲望冲昏了头脑。

他的吻并不温柔,跟他的人一样,带着惯常的掌控欲,不容她有一丝逾越的举动。她并不喜欢被人掌控着进度,显出自己无所适从。对这个算不上认识的男人,她不讨厌,甚至有种天然的信任感。

他刚想说什么时,车厢内传来连续的振动声,是她的口袋里的手机在振动。

林夏坐回到驾驶座上,接了电话。不是什么急事,她边听边扫了一眼后视镜里的自己:头发凌乱,脸颊很红,眼中的妩媚之色是自己都不熟悉的。

林夏被电话里的工作拉回了现实中,人也冷静下来。方才的激情成了恍惚中的梦境,理智重新占了上风。

她抽了张纸巾递给他,示意他擦去唇上的口红印,再告诉电话那头的人自己一会儿回公司。

林夏挂了电话,将发绳从脑后取下,理了理头发,随手扎了个马尾:"我下午有事,你要去哪儿?我可以载你一程。"

"不用。"程帆看着她又一副若无其事的样子,也没觉得不对劲,当然工作更重要。

"下次别穿高跟鞋去工地。"

林夏不置可否地笑了笑:"你下次也别做这么危险的事。"

回公司处理完事情后,林夏才去吃了午饭。天气已经冷到她想喝热拿铁,在附近的咖啡店里,她坐在靠窗的位置上啃着三明治,秋风扫起,天看着都要黑下来了。

刚刚一直在忙,现在拿起手机打开微信时林夏才发现有个好友申请,备注上写了两个字——

"程帆。"

她看了一眼申请,没有通过,随后锁了屏,将手机扔在了桌上。

外边黑了，咖啡店里面开着灯，她在干净的玻璃窗上能看到自己的影子。影子的她下意识地皱了皱眉头，像是在厌恶自己。

她是个慢热的人，今天这颠覆自己认知和模式的行为，那体验感太过陌生而危险。

她厌恶改变，对那个人算不上太喜欢，就这么断了联系也没什么可惜的。

程帆这几天看似行程紧，四天跑三座城市，其实不忙，只用跟当地领导见个面，再出席一下签约仪式。这种行程安排很容易出现问题，比如来个天气原因，就会导致这一天唯一的正事干不成。

所幸事情顺利，跑完最后一座城市，下午他就坐了飞机回来，跟苏城约了喝酒。

苏城跟他叨叨，说要去开个影视公司，但又不懂这个行业，准备请个内行人来当CEO，给25%的股份当人力入股，问他怎么样。

"你是不是疯了？"程帆语气不善，上来就骂了人，"谈个恋爱，你脑子都坏掉了？"

苏城很委屈："太多了吗？"

"整个管理团队，一共给到15%已经算你大方，前提是离开了这个团队，项目就进行不下去。你全资投一个公司，给一个外人25%，股权旁落的巨大隐患，你考虑了吗？"

苏城被骂醒了点儿，本想着他女朋友想当明星，自己就顺手投个影视公司呗，反正也不用花太多钱。程帆说得挺对，但是吧，这两天怎么他的火气都这么大？

"你是不是单身太久了，火气怎么这么大？"

程帆反唇相讥："你应该反思一下，谈了恋爱后，脑子里怎么就都是这么愚蠢的想法？"

那天回去后，程帆去另一辆车里找到了名片，加了她的微信。她没有通过申请，态度很突然地转变，像是后悔了跟他在车里接吻……

152

以及发出那个邀请。

她不像是会欲擒故纵的人，但他同样不喜欢被人牵制着，自然不会做出再次添加好友的事情。她是这样翻脸不认人的态度，他更不会直接打电话过去，那样显得他很不绅士。

但他内心就很不爽。

他要等着她主动来找他。

苏城轻哼了一声，让着这个脾气大的人一点儿。

程帆沉默着拿起酒杯呷了一口酒，喝酒都喝出了品茶的架势，眼睛微眯着，看似在走神。但多年好友，苏城知道，程帆出现这种表情时，一般在想着怎么对付人。

苏城试探着问出口："最近生意上有人惹了你？"

"没有。"程帆将杯中的酒一饮而尽，又添了一句，"不是生意上。"

看着他这神秘样，苏城也没多问，程帆不想说的事，别人问是问不出来的。

一天，林夏正开始下午的工作时，就接到了前台工作人员的内线电话。前台工作人员有些表述不清，说有她的快递，让她下去一趟。

文件类的快递会被送到她所在楼层的前台，再由秘书整理了送到她的办公室里。

她很少网购，而且一般将东西寄送到家中。难道她是填错了地址，东西被送到了公司里？

她说那就放着，她下班后去拿。

前台工作人员说这需要她签收，东西还有点儿多，放不下。

这也不是什么节日，公司有时会采购一些东西作为礼品发放，林夏拿起手机，坐了电梯下去。

到了一楼的大厅，她就看到一个快递小哥站在前台处，秘书看见她喊了声"林总"。

快递员认出她后，再确认了一遍："你是林夏吧？"

"我是，什么东西？"

"兰花，车就在门口，你跟我出去看一眼确认收货。"快递员边往外走边问她，"这是你们公司采购的吗？不对，不像是。"

货车停在了公司外边，后边的门已经被打开，林夏疑惑地看去，里面放了几十盆兰花，还有超大束的玫瑰，目测有几百朵。

她皱着眉："能知道谁让你送的吗？"

"这个我就不知道了，我只管配送。我可以帮你搬上去，你等一下，我去拿单子。"

林夏没想为难快递员，让人退回去。但这么多花，让他一个人搬很慢，她不想在公司门前造成影响，就准备回去喊秘书，让几个人下来把兰花搬上去，给各个办公室当盆栽。就在这时，她看到由司机送来的孙玉敏下了车，走了过来。

孙玉敏穿了件灰色的羊绒大衣，不说话抿着唇时不怒自威，个子高，35厘米的铂金包在她手中都显得尺寸正好。她那经岁月沉淀的美貌并未留下岁月的痕迹，她脸上皱纹很少。林夏曾在年少大笑时被她提醒，说不要大笑，会有皱纹。

孙玉敏走到门口，看了一眼车里的花。

这时快递员从车里拿来了单子，还偷瞧了一眼旁边的女人，递了笔给林夏："来，麻烦签个字确认签收。"

她匆匆签完了字，以为孙玉敏要问这是谁送的，结果就听孙玉敏说了："这个品种的兰花挺少见，端一盆到我的办公室里。"

"好的。"林夏只觉得这个兰花挺好看的，压根就不知道这是什么品种。

孙玉敏说完了就转身离开，进了楼。

一大束玫瑰被小心捧出来时，林夏都没亲手拿，看了一眼上面没有卡片留言，就让秘书分了送给女员工。

林夏吩咐完人后就进了大楼，在等电梯时拿出手机，去通过了前几天被她忽略的好友申请，直接发了条信息，问是不是他送的花。

电梯里手机信号不太好,她走出来时收到了回复,一个字——

"是。"

林夏一路冷着脸回了办公室。门一关,她就直接打了微信电话过去。

程帆那头正在开会,正坐着听下属汇报工作,桌上的手机振动了一下。开会前他忘了开免打扰,拿了手机准备开启免打扰模式,顺手看了一眼信息。

没有意外,他回了个"是"。

程帆抬头,发现被打断的下属正看着他,不知该不该继续说下去。他放下手机,告诉对方继续。

下属还没讲两句,发现老板的手机又响了,还是持续振动,正不知该不该停,就发现老板拿着手机站起了身,估计是重要的电话,不然老板很少在会议中途跑出去接电话。

下属们心里正想着,终于能暂停一下了,每一次报告都得脱层皮,结果就听到老板的手机里突然传出一个女声:"你这算不算骚扰?"

下属们眼观鼻,鼻观心,专注地看着手头的文件。等老板出了门,秘书在,他们没敢啰唆一句,只是偶尔有几个人用眼神暗示公关部的经理,万一老板真出点儿丑闻,就轮到他忙了。

小会议室与他的办公室离得很近,程帆走进了办公室,喝了一口半温的茶,润了润嗓子。

"你要是喜欢花,就不算;你要是厌恶我这个人,就算。"

他低沉的嗓音从电话中传来,听到时想到在车里那个下午的场景,林夏一下子颇不自然。

"如果是后者呢?"

"那我就道歉,不会再打扰你。"

他道完歉,就坐在了舒适的真皮椅上,想把脚跷在办公桌上,但还是忍住了。

听了这话,林夏冷笑。这人强盗逻辑,先逼着她主动联系他,再不痛不痒地说抱歉，以退为进。

办公室的门已经被关上了，但她还是走到窗边，下意识地压低了声音说："怎么，不怕我要跟你一夜情，玩弄你了吗？"

"怕啊。"

林夏都没意识到自己的嘴角微弯："怕也没用，我现在不想了。"

"那不是挺好？我俩目标一致了。"

她没忍住，笑出了声，骂了一句："谁跟你目标一致？"

"今晚要不要一起吃饭？"

墙角处有棵绿植，她无意识地扯了片叶子把玩着。

回来时，她自然查了他，发现他的名字出现在了本地晚报的经济刊上。他有个很大的公司，人也很低调，网上连张照片也没有。这人倒没出现在什么财经杂志上，毕竟那类人大多是进了局子和进了又出来的"成功人士"。

林夏刚要说什么，就听到了开门声。她皱着眉转身，想问为什么不敲门，就发现是她妈来了。

孙玉敏站在门口，围巾拿在手里，像是要离开的样子。

她没进办公室："今天玮文回来，晚上回家一起吃饭。"

林夏才想起今天她哥从美国回来，这次是去纽约办了个人画展，她妈这是要去机场接他。

她之前那么多次往返中美，回来时一次也没人接过，都是自己提着行李箱打车走的。

她跟他们任何一个人的关系都没有不好，只要情商在线，吃饭时大家还能相谈甚欢。

但此时，手中电话里那个人的邀请显得更有吸引力一些。

"妈——"林夏喊了声正要走的孙玉敏，"我今晚有事。"

孙玉敏没有回答，看着女儿，等她一个不赴家宴的理由。

"我男朋友约了我。"

第一次听她说有了男朋友，孙玉敏点了点头，帮她把门带上，转身离开。

　　林夏内心突然很烦。她妈妈一点儿反应都没有,是吗?

　　算了,她早该习惯了这样。

　　电话那头的程帆听到了对话,听到关门声后问她:"我什么时候成你的男朋友了?我答应了吗?"

　　听到他的声音,林夏忽然想起了车上的吻,身体是如此欢愉,几乎能忘却一切烦恼。她想要更多东西,觉得他都会给她。

　　拥有能被满足的欲望,是件幸运的事,特别是在与永远无法被满足欲望的待遇对比的情况下,那她为什么不能满足一下自己呢?

　　"程帆,"林夏走到窗边,看着孙玉敏上了车,"要么今晚去开房,要么就给我滚,别来骚扰我。"

第六章

他是个不错的结婚对象

林夏感到一阵眩晕,像出海时躺在甲板上吹着海风晒太阳,又像跳伞时失重的坠落感。

当放弃对自我的掌控,当给自己设定的界限被推翻,陡然的失控感让她闭着眼抱着他,指甲划过他的后背时,林夏下意识地皱起了眉,不知是疼还是后悔。

跳伞之前她有多恐惧,下坠时体验到极致的感受,就有多想再来一次。

头脑彻底放空,当愉悦感如海啸般向她涌来时,她连抗拒的资格都没有。

许久之后,林夏翻了个身,将头埋在枕头里喘着粗气,眼角一滴泪滑落,瞬时就被松软的鹅绒枕吸去。

当车开到酒店门口,泊车员要上来帮忙停车时,她差点儿一脚踩下油门离开。

而他应该没比她早到多少,没进去在大堂里坐着,就站在门口,还正在拿着手机边踱步边讲电话。

他转身时认出了她的车,朝车里面看了一眼,随即挂了电话,站在原地等着她。

连落荒而逃的时机都没有,她下了车,富丽堂皇的酒店门前灯火通明,他站在明亮处,她朝着他走了过去。

与那个吻一样,他们连身体都如此合拍。

这种默契让她感到害怕,当细微的改变被撬动后,习惯在被重新塑造。最开始改变的,是她的身体。

也许这是她这个秋天做得最对的一个决定。

这样做能让她放松,找到生活的一个隐秘宣泄口,就够了。

事后她却没了进来时房卡没插、屋子里一片黑时的大胆劲儿。去刻意关总控的灯显得矫情,虽然有点儿不好意思,但她还是装作若无其事地起身向浴室走去,只是顺便拿贴身衣物的动作暴露了她的害羞反应。

似乎听到了身后男人嗤笑了一声,她心中恼怒,却不敢回头看他。

热水冲刷在身体上,他有些粗暴,林夏感觉腰被他掐得有点儿疼。人性有时挺恶劣的,被粗暴对待时,不着痕迹的温柔举动显得弥足珍贵,那些时刻,似乎她的一切,都在被他爱惜与珍视着。

这是种错觉,让人心情愉悦的错觉。

洗完澡,走出去时林夏发现他正半躺着看手机,便拾起了针织衫套上。

"走了?"

他放下了手机,看着正穿衣服的她。她"嗯"了一声。

"一夜情?"

"不是。"林夏走到床边坐下,"我在电话里说的,就是我想的。"

程帆忽地捏住了她的下巴,沉默地看着她。

他不说话时,人非常严肃,若面无表情地盯着人看,强大的气场更是会让人逐渐感到窒息。纵使刚刚有过最亲密的交流,此时林夏心中都有了莫名其妙的畏惧感,觉得也许她招惹错了人。

正当林夏要推开他的手,想着不行就再道歉时,人就被他拖到了床上。

当温柔举动不复存在，当灭顶的欢愉感再次袭来时，她知道，她没有了结束的权利。

周倩一大早带了她妈董莉去市里的一所三甲医院。

不论工作日还是周末，医院总是挤满了人。她们挂了个专家号，见医生还没上班就进来在机器上取了号排队，这时候等候区已经坐了一大半人。两个人等了快两个小时，才轮到她们。

周倩跟着进去时，被医生赶了出去，医生说："我这里要检查，你不能在这里。"她只能出去。

董莉脱了裤子躺在床上，跟医生说："这两天下边很痒，一趟又一趟地跑厕所，憋都憋不住，白带还变多了。我买了左氧氟沙星回来吃，但没什么用，还有点儿疼了。"

医生边检查边问她："最近有夫妻生活吗？"

董莉心里"咯噔"一声，突然就想起了之前邻居说她下边瘙痒，吃阿莫西林也没用，别人提醒说她老公去外边浴室，让她赶紧去医院看看。

听医生这么一问，她又不是傻子，身体有什么异常情况，自己最清楚不过。

两个人到了这个年纪，还是极偶尔有那么一两回夫妻生活的。感受到医生用棉签擦着身体，她都难以启齿："有。"

没听见医生说话，董莉不放心地问："这个还有的治吗？"

"取了样要去检测一下才能确定。"医生看了一眼情况心里大致有数，脱了手套去洗了手，"好了，起来吧。"

董莉穿了裤子坐起来："医生，不要跟我女儿讲这是什么病。"

医生见多了不肯承认被老公传染了这种病的女人，有同事多说了几句就引起患者纠纷的先例在，她也聪明地不多说。她又看了一眼这个女人，这很明显是个农村妇女。

"我会写在病历本上。"敲击键盘一通后，打印机作响，医生拿了单子给她,"去缴费吧,二十分钟后再来。"

周倩看着她妈出来,赶紧迎上去:"妈,什么毛病哪?"

"估计是尿道炎。"董莉拿着单子往缴费处走去,"上周是夜班,年纪大了吃不消,熬不住免疫力下降估计就感染了。"

"妈,年初我就让你换份工作。"周倩语气中带着责怪之意,"我都赚钱了,说每个月补贴你一千,你为什么不换?你这个年纪,哪里还吃得消上夜班的工作?"

"好了,好了,我知道了。我这么辛苦还不都是为了你吗?我回去就出去看看有没有什么清闲的差事。"

董莉嘴上这么说着,但也没想换一份工作。将近五十岁的女人,哪里那么容易找工作?

董莉交完了钱,说道:"在这儿待了都快三个小时了,一口水都没喝上,你去帮我买瓶水。"

"好,你马上去拿药吗?"

"对,拿了药再去找一下医生。人这么多,估计还要排队等一下,你先去给我买水吧。"

见女儿下去后,董莉去找了医生,医生说要挂水。她看不懂那个药,估计是抗生素,回去还要再吃药。

看到确诊病名时,事已至此,她没什么情绪。

当缴完药钱,再拿着好几张结账单,把挂号费、检查费、操作费和药费等加起来算了一下,董莉心痛到不行,比她下边都要疼。她恨不得回家捅了在外面不三不四的老头子,让她花了这么多钱。

但董莉没有在这里的医院挂水,而是把药和病历单都严严实实地藏在了包里,准备带回去挂。镇上有个赤脚医生,平日里她有什么小毛病了,都跑去那里来一针,见效非常快。乡下医院现在都不怎么让打针挂水了,跑到城里又无比麻烦,要不是女儿陪着她来,大医院这么多程序,她都要头晕了。

周倩在一楼的便利店买水时,接到了林洲的电话,他问她在哪儿。当知道她和她妈在医院,一会儿就准备回家时,他说来送她们回去。他知道她一向舍不得打车。

他说完就挂了电话。周倩找到了她妈,也不知道如何开口,先是说了有朋友顺路带她们回家,就迅速换了话题,问:"尿路感染光是吃药就能好了吗?还需要来复查吗?"

在学校的生理学课上知道了女性在生殖类细菌上暴露的风险比男性大,但周倩没有这方面的经验,连一次妇科检查都没有做过。她也没多想,她妈突然尿道感染可能就是自己说的太累了,免疫力不行,各种病就来了。

心不在焉的董莉没察觉到女儿的异常表现,喝着水敷衍她,说吃了药,多休息休息就好了,没什么大问题。

直到上了车,董莉才反应过来女儿说的"朋友"是什么意思。

董莉上车,跟林洲打了声招呼,暗自瞪了女儿一眼,心想:等我回家收拾你。

她讨厌王秀萍,连带着王秀萍的儿子都看不惯。

她真没见过离了婚还赖在前夫家不走的,王秀萍住着乡下的别墅,之前工作也不辛苦,养孩子和家用不用自己花一分钱。老太太在的时候,王秀萍经常跟着出去旅游,国外都玩过了,去日本旅游回来时还染了一头紫发,在村里到处溜达着炫耀。

她被出轨了一次,就能一辈子理直气壮地靠着前夫养着。

孙玉敏这人真有气度,自己辛苦赚的钱,不介意被人这么花。但凡换个平常女人,早把前妻给赶出去了。

到家时,董莉都睡着了。车开到了家门口,她被女儿推搡着才醒来。

两个人下车时周旺财正拿着钓鱼竿回家,手里还提了桶龙虾。看到女儿和林洲同时从车里下来时周旺财愣了一下,但随之喜笑颜开,热情地跟林洲打了招呼:"洲洲回来了啊。"

"周叔。"

"最近忙吗?"

"还行。"

董莉下了车,看到门口另一个桶里还有几条鱼:"你去人林建业的池塘里钓鱼干什么?别人回头找上门!他这人小气得要死。"

周旺财烦死她讲话不分场合,人家侄子在这里,她就不能等人走了再说吗?

他做出一副尴尬的样子笑了笑,看到林洲要走时,连忙送了两步,说:"你妈在家呢,正在做饭,我路过时都闻到香气了。"

董莉看着丈夫谄媚地送走了林洲,冷笑了一声:"你可别做梦人家能当你的女婿。"

周旺财没理她的阴阳怪气话,拿着龙虾进了院子:"倩倩,我今天给你做麻辣小龙虾。"

董莉将包藏进了柜子里,扯过女儿开始盘问什么时候跟林洲在一起的,多长时间了,有没有越界,是怎么想的。

周倩很烦她妈这样,但都被看到了,干脆一次性全部承认了,最后说了一句:"这是我的事,你们别给我操心。"

说完她就跑上了楼。

周旺财没看到母女俩这一出,心里正美滋滋的。

林家那么大的生意,最后不还是要交给儿子吗?要是他女儿能和林洲结婚,那他不就和林建华成了亲家?聘礼得要笔大的,不过他也不能要太多。要是女儿能再生个外孙,地位稳固了,他还用愁钱?

在钢丝厂上班挺辛苦的,他也快干不动了。

厂子现在是林夏负责,她仗着是林建华的女儿,对他这个长辈都越来越不放在眼里,对他呼之即来挥之即去,哪里还有一开始把他当师父时的恭敬样?

这么大的厂都要靠他管,一年这么点儿钱,他赚得容易吗?她跟她老子一样抠门。

小龙虾下锅爆炒,加了料炖煮,他正要出去吹会儿空调时,董莉走进了厨房,顺便把门给拉上了。

"你个老畜生,在外面勾三搭四,怎么不把自己给玩死呢?"董莉上来就骂,"你还传染了病给我,晓不晓得我今天在医院里花了多少钱?"

周旺财傻眼了:"你没事吧?"

"年纪一大把了,你能不能要点儿脸?要不是我瞒着,你女儿就知道你在外面有个老相好了。"董莉早知道,周旺财在钢丝厂里有个老相好。两个人好上挺多年了,她睁一只眼闭一只眼,日子总要过下去:"你那个老相好的,是不是也在乱玩?你得了病,传染给了我。"

"好了,好了,我错了,今天去医院花了多少钱,我一会儿给你。"周旺财喝了她一声,"小声点儿,别让倩倩听见了。"

"你还知道你女儿?对了,她跟林洲在一起,你怎么一点儿反应都没有?"

周旺财含糊地说了一句:"之前从林建业那儿听说了,我当他瞎说呢。这不挺好的吗?恋爱自由,随她去。"

董莉皱眉:"你怎么跟他混在了一起?他这人从不和没用的人打交道,你少跟他混,别被人卖了还给人数钱。"

"那不是说明我很有用吗?"

"得了吧,注意点儿,别玩了一身病,还要我来服侍你,到时候直接把你拉火葬场去。"

林洲说好了回家吃饭,到家时,王秀萍才把放在灶台边的菜端到了饭桌上。

厨房朝北,做饭时她开了窗通风,都无法避免地出了一身汗。林洲原本想给家里的厨房装个空调,但客厅里的空调他妈都不舍得开,更别说让他在厨房里装空调了,只能作罢。

"妈，怎么突然喊我回来吃饭？"

"回来看看你妈都不愿意了？怕你工作太辛苦，给你做点儿好的补一补。"王秀萍夹了只河虾到他的碗里，"这是我一大早去水库买的，只要放姜和盐煮一下就很鲜。"

"最近工作有点儿忙，没顾上回来。"

"你爸不是都去美国了，你怎么还这么忙？"

林洲被他妈搞得哭笑不得——好像老板是他爸，他就能偷懒装个样子似的。

"你怎么知道他去了美国？"

王秀萍叹了一口气："那个孩子的忌日，他怎么能不去？"

出那事时，林洲正被外派到非洲。又不是自己孩子，震惊之余，王秀萍考虑的是，要不要让林洲回来参加葬礼。毕竟这一家子人，身份都挺尴尬的，万一孙玉敏自己没了儿子，又看到她儿子去吊唁，心态失衡弄得不开心呢？但林洲不去的话，礼节上说不过去。

但王秀萍想多了，葬礼没有在京州办。

林洲筷子一顿，想起了那个与他相差不了几岁的同父异母的弟弟。

小时候他见到林玮文，林玮文粉雕玉琢，漂亮到常让人误以为是个女孩子。

他们见面次数并不多，顶多是过年时见一面。过年时家中人来人往，一群孩子在楼上房间里，林玮文很大方，主动分玩具，还教他们打游戏。

他还记得林建华在吃饭时都说，自己儿子在家看动画片，就把日语给学会了。

林建华说的自然不是他这个儿子。但很奇怪，林洲对林玮文，一个天然得到所有人的爱的孩子，却没有嫉妒心。

长大后的林洲知道，只有身处同一生态位的人，才会有竞争、恶意与攻讦。他们不在一个圈层里，又何谈忌妒？他连竞争的资格都没有。

而林玮文对世俗的竞争都没有兴趣。他很早就去学了艺术，对公司经营不感兴趣，父母也很纵容他，不要求他进集团做事。

林洲并不想提一个已经走了的人，但被她这么一说才反应过来，林夏并没有一起去美国。

他一直不太想去了解父亲家的事，虽然进公司做事不免会接触。此时他问了一个后来想来很奇怪的问题："为什么林夏小时候没有在本地长大？"

王秀萍年纪大了，想了好一会儿，从林夏出生那年开始想，那一年有什么事印象深刻。

"想起来了！"她喊了一声，"那一年过年，你爸给了老太太一大笔压岁钱，老太太还给了我一点儿。"

她顺着这笔钱找回了很多记忆："那一年公司生意非常好，接了好几个大单子，全年无休，甚至还外包点儿工作出去。那时林夏出生，她妈没有时间照顾她。据说他们找了个保姆，保姆很不负责，会偷偷地掐孩子。老太太肯定不会给她带女儿的，她就把女儿送到了老家，让她妈带。"

王秀萍不肯承认那个女人很能干，月子都没坐完就去忙工作了。

当时孙玉敏做这个决定，谁也没觉得惊讶。公司正处于上升期，日进斗金，不能停下，保姆当然比不上自家爹妈照顾得细致。

林夏一觉睡到了中午，醒来后开了灯，才发现这是在主卧。另一侧没有了人，但被子有些凌乱。

她摸了一下头发，才发现浴帽不在头上。

昨晚回来时已经是凌晨，她前一晚没睡好，一天来回奔波，洗完澡已经累极，涂了个面霜。不想被包得乱七八糟的头发弄湿枕头和被套，在困得彻底失去意识之前，她还不忘换了个方向横着睡，想着一会儿他洗完澡出来，她肯定会被吵醒，先眯会儿再起来吹头发。

好像她的确醒了一下，可是眼皮重得睁不开，隐约知道自己要换个方向，不能妨碍他睡觉，但又坚持不住睡了过去。

迷糊中她感到一阵温热的风吹去了头皮上的湿意，一只手在头皮上摩挲着，很舒服。

她分不清梦境与现实，但那双手如此耐心地捋着她的头发，用慢热的风在吹，她大概率是在做梦。即使是在梦境里，她还是很放心而踏实地睡了过去。

此时她看到被丢在地上的浴帽，心里想着：这是他帮她吹了头发？

林夏出卧室时，发现程帆没出门，他手边放着杯咖啡，穿着灰色的居家服，正坐在沙发上看书。

他这人爱读书，在家时经常会拿本书去附近咖啡馆看个半天打发时间。某品牌的咖啡常被人吐槽难喝，但家里放着几万块的咖啡机，也不妨碍他出门喝点儿"涮锅水"。

今天他倒是稀罕，窝在家里翻着书。

昨天出门一趟，脸有点儿干，她准备从冰箱里拿片面膜时，靠近厨房就闻到了一阵香味。灶上放着一口橙色的珐琅锅，下面的火正开着，她掀开盖子，锅里是番茄牛腩汤。番茄和洋葱几乎快炖到熔化，浓稠的汤汁"咕嘟咕嘟"响着。她拿了筷子尝了一口牛肉，肉已经软烂，彻底吸收了佐料的酸甜与鲜美味道。

白芹已被洗了切成段晾置在沥水篮上，电饭锅上显示饭还有十分钟煮好。

家中厨具齐全，甚至讲究美观，与整体的厨房装潢风格相配。卫生状况更是不必说，保洁会定期上门打扫卫生，但不做饭。

两个人是会做饭，毕竟都是留过学的，就是很少做。两个人偶尔在家吃饭时，煲汤、煎牛排、蔬菜生吃或白灼。

这个番茄牛腩汤显然已经超过了她的预期，她没想到看着就这么好吃。

此时程帆走进来，看了一眼电饭锅，对她说："炒个白芹就能吃饭了。"

"你这牛肉炖得不错。"

林夏撕了片冰凉的面膜,边走出厨房,边敷在了脸上。之后她再去卧室将浴帽和他昨晚脱下的睡衣拿去了洗衣房,将衣服分门别类地装进洗衣袋里,扔进洗衣机。

林夏又顺手收拾了一堆没拆封的护肤品小样,准备下次送给家政阿姨。这个阿姨做事勤快,在这里做了两年了也没偷过懒,犄角旮旯里每次都不忘打扫。她从不与家政阿姨闲聊,过节会发红包。

两个人组建家庭,都不必为彼此配置保险、置产投资等大的方面,这些家庭琐事,就算能花钱让人代劳,自己也得花点儿心力。

林夏忙完到餐厅时,一锅汤、一道蔬菜和两碗米饭已经被放在了橡木桌上,他正拿着两双筷子从厨房里走出来。

两个人都把家当成私密空间,几乎不邀请朋友到家里来吃饭。餐桌并不大,倒更像是书桌。他们买这桌子的时候,不为配货,就想着能两用。她在家不想待在书房里时,就搬了电脑到餐桌上办公。

林夏夹了一筷子白芹,火候控制得好,白芹依旧爽脆。

"是你昨天带回来的白芹吗?"

"嗯。"

"你今天怎么不去上班?"

"昨天累着了,今天想休息一天。"

林夏看了他一眼,刚刚在浴室里发现了换下来的带着汗臭的健身服。他都已经早起去健身房锻炼完了,她没看出来他哪里累了。

算了,人家是老板,想休息就休息。

她没说什么,就听到他问:"今天下午你还去公司?"

"对,有事要处理。"

他听不出情绪地"哦"了一声。

林夏也没问他有什么事,要是有事安排,他肯定会跟她讲。

没吃早饭,有点儿饿,也是这个汤太开胃了,她舀了两勺汤泡米饭。就着蔬菜和牛肉，很下饭，她夏天难得有这种胃口，竟然又去添了一碗饭。谁让他刚刚就给她盛半碗米饭的？

结果林夏一不小心就吃多了。汤泡饭在胃里很占地方，她感觉有点儿撑了。精力都被用去消化食物时，人很容易困顿。

她去了客厅，躺在沙发上，拿了毛毯盖住光着的腿，想休息一会儿。

窗外夏日漫长，屋内一片安静。

都市之中，车马喧嚣，常在钢筋水泥的高楼中行走，变换阵地时人总是对盎然的绿意视而不见，只想着找个有冷气的地方纳凉，偶尔能听见鸟叫，却难得能听到蝉鸣。

在昏昏欲睡的午后，快要睡过去的林夏却听到了蝉的叫声。

京州家中的院子里，有一棵颇大的树。

刚被接回来时，她常常站在树下玩蚂蚁，听着此起彼伏的蝉叫声。哥哥总到天黑时才骑着自行车回来，爸妈不用应酬时，一家人会在院子里吃饭。

对比"林玮文"的名字，她觉得自己的名字随意极了。爸爸姓林，她生在了夏天，父母估计是懒得费脑筋，她就叫了林夏。

也是这个季节，她哥走了，与她的生日隔了不到半个月。

林家的祖坟在一座山头上，是发达之后迁过去的。林建华找人看了风水，说那块地风水极佳，能够福泽子孙。

而孙玉敏没有把林玮文葬在那块地上，把他带去了美国。

脱离了肉身的桎梏后，那样自由而不羁的灵魂，再也不用受任何束缚。他不必待在一座荒凉的山头上，不必被纳入一个家族，连祭拜都不要，不留下一座墓碑等着来年亲人上坟。

孙玉敏在美国办的葬礼，葬礼上，他们面容肃穆到看不出哀伤，谁都在极力克制着自己的表现，没有痛哭流涕，没有语无伦次地说着不舍之情。所有人都在平静地送他最后一程，绷着的弦谁也不能现在就断。

当扶棺的孙玉敏将胸花放在棺木上时,眼角落下了一滴泪。那是林夏第一次看到孙玉敏哭泣,即使只有一滴泪。

被水泥浇筑的棺木放入墓穴后,林建华铲了一抔土盖在了棺木上。

抬眼望去,这座山坡上是大片的草地与绿树,远处是一望无际的海,是林玮文的葬身地。死亡给了他解脱,却给活着的人套上了枷锁。

仪式结束后,孙玉敏没有走,林夏陪她坐在长椅上看着大海。她们离得远,听不到波涛声。两个人没有讲话,林夏看着汹涌的海水、一道道白色的波浪,想象着海浪拍击在岩石上的声音。

两个人看海时,便没了时间概念。不知过了多久,孙玉敏突然开了口:"他走的前一天去找过你。"

从一片蔚蓝颜色之中收回视线,林夏茫然地转头看向她妈妈。

"他跟你说了什么?你为什么不能看出他不对劲?"

看着妈妈质问时的凌厉表情,林夏没有说话。

梦中的林夏看着坐在长椅上的两个人,看到自己开了口,但听不到任何声音。

她只看到孙玉敏突然站起身,头也不回地离去,留下她一个人坐在长椅上。她看着妈妈离去的背影,想喊,却喊不出口。

此时,林夏知道自己醒了,刚才是在做梦。但她睁不开眼,心脏像是被压着,喘不上气。梦里她被拉扯着想要昏睡过去,但对窒息的恐惧让她极力挣扎着醒来。

当感受到一双手在推自己的肩膀时,她倏然醒来。

林夏急促地喘息着睁眼看着对方,推她的是程帆。

刚刚吃完饭,他将餐具放进洗碗机,又顺手做了杯咖啡。他端着咖啡回客厅时,发现她在沙发上睡着了。

程帆本想继续拿着上午的书翻两页时,发现睡着的她正皱着眉头,像是在忍耐某种痛苦,当即就推醒了她。

在梦中的窒息感太过害怕,现实中的她知道她对孙玉敏说了什么。

孙玉敏回头看她时的等待时间太过漫长，各种委屈感交织在刚醒来又不太清醒的林夏身上。

看到正弯腰看着她的程帆，林夏忽然就伸手抱住了他。

贴着他结实的身躯，剧烈跳动的心脏渐渐恢复平稳，她大脑仍无法正常运转，目光呆滞地看着天花板，头脑一片空白。

这样的姿势于他来说并不好受。他双手插进她的腰两侧的缝隙里，皮质的沙发随着力道微微下陷。她腰部怕痒，下意识地闪躲着，却更方便他拢住她的肩背。他将她整个人抱了起来，自己随之坐到沙发上，将她放到腿上。

她仍没有动弹，挂在他的身上。程帆轻拍了拍她的后背："怎么了？"

被他的声音带回清醒的现实中，林夏才发现自己用了多大力道紧紧地抱着他。她双腿被分开，整个人都坐在了他的身上。

林夏渐渐松开双手，感觉他的手正摸着自己的脸，将贴在脸上的头发捋到脑后。他又问了一句："做噩梦了？"

林夏想说什么，但正如梦中一样，说不出口。

一个人对其他人有期待，有时是件很糟糕的事。

期待过后的失望感，会让人很难受。

她想起上次他一句"我觉得你应该控制一下你的情绪"，就足够清醒。

"没事，我睡蒙了。"

看着她作势要爬起来，程帆拉住了她："真的没事？"

林夏笑了笑："真没事，下次不能吃完就睡，挺不舒服的。"

说完她就从他身上爬了起来，毛毯随着她起身的动作彻底从光裸的小腿上掉落，略发软的腿刚站到地面上时差点儿没站稳。她将毯子捡起来放到沙发上，发现他正看着她。

林夏低头亲了他一口。

谢谢你喊醒了我，不让我那么难过。

当唇舌被他纠缠住时,她推搡着他的肩:"下午有会,我得出门了。"

压下心中一阵不知是不悦还是失望的情绪,从她的唇上离开时,他说:"有什么事,跟我说。"

"好。"

下午是项目会议,各个项目经理汇报手头工作的进度,汇总讨论具体实施过程中出的问题,有时还会遇上各部门之间扯皮,当场就要在下面吵起来。

这种会开得很烦,人太多的会议也开不出个结果,所以林夏一两个月才把人召集起来开一次。

这也是林洲进公司后,第一次与林夏出现在同一个会议上。

众人私下里早就聊开了——

以后公司是不是有戏看了?这两个人在董事长面前,是不是得上演一出夺嫡的戏码?

一个是孙总的女儿,一个是长子,不知谁会被选中?

但你们斗得你死我活,可别殃及我们这些池鱼。

林夏扫了下边的人一眼,先挑了一个最近工作小错不断的经理发难,让他们迅速进入了开会的状态。

众人一个个地汇报着,她偶尔追问一个问题,秘书在旁边记录着会议纪要。也许因为她的脸色实在难看——毕竟平时她还会开个玩笑活跃一下气氛——今天下边的人竟然没吵架,会议结束得比想象的早。

会议结束,人陆陆续续地走出了会议室。林夏坐着没动,喊住了林洲,秘书离开时将会议室的门顺手给带上了。

开完会到底有点儿累,林夏懒得绕弯子,说话很直接:"爸爸安排的位置委屈你了。"

凭林洲的履历,他进集团从只带项目开始,的确是屈才了。

林夏观察了他快一个月,这个人经验丰富,工作能力强,沟通和为人处事也很有一套。若他的身份不是林建华的儿子，他是不会来这里做级别这么低的事情的。显然他耐得住性子。

"等他回来，我会跟他讲，把你调到更高的位置。"林夏合上了笔记本，见他没主动问，挺满意他这样的反应，不急不躁地说，"副总怎么样？"

林洲倏然抬头，投影仪的灯还没关，一束光打在了她的脸上，她不像是在开玩笑的样子。

"为什么？"

"因为你可以。"

林夏知道，他想问的是她为什么放心把他放在这个位置上，毕竟这个职务实权大，几乎是管了整个部门。

作为管理者，她要做的是把对的人放在对的位置上。

在项目的具体管理上，他专业能力比她强，能够更好地去做执行层面的事。一是他有这个能力，二是骤然上位，成为众矢之的，就看他有没有本事接住。

至于林洲要进公司时她心里介意，也并不是针对他。虽然对事不对人很难，但她需要做到这一点。

她起身拿了笔记本，离开前对他说："我们是一家人。"

她离开时没关门，听着外面的脚步声与闲聊声，看着密闭的百叶窗，林洲感到有一丝措手不及。他从来没想到她会做出这个决定，主动说出这个话。

她是他同父异母的妹妹，这到底是她城府深——与其等着林建华将位置给他，倒不如自己做个人情，虽然这个人情会威胁到她的地位——还是她纯粹是太单纯？

林洲有点儿看不懂他的这个妹妹了。

林夏回到办公室里，坐了两个小时，腰都有些酸痛。她站了好一会儿，还下腰拉伸了一下，等着李伟国到来。

李伟国是集团老臣,她进集团后,在人事与利益关系上,他对她提点过。

这人是当年从体制内出来的,这个行业里,这种背景的人并不少。之前她还听过一个真实的笑谈,若干年前,一个人有了点儿资本积累后,就想做房地产。但他对这个行业不懂,就请了体制内一个级别不算低也不算高的官员,让其帮忙参谋参谋,问问这事到底能不能干。人家拿着文件和数据分析了一通,说能干。然后用这个分析把自己也说服了,这体制内的人辞职跟人一起下海去了。

正在喝水时,门被打开,林夏放下茶杯先打了招呼:"李叔,你来了。"

她打开抽屉柜,递了个茶饼给他:"从我老公那里偷的,送你。"

李伟国笑了。年纪大了后,他倒是爱上了泡茶、喝茶,能够修身养性。她老公是个懂货的人,这两年李伟国可在她这里喝了不少好茶。他边将茶饼挪到自己跟前,边笑着说:"这怎么好意思呢?"

要说正事前,林夏忽然想起什么,问他:"我爸最近对他弟弟,有什么安排吗?"

"林建业?"

"对。"

"至少我这里不知道有什么安排,你怎么突然问这个?"

"上次看到他来公司了。"

李伟国挺惊讶,但又觉得正常。孙玉敏不在,这妖魔鬼怪都要出来了,各有各的心思。

林夏没打算继续问:"对了,跟你说件事,我打算让林洲做工程部的副总。"

李伟国差点儿从凳子上跌下去:"你疯了?"

林夏耸了耸肩:"没有,现在这个位置对他来说太低了。他有这个能力,为什么不让他干?"

能在公司高处待很久的人,没一个是简单的。她不是刚进公司时很多事要仰仗他的小林总了，此时是出于礼节事先告诉他这个决定，而不是征求他的意见。

"好，那你要考虑好各种可能的结果。"

林夏笑了："会的，还要谢谢李叔一直在背后提点我。"

对这件事，李伟国没再发表意见。他算是看着她在集团里成长的人，内心到底是有些担忧的。她这到底是能收服林洲，还是在养虎为患？

这个孩子跟她的妈妈有很多地方相同，但有些地方本质上不同。

林夏跟李伟国聊完事，又开始忙 A 市竞标的事。

不知是不是最近用眼过度，眼睛对着电脑时就感到酸胀，重要文件，她都打印了出来看纸质版。看着报告文件，她用笔圈圈画画着，记下一些关键的数据。

这么大的合作项目，双方沟通大多由下属完成，但无法完全避免要见面的情况。正式竞标前，他们要亲自开一场会。

她已交代了人，先去预约李子望的时间。

她正揉眼睛时，秘书敲门进来，送来了她刚刚让买的冰美式。

"谢谢。"

林夏忽然想到程帆上次给她滴的眼药水，滴完就舒服了很多："对了，帮我去买一瓶人工泪滴。"

"好的，什么牌子？"

她没想出来，也懒得问他，先急救一下："最贵的。"

Amy 去公寓找了李子望。他昨天出差回来，今早发了信息跟她说不去公司。

她是他的下属，两个人共事好几年，已成了朋友。最近工作实在是繁忙，很多决策要他拍板，当面汇报的效率最高，她就拿着文件来他家找他。

她进了门，看到他一副恹恹的样子，茶几上放着一杯水，旁边是一盒拆开的感冒药。

家中一片安静,唯一的声音来源是桌上的平板电脑。听着熟悉的台词声,Amy看了一眼屏幕,再看向眼窝深陷、带着忧郁气质的英俊男人,笑了。她开口说:"你怎么在看这个?不过这么经典的剧,重温也很棒。"

她学生时代看过这部剧,听两个帅哥说着纯正的伦敦腔已是种享受,还模仿里面的主角的穿搭,里面的搭配法则放到现在依旧经典不过时。

不过,她最念念不忘的是:"不知除了友情外,Charles对Sebastian有无其他感情。"

不知工作风风火火的下属竟然还有这想法,他问:"这个问题重要吗?"

"为什么不重要?"

李子望笑着摇了摇头:"人的感情很复杂,先将感情做数种划分,感情被分成界限分明的亲情、友情、爱情……我觉得这不恰当,再去严格归类每种感情,更是荒谬。"

Amy心中不认同,不论如何复杂,还是会有一个答案。感情终有浓与淡,如果一向克制的Charles试图救赎Sebastian,Sebastian也不会走向毁灭。

平时两个人不会聊到爱情的话题,Amy也并不打算与他讨论这个。而他也进入了工作状态,暂停了平板电脑上的视频。

此时屏幕上的画面正停在阴郁的男人身上,他怀里抱着一只熊。

工作之前,Amy习惯性地看了一眼手腕上的表,记下了开始时间。他们家族的投资范围很广,她按市场和重要性划分,简洁而抓重点地向他汇报着。

生病了到底不舒服,他坐着撑头听着,一部分项目当即决定是放弃还是继续投,一部分研究不充分、行情不明朗的就先放着。

Amy最后说到了内地市场:"与建林集团的合作项目,现在双方律师正在过法条，对方现在和您约时间开会。"

"是不是还有几家内地公司，之前说要跟我谈，被我暂缓了？"

"是的。"

"那把这些会议都安排在一起，我去一趟京州。"

"好的。对了，"Amy想起什么，翻开笔记本上记下的资料，"我们在新加坡还没谈下的程飞，是建林集团林总的丈夫的堂哥。要不要通过这层关系，再跟程飞谈一下？"

李子望皱起了眉："不用，程飞是我的学长。那个合作项目有点儿复杂，先暂停，但不退出。大概率谈不成，但加入竞标能给他做个人情。"

"好的。"

杯中的水已凉透，他起身倒了杯温水，头依旧昏昏沉沉的。他走到窗边，远眺醒神，背后是"噼里啪啦"的键盘敲击声。

她的丈夫，是个很成功的内地商人。

从京州到新加坡，从建林集团的合作项目到程飞的项目，都有程帆的身影。

李子望去查过此人，不必亲自认识一个人，通过其公司的重大决策行为、个人投资史，就能大概描摹出一个人的性格。

这个人野心勃勃，激进到冒险的投资行为背后是缜密的研究与审慎的决策。他绝不是豪赌，从不倒下的人不会是赌徒。

内行人一看就明白，狂妄的性格、年少得意，很难让人谦虚。这样的投资习惯，一定是用真金白银交了学费养成的。果然，他早期经历过一次近乎破产的投资。

关系是一张网，两三个电话、一顿饭，就能更具体地拼凑出这个人的样子。

比如，他手段强硬，擅以雷霆之势攻城略地。

比如，他在商场上如鱼得水。

也许这并不是一个褒义词，李子望初到内地，但接触过很多人，官、商界的都有，能够在这两个地方生存，需要一种很深的生存哲学。这是件很难的事情，并不比做生意简单。

从世俗的角度看，程帆来自一个背景深厚的家庭，品格正直，林夏选择他是件很正常的事。但不知到底是她主动选择了这一段给她颇多益处的婚姻，还是她的家人要求她这么做。毕竟她很重视家庭。

他曾听一个已婚朋友说过，两个人当朋友时什么都能说，做了夫妻，很多话就不能开口了。

在他看来，林夏去做心理咨询不是件奇怪的事，至少这是个调节自我的选择。四位数起价的咨询费，只要她支付得起高昂的价格，就当找个朋友聊天了。

但他奇怪的是，她为何要独自来这么远的地方？

两个人早已分手，臆测对方的婚姻状态，不是件礼貌的事情。

一顿敲击键盘后，Amy 暂时完成了这一趟的任务，工作时紧绷着的弦松懈下来。她打了个哈欠伸了个懒腰，想起平板电脑上刚刚的最后一幕，又闲聊起来："我前两天还看到这只熊出了复刻限量版。"

正在想事的李子望被打断思绪，回头下意识地问了一句："什么？"

"泰迪熊啊。"

"还买得到吗？"

Amy 惊讶地看着他："你要买？"

"帮我看看。"

"不是吧老板，你都这个年纪了，还要买泰迪熊？"

李子望笑了："你这是年龄歧视。你不说了是复刻限量版，收藏一个说不定以后可以拍卖出高价呢？"

"你少来啦，我帮你留意一下。"Amy 收拾了东西要离开，看着他站在窗边，外边天阴阴的，似乎在他身上笼了一层孤独与阴郁的气息，"我先走了，你注意休息。"

人老了就会感叹养孩子没用。

虽在一座城市,没良心的儿子都难得回家吃饭。

不过这事也怪不了小儿子,今天周敏出门体检前还对刚打完太极回来的老头说:"谁让你每次都对他摆一副脸色,你看他什么时候主动回过家?我还得借着体检才能劳烦他陪我一下。"

老头冷哼了一声,说:"他这就是欠骂。"接着老头又在她面前发牢骚,"他就是咱程家爷们儿里最不行的一个。"

周敏白了他一眼,大儿子在异地工作,每半个月打一次电话过来。小儿子电话都不给他打一个,他心里估计也郁闷。

程云鹤这人观念传统,商人是被呼之即来挥之即去的,地位并不高,生意做得大与小,都不能改变这一本质。

这爷儿俩就是犯冲,还都嘴硬。他的书房里一张八仙桌的玻璃底下,还压着一张被剪下来的报纸,报纸上面刊登的是儿子的公司上市的新闻。

周敏到体检中心时,看到程帆已在接待处等候。

比起惯常体检处熙熙攘攘的人群,大多数人一早来排队,赶着体检完还要回去上班。即使当场出不了结果,但某些检查项结束时医生的一两句话就足够让人焦虑,紧锁着眉头离开。此处简直算是安静的,人不多,每个步骤都有护士柔声细语地提供指引,护士耐心而专业。

虽然这里能够提供一对一的服务,但到底上了年纪,来做体检都觉得要个亲人陪,周敏就把儿子喊了过来。

"想让你来陪我做个体检,我还提前一周约了你的时间,想见你一面可不容易。"

程帆拿了单子,扫了一眼上面的检查项目,还算全:"一大早起床陪你体检,我也挺不容易的。"

周敏没搭理贫嘴的儿子,继续抱怨着:"为了今天的体检,我已经连续运动快一个月了,晚上就吃点儿沙拉垫肚子。"

"这不挺好,继续保持。"

他可真会说话，周敏也没时间抱怨，就被带去抽血了。

周敏被儿子带着一项接着一项地做检查，一个多小时才做完全部的项目。离开前他还特地去找了工作人员，关照将检查结果也发他一份。

空腹来检查，做腹部彩超前又喝了两瓶水，上完了厕所，周敏彻底饿了。体检中心提供了早餐，但周敏没在这里吃，被儿子带去附近酒店吃自助早餐。

周敏估计他挺忙的，米粉被端上桌时，他还在拿着手机回信息。

想起上次聚会时儿媳妇的一句"无心之失"，看他注意力集中在手机上，周敏突然发问："最近还和林夏分床睡吗？"

程帆放下手机，不知他妈从哪里知道了这件事，但床上的事，能有几个人知道？

"没有这回事，你从哪里听的谣言？"

"你结婚三年，我都没敢在儿媳妇面前说过一句生孩子的话，总能在儿子面前催一下的吧？"

"咱程家不都有后了吗？您着急什么呢？"

周敏瞪了他一眼："你是不是要气死我？"

"气死了今天体检不就白做了吗？"程帆剥了个鸡蛋递给她，"今年公司忙，很多应酬要我亲自去，喝酒是免不了的。"

呵，他可真护着他老婆。她还没说什么呢，他就先把理由找到了自己头上。

周敏自诩是个心胸大度的婆婆，更是个有着正常双商，还颇有文化的女人，干不出什么挑拨儿子、儿媳关系的蠢事，更不会变态到想去掌控儿子，但到底心里还是有那么点儿不是滋味。

自己辛苦养大的儿子娶了老婆后，凡事先维护自己的家庭，还容不得父母插手。

她也很有分寸，尊重他们的私人空间。他们结婚后，她连他们的家都没有去过一次。

平常人家正常催生孩子的话,在这里被儿子糊弄了一句后,她不再问,再问就要影响母子感情了。

对这个儿媳,她不是很满意,也不是不满意。

到了他们这个地位,儿媳妇不说要对儿子的事业有帮助,她儿子也不可能娶一个毫无身家背景的人。林家不算穷,勉强够得上标准。

就是林家曾经水深,但有点儿身家的人又有谁是彻底干净的?

"行了,我哪里是恶婆婆会去为难小夏?"周敏拿着鸡蛋蘸了点儿酱油,"下周你哥回来,你们别忘了回家吃饭。有空给你爸打个电话,他这人说话难听,你让着他点儿。"

"行。"

吃完早饭,周敏被司机接走后,程帆开车去了公司。

一大早他就起来陪着妈妈去体检,吃完早餐,这早高峰都还没结束。他坐在车里,随手点开了音乐,是一首《花房姑娘》。

崔健是他们这代人的成长记忆,谁年轻时没听着他的摇滚跟着吼过?

听着熟悉的沙哑嗓音,程帆难得放纵地一个人在车内摇头晃脑,跟着哼了两句。

　　我就要回到老地方

　　我就要走在老路上

　　我明知我已离不开你

　　噢——姑娘……

一小段音乐结束,程帆忽然想起了他妈问他的分床睡的事。

除了他妈,还有谁知道他们分床睡?

这件事传出去,还真是挺丢脸的。在外人看来老婆都不愿意跟他睡同一张床,他到底成什么形象了?

听着车厢内反复萦绕的"我明知我已离不开你",他"啪"的一下关了音乐，晚上回家找她算账。

林夏下午跑银行办了点儿事，出来时就闻到一股刚出炉的面包香味。她寻着香味觅去，才想起这是一家开了很多年的传统糕点店。她读书时就吃过这家的糕点，蛋卷酥脆，鸡蛋糕软绵，萨其玛甜而不腻，价格还很实在。估计这是店家自家的店面，因而未被日渐高昂的租金淘汰，近年来都有了网红店的架势。周末和下班时间店前都排满了人，没点儿耐心和运气的人根本买不到。

林夏讨厌排队。吃食上如果排队要超过十分钟，她一般就选择不吃了。工作日的下午，难得只有三五个人在那里等着，她被香味吸引，也想起自己好久没吃这种老式点心了。程帆这段时间不出差，她可以多买几种糕点放在家里。

他这个人，自己从来不买零食，但会吃她买的。

之前有一款芝士饼干，网上卖的店很少，她把代购那里的最后几盒现货都包圆了，买回来放在储藏室里，每拆一盒，就顺手放在茶几上。一盒十片，她后知后觉地发现，一盒她只能吃到两三片，之后饼干盒就空了。

虽然那次她把最后一盒饼干藏到了自己的卧室里，但买到了他喜欢吃的零食她觉得挺开心。

也许她对家庭的懵懂概念来自舅舅一家。舅妈会记下每个人爱吃的东西，每个月发工资那天，就会去市里的超市里采购。每次舅妈都拎着满满的两大袋东西回家，给她和媛媛的零食买少了，媛媛就会指责妈妈偏心爸爸，尽买他爱吃的东西。舅舅笑着说："她是我老婆，当然偏心我了。"

回到京州的家后，林夏拥有了很多世俗意义上很好的东西。自己组建家庭后，她却在一些方面，幼稚地模仿并构建着记忆中的家的模样。

阳光依旧刺眼，林夏戴上墨镜，朝着糕点店走去。穿过马路，走到排队的人后边，她正要低头看手机时，不可避免地听到了前边的人的闲聊话。

"老太太要活着,今年都八十岁了,肯定给她弄个风风光光的大寿。"

这声音很熟悉,林夏放下手机,透过茶色的镜片,看到了前边的两个人的侧脸,果然是她认识的人——林建业和王秀萍。

"是啊,给她做个冥寿也一样的。老太太爱干净一辈子,最后走得也利落,没拖着。"

听着这话,林夏心里突然冒出一句很恶毒的话:早死早好。

小时候她听到舅妈骂村里那几个老太婆,说她们死了才好,不死,村子都不会太平。她当时并不理解脾气一向很好的舅妈为什么会这样骂人,后来才知道,那几个老太婆不仅无故搬弄是非,还撺掇人回家教训儿媳妇。有个外地嫁过来的媳妇没承受住,喝了农药就走了。

"这种事,都是活人做给活人看的。人都死了,哪里真能收到啊?"

为了明天的冥寿,王秀萍提前一周就开始准备,叠元宝、订纸质寿衣。今天她跟着林建业来市里拿订好的寿桃,顺便来买老太太在时爱吃的点心。

"我哥相信呗,一早就关照我要去请庙里的和尚做法事,念经的尼姑都是专门从外边请的。"

"他安排好了,结果自己不来。你说可真巧,儿子的忌日跟老太太的生日,没差几天吧。"

本来打算装作没看到他们的林夏不想再听下去了。万一听到点儿难听的话,她很可能控制不了脾气,当场骂街做泼妇。

她摘了墨镜,对着只顾着说话、没有往前边空地走的两个人说:"麻烦往前走一下。"

听了后边人的提醒声,王秀萍下意识地往后看了一眼,结果差点儿被吓了一跳。许久没有见面,她试探着问出口:"林夏?"

"这么巧吗?"林夏面无表情地说着本该表现得惊讶的话,但又不会缺少场面上的礼貌,"阿姨,好久不见。"

林建业转头看过来,先是看她穿了黑色背心,外面套了件略透明的防晒服,这也不妨碍能看到衣服勾勒出的姣好身材。她撑了一把遮阳伞,露出的腿雪白而细长,他再看向她的脸,她长得越来越像孙玉敏了。

林夏察觉到了他的打量目光,这样的目光让她觉得有点儿不舒服。忽略掉不适感,她喊了声"叔叔"。

虽然王秀萍心里从没把这个丫头当回事,但见了面还是要把表面的关系打点好。王秀萍一脸惊喜的样子,热情地夸了林夏:"很久没看到你了,夏夏,你怎么越来越年轻漂亮了?跟你大学刚毕业时一样,几乎没区别。"

"阿姨你也保养得很好。"

"你来这里买点心哪,这里的鸡蛋糕很好吃的。"

"对,我来买点儿鸡蛋糕和蛋卷。"

旁边的林建业忽然开了口:"公司很忙吧,平常都没机会看到你。"

察觉到他的眼神飘忽不定,林夏觉得怪异。她懒得客套,敷衍都欠奉,只说了句"还行"。窗口前的人刚好买完东西走了,林夏抬下巴示意:"轮到你们了。"

王秀萍精打细算,要买哪几种糕点及买多少,来之前就已经算好了。她买时多拿了两盒糕点,让店员拿了另一个袋子装,再从兜里掏出了两张红钞。现在到处都是手机付钱,这样一点儿都不觉得心疼,她还是坚持用着现钞。

林建业先帮忙将打包好的点心提在手上,王秀萍接过找的零钱后,又数了一遍才放进钱包里。

她没有立刻走,从林建业手里拿了刚刚额外让分开装的一袋糕点递给了林夏:"来,给你买的。"

一袋糕点被热情地递到了面前,林夏下意识地直接拒绝了:"不用,您拿回去吃吧,我自己买就行。"

"阿姨难得见到你,给你买点儿东西,你可不要嫌弃便宜。"王秀萍热络地拉过她的胳膊,想直接把袋子塞到她的手中。王秀萍向来习惯这样——家中来亲戚朋友,离开时她都要塞点东西做回礼。大多数人不好意思拿,她硬塞给对方,对方就半推半就地接受了。

林夏觉得她莫名其妙,就这几十块的糕点,至于吗?林夏正把胳膊从王秀萍的手里挣脱,要抽回来并往后退一步时,另一只手握住了她的手腕,拿过王秀萍手里的东西,塞进了她的手里,离开时还摸了一下她的手背。

她还没反应过来,对方就说了一句:"别客气了,收下吧。"

"对啊,别这么客气。"王秀萍笑着附和,终于把礼送出去了,怕她再拒绝,赶紧说,"夏夏,我们先走了啊,下次来家里吃饭。"

看着他们离去的背影,一场荒谬的闹剧后,林夏终于察觉到了怪异之处,林建业刚刚摸了她的手。

他抓了她的手腕,还摸她的手背。明明是极炎热的天气,林夏却觉得手背像是有毒蛇滑过一般,冰冷而恶心。

"你还买不买?"店员看见面前的顾客发着呆,顾客手里已经拿了糕点,估计是不买了。

"不用了。"

店员给下一位顾客拿了一袋麻花结完账,看了一眼前方,眼睛忽然瞪大,刚刚那位顾客已经离开,但并未消失在视线内。女人走到垃圾桶旁,毫不留情地把手里的一袋点心扔了进去。

柜台前已经排起了长队,里边又一锅鸡蛋糕出炉,飘出了异常香浓的气息。

坐上车回家的王秀萍想着刚刚见到的林夏,人很高傲,一句多余的场面话都不说,那一副看不起人的样子,跟她妈一个德行。

"她都结婚有几年了,怎么还不生孩子?"

"不知道。"

"她老公家的人都不介意吗？"王秀萍纳闷了，"她老公是不是挺有钱的？她怎么还要在自家公司上班？"

"谁知道？那么有钱的男人，说不定在外面有女人。"

王秀萍冷哼了一声："有才好，活该。"

她回到家时，林洲已经到家了，正把水果从后备箱内搬下车。明天奶奶的冥寿仪式，他有工作没空回来。他心中颇觉愧疚，下班后就买了点儿祭品送过来。

"洲洲回来了。"林建业先喊了他，"这么孝顺，买这么多东西。"

王秀萍把糕点拎下车："我去下个面条当晚饭，简单吃点儿啊。"

"嫂子，天热，随便弄点儿就行。"林建业进了屋，喝了一大口水。他看着同在喝茶不言语的侄子，问："最近工作怎么样？"

"还行。"

"叔叔这么多年也认识了些大老板，有机会介绍给你，你能为集团多拉点儿项目。"林建业忽然靠近他，压低了声音说，"洲洲，叔叔希望以后能给你打工。"

对这个叔叔突如其来的示好行为，对这个半辈子都靠着林建华却还没干出点儿什么事的人，林洲并不觉得他有什么能力帮到自己。甚至，这个不安分的人还有可能给自己带来麻烦。

在建林集团，他实质上只有一个老板。所有的决定权都在林建华手里，他只要让林建华满意就行。

但林建华的态度并不明朗，言语间似乎要他主动出击取代林夏，但林建华并无任何实际行动来支持他。

这些年的职场生涯教会了林洲很重要的一课，那就是不能被人当枪使，即使这人是老板。

林夏并不是一个好惹的角色，这次更是主动提出给他高位。他进公司时间并不长，这让他暂时不敢轻举妄动，就怕她在哪里给他挖个坑。

林洲笑了一下，突然想起林夏对他说的话："叔叔这么客气干什么？我们都是一家人。"

"对，都是一家人，不用说两家话。"林建业又倒了杯茶，顺手给林洲续上，换了个话题，"和周倩那丫头还好吧，真想不到你们会在一起。"

握着水杯的手僵了一下，林洲按下心头的不悦情绪回道："还好。"

林洲忽地站起身，向厨房走去："妈，晚饭做好了吗？我来帮你。"

王秀萍下了一锅面，炒了个青椒毛豆肉丝当浇头，做好时，林建业却没留下吃晚饭，被别人一个电话喊去喝酒。

林洲盛了炒菜放进装了半碗面的碗里搅拌着："妈，以后不要什么事都跟叔叔讲。"

"什么？"

"周倩是我的女朋友这件事，你为什么要告诉他？"

"为什么？"王秀萍不满地唠叨着，"这么些年，谁都看不起我们，就他还喊我一声'嫂子'。他哪里会对我们有坏心？要防着他干什么……"

她话还没说完，就看到面前的儿子突然摔了筷子，挂着肉丝和面条的筷子随着惯性落在了干净而光滑的瓷砖地面上，留下一片油迹。

林洲站起身，无名的暴怒情绪蒸腾而起："所以你为什么要留下呢？这么多年，是谁在养你？林建业花过一分钱吗？是你觉得看不起你的人养着你。你为什么要接受呢？"

"我……"王秀萍失语，从来没想过儿子会跟她说这些话。这么些年，为了生存，她需要看林建华的脸色，要讨好孙玉敏，甚至今天看到了他们的女儿，都要讨好着，毫无长辈的尊严。而她的儿子，竟然来问她"为什么"。

"我……我不是为了你吗？"

"对，为了我。"林洲点头，手握紧了拳，克制着自己，"我先走了。"

回去时遇上晚高峰，堵车时林夏拿着湿纸巾擦了好几遍手。她越想越气，后悔自己没反应过来，后悔自己没当场发作。

印象中，除了在第一次遇到程帆的饭局上她被人动手动脚，之后几乎没有被如此冒犯过。

从前她是林建华的女儿，现在是程帆的妻子，也是建林集团的副总。她以这样正式的身份出现在各类饭局上时，各类牛鬼蛇神都要忌惮着点儿。她更不是个好脾气的人——对方敢做初一，她就要做十五。

今天这件事她感觉就跟吃了个苍蝇一样，谁能想到她爸的弟弟是个死变态？

林夏不由得联想到，当年孙玉敏不留情面地把林建业赶出了钢丝厂的事。看着前面缓慢移动的车流，林夏心中有了几分猜测。

怒火不像刚才那样迅猛，刚刚她恨不得打电话给程帆，让他找人把林建业的手打断。

不过她也没有平静下来，边生气边将怒火转移到程帆身上："你是我老公，你人呢？这都饭点了，你不能打个电话过来问我有没有吃晚饭？我要是饿死了，你是不是再去找一个？"

在被堵吐之前，她终于将车子开到了家附近，两脚油门后开进车库，回了家。

开了门，林夏没听见里面有任何动静，他一般回来得比她晚。她边在玄关处换鞋，边拨了电话给他。

不知为何，她今天就想跟他找碴。

除了程帆在飞机上，几乎所有时间她打电话都能联系到他。他就算开再重要的会议，也会先接电话跟她说："我在开会，没急事我先挂了。"

她就不能做到这一点，怕自己开会接电话，别人觉得她不够专业，把私人事情放在工作之前。

他很快就接了电话，就一个字："喂。"

脚踩进了舒适的平底凉拖鞋里，她打开柜门将鞋子扔了进去："你不出差的日子，我不敢参加饭局，准点下班回家，也不敢发信息问你，怕你觉得我在查岗。我今天回家纠结反思了一个小时，才敢打电话问你什么时候回家，是不是忘了家里还有个老婆……"

林夏关上了柜门，转身正要往里走时，看到他正懒散地半靠在墙上，一只手插在裤袋里，一只手拿着手机贴在耳边，表情似笑非笑地看着她。

她这是知道他要找她算账，先来找碴了？

"你还挺准点的。"

林夏知道他今天一早就起来陪他妈妈去体检了，却没想到他会这么早回家。

他已洗完了澡，随便套了条运动短裤，身上清清爽爽的，左侧一缕发梢还滴着水，懒洋洋地站着等着她。此时她看他倒觉得没那么严肃，甚至难得地在他身上看到一股少年气。

也许是她转瞬即逝的错觉，她也没见过十几岁的他是什么样子，不过之前聚会时，就听他大姨说过，说他从小就持重，甚至能让成年人产生压抑感。

林夏倒没什么被当场戳破的尴尬感，若无其事地反问他："你怎么这么早回来？"

"突然想起家里还有个老婆，就早点儿回来了。"

"家里？"脚从高跟鞋里被释放，踩在有些许回弹力的拖鞋里，小腿肌肉顿觉松弛，她走到了他跟前，"难不成外边还有一个？"

"说不定。晚点儿下楼去跑步，顺便……"程帆想借用她上次说的偷情的说法，可又觉得十分不文雅，"私会外边的人。"

"那我今晚得看好你。"

程帆站着没动："怎么看？"

林夏离他很近，都能感受到他身上散发出的清新水汽，若非要辨别味道，就只是她买的沐浴露，酸涩而醒脑的青柠味。不知为何，这沐浴露用在他身上时，她觉得味道格外好闻，甚至有种莫名其妙的安

189

心感。

穿着平底拖鞋的她比他矮一头。她忽然踮起脚,想闻他身上的味道,可以再亲他一下。

程帆终于动弹了一下,偏了头,再伸手推开了她:"洗澡去。"

林夏内心翻了个白眼。他有点儿洁癖,选择性的。他洗过澡,她没洗,他就不准她碰他。

她知趣地退了回去,肚子有点儿饿,撂下他往厨房走去:"你吃晚饭了吗?"

"没有,我点了寿司外卖。"

她停住了脚步,回头看他,双眼放光,就听见他补充了一句:"没点你的。"

林夏没理他,打开冰箱从保鲜层里拿了香蕉,再洗了盒蓝莓,加了半杯牛奶到搅拌机里,打了一杯果昔。

紫色的液体被倒入玻璃杯中,在厨房的灯光下折射出奇异的颜色。人从热浪滚滚的外边回到家,一杯冰甜的果昔是夏天才有的惬意享受。

果昔满得快要溢出来,杯壁已经冒了层水珠。她喝了一口,冰冷的液体落肚,刚刚残留的怒火被这一杯冷饮彻底浇灭。

程帆进厨房时,看到她的臀半倚靠在料理台上,早上绾起的头发已半松散着。她慢悠悠地喝着杯果昔,似乎在发呆,迷离的眼神添了层无法形容的妩媚感。

她嘴边沾了些许的果肉细粒和白色的奶,他看着不舒服,拇指抹过她的嘴角,却没立即洗手,下意识地摩挲着指腹上的颗粒:"怎么知道要查我的岗了?"

看着她又喝了一口果昔,他没忍住提醒了一句:"少喝点儿,寿司我可以分你点儿。"

林夏看了他一眼,没说话,端着杯子走出了厨房。

查岗,林夏只是当作情趣难得为之。

这种事，且不说对方会厌烦，自己也会累。他又不是普通上班族，如果真有这心思，有太多时间和机会。两个人要是真事无巨细地查岗、报备，把生活当成谍战场，总要先逼疯一个。

更何况，她信任程帆，他不是会做这种事的人。

结论可以通过严密的逻辑推导得出，也可以脱离思维框架，由感觉直接得到。

刚遇见程帆时，她是后者。

如果是前者，倒不是她自恋到认为他有多爱她才不会出轨，换一个人，他也一样。性格与生活理念，决定了他大概率不会干这种事。

她还记得恋爱时与他去东京玩，他一个移居日本、好几年未见的朋友招待了他们，请他们吃了河豚料理。

一顿饭的工夫，这位朋友除了发牢骚说依旧无法适应异国生活，还吹嘘了一下自己的事业。他和老婆在日本做生意，孩子在中国香港读书。两个人已经在东京港区买了两套房，还想在中国香港买套更大的房子。两个人为了孩子与家庭都很拼，是事业和婚姻上最好的合伙人。

听到这里，林夏还以为这是在晒家庭和睦，还挺难得的。结果人家下一句就是已经对彼此失去了兴趣，更是隐晦地提了两个人是各玩各的，在外面才有新鲜和刺激感。

林夏克制着自己才能不露出震惊的表情，借口说喝不惯鳍酒的味道。

回酒店后，程帆说自己也是好久不见他，这两年行情好，他赚得挺多，想不到就变得这么张狂。

他甚少评价别人的私事，但站在窗前看了许久的夜景，说了一句："头脑被下半身主宰，寻求刺激毫不节制，这个年纪，这样的状态在做生意上挺危险的。"

这是他的朋友，林夏并没评价，只是随口说："新闻上哪个富豪不乱搞？"

他没否认，说："我们这种普通人，跟他们的身家不知差了多少个零，还要学人家乱搞，大概率画虎不成反类犬。他们可以输很多次，普通人输一两次，就再也没翻身的机会了。"

比起寻常打工者，他算是有钱；比起顶点的大富大贵者，他就是普通人。这并非谦虚，只是他太过清楚自己的位置，有些事能干，有些雷点不能碰。人的工作与生活没有清晰的界限，当私生活上混乱时，精气神会被急剧消耗。世人只羡慕赢者，尸骨堆成山的输家并不被人看到。

她笑着回了一句："你可不普通。"

他说："哪里不普通？做企业的人，最大乐趣也就是看着钱进进出出、越来越多，再把钱投到更多给自己赚钱的地方，再经营个家庭，能让这两个不出问题就已经很不容易了。"

她看着他的背影，平日里他不会聊这些话题，连所谓承诺话语都说得少。他这只是随口感叹，绝不是借机对她表达想法。

当时的林夏就隐约知道，如果要结婚，他是个不会错的对象。

林夏不想看到他，端着杯子边喝边去了衣帽间找睡衣。

夏天即使大部分时间待在有冷气的室内与车上，也不免在穿行间隙晒到太阳，不用他说，她回家都要先去洗个澡。

果昔喝了半杯就被她放下，她拿着衣服去浴室洗澡。看到里边地上有水，是他刚刚洗过的痕迹，她也懒得再去另一个浴室，直接脱了衣服，将其扔在了脏衣筐里他的衣物之上。

微热的水流冲去了外头的灰尘与汗意，指腹在头皮上按摩着，再仰着头将头发冲干净，舒服到每一个毛孔都舒展开来。

浴室里边摆了好几种香味的沐浴露，她最近喜欢用梨子味的，感觉很适合夏天。

她将头发捋到脑后，睁开了眼要拿沐浴露，却看到他的手表被扔在了旁边，估计是洗澡前他忘了脱，后来就随手放在了这里也没拿出去。

他对物件不爱惜，摘了就随手扔，家里各个角落都有过他的手表。

偶尔一次，他开完会回家，脱了西装外套，进卧室时将手表从手腕上摘下，放在她的首饰台上。他估计在想事，摘个手表都慢条斯理的。她躺在床上说："你这样挺像电视剧里杀人前把手表取下的样子。"他走近了她，说："是吗？"

那次他也没有脱衣服。卧室的灯被关掉，不知是不是会议推进不顺，他心情不太好，连带着动作都有些粗暴。一片漆黑之中，她只能握着掐在她的腰上的手。

林夏的手忽然移到他用的青柠味沐浴露上，挤了两泵沐浴露抹在身上。比起要用很多护肤品的脸，胸部什么都不用涂，皮肤就足够细腻而柔软，手掌滑过留下一层泡沫时，她忽觉异常敏感。

两个人夫妻生活一向和谐，除了各自出差时间挺多。就算两个人作息时间不一致要分房睡，但也不影响夫妻生活，甚至新鲜感依旧。

唯一的区别可能是结婚后能偶尔贪欢，她挺大胆，有时会在月经前后一两天让他不做措施。

这次月经迟来了两天，他们也快近一周没做。

擦干身体的林夏看着镜子里赤裸着的自己。她怎么还跟婚前一个德行？

林夏出来时，客厅的茶几上已经摆了半桌的食物，是她最喜欢的店的外卖之一。一大盒新鲜海胆、色泽鲜艳的寿司被装在精致的木盒里，怕是不够的样子，还有一盒海鲜饭。角落里还有盒下酒的毛豆，两个人吃绰绰有余。

程帆拿了两个杯子过来，看她坐在地毯上，洗完澡穿了条宽松的衬衫裙，捧着剩了一半的果昔，筷子都没动。

他坐下倒了杯酒，拿了片海苔，铺了点儿米饭，再放了满满一层海胆包起，本想给自己吃的，但还是递到了她的嘴边。

她也没端着拒绝，就着他的手两三口就吃完了鲜美滑腻的海胆，吃完还说声"谢谢"。

看她连着吃了好几个寿司，一副狼吞虎咽的样子，他问："这么饿，下午没吃点儿东西吗？"

她愣了一下，在愤怒情绪所剩无几、心情足够平复后，听到他提起下午时，忽然觉得有点儿委屈。那一瞬的慌乱无措、事后恼怒自己不够反应及时的懊悔感，并没有被她遗忘。

林夏是信任他的，如果跟他说了下午的事，他肯定会有所反应，而不是质疑她是不是想多了。可这种事，太难堪而难以启齿了。

委屈让人软弱，她也可以成熟到处理这种小事，本想说下午有点儿忙，却忽然问了他："要是我被人欺负了，你会帮我揍他吗？打断一只手那种？"

"我是守法公民，不干违法的事。"程帆又包了个海胆给她，"但老天有公道，会让他自己不小心把手摔断的。"

他拿纸巾擦了手，刚刚开玩笑的神情瞬间消失，颇为严肃地盯着她问："发生了什么事？"

林夏看着他这副凶样，更不敢说了。他真会干出把人的手打断的事，甚至都不屑于偷着干这件事。

"工作吗？"程帆皱眉，"是A市的项目出问题了吗？"

"不是A市的项目，"面对着他询问的目光，林夏没有撒谎，"是一件我能解决好的小事。如果我无法解决，就找你帮忙，好吗？"

他沉默了一下。她为人好强，工作上的事，他完全能理解她不想说，毕竟自己搞定才有成就感："我希望你有任何解决不了的事，都第一时间找我。"

"好。"

林夏觉得自己很奇怪，在生活细节处常对他说"谢谢"，但此时内心真正被感动时，却连一句"谢谢你"都说不出口。

第七章
她对自己没有掌控能力

"对了，我们今年还没去体检过，最近有空得去做一下。"

一年体检两次，家中两个人的保险也是林夏在买。之前她被身边朋友介绍了一起去香港买保险，但还是觉得以后万一理赔可能会很麻烦。她前两天约了保险员聊了一下，准备再配置点儿保险。

"好。"

程帆看她已经吃饱，头发吹得半干披散在肩上，屈膝捧着手机在翻日历。两个人并排坐着，并不避讳他看到自己的手机内容，她正顺手写下体检的日程提醒。

本不算长的衬衫裙随着她的动作被扯至腰间，夏日就算家中有冷气，也会漏下两颗扣子。林夏不知在想什么，边看手机边无意识地啃着手。他低头便可见到那一道沟，她洗完澡后从不穿内衣。

林夏看着日程。下周的日程里备注了一个开会，她还纳闷了一下：怎么只记了个时间，却没写开什么会？她想着明天去办公室，翻笔记本找一下。现在记日程的App都五花八门，她还是习惯拿着钢笔在笔记本上随时记下要干的事，重要的在手机上再写一遍提醒。

写完体检的日程提醒后，她就放下了手机，还在想到底是天热脑子卡壳，还是年纪大了记忆力衰退时，就看到旁边的他看了她一眼。

霎时间，林夏就想起来了，下周是跟李子望那边开会。这件事会有秘书提醒她，她只是在手机里随便记了一下，以防万一，可能当时觉得在手机里写个前男友的名字挺尴尬的。

她正想着要不要告诉程帆，可又觉得这是她的工作的事，她都没有对方的私人联系方式。她心里没鬼，只是在公司开个会而已。

工作上，他这人比她更为理性客观、公私分明。上次她跟他说过这件事后，他也没再问过一句。他不是个不讲理的人。

林夏还在犹豫间，就听见他说了一句："你跟我妈说什么了？"

看着她转过头时茫然的眼神，他适时提醒了她："我妈今天来问我，我们是不是还分房睡。"

她消化了一下，才理解了他的话。

虽然婆媳关系已经算理想的了，各自都有钱，犯不着住一起，一年见面次数也不多，程帆这人还行，从不让父母插手他们的事，她内心还是吐槽了婆婆一句，说她管得真多。

她难得在妯娌间多说了一句话，就弄出了这种口舌是非。她真不知是婆婆想太多，还是太厉害，这么一句话，婆婆就听出了话外音，还去诈自己的儿子。

大概率是后者，那么个大家庭里的女主人，怎么可能是个简单角色？

这种厉害，是绵里藏针，说话极有分寸，擅长藏三分让下位者去猜，做事更是滴水不漏。

当时双方家长见面，回来后，孙玉敏跟她说了一句："你的未来婆婆不好惹。"

那时的林夏只觉得那是个养尊处优的妇人，说话很有涵养，心想：若论不好惹，妈，谁比你更不好惹？

但她还是问了一句："如果惹了怎么办？"

不知是不是她的问题太幼稚，孙玉敏竟然难得地被她逗笑，开了句玩笑回她："撒个娇找你老公帮忙喽。"

听了这个回答，其实她并不开心。难道她嫁了人，就没有娘家了吗？她惹了婆婆，就只能找老公吗？她有这么厉害的妈妈，为什么妈妈不能出面帮她呢？

结了婚后，生活重心转向自己的小家庭，没有谁排挤她，她就是自然而然地从待了二十多年的家中剥离。父母从不是爱听家庭琐事与细枝末节的人，她就算遇到了难处，也难以说出口。

他们给她的东西已经够多。一个实力雄厚的娘家，是她在这段婚姻关系里的底气。

看开之后，她倒再没什么难过的感觉，甚至觉得自己对孙玉敏的那句话想多了，孙玉敏只是提供了一个切实可行的方法。

"那你跟她说什么了？"

他剥了个毛豆扔嘴里："我跟她说，我们感情很好，不分房睡了。"

听了这话，别说找老公撒娇了，林夏简直想掐死他。下周就要去他妈家了，他是想让自己被骂吗？当然，他妈不会骂人，只会是春风化雨般的温柔态度，让人意识到问题的严重性。

程帆看着她不说话，心想：她不回应，这账怎么算？他的名声可是可能被她毁了一半。

结果他却见她倏然站起身，一言不发地离开了客厅，不知是去了卧室还是卫生间。

被他开了句玩笑，她就生气了？

今晚两个人都没晚归，的确能不分房睡了。

程帆不慌不忙地喝完了杯中的酒，再将桌上的包装盒收拾了扔到垃圾桶里，去卫生间刷牙。

他正挤了牙膏，将牙刷放入口中时，卫生间的门被打开，她进来了。看了一眼镜子里的他，她就走到了他身后抱住了他。

当柔软的身躯贴在他的后背上时，程帆刷牙的手顿了顿，接着他又若无其事地继续刷牙，也不说话，仿佛后面没人一样。

林夏给他买过电动牙刷，但他不喜欢用。她将脸贴在他的背上，连带着身体都能感受到他的手臂摆动的轻微震动感。他的身材一直保持得很好,他抬手刷牙时,她都能看到手臂的肌肉轮廓,很有力量感。他不注重防晒,却没黑到哪里去,但与她的手臂放在一起时,能感受到明显的色差。

林夏很喜欢他的身材,赏心悦目,还只能被她摸。当手摸到他的腹肌时,她开了口:"我没有跟妈说过这件事,也不知道她为什么这么理解。"

程帆看着镜子,浴室的光线很好,她比他矮,藏在他的身后,他看不到她的脸,一只细白的手臂从腰际伸出,却藏到了他的短袖里。人还抱得更紧,镜子里的他皱起了眉,似乎是一副抗拒的样子。

"我好怕我说错了什么话,你回来要找我问罪。"她用脸在他的背上蹭了一下,"你妈妈误解我就算了,你还不相信我。"

程帆端起洗漱杯,吐掉了泡沫,漱了口,利落地将牙刷扔回原位,打开水龙头洗了把脸,扯了张她的洗脸巾,一只手擦去脸上的水,另一只手握着她的手腕,把她渐向下的手扯了出来:"别动。"

他身后的林夏真是听话地不动了。他将打湿的纸巾揉成团,扔进旁边的垃圾桶里,这时转了身,手臂发力,将她抱到了洗漱台之上。

他站在她的双腿间,她的衬衫裙有些凌乱,中间的扣子开了一颗,估计是她刚刚抱着他乱蹭时解开的。

她低头就见他正认真地将那颗扣子扣上。

"我这是在向你问罪吗?"扣子遮住了眼前的春光后,他抬头看向她,"我不能问一句她为什么知道吗?"

"可以,那你要听我讲清前因后果吗?"

"不用。"

林夏有时摸不清他的心思,他明明是来质问她,此时又像是懒得听下属说过程,只要一个结果的老板。

顶光打在她的身上,不那么厚实的衬衫裙内里有了色彩,他极有秩序感地从最下边一颗扣子开始解开:"我没有不相信你。"

"那你为什么要跟妈那么说？"

程帆笑了，觉得她真笨："那我下次给你圆回来。"

看到他的笑，林夏就知道刚刚被他骗了。可他刚刚那么正经的表情，她就算心中猜疑，也不敢确认哪。他为什么要这么开玩笑吓她？这是挑拨婆媳关系。

"谢谢老公。"

他挑眉，难得听见她在床下喊"老公"。这么点儿小事，她至于吗？

扣子被他解了一半，腿蹭上他的腰，她伸手抱住了他的肩，让他的手在两个人的腰腹间无法动弹，凑到他的耳旁，用极低的声音说："为了弥补错误，证明我们感情好，我要不要告诉她，她儿子最喜欢跟我用哪个姿势，做几次，一次做多久？"

程帆的身体骤然紧绷，他推开了她，晦暗不明的眼神望着她："那你先把答案告诉我。"

林夏没有说话，只是吻了他，不过半秒就被他拿回主动权，发丝缠绕在他的指缝间，不甚温柔的吻有时连带着拉扯着她的头发的动作，让她无法全心沉沦。

他却并不要她的吻，很快就抱着她往房间走去。她被抛到柔软的床上，他打开床头柜抽屉翻找东西时，却听见她说："我来月经了。"

卧室内气氛沉默了许久，突然传来质问声——

"你是不是故意的？"

李秘书跟了林夏快两年，算是半摸清了林总的作息时间。

不出差的话，林总几乎每天都会来公司一趟，大多在十点前到。林总会让她买份早饭，总是同一家店的咖啡和三明治。若晚上加班，她会在秘书下班前，让秘书买份沙拉放在冰箱里。

秘书是周末双休的，常常周一来上班时，看着办公室的使用痕迹，心想林总周末是会过来的。

谁上班不玩手机？有时林总出办公室来找她，发现她在玩手机时，不会说什么，只当没看见。不过她工作上偶尔不小心连着出差错时，会被林总训。

今天林总姗姗来迟，快十一点才到公司，难得没喝咖啡，让她买了牛奶。李秘书将早餐送进去时，林总正掩唇打了个哈欠，接过牛奶时说了声"谢谢"。

"林总，我那里有红糖，您需要吗？"

"不用。"林夏喝了一口热牛奶，一来月经就整个人昏昏沉沉的，没有力气。今天她睡到自然醒后，本不想来公司，又怕失眠复发，白天不敢再睡，支撑着来了公司。

她打开笔记本翻了一下，只看到是下周二的会议，但没写时间。她抬头问秘书："下周二跟李子望的会议，定在了几点？"

"他那边只说了周二下午，任何时间段都可以。"

林夏拿了笔，在笔记本上边写边说："那就暂定两点到四点。"

"好的，那需要商务宴请吗？"

按理来说，这么重要的合作伙伴，是需要进行宴请联络关系的，无论彼此是不是觉得吃顿饭就能拉近距离，都要把宴请的姿态做出来。

但林建华又不在，她没必要这样。

"不用了。"

"好的。"

林夏起身找了咖啡粉，挖了两勺倒进牛奶里搅和，看着咖啡颗粒在杯中慢慢溶化，在想多年前林建业被赶出钢丝厂的事她可以问谁。

从前她知道有这么件事，但不好奇原因。

父母是"创一代"，对他们的亲友们都帮扶不少。但具体有多少经济物质层面或关系人情，林夏不知，这是父母的账，子女不能帮着算。

孙玉敏那头的亲戚算是好的，估计是外婆做人到位，彼此都有理有节，不到万不得已不会来求人。舅舅家很省心，出钱送表姐出去读书,表姐靠自己找到工作留下了。他们一家去了加拿大也挺好,离孙玉敏近一点儿。

林建华这边呢,亲戚见面时都对林夏特别客气,一口一个"我家夏夏"。但这些年,这些亲戚也没几个扶得起来的,要么时不时缺钱,要么找不到工作,连个考公务员进体制内的人都没有。还有个考上名牌大学的人,林建华给小孩送了全套的苹果产品当礼物,给出了四年学费,结果那人毕业时学位证都拿不到,还来找他们给份工作。

林夏能理解,在人情社会里,人有能力时,对着有血缘的亲友能帮就帮。但终日饲养,一切成为理所当然,他们毫无感激之心,那断粮之日,他们产生的滔天恨意是常人无法想象的。

林建业这么些年就是被他哥哥饲养的。

如果要知道当年的真相,最简单的方法就是问孙玉敏,但考虑到她不问世事的姿态,还有这个敏感的时间段,林夏并不想去打扰她。

林夏也尝试过很多次,想去联系孙玉敏,但一通电话没拨出,一条短信都发不出。去年从美国回来,林夏情绪就开始变得糟糕。

她跟咨询师讲过这件事,咨询师跟她说,尊重自己的感受,不想去做就不要去做。

那就只有一个人——周旺财,也许会知道林建业的事。

午后林夏在办公室的沙发上躺着睡了半个小时后,起来驱车前往永胜钢丝厂。

她喜欢开车,除非长途,甚少用司机。

程帆也是,去年两个人去美国,全程自驾,在5号州际公路上一天跑了1000多公里。那边开车快而猛,遇上弯道都不减速,依旧是110公里以上的时速飞驰着,更别提直道了。他们在公路上狂飙着,在不确定的生活中找到了一种自我掌控感。

到厂里时已经两点四十,林夏下车后就去了会计办公室。厂区内热而吵,办公室偏居一隅,她一打开门,冷意便从脚底冒出。

她关了门,依稀能听到外边缓慢行驶的吊车碾轧过地面传来的震动声,更衬托出了办公室内的安静气氛。只有会计敲打键盘点击鼠标的声音、空调风机的运作声,以及躺在旁边沙发上睡觉的人的呼噜声。

林夏看过去,桌上摆着一堆票据,电脑后边的会计戴着耳机在工作,而沙发上躺着的是司机田小鹏。工人午休时在厂房阴凉处待着,不知他为何跑到了这里休息。

厂里人从不敲门,进来就扯着大嗓门说事,杜会计录完了数据,纳闷怎么没声音,抬头看去才发现来人是林总。

"林总,您来了。"

田小鹏被这招呼声吵醒,在办公室内吹着空调午睡太舒服了。在家要省电费,空调都只开上半夜,他想继续睡时睁开眼看了一下来人,结果就被吓得完全清醒了,林总正面无表情地看着他。他连忙爬起身,可谁想睡得腿发软,只能坐在沙发上喊了声"林总"。

"下午没有货要送?"

"有的,正在装货。"他这是忘记设闹钟,就被当场抓住了,又补了句借口,"我让他们装好了来告诉我。"

"你面子还挺大,得让人特地通知你。"这都快三点了,怎么可能没装好货,林夏没好气地说,"出去看看,别人家不敢打扰你午睡。"

田小鹏赔着笑,讪讪地走了出去。

门打开后再次被关上,杜会计在旁边说:"他这几天晚上估计做贼去了,每天中午都要来办公室'呼呼'大睡一觉,呼噜声吵得要死。"

"那你可以中午锁门不让他进来。"

杜会计适时闭了嘴。林总不喜欢听闲话和废话,她连忙从桌上的文件夹里找出第二季度的财务报表,加了好几天的班终于赶出来的,递给了林夏。

林夏接过文件,粗略地扫了一眼利润表,说了句"辛苦了",又合上了报表,拿着出门去了隔壁自己的办公室。

她不常来这边的办公室,屋子空置着,门卫老李的老婆定期会来打扫一下。钥匙在老李那里,林夏这里也有一把,但不知被她丢到哪里去了。车刚到时，老李就过来开了门，把空调打开了。

林夏抽了张纸巾擦了一下桌面，勉强算干净，没什么灰尘，估计是前几天刚打扫过。她把包放下后，就拿了财务报表仔细翻起来。

这么一个不大的钢丝厂，经营模式和客户都稳定，上半年利润还算可以，虽然钱不全进她的口袋。

她对这个地方很有感情，小时候暑假在这儿待过。漫长的午后，她坐在地上吃着西瓜看漫画书，抬头就能看到外边的梧桐树。一个人待着，连蝉叫声她都难得地不觉得烦人。

她毕业后来这里，这算是她的第一份正式工作。但她又不是普通上班族，没有坐班打卡的要求，不是只要做好分内事就等着拿工资。她要找业务、应付各类检查、操持厂里一摊事，就怕自己要来了机会，却搞砸了，被别人说不如不折腾。

的确，公司在"创一代"们定下的框架中运行，大多数时候"二代"们不折腾就是最好的赚钱方式。跟投资失败烧的钱比起来，他们买奢侈品享受生活反而都是在省钱。

林夏知道，很多人对她的评价是她不如她妈妈有能力。甚至她自己做重要决策时，都要揣测如果是孙玉敏会怎么做。

刚看完报表，敲门声传来，她起身去开了门，来人是刚刚她让老李去喊的周旺财。

角落里放着一箱矿泉水，她拿了瓶递给他，顺手给自己拿了一瓶："坐。"

周旺财坐下时看到桌上散落的纸张，知道林夏这是来看账本了。但她难得把他喊到办公室来，他不知这是要干什么。

林夏拧开瓶盖，喝了一口水，跟他闲聊："上次在逛街时，还遇到了你女儿，她在买香水。"

"买那玩意儿干什么？乱花钱，又不能吃，往身上一喷就没了。"

"周叔你落伍了，现在女孩子赚钱自己花，买瓶大牌香水很正常。"

"花露水也香的嘛，买大牌就是虚荣心作祟。"

"也对,香水喷完就没了,还不如买套房放着实在。"林夏笑了一下,"周叔,您工资也还行,怎么没想着给女儿在市区买套房?"

周旺财直摇头:"市里房子几万块一平方米,我哪里买得起?我都这把年纪了,还得攒钱给自己养老呢,这事哪里能指望女儿?"

"最近厂里怎么样?"

"还行,发了季度奖金后,大家干劲都挺足的。"

"那就好,厂子由你管着,我放心。对了,早两天我还遇到了我叔叔,你认识吗?"

她就一个叔叔,周旺财心中一慌:莫非她知道了他最近和林建业一起鬼混?但这又不可能哪……

他咽口水时才发现自己异常口干:"认识啊。"

她的手无意识地捏着矿泉水瓶,她盯着周旺财继续问道:"我突然很好奇,当年他为什么被赶出钢丝厂?那时候你在厂里的吧。"

没想到她是问那件事,周旺财愣了一下:"我不知道啊。"

那都是二十多年前的事了,他大约记得林建业来厂里闹过一次,就再没来过。具体原因,他并不清楚。但那时孙玉敏辞退了一批亲戚,林建业只是其中之一。

林建华办了厂,生意做起来后,自然有亲戚过来干,包括王秀萍那边的亲戚。效益好时,有人在这里吃白饭不干活儿,林建华只顾着在外面谈业务,有业务才能赚到钱,这些事就睁一只眼,闭一只眼。

但遇上行业周期性,生意不行时问题就暴露出来了。竟然还有亲戚吃里爬外,收好处买劣质模具,拉了两回模芯就有裂缝,拉出来的钢丝全部报废。修模具的人也不干事,尺寸搞不对,经常被客户退货。

孙玉敏直接动了手,将这些人全部辞退了,包括林建华不方便出面处理的王秀萍那边的亲戚。

听着周旺财把当年的情况大致说了一下,林夏看着他不像是撒谎的样子。

"怎么了?你怎么突然问起了他?"

林夏不悦被反问："你先出去吧。"

"好嘞。"

周旺财起身出去，关了门就变了脸色，多问了一句就自讨个没趣，被她呛声。今非昔比了，她真是对自己这个师父毫无尊重之意了。

林夏又把会计喊来，问了报表中的几个疑点后，就结束了这一趟的工作。要没什么事，她估计要一两个月后再来这里了。

她临走前看了看里边的卧室，空着的床，干燥的卫生间，外边的沙发也没有凹陷的痕迹。

这个办公室后来装修过，有了建林集团后，孙玉敏也很少来这里。置身此间屋子里的林夏，不知曾经的孙玉敏是如何顶着压力与谩骂声，将那些人辞退的，但同时以此为起点，孙玉敏开启了她的事业。

一个不在乎任何外界评价的女人，在掌握了世俗的权力与地位后，那些曾对她攻击谩骂的人，会毫无自尊心地爬过来祈求她施恩。

离开前，林夏看着这间屋子，却觉得无比陌生。对她的妈妈，她几乎是一无所知，而这些过去像个巨大的黑洞。她抓着门把手，似乎只要往这即将陷入一片黑暗的屋子看上一眼，就会被无尽的黑暗吸入，被深渊凝视。

她往里看了一眼，用力地关上了门。

出了钢丝厂，林夏开车离开。在镇上开车时，虽有人行道，但保不准有突然冲出来的路人，她开车开得并不快。

镇上有座庙，她还没到跟前，大老远就看到了黄色的墙体。当初建庙时，乍富的林建华捐了一大笔钱。当地人常说，他能有今天，都是建庙的功劳。毕竟一命二运三风水，努力都排不上号。

有两个人正从大门口走出来。王秀萍手里拎着好几个塞得满满当当的红塑料袋，林建业开了车帮忙将东西放到后备箱里，再开车带她离去。

林夏在后面开得慢，看着远去的车辆，忽然就将车停在了马路边，这里不会有人贴罚单。她拿了包,走到庙门口时犹豫了一下,还是走了进去。

庙颇大,门前种着石榴,树上已经结了拇指大的果,正对着大门的是大雄宝殿。林夏没有进去,绕过大殿继续往里走着。

看见有人从地上一层的一道门里走出来,她顺着台阶而下,走了进去。里面一片阴凉,她看到墙上、佛台前都摆放着一个个名字,才意识到这是往生者被家人供奉的地方。

她忽然想到了什么,开始在这间颇大的屋子里的一座座小佛像前找着名字。可她找了一圈,没有发现什么。

她出了屋子,又爬了阶梯,沿着通道往里走去,边走边听到后边一座殿里传来僧人们的唱诵声,有两个人跪在前边的蒲团上,这里正在进行一场法事。

林夏没有继续前行,就到了右手边的偏殿中。夏天燥热,但她身处佛殿中,倒没热得那么难耐。

佛像前的香炉里燃着三根香,旁边摆放着鲜花瓜果,还有个空置的多层烛台。

她正在抬头看佛像时,旁边一个人走出来,主动搭了话。

"施主,你在求什么?"

林夏转头看向这人,他穿了黄色的方袍。林夏不知和尚、住持的区别,一时不知如何称呼,摇头:"我没有在求什么。"

她指着面前的烛台问:"师父,请问这是什么?"

"长明灯。"

"有什么作用?"

"指引方向。"

"能给往生者指引方向吗?"

"可以。"

"好。"林夏拿出手袋中的钱包,"我能把这个烛台点满吗?多少钱?"

住持微微欠身："施主随喜就好。"

林夏拿了十张百元钞票给师父："谢谢。"

住持挺诧异，来庙里的年轻人哪里有现金，早些年移动支付兴起时，寺庙还象征性地只收现金，后来只能随大溜。他面前的年轻女子，拿出钱时都没有数，像是提前准备好了一般，给钱利落而大方，更没有什么唱诵念经的需求，连话都懒得多说。

住持从下边的柜台里拿了两盒酥油灯，放在了台面上："点燃了放在烛台上。"

偏殿中除了他俩，并无旁人，庙里访客也不多，林夏直接提了需求："师父，能让我一个人在这里待会儿吗？"

"可以。"住持出去后，顺手把门给半掩上了。大门口送了货来，是新鲜的花卉、水果和素食，后天庙里还有一场大法事要做。

林夏拿着一元硬币大的酥油灯，拨开了棉线头，靠在蜡烛前，"刺"的一声点燃了灯。她将灯放在了第一层的烛台上。如此往复，几乎成了机械性动作，她一次次拿起酥油灯，点燃，再放上去。

哥，我一直把你当竞争对手，可你从不在意。

结束是一种自我选择，但你为什么要那么干脆？

我问过自己很多次，为什么没有看出你是在跟我……告别。

妈妈责怪我，我不怪她，她比我更痛苦，比我更多次试图从过往的蛛丝马迹中捕捉到自己不曾留意的证据，从而再次责怪自己。

你在时，我们不亲近；你走了，我也没去看你。但是你别怪我，我不知道如何面对妈妈。

我过得很好，你让妈妈想开点儿，别那么难受就行。

最后一盏酥油灯点燃后，被放到了顶层的位置。至此，整个烛台上闪耀着一盏盏酥油灯的烛光，在庄严的佛像前，在肃穆的佛堂里，掩着的门缝里传来了前边的诵经声。

林夏却没多待一分钟，转身就走。

与死亡相比，她诉说自己被忽视的情绪，都是在无病呻吟。

她一个将近三十岁的人，早已不在乎。

已经到了七月末，虽然得益于物流仓储与培育技术，不论哪个季节都能吃到西瓜，但林夏还是记得外婆说的，过了立秋就不要吃西瓜了。

今年夏天，她还没吃过几次西瓜。人的生活习惯会因为另一个人而改变，她之前独居时，经常下班后从楼下水果店拎个西瓜回家，洗完澡挖半个西瓜当晚饭。

这个月程帆出差多，遇上他不在家，林夏会觉得买个西瓜没有他分着吃，很浪费，也就懒得买了。

看到路边的瓜田，不知本地种的西瓜如何，林夏想着在立秋之前再吃一次，于是停了车，朝瓜棚走去。

瓜农在树下阴凉处用草堆与木头搭建了简易的卖瓜棚，林夏还没走近，就听到了两个女人的闲聊声。

"你个要钱不要命的东西，今天怎么没去上班？"

"唉，别提了，去镇上挂水了。昨天我请假时，主管的脸色都跟死了妈一样。"

"怎么了？我说你就是干得太辛苦，赚的这点儿钱以后都得拿去看病。"

"去你的，还不是我家老头子瞎搞，害得我吃苦。来，给我拿个瓜。"

听了这一头雾水的对话，林夏走上前时才发现这是熟人，周旺财他老婆——董莉。

董莉看到林夏，赶忙跑过来打了招呼："夏夏，你怎么来了？我都好久没看到你了。"

"来厂里一趟，回去了，路上顺便来买个瓜。"

"哦哦，我就说，你怎么可能回来跟王秀萍一起祭拜你奶奶。"董莉压低了嗓门跟她八卦着，"你不知道，她请了多少个和尚、道士在那里念经哟。她那么抠门的人，今天跟不要钱似的拿着那么多供品去祭拜,那个架势,跟她过生日似的。夏夏你们可真大气,不跟她计较这些钱。"

一向不喜欢听人说废话八卦的林夏,此时却没打断董莉的话,还笑着听着,似乎没一点儿不耐烦的样子。董莉这人自以为聪明,觉得她应该讨厌王秀萍,所以站在她的立场说些碎话献殷勤。

林夏觉得不必拂对方的好意,这类人好打发,只要给点儿蝇头小利,就能让她替自己奔波做事。甚至不给好处,自己只需做出信任的姿态,都能让对方的虚荣心得到满足。

而且听她说这些闲话,林夏就知她的信息搜索能力很强,更会看人脸色,既给出信息,又揣测人心地说出对方想听的话。这些都是混社会的软实力,只可惜董莉放在了八卦琐事上,常常还管不住嘴。

"没事,奶奶的冥寿,晚辈应该尽孝,我们有钱就该多出点儿。"

"我家倩倩还说你上次请她吃饭了,还挺贵的,这怎么好意思呢?"

"你女儿长得很可爱,跟我很投缘。"林夏往旁边走了两步,站到树下,离瓜棚更远了些,"她以后要换工作或有什么事,你让她尽管来找我帮忙就行。"

董莉喜出望外。林夏是谁?孙玉敏的女儿,建林集团都由林夏来管。那些个没脑子的人,还觉得建林集团是林洲的。有林夏这一句话在,她就能给自家女儿更好的工作机会。

"妈呀,我那个死丫头,能跟你投缘,真是她的荣幸。"

"帮我打听件事。"背后是大片的瓜田,旁边放了个"刚打农药"的牌子,看着董莉眼中的惊喜之色,林夏直接开了口,"林建业当年为什么被我妈赶出来?"

董莉大脑转了几个弯,难得没多话,不问原因,甚至灵机一动,还猜到了林夏想要不为人知的低调心理:"好的,我去打听,绝对不会让人知道这事跟你有关。"

林夏点头:"好,帮我去挑两个西瓜。"

董莉热情地给她拿了两个西瓜,再亲自到地里去摘了几个香瓜,帮她拎到了后备箱里,坚决不让她付钱。

这点儿钱林夏也没跟她争,看着后视镜里董莉跟自己挥手告别的身影,明白只要有心打探,村里哪里有什么秘密可言。

戴奕的行程跟着程总走,程总上午去了趟工厂,下午回公司亲自处理了一个高管。

集团很大,繁多的业务部门、本土和境外的分公司,以及各地的办事处就有若干个,如果董事长不想自己累死,势必要放权。

总有那么一两个管理人员,身在盈利能力强的部门,就试图绕过程总的决策权,自我发挥不算,还要唱反调,甚至觉得这是在谏言。

那人在会议上第一次跟程总唱反调时,程总不置可否,并不在乎自己被反对的样子,似乎是听取了那人的意见。但当时在一旁的戴奕知道,这人待不久了。

当然,程总给了那人面子,让他自己提离职。那人自己放弃了股权,可见程总手里有些什么证据。

集团股份集中,程总有绝对掌控权,手握一票否决权。这么一个白手起家打拼起来的生意人,不需要接受任何下属的意见。

再高层的管理人员,不过是在老板搭建的框架和平台上工作,并不是多稀缺的人才。这是很简单的道理,你不认同我,对我不忠诚,那你就走。

敲门进入办公室后,戴奕发现程总脸色不善,今早来了就这样。程总倒不会跟下属发脾气,只会高强度工作。处理完手头的事情,他把下面一个月的工作及行程都定下了。

但不知道程总今年什么时候休假,去年是在秋天。工作上掌控欲强的人,休假时真能丢下所有事不管,只要不是十万火急的事,下属都不要给他打电话。他还说,如果公司离开了他就不能运转,那他的管理就是失败的。

戴奕跟程总对完行程后正要离开，突然想起了什么："对了程总，您订的车下周就能到了。"

"好。"

戴奕说完就离开了，猜测这辆车是给林总的，毕竟林总的生日将近。但程总很有界限感，很少让助理处理私人事情。

电脑屏幕上正开着邮箱界面，程帆仔细看了一遍邮件，下意识地皱起了眉头。他站起身，倒了杯茶，冲了十几泡，茶味依旧在。

他在美国并无多少生意，但人脉广。

林建华此次去美国，见了一个人。那人不干净，是个白手套。

孙玉敏去美国这两年，当真是修身养性，什么都不做吗？

程帆一路摸爬滚打而来，见过的鬼比人多，多疑是常态。他不知道林建华会有什么动作，只是 A 市投资的事让他心有芥蒂，他就多留了个心眼，看了一下林建华去美国干什么。

他从不吝以最坏的恶意揣测他人，只在心中叹了一口气，与两只老狐狸相比，家中那个人太傻，心也不够狠。

处理完工作，程帆离开了公司，晚上请苏城喝酒。

程帆出来得晚，迟到了一刻钟，苏城已经开了酒，小酌了一杯。什么都比不上在繁忙工作一天后，一个人静静待着先来一杯酒。

"你请我喝酒，结果还迟到，好意思？"

程帆拿了酒杯，倒了一杯酒，坐在对面的沙发上："是你到早了。"

苏城冷笑："抢了我顶级选配的车，你就这态度？我可是提前三四个月订的，马上都要拿到车了，就被你截和了。"

程帆耸肩："你会有更好的车。"

"你可真疼你老婆，她知道你给她买车了吗？"

"不知道。"

他上次说了换车后，刚好知道苏城订了辆卡宴，配置不错，白色的外观，也适合她。他强行加了价，让苏城把车让给他。

虽然正好赶上林夏生日，但程帆没将这当作礼物，给她换一辆车而已，而且也不是什么限量版。两个人都低调，连跑车都不买。炫富哪里用比豪车和腕表，比公司股价不就行了？

再说她对物件没什么贪恋，珠宝和手袋于她来说只是点缀。

说实话，他真有点儿不知道给她送什么生日礼物，生日也就订餐厅，送一束玫瑰，再……去开个房。

"那我还得帮你瞒着她，给她个惊喜。不过送车太实际，不浪漫。"

程帆鄙夷地看了他一眼："那你说送什么？"

"送礼要投其所好。"苏城想了半天，林夏这女的，根本就不算个女人哪，"要不，你把她家公司买了送给她？"

"这很浪漫？"程帆笑着摇头，"这是恐怖。"

"怎么，你怕她有警戒心，防着你？"

知道他只是说一句玩笑话而已，程帆却认真地回答了他："她不是要让人送东西的性格。自己拿到，才是最爽的。剥夺这种爽感，是一种恐怖的残忍行为。"

苏城看着这个多年好友，程帆说话间眼中的一丝温柔之色让人感到陌生，苏城甚至有点儿怪异——拒绝送另一半她最想要的东西，但这样的拒绝行为，才是另一半最想要的。

苏城没有继续聊这个话题："对了，你在越南的工厂，还准备追加投资吗？我也打算去越南看看，劳动力是真便宜。"

"我这里暂时不准备，明年再说。你可以自己跑一趟。你去的话，我让当地商会的朋友带你见一见人。"

"行，要真有打算，我去新加坡注册一个公司，往越南投资。"

两个人说话间，包间的门忽然被打开，来人竟是苏文茜。

"哥，经理跟我说你们在这里，你怎么不喊我？"

"我怎么知道你来？"

"来吃晚饭呗，他家牛排不错。"苏文茜自觉地一屁股坐在了沙发上，"你俩聊什么呢？我坐在这里不会打扰你们谈正事吧？"

"你这脑子估计也听不懂正事吧？"苏城端着酒杯躲过了妹妹的一记拳，"在聊他老婆的生日呢，他说要给林夏送999朵玫瑰。"

"啧，多土啊。"苏文茜一脸不屑，"男人怎么就知道送玫瑰，是不出错的选择吗？"

苏城瞧了一眼妹妹："怎么，这是有男人送你玫瑰了？"

苏文茜含糊地应了一声："嗯。"

"终于从情伤里走出来了？我就说，那个李子望哪里配得上你？"

"去你的，什么情伤？"她被拒绝了固然伤自尊，暗恋了去告白，结果直接就被人给拒绝了。苏文茜忽然对着对面的程帆说："不过还得谢谢你老婆。"

程帆握着酒杯的手僵了僵，他问："跟她有什么关系？"

苏文茜倒有点儿不好意思了："我打电话跟她哭诉，她劝了我两句。"

程帆抬头看向她："她说了什么？"

"她让我找下一个呗。"苏文茜想了想，的确是，有了下一个，上一个就很快被遗忘。跟现任男朋友在一起很开心，她哪里还能想象被拒绝时在家哭得昏天黑地的样子？

她发了句感慨："没什么是不能被替代的。"

程帆把玩着酒杯，水晶酒杯中的红色液体在灯光下折射出各色的光，交织在一起算得上是流光溢彩："是吗？"

这个夏天，他们四个都好像没聚在一起喝过酒。苏文茜积极提议："程帆，打电话喊林夏一起来喝酒啊。难得都在，就差她了。"

"你自己喊她不就行了？"

苏文茜听到这不善的语气，见他弯腰倒酒，真没一点儿打算打电话给他老婆的迹象，想着这人平时也这样，就自己拿了手机，直接拨了电话给林夏。

电话响了两声，被接通了，苏文茜直接开口问："林夏，你在哪儿呢？"

213

包间挺安静，程帆和苏城都能听到电话那头的声音："在回家路上，什么事呀？"

"喊你来喝酒，你老公也在。咱们好久没聚了，给你半个小时，赶紧来。"

"好。"

林夏挂了电话，在下一个路口转了弯。

她来了月经，没了上午的困顿，但还是有点儿累。她本想回家洗澡早点儿躺着，但电话都打过来了，去喝一杯也不错。

她很快就到了地方，进了一贯待的包间，跟苏家兄妹打了招呼后，就坐在了程帆的旁边。

他这人在外挺绅士，会帮她倒酒，但今天见她来了也没动弹，看了她一眼，就继续喝酒了。

林夏并不在意，自己倒了杯酒，喝了一口解渴。

包间里的灯光温和而朦胧，四个人坐在舒适的沙发上，漫无目的地聊着天喝着酒，舒缓繁忙工作和生活里的压力。

奈何旁边这人气场太冷，林夏靠近他，低声问了一句："还生我的气呢？"

林夏没看到苏城的老婆，问了一句："小范呢？"

"她最近在忙着策划画展，隔着时差跟国外艺术家沟通，忙到我有时早上醒来才能看到她。"

小范是苏城的老婆，家世优越，海外留学回来在尤伦斯工作了两年，回京州后开了画廊。她为人颇努力，刚度完蜜月，就投入了繁忙的工作中。

"蜜月去了荷兰吗？"

"对。特逗，我们去的时候坐的是荷兰皇家航空，飞机晚点了一个多小时。然后起飞前机长说，不要担心起飞晚了，他会飞快点儿，然后还真提前半个小时到了。"

苏文茜笑出声:"这开得还挺猛。说起坐飞机,我上周从广州飞回来,邻座的人估计身份特别,每次服务生都要从我面前挤过去,蹲到人脚边再说话,反复好几次,烦死了。幸亏我穿了裤子,直接跷了二郎腿,把前边空间堵死了闭眼睡觉。"

苏城乐了,这是他妹的风格:"人家是重点人物,你要是不满意,就买私人飞机去呗。"

"那家航空公司不行呗,别家的遇上特殊人物,乘务长先过来打个招呼就没了,至于搞成那样吗?人家还没喊呢,空姐就频频过来示好。"苏文茜瞪了她哥一眼,"那你怎么不给我买私人飞机呢?我和嫂子能一起坐。"

"家里穷啊,你有本事就让你老公给你买。"

"那我可没这本事,只能靠爹妈和亲哥。"

苏城真怕她开始胡搅蛮缠,开始转移矛盾:"你程哥都没买,我何必打肿脸充胖子?"

苏文茜无奈:逗他一下,他何必吓成这样?

苏文茜看着对面的两口子,他们倒是默契地一言未发。林夏这是刚下班,穿着黑裤、白衬衫,简单的打扮,就用了首饰点缀。衬衫解了两颗扣子,头发垂至肩下,依稀可见精致锁骨上的钻石项链,低调而优雅。端着酒杯的手,无名指上戴了枚粉钻戒指,她双腿交叠着,低跟鞋半挂在脚上,旁边的男人一只手放在她身后的沙发靠背上。她估计是累了,难得懒散地坐着,就像是被他揽在怀里一样。

"那是人林夏没开口。老婆一开口,程哥肯定买。"

正靠在沙发上喝酒休息的林夏摇头,说:"我不想要。"

"你可真会给程哥省钱,他可是瞒着你,给你准备了礼物。"听到她哥咳嗽了一声,苏文茜换了话题,"你生日是下个月吧,准备怎么过,办个派对大家一起热闹一下?"

林夏觉得自己真是年纪大了,虽然也没跟苏文茜差几岁,但听到办派对,想到要应付一堆人就觉得很累。

"不了吧，工作排不开，可能要出差。"

程帆看了她一眼："去哪里出差？"

"A市吧，竞拍我得去一趟。"林夏转头看向他，"给我准备了什么礼物？"

去年的生日礼物是手上的戒指，他在澳大利亚出差，回来时给她带了枚粉钻戒指。戒指有点儿值钱，过于耀眼，她刚戴时就被周围朋友夸了一圈，连一个合作方都问过她在哪里买的，想去买给太太当礼物。

林夏并不痴迷珠宝，但收漂亮礼物总是件开心的事。

婚前她觉得物质无须男人提供，想要的东西都能自己买；婚后倒能慢慢接受老公送的礼物，感觉还挺好，毕竟不用自掏腰包。

一辆车只是代步工具，算不上是礼物。看着她难得期待的目光，程帆十分坦诚："没准备。"

他说没准备就真没准备，心中有点儿失望，但她并未表现出来。当着外人的面，她开了个玩笑回他："那我拿你的卡自己刷。"

"好。"他低了头问她，"你想要什么？"

他很难在物质上取悦到她，与其猜，不如直接问她。他直接去买了就是，何必麻烦搞什么惊喜，效率多低？

"没想好。"

感受到身下一阵汹涌热流，林夏站起身来，往门外走去。苏文茜问她干什么去，听林夏说去厕所，说也要一起去。

"你怎么看上去这么累？"

"来月经了。"林夏洗手时看着镜子里的自己，眉眼间的疲惫之色难以遮掩。

苏文茜拿出粉饼补了妆："那你还不在家歇着，这么拼干什么？钱够花就行，不要太累。"

林夏笑了，被宠大的女孩天真无忧，一路顺遂，无须辛苦谋生，只用做自己喜欢的事，可能失败感最强的事不过是失恋。

不过她没什么羡慕的。她停不下来,大多数时候也没有闲心享受生活。她被内心的欲望鞭策着,习惯把自己逼到只剩一口气,再吊着那口气完成目标,这样才觉得自己有资格停下彻底休息一阵。

错过一些沿途的风景并不可惜,她没有心情的时候,若是强行停下欣赏,风景也就失去了意义。

"嗯,忙完这一阵,我会安排休假。"

"我最近悟出了一个道理,人生无法十全十美,不能顺心如意时,若要快乐,一个很重要的能力是寻找替代品。"苏文茜用手将嘴角处晕开的口红擦去,从镜子里看着林夏,"你说是不是?"

林夏愣了一下,不知她为何发出如此感慨。语言是思想的载体,十全十美是读书时才会用的词语。大部分人,不用经历太多事便知,事情能有五全五美,就已是顺遂完满。

若能轻易找到替代品,那人本身就算不上多痛。

但她不会在这种小事上辩驳对方,语境不同,感受自然不同:"是,人要有能力让自己快乐。"

"还要谢谢你,之前开导我,我交男朋友啦。"苏文茜收起口红,表现得很爽朗,"有时被拒绝也是好事,会有个更好的人等着你。"

"你值得最好的人,"林夏还是忍不住无奈,见她难得发出如此深刻的人生感慨,竟然出处在这里,"好好享受恋爱。"

两个人都喝了酒,司机来接他们回的家。

林夏多喝了两杯,在车上闭了眼,偶尔遇上红绿灯车停下时,就睁开眼看车窗外的路灯。她眩晕时双目失神,像极了今天在寺庙里点的酥油灯,火花燃烧,蒙了一层光圈,似乎还能听到灯芯的燃烧声,催人入眠。

突然醒来时,她发现自己还在车内,靠在了他的肩上。司机已经不在车内,她借由着仪表盘的一点儿光亮向外看去,车子是在地下车库内。旁边这人正拿着手机,把亮度调低了在看新闻。

见她醒了，程帆收起手机："走吧。"

回了家，林夏洗完澡出了浴室，回来路上睡蒙了，脑袋还没彻底清醒过来，下意识地就往次卧走去。

"不一起睡？"

她看着正从衣帽间里走出来的程帆，他正在解衬衫的纽扣，脱了衣服要去洗澡。

"我去拿护手霜，你洗完澡上床小声点儿。"

"好。"

程帆洗完澡，在浴室内吹干了头发，手机扔在了客厅的沙发上，没拿进卧室。他关了外边的灯，进卧室时发现她给他留了盏他那侧的床头灯。

卧室里全铺着地毯，很吸音。他掀开被子爬上床后，就伸手把灯给关了。

躺到床上后，他睡前照例在脑子里先过了一遍明天的工作行程，想了一下手头正在考察的几个项目有无开展的必要。他觉得要克制高风险投资带来的肾上腺素飙升的感觉，下半年不宜有大动作，得让财报好看点儿。

生日礼物，他的确没准备。

他原本想着在她生日时，两个人休假，找个地方避暑，旅游途中陪她购物，顺便把礼物买了。但没想到，遇上她工作忙，他只能作罢。

两个人各睡一侧，安静到只能听见彼此的呼吸声。他想问她想要什么礼物，又担心吵醒她，她最近睡眠质量不太好。他想明天可以拉她去健身房，刚想到她来月经了是不是不能运动时，就睡了过去。

程帆晚上酒喝多了，回家后又喝了两大杯水补充水分，半夜自然是醒了。他摸黑去上了厕所回来，重新躺到床上，再次入睡前手下意识地摸了一下旁边，是空的。

他睁开眼，人已经从刚才的睡梦中彻底清醒。

"啪嗒"一声，卧室的所有灯瞬间被打开，方才一片漆黑的卧室彻底亮堂起来。程帆起身，穿上拖鞋，走出卧室。

他打开次卧的门，忍住了开灯的冲动，走去床边摸了一下，才发现没有人。离开前，他把次卧的灯打开了。

再往里，他把书房、衣帽间、储物室、洗衣房和另一个卫生间看了一遍，一个个把灯打开，都没找到林夏。

此时他忽然觉得房子太大了。

程帆转身往客厅走去，快走到客厅时，放缓了脚步。房子的一侧已经灯火通明，每个房间都亮着灯，将黑暗驱逐而去。另一侧，只有透过落地窗照进来的一点儿聊胜于无的月光。

她抱着膝坐在沙发上，看着落地窗外，不知在想什么。

他没有贸然开灯，悄悄走了过去："是我上床时吵醒你了吗？"

"没有，"她摇了摇头，"是我睡不着，你回去睡吧。"

他坐在了她身后，房间恒温，他却觉得她的体温偏低，抱住了她："等你睡了我再睡，好不好？"

"不要。"

许久，感受着温热的身躯，听着耳旁的呼吸声，她问："你明天没有工作吗？不要去睡觉吗？"

"今天都处理完了。"他吻了一下她的耳垂，"你呢，明天要不要一起休息一天？"

"不要。"

失眠的夜里，她独自在客厅里待了很久。就像她哥走的那天晚上一样，她睁眼到天明，在给他守夜。

在事情过去很久之后，她说自己悲痛欲绝是虚伪。他在时他们就不亲近，她阵痛过后，日子照常过。只是偶尔，比如此时，在失眠的夜里，她会想到他。

自己又是多可笑？死了就是一场空，长明灯哪里能点亮前路，她不过是花钱为自己买赎罪券。

明天有一堆事情要做，她需要睡觉，却无法入睡，焦躁到麻木地感知着一分一秒流逝。也许她要睁眼等到看见日出,再装作仿佛没有失眠一夜,强打着精神去面对第二天的工作。

可此时程帆找到了她,就在她身后,她感受到他胸腔的震动与呼吸,却有种虚幻的不真实感。

她怕他没有耐心陪她很久,可身体的反应很实诚。被他抱着时,微凉的小腿肚被他干燥的手掌温暖着时,她连肩背都不再那么僵硬。

"你回去睡吧。"

感受到他的拥抱离开时,她心中一阵悲凉。

上次他就是这样,没有理会她就快崩溃的情绪,还要她冷静,控制一下自己。她还要有什么期待?

头再次埋进膝间,她抱紧了自己,咬着唇不让自己哭出来。她想回家,想抱她的小熊。

程帆端了热牛奶过来时,透过一点儿过道的灯光,发现她又缩成了一团。他没有处理过这种状况,只得放下牛奶,拾起沙发上的毛毯披在了她的身上,手却没有离开,借由毛毯将她整个人包裹了起来。

"程帆……"

"嗯?"

她抬起头,他的脸看得并不真切。她想问他为什么不回去,想问他会陪她失眠多久,却忍不住伸手抱住了他的腰,脸贴在他的小腹上。

"我睡不着,很累,很想睡,就是睡不着。"

听着她难得小女孩般委屈地发泄着情绪,他轻拍着她的背:"先喝杯牛奶,好不好?"

"不好。"

"要不要我去开灯?"

"不要。"

"那我先回去睡好不好?"

"不好。"林夏回答完才意识到他的问题是什么。她都这么难过了,他还要给她设套,她恼得打了他的臀。

程帆笑了，趁机低身弯腰，另一只手抬起她的腿，双手将她抱在怀里，往卧室走去。

他掀开被子，将她放下后才看到了她苍白的脸色，心中叹了一口气，将她的肩膀处的被子掖严实了："睡不着没关系，闭上眼就行。"

她难得听了他的话，闭上了眼。

视觉被关闭，听觉十分敏锐，她听到他出了卧室，去外面关了灯，再关了门，然后床垫微微下陷。他再次回到床上，却没有立即躺下。

她睁开眼看了看旁边，房间里只留了一盏他那侧的阅读灯，他坐在床上，正拿了床头的书寻着折痕打开。

他察觉到了她的动作，却没看她："别担心睡不着，等你睡了，我再睡。"

她闭上了眼，从前失眠时，如做困兽之斗，试图追求绝对安静与黑暗的环境，可这样给了自己很大的心理压力，她只会更加焦躁得睡不着。

此时，柔和的阅读灯灯光、"窸窣"的翻书声，她却并不厌恶，甚至觉得很安心。她不会一个人躺在床上担心失眠，有他在旁边陪着她睡。

紧绷的神经渐渐松弛后，疲惫而沉重的身躯终于得到了喘息。

看她已经彻底睡着后，程帆又翻了一页书，把这一章内容读完了再睡。

周旺财随着林建业走入这栋金碧辉煌的大楼时，脑袋都是蒙的。

此处位于离镇子二十多公里的开发区地带，旁边是个看起来不景气的商场，横幅上写着各类大甩卖。商场附近是各色小商铺，人来人往，各色路人的穿着打扮，表明了这个地带鱼龙混杂。

大楼外表看着平平无奇，内里却别有洞天——十来年前流行的豪华装潢风格，繁复的水晶灯，金黄色的墙纸。略暗的灯光照在穿着豹纹紧身裙的女人身上，周旺财的心"怦怦"直跳。一楼是大厅，二楼是包间，他出电梯时正看到一个女人挽着男人进电梯，按了五层的按钮，那上面岂不就是房间了？

周旺财是在家吃完晚饭，出门溜达时遇到的林建业。林建业正从王秀萍家出来，看到周旺财时，打了招呼，说："吃完晚饭了啊，天还早，一起去摸两把牌吧。"

结果，周旺财就被带到了这里。

林建业看着他一副快流口水的样子，心中嗤笑，这人真没见过世面。

林建业熟练地推开了包间门，嘱咐进来的服务生上酒，眼神暗示对方慢点儿喊人，再对坐姿扭扭捏捏的周旺财说："我请你。"

周旺财瞧了一眼包间，又觉得自己是不是想多了，或许这就是个KTV，前边摆着电视，桌台上还有俩话筒："这是什么地方哪？"

"唱歌跳舞的呗。"

"哦哦，我想多了，现在风头紧了。"

"什么抓得紧不紧？"林建业听了直笑，"老周，你这是有贼心，没这个贼胆哪。"

"哪里，哪里，能跟着林总来开开眼界，是我的荣幸。"

"这么热的天，带你来放松放松。这里还有个棋牌室，改天带你去试试手气。"林建业点了根烟，再扔了一支给周旺财，看他这痴呆样，多说了一句，"你别看这地方不大，外边看着就一栋破楼，这里的生意可不小。"

周旺财只在镇上的麻将馆里打几圈小赌怡情，头脑一下子没转过来这地方怎么个玩法："啊？谁还来这里玩？"

"寻找刺激的人呗。特别是'拆二代'，他们最容易被带来，不输光钱都不会走的。"

林建业不愿多谈这些，敷衍着哼了一声，喝着周旺财主动给他倒的酒，闲聊了起来："你在我哥的厂里做了多少年了？"

"都快三十来年了，这辈子都在给你哥打工哪。"

"你这么说就不对了，厂里不靠你不行哪，你的技术在这里。我就问你，老周，你要是走了，厂里谁能顶替你呀？"

周旺财摇头，那么高规格的不锈钢铁丝，机器调试只有他能来。教会徒弟饿死师傅，他当然要留一手。要是没有他，这条业务线都不能接。

曾经的林建华有这个本事，开厂的人是最懂技术的。当年拉丝的机器坏了，他都能亲自上手修。他非常聪明，但没耐心，周旺财当年就是被他骂着教出来的。但哪个老板还会来干这种事情？

"当年钢丝厂建起来的时候，我们林家多风光。"

林建业的脸上带着回忆的眷恋之色，当年他在厂里是二把手，谁都对他毕恭毕敬的。要是没那个女人，他现在就是建林集团的二把手，哪里还要在外边混日子？

"这一晃都这么多年过去了，你也快退休了。老周，养老金存够了没？"

"唉，别提了。现在物价是什么水平？存钱速度都比不上贬值速度。我就这么点儿工资和退休金，哪里能像吃公粮的人定时退休？继续干呗，干到干不动再说。"

"要不要一起赚一笔？"

看着他不像是开玩笑的神情，周旺财干咽了一口口水："什么？"

"厂里正在给建林集团承包的一个项目提供钢材吧。"林建业弯腰，拉过周旺财，在他耳边压低声音说了几句话。

周旺财被吓了一跳："怎么能这么干？被发现了怎么办？"

林建业不以为意地耸了耸肩："谁家敢拍着胸口说从来没干过偷工减料的事？七十年产权的房子，顶多四五十年就拆了，怕什么？"

"这只是个建议，随你干不干。富贵险中求，老周，你这都窝囊一辈子了，总该搏一把了。"林建业想起来，又补充了一句，"你女儿不是林洲的女朋友吗？以后集团都是我侄子的，你怕什么？"

他怕什么？

他真正怕的人，只有一个——孙玉敏。

看周旺财没一口否决这事，林建业又追问："你不会是怕林夏那个丫头片子吧？"

"怎么可能？"

林建业躺回沙发上，从底下人的反应就能看出领导者的为人。林夏只知道管业务，却对厂里的人情世故一无所知。估计她是不屑去了解，一开始就站在了高位上，以为手下人都听她的，各司其职就好，哪里会低下身去识人心？

她绝对学不会孙玉敏那样统御人心的手段，更做不到让人怕她。

人该为自己的傲慢行为付出代价。

林建业言尽于此，后面就等着周旺财主动来找他。

此时，包间的门被打开，两个女人走了进来。一个性感成熟，一个青涩稚嫩到周旺财都怀疑这是刚毕业的学生。

但他无暇多问，被女人灌了酒，心思早飞到了天外。

夜深时，路上几乎没了人，最后一班垃圾清运车带着恶臭味道离开。这栋外表朴实无华的大楼除了从几格窗户里散出些光亮，再无任何动静。它就像是一座鬼楼，吞噬掉所有进入的人，滋生的罪恶被黑夜掩饰。

林夏醒来时，有种不知今夕何夕的茫然感。

她约莫清晨时醒过一次，喊了渴，但懒得爬起来去找水喝，又要睡过去时，却被他捞起来灌了半杯水。她喝完水还嘟囔着烦死了，别吵她睡觉，就怕这一个好觉突然中断，再也不能续上。

平常注定要失眠的夜里，她几乎都是睁眼到天亮。这好像是第一次，失眠到半夜竟然能再次睡着。原来她可以做到，而不是永远被失眠的心魔打败。

睡一个好觉带来的满足感，可比买个包强多了。

旁边已经没人了，她卷着被子翻滚到他的位置上，脸埋在了枕头上,呼吸间全是他的味道。整个房间都充满了他的气息。

有些动物用气味划分领地,这间是他的卧室,她睡的时间并不多,几乎没有她的气味留下。她忽然想要在这里留下她的味道,不想让他独占。

丝滑的薄被随着恣意的动作滑落至腰间,她懒散地趴着,睡裙都凌乱得不成样,露出的胸在他睡过的床铺上被挤压着。她试图找个更舒服的姿势窝着,娇嫩的肌肤蹭过床单,不知是床单不舒适,还是压着胸感觉有点儿疼,她呻吟了一声。

大床上,女人不过是很小的一团,都快裸露半个身子了,但毫不在意。她伸展了手臂似在拉着筋,轻哼了两声后,终于翻了个身,闭眼喘息着,嘴角微弯。

林夏忽然不想去跟他计较生日礼物的事了。他给了她一个好觉,比给什么钻石强多了。

她可是真好打发。

难得在床上赖了半天,林夏出了卧室后,才发现他还在家,正在客厅里打电话。

"这两千万美金,他们的付款期是两年。你不看汇率吗?汇率都跌成什么样了?!去要求他们按人民币付款结算,结算标准以签订合同当日汇率为准。"

没有察觉到她的到来,他在落地窗前踱步听着电话,冷笑了一声,说:"这是在给我摆架子吗?"又听对方讲了几句话后他打断对方的话,一锤定音,"行了,我下周飞一趟。"

程帆挂了电话,在窗前站着晒了会儿太阳,才转身向里走去,就看到她正站着看着他:"醒了?"

林夏看着他打电话时的严肃样,暗想幸亏自己不是给他打工,他也不是要发脾气,就挺让人有压迫感的。她是他的老婆,才能获得他那么点儿优待。

"最近工作压力很大吗?"

他刚从工作电话的状态中抽离,此时问个问题都是要下属汇报工作的口吻。她内心哭笑不得,却不由得诚实地汇报了一句:"有点儿,怕 A 市的项目搞砸。"

刚才电话打得有点儿久,说了很多话,口干舌燥,程帆倒了一杯水,一口气喝下半杯后,问她:"你月经什么时候走?"

她还以为他要说什么安慰的话,听了这问题,差点儿噎住。难道他这是算着日子要跟她做些什么吗?他至于用这么认真的表情问这种事吗?

"还有三四天吧。"

"好,到时候我带你去跑步,运动能改善睡眠质量。"

程帆看她穿了条吊带睡裙就走了出来,睡裙质地柔软而顺滑,伏贴地包裹着身体,两处凸起十分明显。他忽然伸出手,将快滑落肩头的一根细吊带提了上去,手却并未多逗留:"多穿点儿。你爸什么时候回来?"

"不知道。"林夏觉得奇怪,他俩平常几乎没联系,"你找他有事吗?"

"没有。"

程帆放下玻璃杯,杯底落在大理石桌面上时发出清脆的声响。各自负责着公司业务,双方有着清晰的边界线,关系再亲密,工作领地的势力范围也是不可触碰干预的。

这条界限很微妙,谁试图跨越界限,就要承担让对方心中不痛快的风险。

他想了一下,还是开了口:"你怕搞砸 A 市的项目,是怕他责怪你吗?"

本来心情很好的林夏听到这个问题,问话者若是旁人,她可以甩手离去,可偏偏是他问的。她很不想谈这事,这非常丢脸,是向别人承认自己的恐惧心。

她笑了一下,用开玩笑的口吻回了他:"哪个下属不怕被老板责怪？你刚刚打电话那么凶，你的下属难道不害怕吗？"

"那你就不要把自己当下属。"程帆看着她，"你把你自己放在他的位置上，你的压力会不会小一点儿？"

她低头避开了他的眼神，看着地面上的瓷砖，沉默了好一会儿才回答："我不知道。"

"那你就去试试。"

看着她再次沉默，他换了话题："我昨天开了个下属，他的业务能力很强，但我还是把他开了，你知道为什么吗？"

很少听他说工作的事，林夏抬起了头："为什么？"

"没有为什么，我不需要给任何人任何理由。我是老板，就有这个资格，无论这个人的业务能力有多强。"

"这样的感觉很不爽。"

"你知道就好。"程帆自然知道她将自己代入了谁的视角，"林夏，所有人与资源都应该在你的掌控中，能够随时被你调动。"

他点到即止："饿了吗？"

知道他言尽于此，她也暂时不想跟他谈这个问题。

她看着他说："你好凶。"

程帆挑眉："这就叫凶？"

她点头，仿佛昨晚温柔的那个人不是他一样。

"行吧。"程帆看了一眼手表，因为想等她睡醒再出门，事情已经推迟了半个小时，不想再迟到，"我先走了，午饭自己解决。"

林夏看着他走出门，连个吻都没有。

林夏拿过他喝了一半的杯子，走到窗前晒了会儿太阳，慢慢将手中的水喝完。

她自然知道他在说什么。

程帆说话极有分寸，谈到这种话题，只会轻描淡写地一笔带过。但他这人公私分明，说到这种事，又无法以轻松的态度来讨论，甚至会以他工作上一贯的严肃态度来跟她说话，这让她只想下意识地逃避这个话题。

他们在事业上是两种类型：一个大权在握，最大股东就是自己，无须向任何人交代；一个需要不断向给予她这一切东西的人证明自己，稍有不慎，她也不知道有何后果。

她最近并不闲，A市的项目是重点，集团的日常管理工作还得谨慎。林建华不在，她就更不能在这段时间出什么岔子。

她不会去问他何时回来，一年中，他可能也就这时候陪着孙玉敏。过年一堆人情世故往来的事，他没有时间出国。

总不乏外人臆测集团的归属权，以为这就像块蛋糕，两个子女总会分到，不过是谁大谁小的问题。林建华与孙玉敏的股权几乎持平，作为孙玉敏的独女，最后林夏应当得到更多股份。

对这样的臆测，林夏觉得还挺好笑，把自己当局外人看八卦，顺便碎嘴几句确实挺好笑的。自己如果真这样想了，迟早得失心疯。

有些东西无法共享，她离得太近，都要被猜忌的。林建华既要用她，又要防她；既最信任她，又要警惕她；既给她希望，又要让她知道，只能他给，不能她想要就有。

有时心态失衡，她会安慰自己，出门购物吃饭、旅行的机票和酒店都不必看价格，物质上想要的东西，都能满足自己，那这么点儿辛苦，就是她该忍受的。

只是，她有些厌倦。

这就像一条狼狗，看着前边晃荡着的一块肉，被驱策着不断往前跑去够它。等待比饥饿更难熬，狼狗咬到肉，填饱了肚子后，心却无法得到满足。也许狼狗要将拿着肉的手咬断，才配得上留下了痕迹的痛苦。

她厌倦了被吊着往前跑，又觉得有点儿累。

漫长而炽热的夏天快将她晒蔫，林夏放下了水杯，往衣帽间走去。

她看了镜子里的自己一眼，不就一件睡裙吗？夏天这么热，她能怎么多穿？他真是有病。

睡得好心情也好，林夏难得有心思打扮，看到衣柜里的 Zimmermann（澳大利亚女装品牌）的碎花连衣裙，不规则的淡粉色花瓣裙摆未及膝，能露腿，显白又显个子，配双拖鞋很凉快。

这还是春天时苏文茜找代购买，问她要不要一起买，她顺便买了两条。不过买来后她一次都没穿过，无论工作或宴会穿都不适合，这种裙子只适合去海岛度假穿。

她拿着裙子比画了一下，又放了回去。下午要去公司，她穿这个太休闲了。再昂贵的衬衫，成天穿也觉得老气，她找了条短裤配T恤，配了帆布鞋出门去吃饭。

林夏去吃了牛排，这是程帆最爱的一家店，他留学时会为了这一顿特地飞去纽约。干式熟成的牛排，具有最纯粹的浓郁肉感，本市有了门店后他更是常客。

她本想请他吃的，结果他急匆匆地出了门，无福消受这一顿。

牛排被端上桌时正冒着油，甚少拍美食照的她拿出手机，拍了张动图，随手发给了程帆。他估计在忙，没有立即回她的消息。

林夏放下手机，拿起刀叉切了一小块牛肉，蘸了点儿黑胡椒。发酵过的牛肉有股醇厚的奶酪香气，香气在嘴中久久不散。牛肉外层被烤熟了，内里口感细嫩。

一个人吃饭自然是边看手机边吃，吃到一半时她抬头拿沙拉，偶然发现侧前方还坐了个她认识的人——林洲。他对面坐了个女人。

看到林洲也发现了她，林夏端起手边的杯子向他致意。他对面的女人倒顺着他的视线转头往后看了一眼，那人竟然是周倩。

心中有些惊讶，林夏笑了一下，同样举着水杯隔空跟周倩打了招呼。林夏自然不会起身主动去跟他们打招呼，更何况人家这是私人约会，她不必去打扰。

工作以外，她跟林洲并不熟。除了上次的商务晚宴，两个人都没吃过一顿饭。

她对林洲的私生活不感兴趣，就算他的女友是她认识的熟人，她也懒得关心。她顶多想了一下，他们是一个村的，认识也正常。

　　看到周倩，林夏不由得想起了周旺财。在瓜棚外听了他老婆跟人说的话，当时那一口乡音，她一下子还没弄明白。

　　后来她想了一下，周旺财这是出去嫖了，原来钱都花在了这上头。林夏觉得挺恶心的，从没发现他是这种人，这小姑娘肯定不知道她爸是这种货色。

　　明年他退休了她就让他走人，等她忙完这阵，准备去钢丝厂里挑两个人送去外地培训，再挖个师傅过来负责技术。就算周旺财跟林建华有多年交情在，但这是私企，不养闲人，林夏不会让周旺财留下干个闲差混日子。

　　林夏吃完就离开餐厅，去隔壁商场买了运动服和跑鞋，再带了杯咖啡回公司。

　　周倩没想到在这里吃饭，会和林洲一起碰到林夏。

　　这么昂贵的餐厅，是周倩主动提出请林洲的。两个人同居，一切开销都是他来，他还经常带她出去吃好吃的。

　　年中的涨薪在月底尘埃落定，她工作前两年几乎存不下钱，熬到第三年基数上来了，还有个不错的涨薪幅度，那工资自然就可观了。为了庆祝她升职又涨薪，她主动提出请男朋友吃饭。她从网上提前看好了套餐的价格，午市套餐略便宜，再打电话预约了位置。很贵的一顿饭，可跟他一起吃，她又觉得值得。

　　看到林夏走后，周倩问林洲："你很介意我们被她发现吗？"

　　"没有。"林洲切了块肉给她，"你瞎想什么呢？"

　　"好吧，上次她还请我吃饭呢，很好吃的日料，等我发了年终奖，请你去吃。"

　　"一顿饭，我还得等半年哪。她什么时候请你吃的饭？"

　　周倩咬肌发达，大口吃肉锻炼着腮帮子，边吃边把上次的事说给了林洲听，再暗暗多拿了一块肉放进自己的盘里。

"你为什么不跟我说？我带你去买。"

林洲听完皱眉，可说完又觉得无奈。这就是她的性格，她从不让他送贵价礼物。他曾买过大牌包包给她，可她说不要，让他去退。他说退不了，在家放着，也从未见她背过，她说背着去上班太夸张了。

周倩笑了："没关系啦。至少我跟她学会了冷着脸直接跟售货员提需求，毕竟我才是花钱的人哪。"

"是的。"此时服务生走过，林洲喊住让他再上一份西冷牛排。

"你这两天怎么了？总觉得你不开心。"

最近他一贯加班多，回到家时累得不说话，但作为恋人，她敏锐地察觉到了他的不对劲。餐厅的氛围颇好，见他心情有些放松，周倩便问出了口。

"是吗？"林洲看了一眼林夏已经离去的座位，"倩倩，你觉得什么是有尊严的生活？或者说，你想过怎样的生活？"

周倩想了想，说："做一份不厌恶的工作，自食其力地养活自己，剩下的，随心所欲就好。可有时尊严很难得到，特别是面对自认给了钱，就能毫不尊重你的劳动成果、无限找碴的甲方。为了那点儿钱，大家大多数时候在忍耐，也是为了忍不了时有底气离开。"

往日里娇憨的她，看似什么都不在意，却又无比通透。

"你知道吗？我妈一辈子都在忍耐，早已没了离开的勇气。"

林夏回到公司，一手端着咖啡，一手拿着手机下了车。走到电梯旁时，她看到林洲也在等电梯。

"好巧，你这么快就吃完了啊，那家店味道不错吧？"

林洲点头："是的。"

"你最近晚上要么加班，要么跑去应酬客户，周末还要来上大半天班。林洲，别把自己搞得这么辛苦。"

林夏不止从一个同事那里听说了他工作努力，饭局上也很能喝。

他以前的一部分工作就是与各类人和部门打交道，参加饭局是家常便饭的事。

"对了，你都处在这个位置了，犯不着处处亲自喝酒应酬。你该适应你的身份，该摆架子时就摆架子，身体最重要。"

此时电梯门开了，林洲的手象征性地挡在了门旁，他让她先走了进去。

林夏走进电梯，还想跟他说什么时，手机振动了一下。她原本没想在电梯里回信息，拇指就条件反射地点了一下屏幕，发现是程帆回的信息。她没忍住解锁了手机，看他回了什么消息。

她不知他在干什么，隔了一个小时他才回了她拍的诱人的美食图片，而且还没回文字，就三个一模一样的"抠鼻"表情，隔着屏幕，嫌弃鄙视她的神情溢于言表。

她觉得好气又好笑，他是一个字都懒得跟她打吗？

林夏恼得锁了屏，抬头时已收敛了表情，看向林洲继续跟他说："等我忙完这阵，组个饭局，介绍相关机关部门的人给你认识。有了这些关系，你更好开展工作。"

林洲心中惊讶，却没表现出分毫："好的。"

她似乎做事的风格很坦荡，自从上次跟他谈过后，林建华没回来，他的头衔还没变，但她已经放了实权给他，一副全然信任他的姿态。现在她还要将这个行业里最重要的资源之一——人脉——介绍给他，完全是把他当自己人的做法。

林夏说完就喝了一口咖啡，拿铁里有股馥郁的橙香，味道不错，只可惜她点了热的，下次要买杯冰的喝。

"你为什么不问周倩跟我的关系？"林洲坦诚地问出了口。

周倩是周旺财的女儿，周旺财是她管理的钢丝厂的负责人，她难道不会多想，不会猜忌些什么？

"什么？"林夏将咖啡咽下，没搞懂他的脑回路，觉得他这人似乎总是想很多，便直接回答，"这是你的私事，与我无关。"

林夏的办公室所在的楼层到了,电梯门打开,她端着咖啡走了出去。

林洲看着她的背影,心想:是不是成长背景不同,他注定凡事思虑再三,做事不由得心中犹疑、畏首畏尾?而她,似乎天生得到了一切东西,大气到不必摆出算计的姿态,衬得他小气。

林洲又想到她刚刚看手机消息的神情。怎么形容呢?她就跟谈了恋爱似的。他不免八卦地想:她结婚好几年了,难道这是外面有人了?

林洲内心摇头,不要多管闲事。

林夏打开办公室门时,手机又振动了一下,但她无暇查看。她进去放下了咖啡与包,关了门坐到座位上打开电脑才看了信息。

继表情之后,他又发了张照片给她。

照片上是绿油油的沙拉,还盖了块三文鱼,虽然非常健康,但看起来让人毫无食欲。

她忍不住大笑。好吧,她错了。他真是在吃草,特别是与油油的牛排和炸薯条相比。放下手机前,她又将他发的图片放大,看到餐盒下压了带着数据的纸张,看上去他是在办公室里。

林夏却也没回他消息,将手机放到一旁,开始了下午的工作。

从初夏到盛夏,李子望已来了京州好几次。他自然是无法适应这里的天气的,但还是没料到能这么热,四十摄氏度的高温,几乎要将人烤干。

Amy 在酒店里吃完午餐,难得睡了会儿午觉,才随着老板上车去建林集团。坐在车内,她看着沉默的老板,闲聊着赶走瞌睡虫:"京州可真热,问服务生本地人是不是已经习惯了夏天这么高的温度,谁知人家不是本地人,说来了好几年也没适应这边的天气。"

"再忍耐一下,明天就走了。"

"嘿嘿,老板你再给我加点儿工资,我多忍几天也不是不可以的。"

"那你都快赶上我的工资了。"

"那能一样吗?你这是家族产业。对了,你让我买的熊,已经送到我家了。没想到还真是从德国发货,我后天上班带给你。"

"嗯。"李子望看着窗外,偶尔怀念芝加哥的夏天,那是一年中最好的季节。

"林建华竟然不在京州。"

听着她没头没尾的话,李子望看向她:"怎么了?"

"我倒要去看看一直跟我们打交道,但从未露过面的林夏长什么样。"为了这个项目,被对方折磨得熬了好几夜,Amy难得吐槽了一句,"她这人很……霸道,挺难搞的。"

她忍住了,很有素养地把不太好的形容词换成了"霸道"。

李子望笑了:"那项目完成了,我给你另外发奖金。"

两个人到了建林集团,早有人在门口迎候他们。寒暄过后,一行人上了电梯。

西装革履的一群人,出了电梯被引着向会议室走去时,一身正装的林夏迎了上来,笑着向李子望伸出了手:"李总,下午好。"

"林总,下午好。"

林夏先领着李子望一行人参观了公司,在一旁简单介绍部门和业务范围。

已是工作时间,折叠躺椅被收起,员工们对着电脑屏幕处理着工作,打印机和碎纸机在运作,还有三三两两从茶水间端着水杯出来的员工。

有腼腆的员工拿着打印纸从走廊上经过,遇到了林总和她身旁颇为儒雅的客户。那个员工本想装作看不到直接往办公室里走去,没想到那个男人看到她,竟然主动点头笑了一下。

天哪,她第一次遇到这么个级别的大人物主动与小喽啰打招呼,这也太有礼貌了吧。她回到办公位后,桌上已放了奶茶和小蛋糕,行政办的同事正在前头分发东西,说是林总给大家买的下午茶。

会议室早已布置好,一杯杯咖啡已准备好,资料已打印了放在座位上,投影仪已调试好打开着。参观完一圈,林夏带着他们进入了会议室。

众人坐下后,林夏站起身,对坐在对面的李子望说:"感谢李总远程赶来京州,赏光莅临建林集团,一同洽谈合作。"

李子望在鼓掌声中站起来,欠了欠身:"谢谢大家。林总客气了,能合作是双方的荣幸。"

林夏坐了下来。旁边的副总已到前边开启会议仪式,在双方面前介绍即将合作的项目。

会议室里的灯已关掉,一张张PPT(幻灯片)在幕布上投放着,不过中年男声的讲解实在是枯燥。这样的简单仪式不过是例行公事,他今天来的主要目的是进行一场正式的签约仪式。

不用Amy说,李子望都知道这个合作项目对方有多难搞,双方在协议和条款上磨了很久。不过这也正常,任何合作中,双方把丑话说在前头总比合作后状况百出的好。所谓文明的会议桌前,也不是没见过双方开始拍桌子互飙脏话,骂完冷静了再坐下来谈的情况。

看着对面的林夏,他内心感叹着谁都无法打败时间。

读书时代的她,性格单纯,努力读书之外,每个假期都充分利用,常常独自旅行。她说小时候看武侠小说看多了,觉得一个人背着包走天涯很酷,不必迁就任何人,只需随心所欲地瞎逛。

如今的她,像是入世的剑客,深谙社会运行法则。正式体面的打扮,合乎身份的场面话,资源置换时的精明,隐身于下属身后指导谈判的锐利,退步时的保全风度……她不再试图游离于规则之外,甚至在成为制定规则的人。

她与她父亲的圆滑世故作风不同,她在某些方面更为强势。不知她这样与性格截然不同的做事风格是受谁影响,可能是她未曾露面的母亲,也可能是她的丈夫。

他倒是无法有这样的转变，从芝大的经济学系博士毕业，在学术界待久了，来到业界后，表面看着专心投入工作，内心却常常怀疑自己：你真的适合在业界工作吗？

偶尔他对 Amy 吐露这一想法，她会说："老板，你要真有钱到想不开，可以回去谋份教职的工作。"

他听了这话一笑而过。

李子望这方是 Amy 进行发言，这一个月，工作之余她顺便练习了普通话。这没什么难的，曾有内地朋友被外派到香港带团队，不会当地语言不影响工作，但融入不进团队，他便白天工作晚上学粤语。

她拿着激光笔，普通话中不断夹杂着英文向外飞速输出着内容。Amy 看着台下一些年长的高管正紧盯着屏幕，想到他们可能听不懂英文，只能在心里抱歉，毕竟有些专业词汇说中文有些不方便。适应就好，人总要学习新事物的。

眼神自然地扫过台下的那个女人，Amy 承认，虽然她工作上那么严苛，但人长得还可以。投影仪的光顺道打在了她的脸上，她的脸上没有动过的痕迹。

Amy 讲完后，林夏还问了她两个问题，并指出她 PPT 中一处数据的错误。Amy 做事一向自诩专业，遇到这种低级错误，连忙道歉。林夏对她笑了一下，说："不用，谢谢你非常到位的报告。"

Amy 坐下后都在自责，没有对 PPT 进行二次确认，就是她失职。旁边的老板看了看她，用眼神示意她没关系。

Amy 看着林夏走上去发表讲话。Amy 在工作中接触了各色的人，现在的"二代"们还都挺努力的。在她的行业里，就算招个实习生，都是内推或上级介绍过来的，家世、资源和学历，一个都不差，她连拒绝的理由都没有，幸亏自己入行早。

"林董事长不在，由我代表他和建林集团，与睿成投资公司签订合作开发 A 市地产项目合同，在此预祝合作顺利。"

林夏说完，拿起笔签了字，再与李子望交换了文件。此时摄影师在台下给两个人拍了照,留下签约仪式的影像。

签完字,林夏对着李子望身后的助理说:"Amy,辛苦你了。你做事非常专业,要是没有你,合作不会推进得这么顺利。"

"谢谢林总,这是我应该做的。"Amy 近距离看着林夏,觉得她有点儿熟悉,似乎在哪里见过。

签约仪式结束,但场面还没走完,他们还需与其余高管拍照。人头攒动,大家都在谦让着靠近中间的位置。林夏喊了故意走到最旁边去的林洲:"林洲,来,站在我旁边。"

林夏和李子望站在了最中间,她旁边是林洲,李子望旁边是 Amy,其余人也站好了位置。随着摄影师的指示,众人露出了微笑。

笑容底下,每个人心思皆不同。这是建林集团自孙玉敏暂时离开后,一个颇大的转型动作。高管们的职业生涯与集团高度绑定,他们不知能否转型成功,又是谁来带领公司众人开启这样的转型工作。

签约仪式是最后一道不重要又必需的流程,林夏顾及对方行程紧张,从开始到结束一共花了不到一个小时。

林夏送他们出去,这次上了电梯,将他们送到了集团的大门外。

出了电梯,下属跟在身后,这个下午只安排了这一件事,李子望忽然对身旁的她说:"要不要去喝杯咖啡?"

林夏想了下,回复:"好,这附近就有个咖啡厅。"

"Amy,你先回酒店等我。"

"好。"Amy 又关照他,"别忘了六点半的晚宴。"

工作日的下午,咖啡厅里的人并不少,有约人谈事的、带着电脑的自由职业者,还有进来避暑的人。

林夏午饭没敢多吃,怕下午犯困。她问程帆上次点的沙拉好不好吃,他说不好吃,然后就让人点了份送到了她这里。

两个人点了两杯咖啡,她再买了个三明治,端着坐到了角落的位置。刚坐下,林夏就问李子望:"有什么事?"

李子望笑了，她目的明确，不讲一句废话。

"我明天离开，今天下午没有其他安排，没想到你父亲不在，他这是将公司的事全权交给你来处理了呀。"

"他去美国的行程是早已定下的，没什么全权不全权的，他只要看结果。"

李子望看着她拆冒着热气的三明治："其实我几年前在新闻上看到过你，看得不太清，那时并不能确定那是你。"

她家是传统行业，做事又低调，她几乎不会上新闻。

"什么？不会吧。"

那时他回来工作没多久，在做二级市场。隆盛集团作为新能源板块中一支势头正盛的个股，他自然要关注它的走势及其投资等动向。

他提醒了她："与你丈夫，在深交所敲钟。"

咬着三明治的林夏愣住，想了想，的确有那么件事。

当时她和程帆只是恋爱关系，联系并不频繁，她工作忙时也不会主动找他闲聊。不过两个人每次的约会体验堪称完美——精致的餐厅、美味的食物、奢华的酒店，让她放松到极致。

一次，两个人轮流出差，快一个月没联系。他主动打了电话给她，说自己在深圳，问她要不要过去找他。

那时林夏刚出差回来，还没拼命到不休息就紧接着去上班的程度，所以准备给自己放三天假。听到他的邀请，她心动了，但又觉得自己头脑发热，为了见一面，至于特地飞一千多公里吗？

但他刚问完她，就让人送了机票过来，说明天派人来接她。她再拒绝就是拿乔，干脆接受了。第二天下午到了酒店，她就没离开过。两个身体荒了一个月的人，都没时间出去吃顿饭。

隔天，他醒得很早，还把她弄醒了，让她陪他去一个地方。被吵醒的她不甚清醒，喝着咖啡打着哈欠跟着他到了目的地。

到了后，程帆跟她说："我一会儿要去敲钟，你一起上台玩一下？"

那不是他的第一个上市公司,据他说他只是弄了个小公司上创业板。他在台上致完辞,林夏就被他的秘书请去了台上。围着敲钟的有好几个人,她觉得新奇,没有推托耽误吉时,就跟着上了台。她想躲在不起眼的地方,却被他拉到了身边。

当钟声的震动感传到手里时,她看着下边的宏大场面,意识到有很多公司想来这里敲钟。她第一次敲钟,是跟着他一起来的。

虽然知道肯定会留下照片,林夏却没想到,照片会被收录进行业新闻里。但隆盛集团的规模在那里,这也很正常。

"哦,对的,那是他的一个创业板块的公司。"林夏端起咖啡喝了一口,"这就是你要跟我讲的事吗?"

"不是。我们以后几乎也没什么见面的机会了。林夏,"李子望沉默了一下,还是问出了口,"上次在香港遇到了你,你之后再独自去过吗?"

她端着咖啡的手僵住了,她问:"你是什么意思?"

"那天你包里的东西掉了,漏了张名片,我捡到了。"李子望小心地始终不说出是什么名片,"我没别的意思,只是想问你,你还好吗?"

"我很好。"意识到自己防备的敌意太明显后,林夏倒是颇为轻松地耸了耸肩,"这不是很正常吗?心理咨询师,我们有钱人的标配呀。"

她还觉得自己挺幽默:"现代社会,谁没有一点儿失眠、焦虑、压力大、情绪不稳定的情况?只是刚好我有钱,能找个专业人士跟我聊天呗。"

李子望听着她的解释,太过日常而轻松的语气,让人一时无法分辨真假:"那你为什么要特地跑去香港?"

"在本地找了好几个,我都不满意,遇上了不专业的人,气得干脆换地方了。"林夏笑了一下,"还好啦,也不算特地。那里好吃好喝,购物便宜呀。"

"好。"

她的解释太多了。

239

李子望知道，不会从她口中问出更多消息了。她不愿意说的事，他几乎没可能问出来。

　　成年人的世界，分寸感尤为重要。就算是关系亲密的两个人，当对方不想开口时，另一个人也不宜过多探询。更何况，两个人已经分手多年，几乎是形同陌路。明知她可能不对劲，他也已没有立场去帮她。

　　看到她掉落的名片，却没有去找她时，他就已经决定放下她。他想说"下次再来的话我请你吃饭"，可如果她仍然需要特地飞去找咨询师，这实在不是件好事。

　　李子望看着她："如果需要我帮忙，请联系我。"

　　"好。"林夏站起了身，"走吧。"

　　外边依旧艳阳高照，林夏正想问他要不要派人送他回去，自己准备走回公司时，眼睛却一下子睁不开了。

　　她出来时包都没有背，自然没有墨镜。本以为是阳光太刺眼，她往后退了两步走到阴凉处，却还是睁不开眼睛。她感觉强行睁开眼时有股灼热感，毫无征兆地，眼泪就流了下来。

　　李子望发现了她的异样："你怎么了？"

　　"帮我叫车，我要去医院。"林夏边说边用手擦去了眼泪，睁开眼一看到强烈的光照下来，感受到一阵风刮来，就又开始落泪。

　　他匆忙喊了司机，送她去了最近的三甲医院。

　　急诊医生看了她的情况不收，让她去挂眼科的号。到了室内后，眼睛没那么畏光流泪了，林夏排着队挂了个普通号，估计专家号要等很久。

　　幸亏是工作日，而且已近下班时分，病人已经不多了。她等了一刻钟就被叫号了，李子望跟着她一起去看了医生。

　　医生先看了一下她的眼睛，再用机器检查了一下，就开始给她开单子："你有点儿干眼症，这是睑板腺堵塞了，需要去疏通一下。你先去缴费，去药房拿麻药，再去隔壁房间找护士，跟她说给你疏通睑板腺。"

医生一口气说完，就把打印出的单子递给了她，电脑上开始叫下一个号。

李子望拿过单子，理顺流程后跟她说："你去缴费，是不是要有个证明单，我再去拿药？"

"是的。"

林夏许久没有来医院，外边的机器应该可以缴费。她摸索了一下，用手机缴了费。之后她也没跟他客气，让他跑去拿了药，准备先去护士操作室门口排队。

操作室里倒是没人，护士让她先躺下，翻开了她的眼皮："啧啧，你这个都堵成什么样了？你一会儿忍着点儿啊。"

听着护士拿来不锈钢操作器皿的声音，林夏心惊地问："你要怎么疏通？"

这时李子望拿了麻药过来，递给护士后，在操作床旁看着她。护士也没赶人走，打开麻药往林夏的眼睛里滴了两滴，就拿着手边的针管，往下眼睑处刺去。

李子望看到了操作的全过程，针头刺入眼睑后，并没有立即离开，护士慢慢捻转着针管，在扩张这一个针眼。估计是觉得够大了，护士拔出针管后，拿了棉签往伤口处挤压，黏稠液体从内溢出。他看着被丢掉的棉签，上面有淡黄色的脂质颗粒。

他看着太过触目惊心，可看着她没说话，不知是不是麻药起了作用："疼吗？"

手中的手机都快被她抓到变形，那一阵疼痛感缓过去后，林夏开了口："护士，麻药的劲还没上来，是不是等一下比较好？"

"麻药已经起作用了。"护士又拿起了扩张器，"准备好了吗？你这还是有点儿多的。"

林夏想死的心都有了。

看不到操作的过程，她只感受到一把剪刀剪开了眼皮，再用两个大拇指的指甲挤压着伤口。她被要求着不要动，眼睛睁大点儿，终于让脓流出后，护士还要将棉签上的"罪证"给她看，好像证明不是在故意虐待她。

"你看看你，别人来，都是一两个，你一个下眼皮就有六七个。我这才弄了三个。"

林夏喘着气回她："那我一会儿再去多缴点儿钱。"

"不用了，快下班了，我送你。"

每一秒都是如此难挨，疼得眼泪溢出来，她却没喊一声，指甲死死地抠着虎口，试图用另一处的疼痛来减缓针戳时的钻心疼痛。

一只眼的下眼睑清理完，护士都喘了一口气，这也太多了。

"护士，请问你这能给她再滴点儿麻药吗？"

"没用的，该疼还是疼，忍着吧。"

此时被她攥着的手机开始振动，快疼到绝望的林夏接了电话，至少能缓一分钟了。她看不清来电人是谁，摸索着按了接听键将手机放到耳边。

"喂。"

"护照我上次扔客厅的茶几上了，你是不是给我收起来了？放哪里了？我没找到。"

林夏想飙脏话的心都有了。我都快疼死了，你乱丢东西，还问我护照在哪里？但好像护照确实是她收的。

"你去看看书房的抽屉里有没有。"

颤抖的声音，像是呜咽的哭腔，正合上茶几下的柜子的手顿住，程帆问她："你怎么了？"

"我在医院，快死了。"

"哪个医院？"

程帆不顾收了一半的行李，直接拿着钱夹出了门。司机已在车库里等他，原本准备送他去机场的。

听她说了医院名字后,程帆正往电梯里进:"我马上过去。"

"等你过来,我估计要疼死了。"林夏痛得直接挂了电话。

这简直是漫长的折磨过程,眼睛这么小的地方,被针刺入时,无比尖锐的疼痛感让她换着手掐。当一切结束,护士都缓了一口气。

"好了,起来吧。"

林夏被李子望拉着坐起来,对护士道谢:"谢谢你。"

"我还要谢谢你这么配合我,不然没这么快完成。你还挺硬气,这么能忍,都没喊一声停。"护手脱下了手套,"少熬夜,别再来吃这种痛苦了。"

"好的,谢谢。"

被李子望扶出去时,她才发现自己的腿都在抖。她在外面过道上找了位置先坐下,说不出一句话,膝盖还在隐隐颤动。

觉得眼睛里还有液体流出,她刚想用手抹就被李子望制止。

"别动,是血,我用棉签给你擦。"

程帆赶到医院,跑到四楼,往眼科走去。他正想往诊室走去时,就发现了前边过道里的林夏。

西装革履的男人正弯着腰,用棉签小心地擦拭着她的眼睛,像是在问她疼不疼。

她坐在座椅上,吸着鼻子,不知回答了什么。

林夏没想到来了医院,毫无心理准备地就扎了近二十针,还是在上下眼皮上。

她坐在走廊的椅子上,被刺破的伤口抽着痛,脑袋"嗡嗡"响,膝盖还无法自控地颤动着。她头脑一片空白,等待着这一阵疼痛过去。

她习惯了忍耐,并不会因此伤心哭泣。躺在操作台上时,密集的针扎感袭来,一只眼的睑板腺被疏通完时,她没有喊停,不想缓一会儿,不想在恐惧中等待着疼痛再次到来。

幼年时她从自行车上摔下,哭泣时妈妈批评她说女孩子不能哭。习惯之后,她觉得物理性的疼痛,只要忍一忍都能过去。

细密的血珠从极细小的伤口处冒出，棉签刚触碰到眼睑就将血滴吸去，血滴中还伴随着些许脓液。李子望换了根棉签，再擦去另一只眼溢出的血。

她家境优越，却从不是个娇气的人。从躺在操作台上到坐在外边的座椅上，她几乎全程沉默着，没向他和护士喊过一声疼。

感受到她的身体微微发着抖，他知道这是疼到极点了。可如今身份转换，他需要保持分寸与距离，旁观她独自忍受疼痛。他再也无法拉住她的手，哄她说没关系，他一会儿带她去吃冰激凌。

疼痛稍微缓解了些，手脚没那么抖时，林夏反应过来，想跟他说谢谢，不用了。这时，她余光察觉到一个身形挺拔的男人正往座椅的方向走来。她偏开头看过去，来人是程帆。

李子望随着她的视线转头，察觉到自己靠她太近，自若地直起了身，目光所及处没找到垃圾桶，就将棉签拿在了手里。

"程先生，你好。"

程帆低头看了一眼林夏，她一身正式的穿着，绾起的头发已有些凌乱，一双微肿的眼睛下的红点简直是触目惊心。

虽然电话里她说自己在眼科，但他都已经在怀疑，到底是出车祸被人撞了，还是去工地出了意外。他设想了最糟糕的情况，此时看到她这样，知道她一定很疼，但内心还是松了一口气。

程帆抬起头时看了一眼李子望手中带着血迹的棉签："李先生，你好。"

"我下午跟林总开会，林总送我离开时，眼睛畏光睁不开，我送她来了医院。"

听着他主动解释，程帆点头："谢谢李先生，麻烦你了。今天时间紧张，我下次和夏夏一起请你吃饭。"

"不用这么客气。"

李子望倒不是说怕她的丈夫误会些什么——于情于理，他该对这个场面道出前因后果。但看着对方颇为真诚地道谢，李子望一瞬间有些怀疑，程帆是不是不知道他与林夏这"尴尬"的关系……

他随即又推翻了怀疑，哪个商人没有两张面孔？场面上程帆自然要做到位，不会让一个外人看出喜怒。但这些都不重要，与他无关。

林夏已经彻底清醒，站起身对李子望说："李总，今天耽误你的时间了。我派人来接你，将你送回酒店吧。"

"不用，你保重身体，我先走了。"

李子望再向站在她身边的程帆点头示意后，就转身离开了。

看着人离开后，程帆一言不发地向里走去。

林夏无暇顾及他去哪里，再次坐回到座椅上，回忆着今天背的包里有没有气垫，要翻找时才记起包没带在身上。她正想拿出手机打开前置摄像头，要看一下眼睛到底是什么样时，就看到程帆走了过来，手里拿了一袋棉签。

程帆撕开袋子，扯了根棉签出来，手捏住了她的下巴，低下身仔细看着她的眼睛。她的上下眼皮上被戳了好几个孔，眼眶很红，湿润到似乎含着血泪，特别是下边一圈红，估计是流出的血进了眼眶。

她的眼尾有几颗红色的颗粒，他用拇指擦去，捏了一下，成了细碎的粉末，估计是针刺时流出来却没来得及被擦拭的血凝成了颗粒。

程帆近距离看着她，当看到她的瞳孔中的自己时，目光一滞。几个针孔的伤口处又冒出了血，他拿着棉签，谨慎地一个个擦去。

原则上，他知道这是个小问题。医生没有要求住院和手术，护士处理完就让她出来了，这么小的伤口很快就能愈合，两三天就能完全恢复正常。

电话里她说自己疼死了，看到人又一声不吭了，真是雷声大雨点小。可看着她这个可怜样，他又没法当成个小问题，比如此时忍不住问了一句废话："疼吗？"

林夏看着他表情严肃地盯着自己的脸，竟然下意识地没敢动。结果他看了半天，就问出这么一句没常识的话。她都被针扎眼睛了，能不疼吗？

245

"都快疼死了。"话刚说出口,还没来得及委屈,眼皮就感受到他陡然加重了力道的按压,她疼得差点儿喊出声,"你轻点儿呀。"

"让我擦,就这么疼。"

刚刚那处血有点儿多,他只是拿着棉签蹭了一下,这下倒是被她吓得不敢动。已经擦得差不多了,他把剩下的棉签丢给了她:"自己擦。"

什么叫让他擦就这么疼?他这是什么态度啊?

林夏拿起手机,要打开相机时,才发现手机黑屏了,长按了开机键,手机还是没有反应,可能是没电了。手机本来电就不多,在操作台上时,她还不停地按着手机转移注意力。

程帆看着她的动作,从兜里掏出手机,解锁后递给了她:"用我的吧。"

林夏怔了怔。她从不查岗,更不需要拿他的手机,他这样递手机过来倒是第一次。她将手机接了过来,说:"不怕我查你的手机?"

她都有心思跟他开玩笑了,估计没那么疼了。

"要不你先还给我,我去删一下聊天记录?"

"用吧,我有两部手机。"果不其然看到她瞪他,程帆拿起座位旁的病历和各类单据,"坐在这里等我。"

程帆扫了一眼病历,是睑板腺堵塞,轻度干眼症。等上一位病人离开后,他拿了单据递给医生:"大夫,这需要配点儿眼药水和消炎药吗?睑板腺疏通完出了血,天热怕会感染。"

医生在系统上找到了对应的病人:"可以,我这里配一点儿。"

"她这个干眼症,是熬夜和长时间盯着电子屏幕导致的吗?"

"有很多种原因,但都差不多是这样。"

"那除了滴眼药水、补充维生素A、热敷,请问还有什么方法能缓解干眼症?"刚刚他已经查了一下,再找医生问一遍。

医生打完了最后一个药名,边等打印边看了他一眼,言简意赅地说:"少看手机,少晚上熬夜看手机。"

程帆噎住，的确，这一条比他说的那么多条都有用。

"好的，谢谢大夫。"

他拿了单子，又从林夏手里拿回手机去缴了钱，之后拿了药，再牵着她的手带着她离开医院。

要走时，林夏才意识到他穿着短裤和T恤，踩着双拖鞋，像是刚洗完澡，从家里赶过来的。

司机老杜已按照程总的吩咐，从储物柜里找了副程总的墨镜，递给了上车后的林总。刚刚来的路上，程总显得有些不耐烦，似乎是嫌弃他开车速度慢、不超车，但这条主路根本没法开快车啊。他也被吓得要死，以为林总遇上了什么事，可看她上了车，接过墨镜还说了"谢谢"，看起来一点儿事都没有。

程帆看了医生配的药，两种眼药水、一盒消炎药。他拆开盒子，按出一粒胶囊，从收纳袋中拿了瓶水，拧开了盖子递给林夏："吃片消炎药。"

林夏刚吞下药，他的手机就响了。

可他接了电话，没听对方讲话，只说了一句："取消行程。"

林夏估计电话那头是助理，对方没有问原因，也没问是不是改期。他说完"好的"，程帆就挂了电话。

林夏想起他上一通电话是打来问护照，他这是本来今天要出差吗？为了她的眼睛的小问题，他就不去了？

"今天只有一趟航班吗？"

"不是。"程帆看向了车窗外，车水马龙，是上班族的下班点，"不去了。"

"为什么？"

"出发前你这里就出了意外，这个合作我不会再考虑了，也用不着改签坐下一趟航班。"

哦，她还以为他是担心她，还想体贴地说一句劝他去，说自己没事的。

已至傍晚，他看着窗外，神情莫测。她戴着墨镜，光线变暗的车厢里，更是看不清他的脸。她估计他在想工作的事，到底是取消了一个合作项目。

眼睛没那么疼了，林夏也有了点儿精神。她下午从公司离开，一堆事务性工作可以明天再说，不过合作项目正式签署了合同，自己还是需要发信息跟林建华汇报一下的。

两个人各想各的，一路沉默地回到家。

到家时，看到玄关处的行李箱，林夏想要是自己没说在医院，估计他都在飞机上了吧。

林夏忽然抱住了正换完鞋的程帆，双手挂在他的颈后："你怎么一点儿都不担心我？知不知道我今天差点儿疼死？"

"你现在不是好好的吗？"程帆低头看了一眼她的脚，红底的尖头高跟鞋，黑色的绑带系在白皙的脚腕上，"开会要穿这么高跟的鞋吗？"

林夏随着他的视线低头，这双鞋一开始店里没有她的尺码，调货送到家后，刚好有正式的场合能穿，不然工作日穿略显夸张。

"高吗？开会刚好啊。"

"平时开会没见你穿过这么高的鞋。"

"还好吧，这双是新款，我第一次穿。"

"特地买的新鞋吗？"

林夏还以为他要夸她的鞋好看，他问这怪异的问题，难道是觉得这双鞋很丑又不好意思说出来？她被搞得怀疑自己，毕竟买鞋时苏文茜在旁边说："这鞋只能脚瘦的人穿，脚胖的人穿着，跟捆猪蹄似的。"

难不成他觉得她这脚像捆猪蹄？算了，他不懂欣赏。

真是无趣，林夏放下手，脱了高跟鞋踩着拖鞋往里走去。她先去了浴室，开灯仔细地照了眼睛。眼睛周围已没有了血迹，几个孔扎得有点儿大，但她不翻开眼皮细看也看不出来。

浴室的门没关，路过的程帆在门口问了她一句："要我帮你洗澡吗？"

"不用。"

"那你眼睛注意防水。"

她都已经好好的了。这么小的伤口，完全不疼了，她压根没当回事，一会儿直接洗澡，洗完擦干就行。

林夏直接关了浴室的门，懒得搭理他。

她有点儿累，本想泡个澡，但又怕蒸太久对伤口不好，最后还是冲了澡。莲蓬头的水冲洒在头上，将疲倦感洗去，头脑都变得清醒了些。她正往头发上抹洗发露时，突然想到了他刚刚那句"特地买的新鞋吗？"。

他是什么意思？

难不成他是觉得她为了跟李子望开会，还特地买双鞋打扮自己？

这应该不是她过度解读吧？

她洗完澡，抽了张洗脸巾擦干了眼睛，用浴巾裹上身体就出去了。

她还以为他在洗澡，谁知他却站在客厅的窗前看落日。太阳彻底沉下，天际残存的火烧云还热烈着，但也快被深蓝的天幕所取代。

"你是什么意思？"

程帆从落地窗的影子里看着她。她刚洗完了澡，不长的浴巾从胸包裹到臀，肩角的线条很美，他没有回头："什么？"

"什么叫我特地买的新鞋？你想说什么？"

"我不想说什么。"程帆转身看向她。

他尚有理智，她绝不是这样的人。一时失言后，他自然不想再提。

可是，她不适时的天真与单纯，对前任那样的关切与温柔视而不见，是不是对他程帆的残忍？

一切都看似合乎礼仪，在文明的框架内，他需要用文明的方式处理问题。可他不文明的内心，要用什么来安抚？

他厌恶失控，厌恶被人扼住脖子，厌恶被人掌握喜怒情绪，只是在忍耐着。

"我不希望这样的事情再发生。"他走到她身边，"可以吗？"

她忽然觉得很冷,用命令的口吻说话,这才是程帆。

平日里,他对她几乎没有要求。相反,他对她助益颇多。

但是,等他提要求时,她是一定要做到的。他不问过程和理由,只要结果。

那一天,陪着失眠的她入睡的真的是他吗?

"好的。"她点了点头,"只是一场有很多人参加的签约仪式,所以我没有告诉你。今天眼睛只是意外,下次不会再发生这种事了。我眼睛不舒服,先去睡了。你也早点儿休息。"

林夏说完这话就转身离开了,还不忘去拿被他放在茶几上的两瓶眼药水。

程帆看着她离去,在原地站了许久。最后他若无其事地照常去洗了澡,还破天荒地拿了吹风机将头发吹干。

他走到主卧里,没有开灯,上了床后,身旁空无一人。

她那天失眠后,这几晚两个人都睡在一起。

程帆闭上眼,试图入睡。

没有什么不能被替代吗?那她是把他当成了什么?她为什么要装作一副委屈的样子?

失眠的人变成了他。

码代码的Gigi 著

夏以蝉鸣时

下 册

青岛出版集团 | 青岛出版社

第八章

她的过去

如果她不想晚上失眠，就不要想太多，对人没有期待，就不会失望。

林夏敷了片面膜，吹干了头发，擦完身体乳，撕下面膜，再颇有耐心地完成了全套的护肤步骤。

重回次卧时，她还颇为幽默地想起小说版《故园风雨后》的另一个译名叫《旧地重游》，书名就如她现在的心境。

手机放在了卧室外边，她躺下后，滴了眼药水就关了灯。

心理暗示真是种可怕的东西，与他一同睡的几天，她都没有失眠。现在回到了曾经多次失眠的房间里，她躺下就开始恐惧会失眠。

心中不是不失望，可她不是小女孩了，怎么可能会委屈到哭？

躺在床上清醒了很久之后，她听到开门声时闭上了眼，装作睡着了。

床垫下陷，被子被掀开了一角，他钻进来时就将她抱住了，不问她有没有睡，就开始吻她，从不回应的唇吻到细嫩的脖颈。他将头埋在其中，似乎在吸着她的体香。

林夏推开了他："抱歉，我今天没有心情。"

他顿住，隔了会儿跟她说："我从不强迫你。"

是的，他没有强迫她。当感受到他柔软的唇舌时，她手揪住了薄被，想拒绝都开不了口。

小时候在外婆家，林夏偶尔路过邻居家，听到里边夫妻俩在扯着嗓门大吵，听得津津有味。虽然她不能全听懂，但都记下了，回去一字一句地模仿给外婆听。

外婆被吓得连忙制止了她，问她从哪里听来的，并严厉地呵斥了她。她被吓得当场哭了起来，说自己不敢了。外婆把她抱在怀里，轻拍着她，告诉她不能偷听别人的隐私，更不能学这些脏话。

她回到京州后，林建华与孙玉敏很少在家，在家时也几乎没有当着其他人的面吵过架。两个人即使争执一两句，也是因为工作上的事，看到孩子过来就不再谈。

在婚姻中，林夏很少与程帆吵架。一是没什么事值得吵，二人即使拌嘴，三言两语过去就好；二是她不会吵。当然，这不是什么缺点。

从对他解释完，到躺到床上，再到现在，她心里都堵得慌。

她想跑到主卧掀开他的被子，质问他：难道我是被你捉奸在床了吗？你没凭没据，凭什么这么说我？

那股冲动情绪平息后，她又觉得这样做没必要。

同样，她也没必要抗拒为她制造快感的他。兴许他俩只有在这件事上最有默契。

关了灯的卧室里，被子被他踢到了一旁，没了遮挡后，某些声音格外清晰。她闭着眼，在听到这暧昧无比的声音前，就已经先感受到了他的动作。

刚刚对她一副命令口吻的男人，在取悦她。

而她，刚刚恨不得去跟他大吵一架，此时却无耻而无比迅速地沉浸在了纯粹的享受中。

她将脸埋在了枕头上，心跳得很快，喘息着等待微微发颤的身体恢复平静。

程帆握住她的肩，翻开趴着的她要去亲她。

多不卫生啊，林夏立即反应了过来，边往旁边躲边用力推着他。知道他力气大，她还屈起腿阻止着他，就怕他真亲上来。

程帆本想逗她，可见她如此抗拒，倒是真要亲上去。他抓住林夏推搡他的手，一条腿压在了她的腿上试图不让她动弹。

她的另一只未被禁锢的手出其不意地用力拧了他的小臂一下，未防范的他一下子放松了手上的力道。林夏将手从他的桎梏中抽出来后，踢着他的脚，还不忘继续往旁边移动。

黑暗之中，两个人似乎在打架，无一丝光线，仅能通过声音判断动作：皮肤摩擦着床单，腿落在了床垫上，还轻微回弹着，手掌不知是打在了屁股还是手臂上，发出了清脆的一声响。

听到她的惊呼声，在她就要掉落在地上之前，他伸手揽住了她，将她的四肢禁锢在怀中，下巴搁在她的脑袋上，闷笑了一声。

"不许生我的气。"

"我怎么敢？我还怕你生我的气。"

"那你还不快来讨好我？"

她恼得想再踹他一脚，可腿被他箍住了无法动弹。这么大的床，他还偏偏要跟她窝在床边。

他伸手摸了摸她的头："跟我说快疼死了，哭了吗？"

"没有，忍一忍就好。"

"去医院时怎么不给我打电话？"

"我现在不是好好的吗？"

程帆终于被自己说出的话噎住，过了半晌，尴尬地补了一句："下次先给我打电话。就算我不在，我会先派人过去。"

林夏倒觉得没什么，好了伤疤就忘了疼。被针戳时，她觉得这是天大的事。可疼痛一消失，这点儿小问题，她并不当回事。

"滴眼药水了吗？"

他边说边起身开了灯，拿过床头柜上的两瓶眼药水看了一下，消炎这瓶今天要多滴两次。他拧开了瓶盖，说："睡前再滴一下消炎的眼药水。"

床头灯亮起时，林夏觉得颇为刺眼，下意识地抬起手臂遮住眼挡住光线。听他说要再给她滴一次眼药水，她正要放下手臂，却被他抓住了手。

虎口以下是一道道红色的凹陷印迹，在她白嫩的手上无比明显，月牙形的，刚好与大拇指指甲的大小对上。他拿起她的另一只手看，手上没有红痕："怎么弄的？"

她随着他的视线看去，要不是他说，自己都没注意到。她还挺疑惑，这个痕迹是在哪里磕着了，怎么有一片，也没出血啊？

"哦，想起来了。是护士用针戳我的眼皮时，我用指甲抠的。"

他低头看着这一片痕迹，有很多个，指腹抚摩着凹痕。她这是痛到了什么样，才会这么掐自己？现在一副不当回事的口吻，刚才她却跟他撒娇说差点儿疼死。

见他沉默地看着自己的手，她正以为他要说什么时，他伸手去拿了眼药水。

他的动作很轻，甚至显得笨拙，一个简单的滴眼药水动作，他就怕手碰到她的伤口，手指小心地撑开了她的眼，滴了两滴眼药水。林夏闭上眼时眼药水溢到脸颊上，他用手给她擦去后，再滴了另一只眼。

"下次不要忍。"他说完就关了灯，再从地上捞了被子盖在她身上。

经历了白天的大起大落情绪，刚刚身体愉悦又疲惫后，她确实困了。之前心中感到失望是真，可此时她无法抗拒他的温存也是真。

渐渐被困意笼罩的她无法去想为何心绪如此矛盾，也许只是贪恋他带给她的好睡眠。林夏下意识地在他怀中寻找了一个更舒适的姿势，听着他的呼吸声，安心地睡去。

人年纪越大，越有了胆小的迹象。她的身体一向很好，除了体检，她几乎没去过医院。

他年轻时认为没什么东西不能割舍，除了不算高的底线，一切都可以为了目标而放弃。

怀中的人呼吸逐渐平稳，他轻声说："对不起。"

Amy离开酒店时，李子望都还没有回来，她便直接去了晚宴现场等他。正与人说老板被堵在路上，再借此展开本城晚间交通问题时，

Amy 就看到李子望从宴会厅门口处赶了过来。

"嘿，正巧，他来了。"

Amy 拿了杯酒递给他，与他一同应酬着面前难缠的客户。当然，主要是他在认真听着对方讲话，并给出回应。

Amy 没有问他怎么差点儿迟到。虽然依旧没有想起在哪里见过建林集团的林总，但她搜索资料的能力颇强，她去找了曾经查过的信息，便发现老板与林总毕业于同一所学校。

两个人应当是故交。

Amy 有八卦之心，但不多。

就算过去有什么，这两个人也明显不会再有什么关系，一个已婚，一个是黄金单身汉。

哪个黄金单身汉缺过女人？他不花心都算优点了。过去的事偶尔拿出来怀念时，才更有滋味。

连续见人应酬，又一番觥筹交错后，Amy 拉着老板躲到了角落，假装有要事商量，其实是在喘口气。

"哪里有下属逃避工作还要带上老板的？"

"我看你这么好脾气都觉得累了，自然要带你来忙中偷闲。"Amy 放下了酒杯，趁着没人注意，按摩着小腿肚，"今天签约，林建华没来。他去了美国，我打探了一下，是因为他儿子的忌日。这件事他瞒得很深，需要我再去查一下吗？"

"不用，这是人家的隐私，跟合作没关系，构不成潜在风险。"李子望看到她的动作，又说，"早点儿回酒店吧。"

"啊？你呢？"

"我也一起回去。"

"这算是老板主动开溜了吧。"Amy 笑着看向他，"走，我到这里时就先找了一下侧门。"

宴会厅与酒店离得近，繁华地段，他们不如走回去更方便。

每次他们出差都跟打仗一般行程匆忙，赶车、接连开会，就算有小半天空闲,也是在为下一个行程做准备。拿这么多钱,就得付出这么多,Amy并没有什么要抱怨的。只是这一切让提前离开晚宴、暂无压力地散一段步的时光显得极其珍贵。

"对了,我查找资料时发现林建华的那个儿子,还是个小有名气的艺术家,还挺可惜的。"

"嗯。"

李子望没有惊讶,也没有要回应这个话题的意愿。

他知道,她的哥哥是个艺术家。学生时代,一次回国时,她没有直飞,而是先飞到了香港。她当时没有告诉他,很久之后才提了一句,说是去看她哥哥的展览。香港策展水平高,作品能被一些顶级画廊看中的人,就证明了其实力不俗。

她喜欢的电视剧,也是她哥哥喜欢的,她说她哥哥还送了她一只Sebastian的同款泰迪熊。

他们的感情很奇怪,平时两个人几乎不发信息,更不会视频通话。

但想到她哥哥是艺术家,李子望又不觉得奇怪了。艺术家总有那么点儿怪癖,常游离于世俗之外,不能以常规思维衡量。

他还看过她哥哥的照片,她哥哥长相非常英俊。如果美貌不分性别,她哥哥甚至比她漂亮,多了分阴柔气息。

看着老板没有要搭话的意思,Amy也没有继续说下去,毕竟这是别人的隐私。只不过她太过好奇:这么一个天赋异禀的青年艺术家,为什么会这么突然地离去?

"怎么不说话?"

Amy向前走着,反问了一句:"你呢?来出差一趟,有什么想说的?"

李子望想了想,开口道:"时间能够改变一切。"

那个不喜欢诉苦喊疼的女孩,也会在丈夫打电话来时说一句"痛死了",语气中还带了责怪之意。

董莉这段时间的主要任务不是上班,而是一门心思扑在林夏交给她的任务上。上班撑死了就那么几个钱,可她若是能帮上有钱人的忙,今后就可以求人帮忙了。

她白天工作,晚上走亲访友打探事情。这件事她瞒得颇深,不然就这么大点儿地方,早就传开了。过去了这么多年,估计老一辈的不少人已经不在了。

虽然镇子不大,但若牵扯人与人之间的关系,哎哟,这可复杂了。一个人堂的和表的亲戚就绕一圈了,再找个表的搭线,又是一圈。

小地方的人,心思多。看起来大家都是邻里亲友,关系近,可谁都看谁不顺眼,可谁又都会随时与自己讨厌的人结成联盟去八卦第三个人。董莉边打探,还得边注意着说话的分寸,可不能信息错乱了。

这简直比当间谍都难,电视剧里当间谍的人,还有个蠢货敌人呢,而这些看似不识字的人精,可都闲得慌。你说一句话,人家回去就能嚼舌根把你猜个透。

果然,事情有了点儿进展。董莉从她娘家大舅的表侄的堂哥那里知道了这件事闹得并不小,对方暗示她当时人还进了局子。

她又找了镇上老马家在警察局的表外甥,让人打探了这件事。

人家打听到消息后隐晦地跟她说了这件事,还再三提醒,不要说出去给他惹麻烦。董莉边震惊边再三保证,不会跟任何人讲。

多年前,钢丝厂附近有外地人来租了间屋子,既当住房,又当修车的摊位。他们日子过得很苦,但为了生儿子,生了一窝孩子。里面有个十二岁的女孩,事情发生得悄无声息。

败露后,女孩的父母发现这种事不止一次,把林建业扭送到了派出所,他还辩称他们是在谈恋爱。女孩子没有激烈地反抗,只说他对自己好,比家里人都要好,还给她零花钱。

据说,当时孙玉敏坚持不帮忙,就要让林建业坐牢,把他送到外地监狱,把这件事瞒下去,旁边的林建华一言不发。

后来林家老太太来了,在派出所狭小的房间里,关了门大骂小儿子竟然做出这种畜生事,骂完后又说了一句:"你要去坐牢,妈就陪着你先上路。"

高明的老太太没有骂儿媳妇，不哭不闹，一句话就摆明了态度。

有这么个妈在，他们没办法不救林建业，不然就是再赔上一条人命。老太太一向溺爱小儿子，真做得出来回家喝农药先走一步的事情。

但这件事还是被解决了。

如果没有受害者家属同意，事情没那么快解决。拿了一笔巨款赔偿后，那家人离开了本地。

孙玉敏当机立断，把林建业赶出了钢丝厂，并且在那时就让林建华做下承诺，永远不允许林建业进自家公司。

董莉听完，骂了句"真是畜生呐，那老太太也真不是个东西"。

打探完这件事，董莉没想到，火就烧到了自己头上。

老马问她："你找我外甥什么事啊，不会是要去捅了你老公，问我外甥犯不犯法吧？这样也行，我帮你瞒着，你当了寡妇再跟我。"

董莉说："一边去吧，我更想当你的寡妇。我为什么要去捅了我家老周啊？"

老马用一种看着傻子的眼神笑着看她，说："你老公那姘头，前几天在市里给她儿子买了房，位置偏了点儿，可首付也得七八十万。她姘头的老公，早些年得了癌症后就没有过正经工作。她一个在厂里上班的人，哪里来的这么多钱？你老公要是没出钱，你信吗？"

董莉脑袋"轰"一声响，血冲上了头，就想和周旺财拼命。

这么多年，他花点儿小钱在姘头身上就算了，董莉没想到他竟然会给人家的儿子出钱买房。有过两个碎嘴的人开玩笑说姘头的儿子长得像周旺财，怎么，难道那还真是他的种？

村子里这种事太常见了，周旺财这些年赚的钱还可以，她强逼着还是能每年要一笔到自己兜里的。男人都这样，她换一个也好不到哪里去，不就是搭伙过日子吗？她不至于离婚。

但她没想到，他能为了一个都不知道是不是自己的种的儿子，贴钱给人家买房。那她女儿呢？刚工作时女儿就那么点儿工资，还得在市里租房，不都是她在补贴？

周旺财鸡贼，周倩蠢货。

周倩每次回家，周旺财只要买点儿菜回来亲自下厨，说点儿好听的屁话，周倩就当真了，以为爸爸最爱她。她还蠢到不要花爸爸的钱，觉得他在工厂里上班赚的是辛苦钱，自己坐办公室的，不累。

董莉多说两句，女儿还觉得她强势，在挑拨父女感情。

也怪自己，她不愿意让女儿知道这些糟心事，一直把女儿保护得很好。

董莉本来说要减肥，可每晚都控制不住吃一大碗米饭，但今天着实气得晚饭都吃不下，在家里等着周旺财回家。

过了饭点，他都没回来，她打电话他也不接。董莉好面子，不会跑去钢丝厂里找他。她在家边等他，边把所有存折、储蓄卡都拿出来，算了一下手头的钱。现在她恨不得他出个意外死了，这样她就能当寡妇拿到他所有的钱了。

周旺财回来时，已经半夜一点了。

董莉本以为他出去鬼混了，谁知他却是穿着工作服，满身的机油混着汗臭味，手腕上是没洗干净的草木屑，累得边脱衣边扭腰，打着哈欠看到她时，问她怎么还没睡。

"你平时几乎不加班，怎么这么晚才回家？"

周旺财愣了一下："这不是最近业务忙吗？"

"哦，你给你姘头的儿子买房了？"

"你在讲什么？神经病。"

董莉抄起旁边的扫帚就往他身上打去，门已经在他进来时被锁死，他跑她追，家里不大，她见准了就抽。跑到厨房时，她又顺手拿了把菜刀追他："你要是不说，我就把你的手砍了，有种你就去法院告我。"

累到半夜，周旺财哪里还有什么力气，跑回到客厅，一屁股坐在了沙发上："出了一点儿，没多少，这算借她的。"

"那真是你的种？回头我告诉倩倩，她还有个弟弟呢。"

"你发什么疯？"周旺财警告她，"你要是跟她说这没影的事，我跟你没完。"

董莉冷笑:"那你就让她当傻子?你给人家的儿子买房,自己的女儿在外面租房?你贱不贱?"

"别说了,等我最近赚笔大的,咱过年前就去看房,把这事给定了。"

她信他个鬼。

董莉冷静下来,男人是靠不住的,她得为女儿和自己打算。这么多年他都是这个德行,她彻底灰心不过是被买房这最后一根稻草压的。

她准备明天就去找林夏,把林夏吩咐自己的事汇报了。她早起去隔壁村的葡萄园里买了点儿刚上市的美人指,讨好了林夏,有这个人脉在,比什么都强。

次日,林夏照常去了集团上班。程帆有事一早就出门了,出门前来卧室帮她滴了眼药水,跟她说喊了司机来送她,让她别自己开车。

林夏的眼睛几乎没痛感了,除了伤口还在,遇上风吹会疼一下,不影响日常生活和工作。

她昨天走得早,上午来了就把剩下的事情收了尾,干完活儿想休息一下不看电脑时,林建华就打来了视频电话。

这是他去美国后第一次来电话联系她,他那边应该是晚上。

她按了接听,屏幕上出现的却是他后置摄像头拍到的内容。他年纪大了,对微信视频操作不熟悉,估计是按错了。

视频里他正在餐厅里,实木餐桌上放了一堆纸质文件,他手边是一支钢笔和一副眼镜,旁边还有两本英文小说。

林建华不会英文,那就是孙玉敏在读的书。林夏看了一眼,好像书名叫 *Must I Go*(《我非去不可》)。她正要看另一本的书名时,林建华反应过来,翻转了摄像头。

他拿了桌上的老花镜戴上:"下周就要竞标拿地了吧?"

林夏看见他穿着睡衣:"对。"

"你既要忙竞标,也要操心工程部那边的事。"林建华笑了一下,"这是给你的考验,你做好是应该的,出了岔子,我唯你是问。

"对了,我看到昨天的照片了。怎么让林洲站你旁边?这种场合,他没必要出席。"

"爸,你别这么说。"林夏拿了张便笺,随手在上面写下了书名,"他工作能力挺强的,还很拼,你给他的职位都委屈了他。等回来,你把工程部的副总给他做吧。"

林建华眯了眯眼,女儿的反应是他没有想到的:"为什么?"

"我觉得他有这个能力,就当是考验了。"

"我考虑一下。最近辛苦你了,注意身体,不要太累。"

林夏打开抽屉,将便笺塞了进去再合上,看着屏幕上的父亲,尝试着问了一句:"妈妈呢?"

"她去睡了。"林建华叹了一口气,像是终于找到了人吐槽,"唉,我在这里,简直是来过苦日子了。"

听到他难得如此轻松而生活化地抱怨,林夏觉得稀奇:"怎么了?"

"我这'三高',刚到这里就在床上躺了两天,才慢慢缓过来。之后她就开始逼着我早上空腹喝西芹汁,晚上吃沙拉,不给我吃一口米饭。我在这里又不会英文,还只能靠她。"

"您是该注意身体,控制血压和血糖。"

"周末还得陪她去教堂。你说这都被钉在十字架上了,多不吉利啊。"

林夏哑然失笑:"你别瞎说,那是人家的宗教信仰。"

看着如此絮叨的他,她忽然想跟他说她被林建业摸了手的事。这样尴尬的事情,她至今未跟任何一个人讲过,跟自己的爸爸说,是可以的吧?

"爸……"事情有点儿难以开口,她尝试着说出口,"我早些天在糕点店门前遇到了叔叔。"

"嗯,打招呼了吗?"

"打招呼了,他排在前面,临走时给了我一盒糕点。"

"怎么了?"

"他摸了一下我的手。"

林建华愣了一下:"什么意思?"

"他故意摸了一下我的手。"

他轻笑了一声:"你在想什么?你想多了。"

她下意识地立刻反驳了他的话:"没有。"

"别这么多疑。"屏幕上的人一脸不信的表情,甚至觉得她很可笑,又补了一句,"不要有这样的想法,不然你该去看心理医生了。"

他不再有好脸色,像被一件不悦的事搅了好心情一般,一锤定音:"好了,挂了。"

视频被掐断,办公室里一阵沉默。过了半分钟,手机屏幕彻底黑掉,林夏甚至能看到自己的脸。脑中的弦倏然绷断,她操起手机就往墙角砸去。

林夏提醒着自己这是在办公室里,可又任凭着内心的暴虐情绪发泄,随手把面前空着的杯子摔在了地上。

那样不屑且质疑的眼神,从她年少起,就在他的脸上出现过很多次。

他不会严厉地骂她。在大多数事情上,她提出自己的想法时,他都觉得她很蠢,说她这样想是脑子有问题。

当时她最激烈的反抗行为不过是跟他辩论,但他总是一副不愿意、没时间、懒得跟她多讲的样子。后来她就习惯了在他面前少说话,少说少错,没了争执之后,那样的回忆都像是她青春的叛逆行为,过去了就好了。

在这样情绪失去控制的时刻,记忆片段重新浮现在脑海里,林夏再次体验着曾经的痛苦。她都快三十岁了,可一想起那种感受,就感觉自己会再次被打倒,想毁灭目之所及的一切东西。

手颤抖着,她竭力控制着自己的冲动情绪,一遍遍地跟自己说不能在办公室里这样。可她又把电话线拔了,将固定电话砸在了地上。

她已经在看心理医生了。

她没什么问题,非常爱护自己,情绪失控后会主动求医。她怕疼,宁可砸东西发泄都不会自残来伤害自己,压根就不会有自杀倾向。

失控之后,平静下来,她又一点儿事都没有。她甚至会自己反思:觉得自己有问题,那么点儿事,至于吗?

此时,"嗡嗡"的振动声从办公室的某处传来。

她怔了怔,像是被唤醒了神志,被声音牵引着去寻找源头。振动的是被砸在角落里的手机,没摔坏。她想弯腰捡起手机,腿却瘫软了一下,一屁股坐在了地上。

窗外的阳光照在了手臂上,一根根汗毛她都能看清楚。屏幕碎了的手机在顽强地响着,是程帆打来的电话。

她不想接,不想跟任何人交流,虽然咨询师跟她说过,要不要尝试在情绪失控时,打电话给信任的朋友,让自己转移注意力。

有时,她也想让心里晒进一点儿阳光。

在电话快被挂断之前,她点下了接听键。

"眼睛怎么样了?中午再滴一次消炎的眼药水,我让人给你送了蒸汽眼罩过去,午睡时用。"

"好。"

听着她简短的回答,他问了一句:"在忙吗?"

"没有。"

批文件的手顿住,程帆放下了笔。虽然办公室里只有自己一个人,他却放低了声音:"喂,你不会心眼这么小,还在生我的气吧?"

她抱着膝,坐在地上,听着他的声音像是从另一个世界传来的:"没有。"

"那我去接你,一起吃午饭?"

"不要。"

"不开心吗?"

"有点儿累。"

她话音刚落,敲门声就响起了。她皱着眉起身去开了门,敲门的是秘书。秘书手里提着一袋东西,跟林夏说这是程总派人送来的。

林夏将东西接了过来,放到茶几上,瞧了一眼,里面是几盒蒸汽眼罩。

电话那头的程帆听到了动静:"觉得累就拿一片眼罩敷上,什么都别想,去躺二十分钟。"

她难得如此听话,拿出一片眼罩,躺到了沙发上:"程帆。"

"嗯?"

"能不能别挂断电话?陪我十分钟就好。"

他笑了:"可以,你累了就休息,别担心睡不着。"

带着湿意的热气温热着紧闭的双眼,暴躁而无助的心渐渐平静,林夏逐渐找到了自我掌控感。

电话那头很安静,她听到了笔尖在纸面上滑过的声音、他将文件丢到另一边的声音、他喝水咽下的声音……

当再次听到敲门声时,她一下子惊醒,以为自己睡了许久,但看了通话时间,不过才二十分钟,眼罩还有些热。

林夏终于醒了过来,恍如隔世,十分确定此时自己已经彻底恢复冷静:"喂,先挂电话了,我有事。"

程帆还没来得及说什么,就被她挂了电话。看着结束的通话,他摇了摇头。这个女的,利用完他就丢。

在外头敲门的秘书有些忐忑。林总不喜欢总被人敲门打扰,但刚刚程总的东西,自己不能不立刻送给林总。现在又有人专门来找她,就在外边等着,万一是个重要的人,自己不立即通知,就是工作失误。

门被打开,秘书还没来得及说话,眼神凌厉的林总就来了一堆指示。

"找保洁阿姨帮我打扫一下办公室,去帮我买一部手机。还有,找人给我的办公室全铺上地毯。"

"好的。"

"找我有什么事?"

"有个叫董莉的人说有事要找您。她看起来跟您很熟的样子,我才来问问您,需要见她吗?"

林夏笑了。

"把她请到隔壁会议室里,给她倒一杯热茶。"

第九章

你可以利用我

　　董莉挑了最得体的裙子,难得地穿上了一双带跟的凉拖鞋,整理了头发,涂上了女儿用了一半后给她的口红。

　　周旺财看着她在打扮,问她去哪儿。她将东西拎在手上,说去找老马,就扭着屁股出门了。

　　走往公交站台的路上,她还碰到了周旺财的姘头骑着车去上班。她视若无睹地继续往前走。

　　她坐了公交车再换乘地铁,难得进城,一下地铁看到密集的建筑就失去了方向感,天热还有点儿晕。

　　现在哪里还有在路边招手就停的出租车?不过就这点儿路,董莉摸索着找到了建林集团。到门口时,她抬头看了一眼,这大楼可真气派。

　　到了前台,她说要找林夏,这里的秘书都客气而礼貌,让她稍等,打了电话后,又领着她进电梯。她没想到电梯里都这么凉快,来的路上出了一身汗,衣服都湿得贴在了背上。她偷偷地扯了一下衣服,希望衣服早点儿被吹干。

　　到了不知哪一层后,董莉又被另一个秘书领进了一个房间。秘书还给她倒了一杯水过来,说林总马上来。

　　董莉连声说"不急",待人走后,急匆匆地灌下了半杯水。她坐在椅子上吹着空调，再看着窗外的风景，心中感叹，这可真厉害呀。

林夏去了洗手间，洗手时看了一下眼睛，里边还有点儿红血丝。下边伤口处还有脓液流出，她拿了纸巾擦去。

将纸巾扔掉后抬头时猝不及防地看到镜子里的人，她觉得有些陌生，无法想象这就是刚刚失控的自己。想要砸掉一切时，自己到底是多面目可憎？

冷静下来后，她几乎能瞬间来审视自己：理性抉择，摒弃将自己当弱者的心态，淡然看待林建华的反应，去做该做的事，应当修炼得刀枪不入。

这有些分裂，但她庆幸自己是后者更多。

擦干了手，林夏走去了会议室。

打开门时，她笑着说："你直接让老周给我打电话就行，怎么还特地跑一趟？你怎么过来的？"

董莉站起了身："坐地铁过来的，我这是打扰你工作了吧？"

"哪里的话？"林夏看了她一眼，见她的衣服都湿透了，旁边的地上还有两个纸袋子，里面结结实实地放满了东西，"天这么热，赶来太辛苦了。"

"没有，没有。"董莉连忙摆手，"现在葡萄刚上市，我给你捎了点儿美人指，还有点儿土鸡蛋，可有营养了。"

"好，那我不客气，全部收下了。"

林夏拉开了椅子坐下，心想这可比林家那些乡下亲戚客气多了，那些人受过不少林家的恩惠，还没情商到逢年过节都不送点儿东西打点好关系。难道他们是觉得林家有钱，林家人就理所当然地应该帮他们吗？

这些东西不值钱，重要的是心意。

"咱们乡下就只有这些东西了，还怕你看不上呢。"

"怎么会？"寒暄完，她进入正题，"是让你打探的事有结果了吗？"

"别提了。"董莉摆出一脸嫌弃的样子，"你绝对猜不到，要我说了，估计你还觉得我在造谣呢。"

林夏不想听她多铺垫:"直说吧。"

像是怕有人在偷听似的,董莉压低了声音,把打探来的事情简要给她说了。

说完后,董莉看着对面的林夏,想听她发表一两句意见,她却抿着唇一言未发,神似孙玉敏的双眼漠然而锐利地看着自己,似在催促着自己继续说。

董莉没有再停顿,一口气把打探的来龙去脉和关系都给说了。她在来的路上就组织好了语言,还纠结了半天要不要说自己给人送了一条中华的事,毕竟那是软中,挺贵的。但最终她还是没说,不然显得自己在向人要钱一般,多小气呀。

林夏面无表情地听董莉说完。之前林夏有过很多种猜测,比如贪污过头,比如胆敢冒犯孙玉敏,但这个真相,是她绝对没有想到过的。

那么小的姑娘,他怎么下得去手?

外头烈日炎炎,里头空调温度刚刚好,她却毫无缘由地背后发凉,心里闪过一种诡异感。她分辨不清诡异感的源头,但绝不是因为被他摸了一下手这件事。

董莉喝了一口水,感叹了一句:"这事放在以前,是要吃枪子儿的。老太太这么惯着小儿子,也有责任。"

林夏心中不悦。她厌恶那个老太婆不是一天两天的事。老太太死的时候,她都嫌去殡仪馆晦气。参加完葬礼,她就去泡了澡做按摩,还特地用了柚子味的精油。

老太太没带过她一天,活着的时候她们也不在一起住,两个人自然没什么感情。但很小的时候,她就觉得这老太太不是个善茬。

她小时候,某一年的暑假,老太太来家里住了一阵子。她午睡起来,连鞋都忘了穿,打着哈欠走去一楼想拿冰棍。还没到厨房,她就听见了老太太在跟保姆说话。

老太太骂她哥哥,说他打扮得不男不女,头发染成了什么样,要

267

么出去，要么躲在屋子里，一点儿教养都没有。

她不想再听下去，就走进厨房，对着老太太说："这是我家，你可以离开的。"

老太太打电话喊了林建华回来，说"你女儿不让我在这儿待"，让他送自己回家。

她自然被林建华骂了，林建华还让她站在墙角反思。

没一会儿，孙玉敏也回来了，一句话没说，就带着罚站的她出去吃饭了。

在那时城中最高档的餐厅里，她吃着意大利面，孙玉敏却没有吃，拿了杯酒慢酌。等她吃完，孙玉敏才问了她，为什么要跟奶奶那么说话。

她没有回答。

没有原因，她就是不想哥哥被别人那么说。虽然奶奶也嫌弃她是个野丫头，本地方言都不会说，跟外婆打电话时一口A市的土话，跟个外地人似的。

孙玉敏没有逼问她，还难得地吃完饭带她去买了个冰激凌。

两个人回到家时，老太太已经回了乡下。没几天，闲聊的保姆也被辞退了。

"真没想到他是这样的人，太恶心了。"

事情已经讲完，剩下的就是嘴碎的废话，林夏犯不着在董莉面前多说一句，更不需要去附和她的话，便问了她："林建业现在住哪里？"

"大部分时间住镇上，虽然城里有房，但他更喜欢在乡下玩。"

"玩什么？"

"打麻将。"

林夏不信一个猖狂到无法控制自己，连侄女的手都敢摸的人，私下里会只玩麻将。

看着沉默的林夏，董莉忽然意识到事情没这么简单，猜测着林夏的心思："要不要我去打探打探他还玩什么？"

"不用，"林夏摇头，这些黑色产业非常危险，"你不要再管这件事了。"

这都快饭点了，要再赖着就是明着让人请吃饭了，董莉也没料到林夏会是这样的反应，竟一句话都没有。眼前的人年纪轻轻，心思竟然就这么重。

董莉站起了身："跟你说完，我这一趟任务就完成了。你工作忙，我就不打扰了。"

林夏看了一眼表，已经十一点了："吃了午饭再走吧。"

"别、别、别，你忙，千万别这么客气请我吃饭。"

"要的，不过下午有会，我礼数不周，只能让秘书带你去附近的酒店吃自助午餐了。"林夏站起身，开了门，喊了秘书过来。秘书过来时递给了她一个信封。

林夏将信封接了过来，关上门递给了董莉："这件事辛苦你了，你别跟我推辞。今后有我能帮上忙的事，你直接来找我。"

董莉看出她不喜欢跟人啰唆，喜上眉梢，边推辞说"你太客气了"，边接过了信封。接着董莉再被外边的秘书带去了酒店吃饭，这一趟收获颇丰。

办公室已经被收拾干净，似乎一切都没发生过。林夏靠坐在办公桌上，看着外头的天空缓一缓情绪。

财富能带来充裕的物质享受，让人拥有更为便捷与安全的生活，以及获得更多的尊重，但有时，安全是种幻象。比如，如此危险的一个人，很多人却不知道他就在身边，稍有不慎就会引火烧身，被焚及时都不知何时种下了恶果。

集团的业务林建业从来就插不上手，所以生意上似乎不会被他影响。

这么些年来，他未再被抓到过。那很可能在一条黑暗的产业链中，他成了参与者。

既然林建华知道这一切，刚才那么否认，难道是认为林建业不会变态到如此程度？林建华是无暇顾及，还是在逃避现实？

林夏闭上了眼，不敢再想另一种可能。

孙玉敏只做到了将林建业逐出集团，那自己又可以做些什么？

这一颗不定时炸弹,她该如何拆除?

她又在心中苦笑。林建业跟林建华这样的关系,她能如何拆除?要么她将人送进监狱,连林建华都没能力捞出来;要么彻底爆破,再无后患。

她最近事情有点儿多,下周要竞标,前期资金已到位。资金使用成本在合理范围内,她已将主要的几家对手盘了一遍。A市不是经济太过发达的城市,不会竞拍触顶到摇号的程度,不过热门地段竞争也不会小,她需要亲自跑一趟。

这周末是家庭日,她得跟程帆去他家。

等忙完竞标的事,她再去想如何处理林建业的事吧。

周日,程帆开车带林夏回家,一到家,周敏就让他去书房找他爸。

程帆进书房时,程云鹤正在和程远说话。程帆从书架上抽了一本书,躺在了沙发上随便翻着。

父子俩看了躺在沙发上的人一眼,继续着被打断的对话。

"回来时的飞机上遇到了他,我上前打了招呼,不知他怎么回京州了,可能是探亲,他还说有机会要来拜访您。"

程云鹤沉思了一会儿,问:"你怎么想的?"

一个曾在京州几乎快登顶的人至今仍屹立不倒,背后修为与功力可见一斑。程远似乎早就准备好了答案:"你们是你们的关系,我与他并无私交。"

程云鹤笑了,很满意儿子的回答:"现在时局不同了,你离开京州之时,我就送了你四个字——独善其身。就算位置再高,也不要有过多往来,眼光要放长远,暂时走得慢一点儿,你也不要心急。"

"我一直记在心上,最近时常有感悟。人要坚持自己的路,知道自己始终有选择,总会走出个结果。"

"怎么说?"

"您还记得我有个朋友叫老方吗?我曾经带他来见过您。前阵子,他升到了一个很不错的位置。"程远仍为老友开心,"刚工作那会儿,我跟他在同一个单位。他连领导的话都时常不听,周围同事都说他不求上进,迟早混不下去。结果,这么多年来他起起落落,如今有了这么好的结果。"

程云鹤点头:"记得,他怎么个不听领导的话法?我怎么没听你说过?"

"那时单位有个重要的上级验收工作,单位就顺便给安排了一个舞会,通知年轻女士去。领导觉得去的人不多,气氛不够,就让手下人去宿舍门口再喊些漂亮的同事去,有些人婉拒,有些人磨不开面子去了。喊到老方的女朋友时,老方直接骂他们说:'这种好事怎么不让自己的老婆去?'"说到这里,程远自己都笑了,"有时看似没选择,但其实是有的,可以走另一条路,就像您说的,慢一点儿。"

"是啊,慢一点儿,要有自己的原则,为人处事更谨慎些,还有,不要看重物质享受。"程云鹤渐渐提高了声音,"那是通往腐败的道路,更不要像某些人,坐都没个正形,还非得躺着。"

程帆放下了书,站起身往书桌前走去:"爸,上次我见程飞时,他还说京州夏天太热了,让你去新加坡度假。要不咱一家人包机去吧?你们不能腐败,我可以。"

程云鹤鼻子都要气歪了,看看这两个儿子,一对比,小的就是来气他的:"那么点儿小地方,谁要去?"

"啧,您还看不上了?"程帆不愿再被批评腐败,问了他哥一句:"谁要来拜访咱爹呀?都说人走茶凉,咱家的茶还热乎着呢?"

"张青明,不过你应该不认识。"

"没印象。"

"他哪里知道?那时他还在上小学吧。"程云鹤看向了小儿子:"你哥回来了,你才知道要回家啊?上次带你妈去体检,你把你妈气成什么样了,回来她就在我耳边念叨你。"

"是吗?我看她体检报告结果挺好的啊。"

程远装傻地缓和了一句:"你回头把她的体检报告发我一份,上次她还有点儿轻度脂肪肝,这次查下来好点儿了吧?"

"好点儿了,她说自己天天吃沙拉呢。"

程帆摸了一下口袋中的手机,心想:怎么就不响?

来时的路上,她还跟他开玩笑,说:"你要是被你爸拖进小黑屋了,你给我五万,我就打个电话去解救你。"

这多丢面子,他开着车都没看她,回了句"不需要"。

可现在看着他爸摆出的这训人架势,他能出十万。

到了程家后,程帆就被他爸喊去了,林夏去了客厅,还没坐下,就被堂姊刘丹拉住了。

"你这身裙子也太好看了。"

刘丹打量着她这身黑底红印花的裹身裙,裙子勾勒出纤细的腰,V领的设计,颈下一片雪白,丰满的人才撑得起来。她没露多少,顶多是一双腿露着,却性感而有风情。

刘丹下了句判断:"这裙子得腰细、胸大的人穿着才好看。"

林夏低头看了一下自己,心想:是吗?

周末出门,她难得有心情化了妆,再挑了条裙子穿。这条裙子之前她还没穿过,桑蚕丝的面料,抓在手里很舒服,她就拿来穿了。

领口下垂,脖子前空空的,她就配了条项链。她戴项链时,手指打滑,链扣都没按下去。她怕出门晚了,边拿了包挎在手肘上,边往外走,想着可以在车上戴。

出来时她看到程帆站在玄关处看手机,看似不慌不忙地等着她。她动作一向利落,换了鞋就说"走吧"。

他看了她一眼,拿过她手中的项链,却懒得站到她身后,就绕过她的脖子,手捏住了项链两端,低身作势要帮她扣上项链。

她还以为他三秒就能完成,结果他尝试了半天,腕关节在她的胸口处磨蹭着。她垂下眼眸看着他,要不是他一副太过认真的表情,都要怀疑他在吃她的豆腐了。

她刚想说"要不我去车上自己来吧",项链就落在了脖子上。她抬手调整了珠宝的位置,将披散的头发从项链里捋出来时,就见他的眼神扫过她的胸前,一副想说什么的样子,他却没开口。

她没管他,但上车后照了镜子,还是将头发扎了起来,不然感觉有点儿风尘味。

"不是,这条裙子挺能遮小肚子的。"

"真的?"刘丹摸着她手臂上的衣服布料,"那我回头再去店里试试看。"

周敏听了声音走过来,看了林夏一眼:"这件裙子的确好看。"

林夏倒是难得听婆婆这么说。虽然上次对婆婆在儿子面前多说了几句话害得她回家被质问心有不爽,但女人确实喜欢被人夸好看,林夏笑着说着漂亮的场面话:"谢谢妈,下次我带您去逛街试裙子吧。"

刘丹对着嫂子说:"看你家儿媳妇多孝顺。"

"是的啊。"

周敏也笑着回,这话听听就罢了,婆媳俩何时一起逛过街?她做人识相,又不是亲妈,彼此都不是易亲近的人,何必扮成姐姐妹妹相约一起购物演给谁看?不过林夏这人知礼数,这种场合给她面子,各个节日人未至礼先到,周敏勉强算满意。

"都坐吧,先吃点儿包子。朋友从云南那里寄了野生菌子给我,有点儿多,我让阿姨做了包子。"周敏向厨房里的阿姨喊了一声,问包子蒸好了没。

林夏没吃早饭,接过阿姨端上来的小碗,碗里边放了两个热腾腾的小包子,漂亮的褶皱上开了个小口,油汪水亮的。她咬第一口时,味蕾就被惊艳到了。有菌子在,包子自是鲜美至极。肉馅的汤汁流到了筋道的面皮上,碳水的满足感混着鲜美的菌子味道,她两口就解决了一个包子。

将另一个包子吃完,她还想着去厨房再拿一个,就听到了旁边的王瑞霞边赞叹好吃,边克制着说自己不能再吃了,太长肉了。

周敏说:"是的,一会儿吃午饭了,留着点儿肚子。"

刚要起身的林夏转而放下了碗,捧起了茶杯喝茶。

"你儿子呢?终于回来了,怎么面都不露?"

王瑞霞抬了抬下巴:"在上面打游戏呢。"

"他去哪所学校啊?"

"外国语。"

在一旁听着的林夏没有意外,他折腾着要回京州读书,自然是只把那几所学校放在眼里。她和她哥也是在外国语读的书。

"住宿还是走读啊?学校离这里可不近,你要留在京州陪读吗?"

"我暂时没法把工作调回京州,还要照顾女儿。在外给他租套房,让他走读吧。"王瑞霞看向了周敏:"妈,还得你们多照顾着了。"

周敏皱眉:"你这都是什么话?他是我孙子,我能不照顾吗?不是还有他叔叔在这里吗?"

林夏喝着茶,吃饱了脑子迟钝了,半天才反应过来,他叔叔是她老公。

王瑞霞叹了一口气:"青春期的孩子,怎么可能接受我过来陪读天天盯着他呢?就算一起待在家里,他也绝对不想跟我在同一个房间里。"

刘丹深有同感:"这个年纪的小孩就是非常让人讨厌,你既要管他,又要防着被他气死,还得小心翼翼地照顾他的感受。你说我们这辈人的父母,哪里会这么对我们,不还是打一顿吗?"

一旁的堂妹程雯雯问周敏:"婶婶,你怎么把两个孩子都教育得这么成功的?"

这马屁功夫了得啊,人都有好为人师的冲动,提个聪明的问题反而能取悦对方,林夏听得无聊到拿出手机来。

周敏果然笑了,摇头说:"养两个孩子你就会知道,性格就是天生的,父母也只能顺着他们的性子来因材施教。老大不用我操心,从小就稳当。老二呢,青春期那会儿差点儿把我气死。"

滑动手机屏幕的手指停住,林夏也没抬头,只竖起耳朵听着。他不会青春期跟人早恋吧?

"那时候他初中吧,就跟人打架,不仅被勒令回家待一周,还被要求到操场台上读检讨书。我跟他说'你这还挺风光的',他给我回了一句,说自己没这么大面子,又不是专门为他搞这么隆重的,仪式是给高中部那几个人准备的。"

众人大笑,说着他爸不得抽死他。

周敏说刚好老程进京开会,根本顾不上他。

"他从小就有主见。"刘丹回忆起了往昔,"我还记得他上小学那年,我带他跟我女儿去动物园玩,公交车上人多,要使劲挤才能挤上去。他当时才七岁吧,我到现在都记得,他看了一眼人挤人的车就对我们说:'反正我是不会挤公交车的,要么我走路你们坐车,要么一起走路去。'"

"老二这性子,要有点儿功力的人才能跟他相处。"王瑞霞看向旁边的林夏,"幸亏夏夏你脾气好,才能忍他。"

"啊?"林夏锁了手机屏幕,看着婆婆眼神正扫过来,昧着良心讲了一句,"他脾气挺好的啊。"

说完她就看到程帆从上边的书房下来,正走到客厅里,不知有没有听到她的这句话。要是他真听到了,那她这马屁功夫也挺不错的。

程帆一屁股坐在了沙发上,拿过她手上的杯子喝了一口水,把杯子还给她时,凑到她耳旁问:"真话还是假话?"

林夏低声反问:"你这是自己都不信吗?"

"不太信,我刚刚一直在等你的电话。怎么,连五万都不想赚吗?"

林夏没忍住"扑哧"笑出声来,这人对自己还挺有自知之明的:"刚想打,你就来了,钱还能给我吗?"

"一分都没有。"他说完就坐了回去。

"别这么小气嘛。"林夏看他难得在他爹这里吃瘪,还挺幸灾乐祸的,但嘴上还是说,"吃包子吗?我去给你拿一个。"

"不吃。"

周敏看到了他俩的小动作,儿子凑到儿媳妇耳旁细语,儿媳妇被他逗得笑出了声,可他又是一副正经的模样坐着。就算是曾经叛逆期的儿子,都是持重的,也许是找对了人,才有了那么点儿幼稚。这样挺好,他跟他爹断联系那两年,她的心都是悬着的。现在他回家被他爹敲打敲打,他也能耐着性子左耳朵进右耳朵出了。

刘丹猜着周敏的心思说了一句:"你俩准备什么时候要孩子呀?你们这基因和条件,得生两个才不浪费。"

"听说明年是生孩子的好年份。"程雯雯插了话,"我最近还在听一个节目,是一个儿童教育专家在讲如何养孩子。"

"你这准备可真充分,讲什么的啊?"

"就在讲,孩子是非常聪明的。当他哭闹着要你买东西时,你不应该理睬他的要求,不然他就知道哭闹是种手段了。"看着众人都看过来,程雯雯继续说了下去,"你什么都不要做,就看着他哭,不要离开,也不要打骂或安抚,就是看着他哭。"

林夏忽然问她:"为什么?"

"让他知道哭闹没有用,不能达成目的,等他哭完之后,你再告诉他,这样是不对的。"

"所以,父母就要一直看着孩子哭吗?他哭得再厉害,都要置之不理吗?"

"对啊,他在无理取闹啊。"程雯雯不知林夏为何突然对此事这么感兴趣,"也不是不理,等他不哭了,你就可以去抱一抱他。"

"孩子哭得那么厉害,看到最亲近的父母都不来安抚他,难道不绝望吗?"林夏不知为何,就较了劲,"买给他不就行了吗?"

程雯雯摇头:"不,不能在孩子发脾气时去抱他,你可以陪着他啊,看着他哭完,再跟他讲道理,而不是在他哭闹时满足他的要求。"

"我无法理解这么眼睁睁地看着孩子哭到精疲力竭还不让安抚的理论。就算理论成立,那可能只对百分之八十的人成立,那剩下的少数孩子怎么办?个体的偏差怎么解释?"

程帆察觉到不对劲。她很少跟人说话这么冲,他握住了她的手。

程雯雯还挺认同那个专家的意见,这么被驳斥自然不舒服:"又不是不买,跟他讲完道理,再酌情要不要给他买。专家也说了,孩子的要求父母不能每次都满足,比如十次满足三四次,可以跟他谈条件,他达成了目标再买给他。"

林夏紧接着反问:"先给一巴掌,再给一颗糖吗?"

感受到她僵硬而紧张的背,程帆轻拍了拍她的肩膀,笑着喊停了话题:"没事,我们家这么有钱,只要孩子不哭闹着要航空母舰,其他的,我们就都给孩子买呗。"

在场的人都是人精,看到程帆发话护了老婆,这件事便到此为止,没什么好争辩的了。大家纷纷笑着说:"夏夏要是生个女儿,你还不得是女儿奴啊?"

程雯雯不满地说了一句:"那不得把孩子宠坏了?"

程帆抓着林夏的手没有放开,认真地回了一句:"生在我们这样的家庭,孩子是不会差到哪儿去的。"

周敏心中不悦,这个程雯雯话怎么这么多,还在这种场合说没分寸的话?虽然大家都姓程,但你家能和我们家比吗?还有,你跟我说话,都要看着我的脸色,那我儿媳妇在这里,你不应该看着她的脸色说话吗?你不会觉得你一个姓程的人,就比一个外姓人,要和程家关系亲近吧?她不在乎对错,只是不喜欢等级与秩序感被破坏。

程帆这人本就严肃,在程家更是难得这么认真地在众人面前说话。气场压下来,他没说下一句话前,客厅里一时没了声。

周敏笑着缓和了气氛:"什么理论不理论的,咱家的孩子,只要宠着就行。我家两个儿子,不也是我惯大的吗?"

都是见风使舵的人物,王瑞霞也附和着婆婆:"是啊,特别是女儿,当然要宠的啊。程远在外边说一不二,回了家,女儿哭一下,他都快跪在地上抱着她了。"

话题转到程远家的女儿身上后,林夏站起身,轻声说了句"我去洗手间",就甩开了程帆的手往客厅外走去。

看着她离去的背影,程帆站起身,一言不发地跟在了她身后。

林夏不知要去哪里，只想找个地方冷静一下，也许洗手间是个好地方。手腕忽然被抓住，她便被程帆牵着，跟着他在这套大到她都没有全部逛一遍的房子里走着。

两个人踏过一条光线略暗的走廊，一道门出现在了尽头。他单手推开了门，牵着她出来后，铁门"嘎吱"一声响，幽深的走廊被关上，似乎将两个人与外界的世界隔绝开来。

这是房子北面的花园，地上一片绿意，树木茂盛，两个人站在阴凉的连廊里，都不觉得热。

林夏没有看他，不想他问自己怎么了。除了工作，她几乎不会与人争辩，没有意义且浪费时间。但刚刚，听到程雯雯不断重复的话语时，她却控制不住自己，试图去反驳这个狗屁理论。

刚刚拖她出来时，程帆已经感受到了她的手在微微发抖。

程帆没有问她，只是从裤袋中掏出烟，拿了根出来，手背挡着风，点燃了烟丝后吸了一口，手捏着烟蒂送进她嘴里。

见她终于看他了，他笑了："来一口。"

林夏接过烟来，吸那一口烟时，让人无暇想别的。这是她许久未碰的味道，上一次在好几年前，她也是与他同抽的一根烟。

他又从烟盒里拿出一根烟，却没用打火机点燃，而是抿在嘴里，低下头，干燥的烟草碰到了燃着的火花，"刺"的一下就被点燃了，像是两个人在接吻，烟尾迅疾地向上燃烧，留下了一小截烟灰。

吸入烟雾时，他下意识地微眯起了眼，再将其吐出。不知是否为烟草带来的愉悦感，他一直看着她，隔着缭绕的烟雾，那样的眼神看着不知是在冷静地审视，还是带着要将她吞噬的残暴之意。

此时的林夏并不逃避他的目光。烟夹在指间，她抬头对上了他的眼："看什么？"

"出门前忘了跟你说，你今天很漂亮。"

"不允许吗？"

程帆垂眸，侧开衩的裙摆下，隐约露出她的大腿，如果他想撩开，很方便。他又深深地看了她一眼,没说什么。

见她抽完了烟,还看着他手里这根,他又吸了一口后,将烟扔在了地上,用脚踩灭:"别贪心。"

她歪着头,故作天真地问他:"我贪心吗?"

可惜,纯真的表情跟她今天太过诱惑的裙子不太搭,程帆低头就吻住了她。

这却是很温柔的一个吻,似乎有着无限的耐心,他用唇舌缠绕的亲密的吻与手轻轻拍背的安抚动作,让她刚刚的戒备心与敌意消散。

许久之后,她靠在走廊的柱子上,没了起伏的情绪后,倒是能跟着他分析自己:"我刚刚那么激动,是我代入了哭闹的孩子。"

"对,孩子是会因为得不到一个玩具而哭。可是,他哭了很久,最亲近的人冷漠地看着他,就不抱他。那他哭到绝望之后,迟来的拥抱有什么用呢?下一次他都不会用哭来表达情绪了。"她笑了,"大人只是欺负孩子表达能力弱,体力悬殊,不能拒绝,不能推开那虚伪的充满条件的拥抱而已。"

程帆试问自己:如果他是那个孩子,会怎么做?

他已经三十多岁,心态上再无法将自己带入幼童来进行揣测。

如果他将她带入呢?他内心突然产生了抗拒感。

她是不想,还是不敢?

他无法停止思考。如果她至今都耿耿于怀,会不会是连迟来的拥抱都没有得到?

"那我补给你。"

她茫然地看着他:"什么?"

"迟来的拥抱,可能有用,也可能没有用,"他伸手抱住了她,"可以试一试。"

林夏将头靠在了他的肩膀上,睁着眼看着旁边角落里的绣球花:"我只是不懂,她为什么连一个拥抱都吝啬给……"

说完她就侧过头,将脸埋在了他的衬衫上。没多久,一片湿意染上了衬衫，沾到了他的皮肤上。

在夏天到来前，本地会有一段不短的梅雨季。连绵的阴雨天，空气湿度大，人很不舒服。程帆厌恶这样终日潮湿的天气，似乎没个尽头。

她极其少的哭泣只在他的衣服上留下些许水痕，这样的湿意却像是浸到了他的骨子里。他不想躲开，也无法躲开。

他轻摸着她的头，轻轻说了一句："傻孩子。"

林夏没有过青春叛逆期，甚至有种超乎同龄人的淡然气质。

她不能理解为什么别人会有叛逆期，看上去也很乖，没有早恋，不会顶撞父母，好好读书，甚至会按照他们的期许做到最好。

高中她考进了外国语学校的本部，在高手如林的班级里，她的成绩不是最好的，但也差不到哪里去。

一方面，她做事认真，努力学习提高 GPA（平均学分绩点），周末去上口语课，闲时还会读英文小说作为泛读摄入。

另一方面，她又无比随性。放任自己时，她会放学后回家打一夜游戏，或在论坛的帖子里爬几千层的高楼，一抬眼天都亮了。结果她白天上课打瞌睡，下课老师还委婉地跟她说回家学习不要熬太晚，这样得不偿失。

遇上论坛的各方大论战时，她还要连着熬夜追实时进度，连熬夜偷玩还得防着父母突击检查的风险都没有。她独自住在学校外父母买下的房子里，家里阿姨一周会过来两三次，将水果、牛奶和做好的菜填满冰箱。

没有人管她，她能随心所欲地做自己想做的事。但在玩过头之前，她总能及时停住，赶紧学习抢救一下。

她的大学选择也称得上任性。她对学校的排名、专业和城市都不感兴趣，只是读小说时喜欢的作者是在芝加哥长大的，每一本书都以他成长的环境为背景——流淌的密歇根湖，开庭前去的咖啡店，飙车的公路，在那里发生的种族矛盾、法律与常识的荒谬冲突。仅是这个原因，她就去了芝大。

大学毕业回国后,她又在自己为自己划出的框架内工作、生活。她不会逾越界限一步,可能是心智成熟,也可能是刻板而无趣。

程帆在林夏的计划之外,但这种偏离情况,在她能兜住的范围内。正如读书时,在用功学习之外,她会报复性地没日没夜打游戏到上瘾一样,不管成年后的她表现得再理性而自律,在不为人知的另一面,她还是会突然对一件事上瘾。

跟程帆在一起,让她上瘾。

如果他们是寻常恋爱,那需要讲究个约会流程,吃饭、看电影、逛公园,还得找点儿共同话题聊。若是两个人喜欢对方,一切都是享受;如果没感觉,每一分钟都跟上工一样,还得花钱上班。

两个人虽是恋爱关系,但荒谬的开头,注定了约会方式不同寻常。两个人皆非普通上班族,行程忙碌且不定,时间珍贵,所以常常省去不必要的步骤,直奔主题。

在这件事上,林夏明知自己在上瘾,但这几乎是她繁忙的生活里最为愉悦而纯粹的时刻,她放纵着自己沉迷下去。

两个人第一次约会过后,冷静下来的林夏尚且觉得虽确定了关系,也犯不着经常约会。然而他的吻,他的爱抚,他充满力量的身躯,让她眷恋至慢慢上瘾。

读书时尚有考学的压力来约束自己,现在在这件事上,她缺乏任何约束,还被溺爱着。

比如这天中午,出差一周的他早上就给她打了电话,先问了她在哪里,又说正在登机,中午就能到京州,问她要不要见面。

当时的林夏在忙工作,心烦意乱,听到他的邀请,内心颇为窝火,心想:难道我是应召女郎,你一落地,我就要在酒店房间里等你啊?

她说完"不去"就挂了电话。

等忙完那阵,她拿过手机时,发现他已经给她发了酒店和房间号。

已经彻底入冬,天很冷了。家中虽温暖,但她早上醒来时,都要下意识地赖一会儿床。今早钻在被窝里,胸前的肌肤贴在柔软的被子上，她不由得想起了偶尔在酒店与他过夜的第二天清晨的情景。林夏在内心嘲笑自己：只不过一周没做，至于这么饥渴吗？

看，他从不会强迫她，看似将选择权给了她，但对一个上瘾的人来说，这简直是剥夺了她拒绝的权利。

下午三点有会，还是孙玉敏会参加的级别，虽不用她做报告，但她也要做好准备，在开会前将资料再过一遍，以防被点名。

但她看了一眼时间，才十一点，自己两点回来也来得及。

林夏边想就已经边拿起了包和车钥匙，走出了办公室。

他这人对酒店挑剔，在本市常去的就那么一两家。原本她觉得一定价格以上的酒店都挺可以的，但逐渐被他影响得也变挑剔了。这样的转变能让她感受到，任何行业都得精益求精。好的跟最好的东西之间，看似只有很小的差距，但这最后一段差距很难逾越。

林夏刚进房间时，就看到了登机箱和一个容量颇大的手提包。这个外表平平无奇的手提包是她送他的。两个人开房，她从未有机会给房费，逛街时就买了个爱马仕的包给他。

她正将外套脱下放在沙发上时，就看到他从淋浴间里走了出来。

程帆正在系腰带，见到她没惊讶，只是拉开手提包，扔了盒饼干给她。

那是一盒白色恋人，他出差前她跟他随口提过，自己都忘了这回事。

程帆看着她，正值隆冬她还光着腿，穿了双过膝长靴，宽松的毛衣刚及臀，还挺不怕冷的。

她放下饼干，看了一眼手表，跟他说："我要两点之前走。"

他气笑了。这个女的平时没事不联系，进房间第一句话就是这个，当他是什么了？

"你可以现在走。"

"什么？"

程帆走到茶台前，又拆了个胶囊放进咖啡机，再将水杯放在出口下，按下按钮后对她说："我是让你来拿饼干的，你这么赶时间，可以先走。"

林夏呆住。他第一次对她说这种话，要赶她走？

这可能是他想结束这段关系的委婉说法，她拿起刚脱下的外套挂在胳膊上："好，我的确有事，先走了。"

看她真拿了衣服转身就要走，程帆觉得简直可笑。

他有这么个女朋友，跟没有又有什么区别？她要走就走好了。

林夏的大脑一片空白，这是她第一次与人如此鲁莽且荒唐地展开一段关系，就被对方这么喊停了。她不会问原因，更不会质问对方。

手抓到门把手，她正要开门时，手腕被人拉住了。他力气很大，似乎只轻轻一捏，就将她拽回了头，她手中的饼干和衣服掉了一地。

之后的混乱场景是她无法想象的。

这样明显带了怒意的程帆，她第一次见识到。他强势，她也不甘示弱。可没多久，她几乎就要瘫软在地。

程帆没有安抚她，只是将她捞起来，将她提到洗手台前，手托着她的下巴，让她看着镜子里的自己。

"要走吗？你确定要现在这样出去？"

头发凌乱自不必说，她才发现自己眼眶里含着泪，未开口求他，可看着他的眼神里已带了委屈之意。

可这一眼，林夏意识到即使是这样的他，她都不讨厌。她心中笃定他不会伤害自己，面对这样怒意的他，都能有恃无恐。

看着镜子里的他，她问："你舍得吗？"

没预料到她会问这个问题，他躲开了她的眼神，不在意地笑了："怎么不舍得？"

"我知道的，你不舍得。"

他再未回答她的问题，她也没有注意力等他回答。

她离开时，腿很软，被他亲着，还被他拍着脸，问她能不能严肃点儿……

"林夏？"

正半掩着脸打哈欠的林夏抬起了头,就见众人都向她看过来,一同射来的还有孙玉敏的眼神。冗长的会议,听着各部门翔实到略显啰唆的报告,她就撑着头想眯一会儿。她刚睡过去,手就失去了支撑,下巴差点儿掉在桌面上。她正打哈欠醒神,连谁喊了自己都不知道。

旁边的副总小声地跟她说了问题,但她脑子发蒙,什么都记不起来。

"这个……"她边沉沉吟边打开了文件,昨天她已经整理过一遍了,于是迅速找到了信息点,扫了一眼便抬头回答了孙玉敏的问题。

看着孙玉敏点了头,继续会议,像是没发现她走神,经过这一吓,她无比清醒,当然不敢再睡过去。

开完会,林夏回到了办公室里。她觉得好累,真想马上回家泡澡睡觉。可惜孙玉敏在这里,她总要熬到下班点才能走。

她便冲了杯咖啡,拿出带回来的饼干,拆了一包当下午茶。入口即化的奶香巧克力,配上微苦的咖啡,一切都刚刚好。

她正在拆第二袋饼干时,孙玉敏就敲门进来了。

"妈,吃饼干吗?"

孙玉敏看了一眼她的办公桌上的饼干包装盒,拉开了椅子坐下:"没吃午饭吗?"

"吃了一点儿,饿了。"

"中午去哪儿了?"

林夏抽了纸巾擦去嘴角的饼干屑,避开了孙玉敏的目光:"出去吃饭了。"

"嗯,我觉得你最近很忙。在忙什么呢?"

这段时间,她频繁缺席家庭聚会。孙玉敏人脉广,社交圈多,还经常举办家宴邀请朋友,她都没有回去,何谈参加?

林夏抬头看着孙玉敏:"忙着谈恋爱。"

"可以。"孙玉敏不会被她一反常态的回答激怒,"很好,年轻人就该多谈恋爱。"

看着对方不再开口,林夏到底沉不住气:"为什么不问问我他怎么样?"

"只是男友而已,我相信你的眼光,你开心就行。"

"妈,你的人生信条何时是开心就行?还是说,这是你对我的期许?"

"我一向都是如此。"孙玉敏反问她,"对你有这样的期许不好吗?"

不知别人如何,但林夏不喜欢这样。希望她开心就好,这就像是没有期待一样。

"我不觉得你是开心就好的人。"

"为什么?"

林夏想了想,说了实话:"如果开心就好,那你为什么要这么辛苦?不论生活还是事业,你都选择了一条更为艰难的道路。"

"因为选择这条路会让我开心,仅此而已。难不难、要付出多少代价,不在我的考虑范围内。"

林夏不明白,这一路走来孙玉敏到底付出了多少代价,又是些什么代价。

而自己呢?

如果想成为她母亲那样的人,她要付出多少代价?

手中的咖啡渐冷,在母亲面前,她总觉得自己无比幼稚与弱小。

"如果……我的期望就是成为你呢?"

孙玉敏愣住,看着眼前这个与自己无比相像的小女儿。自己可以为她提供优越的生活,只要自己尚有能力,就能让她衣食无忧。

孙玉敏知道她性格要强,却没想到她竟然是这么想的。

"不要。夏夏,不要成为我,"她看着女儿,认真地说,"成为你自己,好吗?"

说完孙玉敏就站起身,留下一句"不要因为谈恋爱一再错过家庭聚会",就离开了她的办公室。

林夏没有理会她的最后一句话。

这就像是她的叛逆期,不管是否有约会,她都能以此为借口,逃离家庭聚会。

年底除了公司的一堆事，各种收尾项目给钱和要钱之外，还有很多宴会。

各地的分公司，林建华都会亲自跑一趟，孙玉敏整天在外参加各类社交活动，林夏则在公司熬着加班。

他们两个人出去谈的事，是林夏也搞不清的，不知有多少人情交易和迎来送往，她更不清楚体现在哪一本账上。

有一天，孙玉敏喊了林夏，让她晚上陪同自己去参加一个晚宴。那是个大人物的生日宴，难得高调，办得颇为盛大，本地商界名流邀请了一大半。

进集团没多久的林夏很少参加这种级别的场合，没什么机会。

当晚，她打扮了一番，随着孙玉敏去参加了晚宴。

孙玉敏在这种社交场合如鱼得水，将真实与面具融为一体。

林夏站在她的旁边，微笑地与各色人物打招呼。等人走后，孙玉敏会对林夏简单地提点两句。

社交场合，尤其是商界，是个讲究身家与背景，同时会在心中暗暗进行排位的地方。

比如有些人难得出现，在场的人都会等着去跟他打个招呼，不谈生意，就是纯粹问声好。

林夏看见那人出现后，身旁就没断过人。此时，他还在跟一位美女热聊。

孙玉敏低声跟她介绍："那是隆盛集团的董事长——程帆，新能源行业的，我们一会儿去打个招呼。"

"为什么？"发觉自己的问题太生硬，林夏找补了一句，"我们又没什么生意关系，也不会有合作。"

孙玉敏不满地看了女儿一眼，不明白女儿怎么会问出如此幼稚的问题，但还是耐心地解释："他的背景很深，这个是硬通货。"

自知失言，看出了孙玉敏不满意，林夏不敢再说什么。

林夏只大概知道程帆这人有点儿厉害，但具体怎样，跟她没关系，也就懒得去了解他的事。孙玉敏说他背景深，还要去打个招呼，难道他真的很厉害吗？

他好像前几天邀请她参加一个晚宴，她说没有空，天天在公司加班，就拒绝了他。难道他说的就是今天这个宴会？

她不来挺好的，不耽误他跟那位美女聊那么久。

终于，他身边空了出来，孙玉敏刚好跟另一个人聊完天，就带着林夏去与他打招呼。

"程总，你好，久仰大名。"

"孙总，好久不见。"程帆笑着看着孙玉敏，余光扫过了林夏，她难得如此化妆打扮。

"程总好记性，竟然还记得我。"孙玉敏同样笑着介绍了旁边的人，"这是我的女儿——林夏。"

程帆看向林夏，伸出了手："你好，林夏。"

林夏伸出右手，微低头问了好："程总，您好。"

他温暖而干燥的手，颇有力量地握了一下她的手，随即放开，他转而跟孙玉敏聊了两句。

林夏内心松了一口气，在一旁做认真状听着他们讲话。高手过招，就算是风马牛不相及的两个行业，也可能扯上千丝万缕的关系，给彼此透露一点儿信息量，一个眼神就是赞同或默许的暗示。

忙碌了许久后来参加这样一场晚宴，待在人群中听着各色的聊天与应酬话语，林夏并不觉得厌烦。相反，人身处这样一个金钱、能量高度流动的场合，被巨大的信息流冲刷过身体，会被其感染，生出更多的欲望。

在这样的地方，无人能做到适可而止。人人都享受着充沛而富足的物质生活，便不会满足，进而会被野心灼伤。

在这个巨大的名利场上，林夏看着程帆和孙玉敏觥筹交错，想起孙玉敏刚刚与各色人聊天的情形,再次感受到自己毫无筹码。

林夏在公司的地位实际上由父母决定,她无法将明里暗里的资源整合到自己手里。尝过了权力与自主权带来的快感后,人便不会觉得衣食无忧、拥有很多零花钱是件多么幸福而满足的事。

一方面,她被内心懵懂的冲动挑衅着,冰饮落肚都无法熄灭这一直燃烧的欲火。她现在拥有的一切东西,皆来自通过考验后父母的赠予。除了一层血缘关系,她毫无筹码。

另一方面,不过才两年半,在孙玉敏身旁,她都常常能感受到自己有多幼稚与鲁莽。她又需要多少历练,才能彻底摆脱稚气与天真?

"不打扰你了,程总,回见。"

"哪里是打扰,跟孙总聊天很有收获。"程帆举起了酒杯,"回见。"

目送程帆离去后,孙玉敏看着一言不发的女儿,边往旁边走边提点她:"永远不要过早断定一个人对你有没有用,绝大多数人没有看人的眼光,不要聪明到把自己归类于极少数人中。"

林夏没有为刚才那句无心之失辩解:"我知道了。"

"带你来,你就要多看、多学。"兴许是被女儿的那一句话触动,孙玉敏难得多说了两句,"比如刚才的程总,你从他身上学到什么了吗?"

她想了想,回答道:"你刚刚跟我说他背景深厚,但他几乎对每个主动上前打招呼的人态度都一样,不会区别对待。"

孙玉敏点了点头:"他年纪不大,事业又做得那么大,就算有点儿傲慢也正常。只有那样的家庭,才能培养出这样的性子。"

"哪样的家庭啊?"想着孙玉敏连人家的家庭都调查过了,林夏便随口问道,"他是会跟集团有什么合作项目吗?"

"能有合作项目就好了。"孙玉敏笑着摇头,再懒得跟她多说,"我去跟那边的熟人打个招呼。"

"好,我去吃点儿东西。"

看着她无比贴身的绿色真丝礼服裙,孙玉敏嘱咐了一句:"少吃点儿,保持你的身材。"

别人常羡慕孙玉敏身材十年如一日地好，丝毫没有人到中年的发福迹象，还常问有何秘诀，殊不知她就是对食物没有兴趣，吃得更是极少。

而林夏没办法做到这点。特别是这个酒店的甜点做得极棒，没吃晚饭的她自然抵挡不住诱惑。她拿了盘子，夹了块拿破仑，想着要走去角落吃，不然咬一口这酥脆的饼皮，再掉一身屑可就太没形象了。结果刚要走，她就听到了有人喊自己。

她回头看去，才发现喊她的是她的高中同学，只是想不起对方叫什么。不过她用一副熟稔的态度打了招呼："这么巧。"

在这里见到高中同学没什么惊讶的，在那样的高中里，她的同学非富即贵的概率挺高的。林夏上学时的感受之一，就是家里有钱的，一看就知道。但家里当官且职务不低的人，一般来说更低调，从不跟别人讲家人是干什么的。

李明伟看了一眼她的餐盘："这个好吃吗？"

"好吃啊，这家酒店的甜点的招牌之一就是这个。"

"行，我也来一块。"李明伟边拿食物边问她，"国庆节的时候咱班还组织聚会了，你怎么不来？对了，你都不在群里。你这是发达了，连群都退了？"

"不发达就不能退群了吗？群里总有那么几个人，每次看他们说话都觉得好蠢，干脆退了眼不见为净。"见到熟悉的老同学，林夏难得实话实说，"高中同学聚会，有什么好去的？"

若有一直保持联系的高中同学，她单独约出见面即可。这还没毕业几年就缅怀青春，凑在一起聊十七八岁，挺没意思的。

"你这人，说话可真直接。"

"人总要珍惜自己的时间。"

李明伟哑然失笑。他对这个曾经坐在后桌的同学印象之一就是非常自我，她对一切集体活动都兴致缺缺，倒也谈不上傲慢，就是自由而随性。他对她印象深刻，是因为当年的自己过分在乎分数与排名，学业压力很大，内心十分羡慕她不羁的性格。

"你说得有道理。"

林夏又端了杯果汁:"我先去吃东西了,有机会回头见面。"

宴会主人王栋的面子大,程帆无法推辞,而且这还是主人六十大寿的生日宴。

宴会场面颇大,他到了后便接连社交。其实无论怎样的社交场合,他的话都不多。习惯了生意上的尔虞我诈,他更要保持清醒,位置越高,能说的话就越少。

"要不是我亲自请你,你怕是连我的生日宴都不肯来吧?"

"您这是哪里的话?就算没有生日宴,我也要打电话向您拜年的。"

王栋叹了一口气:"古人说六十而耳顺,可我怎么总觉得是江河日下,力不从心了呢?"

程帆笑了,只当是表面意思:"怎么会?可能京州冬天太冷了,您过年去海南晒几天太阳,保准精力就恢复了。"

"也是,虽说年关将至,一年好收了尾,但总得想着下一年的生意。"王栋看着程帆,"程老弟,咱明年要不要一起做点儿事情?"

见他压低了声音,程帆便微低下身子,侧耳听他的"一点儿事情",刚好就看到了餐桌旁的林夏。有个男人走上前与她打招呼,而她笑着跟对方聊天。

耳旁的细语讲完,程帆收回了视线,眼里丝毫不见情绪。

王栋是不是老眼昏花了,六十多岁还昏了头,要去灰色产业里插一脚,竟还想拉上他,用他父兄的关系保驾护航?这人可不要风光了大半辈子,最后一程没走好。

程帆也闻到了危险的气息,这华丽而奢靡的宴会之中,已暗藏了衰败与腐朽。

"王叔,您这着实是高看我了。我这小本生意,哪里有能力去掺和这么大的事?"

"你这是小本买卖,那我这岂不是上街摆摊了?"王栋爽朗地"哈哈"大笑，拍着他的肩，"没事，你回去考虑考虑，我先去招呼客人了。"

"好，您去吧。"

程帆思忖了半刻，脑海中构建出王家涉及的生意网，再由此推测着其牵扯的关系网。这种生意，不是一般人兜得住的。王栋对他开口时，就已经布好了一大半局，不过想再找个降落伞。

所谓腐朽的衰败，从不是断崖式下跌。灰色产业利润之大，是烈火烹油般热烈，但它会在某一个点，牵一发而动全身，烧毁一切。

想明白之后，程帆忽然就觉得今晚挺没意思的。

"躲在这里干什么？"

正吃着甜点的林夏被吓了一跳。她找了个算是清静的角落，一只手端着盘子，另一只手抓着拿破仑，多层酥脆的外皮和奶油在口中融合。

她正在细嚼慢咽，顺便发呆，回头看到程帆时，却有种莫名其妙的违和感。

她看着他西装革履地以一个极其成功的社会身份出现在宴会上，与人谈笑风生地应酬，这样的他，于她而言十分陌生。

林夏感激他刚刚在孙玉敏面前装作不认识自己，但他现在来找她，这让她内心又十分不耐烦。

这段关系，她不想让更多人知道，免得掺和进不纯粹的东西。没有彼此的社会身份，两个人单纯地享受身体的快乐，不，精神上也很快乐，有期待，有回味。

程帆伸手擦去了她嘴角的酥皮，再抽了一张纸巾擦干净了手："你还挺忙的。"

"我不忙啊，哪有你忙。"

他看了一眼她旁边的杯子："怎么在喝果汁？"

"我不喜欢喝酒啊。"

"酒可是个好东西,小朋友才喝果汁。"

被嘲笑是小朋友,林夏心里翻了个白眼。这人幼稚不幼稚,这都能来攀比?

程帆被她明显不服又硬生生憋下去的表情逗笑了,凑到了她的耳旁说:"小朋友今晚要不要跟我走?"

他的气息突然离得极近,混杂着酒精的味道。此处虽是角落,但又不是视觉死角,要是被人发现了怎么办?林夏下意识地往后退了一步。

程帆敏锐地察觉到了她的闪躲与抗拒之意,却不动声色,没等她回答,依旧带着笑意跟她聊天:"怎么不向你妈妈介绍一下,我是你的男朋友?"

后来林夏才知道,这是他生气的征兆。

但此时的她真以为他在认真问她问题,就现编了一个借口:"我不知道会在这里碰到你啊,一时没反应过来,而且刚刚不是你先装作不认识我的吗?"

"我的错,那我得去弥补一下错误。"

"不要。"自己回答得太过干脆利落,她有些尴尬,但还是及时反问了一句,"谈恋爱有必要这么着急告诉家长吗?"

"没有必要。"程帆耐心已经耗尽,手却还是颇为温柔地摸了摸她的头,"没关系,跟你开玩笑而已。"

"你不早说。"林夏内心如释重负。要是别人问她一些让她不想回答的问题,她会直接拒绝回答。可在他面前,不知是否被他的气场压住,她就是觉得自己需要给出一个解释。

"等我妈妈走了,我就去找你,好不好?"

"不了,突然想起来我明天一早还有事。"程帆一口将杯中的酒饮尽,将空了的酒杯放在她的饮料旁,"我现在就要走了,你慢慢玩吧。"

她虽懵懂地觉得不对劲,但觉得他说有事,应该就是真的有事。她点了点头,说:"好。"

程帆头也不回地离去,孤身而来,孤身而去。隔着一道门,他将满室的浮华与名利丢在了身后。

他作为商人，孤独是种常态。

战略决策，他需顶着各方的压力，要独自在一个杂音繁多的环境里做出最冷静而清醒的决策。

生意场是一个只有利益，没有共同基础价值观的小型社会。他独自和不同的人作战，影响不同人的利益，会受到上下内外的夹击。

孤独地承受这一切，是基本的职业素养，是他应该做到的事。

只是偶尔，他有点儿厌倦这样的孤独感。

走到室外，寒风扑面而来，在等司机的工夫，他点了一根烟。有了烟瘾后，他每天至少抽一根，久而久之就成了习惯。

陪伴也会成为一种习惯。

只是看着她与别的男人有说有笑，对自己却避之不及，他动了怒。

有些东西，跟冬天的寒冷一样，需要忍受与适应。

司机已下车为他开了车门，程帆掐灭抽了一半的烟，上了车。

宴会过后，林夏再未跟程帆见面。

从前两个人约会，都是他主动提出的。虽然两个人的第一次是她主动的，但他有点儿基本的风度，就不会让她去开房。

两个人几乎也不聊闲天，有话说就约见面。

如今不见面，他们就相当于失联了，虽然有对方的联络方式。

林夏一开始也没在意，他生意做得挺大的，到了年底，自然繁忙。她自己也忙，还感冒了一场。

头两天她吃了感冒药，一直感觉脑袋昏昏沉沉的，后面就是整日流着鼻涕，鼻子都要被擦破皮了。熬到了腊月二十八放假，她先是在家睡了一整天，第二天才发现这个点几乎找不到保洁阿姨，便自己拿着拖把和抹布，将家里打扫得干干净净。之后她买了春联回来贴上，又开车去了超市，采购水果、牛奶、蔬菜之余，还应景地买了零食放家里。忙了一整年，倒是没有心情外出旅行，她就准备窝着，把平时落下的电影给补上。

等干完了所有活儿,已经是除夕,她闲下来时才意识到,程帆到底是生气了。

林夏知道是自己说错了话,但他们的相处模式本来就是这样的,多好啊,何必去做调整和改变呢?

总之,她不知道该怎么办。

除夕林夏他们是要回乡下吃晚饭的。

虽然可以在饭店订一桌年夜饭,不必自己在家辛苦,但这么多年的习惯都是他们去乡下吃团圆饭。

林建华享受被一个大家族围绕的感觉,认为这是亲情的温暖。亲戚们都会赶着过来到他家拜年问好,他无疑乐在其中,发出的红包都是不小的数目。

林夏不喜欢回去,更不喜欢被一群人围着百般奉承。小时候跟老太太结下的梁子在那里,她礼貌地喊了人之后就与老太太形同陌路。一年忍这么一回,吃完晚饭她就开车回去。

林玮文今年除夕没有来,据说正在闭关中,一幅画正创作到关键时刻,不能分心。他也没在家里待着,反正家里房产多,也不知道哪里的房子做了他的画室。

林建华当然不满,看样子是发了通脾气,但孙玉敏在那里压着,估计林建华也不能把林玮文揪过来。

林夏装傻当看不到他俩之间的僵持,但到了晚饭点,在饭桌边跟一群亲戚侃大山时,他心情又好了,还给一旁的孙玉敏夹了菜。

吃饭时气氛颇为吵闹,林夏吃了几口应付后,就下了桌走去外边。

村落里的除夕十分热闹,鞭炮声响个不停,还时不时有烟花在远处的天空中绽放。一声巨响后,明亮的烟花刹那间彻底照亮了上方的天空,是林家的晚辈们在前边的场地上放起了成筒的烟花。

林夏无聊地拿出手机,等待着绽放时间,拍出了一朵最完整的红紫色烟花。

她又十分无聊地将照片发给了程帆，跟他说了一句："除夕快乐。"

参加完宴会后的第三天，程帆就飞去了日本滑雪。

假期开启前，他就已经将年前的事情安排完。公司的现金流强劲，第三季度盈利很不错，不论上下，他都一并在年前发放了年终奖。

但工厂没法停，行情好，还有那么多订单要按时交付，他只能用钱来留住人。过年期间，工资三倍发放之外，还有额外的津贴，一个假期，工厂员工几乎能赚到一个月的工资，很多人选择留下。

他跑了本地的工厂，亲自给员工发了过年红包，福利部门那里，陆续还有年货发放。他还给员工增加了五天年假，等不忙时他们自己安排时间休掉就好。

集团的年会，他只出席做了开场发言，回顾了过去一年的成绩，再展望了一下新年目标。吃了饭，抽了奖，年会就这么结束了。

在行政部门操办年会前，他就一个要求：我经费给够，别给我弄乱七八糟的什么游戏。这么多人的热闹场合，大家都会喝点儿酒，万一再来点儿过火的互动活动越了界，场面控制不住就是一场闹剧。

这些繁杂的事情完成后，他对助理说："有重大紧急事情再给我打电话。"

现在正是最佳滑雪季，雪质很不错。他几乎每年冬天都会过来，待一周左右，这是他难得的清闲时光。

白天他一头扎进白雪皑皑的山里，在重复而不算轻松的运动中无杂念。山顶的风景很美，他从陡峭的坡上滑下时，狂飙的肾上腺素让人紧张又兴奋。

他跟往年一样，滑了一天的雪，然后找了个小馆子觅食充饥，再回去泡着温泉喝酒。白天极大的运动量让他彻底放空了大脑，晚上泡了澡舒缓了酸胀的肌肉后，是幽静的独处时间，他有时看点儿书，有时会想一想这一年的得与失。身体和大脑都得到充分锻炼后，夜间他睡得也沉。

他几乎不看手机，奢侈的东西并非物质，而是拥有大段心无旁骛、不被打扰的时间。

今年的他照例这样，可晚上泡温泉时，随手就将手机放在了一旁。当他又一次拿起手机，解锁了屏幕随手刷着微信和朋友圈时，他却察觉到了自己的不对劲之处，虽然这种行为于旁人而言也许很正常。

他不耐烦地将手机扔了回去，忽然没了泡汤的心情，站起身回了房。

这一段关系开始并没有多长时间，他骤然冷淡下来，不去联系对方，就已经表明了要结束的态度。可他不知对方是领悟到了，就这样断了联系，体面且互不打扰地分了手，还是压根没注意到。

程帆觉得简直可笑，可或许也无须在意，更不必计较着影响了自己度假的好心情。

又滑了两天后，他去东京吃了早就订好的怀石料理。啧，味道怎么说呢，反正他到了机场后，又点了碗乌冬面。

程帆吃饭时还碰到了熟人——Jeff。Jeff是来总部述职的，同样在登机前来吃点儿东西。

两个人闲聊了几句市场与行情，等到离开时，程帆才发现Jeff手里拎了一盒白色恋人。注意到他的眼神，Jeff倒是有点儿分享欲过度，解释说他每次出差，都要给女儿买礼物回去。这次行程匆忙，来了机场他才想起这事，看到饼干的包装盒很可爱，就买了。

程帆应付地回他，说小孩一定会喜欢的，但心想：这玩意儿能有多好吃？百来块钱的东西，Jeff至于特地背回去吗？自己上一次是太闲了，才会买这种不值当的玩意儿占行李箱的位置。

回到京州已是除夕，他自然要回家过年。一年到头，他也就除夕会在父母家住一夜，大年初一起来陪着他爸招待前来拜年的亲友宾客。

他到时已是傍晚，大门上已贴上了春联，一看就是他爸的字迹。

进了屋，他自然是最晚到的。嫂子在厨房里给他妈打下手，他哥和他爸坐在客厅的沙发上，一个翻书，一个看报。

程帆喊了人后，他爸瞄了他一眼。估计今儿个是除夕，程帆发现他爸忍住了没说话。要是他爸每天都有这个自觉,那就好了。

程帆走过去将沙发旁的落地灯打开,给他爸的杯子续上了茶水,再坐到了程远的旁边。

"你儿子呢?"

"在楼上打游戏呢。"程远好笑地看了看他弟,说,"你竟然还瞒着我,送了台游戏机给他。他那个嘚瑟的个性,藏都藏不住,没几天我就被喊去了学校。"

"怎么?你把他的游戏机没收了?"

"没收了几天,这一放假就还给他了。"

"你差不多得了,他这个年纪,你别太管着他。那还是最新款的游戏机,他说想要,我就托人买了一台回来。"

"你就惯着他吧。"程远摇头,"你这是站着说话不腰疼。我看你这脾气,以后你儿子要是像他一样闹腾,你估计都得家法伺候了。"

"你担心这个干什么?"程云鹤放下了报纸,"他也得能先娶到媳妇吧?"

"说什么呢?"周敏从厨房里走了过来,瞪了老伴一眼,再看向小儿子,惊讶了一下:"你怎么瘦了这么多?工作这么忙吗?"

"有吗?"

周敏招呼着那粗糙的爷儿俩:"你们看看,他是不是瘦了?"

程远仔细看了程帆一眼,的确有点儿,程帆的面部线条更加紧实了,隔着薄毛衣肌肉线条也更明显。他们还以为他是累瘦了,但这种显然是锻炼后体脂率下降的表现。

"是有点儿,但他这几天不是去滑雪了吗?运动量在那里,估计吃的还是鱼生,他能不瘦吗?妈,你别瞎操心。"

"我不管。"周敏勒令小儿子,"一会儿给你来两盘饺子,你得给我补回去。"

"别,妈,给我十二个就行。"

"怎么了?"周敏仔细盯着他,就怕他年底工作压力大,身体吃不消。不然一个大男人，一盘饺子都吃不下？

程帆喝了一口茶，兴许是连日运动，吃得又清淡，一听到两盘饺子头都大了："没胃口。"

"行吧，我再给你备点儿夜宵，你晚上饿了自己下来开火。"

平日的家庭聚会都是成员众多，十分热闹。

除夕夜他们倒是不习惯人多，更希望最亲近的一家人在一起吃顿饭。家中的阿姨放了假，年夜饭是周敏和儿媳妇两个人操持的，这么个家庭倒没什么大鱼大肉，菜甚至很朴素。

亲手擀皮包的饺子、两个白灼的素菜，还蒸了腊味和一条鱼，简简单单、清清爽爽的，一家人吃得很惬意。

一家人吃饭聊着天，从程远明年的工作调动说到了明天初一要来拜年的亲戚及回礼。程帆没有说话的兴趣，夹了根菜心嚼着。这饺子盐搁少了，看他们很捧场地多蘸了醋都吃完了，程帆不喜欢醋的味道，吃了两个就不再碰了。

此时他放在餐盘旁的手机振动了一下，程云鹤不喜欢他们在吃年夜饭时看手机，程帆正拿过手机要开静音时，手机又振动了一下。

这不是工作手机，又不是电话，不会是重要的事，他本想着吃完饭再看，拇指却不由自主地解了锁，再点开了微信消息。

与她的聊天界面里一片干净，只剩下她新发的两条信息，一条是"除夕快乐"，另一条是一张烟花照。

她是群发的消息吗？

他点开了图片，照片是她拍的。市里禁放烟花爆竹，不知她这是在哪儿。

她这人挺可笑的，这都快大半个月不联系了，又突然发来一句祝福话。不知她是在试探他，还是坦然地当作无事发生。

听到了旁边程远的咳嗽声，程帆抬头，他爸正看着他。他把手机倒扣在了桌上。

给他发完信息后,林夏看了会儿烟花,就走出了大门。她裹着羽绒服,在外边有灯的道路上散起了步。

来了还没多久,这么着急走不太好,她准备转悠一圈就回去。

村里过年时十分热闹,她走在路上都能听到从一户户窗里传来的各色声音,有音量颇高的聊天声、搓麻将的机器运作声,以及隐隐约约的电视节目声。

她走了大半圈,他都没有回她的消息。她从来都不是一个要求对方迅速回消息的人,但此时也不免猜测,他这是不是已读不回。

她又不是傻子,这样的情侣关系,如果他在这样的节日里都不回她的消息,那就是分手的意思。

如果他们就这样断了联系,她也不会打电话去质问对方。她开始得那么鲁莽,就要接受对方结束得这么突然。

想到这里她就很烦躁。这么个除夕夜,他至于不给人一个痛快吗?

羽绒服里只穿了件羊绒衫,腿上一条单薄的牛仔裤,再加上晚饭没吃多少,林夏越走越冷。她转身就往回走,准备坐到车里暖和一会儿。

此时插在羽绒服兜里的手感到一阵振动,林夏拿出了手机,是程帆的电话。

她愣是等电话响了二十秒,才接了起来:"喂。"

"除夕快乐。"

隔了大半个月,她听到了他低沉的声音,他跟她说着"除夕快乐"。她自己都没察觉到已经嘴角微弯,但开口还是责问:"怎么现在才打电话给我?"

程帆此时躺在楼上卧室的床上,刚刚吃得少,周敏以为他身体不舒服,赶他上来休息。屋里没有开灯,他打开窗帘,被子都没掀开,人就躺在了上面,看着窗外的一点儿亮光,给她打了电话。

"那你为什么这么久都不联系我?"

各打了五十大板,两个人一时都面上无光。都不是十七八岁了,社会人都讲究效率,至于为了件小事别扭这么久吗?

没联系前，两个人都做好了分手的准备，在脑海中预演着分手步骤，如工作制定 SOP（标准作业程序）般，步骤清晰，冷静高效。

可此时听到了对方的声音，两个人一秒就推翻了全盘计划，像是无事发生。

"工作忙啊。"

"哦。"

她对他的单音节回复颇为不满。他是觉得她赚得不多，还表现出一副人仰马翻的忙碌状吗？虽然她知道，是她自己说谎心虚了。

"那你在忙什么？"

本可以开免提，他却还是把手机放在了耳边："忙着滑雪、吃烤肉、泡汤和睡觉。"

"一个人吗？"

"不，有美女相伴。"

"有多美？"

"忘了，一天换一个，哪里记得住？"

"巧了。"林夏倒没生气，反而笑了，"我妈安排我相亲，年前这几天，一天安排一个，不过我记住了长得最帅的那一个。"

她大概率跟他一样在扯淡，他却忽然起了身："你在哪儿？"

男女之间，无须将剩下的问题说完，他们就能猜到对方的意图。看着远方又一簇烟花在半空中绽放，她沉默了一下，还是回答了他："在我奶奶家。"

"在京州吗？"

"在。"

"给我地址，我去接你。"

林夏没有问他，除夕夜不要在家陪家人吗；她也没有问他，两个人要去哪里，照旧去开房吗；她更没有问他，为什么他觉得她一定会跟他出去。

"不用，我开车来的。你给我地址，我去找你。"程帆站起来开了

300

灯,将窗帘拉上后,开了房门走出去,"吃年夜饭了吗?"

"吃了一点儿。"

他想了一下,报给她一个商场,约她在那里见面:"路上小心。"

程帆挂了电话就下了楼,一家人正坐在客厅里看联欢晚会。他走到玄关处,换了鞋拿上外套要走时,周敏走了过来。

"你去哪儿?"

"我明天上午过来。"

这些年,他几乎每年除夕都在家住一晚,今年却破了例,突然就这么要走。

他没有回答她的问题,周敏就不再往下问了:"几点过来?"

说实话,他也不能确定:"午饭前吧,不是还有哥在吗?"

周敏知道儿子是个工作狂,如果是工作上的事,他大可以直接说理由。如此看来那就是生活上的事,她不必问都能猜到是女人。

"好,去吧。"

回城的路挺通畅,林夏开车开得颇快。

刚刚离开时,她去跟孙玉敏说了一声。孙玉敏点了点头,没问她为何这么早回,反正她除夕夜回来就跟打卡完成任务一样。

她开着夜车,想起去年此时大概也是这样,不过当时是回了公寓,泡了个澡就睡了,无任何仪式感,只是寻常一夜。

她将车开到市中心附近商场的停车场内,程帆已到,说在超市门口等她。

林夏拿了包,走下车时觉得自己的白色羽绒服颇为臃肿。她冬天甚少穿这么厚的外套,特别是看到他穿着黑色的大衣,手里端了杯咖啡,身姿尤为挺拔地站在那里时,这种对比效果尤为强烈。

程帆看到了她,难得见她穿这么多,将咖啡递给了她:"冷吗?"

虽然不冷,林夏却下意识地双手捧住了暖和的杯子,喝了一小口咖啡:"还行,我们去哪儿?"

"逛超市。"

原以为他会临时安排一家餐厅吃晚饭,林夏正惊讶,就被他一只手揽住了肩,带进了超市。

她莫名其妙地有些心虚,毕竟他们两个人平时约会太过直接,甚至跳过了一切非必要步骤,直达目的。这是第一次出来逛超市,她都有种不真实感。

而程帆显然是效率派,不会乱逛,只看要买的东西。他们买得也不多,只拿了两块牛排,一捆芦笋和一盒鲜奶。

走到放满汤圆的冰柜前时,他问她:"你吃哪种口味?"

林夏一时好奇:"你们那里是晚上吃汤圆吗?"

程帆看了她一眼:"早上吃。"

她噤了声,心想:难道他们还要在他家过夜吗?这是不是太快了?

但两个人这才刚和好,要是她说不行,估计又得掰了。

"我要吃芝麻的。"

他拿了一包芝麻馅汤圆放进购物篮里后,就牵着她往结账处走去。

自助结账机旁的一个货架上放着各类牌子及型号的计生用品,林夏就见他站着扫了一眼,挑好了牌子后,拿了两盒扔在篮子里。林夏以为他要走,却不知他在想什么,又拿了两盒。

他拿完东西就走,颇为正经,不会在大庭广众下说任何私密事,一句调笑的话都不会有。

结完账后,两个人没有在外面多待,林夏没再开车,坐了他的车。她也没问他去哪里,买这么多东西,肯定是去他家。

她内心忐忑,面上却云淡风轻,不过是去过夜,碰巧是除夕而已。

两个人上了电梯,密闭的空间里只有他们俩,电梯内壁装着镜子,目光所及之处都是两个人的身影,她无处可逃。

"怕吗?"

她抬头看着他,如实相告:"有点儿。"

程帆笑了："你应该怕。"

"为什么？"

此时电梯门打开，一梯一户，开门便是玄关。他从鞋柜里找了双还未拆封的男式拖鞋递给了她："将就点儿穿吧。"

第一次进入他的领地，林夏有些谨慎，跟在他的身后，未看完房子的全貌，就问了他："有什么东西是我不能碰的吗？"

"没有。"程帆脱下了外套，拎着购物袋往厨房走去，"你自己逛，我没空招待你。"

啧，这人说话很欠扁，明着炫富，还用上了"逛"。

本没想在别人家里乱逛，但林夏还是被他的房子的设计惊艳到了。

客厅、厨房与餐厅都打通了，室内面积本就大，这样安排之后空间视野感极强。

沙发旁有盏落地的阅读灯，茶几上放了两本书，还有一本中间夹了一支笔的书被丢在了沙发上。她瞧了一眼书名，是本社科类的大部头。

茶几上放了套茶具，打火机和一包烟被随手扔在了旁边。不过屋子里没有烟味，果然，外边有个露台。

除了一台85寸的电视和两旁的音响外，客厅里几乎再无外物。

所谓餐厅，却没有餐桌，是做了个小型的吧台。已开瓶的威士忌放在吧台上，酒杯里还剩了一口酒，看起来像是他离开前没喝完的。

房子里看起来生活的痕迹甚少，但又很有程帆的风格。

他不喜欢繁复的装饰，她目光所及之处，装潢尽可能简单，看着简约，又极讲究生活水准，东西不多，风格低调。只要是懂行的人，一看音响，就知道这个屋子里的其他物件也非凡品。

家中所有一切，全然只为他服务：看书喝茶的客厅，独酌的吧台。她不必再往里边的房间看，就能感受到其强烈的自我意识，没有一寸空间是为可能的来访者考量的。这人习惯独处，将家当成了最私密的空间，所以当林夏穿着他四十多码的备用拖鞋，站在此处时，内心生出一种不适感。

她闯入了一个无比注重隐私与自我空间感的人的家中，这样的界限让她感到不知所措。

程帆将食物放到料理台上，看她站在那里，穿着毛衣和牛仔裤，难得有点儿乖的样子，问道："怎么了？"

"感觉我来破坏了你一个人的清净。"

"还好。"他将购物袋中的避孕套拿出来，递给了她，"帮我放到卧室里去。"

虽然跟他也没少用这玩意儿，但就这么从他手里拿过四盒避孕套，她还是有点儿不好意思的。不想被看出自己有些害羞，她边拿东西边假装淡定地问了一句："卧室在哪里？你真放心让我进去？"

"你找一遍不就行了，有什么不放心的？"

"怕你金屋藏娇。"

"家里不富裕，只藏得起一个。"

看着她一言不发地离去的背影，他笑了。

程帆打开旁边的酒柜，除夕夜，还有人陪着喝，自然要开瓶老酒。家里这批酒已喝完了一半，他还没来得及补货。还挺巧，他看到了一瓶跟她年纪一样大的酒。

他拿了开瓶器，旋转着钢片，小心地将软木塞拔了出来，缓缓将酒倒入醒酒器中。看到瓶口出现的沉淀物时，他停下了动作，再将醒酒器放入了冰桶中。

他喜欢独酌。

结束工作回到家，喝一杯酒放松一下已成了他的习惯。

这些年遇到几个真正难过的坎时，他在外表现得一切尽在掌控中，回家喝一顿大酒，第二天照常去面对困难。

不必跟任何人倾诉，他选择独自消化压力。他独自扛过一件件大事后，需要的人就会越来越少。他已不再年少轻狂，藏不住分享成功的心情；也不是痛苦的成长期，会忍不住向人吐露内心想法。

他不需要她，却想要她。

他年龄越大，对人与事的忍耐力都在下降，事业上都不必为了钱而忍耐，顶多就少赚点儿，更何况私生活上。

只是在泡汤时，他想着如果她在，一起喝一杯酒，也能接受。

能接受在一贯独自相处的时间内，让渡空间给另一个人，于他而言，这就已经是不同寻常的情况。

他将她带回家，也证明了这一点——他能接受。看到她站在客厅里，他不觉得违和，甚至愿意跟她分享自己的事。

程帆有时怀疑她是不是情场高手，真能耐得住性子吊住他，还能特地等到今天来发信息。

程帆在内心摇了摇头：从第一次接吻她的生疏表现来看，她哪里又会是呢？不过这不重要，人人都有过去，能拥有的只有现在。

他拿出了牛排，懒得拉上厨房门，又怕有那么点儿油烟味，就稍微煎一下再连锅送入了烤箱中。

莫名其妙地被安排了差事，林夏进了他的卧室。她有些拘谨，平时很少去别人家，更别说一去就进卧室这样太过隐私的空间。

她打开了床头柜，将这四盒避孕套都扔了进去，站起身时，才发现很大的床上就一个枕头，睡袍被脱下放在了床尾。

此时，她不确定：真的要在这里过夜吗？

虽然无比亲密的事他们做过很多回，但这一晚，如果她在这儿留下了，他们的关系也许就彻底不一样了。

人习惯性抗拒改变，可若与她今夜独自在家守岁相比，显然与他在一起她更快乐些。

林夏出来时，正看到程帆拿了两个酒杯放在吧台上，端着醒酒器倒了一小口酒，放在鼻前闻了一下。

看见她来，程帆将手中的酒杯递给了她。

"闻一闻。"

林夏学着他轻嗅那酒，但若有若无的味道，无从分辨。她又深吸了一口气,正在分辨气味时,就听到了他的轻笑声。

"笑什么?"

她这样跟狗鼻子一样,他自然没说:"什么味道?"

"泥土……"她又闭着眼细闻,"还有落叶的味道,秋天的感觉。"

"鼻子挺识货的。"他给面前的酒杯倒了小半杯酒,与她碰了碰杯,"除夕快乐。"

"除夕快乐,"她看着他,"程帆。"

难得听见她喊他的名字,他挑眉示意听到了,一口饮尽了杯中的红酒。

看他又拿起酒要给她倒时,林夏阻止了他:"我不喜欢喝酒。"

程帆手下动作没停:"你应该喜欢。"

"为什么?"

"因为我喜欢,你要陪我喝。"

听了他这么直接而理所当然的回答,她还真有点儿哑口无言。她看到桌旁空置的红酒瓶,上面的酒标都有点儿模糊不清了,但依旧能看到年份。还挺巧,酒的年份和她的出生年份一样。

除夕不好拒绝他的要求,她只能如他所愿喽。林夏拿起酒杯,小口地喝着杯中的酒。

看到她拿起软木塞细闻但又有些嫌弃的动作,他笑了:"你会喜欢的。"

"为什么?"

"你放几天假?"

"初九上班。"没理解他跳脱的思维,她问,"怎么了?"

"好,那就是有八天。"他看向了旁边的酒柜,"那里有不同产区和年份的酒,我们每天开两瓶。打个赌,你肯定会爱上它。"

"你疯了吧。"看着他认真的表情,林夏知道他不是在开玩笑。就算是开玩笑,这也是个奢侈的玩笑,这些年份的酒绝对不便宜。

"这才刚开始喝,我还没醉。"

"这么好的酒,给我喝,不是牛嚼牡丹吗?"

他反问她:"那你就是有空了?"

其实她春节没安排,今天去林家吃过饭,年后林家亲友往来,她可以不去。舅舅、舅妈已退休,去了加拿大过年,年后她也没聚会的任务。

"难道你过年不走亲访友吗?"

"你什么时候做事这么犹豫了?"他没回答她的问题,"喝酒都不敢吗?"

她坐在吧台边的高脚凳上,喝了一口酒,耸了耸肩:"我很胆小的,你不知道吗?"

"不知道。"

看着他明显不信的表情,她笑了:"只对你大胆了一次,在其他事上,我都很循规蹈矩的。"

吧台上有盏昏黄的灯,她笑得很狡黠,压根就不是个老实的人。

"比如呢?"

"很多啊,"她撑着头,想了想,"比如我在好好工作啊。"

"这不是应该的吗?"

她内心翻了个白眼:"你是不是从来没给人当过下属?"

"我留学时打过工。"

"那不算。"

"好,不算。"他笑着看她,"好好工作就循规蹈矩了吗?"

"比如没有叛逆,努力做事,想要获得父母的肯定。"

"那你肯定很难获得他们的肯定。"

"为什么?"

"你母亲对下属应该很严苛吧?"

"你怎么知道?"

"我不是见过她吗?"

程帆看着她,她聪明而通透,才进入社会两年,还保持着单纯的本性。他从不是个好人,此时却想把她变成另一个他。那样的她,才会陪他更久。

他正想说什么时,烤箱"叮"的一声响了。

程帆起身去了厨房,套着隔热手套把平底锅从烤箱中端出,将牛排和芦笋放到餐盘中,又顺手拿了刀叉将熟透的肉切成了条。

他目光锐利,只是社交场上见了孙玉敏两次,就将她看了个透。

而孙玉敏提及他时,眼神中想要结交的渴望之意难以掩藏。

林夏自己在公司处境尴尬,不上不下,想要更多资源,却毫无筹码,处处受制于父母。

她并不傻,只是对很多事没兴趣,连程帆的背景都不想知道,只知道他有个公司,从公开披露的报表上看,他的公司的利润很不错。

她不想复杂化这一切,更不想去利用他。生活上,她想单纯地享受跟他在一起的快乐;工作上,她自己努力就好。

面对这个远比她强悍的男人,她敢跟他上床,却不敢招惹他太深。

牛排肉质好,只加了盐和黑胡椒,就挺美味的了。不过她也不能否认,他厨艺不错。

他确实有点儿烟瘾,吃完饭就从客厅的茶几上拿了烟和打火机去了露台。

林夏不是吃白食的,随手就将餐盘放入了洗碗机中,再拿着手机回复了祝福信息。她复制粘贴着"除夕快乐",很快就回完了信息,见他独自站在露台上,就放下了手机。

兴许是刚刚吃了肉补充了能量,从温暖的室内到吹着寒风的室外,她并不觉得太冷。

听到门响声,他回头看向她,皱起了眉:"这么冷,你出来干什么?"

看着他抽烟的背影,她却莫名其妙地觉得他有些孤独。虽然这种孤独感,跟身边有无人陪伴并无关系。

"陪你啊。"

程帆本想转回头继续抽烟,听了她的回答,却转过身,看着她走到他跟前:"说假话不心虚吗?"

多浪漫的回答,就被他这么讽刺,她干脆闭嘴,不说话了。

他又拿了根烟放在嘴里,用手中快燃尽的烟过渡着火星子,深吸一口将烟彻底点燃:"你应该陪我去滑雪。"

兴许是除夕原因——林夏从小就被外婆教,在今、明两天要说好话、和和气气地跟人讲话,这样来年运气才会好——林夏对他有些心软,毕竟那件事上确实是自己做得不地道。

"下次补上,可以吗?"

外边冷,吐出的烟圈凝成了雾,他没回答可不可以,只问她:"抽过烟吗?"

林夏笑了,忽然伸手从他的指间夺过了香烟,老练地夹在手里吸了一口。林夏踮起了脚,此时烟从鼻子里飘出,喷洒在了他的脸上。她挑衅地看着他,开口说:"用不着你教我。"

他拿回了烟,看着她得意的样子,兴许她自己都没察觉,她这样有多性感。看着前边摩天大楼上的灯光秀,他又吸了一口烟,不知自己在忍耐着什么。

"教我喝酒,还想教我抽烟,你这是想让我变坏。"

他冷笑:"你以为你是个好人吗?"

她最坏的一面,只被他看到过。

她也没生气:"你要不要再给我抽一口?"

程帆吸完了最后一口烟,扔掉了烟蒂,却还没吐出烟雾。他双手捧住了她的脸颊,低头吻住她,撬开了她的唇,将烟渡到了她的口中。

烟草味在两个人口中弥漫,他渡给了她一口烟,却又试图剥夺她所有的呼吸,让她根本无福享用。这甚至是种折磨,唇舌被他攻占,他一丁点儿都不温柔,林夏甚至感受到了他的报复之意。

她开始害怕,原来他在电梯上说"你应该怕",是这样的恐惧感。一个在事业上让人感到可怕的人,在生活上,只是有意隐藏了黑暗的一面。

许久之后，他终于放开了她，像是无事发生一样，用指腹抚摸着被他咬破的唇："抽烟，跟谁学的？"

像是被他吓到了，她很乖地回答："我妈妈会抽烟，高中时我偷了包家里的烟，自己学的。"

"想不想比她更强？"

林夏抬头看着他，露台的灯没有开，只有室内透过来的一点儿灯光，以及远处大楼聊胜于无的那么一点儿光亮。他的脸并不清晰，她不知他此时是何种神情与眼神。

她却像是被他蛊惑一般，轻微地点了一下头，也不知他是否能看到。

"对一个远比你强的敌人，你要借力打力，利用一切你能利用的人，"他停顿了一下，还是说出了口，"包括我。"

她下意识地想说：我妈妈不是敌人，我不想利用你。

可是，这并不是他想听到的话，她不敢说。

对这样窥得了她的欲望、一再挑起她的黑暗面的男人，她不能确定自己真的能不被他改变。

卧室里开了盏床头灯。

不过是两杯酒，她兴许真醉了，丢掉了最后的束缚，并不顾忌被他看到全部的自己。

程帆盯着她。

她这样的妩媚样子，只允许被他看到。这样单纯的她，只能被他染黑。

新的一年到来之际，他们没了时间的概念。

两个人用酒精浸泡了清醒的大脑，内心彻底臣服，在无边无际的快乐里，让时间无限延长。

瘫倒在他身上时，她听到了他在她耳边的低语声。

"新年快乐。"

第十章
危机重重

周末过后,林夏就要去 A 市出差。

这周竞标会,她得去盯着。一天太赶,她就订了酒店,两天一夜的行程。

晚上回来收拾行李,她正从浴室里将护肤品小样拿出来时,程帆回了家。他松了领带,正在解衬衫扣子,这是要洗澡的样子。

程帆瞧了一眼地上的行李:"要出差?"

"对,明天去 A 市,后天回来。"

"怎么去?"

"开车去,公司的司机明早来接我,怎么了?"

"我觉得你可以请个司机。对了,给你换了辆车。"程帆脱下了衬衫扔进衣篓里,看着还不走的她,"你要留下陪我洗澡吗?"

还没给她机会说谢谢,他就下了逐客令。林夏拿着东西走出了浴室,还帮他把门带上了。

她早已习惯了他买东西的脾性,再贵的东西也就一句话,他告知了她,并不需要她感谢。他甚有分寸,给她买车,却建议她请司机,毕竟司机会知道雇主的所有行程。

林夏当然请得起司机,但在集团做事,总觉得不该太高调。出差跑远路,有公司的司机可用;距离不远的地方,她自己开车即可,有时还会借用一下他的司机。

她动作迅速,五分钟就收拾好了行李。她看了一眼时间,才七点,他这个点回来,大概率还没吃晚饭。

她去了厨房,拿了两块三文鱼放进微波炉,切了甜椒,再同解冻后的三文鱼一起撒上盐和黑胡椒,放进了烤箱。

等候的工夫,她开了瓶白葡萄酒,先给自己倒了一杯。回家后来一杯葡萄酒,舒缓紧张的神经,这早已成了她的习惯。

有时尼古丁也是舒缓神经的东西,周末在程家的后院里,他难得给了她一根烟。冷静过后,她承认自己说话有点儿冲,场面上闹得不愉快,要去给他的堂妹道歉。

她话还没说完,就被他打断,他说她管这么多干什么。

两个人回到客厅之后,像是无事发生一样,他堂妹先主动来向她示了好。吃饭时,周敏难得主动给她布菜。

她也微妙地发现,程家的亲友们都对她更加热络了,甚至带了点儿奉承之意。当然,他们原本也做得很好,对她挺客气的。

这是她万万没想到的,她一时失控,原本还担心着如何善后,最后却是这样的结局。他家为她做到了这一步,让她不需要自责与懊悔,她被他托举着,不用去在意任何人的目光。

离开时,林夏内心虽感激,但跟婆婆的关系仍不会亲密到哪里去。

她只在无人处对婆婆说了声"谢谢"。

周敏依旧是矜持的模样,对她说:"记住,你是程帆的妻子,这是他们应该做的,你要习惯。"

"怎么只顾着自己喝?"

林夏放下了酒杯,给他倒了一杯酒,还亲自送到了他的手上:"下次我给你送进浴室,绝不先偷喝一口。"

"可以。"

"晚饭还有五分钟。"她看了一眼烤箱后又回头看向他,"车算生日礼物？"

"不算。"

"那给我准备了什么礼物？"

见她难得主动讨要礼物，程帆咽下酒后如实回答："没想好，我后天出差。"

这是他赶不上她的生日的意思，但林夏并不在意，生日只是人为赋予了意义，在具体的哪一天并不重要，只要被人记得，就不算太糟糕。

两个人出差是常态，他的行程更忙碌些。这两年他忙着拓展海外市场，又有数额颇大的实体投资，自然要亲自跑一遍。

他看着精通吃喝玩乐、一副富贵闲人的做派，酒要喝好的，吃饭有讲究，看书要品茶，度假半个月起步，连滑雪都能玩到专业级别，但其实忙起来时一天几乎十六个小时的工作量，跟不同时区的团队开会，出差时都会在酒店健身房运动维持精力。他从不抱怨工作，可能压根就是在享受，这一点她自愧不如。

"是上次你没去成的出差事务吗？"

"不是，那个合作项目不谈了。"

"我还以为你会另约时间，真就这么不再考虑了？"

程帆放下了酒杯，拿着白葡萄酒边倒边说："这个合作项目资金投入并不少，虽然可行性还要再考量，但这么大的项目，刚要动身，你就出了点儿问题，没去成。开头就不顺，那就说明这件事真不能干。"

"你何时这么迷信？"

他又给她的酒杯续上了酒，递给了她："宁可信其有，不可信其无。"

林夏都不知他是在认真回答，还是随口胡诌。

他这人，至少在她面前，挺冷幽默的。人长得太过严肃，有时一本正经地跟她说着瞎话，她都难以分辨真假。

他也绝对不是个迷信的人，没有宗教信仰，从不语怪力乱神。他

· 313 ·

就这么取消了合作项目，一定是了解足够多的信息后做出的判断。

看着她半信半疑的神情，程帆笑了。

哪里有那么复杂？

当时去了医院，他知道这就是件小事而已，跟脚擦破了一个程度。但他心绪不宁，哪里还有脑力去谈事，更不可能再跟人轮番多个回合地对峙。

"想要什么礼物？"

林夏想了想，摇了摇头："没什么特别想要的东西。"

刚刚她还在讨要礼物，现在又说没什么想要的东西，程帆看了她一眼，没再说什么。

酒店行政套房的工作区内，打印机时不时工作着。

林夏早上抵达后，开场时间骤然生变，延迟到了下午一点，据说是等待重要人物到场讲话。不同地方做事风格不同，这么个理由并不奇怪。

但在竞标前，一点儿风吹草动都不能寻常对待。同事们紧锣密鼓地再次核对着关键信息，讨论着主要竞争对手可能的变动及应对措施。

咖啡一杯又一杯，大家吃个三明治就打发了午饭。他们当员工的，压力自然大，都不说工作成就感，结果跟奖金绩效直接挂钩。大家看着一旁不动声色地欣赏着窗外湖景的林总，她没有参与讨论，一句指示都没有，不知是淡定还是同样焦灼。

忽然，不知何处传来一阵振动声，众人只见背对他们的林总接了电话，不过半分钟就结束了通话，全程一句话都没讲。

挂了电话的林夏转过身，走到办公桌前，拿了支铅笔，将打印的纸张翻面，在空白的背面迅速写下了一组数字。

室内依旧亮着灯，看她执笔时，副总刘晓芸不免被她手指上耀眼的粉钻晃了眼。林总为人处世再如何低调，一颗戒指就让人对其身家略窥一二。但走神不过三秒，刘晓芸就被她写下的数字震惊到了。

这个溢价率,比预计的多了两个百分点。两个百分点,是真金白银的钱送出去。

原本刘晓芸就听了小道消息,一开始林总反对林董在房地产上投资,结果到了要出手时,林总反而成了最大胆的一个。

看着林夏面无表情,眼神却坚定,同事们都没有质疑,默认了她定下的底线。

大家没什么需要质疑的,倒不是因为她是老板的女儿,都是她说了算,而是她扛得起责任。过往不是没有项目被搞砸过,她作为领导,自己站出来把事给担了,护住了手下的人,解决完外边的事,再来整顿内部。没有人愿意跟着一个畏首畏尾、不肯承担责任的领导做事。

林夏抬手看了一眼表:"时间差不多了,去吧。"

"林总,您真不去吗?"

"我跟李总去喝茶,等你们的好消息。"林夏拿过写了数字的纸张,撕了扔进垃圾桶,"去吧。"

"好的。"

这一趟出差她请了李伟国同行,这么些年,他一直深受林建华信任。

他从体制内出来,在研究政企关系并进行搭建和维护上是一把好手。即将开启的A市地产项目,也需要他来进行深度拓展与搭建关系网。

"李叔,辛苦你跟着跑一趟了。"

"哪里,来这么个清静的地方喝茶,都算是度假了。"李伟国心知她这是给足了他面子,林建华不在,这么个竞标项目请了他来坐镇,可看她这么大手笔,还有心情来喝茶的架势,又哪里需要他来,"地产项目周期长,外表看着风光,还有集团输血做后援,但实则牵一发而动全身。在这里开了头,今后对你而言,这是条不容易走的路。"

林夏拿了茶壶给他倒了一杯茶:"是的,集团在这块虽有过经验,但总体的开发和运营能力弱，一切都要从头搭建。到时候还要您多帮衬点儿。"

"说话不必这么客气。"李伟国接过茶杯，"今天上午来了之后，我又去竞标的那块地附近溜达了一圈。"

早在林建华做这个决策前，李伟国就已经做了调研。纸面上，他把该市的经济发展与财政情况、上头对其定位发展等一系列材料摸透了；实际中，他实地勘探，亲身感受此地衣食住行，扮成个要买房的人到处走走看看问问。回去后他再分析、整合写成了材料，为老板提供参考意见。

当时林建华跑了好几个地方，多方权衡之下，定下了A市作为进军地产的起点。这次来，李伟国坐着出租车走马观花地看了一遍，没什么专业性见解，只有最直观的感受。

"这里的房价，短则一两年就会飞速上涨。对普通人来说，若多分析点儿，有能力的人就该早下手。"

林夏点头，程帆的工厂一部分就已放在了A市，相当于大笔钱投在了这里，房价上涨是必然的。

"我在这里长大，哪里能想象到这座城市会发展得这么好？"

"你在这里长大？"李伟国想起来了，"哦，对的，孙总是这儿的人。"

"是的。"林夏看着窗户外边的湖。她妈妈从这里的乡下走了出来，去到京州，那么年轻，那么大胆。

她忽然问了李伟国一个问题："李叔，您当年为什么来帮我爸爸做事？如果你选择在体制内熬下去，以你的能力，位置不会低的。"

李伟国笑了："你都用上了'熬'，那我何必为了一个位置，熬那么多年？"

他当年倒不是发展不顺，年少轻狂而已，在一个环境里待久了，就想要出去闯一闯。

时值林建华跑业务，要跟他的领导搭上关系，就先来跟他打了交道。

那时的林建华意气风发，目光敏锐，头脑无比灵活，有野心，手段狠。这样的人，很难不成功。同时，他的动员能力，或者说是鼓动能力一流，他让人相信，这事就得跟着他干。

两个人聊了一夜后，李伟国回去想了三天，下海了。

"说得最功利一点儿，无非是相信他能成事，我也能跟着喝口汤。你爸爸白手起家，从无到有，你知道这有多难吗？"

这也是孙玉敏选择林建华的理由吗？

他们有着那样不道德的开始，自然从不会像别的家庭一样，向孩子回忆当年如何结识、恋爱与结婚。

"一个普通人，毫无根基。人能凭借活络的心思赚得比别人多，但事业到了一定规模，一直不倒，自有他的本事在。"

李伟国没有说：你无法想象，要付出多少，才能拿到一张入场券。再有能力的人，在这个等级分明的阶层里，都要暂时将尊严放下，完成一层跃迁，几乎要被扒掉一层皮。

不过这些事都不必他说出口，时代不同，这一代的人不必懂。

面对他的褒奖话语，林夏喝了一口茶，淡淡地补充了一句："没有我妈妈，集团也不会到如此规模。"

"当然。"李伟国多看了她一眼。见她只是寻常表情，并无异常表现，他便转移了话题，"看你这倒茶水平，好茶叶都要被糟蹋了，你怎么没跟你家那位多学一学？"

"茶艺讲究心静，我哪里有耐心学这个？"

她内心想着：程帆懂茶、会泡茶，也不妨碍他脾气差到拍桌子骂人。

"上次给你那茶叶还行吧？我下次再给你捎点儿。"

"别，那可太贵了，我偶尔享受一下就行了。"

两个人说话间，她的手机响了。她接了电话，听对方说完话，说了声"好"，就挂了电话。放下手机后，林夏跟他说："拿到了。"

"恭喜。"

这块地竞争性并不小,并没有这么容易拿到。李伟国看着如此淡定的林夏,忽觉她这几年成长得太快了。

她刚到集团时,虽历练过,但在一群高管面前当然是幼稚的。

但她进步很快,甚至算得上是迅速成熟。曾把她当丫头片子的高层,这两年对她都有所忌惮了。

李伟国见过林建华的女婿,当时是在婚礼上,对方自是气度不凡。李伟国没那么多好奇心,参加婚礼前都不知男方的背景。

到了婚宴现场,他看见那么多大领导参加,就知道这绝对不是寻常家庭。有些入场券,不是能用钱买到的,人要是再算计有多少利益往来,简直是目光短浅。

李伟国没有接触过她的丈夫,却能在她的身上看到另一个人的影子。

李伟国有时想:是不是因为女儿有这样一段姻缘,孙玉敏才会走得如此彻底,至今不回?

明天团队同事要在这边走后续流程,林夏有一些会面的工作安排,大家都留在 A 市,晚上一起吃饭,当是简单的庆功宴。

这种她有绝对话语权的场合,林夏基本不喝酒,如果一定要喝,也就一杯,绝不会出现任何劝酒场面。

下属们也明白她的风格,难得她参加聚会,就纯吃饭和聊天。而面对领导,这群人精都是会来事的,明天是领导的生日,当然要有惊喜。

饭局进行到一半,包间里的灯就熄灭了。门被打开,服务生推着点了蜡烛的蛋糕进来,旁边的同事们开始唱《生日快乐歌》,起着哄让她快许愿。

这种场合林夏总觉得挺尴尬的,只想赶紧结束。她没有许愿就吹灭了蜡烛。开了灯后,这群马屁精就挨个儿送她生日祝福,无非是祝她越来越漂亮、越来越有钱。

而她难得在他们面前开了句玩笑,说不用这些,自己本来就有。他们就起哄说"林总别这样,搞得大家都不想努力了,年终奖可得多给点儿"。

一顿饭吃完,不管他们今晚后续还有什么活动,她说全部走她的账报销后,就回了酒店。

每次从热闹的场合回来,她习惯一个人待很久,似乎才能恢复过来。

她从窗户望出去,酒店外边是个湖泊。小时候这里还是个公园,外婆带她来过好几次,骑着自行车,带上刚做的馅饼。近十公里的路,她骑得气喘吁吁,累得刚到就一屁股坐下,可瞬间就疼得弹跳而起,哭着说野草扎屁股。外婆笑着说她怎么这么心急,脱下扎在头上的方巾,放在湖边的地上给她垫着。

林夏没什么愿望,只觉得人生有诸多遗憾,有再多钱,都无法将遗憾弥补。她也觉得人好贪心,只会盯着自己没有的东西,忘了小时候被外婆那样疼爱过。

手机的振动声打断了她的思绪,是程帆的电话。

"喂?"

"在干什么?"

林夏看着玻璃上映出的自己,这个时候接到他的电话,心情不赖:"在想你,想你会给我买什么生日礼物。"

"要是没买怎么办?"

"那我明天就去把你的卡刷爆。"

他笑了一声:"世界经济大萧条,节约点儿行不行?带了瓶酒给你,开门。"

林夏蒙了一下,心想:开哪儿的门?

她转过身,走到房间门口开了门。门外的程帆似乎刚从正式的工作场合过来,身着衬衫、西裤,手里拿了瓶酒。

手捧鲜花,再提个蛋糕,这从不是他的风格。当然,她也不喜欢这样。一大捧花拿在手里很碍事,一个蛋糕最多吃两口,挺浪费的。

她站在门口看着他:"制造惊喜,不是你的风格。"

"那我该是什么风格?"

"用钱砸我,而不是花你宝贵的时间亲自跑过来。"

程帆挑眉,她愣是一点儿反应也没有,还这么冷静地质疑他的行动的合理性。

"亲自跑一趟就能省那么多钱,我一向勤俭节约。"

她没忍住,被他的厚颜无耻话语逗笑了。

"不欢迎我进去吗?"

她又没把门全堵上,不主动走进来,这人在拿乔什么呢?

在此地,方才童年的记忆浮上心头,似乎是被那样活泼的自己感染,年近三十岁的她干出了一件自己都难以置信的事。她忽然就跳到他身上,双腿盘在了他的腰间。

程帆没料到她会有这举动,一手拿着酒,另一只手迅速托住她的臀。男人边抱着身上的她,边走进房间,关上了门。

他随手找个地方将酒放下,却依旧抱着她没把她放下:"所以,让你惊喜到了吗?"

他的双手拢在她的腰间,她不用费力,就能稳当地倚靠着他,近距离地看着他。

这个人,有时候真的很让人讨厌——脾气大,很自我,还掌控欲强。

可是,她没有办法彻底讨厌他,没有办法不……喜欢他。

双手挂在他的颈后,她忽然说了一句:"我原谅你了。"

"我也是。"

林夏简直要气笑了。她做错什么了需要他原谅?她正要挣脱着从他身上下来,就被他吻住了。他比她高,平日里亲吻时总要她仰着头,此时被他托举着,她却要微低着头去承受他的吻。

漆黑的夜晚吞噬了平静的湖面,若非偶尔微弱灯光下的波澜,夜色与湖面几乎要融为一体。酒店房间里灯光明亮，外头的夜幕成了背景墙，玻璃窗上清晰地映着一对接吻的男女的身影。

结束了白天的工作，两个人都是一身正装。

夜晚将他们各自的社会身份褪去，他们就只剩下了自己。

男人抱着女人往沙发走去，女人抱着他的头，似乎在主动缠着他，与他接吻。两个人边走边吻，男人撞到床角时，女人低笑着，似乎在嘲笑他，可随即就被男人打了屁股，不敢再笑。

坐到沙发上后，他不让她从自己身上下去，林夏却有点儿害羞，没想跟他这么面对面地抱着，顺势躺在了他的腿上。

"为什么来找我？"

程帆算过时间，明天早点儿出发，直接上高速路到机场，是来得及的。

"怕我不来，你躲在这里哭鼻子。"他低头看着她，却发现了她眼角残存的泪痕，"真哭了？"

她摇了摇头。可见他盯着自己不说话，似乎非得等她回答，她在内心叹了一口气："想我外婆了。

"其实她对我很严格的，我很小的时候她就教我识字，买很多书给我看，还让我背诗。我不爱去幼儿园，觉得很无聊，她就自己教我拼音和算术。有一次我贪玩，把她给我布置的数学题忘了。她气得跑去后山剪了根细竹条，回来抽我的手心。"

程帆捏着她的手，在他的手的对比下，她的手显得细长而嫩滑。

"然后呢？"

然后她就回到了京州。有了很多自由，在学习上更没人管她，她却从不曾放纵过自己。与向来无拘无束的哥哥相比，她显然是被外婆教得定下了规矩。

她现在想来，外婆是怕她成为她的妈妈那样的人。对太过聪慧而不爱读书、过早进入社会闯荡的女儿，外婆已无能为力了。

就算这个女儿取得了世俗意义上的成功，有了很多钱，足够改变一家人的命运，可对一个母亲来说，外婆总是后悔不曾教好女儿，而且在女儿外出混社会时提心吊胆。这种遗憾，外婆在外孙女身上弥补了。

"只是抽了一下啦，不过外婆打我最凶的一次好像是在这里。外边的湖泊里有荷叶，我想着摘一片回去做叫花鸡，人趴在岸边伸手去摘，但不小心掉下去了。幸亏有人看见我在水里扑腾，把我救了上来。上来后我浑身都湿透了，外婆就开始打我的屁股，打到我走路都不敢靠近河边。"难得跟人回忆往事，林夏倒是不怎么感伤，"我当然不会记恨她啦，她是对我最好的人。"

程帆的手僵了僵，然后他轻抚着她的脸："那你很乖，还很厉害。"

林夏笑了："你消息倒灵通。"

上次那顿饭局他带了她，今天她中标后，有人给他打了电话。

"那你为什么不发信息告诉我？"

"忙到把你给忘了……"她话还没说完，鼻子就被他捏住了。他力道之大，她只能说幸亏她没整过容，不然鼻子得回炉重造了。

她忙扯开他的手，转移了话题："你明天几点走？"

她知道，他不会因为她一个生日就推迟出差的事。他能来找她，肯定是挤了时间，压缩了里边的行程。

"六点走。"

好吧，那他估计五点半就得起床。

她枕在他的大腿上，抬起了手，将他的衬衫上的纽扣解开："不要把我吵醒。"

在这个承载了她的童年记忆的地方，在故地酒店的床上，爱的人在自己身边，她觉得这种感觉陌生而奇妙。

这一天，她内心并无表面上那样轻松，但这也是跟他学的：不要让别人看到你的恐惧样子，装也要装得镇定自如。练多了，自己也会当真。

程帆还以为她睡着了,她却忽然说了一句话:"程帆,你不许再跟我说要控制情绪。"

周旺财这些天都下半夜才回家,董莉上班早,也不知他白天几点才去上班。这天看着要变天了,董莉中午回家收晒在外边的床单时,才发现他压根还没起。见她回来,周旺财还让她给自己煮碗面,说吃完了下午去上班。

快半个月了他都是这样,董莉起了疑心。他到底半夜在外面鬼混什么?她看着他回家后脱下来扔进洗衣机里的工作服,难道他真在厂里加班?

这天,她吃完晚饭,在家看了两集电视剧后,就骑着电瓶车去了钢丝厂,去看看那个老东西究竟在干什么。他真是加班,还是跟姘头在乱搞?

董莉到了钢丝厂门前,推拉门竟然没关严实,漏了条逢。董莉透过门卫室的透明玻璃看去,里边隔间的门关了,外边空调外机运转着,已经快十点,估计门卫已经睡了。

董莉透过那条仅可容纳一人通过的逢钻了进去,直接往厂房区走去。

还未走近,她就听到了机器的运作声。厂房内开了半侧的灯,铁皮大门敞开着,一辆起重机正停在大门旁边,吊臂旁的地上放了一卷卷的钢筋。

她走到门口,看见周旺财正拿着一卷钢筋的头塞进拉丝机里,整条流水线运转着,钢丝拖在地上缓缓向前进入机器,被拉细成要求的尺寸,再一圈圈缠绕在转轮上。而陈艳丹在旁边看着机器,以防钢丝被卡了。

整个厂房内,就这两个人。

周旺财正干完了手中的活儿,要拿起杯子喝水时,眼皮一跳,扫到门口站了个人,好像还是个女的,他的心都要跳到嗓子眼了。

323

干了活儿本就累,被这么一吓,周旺财腿软地走到门口,发现那人竟然是他老婆,顿时没好气:"你来这里干什么?"

董莉冷哼了一声:"跟你姘头借着加班的名义,半夜来乱搞是吧?你见什么鬼,还在这里像模像样地拉丝啊?"

陈艳丹将手中被拉废的钢丝扔掉,就走到了他们跟前:"你嘴巴给我放干净点儿,你哪只眼睛看见我们乱搞了?"

"你跟了这个畜生这么多年,当我瞎了啊?"新仇旧恨一起袭上头,董莉叉着腰大骂,"你家城里的房,就是靠你不正当的手段买来的,你儿子知道吗?你特了不起是吧?"

"当然了,你家有吗?"陈艳丹笑了,"你管不住自己的男人,找我撒什么气呀?这么多年了,你不是还跟个缩头乌龟一样忍着吗?"

董莉气得跳脚,看到脚边的一段钢筋,就要捡起来去抽这对狗男女:"看我今天不打死你!"

看着这两个娘儿们一声比一声高,都要压过机器声了,周旺财简直怕得要死,眼神示意着陈艳丹少说两句。看到董莉拿起地上的钢筋时,他被吓得一把夺过那根玩意儿,钢筋这么硬,不小心打在人脑袋上是会死人的。

将钢筋抢到手里后,周旺财扔到了远处,对着陈艳丹骂了句"你给我闭嘴吧!",又半好声好气半硬扯着董莉到了厂房另一侧的角落里。那里一片漆黑,他顺手打开了一盏灯。

怕她闹出更大动静,周旺财一脸苦相:"你看我这样,我这是在加班呢,你乱想什么呢?而且我跟她早断了。"

"断了?断了你还就喊她来加班?"董莉一反问,才觉得不对劲,"为什么就你们俩在这里加班?要加班到深更半夜,那为什么没有别人?"

"为什么要有别人?"周旺财像是在问自己,突然灵光一闪,变得理直气壮,"你傻不傻?这点儿活儿,我自己干了,加班费算在我头上。原来要十天,我报个十五天慢慢干,多拿钱哪。"

324

"那你可真是肥水不流外人田,还拉着她来干,为人家买房兢兢业业啊。"

"你什么时候会用成语了?"周旺财嬉皮笑脸地说,"她不是欠我的钱吗?我拉她来干活儿,加班费走我这里,又不给她。"

董莉信他个鬼:"老周,我怎么觉得你心里有鬼呢?"

"说什么呢?我累成这样,哪里有跟人乱搞的力气?"周旺财拉着她的手,"这不是为咱倩倩买房吗?我得多攒点儿钱。这样,我这个月的工资都交给你,让你监督我,行不行?"

董莉甩开了他的手:"我都被那个贱人那么说了,你还知道要给你女儿打算呢?"

"当然了,我就一个女儿。"周旺财推着她的肩膀往外走,"走,走,走,你先回去,别耽误我干活儿赚钱了。"

这天天气很热,没捉到他在偷情,董莉被推出厂房后,看见他又回去干活儿,也就准备回家了。

在往大门走去的路上,她心中还是觉得不对劲。周旺财从来没有大方到随口说出要给她一个月的工资,依她对他的了解,除非有了更大笔的进账,他才会这么爽快,不把这点儿钱放在眼里。可他的工资已经不算低了,更多的钱他是怎么来的呢?

陈艳丹更是无利不起早,这么晚还在钢丝厂里加班,只有一个可能:她在这里干活儿的钱,比她干别的工作的钱还多。

快走到大门口时,董莉就看到门口站了个人,还有一阵水声传来。

门卫老李打了个哈欠,晚上起夜,懒得特地跑去卫生间,就在门口的花坛里解决了,还能给花当肥料。可尿到一半,就看到旁边站了个女人,他被吓得顿时收住了尿。

他身子没敢动,侧过头看了一眼,发现是认识的人,被憋了半宿的尿又忍不住滴落了下来。听着时续时断的尿浇在泥土里的声音,他一阵尴尬,干脆忍住,提上了裤子。

"你半夜来看我撒尿,是不是有病哪?"

"你有什么好看的?"董莉刚想走,又回过头来,"这加班多久了,还得你半夜起床来开关门吧?"

"半个多月了吧。不过不用我起来,周老狗那里有大门钥匙的。"

"你只管睡着,不收出库单子啊?"

"不用,听说走另一本账,我也不懂。管他呢,又不是我负责。"老李开了花坛旁边的水龙头洗了手,"你来这里干什么?"

没等她回答,老李又不问自答:"他俩的事,都多少年了。你都这把岁数了,睁一只眼闭一只眼得了。难不成你还能离婚哪?凑合着过吧,老了躺床上了,你们还得互相照顾呢。"

"呵,真有那天,也是我照顾他,他哪里会照顾我?"像是被"离婚"的字眼触动,董莉又问了一句,"厂里生意这么好,都夜里开工了,林总是不是也经常来啊?"

"她?她都多久没下来过了?反正厂里不是有你男人管着,她要自己下来干什么?难不成你让她去拉丝啊?"老李又打了个哈欠,往门卫室走去,"回去吧,我来把门关好。"

这一片厂房颇多,半夜里几乎空无一人。估计上头没了钱,这附近连着一片连路灯都不开了。半夜里的风不仅不热,甚至有那么点儿凉意。

刚才的不对劲感依旧无法被压下,董莉却不知哪里不对,这已超出了她的打探能力。她正骑着电瓶车要离开时,感受到了货车即将驶来,轮胎轧过地面的轻微共振感。

货车驶来时,前边车厢内的灯没有开,董莉看不清车上的人影。车辆降速时又开了盏转向灯,一部分光线映在了风挡玻璃上,董莉看见了车里边的人。

车上的人是田小鹏——钢丝厂里的运输司机。

隔天傍晚,董莉下了班,去了田里摘菜。她摘了一篮子菜从坳里爬上来时,就看到田小鹏走出了村口。

田小鹏是隔壁村的人，两个村离得很近。他要去镇上，就要经过他们村。

"小鹏哪，你面子还挺大，见了我都不喊人？"董莉喊住了他，"这是去上班哪？"

"嫂子，你这都是什么话，我这不是没看见你吗？"田小鹏走上前，从她的胳膊肘上挎的菜篮里拿了根黄瓜，用袖子撸了上边的刺，咬了一口，清脆爽口，"你这大嗓门，说话小声点儿，别让人知道了。"

果然有鬼，董莉不动声色地问他："这干了有半个多月了吧，还都是大半夜的，你年纪都这么大了，还熬得住吗？"

"还行，中间还停了近一周。那几天高温预警，四十多摄氏度的天，怕热死人，顺便要应付上头的安全生产检查。原本工地想夜里偷偷继续干的，结果被人举报了，谁都没干成。"

"接下来没这么热了，你又可以大赚一笔了。"董莉笑着看他，"你要辛苦的，你儿子成绩那么好，还要读大学，家里里里外外都得靠你赚钱。"

听到别人夸自己儿子成绩好，田小鹏自然开心："我儿子还从来不补课，给我省了一大笔钱。不过也没多少钱，我就赚个运输费。"

"小鹏，嫂子问你句话。"董莉压低了声音，"这件事我家旺财能赚多少钱？你让我心里有个底，他的事，你也知道的。"

田小鹏自然知道周旺财和陈艳丹的那档子事，含糊地说了一句："你也知道你家老周，贼精明。他能赚多少钱，怎么可能告诉我？"

"你跟我讲，我又不会告诉他卖了你。"董莉冷笑了一声，"你在这里喊我一声'嫂子'，是不是在钢丝厂里，也喊那个女人'嫂子'呀？"

"嫂子，你可别血口喷人。你真欺负我一个数学不好的人。你自己算算不就行了？"田小鹏看了一眼四周，三面环田，没什么人往来，"把丝拉细了，多余出来的钢筋再卖掉，就算便宜点儿，一吨也能卖五千块。不过这才刚开始干，各处都要打点。现在人胃口很大的，检查材料的、监理，每一处都要花钱。"

他挠了挠头:"这些事都是你家老周去处理的,他拿大头,具体多少钱我也不知道。不是跟你说了吗?我就赚点儿运输费。"

田小鹏虽然没什么文化,但干这事之前都想好了,自己就是个司机,不知情。他拿的是开了单子的运输费,额外的钱给的是现金。而且这种事很正常,大家都干,总要允许货稍微有点儿偏差的,一般不会被发现的。

董莉却心中一惊,周旺财在钢丝厂干了那么多年,她对拉钢筋的情况也略知一二。她原本以为周旺财只是偷鸡摸狗,要么偷点儿,要么用厂里的设备和水电给外头人干活儿,却没想到,周旺财竟然有胆子把钢丝拉细了直接往施工的工地送。

"那工地是建房子的啊?"

"不然呢?"田小鹏懒得再跟她叽叽歪歪,又拿了根黄瓜,"走了。"

董莉提着菜篮子回了家,整个人心不在焉,用刀背拍黄瓜时,黄瓜都差点儿飞出去。她扔了刀,都没心情吃饭了,哪里还要做什么晚饭?

她这大半辈子都是在厂里上班的,没见过什么世面。周旺财再不行,可年轻时跟对了老板,分管着一个厂,工资不低,能养着一个家。

现在他干的事可是违法的,万一他被发现了是要进局子的。就算他没被发现,房子现在没塌,可十几二十年后出了事,也不知道他有没有责任。

钢丝厂这几年是林夏管着的,这不会是她的主意吧?当老板的人鬼点子都多的,不然怎么发财?

这念头刚产生就被董莉打消了,刚刚田小鹏说了,钱是周旺财拿大头。

林夏犯不着冒这么大风险,就为赚点儿小钱。上次自己去集团找她,只给她打探了一件事,她就给了个红包。董莉还以为她是稍微意思一下,去厕所时打开信封看了一下,竟然是两万块。董莉坐公交车回家时都提心吊胆的。

"做什么晚饭了？"

听到纱窗门被关上的声音，董莉出了厨房，看见周旺财回了家，他正在开客厅的空调。

"怎么，饭都不知道要做了？"周旺财看了看两手空空的董莉，屋子里连炒菜的油烟味都没有，又进了厨房，"啧，我每个月交伙食费给你，你就给我弄点儿不要钱的黄瓜？"

厂里活儿多，昨晚才睡了四个小时，今天一大早又被打电话叫过去修机器，周旺财累得要死，回家看到冷锅冷灶，更是火大："我在外面那么辛苦，你就不能去买点儿肉回来？一辈子抠抠搜搜的，你就知道问我要钱，我哪里是你的提款机啊？"

董莉看着他骂骂咧咧的样子。这大半辈子她都在过这样的生活。这样的时刻常有，她再骂回去，两个人吵一通也就过去了。年轻时两个人还会打一架，真生气个十天半个月，但年纪大了，身体是自己的，犯不着真心实意地生气。有时她懒得骂他，就当狗在叫，也就过去了。

"你晚上在厂里到底是在干什么？"

"加班哪，赚钱哪。你以为我是你啊，上班赚那么点儿钱，还能向别人要啊？"

"是吗？你赚钱赚到说不定要去坐牢吗？"

周旺财放下盛了半碗的粥，盯着她问："你怎么知道的？"

"你把钢丝拉细了，再给人拿去盖房子。这是要人命的事，你怎么敢的？"

"怎么可能？"周旺财嗤笑了一声，"就拉细零点儿毫米，至于吗？房子不是一样盖上去，至于这么大惊小怪吗？"

既然他才干了一周多，那就还没造成太大危害，董莉问他："你还要继续干吗？不能停吗？"

"怎么停？我那么多打点的钱都花出去了，至少要把本给挣回来。"

周旺财才想起，刚才在回来的路上看到了田小鹏，董莉这么爱打探消息的性子，她估计是套了田小鹏的话。他看着一脸难以置信表情的董莉反问:"你想干什么?你不会蠢到把这件事说出去吧?"

周旺财想想也不可能,但就怕她被吓到了,真有个万一。周旺财压住了脾气,耐着性子安抚着她:"就再干一个月,这房价是一个月一个价,我就是想再凑一笔钱,把首付给凑了,年底就给倩倩把房子的事定下。"

董莉半信半疑:"你真要给她买房?"

"当然了,她是我的女儿,我不为她买为谁?"

此时放在客厅的外套兜里的手机响了,董莉见他走去拿出手机,接电话时还特地转了身,说自己一会儿过去,就挂了电话。

"有点儿事,我出去一趟。"

看着他回来又匆忙出去,不知道要去哪里,董莉也没有心情问。也许她应该装聋作哑,当作不知道这件事。

董莉的脑袋里闪过要将此事告诉林夏的念头,上次自己不过帮林夏打听了一件事,林夏就颇为大方地给了两万块,还承诺以后有需要可以找她帮忙。

如果这次这么大的事,自己告诉了林夏,会不会有更多好处?董莉可从没如此轻巧地从周旺财那里拿到过这么多钱。要他的钱,简直是要他的命。

可这件事,她要是说出去了,那周旺财这份工作就彻底没了。他这个岁数了,不会再在别的地方找到工资这么高的工作了,家里的主要收入就彻底没了。

而且林夏如果知道了这件事,估计恨不得把周旺财给剁了,对自己哪里还会有恩情?自己别最后搞得不偿失。

百般纠结之下,董莉想还是装作不知道,什么都不做来得最保险。

最近实在是太累了,周旺财想休息一天。恰好林建业打来了电话,叫他一起去按摩,他一口就应下了。

他到时林建业已经躺在包间里,闭着眼舒舒服服地趴着被按摩肩背了。他也熟练地换上了衣服，躺了下来。

周旺财内心感叹，原来还能这么享受，这里的人长得标致，手法还那么好。林建业更是花钱大方，每次都是他请客。当然，周旺财想着自己以后也能常来这种地方了。

林建业转过头："最近怎么样？打电话都没人接，今天这是难得打通一次啊。"

"厂房里那么吵，哪里还能听到手机铃声？"

虽然这是林建业给他出的主意，但周旺财要闷声发大财，这种赚偏财的事，知道的人越少越好。

林建业看了一眼只字不提的周旺财，心里笑了。这个蠢货，还没赚到几个钱，对他这个"提点"的恩人就藏着掖着了。

包间里点了线香，闻着头脑飘飘然，精油抹在身上，柔软而有力道的手按压在紧绷的肩颈之上，周旺财舒服地喟叹，这才是生活。

"你哥呢？他怎么还没从美国回来？"

"就这一两天吧。"

准确地说，他哥明天就能抵达京州。

"这次孙玉敏不会跟着一起回来吧？"周旺财也不知自己为何哪壶不开提哪壶，如此舒适的时刻，想起那个人心中都后怕。

"不会。"林建业笑了一声，"你怕什么？"

"谁怕了？"

"她回来了又怎样？我哥已经在房地产领域布局，等事情走上正轨，赚的钱哪里是集团这点儿利润能比的？她没出力，难不成还能回来坐享其成？"

"你哥还真是厉害，一辈子赚了那么多钱了，到了这个年纪，还不在家享清福，还天天算计着生意的事。"

"谁会嫌自己钱多？对他来说，什么都不干、坐在家里花钱是种折磨。"

林建业翻了个身，躺着看着天花板。野心这玩意儿跟年纪无关，周旺财这种人只把这些物质享受当终极目标,因为他没有体会过权力带来的快感。当然,林建业知道那种感觉很好,但还是想要更多钱,想更不受限制地享受生活。

正当周旺财被按舒服了,盯着弯下腰的按摩师心猿意马之时,放在前边台子上的手机响了。按摩师帮他拿来了手机,他接过手机眯起眼看,是田小鹏的电话。真是的,田小鹏现在打电话过来干什么?下午多拉的钢筋放在了外边,他眼瞎看不到吗?

"喂,干什么?"

"老周,工地这边有人检查,不知道会不会查到钢筋。"

田小鹏拉了货过来,平时会先把后边的挡板打开,再帮着卸货,可今天两根黄瓜吃了利尿,一下车就奔去了旁边的草地。等解决完回去时,他眼尖地看到几个人拿着手电筒在照他的车。

从干这事以来,他就打起了十二分精神。这一看就不对劲,前一阵子工地还被人举报过,这次不会又遇上什么举报,殃及池鱼吧?

周旺财猛地坐起,彻底吓坏了:"你说什么?"

"我来不及跟你废话了,你赶紧给我来工地,我只是个司机。"田小鹏说完这话就挂了电话。这时候他如果逃了才不对劲,只能神色正常地往货车那里走去。

周旺财抓着被挂断电话的手机蒙了,看着转过头来看他的林建业直愣愣地说:"怎么办?现在工地被人查了,那些人不会是特地来查钢筋的吧?怎么办哪?"

林建业使了一个眼色,支开了按摩师:"怎么了?是例行检查还是什么?"

"谁大晚上去工地例行检查啊?"周旺财一阵恐慌,都忘了要起身去干点儿什么,随即抱怨着,"都怪你,给我出的什么馊主意,钱还没赚到,就先折进去了。"

林建业冷了脸色:"什么叫我给你出的主意?我说什么了?我只是说我这么干过,赚了一大笔钱。我怎么知道你是怎么做事的?你跟我说过你要去这么干吗？没我的人脉和本事，你学什么呢？"

看着他一脸怒容，周旺财彻底慌了，更不敢再说这种话："我以为这事很简单哪，我也打点过了。老林，你可得帮帮我。"

"你怎么说话呢？！你刚刚说那话，我都懒得搭理你。"

"别啊，你帮帮老弟吧。"

从怒意中平静下来后，林建业想了半分钟，说："就算有人真发现了钢筋的问题，这事也只有我哥能帮你。他人脉广，肯定要压下这件事，不可能让你进局子的。"

"他能原谅我干的这事？"

"原不原谅再说，他肯定要出手保你的。这样吧，我再去跟他讲一讲，毕竟你在厂里干了大半辈子，这点儿恩情还是有的。"

周旺财像是抓住了一根救命稻草："对啊，我给你们家打了一辈子工，就犯过这一次错。"

林建业冷哼了一声："你别再瞎说是我给你出的主意，不然到时候我哥连我一起怪上，我也救不了你。你别给我惹麻烦，知道吗？"

"你看我这张破嘴。"周旺财伸手轻打了自己一巴掌，"我当然不会说了，只求老哥帮帮我。"

"行了，你先去工地看看吧，别现在就当缩头乌龟，这样谁都知道这事是你干的了。"

林建业看着他手忙脚乱地换了衣服离开，心中冷笑。

手里有点儿技术，干活儿还算踏实，这才是他哥信任周旺财的原因。这人却对自己没点儿了解，见识过了更好的东西，还觉得自己配得上，产生了妄想，却不知道自己根本就没这个本事。他本本分分地干活儿过日子不好吗？

林夏出差回来后，去了公司加班，做了点儿扫尾工作。明天林建华就会回来。依他的性格，他睡不着也不会硬倒时差。离开了这么久，他肯定要来公司，她得提前准备好报告。

她回家时累得不行，难得清闲，切了水果拿到浴室，泡着澡看电视吃水果。

出来时，她拿起桌上的手机，发现有个陌生电话号码的未接电话，顺手回拨了电话过去。

手机响了半天，她正要挂掉电话时，对方接听了。

那边的人依旧没出声，林夏主动开口："喂，你好？"

"喂，林夏。我是董莉，这么晚了，打扰你了吧。"

的确不早了，她回家时已九点，在浴室里磨蹭了一个多小时，现在将近十一点了。林夏骤然收敛刚刚泡澡的轻松心情，没事的话董莉是不会这么晚给她打电话的。

"没有呢，阿姨，有什么事啊？"

"有件事我不知道该不该跟你说……"

"你说吧。"

"不知道现在我跟你说了，到时候你能不能给我们一个机会？"

林夏忍耐着董莉的磨叽行为："可以，你现在赶紧告诉我。"

董莉终于进入了正题，林夏才听她讲了两句，就已经往衣帽间走去。她拿了身运动装，外放着声音，边换衣服边听董莉无比累赘地讲述着前因后果，过程中未插一句话。

穿好了衣服，她跑去拿了包，换了运动鞋，打开门按了电梯。

此时，她没有耐心再听董莉讲下去了："谢谢你来告诉我这件事，我现在有事得先挂电话了。"

进了电梯就没信号了，结束了这通电话，她没有心情去考虑董莉如何想。什么叫给机会？他们都把她坑成这样了，她能给什么机会？

看着逐渐减少的楼层指示数，林夏闭上眼，深呼了一口气。

电梯门打开后，她上了车，连了蓝牙，边将车驶出车库，边开始打电话。不管现在几点，不管对方人在哪里，林夏要求对方立刻去工地。

深夜里没了白天拥堵的车流，她一脚踩下油门，汽车在通往郊区的路上狂奔着。

林夏打了几通电话后,脑中闪过各种可能性。她忽然又打了电话给林洲,只说桂花园项目出了事,让他现在过去。

怀疑的念头一闪而过,但这不是现在的重点。

工地这一片晚上人烟稀少,算得上荒凉。而此时,门口大灯开着,明晃晃地照在了开着的大门上。地上垫了块铁板,以方便白天运输车通行。

庞大的车辆碾过铁板驶入工地时,不免有水泥与砂石随着车辆的抖动而漏在铁板上。按照惯例,每天收工后,会有工人用水管冲刷堪称泥泞的铁板。此时,算得上干净的板子上又压下了两道带着泥印的车轮痕迹。

一辆货车在里边堆放钢材的地方停着,灯照得明亮,货没被卸下来。林夏还未走近,就闻到了飘过来的烟味。

被蹲点抓到的田小鹏知道这肯定是冲着钢筋来的,倒是没抵抗,主动给这几个穿着工作服、看似监察部门工作人员的人递上烟,蹲在地上闲聊着,问他们怎么突然来检查了,对方回了说被举报了呗。

对方再问这车钢筋时,田小鹏推得一干二净:"我就是一个运货司机,能知道什么?晚上送货,加班费多一点儿,我为什么不干哪?"

田小鹏说完,一抬头就看到林夏正走了过来。他眨了眨眼,跟看见鬼似的难以置信。他这才被捉了多久,她就到了?他心里发虚,站起来对她喊了声"林总"。

"喂,你是来干什么的?"

领头的老顾看着旁边的小刘对着来人呵斥,赶紧咳嗽了一声。老顾见过自己的领导跟面前这位"林总"吃过饭,知道她是谁。事情是该走流程,但他们不该上来就惹了最大的一个。

"林总,您怎么先到了?"

林夏不知面前的人是谁:"你好,我的同事一会儿就到,我能先跟他单独聊一下吗?"

"可以。"

"谢谢。"

看着面前这女的,别说回答自己的问题,连看都没看他一眼,小刘对老顾嘟囔着:"她是谁啊?你认识啊?"

"她是这个建筑工地的老板的女儿。"老顾对小同事言传身教着,"阎王归阎王管,小鬼管小鬼。"

林夏没料到事情发生得如此突然,今晚就突然被查了。她进了临时搭建的用来开会的棚子里,闷热感扑面而来。她看到对方的汗从脑门上流下,流淌到了汗衫上。

田小鹏见她没说话,还想着能保住这份工作,毕竟自己跟林家还有那么点儿姻亲关系,先急着解释:"林总,这车钢筋是老周让我晚上送过来的,我也不知道怎么回事。"

林夏点了点头:"晚上运这钢筋,多久了?"

"大概半个月之前开始的。"

"一共大概多少吨?"

"不清楚,是老周过磅的。"田小鹏见她神色正常,没有任何情绪,心里差点儿怀疑难道门外那几个人是她请来吓他的……

"这么多货,就他一个人拉的?"

"不是,还有陈艳丹。"

"陈艳丹?"林夏想了一下,才记起这人是修模具的,偶尔去帮忙拉钢筋,"为什么是她?"

"她是周旺财的姘头啊。"田小鹏装就装到底,"我就说呢,原来老周做坏事,要拉着自己人去帮忙。"

看着他无比自然地说出姘头关系,林夏闭了闭眼,已经知道自己犯了个大错。

可能钢丝厂里所有人都知道周旺财和陈艳丹的关系,除了她。她没有发现,也没有人跟她讲。

"这件事,周旺财还跟谁有联系?"

"林总,我真不知道。他什么都不跟我讲,就让我把货送到这里来,说多给我点儿夜间加班费,我就干了,谁知道他在搞什么鬼?"

见他这里再无更多信息,林夏开了门:"出去吧。"

"去哪儿?"田小鹏站着没动,彻底慌了,"林总,您这是不相信我吗?"

"我信没用。"林夏指着那些个检查的人,"得他们相信,该去配合调查你就去。"

外边已经停了很多部车,看样子是人都来了,已有同事在同监察部门来的人对接。监理那边的负责人也过来了,工地角落里有集装箱宿舍,一部分工人住在那里,有人听到了动静,在旁边观望着。刚刚她来时的风平浪静不过是错觉,此时场面已经逐渐混乱。

林夏走到外边,边简短地吩咐了同事几句,边在来人中寻找着李伟国和林洲的身影。

突然,她顿住视线,迈开步子走到了暗处的角落里,伸手抢过了那人手中的相机。她的动作太快,那人猝不及防地看着空空的手,刚要从她手中抢回相机时,就被她的同事拦下了。

"你抢我的东西干什么?"

林夏一张张翻看着相机里的照片,有堆叠的钢筋、货车的车牌号、监察部门的车辆,以及她刚刚跟人讲话时的照片。

"把这些照片删干净。"她将相机递给了旁边的同事,再看着面前的人,发现这人故意穿得邋遢:"谁让你来的?"

"我是《京州晚报》的记者,你无权删我的东西。"

"这是我的工地,你无权进来。"林夏皱起了眉,就怕不止这一个人,转过去轻声吩咐了手下人一句:"把这里封锁了,对进来的人排查身份。要是看到周旺财,把他请进来。"

"钢筋禁止在场外加工,建林集团违规使用偷工减料的钢筋建造房屋,带来重大安全隐患,这种事不应该被报道吗?你有什么资格收走我的东西?"

若不是董莉的一通电话，她此时都不会知道钢筋被再次拉长了用在工地上，而这个不知真假的记者，这么快就知道了消息。

"工地很危险，不能随便进人的，不然发生点儿人身安全事故，我很难办。"林夏又问了这人一次，"谁让你来的？"

"你是在威胁我吗？"记者看着面前这个嚣张的女人，她身后跟了几个下属，旁边还有好几个人。他看了一眼远处隐约可见的升降机与大型吊塔，此时内心不是不恐慌的，难道她真做得出杀人灭口的事？

"回去吧，我让这位副总给你留个联系方式，欢迎后续来监督。"

林夏说完就离开了，再联系了公关部负责人，要求提前做好舆论预案。事情发现得尚早，在她兜得住的范围内，但若是被闹出舆论，事态发展会完全脱离所有人的控制，甚至对集团都造成威胁。

此时，李伟国的车也到了。

林夏迎了上去。林建华不在，她需要一个他信任的人过来一起处理此事。

"李叔，对不住了，让你这么晚赶过来。"她简要地跟他讲了刚刚获知的信息，再下了结论，"幸亏中间高温停工了一周，现在这点儿损失还赔得起。"

简短几句话，她已经有了解决方案，李伟国提醒了她一句："林董明天回来，你需要向他解释，尽快处理此事。"

估计她要被训，虽然这事背后没那么简单，但领导不需要理由。在未到算账的时候的情况下，领导不需要分清对错，有问题，只找总负责的人。

"周旺财为什么会突然做出这种事？"

"背后有人在教他。"

"你怎么发现的？"李伟国顺着她的视线看去，"你怎么把他喊过来了？"

她习惯性地跳过了不重要的问题："他是项目部副总，应该来。"

"这件事跟他有关吗？"

"不知道,你帮我看他的反应。"林夏向下了车赶来的林洲招手示意,看到他身后的周旺财被人带了进来,"他终于知道要来了。"

周旺财出了按摩的地方,坐在出租车上时,身上都还飘着一股线香混杂着脂粉香的气息。这司机还十分抠门,不开空调,吹进来的风都是热的,混着汗湿的衣服散发着难闻的气味,让他更觉头晕。若不是半夜难得有车肯将他送去郊区,他都想换一辆车了。

在前往工地的路上,他不止一次想让司机掉头。可另一方面他也侥幸地安慰着自己,这种事情多了去了,去贿赂一下这些小鬼,一切就解决了。

司机拿到钞票后,出租车一溜烟就跑了,周旺财硬着头皮进了大门半敞着的工地。他才踏进半步,就遇到守在门口的人查问身份。大半夜的,他都快被吓死了,哪里还顾得上隐姓埋名悄悄进去,下意识地就报出了名字。

那人态度倒挺好,还带着他进去了。

刚刚那司机开车太猛,他本就头晕,此时胃里翻腾,坚持着在这条颇长的石子路上走着时,只想着赶紧解决完事情回家。

前头的灯光骤然明亮,他抬起头眯着眼看去,然后就彻底清醒了。

十几部车子停在这里,占了半侧的场地。人都下了车,穿着正式,三三两两地在打电话。看到他来时,似乎所有人一瞬间都停住了手中的动作,往他这边瞧过来,之后再去瞧中间站着的林夏,似乎都在等待她的反应。

他们都在等他,连林夏旁边的林洲,都面无表情地看着他。

周旺财突然止住了脚步,后知后觉地意识到了问题的严重性。但带他进来的人并不给他停下的机会,请了他过去。

周旺财随着面前这三个人进了一个集装箱式的棚子里,在这个不透气的地方,刚刚积攒的热意与紧张感再次化成了汗,衣服里散发出难闻的气味,已经彻底掩盖掉了按摩包间里的线香味。他看见桌上放着空调遥控器，而没有一个人去开空调。

林夏到底嫌气味难闻，打开了一扇窗户，抬头时瞧见了挂在天边的月牙状月亮。

她转过身来，问周旺财："热吗？"

周旺财不知她这么问是何意，这样简短的问题却有种恐怖的意味。他点了点头。

一旁的林洲内心并不平静，这么大的事，始作俑者是他的女朋友的父亲。林夏又特地打了电话喊他过来，按照职责，他的确需要过来。但此时，在这间屋子里，他明摆着是被质疑的人。

她笑了，也没有去打开空调的意思，虽然自己也很热："什么时候开始的？"

"上个月二十一号。"

那是她最后一次去钢丝厂之后。

"记得还挺清楚，谁让你干的？"

旁边的李伟国用余光扫了林洲一眼，林洲同样看着周旺财，等待着周旺财的答案。

周旺财牢记着林建业的话，这件事他们今晚就赶过来处理，目的就是要压下消息。另一方面，也的确没人让他这么干，是他自己这么干的。

"没有人。"

"好，我问完了。"林夏看了看沉默的两个人，"你们俩有什么问题想问他的吗？"

李伟国摇了摇头，知道这人不见棺材不掉泪："没有。"

林夏看向了林洲："你呢？"

林洲学了李伟国说"没有"。他毕业进入职场摸爬滚打时，学到的技巧之一就是学着资深同事的处世哲学，特别是当自己不知如何回答与行动时。李伟国这种元老级别的人物都选择沉默，他不必为了澄清自我而问出些愚蠢而显得在自证的问题。

"行。"她一锤定音,"我们走吧。"

周旺财很茫然。这几乎是什么都不问,她就这样放过他了?

"你不问别的事了?"

"我没这么多耐心,剩下的,你自己去警察局交代。"

林夏看着面前的周旺财。六年前,她刚到钢丝厂时,他当了她的师父。她早有了辞退他的念头,却因为一点儿情分没能当机立断,可连带着的后果要她现在来承受。

"那里比这里凉快,能让你冷静一下头脑,告诉我是谁指使你干的这事。"

她说完就开了门,走了出去。

周旺财的腿已经彻底瘫软,他何时见过这样的林夏?她那薄凉的眼神,已经没了任何情分。

他看着林洲,想让林洲帮帮忙,自己的女儿到底是林洲的女朋友,这人能见死不救吗?可自己干干的唇一句话都说不出,林洲也并无任何同情或要安慰他的样子,跟着林夏走了出去。

出去后,一行人往承建的地块走去,李伟国问她:"你真的要报警吗?"

林夏脚步没停:"那你觉得该怎么做?"

"事情绝对不能闹大,尽量私下解决,跟他打官司没意义。"

"闹不闹大不是我们说了算,这事刚被举报就有记者过来了。我们要低调解决此事,但一切都要走正规流程。明天停工,后面问题解决了还要让监管部门过来做质量检查。"

李伟国神经绷紧了:"有记者来了?"

"对。"

说话间,几个人就走到了承建的地块上,这一块地上的十来栋楼已经全面动工。半夜时分,工地开了灯,光线虽不清晰,一堆钢筋水泥的支架还是突兀地显现在了他们眼前。

林洲快步将这些动工的楼房巡视了一遍，拿出手机对细节处拍了照，同时记录了相关数据。整理完，他向林夏汇报着："施工进度都在五层以下，需要对这些建筑进行局部破坏，来检测钢筋直径。如果真如田小鹏所说，这里用了不达标钢筋才一周的话，目前紧急处理，后期再催进度，不会延误工期太久。"

"要多久？"

林洲沉思半刻，给了个保守的数字："半个月。"

"不行，最多一周，这件事你去协调。"

"好。"林洲再次跟她确认了一遍，"明天就停工吗？"

"对。"

停工是件大事，她做下这么重要的决定，就要承担后续所有结果。看着她面上不见丝毫恐惧与迟疑之色，林洲都不知道如果自己处于她的位置，是会请示职位更高的负责人，用宝贵的等待时间换取一身轻的结果，还是立刻做下决定。

此次出事，无疑暴露了她的缺点，外斗内行，内斗外行。林洲曾一眼就发现了她不擅长处理内部人际关系，之后一直冷眼旁观。她到底是一毕业就进了自家公司，再如何历练，也不必像他一样经历激烈的办公室政治。

林洲也曾以为，有一天他能靠她的弱点击败她。可这样的危急关头，所谓拉拢关系、明哲保身的办公室智慧都毫无用处，她需要的仅是担当。

"林总，那我先去处理此事了。"

林夏看着林洲点了点头："时间紧张，辛苦你了。"

"应该的。"

林夏陆续将工作都布置了下去，钢丝厂那边也要停工一天，进行彻底盘点。拿到监控录像后，明天她要抽时间过去一趟。她都不确定，在她自以为无比稳定运行的钢丝厂里，还有多少问题是她没发现的。

已经是后半夜了，湿意更重，林夏随着李伟国向门口处走去，还有三个小时就要天亮了。

"李叔,这事我有责任。"她望着茫茫夜色中的一堆钢筋,"如果是我妈妈在,他不敢这么做的。就算他真这么做了,这事一发生,就会有人给妈妈通风报信。"

"事情没解决,还没到反思的时候。"

李伟国却一直想着她刚刚说的记者的问题,内心十分敏感。这事不简单,他们需要考虑最坏的情况并做打算,杀鸡用牛刀也不可惜。

"这事绝对不能闹大,但舆论不是我们能控制的。有再多的公关手段与经费,舆论起来了,事情都不一定能被压下。"

林夏看着他,他还没说完,但最后一定会给她一个解决方案。

"我们在明,敌在暗。林夏,我觉得这件事必要时需要向你的丈夫求助。"

夏天日出很早,荒地上野草深夜时被染上的露水迅速被升高的气温烘干。此时阳光刚穿过云层,还没那么毒辣,空气中残存着一丝清凉气息,人晒到阳光时还有些舒服。但不消一个小时,整个大地几乎再无人的容身之处。

前一天汗流浃背到能拧出盐的衣服在工地宿舍外挂着,门被打开,陆续有工人拿着牙刷去前边的水龙头处刷牙。夏天开工早,头两个小时是一天中干活儿稍微轻松点儿的时候。屋子里的烧水壶发着声音,一会儿水要被倒到容量可达一升的塑料杯中,这仅是一个人一个上午的饮水量。

建林集团这一地块却迟迟未开始动工。项目经理通知了包工头,包工头再通知了各个班组长,由班组长通知到工人,工地上暂停工两天,大家原地待命,发放基本工资。

几个人嘟囔着:"没活儿干钱少,出来不就是为了多赚钱,谁要休息啊?"不过其他人马上笑骂他们:"你们傻啊,多热的天,休息不好吗?"夏天干活儿太苦了,忽然多出两天假,还有人商量着出去逛逛。来到京州打工,大家整日在这偏远的郊区里干活儿,都没去市里看过。

而天蒙蒙亮之时,一辆张扬的蓝色跑车飞速驶进工地,进门时才稍稍减速,再一个急刹车,带起一片飞扬的尘土,之后有人下了车。

来人是瑞生地产公司的负责人——王浩岩。

他通宵打游戏,要去睡觉时才看了一眼手机,发现有好几通未接电话。他回拨了电话过去,知道了这事后当即骂了对方:"这事你找我干吗?该找谁找谁。"

可他爹不在京州,带着小三不知去哪里了。他爹走之前还非得安排人看着他,名义上是辅佐他,可什么事都要他参与,不就是不想让他安生吗?

他下了车一肚子火,看到建林集团的人在那里等着了,见到了负责人就开口大骂:"你们怎么搞的?在我家地盘上搞出这种事情,怎么,你们是想让这么大的项目搞砸吗?偷换钢筋这种事都做得出来?你们要做也做好点儿,竟然还被人发现了,都眼瞎了吗?还有什么狗屁监理,都给我滚!"

林夏默默地听他发泄着情绪。这件事是她这里的过错,她需要忍耐着点儿。虽然她想提醒对方,搞砸了项目她这里也损失惨重,建林集团给他家干的工程是垫资的,得等到预售阶段才能拿到回款。但显然,她没必要说这些同样是发泄情绪的话。

很多人工作上无法放下个人情绪,她要么将他扯回正题,要么先等他宣泄完情绪。

"王总,这件事我们这边负全责,尽量不延误工期,只需要你们配合我们的一些工作。"

"配合什么?这事是你们的过错,还得我来帮你们擦屁股吗?"王浩岩嗤笑。他不认识面前跟他说话的这个人。见对方沉着面孔,还一副命令的口吻,他颇有压迫感。

可他怕什么?

"你们建林集团就派个娘儿们过来处理事情吗?不会先道歉吗?"

通宵后睡眠缺乏时,王浩岩的耐心跟着一起消失,他丝毫没注意到旁边下属暗示的眼神，说完这话尤觉得不解气："你摆脸色给谁看？工地上就你一个女的做主吗？其他人都死了吗？"

林夏想一巴掌扇到面前这个人的脸上，但忍住了。

"王总，你现在要么闭嘴来解决问题，要么换个管事的人来，让你爸来也行。"

王浩岩最烦别人提他爸，她这还是明晃晃地嘲笑他不能管事。他的怒火即将喷发时，一旁的下属拦住他，把他拉到旁边后提醒他："这女的是林建华的女儿，不能得罪。"

下属心中也后悔不迭，董事长关照了让儿子来见识一下这种事如何处理，结果小公子才来就先跟对方杠上了。对方要是个普通职工也就算了，被骂两句也要受着——对方也不是个好惹的角色。

王浩岩骂下属："你哑巴啊，不知道早点儿说啊？！"

他看着嚣张，却知道谁能惹，谁不能惹，也还没蠢到无可救药的地步。

他转身，对弥漫的硝烟视若无睹，也没道歉，还是用嘲弄的口吻回了对方："那你说，现在该怎么解决？"

见他已经能好好说话，林夏也没再跟他计较刚刚的态度："我们这边会暂时停工，检测钢筋规格。对不达标的钢筋，我们会不惜成本全部替换了重建；同时，进行内部自查，也建议监理方进行整顿。此外，也要辛苦你们参与我们的工作，会有一些烦琐的流程要走。在这里我给您道个歉，给你们造成麻烦了。"

王浩岩哼了一声，她虽然道歉都是居高临下的样子，但总归还是给他道歉了。

"知道了，还有什么事要说的吗？"

在他没来前，林夏就想了许久，早先工地晚上动工就被举报过，估计是跟瑞生地产有私仇的竞争对手举报的。这次的事很有可能也是对方做的，毕竟地产业利润大、竞争激烈，销售降价还能被同行举报扰乱市场秩序，更别说此时被对方抓住了这种把柄。

"这次举报的事很可能是端生地产的竞争对手干的,建议你们去查一下,盯着点儿。特别是媒体报道上,这件事不能被闹大。"

"我让人去查。"王浩岩怒骂起来,"下次我找人把他家工地砸了!"

王浩岩离开后,林夏又跟内部几拨人开了简短的会,要求迅速推进此事。李伟国临走前委婉地提醒了她:"你确定此时让林洲去协调处理工期的事?你爸下午应该就到了。"

知道他是什么意思,但林夏顾不上这些争斗的事。

如果这事是林洲做的,那让他去处理工期问题,他为了在林建华面前表现,也得处理好;如果不是他做的,让他这个项目部的负责人去处理,也正好。她一个人能做的事很少,她得安排对人,让底下人各司其职,把事情解决好。

太阳已经升起,在这里耗了这么久,她都能感受到身上的汗臭味。这里的事暂时处理完了,她也要回去了。

林夏觉得有点儿累,但要等司机赶来也来不及。或许程帆说得对,她应该考虑请司机。

她自己开了车回去,半路上在小卖部里买了瓶冰水和一个小面包。结账时老板问要袋子不,她还问了一句:"要钱吗?"老板看着她略感震惊,眼睛又瞟了一下旁边的监控摄像头,心想:她的车挺贵的,怎么人节省成这样子?老板只好回答说"不要"。

林夏出了小卖部才笑出来,紧张了一整晚,人要苦中作乐。她喝了一口冰水,吃下了甜到发腻的面包护着胃,再继续开车回去。

回到了自己的公寓,她洗了澡,困意突然袭来。她快一个多月没回这里,但盛夏天气干燥,被子没有潮意,能将就着盖。

湿着的头发用浴帽包裹着没力气吹干,她定了一个半小时后的闹钟,准备睡醒了就去公司。

林夏躺下时想起好像有什么事还没做,想了一下,是李伟国让她找程帆。

346

再说吧。

她将小熊抱在怀里，迷糊地睡了过去。

林建华从旧金山登机。美国机场大多挺旧的，难得的是这儿的国际航站楼的美联航休息室是他在这边见到的最好的，没有之一。

登机后他就吃了颗褪黑素，一路睡回去。他醒来时，隔着舷窗看到了日出。人不管多大年纪了，也都会被自然之美震撼到无言。未彻底清醒之际，他也会觉得，如果她一同回来，看到这样的日出，感觉应该会很好。

这次他去美国，不全是私事。

聊事业是他和孙玉敏之间最好的沟通方式，她走出来了一点儿，已经开始做一些事了。但她依旧不想回国，只是开始在美国做一些投资，主要是投科技创业公司。

他去了趟湾区，看了很多个小型创业公司。他特别不理解，一个小公司，搞电池的，拿了德国大众的投资，搞了几年都还没出来能够产业化的东西。其他机构还在投钱，这公司的人也不着急着出成果，竟然还跑去研究产品对环境污染的影响。

他是老一辈的人了，无法理解这样的商业模式，心想：他们不得亏死？

他离开时，孙玉敏开车送他去机场。他跟她承诺，再给他两年，他就退休。

她没有应下他的话，只是帮他把衣领翻好，说："这一段路，你要走稳了。"

林建华看着日出，接过空姐递过来的水。人生很多事有缺憾，他要学会接受。

飞机落地后，手机有了信号，司机接了他回京州。一路上，他接打了几通电话，就已经知道了工地上的事。

抵达京州后，他没回家，而是直接去了公司。

林夏到公司后灌了一杯咖啡,还没过多久,就收到了秘书的通知,说林董来了。她深呼了一口气,去了他的办公室。

她到办公室时,林建华正在打电话,见她进来看了她一眼,又继续着手中的电话。没多久,他说了句"辛苦刘局了",之后就挂了电话。

"爸爸,您回来了。"

林建华已经从李伟国那里知道了前因后果,以及她采取的应对措施:"你要把周旺财送进去?"

林夏点了点头。

"这事能被压下,当内部问题处理,停工解决完了就行,为什么要闹大?他身上又赔不出钱,你把他送进去打官司没意义。"

看样子他是要彻底压下这件事,除了经济上受损失,其他方面的影响能降到最小。

那就不能去整治周旺财了,虽然林夏很怀疑周旺财这么干,是背后有人在怂恿。但没有证据的事,她不能在林建华面前说,不然像是在给自己找理由。

林建华笑了一声:"半个月了,在你的地盘上,你一点儿动静都没听到?先不说工地的事,当年你要钢丝厂,我就给你了,之后再没插过手。你不会以为经营一个厂很容易吧?家里就是做工程的,不会缺业务。你再跑点儿客户,业务量够了,你就什么都不用操心了?那一个业务员,一个月几个钱?一个工厂,一年利润多少?你觉得钱还挺好挣的,是吧?"

"没有。"

"你是不是觉得钢丝厂里那些人,不配跟你打交道?那么多吨的出货量,动静不会小,这么大的事,一定会有人察觉到异常,可没有一个人来告诉你。对,我当初让周旺财管了工厂,可你为什么敢只信任他一个人?"林建华站起身来,"从你管了厂那天起,你跟他们真正打过交道吗?"

他来回踱步活动着筋骨,看着不说话的女儿。她为什么在这上面一点儿长进都没有?傲慢是种幼稚病,起点太高,她以为只要厂里的人按她说的话做就行,没有必要在人际关系上打交道。

她不曾见识过那些人有多贪婪与短见,为了一点儿钱,他们就能毫不犹豫地把给其最大利益的人卖掉。只要谁对他们心软,他们就会给谁颜色看。

他信任周旺财,可周旺财干出这种事,他也不惊讶,无人能脱离人性的范畴。

所以,他既要给人好处,又要时刻敲打着;既要信任,又要防范制衡着;既要让人服他,又要让人怕他。

可这东西,教得了吗?她是没这个悟性,还是根本不愿意学?

只有自己吃了苦头,交了学费,她才有可能学会。

林夏沉默着,没有为自己辩解。只论结果,不讲过程,那就是她错了。

"是我对你要求太高了吗?集团的事全交给你了,钢丝厂你就顾不上了。"林建华点了点头,"对,还有地产那边。我觉得你要适度放手,全抓在手里,兼顾不了也正常。"

林夏霍然抬头看着他。

"钢丝厂那边,你先放一放,把这件事处理好再说。"

"钢筋来自钢丝厂,要处理这件事,就要处理钢丝厂。"

林建华盯着她,她似乎没有丝毫退让的意思。他并不满意她此时的忤逆行为,甚至颇为恼怒。钢丝厂是他给的,他还在这里,她现在就觉得他连收回的权力都没有了吗?

他原本只打算让她交点儿学费,反思够了再将钢丝厂给她。现在,他需要考虑一下。

"处理什么钢丝厂?你先把你惹出的烂摊子收拾了再说。"林建华踱完步,坐了下来,"我约了瑞生地产的王瑞今晚见面,我还得卖这张老脸给你去收拾烂摊子。"

"几点？我跟您一起去。"

"不用，你去忙别的事，我让林洲跟我去。"

林夏看着他，还没回答，就有人敲响了办公室的门。

李伟国神色匆匆地走了进来，察觉到办公室里僵持的局面，却无暇顾及，更不会参与其中，只是将手中的平板电脑递给了林建华。

"动作很快，消息上了小型门户网站，浏览量很低，估计有升高的趋势。这么快的速度，对方实力不小，甚至可能有专门的公关部门。集团没这么大的竞争对手，估计这是瑞生地产的对手。"

林建华戴上老花镜浏览了新闻，一分真相，九分夸大说辞。虽然言辞看似针对、责问的是瑞生地产，极尽危言耸听之能，要搞臭桂花园的项目，吓跑潜在购房客户，但证据指向了承建商，建林集团被点了名。新闻里说使用劣质钢筋是行业的潜规则，还指出钢筋的供应商之一是建林集团旗下的公司，称此举是常态，建林集团与开发商勾结之后有巨大利益输送。最后新闻里起底瑞生地产此前的房产项目，发出质问，是否有使用劣质钢筋的前科。

林建华看完新闻，"啪"的一下将平板电脑扔在了桌上："放什么屁，没有记者证，没来采编，这些人就敢来做新闻是吧？"

林夏拿过他扔下的平板电脑，迅速浏览着文字，再看了来源，并不是什么专业媒体。她抬头刚想说什么时，对面的林建华就脱了眼镜摔在桌上，眼镜随着惯性落到了她这一侧。

"一看就是收了钱的，有种让他当面拿出证据。"他怒得拍了桌子，眼镜都在跟着晃动。

李伟国提醒了他："我们没法跟这些专门来搞人的新闻自辩，越解释越黑，建议先删了。"

"当然要找人删了。"

林夏此时开了口："这件事不能找关系压下去然后我们自己处理，要让住建局介入，光明正大地处理。要让官方机构对工程全面检查完再动工,不然这件事我们始终说不清。"

林建华冷笑了一声:"那你在处理过程中,就能被这些造谣的唾沫淹死。今天压下了这事,明天谁管你?你这么重视流程、规矩、法律,我建议你辞职去考检察院。"

顶着他的嘲弄眼神,林夏继续说:"走正式流程,和现在去删谣言,并不矛盾。"

"那你现在先把这些东西删干净了再来跟我说别的事。"

见他俩犟上了,李伟国站着有些尴尬,说了一句:"我现在就去找人删。"

"行了,你们都出去吧。"

走出办公室后,李伟国看了林夏一眼,但没说什么。事态紧张,他要匆忙赶去找人脉处理新闻的事。并且他已经对她提过了建议,采不采纳是她的事。

纸媒已死,传统媒体过于渺小,移动时代的新媒体让使用互联网的人都能参与,因此无人能预测一件被搬上网并被肆意渲染的事,会发酵到什么地步。

有时事态的发展甚至会超出大家的想象;有时热闹一阵、几轮口水仗后便无人问津,毕竟热度与网友的好奇心有限;有时压根儿一点儿水花都没有,传统行业内部封闭,远不及互联网行业有关注度。

林夏回了办公室。她明白此时并非能有个人情绪的时刻,却不免觉得自己好糟糕。可这念头刚冒出来,就及时被她制止了。

这样太矫情了,她没必要这样想。

第十一章
有多奢求就有多失落

程帆此次出差,第一个行程是参加当地政府组织的座谈会。会议级别颇高,邀请了众多企业家与行业精英参加,省政府一把手也会出席。

这种会议,明面上的公开信息就足够让人去研究政府释放的信号了。到了他这个层级的人,内部消息是比常人多的,但噪声同样多。他要做些对经济态势的预判研究,就需要从公开的海量非有效信息中获取到真正有用的信息。

这样的纯脑力劳动挺累的,遇上这种时刻,他就当打发时间做点儿分析判断,以防脑子生锈。

他也没早年那么勤快了,从前分析完各类话题,还会顺手写篇文章发出去。写文章得谋篇布局,再考虑受众,还要加概念性的常识解释和推导过程,这件事并不轻松。

现在他顶多简要地记两笔,存档了自己今后看,几乎不写东西了。他倒不是没那个闲工夫,纯属人变懒了。

早两天有机构邀请他去给基层银行行长们做讲座,主题是当下经济形势分析及未来态势瞻望。这个邀请并非出于他生意人的身份,毕竟机构是花钱请他去。半个下午的讲座,润喉费以万元起步,他内心感叹了一句,这个技能还是能谋生的。但最后他还是拒绝了,礼貌地回了人家说这题目太大了,他哪里配讲。

开完会后,私下里有人组织了聚会。架不住熟人拖拽,他去了。这个圈子实则不大,一半人都认识,要么是饭局上见过面,要么是各类会议上碰到却没合作过,还有的是EMBA的同学。

这种场合,不管是谁,喝多时大多一个蠢样。当然,他们没喝多时,也聪明不到哪里去——在公众场合说话毫不注重分寸,该说的不该说的话,嘴上都没个把门的。

身处局中的程帆,倒没觉得自己有多与众不同和清高。这种场合,他来了就跟谁都能聊两句,不冷场,但几乎不会透露实质性的信息。

第二天他才开始工作,上午和下午各约了人谈合作。下午的合作方颇有意思,他们十来年前就认识,当时他和对方所代表的机构之间的合作项目出了问题,双方约出来吃饭谈事,结果两个人谈崩了,谁都不让一步,饭没吃完,就摔了筷子走出了餐厅。后来他还是退了一步给解决了问题,他们也有了私交。两个人联系得并不多,不过彼此遇上事时能帮就帮。

谈完事,坐车回酒店的路上,兴许是天热,程帆难得犯了懒,竟想回京州窝着。在家他可以上午喝茶,下午游泳,晚上喝酒。可他落脚之处全都有冷气,连人在外时太阳都晒不过十分钟,哪里热了?

他出差两天,她也没个消息,一如既往,倒显得她那天早晨有些不同寻常。

那天,他五点就醒了,没再睡,把半个小时后的闹钟关了。他掀开被子准备起床时,就被翻了个身的她抱住,她说不要吵。他脑子里过了一下接下来几天的行程,陪着她又躺了一会儿,然后拿开她的手,说自己真要起床了。她亲着他的下巴,问他:"就不能陪我一天吗?"

她难得如此撒娇,酥软的身体贴着他,抱着他不让他走。

他从没被她这么对待过。她何时会要求他改变行程,留下陪她?估计她压根没睡醒,可他竟然考虑了一分钟,思索着今天的会议能不能缺席，能找什么理由推掉，或者找谁代替他。

万幸他头脑还是清醒的——不能。他拿了床头柜上的手机看了一下时间，还有二十多分钟。

想到这里，他看着车窗外的风景不由得笑了。顾及车上司机和助理都在，程帆就没给她打电话。

回了酒店，程帆倒了杯冰水，直接打了电话给她。

林夏正在办公室里，刚结束了一通电话，旁边的另一部手机就响了。看到来电是程帆时，她还以为出了什么事，毕竟他们一直是有事发微信，急事打电话。

她接了电话后直接问："什么事？"

"嗯？你很忙吗？"

"有点儿。"

"我没什么事，你忙的话我先挂电话了。"

"别。"林夏下意识地拦住了他。听到他的声音，她不想立即挂断电话，像是终于有了一双手能暂时将她拉出困局，让她喘一口气，轻松半刻。

她站起身走到了窗边："打电话给我干吗？"

"一定要干点儿什么，才能打电话给你吗？"他又反问她，"隔了个电话，我能干什么？"

"的确，你什么都不能干。"

缺乏睡眠的头脑昏沉着，人还能坚持，可能是身体在强撑着，也可能是她前天睡够了。那天清晨，她睡眠浅，没有意外地被他起身给吵醒了。

他难得给她制造惊喜，她也大方地没跟他生气，抱了他之后都忘了自己说了句什么，他就忽然亲了上来。

他走后，她又睡了个回笼觉，直到被同事打电话催促才醒，不然差点儿迟到。

"你在干什么？"

程帆挑着酒店送的果盘，找了颗葡萄扔进嘴里："吃葡萄，一个小时后再出门。你呢？"

"在工作。"她停顿了一下，才又说，"我做错了一件事。"

"那就去弥补错误。"

"在弥补，可出现这种错误，我觉得自己……好糟糕。"

"觉得自己糟糕，又不妨碍你去解决问题。"

他一副理所当然的语气，很符合他一贯的口吻。

林夏却莫名其妙地被他安慰到："你也会觉得自己糟糕吗？"

"男人是不会在女人面前承认这个问题的。"

"连我都不能说吗？"

"你是我老婆，更不能说了。"

"真小气。"她却笑了，想继续跟他说点儿什么，却难以组织语言，"就……我被人指出了一个缺点，暂时不知道该怎么面对这个缺点。"

程帆听着她语速放缓的话语，脑子转了个弯便猜到了，工作上能指出她的缺点的人，只有她爸。这么失落的语气，可能她是被骂了。

"你做错了事，被骂不是很正常吗？"

林夏听了这话差点儿挂他的电话。他直接就指出她被骂了，就不能给点儿面子吗？

"等到你坐到他的位置上，同样可以这么骂做错事的下属。到时候无论你指出什么缺点，都会因为这个位置而显得天然正确。"

"缺点会因为我所处的位置不同，而存在或不存在吗？"

"当然。改正缺点很难，比让指出你的缺点的人闭嘴更难。"程帆将葡萄皮吐了出来，"所以，人不要去做太过勉强自己的事。"

他又问了一句："这件事很严重吗？造成的影响无法弥补吗？"

"没有。"

"那你就不要认错，去解决掉问题，这件事就过去了。"

她简直要被他的"歪理邪说"蛊惑了，可这样荒诞不经的说法又格外迷人，从他口中说出时无比有说服力。一个大问题，瞬间就变成了只需要时间去解决的小事。

"那这个缺点不改掉，给我带来后患怎么办？"

话一说出口，林夏就听见电话那头的他笑了。

"人有很多种死法，有一种是被自己吓死。"这个葡萄还挺甜的，他又拿了一颗，边嚼边跟她说，"也许我该给你报名，你去读个EMBA。"

被他跳脱的思维弄糊涂了，她问："为什么？"

"让你看看那些所谓的商界精英，并不比普通人聪明到哪里去，甚至更差一点儿，这样你还能多点儿自信心。"

她下意识地就给自己辩解："我没有不自信。"

"行，那你现在就自信地去解决问题。解决完，我们可以安排度个假。"

"好，我要去做事了。"她应该去，却舍不得挂断他的电话，"我想你……老公。"

程帆愣了一下。她很少这么喊他，他刚想回些什么，电话就被挂断了。看着结束通话的手机，他摇着头，这个人，可真是……

休息了片刻，他就拿了平板电脑开始看资料。

只要不开口，他们不会干涉彼此工作上的事。

可她这是仅有的一次跟他说工作上犯了错……她还被她爸教训了。

她是他的老婆，但公私分明，他不该去管这件事。工作上，作为下属，她犯了错被训也正常。

虽然他心里有点儿不舒服。

一个好的领导，应该在下属犯错时以保护其自尊心的方式进行批评，再兜底给人机会去弥补错误。

他不想去干预她的工作，还是专注于眼前的文件。

此时助理戴奕敲了门，就刚刚聊完的合作，根据双方的初步意愿修改了协议，并打印了送给他过目。

几十页的文件，程帆迅速浏览着。重点处只有那么几页里的几行，他拿了水笔，圈出了两处："这里还有可协商的空间，但不急，过一周你再去找对方。"

"好。"戴奕拿回文件看了一眼，要离开时被老板喊住。

"帮我去查一下建林集团，看这两天发生什么事了。"

林夏挂了电话。他这人从不温柔，连此时的安慰话语都是如此犀利，可是，她喜欢他这样。

她不知是习惯了这样的他，还是自己被他改变，不得不喜欢他这样的性格。

刚刚独自待着时，她控制不住地责怪着自己。她从没像林建华说的那样不屑于与人打交道。不过这件事幸亏发现得早，如果再晚些被发现，后果无法预计。

但林夏决定不再在这些无解的假设情况中盘旋，正如程帆所说，只要能解决问题，再揪出制造问题的人，她可以不认错。就算心中懊恼，她表面也该处变不惊。

大家各司其职，林洲负责工地的自查工作，李伟国负责公关部分，此时她也该去一趟钢丝厂。她当即打电话给司机，去拿包时才想起包被她落在自己的车里了，就先去了地下车库。

林夏开了车门，把储物格子翻找了个遍，都没找到藿香正气水。随后她反应过来这是新车，还没放这些杂七杂八的东西。林夏拿了包要关上车门时，看到林建华正走过来。她看了一眼，他的车停在了旁边。

林建华走过来，看了一眼她身旁的车："换车倒换得勤。"

这辆车她自己买得起，在自家公司，有薪酬绩效和年底分红奖金，钱不会少。她花销肯定比寻常人多，但也不算挥霍。

这辆车，程帆说不是生日礼物，但她不在乎是不是。一辆车而已，林建华何必这么敲打她？

"程帆送的,"林夏对上了林建华的视线,"生日礼物。"
林建华看了她一眼,没说什么,上了车。

董莉彻底慌了,周旺财出去后就没再回来过,人也联系不上。她很害怕,又开始懊悔昨晚为什么要打那通电话。

她刚打定主意装一切都不知道,女儿的视频电话就打了过来。周倩在外面出差,工作完在宾馆里吃外卖时,给她打视频电话看点的肉夹馍,还说那儿的落日真晚。

她听得心不在焉,女儿是搞设计的,估计也懂工程上的事。她借口说在手机上刷小视频,看到有做工程的,竟然用拉细了的钢筋造房子,问女儿这事会怎么样。

周倩皱眉,说这肯定是大事,会涉及工程重大安全事故罪,相关人员要被抓进去坐牢的,而且现在都是终身责任制,过个二十年发现了问题相关人员都要被追责。

董莉被这一通话吓得不轻,哪里还敢图周旺财那点儿工资,当即打了电话给林夏。说完,林夏就匆忙挂了电话,董莉也不敢再打电话过去问。

厂里请假领导会给脸色看,第二天她照常去上班,中午不放心回了一趟家。她听在钢丝厂上班的村里人说了,今天停工。

周旺财的电话她也打不通了。

董莉又去厂里上了半下午的班,慌手慌脚的,接二连三地拿错片子。被领导骂了之后,她干脆借口说中暑了要回家。离开后,她骑着电瓶车去了钢丝厂,想要打探一番。

结果刚到钢丝厂,董莉还没来得及跟门卫老李聊上两句,就看到一辆车开了进来。刚开始老李还没认出这是谁的车,后边的车窗降下,他才发现里面坐着的人是林夏。她立刻跑到车边,跟林夏打了招呼。

虽然来这里的计划之一是见董莉,但林夏没想到会在钢丝厂门口遇到人。这人来得正好,林夏就将她带到了办公室中。

董莉率先开了口:"林总,我家周旺财肯定是被人教唆的。他这个人哪里有什么胆子干这种事?他大半辈子都是在钢丝厂里勤勤恳恳地干活儿,要是有这个心,至于快退休了再来这么一出吗?"

林夏点头:"我也是这么认为的。"

见她这反应,董莉倒是蒙了。自己想了半天才编好的说辞,林夏竟说她也是这么想的?

"那他现在在哪里?我联系不上他。"

"他去配合调查了,这件事被人举报了,我也头疼。"

"什么?他要坐牢吗?"

这个案情不会到要坐牢的地步,林夏摇了摇头:"不知道。"

"林总,您答应给他一个机会的。"董莉说出口时发觉这像是句威胁的话,立马改了口,"不是,我是来求您给他一个机会的。"

林夏从包里拿出一张卡,推到了坐在对面的董莉跟前:"没有人知道这事是你告诉我的,我该感谢你。"

董莉看着面前的卡,不知道林夏是什么意思,犹豫着问出口:"您是给了我钱,就不帮周旺财了吗?"

"这是两码事,女人该有自己的存款。给你你就收着,这笔钱他不会知道。"

也许这笔钱会比自己一年的薪水都要高,董莉这辈子从不知道能靠自己赚到这么多钱。

这并不算卖老公,这事是被别人举报的,注定要被发现。更何况,她会尽力把周旺财保出来。

她和周旺财,各算各的账。他的钱藏得严严实实的,她都不知道有多少。此时,他不知被关在了哪儿接受调查。

如果她能通过这么个机会拿到他的存款呢?那暂时就不能让他出来,他出来了她还怎么拿钱?

董莉好像被金钱打通了思绪,一闪而过的邪念都要将她吓到。

董莉看着对面的林夏。林夏说女人该有自己的存款,是在暗示什么吗？还是自己想多了？

"林总，您还要我做什么？"

林夏挺惊讶，董莉倒没哭天抢地地说要捞老公了，不然自己听得都头疼。

"倒没什么，我就是觉得这件事不是他能想出来的。要是有机会，你帮我问问他。"

"好，我一定问。"董莉点头，"他暂时不会出来吧？我能去见他吗？我想尽快见到他，如果能帮您问出来，也好让他早点儿出来。"

林夏看着她近乎异常的反应，她几乎是瞬间变脸，似乎又不希望周旺财能出来了。

不知董莉有何私心，但林夏知道这事与自己无关，只要董莉能帮她办成事就行："让我想想。"

董莉走后，林夏喊了财务的人过来，让财务的人去结算田小鹏和陈艳丹的工资，今天就走辞退流程。

这两个人，她见都懒得见，更不会多费口舌。

现在工作不容易找，她招个人很容易，没有任何职位上的人是不能被替代的。

这事门卫老李昏了头，跟她犯了同一个错——太相信周旺财了。老李是个忠厚的人，厂房里忙不过来时他都会让老婆过来看门，进厂房捆钢筋，也没提要什么加班费。

一个好的门卫很难找，而且不好连着辞退三个人，她再敲打他一下就行。

之后林夏又找了人过来盘点，和会计一起对进出库票据，要求他们在明天下班前统计出结果来给她。

等她处理完这里的事情，已经日暮了。

林夏回头看了一眼夕阳中的钢丝厂，没了"轰隆"的机器声，巨大的厂房与成捆的钢筋被晚霞笼罩着，都有了几分落寞感。

老板晚上的安排是工作晚餐，大家边吃边谈事。

戴奕原以为起码要吃两个小时，结果老板一个小时就结束了，他赶紧打电话给司机。不知事情谈没谈成，老板上车时，他观察了一下老板的脸色，并无异常。

"查到了吗？"

戴奕收起偷偷观察老板的眼神。查之前事件都已经能在网络上搜索到，他再顺着这条线去查，便知道了大概情况。具体进展他当然不知，但肉眼可见，网上热度在上升。

虽身在不同行业，他对这种操作却不陌生，看得出背后有人在推波助澜，甚至有些趁火打劫的意思。虽然他还搞不清幕后之人到底针对谁，但建林集团肯定会受到波及。

上头前一阵下达文件，集中开展安全生产大检查。此时正是多事之秋，建林集团肯定要被抓典型，估计得伤筋动骨一下。

这些推测，戴奕不会说。他只是将资料递给了老板，再抓重点简要讲了一下。

车厢内颇安静，后座唯一的光源是平板电脑的亮光。听他汇报完情况，老板没说话，光照在老板的脸上，他能看到老板正微皱着眉头，浏览着他搜索的资料。

戴奕不知态势会如何发展，也不知老板会不会出手，毕竟老板人脉众多。

几年前集团往外走，去异地开拓市场。他们到外地总不免水土不服，而且地方势力大，但当地商界大佬竟出来为集团保驾护航。当时他只知其与老板有私交，但又很奇怪，两个人似乎私下只见了一次，那这忙帮得也太大了。

后来戴奕在饭局上才听了小道消息，这位大佬早年生意上陷入困境，但未曾向人求助，而老板直接拿了现金去救对方。大佬从危机中走出后，过了一年多，让儿子跑一趟，把钱给还了。

也许这就是大忙人之间的友谊，平时甚少见面，更不会是酒肉朋友，但对彼此的人品信得过，有了事，一句话就行。

老板为人仗义，虽然在工作上有时算得上是苛刻，骂起人来时简直是暴风骤雨，不留情面。不过强势的人怎么可能有好脾气？而且这种缺点在足够的眼光和行动力面前，完全可以被忽略。做下属的人，就奔一个前程，不然哪里有一帮人忠心耿耿地追随老板？

戴奕正想着，老板却忽然把平板电脑扔在了旁边的座位上，车厢后边又陷入一片黑暗与沉默中。

戴奕不解，平日里老板对林总甚是大方。倒不是送点儿珠宝首饰奢侈品就叫大方，而是会将各类人引见给林总，经由他之手安排的会面就不少。

等了半天都没得到一句指示，戴奕多嘴地问道："程总，我这需要做些什么吗？"

"做什么？"

"林总那里……需要帮忙吗？"

"不需要。"程帆摇了摇头，"这事应该她自己去解决。"

戴奕没敢再问什么，可内心不免好奇这对夫妻是怎么了，难道上次老板的不快情绪仍没解决？

程帆回了酒店就换了跑鞋，去酒店的健身房刷了十公里。精神上的疲惫感，是单纯休息无法扫除的。

他这两天也很烦躁，因为正在戒烟。

原本他计划是在先有的抽烟量上减一半，但这件事也太难了，生理上戒烟引起了心理波动。他又从减少一半的计划，调整到了先少抽三分之一。

戒烟要转移注意力，闲下来他就大量运动，脑子先不想着这件事。到最后一公里冲刺时，他问自己：你没什么事戒烟干什么？

他跑完又做了几组力量训练，之后就回了房间冲澡。冲澡时，他脑子里捋着刚刚那份资料里的关系网。

据他所知，瑞生地产的对手那边水深。在拆迁时，那边就雇了地痞流氓，使用了暴力手段还闹出了人命，但这事被压下去了。

背后的老板尚未洗白，甚至还有个地下赌场和声色场所，这么坚挺，自然是上头有人。暴利的行业，滋生与弥漫着暴力。巨额利润成了黑洞，想要拖尽可能多的人下水。

程帆不关心家里他爸和他哥的事，但不是不知道他哥被调任，大致是跟什么有关。商界的刀光剑影，远不及青云之上的无声角力。

想及此，他打了个电话给程远。

程远正在下基层调研，刚接电话时信号时续时断，往外走了一段信号才好了。才听弟弟简单说了两句，他就已经厘清了这件事及背后隐含的利害关系。

都不用弟弟说什么，程远就主动开了口："这件事，我去看着点儿。"

这件事里，建林集团倒是其次，但他估计那人没这么大的胆子，要把这么大一个项目明目张胆地吞了。

"谢谢哥。"

"还跟我说谢谢？"程远笑了，"你这人，自己的事从来没找我帮过忙。林夏这点儿小事，你还特地打个电话给我。下次我见了她，可得说说她，怎么面子就这么大？"

"不要跟她说。"

"怎么了？"

听见敲门声响起，程帆开了门，是他喊的送餐服务："没必要。"

"你这小子，可真是。"程远摇头，"对了，我还有件事要你帮忙。"

"怎么了？"

"不是给小凯在高中学校外租了套房子吗？结果房东突然说要卖房子了，让小凯十月份之前要搬走。我这不是在京州嘛，你帮忙给看看。"

这种家事程远不想劳烦外人，正好程帆打电话过来，就交代给了程帆。程远又关照了一句:"找个安静、安全的地方。"

"行,这事交给我。"

挂了电话,程帆把送来的面吃了半碗,已经快十点了。

估计她也忙完了,他打了个视频电话给她。她很快就接听了,看起来已经躺在了床上,只开了盏床头灯,伸着光裸的胳膊拿着手机,泰迪熊被她抱在怀里,她的下巴搁在熊的头上。

她这是睡在了自己的公寓里。

这只熊看上去并不新,她似乎很喜欢这只泰迪熊,睡觉时都要抱着。

她工作时是干练的,在家时是放松的,欢爱时是妩媚的。可这样抱着泰迪熊、透着一股子单纯与可爱气息的她,他倒是很少见。

兴许是被这个可爱小熊衬托,毕竟他打小就没有玩过毛绒玩具,更没有欣赏能力,此时见她抱着小熊,倒是觉得十分可爱。

她既然这么喜欢,怎么不带到家中?

算了,他买个新的不就行了?

程帆对视频截了图,一会儿将人剪切掉,再去网上找一下。他又顺手多截了一张。

"睡了吗?"

离开钢丝厂后,林夏又去了一趟工地,两天一夜未睡,实在是撑不住了。回来后她洗了澡,将头发吹得半干,就瘫倒在了床上,正要将手机调至睡眠模式时,他就打来了视频通话。

她点头,另一只手无意识地摸着小熊的肚子。看着屏幕里的他,她太累太困了,头脑发昏,竟想着如果他在,她可以摸着他的肚子。

"嗯,刚躺下。"

看着她困倦得仿佛下一秒就要睡着的样子,他说道:"睡吧。"

她偏不要:"你刚刚在干吗?"

"在跟我哥打电话。"程帆倒也没说谎,"我侄子要换套租房,我哥让我回去帮他看看。"

"外国语是吧,以前上学时家里在那边买了套房。急吗?我改天去看看,换点儿家具打扫一下,他就能住进去。"

"不急,十月份之前就行。"

林夏打了个哈欠:"你呢,睡了吗?"

自己的眼皮都要睁不开了,她还管着他。

他笑了:"我也要睡了。"

"晚安。"

下一秒,她的手臂就垂下去了,"咚"的一声,手机砸在了床边。

这么快就睡过去了,她这是多累呀?

戒烟再困难,都能循序渐进,因为这只是生理上的依赖行为。可选择一个人,是自由意志做出的抉择,人,必须遵从心的自由意志,不说戒掉,连违抗都是种对自我的背叛行为。

程帆看着屏幕上的天花板,轻声说了句"晚安"。

挂断视频通话后,他起身去刷牙。他都来这里了,明天早起通关,去见个朋友,再直飞回去。

这么大的事,一向准点甚至早下班的李伟国也要留下来处理一堆事情。在他起身去端烧开的水时,办公室的门被敲了一下,然后直接就被打开了。

"林董,您来了。"李伟国端下烧水壶,再拿了个茶杯。壶中的茶已到四泡,正是最好的时候,他给林建华倒了一杯。

"你这地方倒是舒服。"林建华接过茶杯,喝了一口茶,挑了挑眉,"这茶不错,味道醇厚。"

"您识货,这是二十多年的老茶。"看着他探询的目光,李伟国笑着解释,"这还是夏夏给的,她从您的女婿那里拿的,不然我哪里有这种口福?"

"他是个懂茶的人。"

"孙总怎么样?"

"她在美国做了点儿投资，给初创公司投钱。这个暂时不要想有什么回报，投十个能有一个成就够回本了，但要接受的是，大概率一个都成不了。"

林建华下了飞机后就没停过，饭局过后也不想回家，猜到李伟国会在这里，就让司机开车回了公司，来他这里喝杯茶，聊一聊。

"不过是该在海外做点儿新业务，以后作为对国内的资金的输血渠道。"

李伟国内心惊叹那个女人可真不一般，本以为她会在丧子之痛中走不出来，结果都已经开始新动作了。依孙玉敏的个性，当她出手并让人知道时，她至少布局一半了，没有随便试一试这么一说。

一个近六十岁的人，能在海外"从头再来"，她的野心和欲望，是有多旺盛呀？

"这不容易，但对集团的长远发展来看，是需要的。"

"是的，你这里事情处理得怎么样了？"

李伟国看了一眼手机，晚上接连来了几通记者的电话，不知事态会扩大到何种程度："正在处理，但情况不是太理想。"

"不计成本，都要把事情压下去。"林建华只要结果，不必听细节，过来也只是想说说话，"今晚见了王瑞，对手都举报到他自己家了。压力到了他身上，也要让他急一急，去帮着处理这件事。"

李伟国笑了，让王瑞急一急，真是林建华能说出来的话。不过林建华说得也没错，虽然是建林集团做错了事，但大家都是一条船上的，还怕对方不急、不帮忙吗？

"听说王瑞家的儿子特别叛逆，今早在工地上对林夏说话特别不客气。"

"还有这事？她怎么回的？"

李伟国耸了耸肩："错在我们这边，只能忍一忍了。"

"她的确该忍。"林建华笑了一声，"可她不忍也没事，这事王瑞肯定要让人去解决的。"

李伟国都搞不透他到底是什么意思,到底是让女儿忍,还是不满她的忍耐反应?想到这对父女在办公室里的僵持场面,李伟国也没回这句话。

"老李,你觉得这件事她处理得怎么样?"

不知他的心思,李伟国想了一下,就事论事地说:"一出事她就到了,决策下得很快,把任务各自安排下去,至少现在看来,那是些及时而有效的应对措施。"

"她怎么让林洲帮着去处理事情了?"

李伟国打着太极回道:"林洲现在在管项目部,是要他去处理的。"

"让林洲管项目部,也是她提出来的?"林建华摇着头,"你说,我这个女儿到底在想什么?"

"孩子大了,总有自己的想法。"

林建华哼了一声,说:"我才不在几天,她就惹出了这种事情。"

看在面前这壶茶的面子上,李伟国还是帮林夏说了句话:"她到底是把这件事情承担下来了,没推卸责任。见到周旺财的时候,她连责怪的话都没有一句。"

林建华看向了他:"如果是林洲呢?他能把这事担下来吗?"

被锐利的目光注视着,李伟国知道这是个难回答的敏感问题:"我不知道。"

办公室一时气氛沉默,上了年纪的人都坐得住,两个人坐在沙发上各自想着自己的事,茶壶的热气渐消。

林建华冷笑了一声:"我让她暂时放掉钢丝厂,她都不同意,跟我说要彻查钢丝厂的人。"

这是在回应李伟国刚刚的话。

"您这是要给她个处分吗?"

"不应该吗?"

"要的。"

"不让她历练吃苦,我怎么能放心呢?"林建华叹了一口气,站起了身,"走了。"

李伟国起身送他,看着他离开办公室,往外走去时背影发福而略佝偻,脚步都没有从前敏捷了。

他们都在变老。

人老了,就得多读书。阳光底下无新鲜事,一切经验都能在书中找到。

林建华既希望女儿能撑起公司,又担心她太能干,把自己的权都给夺了去。

他既要用她,又要时刻敲打她,更要在抓住她的错误时给她个教训。

李伟国关了门,真不知林建华这样做,他女儿最后是会感激他,还是恨他入骨。

董莉找人给开了后门,明天就能去见周旺财。大晚上的她在脑海里演练着见了他之后的说辞,心中却忐忑不安,当个骗钱的人也要有强大的心理素质,不仅要说谎不眨眼,还要特理直气壮。她哪里干过这种事?

回了家后,她就把房间翻了个遍,在放着一堆杂物的转角柜里找到了钥匙,再打开了他常用的柜子。果然,里面放了几本存折和银行卡。她不知银行卡里有多少钱,但存折里的流水记录和余额一清二楚。

啧,他还不至于蠢到把钱全花在外边的人身上,还有脑子给自己存点儿钱。

但她翻到最后一本存折时气得发抖,里面已经空了,今年一次性把钱全给取出去了。她对了时间,他应该是给妍头的。

董莉恨不得他立刻死了!她先把这些钱全给取了,再给他办丧事。

感情有时很深厚,结婚二十多年了,她第一反应还是去救他;感情有时也很淡薄,见对方一声不吭地私藏了这么多钱,把枕边人当贼一样防,她觉得这么多年都是在自欺欺人。

女儿晚上打电话过来问她,说爸爸的电话怎么打不通,她借口说这几天他加班,日夜颠倒,让女儿别打电话打扰他,有什么事跟她说。

女儿很乖,在外出差都要给家里打电话,听妈妈这么说,自然是信了。

董莉想到这里就心疼,女儿就是本地人,还要在外面租房子住,多可怜哪。虽不知银行卡上有多少钱,但加起来,她再凑点儿,肯定够买房付首付了。女儿还跟个傻子一样,觉得她爸赚钱辛苦,在工厂上班没空调吹。

董莉这么一气,心中的恐惧感也消失了大半。

那个尿货要么被挂在墙上,要么她掏出他兜里所有的钱。

不管这事能不能成,她总要试一试的。

程帆早上起来后喝了杯咖啡,就坐车去了中国香港。

天气很好,蓝天白云,车子在车流量颇少的跨海大桥上行驶着。程帆向外看去,阳光洒在海面上,波光粼粼,晴朗得不像话。

天气好,他心情也不错。

他此次的合作项目谈得还挺顺,基本任务都完成了。这一趟去算是私人行程,他跟人吃顿饭,顺便谈点儿事,结束了就回京州,然后在家窝一段时间,或者找个地方去度假。

他倒是不常去中国香港,对那地方没什么感觉,甚至觉得待着不舒服,可能来自它的贫富差距。

幼年父亲出差时带他去游玩过,彼时他觉得中国香港甚为繁荣。此时内地经济体量与规模早已今非昔比,此地成了个中等规模的城市,能被允许做好自由贸易港与金融中心,就已经很好了。

他曾与林夏一同去过深圳,那时是恋爱关系。除了必要的工作外,两个人就是在酒店房间里浪费时间。兴许是觉得喊她出来,一个地方都不去,更没什么约会行程,也太过分了,他就问了她,要不要通关过去购物,或者去吃点儿东西。

他对逛街没什么兴趣，也难得愿意陪她，但她愣了一下，说不用。他也没当回事，她在物质上没什么缺的，估计也懒得特地抽一天跑去逛街。一方面他觉得正好，两个人待在床上多舒服；另一方面又觉得这是缺点，他很难用物质讨好她。

想到这里，程帆打开了淘宝，将昨晚的一张截图剪裁了去搜索那只熊。他很少在网上购物，要么让秘书帮忙买，要么让林夏买。之前她嘲笑他老土，不会使用购物软件，他也没给自己辩解。被嘲笑一下而已，他就不用自己挑选商品、签收快递了。

程帆在网上发现了一个卖玩偶熊的旗舰店，但翻了一下，怎么店里的玩偶熊长得跟图片里的不太像？他边觉得不像，边下单了两个，送到家里。

他小时候从没买过玩偶，更不明白这东西有什么好玩的。他心想：这个东西长得不一样也正常吧？人都没有一模一样的，玩偶熊长相当然会有差别。

其实这事也很简单，他让秘书帮忙去找就行了。但他一个男人，让人帮忙买玩偶熊，不太好吧？

最终，他还是把剪裁的图片发过去了，让秘书买个一模一样的，反正秘书也不敢问他什么。

抵达中环后，他很有时间概念，距离约定的时间还有二十多分钟。

程帆要走进酒店大堂前，就看到他要约的人从另一边走了过来。迎面两个西装革履的人，边走边聊着天。很巧，朋友身旁的那个人，程帆也认识。

此时朋友也看到了他，伸手跟他打招呼。

"嘿，程帆，这么巧，在门口就碰到了。"何堂向身边的人做介绍："李总，这是我的朋友，程帆。"

何堂刚想给程帆介绍这是李子望，就发现他俩对上了眼神，好像是认识的样子。

李子望先笑着打了招呼:"程总,好巧,竟然在这里碰到了你。"

程帆同样不动声色而礼貌地打了招呼:"李总,真巧,也没想到会在这里遇到你。"

三个人没停下,接着往里走去,何堂走在两个人中间:"没想到你们俩竟然认识,也不早说,不然可以安排一起吃饭。"

他说完发现身旁的两个人都没回应,往旁边瞄了程帆一眼,这人还是那副严肃的样子,专心往前走着。

此时刚好电梯门打开,场面倒也没多尴尬,像是没来得及回答似的,三个人一同走进了电梯。

李子望最后进入,按了自己所要抵达的楼层后,问他们:"你们要去几楼?"

"四楼。"

看着他按下楼层键后,程帆说:"谢谢。"

李子望看着电梯门里的他:"不用谢。"

何堂觉得自己想多了,这两个人顶多是不熟。四楼很快就到了,两个人出电梯前,又跟李子望说了"回见",才一同离开往餐厅走去。

位置早已订好,菜品也是预订好的,两个人被经理引着落座后,何堂问程帆:"你们俩是生意上合作过吗?"

程帆喝了一口茶:"没有,你这是跟他有合作项目?"

"还没到合作的地步,上午顺道去了他的公司,聊了聊。"何堂揶揄了程帆一句,"能让你来这边一次也不容易啊,从前跟你谈事情,都要我通关去深圳见你。"

"那不是何总生意越做越大,得我亲自来拜访你了吗?"

"瞎说什么?"何堂笑骂着,刚要回击这个低调到虚伪的人时,放在桌上的手机振动了一下。他拿起手机,要开启免打扰模式,不然跟人吃饭时手机时不时响,自己再去看手机,这样很不礼貌。但看了信息,在关系好的朋友面前,他直接说:"你等一下,我回一下我老婆的信息。"

· 371 ·

程帆又添了杯茶:"我不急。"

何堂将图片发了出去,笑着跟对面的人解释:"我让她去找个玩偶给我女儿。"

他这是有了女儿后,难得见面都要晒一下,虽然程帆对此不感兴趣,但还是略有情商地跟他闲聊:"什么玩偶?你女儿这么喜欢玩偶吗?"

"一个泰迪熊。别提了,家里一个房间都被用来放她的玩偶了,她每天挑一个抱着睡觉。我和我老婆,还得给她唱完 Let It Go(《随它吧》),她才肯睡觉。"

程帆愣了一下:"泰迪熊?长什么样?"

何堂没想到他竟然是这个反应,还以为他是要看自己的女儿长什么样。何堂又拿起手机,将刚刚拍的照片找出来递给他看。

程帆看了一眼。他过目不忘,认出这只玩偶熊竟然和林夏的一模一样,而且是新的。

"你在哪里看到的?这是什么牌子,在哪里能买到?"

虽觉得他的问题奇怪,毕竟与他本人的画风极其不符,但何堂没问什么,回答了他:"刚刚不是去了李子望的公司?我在他的办公室里看到的。我女儿最近喜欢熊,各式各样的都要收集。"

他的风格就这样,别人有的东西,他女儿都要有。说到这里,他又抱怨着:"据他所说,这还是个复刻限量版的玩偶熊。我跟他开玩笑,让他高价卖给我,他居然不同意。我让我老婆去找找,不知还能不能买到。"

何堂说完就敏锐地意识到对方沉默着。此时程帆看着并无异常,还在喝茶,但多年好友,何堂知道这已是他不愉快的反应。

"怎么了?"

程帆看了一眼窗外,碧海蓝天,对岸是高楼。他忽然笑了,说:"没什么。"

此时服务生上了菜,菜肴精致可口,他们在这里吃总归不会出错。

闲聊生活只是开场,没一会儿,两个人就聊起了正事,席间偶尔玩笑与调侃,刚才程帆的不悦样子似是昙花一现。

林建华亲自去工地看情况,今早李伟国打电话过来,说媒体那边暂时被压下来了。

林建华到工地时,就看见林夏已经到了,她还跟着施工人员一起进去看了具体进展。他没说什么,在工地上看了一圈就走了。

都到了这里,他便又让司机开车去了钢丝厂。他还没空去处理周旺财,先晾两天再说。不过也奇怪,人都消失了,周旺财家里连点儿动静都没有。兴许动静传不到他这边,但他也没空操心这事。

车开到镇上时,一眼扫过,他看到林建业的车停在了马路上,就让司机掉头先去他弟家。

林建华下了车,发现外边的防蚊门上插着钥匙,里面的门半掩着。他开了门走进去,冷气飘来,接着听到了电视声。走到客厅时,他看到茶几上摆着吃剩的西瓜皮和空着的酒瓶。

林建业正在打盹,似乎听到门响,一下子惊醒过来,就看到了他哥:"哥,你怎么来了?"

"你在家就这个鬼样子?"林建华嫌弃地看着他这一片混乱的屋子,连个落脚处都没有,"不去上班?"

林建业从沙发上爬了起来,将旁边单人沙发上的杂物扔到一边,腾出了一个干净的角落让他哥坐:"唉,现在哪里有生意?出去得请人吃饭喝酒,还没什么业务,我还不如在家里躺着省钱呢。"

林建华没理他的哭穷的话:"我之前不在,老太太的冥寿办得还行吧?"

"当然办妥了,还请了个大师过来。和尚们念着经,前边的香火烧着,大师跟我说老太太在那边还是最担心你。你这里担子重,操心的事多,身体还不好好保养。"

听着他的一半假话,一半鬼话,林建华突然开口问:"你是不是遇见林夏了?"

林建业心中"咯噔"一声:"好像是,我跟秀萍嫂子去买糕点时遇到的,怎么了?"

林建华盯着他:"你干了什么?"

"我干什么了?"林建业一脸无辜,想了想,说,"不就是秀萍嫂子想讨好她,买了糕点给她吗?哥,你都不知道她有多瞧不起人,从来就没把我们放在眼里,还是我们先跟她打了招呼,不然她都不会喊人。我给她糕点时,她都要推推搡搡的,一副嫌弃样……"

林建业还没说完,就见他哥突然站起身,随手抓起茶几上的遥控器砸了过来。他连抱住头的下意识动作都没来得及做,任由遥控器砸在了自己身上,呼了声痛。

"她嫌弃,你还上赶着给她干什么?拉拉扯扯的,你到底在干什么?"林建华又拿起手边的抱枕扔了过去,"你这副鬼样子,谁要把你放在眼里?你给我小心点儿!"

"哥,我干什么了?我都不知道我干了什么,你至于为了她这么来打我吗?"

刚刚的动作太迅猛,林建华喘着气,见弟弟的神情太过自然,一时有些无从分辨。当年那件事后,林建业就彻底安分了,他们以为他是受到了教训,学了好。

他听到女儿说被摸的事时,第一反应就是驳斥她,可他的反应之激烈,到底是因为他觉得她想多了,还是自己在心虚?

这些年,他生意忙,日常千头万绪,哪里有时间去管这个弟弟?

"建业,你都这把年纪了,给我安分点儿。"林建华一屁股坐了下来,"以前我指望你争口气,爹走得早,我现在已经后悔自己没把你管教好了。"

林建华时常觉得自己老了,常常想起往事。读初中时,他带着热水瓶走好几公里的路去上学,热水瓶里放着生的米,一个上午米就能变成粥,他还带了咸菜,这样就当一顿午饭了。有一个早晨他走得急,把热水瓶给摔了。那一天，他都没吃上饭。其实只要换个内胆就行，可他带着塑料外壳回家时胆战心惊的，怕被他妈骂。

结果他到了家，几岁大的弟弟知道他饿了一天，为他哭到抽搐。后来，因为要养活一家人，学习很好的他放弃了读书。这么多年来，照顾家人早已经成了他的习惯。

林建业把抱枕从身上拿开，倒了杯水给他哥："哥，钢丝厂出了事，我知道你心情不好。你往我身上撒气就撒气，我也不会跟你计较，你别把自己气着了。我哪里不安分了？这件事我有什么能帮上忙的？"

林建华冷笑了一声："哼，你把你自己管好。"

"我是你的亲弟弟，又不会跟你争什么。钢丝厂是你的，现在被搞成这样，我就住在镇上，可以帮你看着点儿啊。"林建业很懂他哥这多疑的性子，"你要就随时拿回去，我这一辈子不都是听你的话吗？"

林建华懒得再听他废话，站起身来："再说，我走了。"

走了几步，他又回头，手指着林建业的鼻子警告着："你给我当心点儿，要是再敢出什么事，我绝不帮你。"

林建业笑了："哥，我能出什么事呀？"

戴奕原本今早就可以飞回京州，老板是私人行程，他不必跟去香港。老板大方，今天给他放了一天假。

但他女友知道了他的行程，敦促着他通关，去帮她买包。

他对待生活中的任务跟工作一样有条理，提前一天做好了行程规划，一早就通关到了香港，十点半就到达了商场门口。等进去时他才傻眼了，女友要买的奢侈品牌，店里已经开始限流，要排队等候。他不由得感叹，哪里是经济向好，分明是两极分化。

这大半天，简直比上班都累，最后他拎着包，直接奔去了机场。

老板的机票也是经由他之手订的，飞机下午起飞，傍晚到。他也是这一趟航班，当然，区别是一个坐头等舱，一个坐经济舱。

这儿的机场太大了，他拎着东西一路跑进来，到了登机口时，已排起了长队,即将登机。他到时没看见老板,不知老板是优先登机了,还是在来机场的路上。

他没托运东西,登机后睡了一觉,醒来飞机就落了地。他拿着随身的登机箱排着队走出机舱,再走到航站楼外边准备打车回去时,看到了老板的身影。老板站在路口,似乎在发呆,不过隔得远,他看不清老板的神情。

司机也来得颇及时,走下来为老板开了门,再帮着将行李箱放到了后备箱里。整个过程,老板未说一句话,径自上了车。

戴奕看着黑色的车驶离,又低头看了看自己的网约车还有多久到。

不意外,车子开进市区时堵了车,傍晚的亮光彻底消散,程帆到家时天已彻底黑了。

他也不意外,家中没有人,甚至保持着他出差前的样子。差别似乎是,衣帽间里她随手脱下丢在地上的睡衣还没收拾。

程帆看了一眼,也没捡起,然后拿了衣服去洗澡。他出差回来,第一件事是洗澡。

洗了个热水澡后,他开了瓶酒,等待醒酒的工夫去了客厅,发现茶几上多了两本书,书的塑封都还没拆。他弯腰拾起书,看了其中一本的书名,叫 Where Reasons End(《当理性结束时》)。这不是他买的书,他也没有耐心再看另一本书。

本想放下,他又拿起这两本书,丢到了她的房间的床头柜上。

他再走回来时,倒了杯酒,拿起手机走到了客厅的窗前。在飞机和车上坐久了,此时他想站一站。

抿了一口酒后,他拨通了林夏的电话。

那头的人接通电话之后,他开了口:"你在哪儿?"

已经九点多了,林夏刚到家。白天她在各个部门间跑着,与各色人打交道,晚上回了公司,跟林洲、李伟国和其他两个高管开了会,把明天的任务给定下来。她只能走一步算一步,计划随时根据进度在调整。

她正累得在沙发上趴着,拖延着想再休息五分钟再去洗澡,虽然她的身体已经趴了十分钟了。

林夏看到程帆的电话时,自己都未察觉已弯了嘴角,轻松地接了他的电话。听到他的询问时,她吸着鼻子撒娇:"我才下班,好累啊。"

"在你的公寓里吗?"

"对。"她并不会像从前那般忌惮让他知道自己在这边。原本侧趴着的她翻了个身,舒服地正躺在了沙发上:"你呢?还在出差吗?"

"我在家。"

他刚到家就给她打电话了。她纠结了一下,主动开口问他:"那你要过来吗?"

程帆看着落地窗里的影子,背后是空旷的客厅,除了自己,客厅里再无他人。

"我有点儿累。"

林夏心中一阵失望,可也能体谅他,出差就是件很累人的事。算了,明天自己也要早起,他来了又得晚睡,睡眠就要严重缺乏了。

"行吧,那你早点儿休息。"

"你没什么话要对我说的吗?"

林夏把胳膊挡在眼上,遮住了刺眼的光,疲惫一天后听到他的声音,很开心。明晚能够见到他,是她忙碌而紧张的一天里难得期待的事。

"晚安,"她要对他说点儿好听的话,可又忍不住有些害羞,还是轻声喊了一声,"老公。"

电话那头的人沉默了一下,也说了声"晚安"。

挂了电话,落地窗前的男人站了许久后,将杯中的酒一饮而尽。

程帆醒来时头有点儿痛,昨晚喝了一瓶酒而已,不知是酒量下降了,还是戒烟带来的不适应反应。

他懒得开灯,摸到手机点了份外卖,想喝点儿粥,配个白灼菜心。才十一点,今天没什么事,就晚上一个应酬活动,他又放下了手机,难得睡个回笼觉。

可闭上眼后,他就再没睡着。失眠时才会烦躁,干躺了半个小时后,他掀开被子,去了浴室冲澡。

浴室里她的东西占了一大半,淋浴间里是各式的磨砂膏、洗头膏、护发素和沐浴露,更别提洗手台上的洗面奶、面膜、身体乳和一堆其他玩意儿。

他结婚前,浴室简约到就一瓶洗发水和一瓶沐浴露。他一是懒得买,二是不喜欢繁杂的事物。结婚后,生存空间与另一半共享,两个人都抓大放小,摩擦很少,他几乎连不适应的过程都没有。

他也早已习惯了这么多东西,到处都充满了生活的痕迹,繁杂并不一定不好。

洗完澡后,他开门拿外卖,正提起袋子时,发现旁边多了个快递箱。外卖员和快递员进不了小区,东西都会被物业送到门口。

他还以为是她买的东西,瞧了一眼,却发现箱子上是自己的名字。物流还挺快,他昨天下单,东西今天就到了。

他照旧拿着手里的东西进了门,跟没看到一样。

出差时他想回来窝着,此时回来了,又觉得在家里待着浪费时间。喝了半碗粥后,他起身去了衣帽间,换衣服准备去公司。

晚上的应酬活动有点儿正式,他穿了衬衫系了领带,收紧领带后又觉得不舒服,不耐烦地扯了下来。再一次对着镜子系领带时,眼睛扫到了旁边地板上的睡裙,收回视线时,他看到镜子里的自己沉着脸。

他再次不耐烦地将系了一半的领带抽下,扔在了地上。

灰色领带顺着力道落在了雾粉色的睡裙上,随着灯被熄灭、门被关上,衣帽间又一片黑暗。

程帆的生活习惯挺好的,他随手就将吃完的外卖盒收拾了,还抽了张纸巾擦干净了桌子。他拿了车钥匙和外卖袋出门,开门时又看到了门口的快递箱。那是他照着她那只泰迪熊的尺寸买的玩偶熊,快递箱并不大,他可单手捧着。

他弯腰拿了快递盒,再进了电梯直达地下车库。车库的电梯口附近有个垃圾桶,出来后,他将手中的外卖袋和快递盒一起扔了进去。

人也没什么情绪,开了车门,启动了车子,照常去上班。

董莉昨天白跑了一趟,工作人员说在审他,今天不能探视。她打了电话给林夏,林夏态度颇为冷漠,说"那你就明天再去"。

董莉心想:这是多关他一天,要吓一吓他吗?她心里埋怨着怎么不提前告诉她,让她白跑一趟。

她不懂流程与规矩,却明白在这个人情社会里,林家是可以帮忙的。

今天她又跑过去了,一番弯腰点头后,终于在一个光线不足的小房间内见到了周旺财。才两天不到,他的精气神就几乎垮了。他穿的还是前天的衣服,这里很凉快,他的衣服上却有一股奇怪的味道,除了汗臭味之外,还有梅雨天里阴干的霉味。

来之前董莉恨死了他。可看到他这副落魄样,不知他在里面遭了多少罪,董莉又觉得心酸。她一个没忍住,还掉了眼泪,边用带来擦汗的毛巾擦了脸,边骂他活该。

周旺财此时也百感交集,终于见到了一个自己人。还是家里的老婆好,出了事之后,谁也没来瞧过他,想到这里他也红了眼眶:"你怎么找过来的?"

将眼泪擦掉,一想起他贴给姘头的钱,董莉就清醒了,张口就来:"我去找了老马家的外甥,费了点儿口舌求人家,才能来见你。"

出了事,还是老婆靠得住,周旺财内心无法不动容:"外边有什么动静?"

"我昨天去了钢丝厂,刚好看到了林建华的女儿,我就问了她,看在你给厂里干了这么多年的分上,能不能帮忙把你弄出来……"

她还没说完，周旺财就打断了她的话："你找她有什么用？她恨不得把我送进牢里。林建华呢？"

看着他人都在这里了，还是一副对她指手画脚的样子，董莉此时却走了神，心想：他躺在床上要她伺候的那一天，估计也是这个态度。

"我没有他的电话，抛下脸面去找了王秀萍，求着她给了个电话。"

"他怎么说的？"

"他说这事你干的，你自己承担。"

周旺财愣了："他就说了这话？"

董莉秉持着少说少错的原则，回道："他这么大的老板，什么时候会跟我多废话？那他来见过你吗？"

她说得对，林建华从前在钢丝厂里时，不吩咐人做事的时候，除了骂人还是骂人。做老板的人，没一个不心狠的。

周旺财在里面什么信息都没有，脑子里就会乱想。房子都偷工减料，后果还没造成，但会不会影响很大。

彻底没有音信，周旺财在里面又后悔又担惊受怕，想死的心都有了。他还没赚到钱，就先把自己搭进去了。

"钢丝厂都停工了，我看他们的态度就是没找你算账赔钱就不错了，你觉得我怎么好意思再去找他们帮忙呀？这件事，我们靠不了他们。"

周旺财抹了把脸，头脑不清晰地嘟囔着："那能靠谁呀？"

隔着不窄的桌子，董莉忽然前倾了身子，头低了下来，压低了声音说："我昨天问了老马的外甥，他说这件事，他能帮帮忙。"

"怎么帮忙？"

"他找人打招呼，先把你弄出来。他说你要是在里面待久了，事情就大了。"

"这不是废话吗？我待久了，命都要没了。"

周旺财有苦说不出，林夏那一句话不是来虚的。他来了这边，十八摄氏度的空调吹得他头昏脑涨，真不知是不是她让人这么干的。

他将信将疑："老马家的外甥，真有这本事？"

董莉点了点头："他很会搞关系的，今年还升职了。他说只要林家不起诉你，他就能找关系让这件事过去。我觉得看林家那意思，他们既不会帮你，也懒得去搞你。毕竟人家有那么大的公司要管，你觉得呢？"

周旺财像是抓住一根浮木，现在也只有这一条路了。林建业就跟死了一样没有消息，算了，也不是林建业逼他这么干的。周旺财直接问了："要多少钱？"

见她伸了三根指头，周旺财差点儿喊出来，但还是控制住压了声音叫着："他这是趁火打劫，想都不要想！"

见他这反应，董莉心惊。她这是报太多了吗？这比他的存折上的数目多一点儿，但他肯定是能拿出这么多钱的。

"你这个猪脑子，别被他骗了！别拿了钱又没能力保我出去，到时候你找谁说理去？"

"那怎么办哪？"董莉急了，"老周，你在里边，我心里慌得要死。咱都认识老马大半辈子了，他的外甥是我们看着长大的，不至于骗我们的钱哪。"

周旺财哼了一声："骗人都是先从熟人开始骗的。"

"那你说怎么办哪？我还要瞒着倩倩，就怕她知道这事。"

董莉心里凉了一截，周旺财的钱绝对不是好骗的。但她又觉得不至于，妍头他都给了十来万元，轮到自己，难道他就不舍得花钱了？

听到她提起女儿，周旺财沉默了，过了一会儿开口："先给十二万，把我弄出去，剩下的出去再给。"

"要是他不同意呢？"

"不同意，他就别想赚这个钱。"

看着对面的老婆，他犹豫了一下，本不想开口，但想到她是个老实人，便说道："存折在抽屉里，钥匙在转角的柜子上，密码是……"

"好，我今天就去找他。"董莉从身旁的布袋里拿了件衣服出来，

"进来时我花了点儿钱,能带件衣服给你。"

周旺财握住了她的手:"辛苦你了。"

董莉叹了一口气:"老周,我们这么多年的夫妻了,我最了解你了。这件事,是谁让你干的?对方到底给了你多少钱?"

"给个屁。"周旺财骂出口时才发觉说漏了嘴,"没人让我干。"

"到这个地步了,你连我都不能告诉?到底谁教你这么做的?"

林建华摆明了不帮他,林建业更没消息,虽也怪不了别人,但他心中窝着火,瞪了老婆一眼:"我用得着人教?"

见她被他训得没了声,周旺财才告诉了她:"是林建业。他说我可以这么干,我想着快退休了,得为倩倩攒点儿买房钱,才这么干的。"

"林建业?他为什么要去害他自己的哥哥?"

"别一惊一乍的,什么叫害?这么做的人多了去了。"周旺财叮嘱了她一句,"你别说出去。"

他又补了一句:"在我出去前,谁都不能说。"

董莉出门时就将他的所有存折、银行卡和身份证都带在了身上,离开后倒也没急着给林夏打电话。她先急着赶去了银行,将他说的存折里的钱取了出来。

周旺财非常精明,为什么是十二万元?因为那张存折里刚好存的是十二万元!但他们都忘了,代取不能取这么多,她先取了四万元。

这钱也不是好拿的,她连跑两趟,胆战心惊地骗了他,结果就弄了四万元。

这一片区域聚集了各个银行的营业点,董莉不死心,做了个很傻的尝试,拿着剩下的银行卡去了ATM机上,试着输入他说的那个密码。

输入了密码,看着屏幕上出现下一步的提示时,她咽了一口口水。明明是在密闭的小格子间里,她却向后看了一眼,手都开始颤抖,指头重重地往屏幕上按下了取款。

这个精明的蠢货，把大部分银行卡设了同一个密码。

董莉喜欢存定期，一般还是存三或五年。周旺财曾笑她蠢，说她这是给银行打工。他看不上那点儿利息，定期存款也少。

她简直像是在做梦，梦游似的去把所有的卡试了一遍，取出了所有能取的钱。之后她再将现金放在了包里，去银行柜台存到了自己的银行卡里。

走出银行时已是傍晚，她觉得自己的腰杆都直了。

董莉这才想起来要给林夏打电话，心中却埋怨着林夏昨天让自己白跑了一趟。林夏明明可以打电话告诉自己情况，却非要折腾自己一下。自己问她的时候，她还不紧不慢地说"那你就明天再去"。

周旺财这是做错了事，估计就算自己告诉她林建业的事，也没钱拿了。

反正你也不急，那我明天再告诉你好了，而且现在应该是你主动打电话问我。

林洲晚上是陪同林建华宴请相关部门的领导，这件事可大可小，此时正是大事化小的关键时期。

这时候不该计较谁惹出的麻烦，而是要上下协同解决问题。据他所知，林夏今天又是在工地里待了大半天，将三方都集齐了在开会。危机出现，也是重新制定规则、调整办事流程的时刻。

林建华也不会袖手旁观，这两天都在组织饭局。昨天是与瑞生地产的董事长吃饭，多年的朋友关系，林建华也没多拉下面子道歉，当然，表面的戏要做。对方也没拿乔，当即就说了要共渡难关。

今天的饭局，林洲发现从言语到行为举止，都没那么轻松。

这也从不是什么惊奇的发现，官商有别，官是高一等的。生意做到林建华这个地步，他依旧需要放下姿态，察言观色，谨慎说话。

双方正推杯换盏间，包间的门被打开，来人是如厕归来的胡局长。他正与身旁的两个人说话，似在极力邀请他们进来。

那两个人一个身形挺拔，另一个矮一个头，还有点儿胖。

似乎没能拒绝邀请，胖的那个人率先进了包间。林洲发现，饭桌边的这些人都站起了身，跟刚进来的人打了招呼。

林洲听着称呼，再细看来人，原来来人是京州的二把手。

但跟在"二把手"后边的人，林洲同样有点儿熟悉，不过很久未见到了，有点儿不确定。那人跟着进来，一同跟里边的官员打了招呼。他和大家似乎还很熟，有人调侃他："程总，你面子可真大。"

他态度却很谦逊，只说"哪里，哪里，多亏赏面而已"。同时，他还不忘和林建华打招呼，喊了声"爸"。

这时林洲才确定了，他是林夏的丈夫——程帆。

胡局长做出惊讶状："原来林总是程总的岳父。还有这层关系在，建华，你刚刚都不说，可有点儿不厚道啊。"

"是我的错。"林建华笑着回："程帆，这么巧。"

程帆点头："没想到您也在这里。"

一阵寒暄过后，程帆也没含糊，敬了他们一杯酒，再陪同着"二把手"出了包间。

他们离开后，饭局上的气氛更浓了，宴请的宾客们似乎也更热情了。

林洲陪同着他们喝酒，在这样功利的场合，在醉意尚未到来时，再一次明白了人为什么要往上爬。

没人要刻意追求高人一等，可在森然的等级排位与秩序感面前，越往上的人就会拥有越多的尊严，也能将自我保护得更好。

饭局结束后，林洲陪同着林建华送宾客，回头时发现程帆也结束了宴请。见到他们，他主动走了上来。

"爸，许久不见，一起去喝杯茶？"

林建华点了头："好，林洲，你去车上等我。"

独酌和宴请喝酒是两码事。宴请时，再重要的场合与人，程帆都不会喝太多,并习惯在结束后喝一点儿淡茶。

名利场上他要披着一张皮,别人就算再把他当回事,他依旧要低调,不该说的话一句不说。

应酬结束,他往往需要独自待一会儿,强行停下高速运转的大脑,让头脑冷静下来。此时,他虽看似惬意地喝着茶,但要跟人打交道,所以依旧没放松。

程帆给岳父倒了杯茶,递到了他跟前:"工地的事,要我帮忙吗?"

林建华愣了愣。程帆从没如此直白地问过这种问题,这见面第一句就是这话,不是个好的开头。

"你怎么知道这事的?"

"我见夏夏心情不好,压力大,她又不肯跟我说,我只好自己去查了一下。"程帆喝了一口茶,"岳父不会嫌我多事吧?"

"怎么会?你生意做那么大,犯不着操心这点儿小事。"

"哪里?一点儿小生意而已。"程帆摇头,"这件事也可以一点儿都不小。"

林建华看着他:"现在已经变成小事一桩了。"

"那就好,损失大吗?"

"这个现在说不好,做生意嘛,总是在一些地方赚钱,在另一些地方亏钱的。"

"当然,谁也不能净做赚钱的买卖,只进不出,不符合做生意的规矩。"

这里的茶很一般,程帆放下茶杯,忽然笑了:"夏夏这人也是,心态不好,一点儿损失,赔了就赔了,平时她拉业务赚的钱也足够赔了。要是还不够,我再帮帮忙不就行了,多大点儿事?"

他说到前半句话时,林建华就已经明白了他的来意,他表面上一副礼貌而客气的态度,却上来就亮出了底牌。

"她不是心态不好,是对工作太认真了。我回头得跟她说说,这么件小事，她犯不着这么紧张。"林建华笑着感叹了一句，"程帆，你这么关心她，把她交给你，我是真放心哪。"

"能让您放心，我这个做晚辈的就值了。"

林建华抬手看了一眼表："十点了，不早了，早点儿回去陪她吧。"

见他站起了身，程帆也没再客套，话说完了，本就该走了。只不过结束由林建华主动提出，程帆估计他这是心中不快了。

但没办法，当一个人自身无法纠正其行为模式时，就必须由外界来打破其自以为的平衡状态，再逼着他进行调整。

没人做生意不要回报，他从不是个慈善家。当他的受益人无法拿到回报时，他总不能坐视不管。

又是兵荒马乱的一天，林夏白天在工地上忙，晚上在公司里抓着项目部的人开会。这件事要趁热打铁，她带头做了自我检讨，其余人再一个个地做检讨。

错误也要有价值，那点儿犯错的羞耻感早被她抛诸脑后，她势必要利用这次机会进行内部整顿。一个地方看似不经意地有了漏洞，但有问题的绝不仅限于这一个地方。

下属提醒她说林洲不能来，她告诉对方明天把会议纪要给林洲，让他写份检讨交过来。

会议结束，她留在办公室里看会议记录，之后起草文件，写新的内部执行程序。

加班到九点，她关了电脑。公寓虽离公司近，还能多加一个小时班，但她更想回家，工作就明天再说吧。

林夏到家时，他还未回来。她打了个哈欠，去衣帽间找睡衣准备洗澡。看到睡衣被扔在了地上，上面还多了条他的领带，林夏弯腰拾起衣物时在内心摇头，他可真没捡东西的习惯。

洗完澡，她去次卧找护手霜，却在床头柜上发现了她买的书。

那天拆了快递后，她随手将书放在了客厅后就没碰过。他将书拿到这个房间里干什么？难道他昨晚是睡在了次卧里？

可她看着两个枕头的摆放位置，他也不像在这里睡的呀。

她懒得多想，也没心情看书，拿了护手霜就出了房门，去主卧睡，虽然他还没回来。

屋里开着灯，林夏刚躺下没两分钟，卧室门就被打开了。回来的程帆看到床上的她，似乎有些惊讶，但也没说什么，就又关上了房门。

林夏留了盏他那侧的灯，把自己这侧的关了。她还没想睡，就想躺一会儿。微弱的灯光有点儿温暖的感觉，在等着洗澡的他时，她竟然很喜欢这种等待的感觉。

她也没等多久，他就进了卧室。兴许是以为她睡了，躺上床后，他就顺手关了灯。

清新的沐浴露气息中夹杂着一丝酒味，因为是他身上的，她并不讨厌。颇大的床上，两个人各睡一边，没一丝触碰。

她挪了身子往他那边靠去。她抱着他，闻着他身上的味道。

好像他才出差三天，她就好想他。

她不介意自己主动，吻着他的脖颈。她正纳闷他怎么还不理她时，往下探的手就被他握住了。

"我没心情。"

这么多的事要处理，今天一早林夏就醒了，咖啡和紧绷的神经让她一天都足够清醒。

此时她感觉身体疲惫，神经却松弛了下来。

很奇怪，一个人要撑很多事时，就来不及有情绪，想不起要抱怨一句累，只顾着将计划和迎面而来的突发事件一件件处理好。偶尔来不及时还要漏掉几件，往往在回家路上她才会突然想起今天还有些什么事没有做。

在外做事，没人管她累不累，别人只在乎她是否能将本职工作做好，不给别人造成麻烦。若是她喊一声累，被当作矫情事小，被质疑工作能力事大。

到家后,她才意识到今天有点儿累。

不过躺在家中舒适的床上,身旁还有他,林夏感觉也没那么累了。

林夏也没太想跟他做,毕竟明天不能晚起。

听到他说"没心情"时,她愣了一下。她很久没有这样主动,他这么说搞得她有多欲求不满似的……而且以前他也从没拒绝过她的主动。

他身上的酒味还在,难道他是参加饭局发生什么不开心的事了吗?

她也挺能理解他的,要是心里压着事或情绪不好,的确没心情。她做人也聪明,他心情不好,她当然要躲远点儿。

刚刚抱着他时,林夏半个身子都快压在他身上了。她躺回去后,握着她的手腕的手却依旧没放,他用力时她根本没法挣脱开。

"怎么了?"

他一到床上,她就缠了过来。只有在此时,她才会热情而主动。而他只是说了句"没心情",她一句话没有,人就下去了。

掌中是她纤细的手腕,她还想抽回手去,他却下意识地握紧了。

"很失望吗?"

她打了个哈欠:"我也很累,早点儿睡吧。"

"我不是很累。"

林夏却忽然笑了。她习惯睡在右边,左手被桎梏住,就伸出右手抱住了他,在他耳边轻声问着:"那你要怎样?"

他要怎样?

程帆没有想过这个问题。

人皆有过去,再文艺点儿说,是过去的人与事,造就了现在的自己。他计较过去,是件很无聊的事。

道理谁都懂,但基于立场与身份,自己连共识都无法达成。

要是他好为人师,跟年轻人说,做自己喜欢的事,将事情做到一定的专业度,钱权自来,不要在乎一时的薪酬与得失,这肯定会被人骂，会有人说他是站着说话不腰疼。

人们不是不明白这些道理，是难做到。

夫妻之间，不提感情，基于对彼此的尊重，他不会去怀疑她。

他能怎么说？当他提出问题时，他就要明白自己的需求，同时提供解决方案。难道他要说"那个破熊，你给我扔了去"？

这是多可笑而荒诞的诉求，他介意的并非一个玩偶。

靠近他时，她又主动亲了他的下巴，感觉有点儿扎人："喂，不跟我讲话，又抓着我不让我睡觉，非要我来求着你吗？"

"为什么要跟我结婚？"

头枕在了他的胸膛上，在黑暗中，看不见他的表情，林夏不知他为何突然这么问。

他求的婚，她答应了，仅此而已。

她不知道答案，但此时的生活在给她答案。工作上出了不小的岔子，如果是单身的她，晚上回了公寓依旧会忐忑而焦虑，无法轻易放过自己。而此时，不需要他帮她，只要有他在，她的内心就安定很多。

这样对一个人全然信任与依赖的情况，几乎是她的生活和工作中从来没有过的。

可这样私密而陌生的感受，她却难以启齿。这是仅属于自己的秘密，她害怕说出口后就会消失。

见他心情不好，她开了句玩笑，在他耳边轻声说着取悦他。

她才说完，手腕上的力道骤增，在她呼痛之前，他放开了她的手。

"我还以为你会说点儿别的原因。"

"比如呢？"

"比如，你很……"

话说到一半，他却笑了，似在嘲讽着自己自作多情。她对他，有喜欢，有感情，却不会有那么多。

比较感情和心，是大多数人不快乐的源头，可他根本没法不去比较。他送她的东西，她何时在意过？他只当她是不看重物质，的确，一只玩偶也不值钱。

　　逼着人说假话，有什么意思？他将她的手从自己身上拿开："早点儿睡吧。"

　　这还没说几句话，他就让她睡了，发什么酒疯？虽然莫名其妙的，但她也真困了。林夏侧身，扯过被子睡觉。

　　她还没两分钟就睡着了，听着她平稳的呼吸声，一旁醒着的程帆毫无睡意，简直要气笑了。

　　失眠会传染吗？她好了，就轮到他失眠了？

　　难得如此心浮气躁，他厌恶这种感觉——控制权不在自己手中，要等待着对方施予。

　　如果是生意，他要么舍弃，要么耐心蛰伏。

　　如果是人，他直接放弃，连试图夺回控制权都是浪费时间。

　　可是，她是林夏，已经成了他的生命里最亲密的人，从不是旁人。

　　很久没有如此心浮气躁，在床上翻来覆去又会吵醒她，他干脆掀开了被子，在没有光线的房间里凭着习惯摸黑走出了房间。

　　程帆开了过道上的灯，一路走到了酒柜前，倒了半杯酒。走到客厅里时，看着似乎少了什么的茶几，他停住了脚步。

　　想了半分钟，他将酒杯放在茶几上，弯腰打开下边的抽屉，拿出香烟和打火机，从烟盒里掏出了一根烟咬在嘴里。戒烟上他开始施行按周分配的计划经济模式，这包烟是明、后两天的量。

　　站起身时他却忽然生出了不耐烦情绪，把一整包烟都拿在了手里，还戒个屁！

　　他拿着烟和酒走到了阳台上，烟草让人上瘾，然而放松过后，却是虚无。

　　他不强迫自己去做正确的事，尊重而坦然接受内心的感受，比如此时不接受的心情。

　　夜很深了，一切热闹都已落幕。他到底自制力尚存，点燃第二根烟后，猛吸了一口，就将剩下的烟摁灭在了烟灰缸里。

烟灰缸是她买了放在外头的,他离开时才发现上面是一只小狗的头。

林夏入睡快,却睡得不那么踏实,嗓子还很干。白天她在外跑,晚上话说得多,水却没喝多少。半睡半醒着,她却懒得睁眼起来喝水,明明睡前在床头柜上放了一杯水。

感觉到床垫一侧塌陷后,瞌睡虫跑了几只,她摸索着开了她这侧的灯,撑着手臂爬起来喝了小半杯水后,又关了灯倒下继续睡。

可她做起了春梦,很舒服。她晕乎乎的,不费力地享受着极致的体验。

当欢愉感来临时,每一个毛孔都舒展了,她睡意也更沉了些。

梦中她看不到是谁在动作,却被手的主人从后面抱住,箍住了腰。意识模糊之际,她似乎听见身后的人问她:"爱不爱我?"

戴奕出差回来,刚上出租车,就接到了老板的秘书的电话。

老板的具体行程和一些琐碎私事,都是秘书处理的,行程安排后由戴奕来过目。虽没明确的级别规定,但他算秘书的领导。秘书有什么拿不定的事,都要来问他。

秘书打来这通电话,刚开始戴奕还一头雾水,随后抓住了关键词:程总、泰迪熊。可程总和泰迪熊能有什么关系啊?

但他迅速厘清了整件事。

老板发了张照片,让秘书去买一只泰迪熊,要求是同款。秘书发动了广大的朋友圈,说有个朋友要买这只泰迪熊,很紧急,可以加钱,提供信息者有报酬。

微信群、熟人的熟人,这种线上组织传播消息的速度无比迅速。才半天,秘书就通过买手群辗转联系到了一个业余的收藏玩家,看了玩偶的图片,非常相像。秘书一问就更确定了,对方还说是复刻的限量版。这只熊是全球限量的,国内能买到的人估计也没几个。

秘书多问了句复刻的什么啊，对方就发来了一张图，图中一个异常英俊的男人手里抱了只泰迪熊。对方说，就是复刻的他手里的这只。

戴奕点开了图片细看：啧，老板什么时候有这么小众的爱好了？老板从来就不是个文艺的人。

对方似乎看出了秘书心急，开始坐地起价了，一下就开价到了六位数。秘书尝试着砍价，但对方明摆着的态度是：你可以找别人买，只要你买得到。

虽然老板有钱，但秘书还是觉得花六位数买只玩偶熊，太夸张了。怎么什么东西，加个"限量"和"复刻"，就能卖那么贵？虽然两只泰迪熊几乎长得一样，但秘书也不能确定这就是老板要的东西，于是打了个电话给戴奕。

戴奕突然想起来前段时间老板买了车，就是送给林总的。对了，是林总的生日。这就对了，这是给林总的生日礼物。

反正老板有钱，花的也不是他们的钱。要是买不到，他们才是做事不到位。

戴奕当即跟秘书说要买，还问老板有没有说送到哪里。秘书说送到家，这下戴奕更确定这是送给林总的了。戴奕还嘱咐快递走空运。大钱都花了，他们更不能省快递的小钱。对有钱人来说，时间比钱重要。

当然了，他最后也嘱咐秘书快递到了告诉他。

工作上，他做事专业而负责是应该的。这种私事上，他不妨拍一下老板的马屁，积极表现一下自己。老板娘被哄好了，老板的心情也不会差。

林夏依旧醒得早，都不用闹钟。

她在这里，好像比在她的公寓内睡得更好些，不知是不是她的心理作用。

赖床的工夫，她想到了昨晚的梦，见程帆还在旁边沉沉地睡着，觉得莫名羞耻。

林夏动作很轻地起了床,再将房门关严实,走去了卫生间,却发现自己身下很干净,连痕迹都没有。

她还没来得及想怎么会这样,抬头就看到了镜子里的自己。昨天半夜她喝了杯水,脸都肿了。

刷完牙,敷着消水肿的面膜,林夏就去做了杯咖啡,还顺带给他做了一杯。他没起来,没法一起吃早饭,她一会儿路上买个早点就行。

林夏洗了脸,涂上护肤品,虽然还挺早,但换衣服时心想他可真能睡。虽然两个人在同一个屋檐下,可就昨天他开门时她见了他一眼,马上她又要出门一整天了。

水肿渐消,气色倒不错,没了前两天的憔悴样子,她还有心情多涂个口红。

拿着包准备出门时,门还没关,林夏发现门口有个快递,盒子不小。程帆几乎不买东西寄到家,她看着这个快递盒的尺寸,倒像是她买的包,柜姐给寄到了家里。她买的是个新款的双肩包。比起挎包,她更喜欢双肩包。虽难搭配,但她想着旅行时可以用上。

她也没太着急出门,就找了把快递刀拆开了盒子。先是一层层的泡沫垫子,拿开后林夏发现里面的包装盒并不是她买的包的,但都拆到这份上了,哪里能停?她拆开了盒子,看到里面的东西时,心跳漏了一拍。

盒子里的东西是和她的那个一模一样的泰迪熊。

这一定是程帆买的。

他每年都会送她生日礼物,今年说车不是礼物,她还以为他真不送了,原来礼物在这里。

林夏一直觉得,她只喜欢公寓里的那一只泰迪熊。它陪了她很多年,虽是只玩偶,但跟人没什么区别。小熊会倾听她的所有心事,是她最好的朋友。

虽然有那么多的泰迪熊,但她也只要那一只。

可此时，见到眼前这崭新的一只泰迪熊时，她觉得自己变心了。她也会很喜欢这一只的，这两只小熊，可以做朋友。

她又走回了屋子，想去卧室找他。可她走进客厅时，他正从卧室里出来，手里拿着手机低头在看。似乎是听到了她的动静，他抬头看向她。

顾不上他疑似带有起床气的面色不善样子，林夏手里抱着熊，问他："是你买的吗？"

她起床时，程帆也醒了。他后半夜才睡着的，醒来时头有点儿疼，想着再补一会儿觉。又眯了一会儿后，头脑彻底清醒了，他再也睡不着了。

他拿了床头柜上的手机出了房门，将睡眠模式关掉，就连着几条信息进来了，还是助理的信息。他习惯吃完早饭再回工作信息，但这会儿以为有什么要紧事，当即就打开信息看了。

他的助理工作严谨，在汇报私事上也是一如既往的认真风格。

助理跟他说吩咐秘书买的泰迪熊到了，还发了图片和认证的证书。不知戴奕怎么想的，还特地给他发了这只熊的科普知识，似乎在证明花的钱不亏。

这个科普知识他也是第一次看到，就当学习了。

这只熊的原型是电视剧《故园风雨后》里男主角 Sebastian 抱的熊，今年终于做了复刻版，全球限量，一经发售全线售罄。这一只是从国内的玩家手中买来的。

程帆点开了图片，很熟悉的剧照，是她在家中看的那一版电视剧。

嗯，两个曾经相爱的人，看过同一部电视剧，若非偶然，她都不会告诉他有这部电视剧存在。

在分手之后，两个人都重温着电视剧。复刻限量版的泰迪熊一出，李子望就有了全球限量款的泰迪熊。因为他，她都不愿跟自己一同通关去游玩。

她没有任何逾矩的行为，可此时的一点一滴都在提醒着程帆，他

394

们相爱过,如此深地相爱过。

自己于她,只是个合适的结婚对象,只要她有那么一点儿喜欢,就够了。毕竟世人常说,婚姻不等于爱情。再深入的感情,都不必说,是不是她觉得也没这个必要?

看着她抱着熊来问他,程帆笑了。

"不然呢?你以为是李子望买给你的吗?"

林夏愣住,不明白他为何突然提起了李子望:"你为什么这么说?"

"林夏,事不过三。我觉得出于对婚姻的尊重,关于过去,该藏着的东西就要藏好,不要做得太明显。"程帆走到她跟前,低头看着她怀中的熊,"不要在这个家里,让我看到它。"

林夏抬头看着他,牙齿紧咬着唇,一言未发。

看着她的眼神,明明错的是她,他却无法直视,只能偏移了视线:"不要再让我发现这样的事了,可以吗?"

"可以。"

他看着她抱着熊走出去,门一关,这么大的房子里就只剩下了他一个人。

程帆站在原处,拿起手机回复完所有的工作信息,走去厨房时看见了料理台上她给他做的咖啡。

平常他都直接喝下一杯浓缩咖啡,今天却觉得苦。他打开冰箱,倒了半杯牛奶,褐色的溶液与纯白的牛奶混合开来。

喝下一杯咖啡后,程帆顺手洗了杯子,再拿着手机准备走出厨房。

可厨房内忽然传出一声巨响,手机被砸到了地上,力道之大,屏幕瞬间四分五裂,手机躺在了角落里。

第十二章

我需要你守着我一辈子

不必朝九晚五地打卡上下班,除了出差赶早班机,林夏甚少这么早出门。

夏日的清晨与正午几乎没有什么不同。太阳足够大,行人全副武装,大家都脚步匆匆,一刻都不愿在外面停留。

这几天气温略有下降,却更闷热了。

新车的侧后车窗膜透光率很低,这段时间她一直注意用眼,坐在车后座上倒无须戴墨镜来遮光。

那只泰迪熊被放在旁边的位置上,车开得平稳,它也坐得平稳。它侧着头,试图看着前方,不过个子不够高,鼻子都气歪了。

车子行至交通路口时,一个刹车,它顺着皮质座椅滑了下来,脑袋无力地垂在了靠背上。

林夏看见了,伸手要将它扶坐起来,刚放稳却又将它抓在手里,让它坐在了自己的腿上。

车厢内的空调温度颇低,毛茸茸的玩偶温暖而舒适。她握着它的爪子,跟它打招呼。买了它的主人不要它,不能让它待在他的房子里,她却不能将它丢下。

她不知他为何突然提起了李子望,还要说那些话。

林夏自认问心无愧,没什么好解释的。

正如他无须解释他的动机与缘由一样,他也不需要她的解释。他只要下达命令,让她去执行,不问过程,只要结果。

那她就做到好了。

遭受了他的猜忌,如一场无妄之灾,林夏看着他站在那里,往日的温存样子不复存在。他说着无比伤人的话,毫不留情面,似乎要将她与小熊一起赶出去,不要他们再在他眼前出现。

她内心苦笑:林夏,这就是你爱的人吗?这就是你信任而想依赖的人吗?

他能将你捧在手心里,也能将你摔下,只看他的意愿。

做情人容易,没有责任,连期待都没有那么多,在精神和身体上,她只需放纵地追求愉悦感受。

做夫妻难,可此时林夏竟觉得自己内心如变态般强大,还能苦中作乐。往好处想,他们的婚姻里尚未出现狗血的出轨情节与婆媳矛盾,这么个小问题,她若是向旁人抱怨,说不定旁人还觉得她在晒幸福。

旁人自觉生活的苦像摔断了胳膊,而她只不过是蹭破了皮。

可他们不知,她给伤口消毒时有多疼,天热了伤口反复发炎,久久无法愈合,是有多折磨人。

幸亏活了快三十年,林夏略知伤口愈合之道,降低期待值,不要有多余的期待之情。

漫长的九十秒红灯时间结束,指示灯终于转绿,司机踩下油门时看了一眼后视镜。后边的林总突然低头从包里找出了墨镜戴上,看向了车窗外。黑色镜框几乎遮住了她的半张脸,让人无从看出她的表情。

董莉下班后去镇上买秋葵的种子。家里空了一块地,听说秋葵吃了对身体好,她就打算买点儿来种一种。

她买完秋葵种子又去旁边的超市买些日用品,结账时就看到了挺眼熟的小屁孩,是王秀萍家的侄孙,来过暑假的。

呵，一个孤家寡人，住着别墅到底也寂寞，没事找事地将侄孙接了过来，觉得有个小孩子在热闹。

那小孩手中拿着张百元大钞，还有一堆零食，接着将钱递出去，还要了一包烟。小孩子哪里懂什么烟，跟店主说了，是建业爷爷平常抽的烟。

店主与林建业交好，知道对方常买什么烟，小孩拿多了零食，店主也没计较，拿了包烟和零食一起装在袋子里给了小孩。

董莉在后面等着结账，寻思着王秀萍与林建业关系好，镇上离村子又不远，王秀萍将孩子带来镇上玩也正常。

排队时她想起忘记买洗洁精了，又折回去拿了一瓶。她结完账出来，将所有东西放在脚底，骑着电瓶车回去时，看到小孩拿着一袋子东西，踮起脚扭钥匙。王秀萍正在跟隔壁的邻居剥着毛豆唠嗑，见小孩回来了，放下手中的毛豆，跟着进了屋子，还骂着小孩买这么多零食干什么。

电瓶车加速，一闪而过，董莉已经在盘算着晚饭吃什么了。

一进家门，还没来得及打开电风扇，董莉就接到了林夏的电话。林夏一句寒暄话都没有，电话一接通问题就来了："昨天你去见周旺财了吗？"

林夏上午跑了政府相关部门，下午回了公司。手头并不是只有工地的事，其他一些工作也不能落下，她便跟同事开了几个简短的会了解进度。

她将计划的几件事做完时，已经快到下班点了。她让秘书帮忙点了外卖，白天都是要跟人打交道的工作，晚上可以不受打扰，独自在办公室里将昨晚剩余的文档写完。

外卖还没到，她终于有了点儿空闲发会儿呆。

夏天的晚霞堪称瑰丽，林夏却忽然想到了一件昨天忘记的事。这件事不急，但也算重要。

昨天董莉去看了周旺财，却没有给她打电话。

事情太多，而她今天心情并不是那么好，一直克制着烦躁情绪，但对人与事的容忍度在降低。

要是平时，她能当董莉忘了给她打电话，此时却不耐烦了。她不该给这种人太多好处，给了点儿甜头他们都忘乎所以。如果昨天董莉能借口太晚不方便，那今天一天了，是家里断电不能打电话给她吗？

她估计董莉是生了其他的小心思，不把她的事放在眼里了。这人是不是觉得她的钱还挺好挣的？

林夏厌恶给一巴掌再给一颗枣的御人之道，但只该给一颗枣的时候，一点儿恻隐之心让她给了两颗，那对方极有可能跟她拿乔着要三颗枣。

错的不是对方，而是自己不该生出的恻隐之心。

懒得跟这种人计较，她当即打了电话过去。

"去了。"

"他说什么了吗？"

"他说这事就是他干的。"

"他还说什么了？"

董莉迟疑了一下。在这么大的事情上，她多动了几个心眼。

这件事林建业压根没亲身参与，只要她一说出去，他们就知道是从她这里传出去的。这多年的邻里关系，董莉知道这兄弟俩感情深厚。林建业什么都没做，林建华自然不会对亲弟弟有任何惩罚手段，就算林建业做了，林建华也得护着。

这件事的结果已定，周旺财该怎样就怎样。据说林建华去了趟钢丝厂后，厂里又开工了，一切与往常一样，风波似乎已经被压下去了，那她为什么还要蹚这浑水呢？

林建业人品不端正，自己这样泄密，万一他心存报复呢？

要是有点儿好处，她也愿意承担风险，但听林夏这质问的口气，好像自己说出来就是应该的，哪里还会有额外的好处？

"他也没说什么了，就说他鬼迷心窍了，希望你们帮帮忙，看点儿情面,把他弄出来。"

林夏皱眉,不太信她的话。这个人嘴比脑子快,还爱说闲话。如果她真不知道什么,就不会有刚才的停顿行为。按照她"心直口快"的性子,说不定她都要绘声绘色地描述与周旺财的每一段对话。

林夏最后问了一遍:"真的吗?"

"真的……"

林夏没时间和耐心跟她耗:"好,我希望你不要骗我。我还有很多个渠道去了解这件事,万一你少跟我讲了些什么事……"

此时敲门声响起,林夏站起身开了门,是秘书拿来了外卖。她接过外卖,听着电话那头的人沉默,也没继续说下去,走到沙发边将外卖放在了前边的小桌上。

董莉听着她威胁的话,真有点儿被吓住了。从在瓜田里遇到她,熟悉之后董莉就知道,这人不像她妈那么狠,甚至性格挺好的。人虽然冷漠,但自己为她做事的话她总会表达谢意,还很大方。

董莉以为自己说不知道,这件事就能这么糊弄过去,林夏也会就这么算了。她没想到情况一百八十度大转弯,林夏竟然开口就是威胁的话。

她装傻:"啊?"

"这个圈子挺小的,我认识的人也多。对了,你女儿是做室内设计的是吧?"

"你要干什么?"

林夏将外卖盒打开,里面是一份猪排咖喱饭,色泽金黄,还挺诱人的,另外还有单独的一份西蓝花。她饮食算得上健康,几乎每天都要有绿色的蔬菜。

林夏只是吓一吓董莉而已,要是她真不说,自己也没什么办法,也不至于去做这种不入流的事。

"你还有什么话要跟我说的吗?"

董莉到底是真怕了,在女儿的前途面前,心里那点儿算计都不值一提。她内心怨恨着，有什么样的妈就有什么样的女儿，林夏用起手段来一点儿都不比她妈差。

董莉叹了一口气，实诚地说："林总，不是我故意瞒你的，是周旺财死也不让我说，就怕对方报复他啊。而且，那个人你也不能把他怎么样，所以我才想着，多一事不如少一事，这事就是我家老周干的，该承担的责任他就得承担。"

林夏停住了手上搅拌的动作："是谁？"

"你家叔叔——林建业啊。他也不是有心的。他是个包工头，估计自己干过这事，或者看见过这种事，跟我家老周闲聊时就提了一嘴。而那个狗东西竟然真信了，脑子发昏干出了这种事。"

林建业很早之前就被驱逐出钢丝厂了，而周旺财在厂里干了很多年。林夏紧接着问她："他们一直有联系，一直关系这么好吗？"

董莉愣了，想起了那桶鱼。如果两个人关系一直这么好，周旺财也不至于前段时间才跑去林建业的鱼塘里钓鱼。

"没有，林建业这人眼高于顶，瞧不起村里人的。"

"好，谢谢。"

"林总，事情就这么复杂，真不是我故意不告诉你的。"

"我知道了，就这样吧。"

董莉的话不是假话，她也犯不着编个林建业来骗自己。

林夏虽没胃口，但肚子已经饿了。她夹了个西蓝花，边咀嚼着边想林建业为什么要这么做，这么做对他有什么好处。

想到第二个问题时，她脑子里忽然浮现了程帆的一句话：你不能用所谓严密的逻辑去推导对方的动机，对方大概率是个不知道自己在做什么，也不清楚做什么才是真正对自己好的蠢货，步步为营、一切尽在掌控中，更是不可能的。

一个这么多年就靠着林建华做点儿小生意，没折腾出个水花，估计还无比贪图享受的人，做这种事估计都虎头蛇尾，严密的计划都不会有。

但蠢货的杀伤力也是最大的,他们做事不讲性价比。

工地钢筋这事暂时算是被压下来了。工地那边正加班加点地在检测,时间尚短,还有一批劣质钢筋都没派上用场,影响不太大,事情在可控范围内。

林建业还会做些什么呢?

这件事,他仅是在背后出主意,原则上她也拿他没办法。

她纠结间,办公室的门再次被敲响了。她还没说话,门就被打开了。

林建华走了进来:"不下班吗?怎么在这里吃晚饭?"

林夏放下了勺子:"加一会儿班,您也还没走呀。"

"这几天压力很大吗?"林建华坐在了旁边的沙发上,"少吃点儿外卖。"

"还行。"

"周旺财明天就能出来,这件事就这么过去了。"

林夏点了点头:"他没法承担责任,也没必要做得太过,开除了就当跟他了结了。"

林建华略惊讶,没料到她转变得如此快:"你速度倒快,钢丝厂都已经开除两个了。"

"还行,再忙我也能把钢丝厂的事情兼顾到。"

林建华笑了:"我还想让你放一放,当给你一个识人不明的教训。"

"我识人不明?"不知是早上受的委屈无处发泄,还是她的情绪再次不可控,此时,看着这个她一直想寻求他的肯定的父亲,她忽然不想再忍耐,就事论事地跟他说,"这件事,您也有识人不明的责任。"

"什么?"

"周旺财这么做,是您的弟弟——林建业在背后怂恿的。"林夏笑了,"我做错了事,能去弥补,能给周旺财处罚。您呢?您能对他做什么吗?"

林建华抿着唇,看着女儿一反常态的挑衅举动:"证据呢?"

"我没有必要通过诬陷他来给自己开脱责任。您在问我要证据的时候，就已经证明了您不想对他进行任何处理。那我有什么必要再去找证据，做一件没用的事？"

林建华忍耐着被激怒的火气："你还想说什么？"

"这么多年来，您任由他吸血。好，您有这个能力，不在意这点儿小钱。那他现在吃里爬外，还试图插手集团的事。爸，如果这件事您不去处理，我觉得是不应该的。"

"这件事怎么处理是我的事，还轮不到你来插手。"

前有女婿来为她说话，现在她又要来清算他的过错——她这是想干什么？

这个集团，还是他在做主吧？

"这个位置，是我给你的。你是觉得有程帆为你撑腰，你就能对我提要求了吗？的确，没有他，你没这么快坐到这个位置上，但记住，别太把自己当回事，这个位置我能给你，也能给别人。"

林建华克制着自己的脾气，只是敲打她，还没要到那个地步。

这个时候，听到那个名字林夏都觉得无比刺耳。她倏然站起了身，说："那您给别人吧，我不要了。"

说完，她就拿着包离开了办公室。

快递到的及时，戴奕做了回马屁精，早上在家发了信息给老板邀功。

但事情似乎没这么简单，他到公司时，秘书就偷偷提醒他，说老板一早就来公司了。八点半来打扫的保洁都被吓了一跳，这个点一向空着的办公室里竟然坐了人。

老板还吩咐让买部新手机，秘书赶紧在网上下单，今天中午前手机就能配送到。

老板这么早来上班，难道是要把买熊的钱给赚回来吗？

戴奕也只敢内心调侃一下，紧接着也没时间瞎猜了，因为快忙得喘不过气了。

老板忽然发难,召集各个部门的人依次开会,听完报告,开始疯狂将工作往前推进。整个秘书办的人忙得人仰马翻,他是助理,几乎所有事情与计划都要经他的手,他忙得午饭只吃了个汉堡就打发了。

倒不仅是下属们忙,老板自己也忙,大量方案要他审批,他还处理着堆积的事务性工作。

按老板这进度,他这是已经提前做起了下一个月的工作。

戴奕进去给他汇报完工作,多问了一句:"老板,下个月您是要跟林总去休假吗?"

休假虽是私事,但跟他们的工作有关。如果老板确定了时间,他们就要在老板休假前将重要的工作做完,让老板审批完工作再走。而且按照以往情况来看,两个人的机票、订车接送、酒店等行程琐事,都会由老板这边的秘书帮忙安排。

老板却看了他一眼,说了一句:"你的话还挺多。"

戴奕噤了声,看出老板心情不好,自己还撞到了枪口上。

晚上时,戴奕越发确认,老板估计是跟林总吵架了。老板从来不喜欢在公司里加班,他的工作哪里像普通职工一样需要在办公室里耗着?

而此时,都八点多了,老板还待在办公室里,没有要走的意思。

许久没有这么高强度地工作,戴奕已经累到不行,拿着杯子要去茶水间泡咖啡时,终于看到老板走出了办公室,老板还主动跟他说了句"早点儿下班吧"。

程帆自己开车,在外兜了一圈。

回了小区,车在车库里没熄火,程帆坐在车内吹着冷气。他不知该如何面对她,又该说些什么。

程帆从小就被父亲教导,人要面对既定事实,再糟糕的局面都要学会去接受。接受了,自己才能努力去改变。

她那澄澈而无辜的眼神,像是在控诉他的无情行为,她却一句辩解的话都没有。

大量工作可以将时间填满,却无法将他的大脑填满。

此时独自坐在车内,没有任何事来转移注意力,面对自己他不得不承认,他早上的话过分了。

他开了车门,回了家,打开家门时,屋子里一片漆黑,一盏灯都未开。

他随手将灯打开,按亮了手机屏幕,已经快十点。他关上门,向屋子里走去。

主卧里空荡荡的,她那侧的床位还是早上的痕迹,先起的她掀开被子后又合上。虽然已经知道结果,程帆还是走到了次卧里,预料之中里面空无一人。

他却没有关上灯离开,而是走到了床头边,柜子上依旧放着他上次拿进来的两本书。他拿开了上面那本,看到了另一本的书名——*Must I Go*。

手中拿着书没有放下,程帆拿起手机给林夏打了电话。

听着一声又一声的"嘟"声,程帆以为她不会接他的电话时,电话被接通了。

他不知说什么,而电话那头的她也没开口。

"你在哪儿?"

"我在家。"

林夏的确在家,在她的家里。

从办公室离开后,她出了公司,漫无目的地在马路上走着。她不知道要去哪里,下意识地便往公寓的方向走去。

她怕热,很少在夏日白天时在外散步。此时黄昏,没了毒辣的阳光,但依旧闷热。汗水渗在了衣服上,发丝都有了湿意,汗珠也顺着脖颈流下。

她只能往前走着，一步又一步，无法停下，也害怕停下。

她尚有理智。在办公室里那句不过是气话，她无法放下。这么些年的努力，她不会放下，该是她的东西，就要是她的。

只要回去洗个澡，睡一觉，明天她就有力气去面对这些事了。

可今天的她，已经没有力气了。

走了半个多小时，快走到公寓的大门口时，她忽然想起小熊被她落在了车里。她对小熊说过，会把它带回家。

她又走回了公司，去车里将小熊抱出来。不想开车回家，身上已经满是汗渍，也不想将小熊弄脏，她又打开了后备箱，幸亏里面还放着几个购物袋。她将小熊放进购物袋内，拎着再走回家。

她再走回去时，天已经黑了。

路灯已亮，街上一片车水马龙的景象。走到交通路口时，蜂拥的人流一股脑往前冲着，林夏被裹挟其中，跟着一起往前走着。

过了马路，林夏再次走到人行道上，一侧是车流，一侧是绿色的植被。估计是有大树投下的阴影，角落里竟然还有一片无尽夏。颜色缤纷的花瓣被路灯照着，十分娇艳。

林夏还没停住脚步，就听到了刺耳的车铃声。她刚回头，一辆自行车从她身旁穿过，车龙头差点儿蹭到她。许久没有在这样繁忙的路上走，不知还会有非机动车骑上人行道，她一阵慌乱与无措。她没敢再停下，匆忙往前走着。

快走到家时，她却放缓了脚步。外面有很多人，到了家，屋子里就只有她一个人了。

在外面，她要注意形象，扮演一个情绪稳定的正常人。到了家，她不知如何面对自己。

她怎么可能没有期待呢？

不知从什么时候起，他已经成了她最信赖的人。

亲密关系的神秘之处在于，一方自以为是定下的界限，不知在何时就会被人全盘推翻。当程帆冒犯了她内心的领地，她赶不走他时，

406

就只能让他住下。

可他命令的口吻，只是又一次提醒她，她不能这样全然信赖他。

她心里怎么会没有恨呢？

他给了她依赖，又活生生地要她还回去，告诉她不能再尝这种滋味。可被他冒犯的领地，已成了他的疆域。

回到家之后，林夏将小熊放在了沙发上，再脱下快滴水的衣物，去卫生间洗澡。

洗完澡，她竟然习惯性地想要喝一杯酒。多么可笑，她的一部分习惯已经被他养成，她再难以改回去。

家中没有酒，走了将近两个小时的路，她已经累瘫了，只能坐在客厅的地毯上看着小熊。就算是同一款玩偶，每一只都有自己的脾气。

这一只小熊坐在沙发上，竖着鼻子，一副不好惹且目中无人的样子。她捏了捏它的鼻子，想让它乖一点儿，但知道还是要尊重它的性格。

她心想自己真是进步了，已经许久没有情绪失控了，这次连东西都没摔，省钱了，眼泪却毫无征兆地流了下来。

年少时被母亲教导女孩子不要哭后，她很少哭出声。她会在没人的地方将眼泪流完，再若无其事地回去做事。

此时，沙发上的手机响起，她看了一眼，是程帆打来的电话。

她转过身抽了两张纸巾将眼泪擦干，再按下了接通键。她没有说话，等着他先开口。

他自然又是问她在哪儿，她照例回答了"在家"。

她说完后，电话两端又沉默下来。

一整天的情绪被她强行压下，可此时面对着他的主动来电，她内心的委屈感与恨意再也无法忍耐。

除了他，她不知道要向谁宣泄情绪。

他成了她的发泄口。

她怎么可能不知道怎样去伤害他呢？

407

痛吗？

那他就忍着。

"程帆。"

程帆不想离开她的卧室，就坐在了地板上，本可以开外放，手机却被放在了耳边。听到她喊他的名字，他扯着嘴角无声地笑了："嗯？"

"昨天你问我，为什么要跟你结婚。我想了一天，我觉得是合适。婚姻不需要那么多的爱情，合适比爱更重要。

"我有时会后悔，后悔为什么要回国，为什么要放弃很好的人，为什么会遇上你。"

有了前车之鉴，今天戴奕一早就去上班了。

而他等到下午一点半，老板都没来公司，这很反常。下午两点要召开高管会议，日程是上周就定下的。昨天他还提醒了老板一遍，写在了老板的日程里。

老板这人很有时间概念，自己召开的会议都不会掐点到。他会至少提前半个小时到办公室，将资料过一遍。正是他有着这么认真的态度，下属糊弄他的难度有点儿高。

又等了一刻钟，人还没到，戴奕准备直接打电话联系老板。

他打了工作手机号，没有人接；打了私人手机号，响了许久，电话才被接通。

"程总，两点的会，您还没来公司吗？"

电话那头的人停顿了一下，似乎在反应着他的话，过了一会儿说了一句："帮我取消。"

戴奕听着他的嗓音不对劲，他声音低而粗糙，像是很用力才能说出口。

"老板，您是身体不舒服吗？"

"没事，有重要的事你直接打我的电话。"

两句话说完，没了力气再开口，程帆挂了电话，手掌摸了摸额头，的确是发烧了。

头发快湿透了，身上的每一寸骨头都在发酸，继而一阵阵的剧烈疼痛袭来。没被电话吵醒前，他半梦半醒着，一阵难受后又昏睡过去，如此反复。

好几年都没有发烧过，不知道家里有没有退烧药，但他此时没有任何力气下床去找药，或是打个电话让人送过来。

他半撑着开了灯，她那侧的床头柜上有个水杯，里面是她前夜喝剩下的水。他快烧到脱水了，哪里管新不新鲜，忍着喉咙痛喝下了半杯水。

放下杯子，再躺回床上时程帆已经气喘吁吁，平日里锻炼得再规律，当病痛来时身体也毫无抵抗能力，甚至会更难受些。

自己的枕头已经湿了，他躺在了她的位置上，她喜欢睡在右边。

再柔和的灯光现在程帆都觉得刺眼，他关了灯后，房间再次陷入了黑暗状态。这时的感官格外敏锐，他能闻到她的枕套上的味道，淡淡的香气在他的鼻间萦绕。头脑烧得恍惚，盖着她盖的被子，闭上眼时闻着弥漫在各处的她的味道，程帆感觉好像她在这里陪着发烧的自己。

头越来越沉，可他不想睡过去，即使要清醒地承受着身体的疼痛。

他做的每一个短暂的梦，都是关于她的片段。

昨晚的那通电话，是他挂的，他不想再听她说下去。

他烧得骨头都要疼得散架，意识又变得模糊。程帆在一场她制造的梦魇里循环着，听着她不停地说自己放弃了很好的人，后悔遇上他……

身体遭受剧烈疼痛时，他连意识都回到了幼时。由社会环境与自我意识培育的逻辑思维被肢解，对抗险恶、适应生存的本领被剥夺，对扎进心口的伤痛，他无能为力。

那个幼时蛮横而傲慢的他，被欺负了，一定要还手；对瞧不上的人，一个眼神都懒得给；对得不到的东西，会干脆放弃说"不要"。

而林夏，不在任何一种可能里。

他没有还手的能力，就算得不到，连一句"不想要了"都说不出。

程帆再次醒来时已是晚上，不知几点，打开窗帘天已经黑了。他感觉有了点儿力气，但烧还没退。

他从床上爬了起来，站起时头一阵眩晕，才想起自己几乎是一天一夜没吃东西了，但现在一口东西都不想吃。

他感觉头重脚轻，每一步都走得很累。明知发烧最多两天，再多躺一天自己就能恢复正常，但此时他无比厌恶对身体失去掌控权的滋味。

他强撑着如平常一般的步伐走到外边，客厅的茶几上一片凌乱：酒瓶开着，酒杯中剩余了一点儿红酒，桌上还洒了些，将一本杂志都染得半红，不过也干得差不多了。

没有收拾这里的狼藉景象，他倒了杯水灌下。他突然记起来，去年冬天她感冒的时候他买了一堆药回来，家里肯定有退烧药，但他不知道放在了哪里。无人可问，他只能在家里的一个个柜子里翻找着。

找到后，他吃了颗药片。温水喝下后胃开始苏醒，他走去厨房，冰箱里没什么食物，冷藏层里只有牛奶和几个柠檬。冷冻层里倒是有肉，但他懒得弄。

烧了水，煮了碗面，熟了捞出后放了酱油搅拌，他就应付过去了。

程帆已经睡了一整天，虽然依旧不舒服，却不想回到床上。他走去客厅，开了音响放了歌，依旧是崔健的。

曾经他在家放崔健的歌时，她很是质疑，不敢相信他竟然是会喜欢摇滚音乐的人，这与他这么严肃的长相太不符合了。他说他十七八岁就听崔健的歌了，她停顿了半天，来了一句："我俩有代沟啊。"

看着她狡黠而戏弄的眼神，他气得将她压在了沙发上。那个夜晚，他听着叛逆的青春里常听的歌，身下是不曾经历过他的年少时光的她。

程帆闭上了眼，这个世界需要摇滚音乐，他不想见到任何人。

苏文茜早两天就通知了林夏，今天记得去画廊，她嫂子策划许久的展览开展。作为朋友，林夏自然要去捧场。

以往这种场合，林夏都是与程帆一同去的。

自那通电话后，两个人已经好几天没有联系了，具体几天，她也懒得去算。

林夏并不能做到什么都不管，依旧忙着工地的事，要为重新开工做准备。至于什么开拓新项目与应酬，她通通延后，将现有项目做好就行。

工作之外，她购物颇多，重买了电视准备安在客厅里。虽是盛夏，但秋装早已上市，她花了一整个下午独自购物，衣服装满了公寓内的一整个衣柜。

只是相熟的销售员跟她介绍男装时，她愣了一下，说"不用了"。

程帆的衣服大多是她买的，他身材一直保持得挺好，尺码稳定。给他挑衣服很简单，每次都是类似的款式，她顺手带几件就好。

明明买了很多新裙子，她却没有梳妆打扮的心思，简单地穿了条浅色牛仔裤，配黑白条纹的背心马甲。

她不知他会不会去，大概率他是不会去的。这种文艺的社交场合，往日都是她关照他将时间空出来。

车被堵在半路上时，林夏才发现自己计算错了时间，公寓这边离画廊更远些。她骂完自己真是昏头了，就按着喇叭提醒前面打盹的司机赶紧过红绿灯。

她到画廊时，边看时间边往里赶去，才进门没几步，就被苏城给截下了。

"你家程帆都已经来了，你怎么迟到啊？"苏城塞了个小册子给她，"啧，换新车了，你们家也没必要开两辆车来吧，多不环保啊。"

林夏没想到他来了，估计是苏城通知他的。

林夏接过了册子："你在门口当门童做导览呢，辛苦了。"

"你是不是在家不允许你老公吃饭哪？"

"什么？"

"你看他都瘦成什么样了？我这才多久没见到他，今天被吓了一跳。"

苏城的话有夸张的成分在，毕竟他结婚还没多久，就已经胖了将近五斤。自己发胖的时候就很烦别人瘦了，程帆也确实瘦得明显。

不知道说什么好，林夏笑了笑："我先进去找小范打招呼。"

"好，去吧。"

林夏走到里边，小范正在跟身旁的好几个人介绍着这次展览的重磅作品。林夏看到了程帆的背影，他是一身正装，如此正式的装束在画廊里倒是显得有些格格不入。不想与他碰见，林夏转身去了更里面的区域。

她自觉是个毫无艺术细胞的人，来这种场合多看看，也当是熏陶。不过社交也是一部分，有喜欢的作品她就要买下，当捧场。

她在角落里发着呆，想着一会儿去附近一家意大利餐厅吃饭，那儿的窑烤比萨很好吃，外送和现场吃的口感区别很大。她难得来这边一趟，自然要去吃一个比萨。

"看您在这里看了许久，很喜欢这幅画吗？"

不想发呆被打扰，林夏转过头来，就见是个烫了头发的男人在问她。她还真没看这幅画是什么，糊弄了一句："还行。"

"这幅画，给您的感受是什么？"

她心中不悦：来看个画还需要回答问题吗？她不喜欢陌生人对她主动提问。

见她不回答，那人主动介绍了自己："这幅画是我的作品。"

林夏敷衍一笑，说："我想自己看一下，可以吗？"

没料到她是如此反应，那人同样笑了笑："祝您看展愉快。"

那人走后，她才看了面前的画。画上男女老少正脱了衣服下池塘去洗澡，场面颇为裸露：女人穿着三点式，还有芦苇丛旁的男人光着屁股，小男孩全身都脱光了。

她还真没看懂……这画的内容不就一群人下河去洗澡吗？

"喜欢吗？"

熟悉的嗓音响起，不知怎么的有些低沉，她没有看他："不喜欢。"

夫妻俩盯着一幅颇为裸露的画看，一句话都不说也挺奇怪，林夏转身就往外边走去。

经过他身边时，她余光扫了一眼。的确，几天不见他瘦了。他本就严肃，下颌线凌厉了，更显得一副凶相。

程帆看着她离去的背影。她穿着条纹背心，瘦削的肩头露了出来，走路的脚步都轻快无比。

他转身去了二楼，苏城喊他一起去抽烟。

苏城在外边招待了大半天，一拨又一拨的朋友，有来欣赏的，有来捧场的。他早累了，趁着现在人不多，跑上来抽根烟放松一下。这段时间事情多，两个人连一起喝酒都约不上。

见他慢悠悠地走进来，苏城将手中的烟盒丢给了他："怎么来抽个烟都磨磨叽叽的？"

程帆点了根烟："这地儿太偏了。"

"你又不是没来过，怎么瘦成这样了？"

"感冒了。"

发个烧在家躺了三天，他但凡能起来，都不会让自己休息这么久。这几年，他身体一直很好，连感冒都没有过，这一次几乎是都补上了，症状一个不落。第四天身体还不舒服，但当天有很重要的会议，他不能取消，只好撑着爬起来，不过人也渐渐好了。

"你也是搞笑，大夏天的还感冒成这样。"

程帆想说这肯定是戒烟引起的，烟量骤然下降，身体无法适应。但他还是没说，任由苏城嘲讽。

"你跟林夏怎么了？"

多年好友，苏城一眼就发现了这两个人不对劲，主要是程帆，反正林夏一直是那个冷冷的样子。

"没怎么。"

"你也有吃瘪的时候,还是咱夏夏厉害。"苏城幸灾乐祸地笑了,见他目光不善地扫过来,也没停止落井下石,"你这种性格,遇上她是要吃大亏的。"

结婚没多久的苏城化身婚姻导师:"女人呢,是要哄的。夫妻之间,哪里要分什么你对我错?你要想好好过日子,就不能不认输。当然,最好的情况是两个人轮流坐庄。"

"来抽根烟,你能不能别这么聒噪?"程帆将烟蒂丢进烟灰缸里,站起了身,"管好你自己。"

"喂,你怎么抽一根就走了?"

"赶时间。"

程帆下去时一群人正在拍照,苏文茜见了他,赶忙喊住这个不爱拍照的人:"程帆,一起来合影。"

苏文茜边说边将自己的位置让出来,自己挪到了外边。她的旁边是林夏,她这是要将中间的位置给他俩。照片可以用于后期宣传,她也是图个交情让他们出场。

程帆顿了一下脚步,看了一眼手表,还是走了过去,站到了林夏旁边。

苏文茜空出的位置给了他,无疑空间显得有点儿小。他没说什么,只是往林夏那一侧偏了身,也没挤到她。这个姿势倒像是他贴在了她的身后,但两个人之间并未触碰。

摄影师已经抓拍了好几张照片,还在喊着"茄子",让大家笑一笑。

此时也不知自己在想什么,他忽然伸了手,从后面搂住了她的腰,将她半揽在怀里,向前看着镜头。

林夏背心有点儿短,露出了半截腰。画廊里空调很足,她露出的肌肤略带凉意。而他的手掌微热，按在她裸着的腰上，肌肤相碰的那一瞬，她动作僵了僵。

而他似乎也甚有绅士风度的样子，感觉到她的不自然反应，手掌微微上移，不再碰她的腰，变成虚揽着她。

见摄影师已经在拍了，为了自己的形象，林夏也只能保持着微笑。

拍完照，她还未来得及有任何反应，旁边的男人就跟她说了句"我先走了"。

说完，不等她回答，他就神色匆匆地离开了。

终于等到老板回来，戴奕虽然只是个助理，但此时都想指责老板，问老板有没有一点儿时间观念！

距离上面的大领导莅临集团视察只剩下半个小时了。

好吧，是他太过紧张了。他从来就没有见过这么大的人物，觉得老板今天就应该在公司一起等候着。

大领导来本省，将隆盛集团当作对新能源行业考察的一环，这本身就是种殊荣。为了准备这次的欢迎仪式，集团选出的部分员工已经在下班后排练了半个多月，走位、姿势、欢迎语，每一步都很重要。

外边那条主路都已经限行，戴奕估计老板再晚来一会儿，就很难被放进来了，要让人去接他。公司所有人都在严阵以待。

看着老板还能优哉游哉地进来喝杯茶润嗓子，戴奕估计老板真是大场面见多了。

人要有点儿幽默感，此时紧张到不行的戴奕边整理着领带边想着：老板是不是故意减肥的？今天的事肯定会上新闻，难道老板是为了上镜好看？

当然，他只是开玩笑。除了度假，老板难得连续休息三天。老板回来后，进办公室时戴奕还发现老板在吃止疼药。

最后一刻钟，戴奕深呼了一口气，随着老板一起下了电梯，去等候大领导到来。

程云鹤在家备了酒,哼着戏曲踱着步。周敏看着他晃悠得眼都快花了,内心也感叹:总算能对你小儿子有回好气了。

他的传统观念作祟,对这个小儿子,就算小儿子挣再多钱他都不认可。现在,公司有大领导来考察了,一切就不一样了。他还提前亲自打电话给儿子,让儿子今天结束工作了回家里吃晚饭。

两个人等待了许久,程帆终于到了。周敏迎了上去,看见就他一个人,问:"林夏怎么没来?"

儿子还没回答,她就仔细瞧着他:"你怎么这么瘦了?气色还不好,太累了吗?"

程云鹤也难得地走到了门口:"年轻人,闲了才有问题。这么大的场面,他累一点儿不是很正常吗?"

"你儿子不年轻了,都三十多岁了。别跟他喝酒了,他这样一口都不能碰。一会儿多吃点儿东西,补补身体。"

程帆走进餐厅,才坐下,他妈就给他端来了一碗番茄牛尾汤,让他全部喝下。

汤酸酸的,挺开胃的,他已经好几天没有这样的食欲了。

程云鹤率先开口:"今天怎么样?还顺利吗?"

"嗯,还行。"

"这对你是个鼓励,你要戒骄戒躁,继续努力,知道吗?"

"知道了。"

看着儿子难得没一副暗自不爽的样子,程云鹤倒是惊讶了。别看程帆一把年纪了,每次回来时都还要跟他这个老子较劲,那股叛逆劲儿还没消失呢。

程云鹤看向旁边的周敏,一对眼神,两个老人精就都发现了。

周敏站起身,将儿子喝完汤的碗拿过来:"我再去给你盛一碗。"

"最近遇到了什么事吗?"

程帆没意识到两个人的小动作,正在吃着盐水煮的毛豆,就听到了他爸的问题。牙齿咬住毛豆，手一拽，表皮脱落，带着咸味的毛豆就落在了口中，他摇了摇头，说："没什么事。"

程云鹤也没追问："没什么事就好，像今天这样的时刻也是偶尔出现，其他时候你还是要平平常常地过。"

"您说得对。"

程云鹤一时也没了话，但更确定了，儿子这是遇上事了。不过他倒是不担心，周敏也盛了汤回来，这三个人话都不多，一顿饭吃得沉默而迅速。

吃完了饭，程帆就起身离开，程云鹤将他送到了门口。

要往门外走的程帆忽然停住，问了他爸："一件事，如果我就是无法接受，该怎么办？"

"那就不要逼着自己去接受。"

"可是你以前教过我，必须去接受现实。"

"在接受之前，你要接受执念的存在，要去接受你的不能接受。"

程帆想了一下他拗口的话："那我该对不能接受的情况做些什么？"

程云鹤笑了："我不能给你这件事的答案，但是程帆，你太骄傲了，太把自己当回事了。"

"人不该把自己当回事吗？"

这人简直是倔得在圆圈里走不出来了，程云鹤摇了摇头："看，你自己都不肯承认，我跟你说什么都没有用的。"

这个话讲不通，程帆没有再说什么："爸，那我先走了。"

"嗯，早点儿回去吧。"

程云鹤看着他走出门，再望了一眼外边的天，唉，这个鬼天气。

程帆开车回了家，到家时已经将近八点，算早的。一直在忙工作和接待的事，他内心并不如表面那般轻松，还是有那么一点儿压力的。

从每个小时都被填满，到一天还有好几个小时的空余时间，坐在客厅里时,他突然不知道自己要干什么,如何把时间打发掉。

或许他该早点儿睡觉,将这几天缺的睡眠补回来。

没在衣帽间里找到睡衣,他又走到了次卧里。发烧过后,他就睡在了次卧里。果然,他在床头看到了早晨脱下的睡衣。

他一个人过得挺好,人有点儿洁癖,就不会让屋子太乱。他是懒,又不是不会用洗衣机。

拿起睡衣时,又看到了床头柜上的两本书,他忽然开始烦躁。

怎么家里全是她的东西?

衣帽间被她占了一大半,浴室里的瓶瓶罐罐都是她的,储物间里的小零食是她要吃的。他什么时候会买零食?

连他睡觉的地方,她都放了书。

刚刚回来时他还拆了个快递,是她买的包。人都不回来了,为什么她还要把包寄到这里来?她是觉得他这里空间大,塞得下她的杂物吗?他这里是她的闲置物品回收站吗?

人不回来,她还要放这么多东西在这里,烦不烦?

他从没太把自己当回事,是她太把自己当回事了。他忽然就放下睡衣,拿起了两本书要扔到外边去,别让他在睡觉的时候看见。

林夏到公司时,在门口看到了周倩,周倩像是在等她的样子。见到她来,周倩走了上去:"林总,我能找您聊一下吗?"

林夏看着她红肿的双眼,她说话都带着哭完的鼻音。

"可以。"

她们没进公司,而是去了附近的咖啡店。这个天很闷,没走几分钟林夏就觉得身上有些黏腻,进了冷气颇足的室内才有些舒适。人昏昏沉沉的,林夏点了杯冰美式,找了地方坐下,冰凉微苦的咖啡落肚,头脑清醒了些。

周倩的脑子很乱,她一时冲动就来找林夏。看着对面淡定地喝着咖啡的林夏,周倩一下子不知道该说些什么。

她出差回来，下飞机时突然很想家，也没吱声就提着行李箱从机场回到了家。有时惊喜会带来噩梦，有着最深的血缘关系的亲人，都深藏着太多无法推敲的秘密。

在某一个瞬间，真相以不经意的方式露出，信念陡然倒塌，让人恍惚到怀疑生活中到底还有多少事是值得相信的。

她回家时，周旺财和董莉吵翻了天。听到"你给你姘头多少钱？"时，周倩停住了脚步，好奇心让她无法再向前一步。外边是闷热的天，里边是丑陋的秘密。站在大门口的她，却感觉浑身忽冷忽热。

周旺财拿着存折质问董莉钱去哪里了，千防万防，没有料到竟然家贼难防。董莉反唇相讥，指责他"给了姘头那么多钱，给老婆和女儿有问题吗？"

一堆反复的指责与脏话之后，董莉又翻了旧账骂他，说他在外面乱搞，害得自己下面有病，还要去挂水。

周旺财冷笑，说指不定她跟老马有一腿，还怪到他身上。

两个人随即又扭打起来，董莉骂着谁让他动歪脑筋，钱没赚到，先把自己搭进去了。她还说，他这才刚出来，指不定林家还要去起诉他，让他就等着蹲监狱吧。

听着里边的动静，周倩很害怕，更怕她妈伤着。她赶紧进门，还没拉架，里面那两个人就已经愣住了。场面一片寂静，她甚至能清晰地听到后院树上刺耳烦人的蝉叫声。

"林总，我不知道自己为什么要来找您。"

兴许是这件事与林夏息息相关，她有绝对的决定权，也许是对她印象很好，她请自己吃过饭，还帮自己解过围，周倩觉得她人很好，就凭着一股冲动来了这里。

"那你就想好了再来。"

"不是……我想请问您，您会起诉我爸爸吗？"

"这件事不要来问我。"

"我妈妈为什么会进去找我爸呢？不是您让她去的吗？"

"这跟你有什么关系？"

周倩第一次见到她说话如此直接而不客气的样子，心中莫名其妙地有些害怕："对不起，林总。我想搞清楚这件事，但不知道问谁，不好意思来打扰您了。"

对面一脸实诚表情的小姑娘道着歉，但林夏没觉得自己的态度不好，自己只是实话实说而已。如果周倩是来解决问题的，就不应该指望对方照顾她的情绪。

林夏也听出了上一句话不对劲，多问了一句："你妈去找他，是发生了什么事吗？"

"我妈说有人能救我爸，让我爸给她钱。我妈就取了我爸的一大笔钱出来，我爸说她骗他，现在这个钱说不清了。"听着他俩各说各的，周倩也搞不明白了。

林夏心里惊讶了一下，感叹到了钱上，董莉脑子转得还挺快，胆子也大。随即她也反应过来为何董莉态度转变得如此之快，毕竟手里拿了一笔钱，有恃无恐了，河还没过，董莉就先拆桥了。

但林夏并不是很介意这种行为，人性常态而已。幼时她听亲戚吵架，一人骂对方过河拆桥，另一人回："桥在这里，不就是让人拆的吗？"

林夏不去计较自己的大方被对方辜负了，这种人，以后跟她的生活不会有任何交集。

"这件事你管不了，就不要管。你先把自己的工作和生活顾好，好吗？"

听着最后一句带着关心意味的话，周倩忽然控制不住地落了泪。她慌乱地拿着咖啡杯旁的纸巾擦拭掉眼泪："对不起，我只是无法接受……

"我一直以为他们很好，虽然他们平时吵吵闹闹，但感情也很好。我不知道我爸竟然在外面乱搞，我妈还帮他瞒着我。我不知道我妈妈为什么要忍这种事，难道是为了我吗？"

感情是两个人的事,他们无须向你解释。你来问一个外人,也是没必要。

林夏不擅长安慰人,不过当事人她都认识——那对夫妻都受过她的恩惠,但也都让她失望。面前这个有过几面之缘的女孩,见证了家中丑陋秘密被揭开,是如此崩溃与伤心,她不知道说什么。

"你改变不了他们,只能做好你自己。"

周倩丢掉哭湿的纸巾摇头:"不,我要试着去改变他们,要让我妈跟我爸离婚。"

林夏对她的行为与动机不感兴趣,没有耐心再听下去:"我还有事,要先走了。"

"林总……"周倩喊住了站起身的林夏,"您能放过我爸吗?"

周旺财已经被开除,将他送进去,于她来说并没有什么额外的好处。他还是有那么点儿利用价值的,林夏居高临下地看着周倩,如果她聪明点儿,应该让另一个人来跟自己说这话。

但林夏并没有说话,直接离开了咖啡馆。

周倩看着她一言不发地离去,心想这个女人到底是内心太过强大,还是冷漠到骨子里,毫无同理心,一句多余的安慰话都没有?

如果她有一天身处同样的境地,还能说话这么轻松吗?

林夏到了办公室,还没过多久,李伟国就找上了门。

李伟国从没见过这样懒散的林夏,她从进集团后就一直很努力,背后更有夫家资源加持,简直是如鱼得水。

但她此时显然是不合作、不配合,只做着最基本的工作,至于什么竞标新项目、谈客户等拓展业务的事,几乎一件不干。

有个客户的要求很高,被林夏谈下了合作项目后,客户也就认准了她这个人。这次谈续约,这位客户就直接问为什么不是林夏来,这摆明了是怀疑公司在内斗。一个开始搞内部人事斗争、自我消耗的公司,自然很难被对方信任。

对偌大的建林集团，暂时少几个大项目算不上什么，但一直这么少，来年财务报表不会好看。

这父女俩是真斗上了。

"林总，最近很忙吗？"

林夏笑了："李叔何必这么喊我？最近不太忙。"

"我还以为你很忙，公司可离不开你，很多事只有你能来做。"

"李叔可别给我戴高帽，我哪里有这种能力？"林夏叹了一口气，"最近身体有点儿不舒服，精力跟不上，没法像之前那么拼了。"

"身体最重要，你的确该好好休息。这几天林董身体也不好，高血压上来了，血糖还高，说自己眼睛看东西都模糊了。"

"那他应该多休息，保护好身体，才能继续引领公司前进。"

"夏夏，你何必跟他这么较劲？万一他真一怒之下把公司都给了林洲呢？"

"他不会。他只会让我跟林洲狗咬狗。"

"啧，你说话怎么这么难听？"

见她不搭茬，李伟国叹了一口气。话糙理不糙，以林董那个起点，他要想爬上来，得先不把自己当人看。等爬到高处，他自然就会不把别人当人看。

"他也有他的不容易之处。"

"他的不容易之处，是他不忍心去处理他的弟弟吗？"林夏冷笑，"林建业教唆周旺财替换钢筋，要不是这事被发现得早，大家都得完蛋。"

李伟国愣住。这件事林建华并未告诉他，他也是第一次从林夏这里听到："林建业？"

"对。"

"那这件事你想怎么处理？"

"其实这件事也没法处理，连罪名都安不上。我是想知道，他既然能对我这么严格，那么对他弟弟会怎么处理。"

李伟国提醒她:"他的公司以后是给你,而不是给他的弟弟。这么些年他给林建业的不过是小钱,你不能跟他计较这个,要抓大放小。"

"以后的事以后再说。"

他见她这副软硬不吃的样子,看来这次她是真较上劲了。这一老一小在斗,可别真把事情闹大了。

李伟国心里纳闷:这事需要去告诉孙玉敏吗?毕竟林建业参与了。

资历老如他都不知,孙玉敏什么事都不管的同时,是不是对这儿的事了如指掌?

戴奕跟老板确认明天的行程后就要离开。他想准点下班,但要走时忽然被喊住,老板问瑞生地产工地的事解决得怎么样了。

当听老板提及"瑞生地产"的时候,他脑子都蒙了一下。白天事情太多,对接的合作方也多,此时脑子卡顿,他还纳闷了一下:集团什么时候跟地产公司有合作项目了?

看到老板冷着的脸时,他突然想到了林总。这是林总家的事,可他这两天忙得脚不沾地,哪里有时间去操心别的公司的事?

内心吐槽着"你也没给我发两份工资呀",但他立刻说:"抱歉,程总,是我疏忽,我现在就去跟进一下。"

"不用了,你下班吧。"

"啊?老板您还不下班吗?"

"你要陪我加班吗?"

戴奕拘谨地笑着摆手:"晚上有点儿事,我明天早点儿来补上。"

"出去吧。"

"好的。"戴奕出了门,轻声将办公室的门关上,终于又度过了一个艰难的工作日。

才傍晚,天却已经黑了。程帆随手将桌上的台灯打开,心不在焉地将手头的文件看完。合上封面,他将这份文件扔到了右边,这侧是通过审批的文件。

他随手抽了张白纸，拿出了钢笔，笔头的墨在白纸上滑过，数笔之后，一个"夏"字出现，字迹遒劲有力。随即他又一笔将字画掉，想在旁边继续写些什么，又似乎觉得纸面被涂抹了难看，将这张纸丢到一旁，又抽了张崭新的白纸。

这次，他先在白纸上写下的是"建林集团"，第二个是"瑞生地产"，紧接着又是几个公司名称、代持人及幕后控股人的名字。

黄色的灯光打在了白色的纸上，上边是分散的文字，他皱着眉头，用钢笔末端在纸上轻轻滑着，留下了轻微的印痕。

这件事与他无关，但也可以当作锻炼脑子的方式，他在寻找关系。

一个个孤立的点，可能是以无序的方式游离着，忽然碰撞而联结；也可能是被一股力量聚合到了一起；更可能是两者结合，一个独立点突然出现，让这些点碰撞到了一起。

他宁可将这件事想复杂了，也不要简单化。

反复看着两个独立的点许久，他转动钢笔，没顾及笔头误碰到了虎口处留下一道墨痕，随着手腕转动，一条直线将两个点连了起来，又力道颇重地在直线上画了个圈。

这两个点之间，少了个点，加上了这一点，复杂化的情况就有了可能。

推演至此，他拿出手机打了个电话。他想知道，这种可能到底存不存在。

打完一通叙旧又拜托帮忙的电话，程帆站起身，倒了杯水。

他本想喝茶，但想了想，算了，别失眠了。感冒过后，他一直睡得一般。喝完将水杯放下时，他才发现杯子压到了那张废纸上，透过玻璃杯往下看，看到的正是那个被画掉的字。

他伸手挪动水杯，那字就明晃晃地露了出来，他又将水杯挪到了原处，眼不见为净。

兴许是气压低，室内待着都不太舒服，也不想再加班，他干脆离开了公司。

车从地下车库开到路面上时他才觉得有些不对劲,才六点,远处的天就已经有些黑了,这是风雨欲来的征兆,不知几点会来到这一片区域。

这个鬼天气,程帆还没吃晚饭,也懒得在半路上停下买东西。他驱车回到家,家中依旧没什么食物,或许他明天该去一趟超市。

客厅的桌上放着昨晚被他拿出来的书,沙发的角落里是她新买的包。

他瘫坐在了沙发上,都快一周不运动了,人也懈怠了。明明家中也有器材,他却懒得动,想着明早去健身房。

程帆忽然拿起桌上的两本书,塞到了黑色的包里,只能勉强塞进去,还把包都撑得变形了。他嗤笑,她买这么小的包顶个屁用,书都塞不下。

他也懒得将书拿出来,包包还是娇嫩的羊皮质地,变形就变形,反正是她自己不回来拿的,他可不赔。

林夏一早就回了家,下午时收到预警信息,今晚可能出现暴雨。

客厅有了大的新电视,她还没习惯。电视是昨天傍晚配送上门的,工作人员一并安装了。

安装过后,她随即打扫了一遍客厅,忙完杂七杂八的事才顾得上打开新电视。她都多少年没按着遥控器、调频道看电视了,还觉得有点儿新奇。此时正是新闻时段,她调了好几个频道,都是相同的内容。

正要再换台时,看着电视上的人影,她忽然停住了手中的动作。她还以为是眼花了,但听着播报中有"隆盛集团"时,确定了那人就是他。

西装革履的程帆正陪同着大领导,引导并且讲解着什么。

她也没继续换台,看完了整个报道。当然,报道并不长,能给他的镜头也有限。她看完就关了电视,不想再看。

此时,看着屏幕上自己的影子,林夏没再打开电视。

其实更爱看电视的是程帆,他社交活动多,但也宅得住。她与他过的第一个春节,那几天几乎是被性、酒精以及看电视和聊天的活动填满。

她倒是无所谓视觉感受,更喜欢抱着平板电脑躺在床上看。

算了,她有钱,买个居家必备的电视当装饰品。

林夏放下遥控器,去给浴缸放了水,再去拿了平板电脑回浴室,脱完了衣服才发现忘记拿睡衣了,但懒得再出去。

她洗了脸,敷上面膜,再扔了颗彩色的浴球进去。浴球瞬间就溶化了将水染了色,她踩进去,半躺在了浴缸里。

泡澡能放松身体,她没有科学依据地觉得泡完澡好好睡一觉能增强免疫力。昨天后来苏城又指责她不关心程帆,一个感冒竟然都那么严重,还能让程帆变瘦。

夏天还有流感?他是不是还没好?那他离她那么近干什么?他故意想传染给她吗?

浴球还没溶解完,与水的接触面细密地冒着小气泡,有点儿像香槟的样子。好吧,此时她想喝一杯冰镇的香槟。

说狠话的是她,刻意不去想他的也是她,不去想她就不会愧疚。

算了,他都没有愧疚,她何必要愧疚?

她后悔结婚了吗?

当然没有,任何一种选择都有利有弊,而她勇于承担后果。回头望一眼或做比较的机会,她都不会给自己。

况且她跟他结婚也没那么糟糕。

泡完澡,她到底没光着跑回卧室,还是找了条浴巾包裹住身体。

她走到客厅时忽然听到了门铃声,外面正是一道闪电闪过,屋内骤亮时她还没来得及害怕,紧接着就是"轰隆隆"的雷声。

一阵惊雷过后,门铃声又响了,她被吓得只想起了恐怖电影。

她轻手轻脚地走去了门口,透过猫眼看到了来人。她没矫情到人来了,还要假装不在家、不给开门这一套,直接开了门。

程帆将车开到半路就后悔了，他那个片区没下雨，但半路上的交接地带，雨已经下得很大了。迅猛的雨打在车窗上，风还很大，能见度极低，幸亏没下多久，路还没被淹，但他回不去了，掉头都是个很危险的驾驶动作。

许久没有在这种恶劣天气里开过车，他小心谨慎着，终于一路平稳地将车开了过来。

一开门就看到刚洗完澡的她，程帆心想：她在这儿都这么穿的吗？

路况这么差，开了很久的车，他心情本来就糟糕了。见到了她，他忽然又想起那通电话，心中的火气又上来了。他为什么要主动来找她？

见到了他，她还能理所当然地一句话都不说，也没让他进去。

他站在门口，也没准备进去，将手中的包递给她："你的东西，给你送过来。"

林夏接过了包。这款包专柜暂时只有小号，她看图片时觉得精致可爱，也不指望它能装下什么东西。此时这款包却被颇为暴力地塞进了书，包被书生生地撑开了。

她再有钱，也不会把一个几万块的包如此折腾。除了有一次她情绪失控，将咖啡打翻在了一个布包上，越看越觉得难看，便直接将布包扔进了垃圾桶。事后她冷静了，不觉得可惜，就是有点儿心疼。

她都扔过包，好像也没立场指责他。生活中，她也不会因为这点儿小事跟他计较。

包中的书是被他放在家中次卧的床头柜上的那两本，这是她当时在与她爸的视频电话中看到的，看到了书名，她在购物网站上搜索时发现没有中文翻译版。已毕业多年，没有了语言环境，英语能力在退化，她干脆买了原版书。店家打包组合了两本书，她一并买下了，店家将书寄到了家中。

此时林夏才意识到，他为何帮她将书放到了次卧里。她是不是该感谢他还忍了一晚上，自己睡了个好觉？

他现在又将书给她送过来，是要彻底跟她划清界限吗？

她也没将书拿出来:"谢谢。"

他没有进门的意思,她也没有大方到主动邀请他进来。虽然外边雷雨交加,她接过东西的工夫又是一声闷雷响起。

不过这雨不会下一整夜,一阵过去了,就好了。她从不低估他的智商,他不是蠢到非要在雨下得最大的时候开车上路的人。凡事都有解决方法,他大可找个地方躲一阵雨再说。

他依旧清瘦,林夏看着他,却无话可说,等着他离开。

程帆看着她无动于衷的样子。他都主动来找她了,她接过了东西,就在等他识相地离开,眉眼间似乎还有不耐烦的意味。

是不是话说开了,她连装都不想装了?

他什么时候这么低三下四地来找人道歉过?

"林夏,我觉得人要认命。"心中压着怒火,程帆却笑了,"遇上了很好的人,却不能在一起,这就是你的命。遇上了我,跟我结婚,也是你的命。"

她说的一字一句都刻在了他的脑子里,复述一遍时,他却想起了发烧时,浑身骨头疼,可最痛的是一个连骨头都没有的地方。

他并非恼怒她,只是厌恨自己不接受事实,仅此而已。

"所以你跟我说后悔没有用。我也不管你是怎么想的,明着说出来,总不太好,知道吗?"

"我没有不接受我的命运。如果说话让你不舒服了,我道歉。"林夏同样笑了,"谢谢你帮我送东西,不早了,你早点儿回去吧,路上小心。"

他听着她如此不真诚的道歉话语,感觉她就像捅了人一刀,笑着说句"抱歉",还要关上门离开肇事现场。听到她的最后一句话时,他忍够了,再也无法不还手。

程帆忽然伸手抢过了她手中的包,将包扔在了她背后的地上。看着她一瞬间露出的呆滞表情,他握住了她的手腕,将她的手从门上拿开。

一道门槛而已,又不是孙悟空用金箍棒画出的圈,他进不去。

他已经在他的圆圈里盘桓了很久,一个出口都没有找到。此时,兴许是冲动,兴许是顿悟,他无须出口,只要跨出去,这个圈就会消失。

他从工作到生活,进攻才是他的优势,一味地防守,从不是他擅长的领域。他锱铢必较,她掀了他的桌,他就要将她的地盘糟蹋了。

他不好过,她也别想好过。

林夏还没反应过来,背包肩带的链条就滑过了她的手掌,从她手中脱离,金属质地的链条被甩在了地砖上,发出一声脆响。

她连关上门的防御意识都没产生,他就已经进了门,将她抱起。在体力上,她从未妄想过跟一个日常健身的男人对抗。她在他身上挣扎着,也不妨碍他直接一脚把门踢上。

"路上小心?外面这么大的雨,你是不是盼望我出事了,你还能跟……"程帆说到一半,停住了,手臂箍着她的臀。她是有多厌恶他触碰她?她尚未被他桎梏的手毫不留情地打着他的背,要他放手。

他的怀中是她刚洗完澡的身体,是玫瑰味的她,很香,很刺人。可从他跟她在一起的那天起,他从没想过要将刺拔掉。如今这些刺已经扎进了他的手掌,当他用力握紧拳头时,这些刺随着根茎与花瓣,再也无法离开他。

他很痛,可痛苦是存在的痕迹。

被血饲养着的花瓣是如此娇艳,可她还要挣扎,刺在肉里动着,他痛到想回击,一个巴掌落在了被浴巾包裹的臀上:"别动。"

除了幼时不听话时被外婆打过屁股,她就再没被人这么打过。他的力道并不重,她却脑子一蒙,呆住了。

她知道他在生气,一场大雨落下,闷着的天不再那么让人有喘不过气的感觉。可此时的屋子里,来自他的低气压没消除。

她见他的第一眼时,他在实施暴力。那样的场面,也仅有一次,甚至仿佛幻象,他社交时温和客气,工作中严格,生活中好相处。

即使他有时强硬,但压人的气势就足够达到目的,又哪里需要实施暴力?

她明知他不是会对她使用暴力的男人,这一巴掌并不疼,可是,她的整个身体在他的掌控中，让人恐惧的不是这不疼的一巴掌，而是不知何时会再次落下的不受控感。

林夏没有再挣扎，看着他，开口说："你是要打我吗？"

他这是打她？这轻轻的一下，就被她诬蔑成了暴力。那她对他说的那些话，算不算袭击？

程帆内心苦笑，不知如何回答她的问题。可她也没给他回答的机会，低下头就咬住了他的唇。

锋利的牙齿落在了他柔软的唇上，他发烧过后，嘴唇还有些干燥，被她嘴中的湿意滋润着，曾脱水到干裂的嘴唇尚有几道裂痕未消，此时随着她撕咬的动作，瞬间渗出了血，血顺着唇进入口中，他的舌尖尝到了铁锈的味道。

尖锐又细密的痛传来，他却没有躲开，单手扣住了她的脑袋，破了的嘴唇吻住了她的唇，两个人牙齿打着架，他却不舍得伤害她半分，边被她撕咬着边攻城略地，将染了血的舌探入了她的口中，逼着她也尝尝这种味道。

这已经算不上是一个吻，林夏感到窒息，所谓的进攻已经彻底被反制，唇舌纠缠在一起，口中满是血的味道。她都不知自己的唇有没有被他咬破。

她已分不清，他如此霸道与蛮横，到底是爱，还是纯粹的占有欲作祟。

她既要攀附着他，又要防着他。那她是不是也不纯粹？

当这一个充满报复意味的吻结束时，他抿了抿唇，然后将血吞下，可血珠随即又从伤口中冒出。大拇指擦过被她咬得满是伤痕的唇，程帆看了一眼带着血迹的拇指，没有在意，又看向了在他怀中喘着粗气的林夏，笑了。

"那么好的人，你就是没这个命。再后悔，你也得跟我在一起。"

"错误是可以被纠正的，我可以选择不跟你在一起。"林夏伸手抚过他的唇，只是话还没说完，手腕就被他握住了。

程帆看着她，试图解读她的微表情，去分析她的话的真假。可当一个人只想听到一种答案时,他连去设想另一种可能都无法冷静。

一个试图掌控一切的人,会在某个时刻遭到反噬,承受着他曾施加于人的被掌控感与不安感。

原来,这种滋味很不好受。

"你不会的。"

"为什么?"

看着难得沉默的他,她轻声跟他说:"放我下来。"

浴巾本就不长,已随着她刚刚挣扎的动作有了掉落的风险,程帆却没有将她放下,抱着她走到了客厅里,发现客厅里多了台电视。他动作一顿:她这是把公寓当成了家,还添了家具吗?

他弯腰正要将她放下,就看到了那只该死的泰迪熊被放在沙发的角落里。泰迪熊还瞪大了眼睛看着他们,翘着鼻子像是气呼呼的,好像是不乐意她被他抱着。

将她放到沙发上后,他顺手将那只熊转了个身,让它面朝沙发,可它撅起了屁股,真讨人嫌。

两个人到了客厅里,外边的雨声更加真切。雨被吹着打在了窗户上,风呼啸着,似乎要将一切都卷起。原来天气这么恶劣,她一直在浴室里,都没发现。

看着她瞟了一眼窗户,他冷笑,刚刚开车过来时,眼见着树都被刮倒了,幸亏非机动车道上没什么人:"这么大的雨,你刚刚还让我回去。"

他半压在她的身上,颇宽的肩膀挡住了灯光,明明亮堂的客厅,她的目光所之处却是暗的。

他的味道弥漫在她的鼻间,有雨的潮湿感,有他奔波后被打湿的尘土味。她也被他传染了,有了点儿洁癖。刚洗完澡的她,不喜欢被从外面来的他触碰。可他这人严于律人,她不能碰他,他却可以碰她。

"那你就等到雨停。"

"然后呢?"

"回去。"

指腹在她细长的颈上滑动着,再往下,是起伏不平的地方,他却像极了一个绅士,不敢向下触碰她:"你知不知道,你说话很伤人?"

"我没有,我是在听从你的命令,不让你看到熊。在我家里,你总不能还让我把熊藏起来吧?"

不喜欢她的话语中的每一个字眼,他却没有指出:"不可以吗?"

"不可以。"

程帆看着她,当他后悔跟她说出那句话时,她已经说出了更伤人的话。他至今都无法分辨,她到底是一时意气之争,还是说了心里话。

明明是她伤他更深,此刻,他听到她说"不可以",就想到了她的那句"可以",他内心的歉意再无法隐藏。

林夏被他看着,他不说话,她也沉默。

过了许久,她却听到他说了声"对不起"。

半压在她身上的身体很沉,若非如此真实的重量感,她都要怀疑自己幻听了。他何时对人说过"对不起"?

这件事弄成今天这样,他都无从开口。难道要他一个男人说,他介意一只熊吗?谁都有过去,他必须尊重她的过去,即使她会怀念过去,会觉得他很糟糕,会不够爱他。

"夏夏,我们让这件事过去。"他将她湿漉漉的头发捋到了沙发上,"好不好?"

她却愣住。她从未想过,程帆选择了不问她。

那通电话,她说自己没那么爱他,说后悔错失了前任男朋友,说后悔嫁给了他,在故意气他。

可是,他此时跟她说,让这件事过去。

他坦白地讲了让这件事过去,之后就绝不会再提。

他到底是不敢问,还是不介意她不那么爱他?可因为一只熊就朝她发难的男人,怎么可能不介意这件事?他这样性格的人,为什么会说出这种话?

"为什么不问我泰迪熊的事?"

"不重要，过去了就是过去了。"

"为什么觉得我不会跟你分开？"

程帆伸手掐了一下她的脸。她为什么非要逼他说点儿很不符合他的形象的话？

"因为……"还是觉得太过肉麻，他将头埋在了她的颈间，轻声对她说，"我是这个世界上最爱你的人。"

他说完抬起头，捏了一下她的鼻子："别逼我说第二次。"

她摇了摇头，眼泪就毫无征兆地流了下来，却不带哭腔地纠正他："不对，我才是最爱自己的人。"

外婆在的时候，最爱她的人是外婆。

外婆走后，她就学会了最爱自己。她因为爱自己变得自私、冷漠，他人但凡有一丝将她放下的念头，她就会立刻翻脸，将过去的一切遗忘，没什么代价是她不能承受的。

她并不渴望爱。她有钱，有自由，更懂得爱自己。

与他开始时，她的确没那么在意他。

可他在她的心里生了根。他肆无忌惮地冒犯了她设下的界限，反客为主，强势如他，根本没有什么不好意思的。

那通电话，她并非要试探他，只是太生气、太难过了。可是，一如她包容他的缺点一样，他接受了她的全部。

"好，你排第一，我排第二。"

他极少见到她哭。她哭时不会发出哭声，只是流着泪，脸上什么情绪都没有，似乎能随时停下。小时候，他见过表妹号啕大哭。他后来心疼地想：她怎么连哭都不会？

程帆手足无措，忘了可以用纸巾擦眼泪这件事，直接就用手去抹她脸上的泪。可他忘了，刚刚拇指上沾了血，凝固的血混着泪水，在她的脸上留下了痕迹。

真是一报还一报，他一脸冷静地回头抽了张纸巾，将她的脸擦干净。

"你为什么要排第二,不能并列第一吗?"

从未从她的口中听到如此幼稚的话,他忽然笑了。她只会在他的面前展现脆弱的一面,只要她陪在他的身边,很多事,都不需要将答案说出口了。

强大如林夏,哪里需要过多安慰?他还未来得及说一句"不要哭了",她就止住了泪水,踢了他一脚:"去洗澡,烦死你这样碰我了。"

程帆摸了一下鼻子,起身走去了浴室。

她起来时才发现小熊被换了个方向,脸埋在了沙发里。她顺手将它拿着坐起,面朝着电视,这只熊爱看电视。

她将被他扔在地上的包捡起,把里边的书拿出来,随手放在了客厅的茶几上。

吹干了头发走去卧室时,她叹了一口气。他这么介意泰迪熊,她只能包容他一回,将床头的泰迪熊拿去放到了客厅里,让泰迪熊与他送给她的小熊并排着。

程帆进卧室时,灯已经关了。

他摸索着上了床,去抱她时,才发现她不着寸缕。他从背后搂住她的腰,跟她咬着耳朵:"快半个月没做了,想我吗?"

她带着他的手往下移:"你说呢?"

他却停住了动作:"你想我,就是为了这件事吗?"

她翻过身,没有理会他的问题:"我快来了,可以不戴套。"

外头的雨还在"淅淅沥沥"地下着,卧室之内,无人关心天气,旁人眼中太过冷漠的两个人贪婪地汲取着彼此的温暖,最私密、真实的一面只有彼此能看见。

很久之后,她抱着压在她身上的他,摸着他的头发,他的汗顺着发梢流到了她的身上。

她想开口说句话,却发觉嗓子很干,还有些哑,但还是说了:"程帆,我爱你。"

第十三章
真相大白

林夏醒来时，房间里的空调温度很低，手都安分地放在了被窝里。外边没了声音，她估计是雨已经停了。

她转过身，伸手拿起手机看时间，虽然知道时间肯定不会早，但还是被吓了一跳。真是荒唐，她竟然睡到了下午。

他身旁的他睡得很熟。估计是被她吵到了，他翻了个身，下意识地捞过她的腰，从身后抱住她又睡了过去。

她小心地将手放回被窝里。他难得如此贪睡，她怕吵醒他，也没立刻起床。

虽是下午，但她也没那么饿，昨天没吃晚饭，却吃了夜宵。

两个人荒了快半个月，都很想彼此。

她仍偏爱不开灯，喜欢他的手在她的身上轻抚，喜欢身体被他珍视，喜欢两个人专心地讨好彼此。

她说饿了，让他去加热一下放在冰箱里的比萨。

人肚子不饿时，尚要挑剔，只吃刚出炉的窑烤比萨，还只吃了四分之一，她不想浪费，剩下的就打包带回了家。当人半夜饥肠"辘辘"时，经过烤箱复热过的比萨简直是人间美味。

原来他也没吃晚饭，她不喜欢在床上吃东西，就套了件睡衣，坐在了卧室的地毯上，跟他分享比萨。

只开着床头灯，她坐在地上时，光线更加暗。他刚才还是如此有侵略性，此时专心地吃着东西，颇为温和。

比萨是画廊附近餐厅的，昨天他有那么重要的事，还过去了一趟，她当然不会问他为什么要去。

他的确瘦了。

他很快就解决掉了两块比萨，看着她小口地啃着饼皮，再喝了一口水咽下了食物，伸手将她嘴角的饼屑擦去。

他的拇指在她的嘴唇上停留，两个人看着彼此，一时都没有说话。

不知是谁先倾身，两个人开始接吻。

床上一片凌乱，激情过后，夜半时分，两个人坐在地上，很单纯地接着吻。

"在想什么？"

"在想你感冒有没有好，你会不会传染我。"

程帆冷笑，听前半句话，还以为她在关心他，结果她在担心她自己。

"啧，你们年轻人都没什么感情，是不是？"

林夏刚醒就被他逗笑了。他不过大她几岁，至于吗？谁让他总是那么严肃，难道还要怪她保养得宜吗？

"谢谢你，我一个快三十岁的人还能被称为'年轻人'。"

话刚说完，光裸的肩头被他咬了一口，她痛呼："别咬。"

"敢嫌我年纪大？"

好吧，她怎么说都是错，也懒得解释，便象征性关心地问了一句："怎么感冒了？"

"感冒不是很常见的事吗？"

他这么回答，也没法让她继续关心，她拿开他的手，开了灯，掀开了被子起床。

程帆躺在床上撑着头看她穿衣服："你怎么会突然买书？"

与偏好看纸质书的他不同，她大多用电子设备看书，或是看家中他买的书。

套上睡裙的林夏愣了一下："买书不是很正常吗？"

她看着他的眼神，他似乎明知她在敷衍，却不追问。她纠结了一下，又多说了一句："看到我妈妈在看，我就买了。"

她说完自己都觉得好笑：想知道一个不关心自己的人在想什么，是不是很没骨气？她说完就转身离开了卧室。

一些事她不是要故意瞒着他，是自己都不想提，更不知道要如何向他人开口。

她出了卧室才发现天空早已放晴，还出了太阳。午后的阳光洒进客厅，昨夜的狂风骤雨已经停止。

她煎了蛋，烤了面包片，他还没出来，食物她就没盛出来。泡了两杯红茶，她捧着热茶去窗边晒太阳。

夏天她终日吹着冷气，对晒太阳就很像叶公好龙，吹着空调，隔着玻璃感受着阳光的温热。

"工作的事处理好了吗？"

林夏转身，看着走过来的他，反问他："你不知道？"

程帆拿过她手中的杯子喝了一口茶："你不说，我怎么会知道？"

"我以为你什么都知道。"

"我没那么万能。"他看了她一眼，"看样子是解决好了。"

她摇了摇头："我都不知道算不算解决好了。"

事情算是解决了，工地即将复工。而产生问题的人，她不能动。本质上这是个小问题，要抓大放小，她不应该再在这件事上纠缠。

不是所有问题都要被彻底解决，她也不必担心所谓的隐患。公司快速地发展，就能让一切小问题都消失，她不应该停下。

拿回了自己的杯子，看着外边的晴天，她忽然说了一句"我时常觉得，成王败寇，不应该是现代社会的东西"。

"嗯?"

"策划于密室,赢了称王,输了一无所有。只有你死我活,没有公开透明的竞争机制,是不是很低级?"

"是,但很遗憾,很多时候、很多地方,都在奉行这一套规则。"

"是不是赢家最后都会成为这套规则的拥护者?"

他没有回答她的问题:"你不会。"

"那你呢?会吗?"

林夏想:这个问题真无聊。

一个从最激烈的斗争中获胜的人,已经有了制定规则的权力,早已不会将一切规则放在眼里。他要用什么规则,怎么用,全然取决于形势的必要。

自己的想法多么幼稚,她尚未成为赢家,哪里来的资格点评规则不文明?

她忽然想到程帆在很早的时候就给过她答案了:要让人说不了话,那就掐住对方的脖子,慢慢来,在出其不意时,拧断它。

他在生意场上,最残酷的手段绝对是她看不到的。

可是,那也是她不想学的。

同样,几乎所有人都在说她不如她的妈妈,她却渐渐地意识到,她并不想成为孙玉敏。

"只追求赢,会很孤独。"

她笑了:"只有赢了的人,才能说出这种话。"

他摇了摇头:"输了也没关系。"

"真的没关系吗?"

程帆看着她认真的表情,毫无缘由地突然很心疼她。

她怎么这么怕输呢?

很怕输的她是不是一直在被要求赢?她是不是觉得自己不能输,输了就会一无所有?

"没有关系。"他抱住了她,"夏夏,输了没关系的,下次再来就可以。"

他从身后抱着她,她看不见他的脸,她的手在茶杯上抠着。她说:"可是……我真的很怕。"

即使她的心里已经不想去获得父母的认可,但在用输赢去评价一个人的家庭里,她到现在都无法不强烈地恐惧失败。

她所谓的自由不过是不被在意。

她只有对人有价值,才能获得关注;她只有成功,才能被肯定。

别人所谓的有钱,是奖励。

她厌恶这样的衡量标准,可在反应过来之前,无比赞同并迎合这样弱肉强食的规则。谁会喜欢一个弱者呢?爱怎么可能没有条件呢?优秀的人才值得被爱。动摇之时,她都会归咎于,她不够强大。

她的哥哥成了反抗者。

而她成了拥护者。

哥哥走后,她一边得到很多东西,却一边遭到反噬,像是背叛了那样的反抗,莫名其妙的恐惧感成了她心底最深的黑洞。

不知为何,昨夜那样开心后,现在有他在身后时,她竟然能向自己承认:是的,你就是很害怕。

她抓着茶杯的指节已经泛白,程帆没有让她放开,却握住她的手,与她一同捧住了杯子:"不要怕。

"让你害怕的事,有很多我无法帮你,要你自己去面对。可我会在后面看着你。夏夏,不要怕。"

她没有回答,他也不需要她回答。

克服恐惧是一条不知有多长远的道路,独自面对时,她愿意将不设防的后背袒露给他。

吃完饭,林夏还是去了趟公司。

她刚到办公室没多久,林洲就来找她了,这在她的意料之中。

林洲这几天很不好过,女朋友周倩跟他吵完架就开始冷战。从工地的事情爆发开始，他就知道这件事，一直忙着处理。并非忙到一条信息、一通电话的时间都没有，他却没有告诉周倩她爸的事。

她那时正好在出差，他想：这件事很复杂，她什么忙也帮不上，他先拖着。事情一天一个样，谁也不知道周旺财到底会怎样。

周旺财暂时被放出来了，但这到底是犯罪，这个节点，只要林夏或林建华想追究责任，就可以追究。

周倩怪他不告诉她，躲在房间里哭，问了半天他才说了她爸的事。她爸一直在外面有女人，她妈还要帮忙瞒着，就怕她知道了伤心。傻姑娘一直哭着说自己没用，让妈妈这么委屈。

可她已经这么恨她爸了，还要担心他。他真的被抓进去坐牢了怎么办？

林洲对待周倩很认真。父母在他年少时离婚，他此前对婚姻没有兴趣。可遇到她，他有了想跟这个人组建家庭的念头。他有时太过悲观，而她太过乐观。这样憨厚又天真的她，让他不会担心父母的悲剧在自己的身上重演。

他今年进入建林集团。职业生涯处于变动之中，他没有将结婚的事提上议程。他无法否认，自己是想在集团里占有一席之地，稳定了才求婚。

现在事情骤然生变，林洲只恨周旺财人心不足蛇吞象。周旺财做出这种蠢事，关他什么事，还要给他造成麻烦。

生活的真相总是如此荒诞。所谓完满家庭背后，是一个偷腥的男人和一个无可奈何的女人。

当林洲对周倩说，这是他父母的事，她不要太过操心时，他就被她嘲讽着回："不愧是一家人，连话都是一样的。"

林洲后来才知道，因为周旺财的事，周倩去找了林夏。

他内心叹了一口气，这个单纯的姑娘此前对林夏的印象很好，但她不知道，林夏对她好，一是因为周旺财，二是因为他。

这事得他去找林夏。

他找林建华没有用,林建华虽然是他的父亲,但不会帮他,因为他没有可交换的筹码。林建华对他很不满意。最近林夏"罢工",林建华认为他很没用,他不能谈回业务将她顶替掉。

他找林夏,她尚有帮他的可能。

明明刚进集团时,林洲本能地将她当成对手,可此时有了问题,还是更偏向于找她帮忙。

可能是,她身上更有人味。

林建华虽是他的父亲,但和其他公司的老板并无区别,擅长画饼,给钱干活儿,等价交换而已。

林建华兴许还会让他更失望、更怀疑自我。他更擅长项目间资源协调、矛盾处理、人员调度的事,而不是谈业务。

更让他烦心的是,周倩还去找租房了。她跟他恋爱后,两个人就同居了。他问了她为什么要这么做。他只是没有告诉她周旺财的事,她至于要搬出去吗?

她却跟他说,她要把她妈接出来,让她妈不住在家里,再让她妈和她爸离婚,不让她妈受委屈。

他简直觉得可笑,甚至能够预判,她妈肯定不会跟她爸离婚。她这么做是白折腾,费钱费力。

可周倩接着说,她要攒钱买房子,有了房子,她妈就有了自己的家,就不怕离婚了。

他虽然不理解她的做法,但还是说省下房租钱,留着还贷。他还有套房子租出去了,月底到期,如果她妈想搬,可以搬进去。他又跟她说,周旺财的事瞒着她是他不对,他去找林夏。

一堆事,他觉得内心很烦,但还是借着工作的由头找林夏了。

跟她汇报了工地的最新进度后,他犹豫了一下,开了口:"周旺财……你准备怎么处置他?"

"周倩昨天来找我了,你是为了她吧?"

没想到她直接说了,他点了点头:"是。"

林洲其实很傲,能开口求人,是件不容易的事,这也算周旺财的一点儿价值,林夏回答得很爽快:"好,那我放过他。"

林洲惊讶地看着她,她连条件都没有谈。

没有等他将问题问出口,林夏自己先说了:"你难得找我帮忙,我应该帮的。还要我说是一家人吗?这样也挺虚伪的。我欣赏你的工作能力,有你在项目部里管着,我放心。我帮你的忙就是希望你能为集团好好做事而已。你不要多想,不要有心理负担。"

林洲沉默了。

从那天在饭局上见到她的丈夫起,他心中就隐约地确定了一件事:他没有与她争斗的筹码。林建华从来就不是他的筹码。所谓的血缘关系,在林建华那儿并不能换来什么资源。

从进入公司到今天,是对面这个他自以为的对手一直在给他机会,给他好处。

他当然会不甘心,可多年在私企里的职场经历告诉他,他要跟从给他好处的人,不论原因,就看结果。

而林夏也坦荡到从不跟他搞所谓的内斗,他们的关系很简单,她给他职务,让他完成任务,从不废话。

也许,他要换一个队站了。

他从来都不是外人眼中与她争夺集团的对手,他的筹码不足以让他坐上赌桌。

"林总,以后有用得到我的地方,请跟我说。"

林夏离开后,程帆也没急着走,留在了她的公寓里。

吃饭时,两个人商量了一下度假时间,接下来一周多各自工作收尾,八月底前出发。今年两个人都没有休过假,能有大半个月的假期。

他习惯了饭后抽一根烟,但她这里哪里来的烟?他在放咖啡的柜子里找到了一罐太妃糖,拆了一颗,糖酥脆不甜腻,配着里面的果仁,还挺有嚼头。

戒烟很困难，还是他这样突然就大幅度减少吸烟量的情况，他想：这么折腾自己干什么？他不就有这点儿爱好吗？

他又想到已经因为戒烟感冒了一场，还是坚持着。

想着抽烟时吃点儿零食能转移注意力，他干脆拿了一罐糖走去了客厅。他买的那只熊还在沙发上。

程帆嚼着太妃糖，味蕾感受到甜味时，却忽然想到了她昨晚对他说的那三个字。

他当时什么都没回。

他要回什么？

这是她应该做的，也是他应该得到的。

他又拆了颗糖，将糖送入嘴中时笑着摇了摇头，看着这只熊都觉得它不面目可憎了，甚至觉得它有那么点儿可爱。

坐下时，他随手拿了茶几上的一本书来看，旁边还有杯他刚刚续上的红茶。

他日常有阅读的习惯，看书的速度很快。这么薄的一本书，没有别的事打扰，他半天即可读完。

才翻了几页，他就明白了，为什么孙玉敏会看这本书。这本书是一个母亲与自杀而亡的儿子虚构的对话。

从午后到傍晚，他翻开这本书后就没放下。这本书很"难读"。他不是个感性的人，可读到某些章节时，都觉得要停下喘一口气、喝一口茶，才能继续读下去。

听到放在沙发旁充电的手机铃声响起时，他抬起头都觉得恍如隔世。放下了书，他拿起手机接了电话。

对方说完，他说了"谢谢"后，没有多寒暄就挂了电话，再打开邮箱，查阅了对方发过来的资料。

口中的糖嚼到一半他就停住了。他皱着眉头迅速地将资料浏览完，又回头确认了一遍重点。

当初他把这件事往复杂里想了。就算钢筋这事是工厂里的人搞的鬼，但对方反应太快了，加上瑞生地产的对手，背后的控股人还经营着一家不小的声色场所，水很深，为其保驾护航的人来头也不小，中间到底有没有一个点将这三者联系起来？他觉得奇怪，就拜托人试着去查了一下这事。

其实这件事真没他想的那么复杂，就是行业内的人小打小闹地互相举报。这种事很正常，他的一个小公司之前在科创板块发行上市时就被同行找了媒体举报，举报者对信息披露提出质疑。蠢货总是不计成本、不算性价比地来搞人。

但他顺藤摸瓜找出的人，真跟这些人都有联系，是林建华的弟弟——林建业。整件事不像是有周密的计划，更像是有人小打小闹，妄想在两头套利，趁乱弄点儿好处。

小鬼再难缠，也只是个小鬼，就看值不值得他浪费时间去较劲而已。

程帆看着林建业的这些照片，这兴许只是冰山一角。这个人是个很大的隐患，不应该让林夏去处理。

不想再看资料上这些乱七八糟的玩意儿，他退出了界面，将手机扔在了一旁。

上一辈人的恩怨应该让上一辈人去处理。

这件事应该让孙玉敏去解决。他只需将手中的资料发给她、告知她即可。

明明有如此简单高效的方法，但直觉告诉他，这件事没这么简单，他不应该再查下去，而要亲自去找孙玉敏。除此之外，一些事他需要当面跟她谈。

落日的余晖洒进屋子里，照到茶几上的光已经暗淡，看着眼前的这本书，他想起了某一时刻像极了孩子的林夏。她说书是她妈妈看的，她就买来了。

坐在不开灯的客厅里想了许久后，程帆忽然又拿起手机，打了电话给助理。

"帮我把未来三天的行程取消，订最早去美国的机票……对，旧金山。"

林洲走后，林夏继续处理着工作，得为即将到来的休假准备。

不知是年纪增长，还是今年的事情格外多，她觉得有点儿累，他说去座私人岛屿度假好了。

她也觉得这样挺好，能游泳、晒太阳、散步和出海，换个地方躺着休息。

他在度假上挺好，会玩、会享受。由他去安排行程，她只要跟着他一起玩就好。在不需要自己出力的事情上，她从不挑剔，每次还拍他的马屁，夸他安排得好。

她到底不是能够长时间搞"罢工"的人，要慢慢来。她将先前落下的一些事安排好了，不想真把生意丢了。

事情多且杂，她对照着手机备忘录看时才发现忘了件私事，是程帆的侄子的事。她又记了一笔，等手头的事忙完了，过几天她要去外国语学校附近的那套房子里看一眼。这两年房子空了，她也不知房子现在状况如何，房子给他侄子住完这一年，后面也该租出去，不然空太久，房子坏得快。

她正放下手机时，林建华敲了门进来。

这是那天不欢而散后，两个人第一次见面，林夏倒是没有一点儿别扭的样子，笑着跟她爸打招呼："爸，你来啦。"

"从李伟国那儿我才知道你最近身体不舒服，你好点儿了吗？"

"在家里被程帆传染了感冒，休息了几天，好多了。"林夏关心地反问他，"血压正常吗？你有'三高'的问题，得少应酬，多运动，清淡饮食。"

"人老了，江河日下了。"自嘲完，林建华爽朗地笑了，"与其担心我的身体，你不如帮我去应酬，能让我多休息休息。"

"只要爸爸开口，我什么时候推辞过？"林夏站起了身，"我得向你道歉，那天情绪太激动了。这件事就是我的责任，我得受到惩罚，钢丝厂交还给你……"

没听完她的话，林建华就皱眉摆手："你这个人被老子骂两句就觉得天塌了？你把烂摊子丢给我，我去找谁？你该辞退就辞退，该整顿就整顿，别来找我的麻烦就行。"

林夏想了一下，点了点头："那好，我争取将功赎罪。"

"行了，我先走了。你早点儿下班。"

"好的，爸爸。"

两个人心知肚明地将争执的源头跳过，互给了台阶，又像是从前一样配合，不，甚至配合得更好。

人没了渴望受到认可的执念，会少很多不必要的痛苦。

当变化身份，她直接将对方当成对手时，她会少很多幼稚的想法。

她看着他离去的背影。他终将老去，而她有很多耐心。

连日应酬，今天晚上有了空，坐上车时，林建华让司机开车去了林建业家。

林建业的那点儿心思，林建华一想便知。

林建业原先向他讨要钢丝厂，他没同意。林建业自己是做包工头的，太知道能在哪些地方做手脚，就勾搭了周旺财，弄了这么一出事。

他是真没出息，活了大半辈子，做坏事都能漏洞百出，脑子还是这么蠢，更别说吃里爬外，敢来动集团。

对这个弟弟，林建华心里有数。林建业是个没用的人，他一年只能让林建业赚那么点儿钱，绝不能给多了。人的胃口是无底洞，他给太多钱只会害了林建业。

建林集团是林建华的底线，林建业已经触碰到了林建华的雷区，谁都不能去侵犯集团的利益。

车辆驶入郊区，林建华看着外边一望无际的稻田，这个时节，稻穗应当是长出来了。小时候最穷的时候，一锅稀到没几粒米的粥，他总是喝米汤，将最珍贵的米留给弟弟吃。

那样艰苦的日子，他从不曾因为一点儿温情而怀念过。

后来，只要他有粥喝，弟弟就有口汤。

血浓于水吗？

到这个年纪，他没什么事是看不开的。母亲走了，剩下的到底是那点儿血缘关系，还是情分？

他可以继续给林建业汤喝，但林建业如果敢把他喝粥的碗砸了，他也能让林建业饿肚子。

车驶到镇上，在对面的街上看到王秀萍在跟人说话，他视若无睹地下了车，直接拉开了门进屋找人。

客厅的电视放着动画片，林建华进去时，一个小孩正坐在沙发上抱着零食看电视，男孩的背后是林建业。林建业正和男孩一同在看电视。

"你在干什么？"

听到怒吼声，林建业瞬间被吓得僵住了，然后抬头看了一下来人，是他哥。

林建业："哥……你怎么来了？"

男孩拿着薯片，茫然地望着来人，随即扭动身体，挣脱开了身后的人，站了起来。

此时门"嘎吱"一响，王秀萍走进了屋子。她刚刚就看到了一辆熟悉的豪车停在门口，下来的人果然是林建华。她匆匆地拿着早已买好的烤鸭进了屋子："建华，你怎么来了？一会儿开饭了，要一起吃晚饭吗？"

林建华看向王秀萍："这孩子是谁？"

"是我侄子的儿子。他到我这儿过暑假，怎么了？"

"一天到晚在外面跟人说闲话，你带什么孩子？孩子还是别人家的！"林建华一脸嫌弃表情地看着她，"把孩子带回家，明天就送回去！"

447

王秀萍被他的怒火吓到,孩子也被吓哭了。她连忙跑去抱了孩子,安抚孩子时,他又是一阵吼。

"回去,听到没有?"

不知发生了什么事,估计是这兄弟俩有了矛盾,王秀萍顾不上委屈,站起身时腿都软了,抱着孩子出了门。

"哥,怎么了?"林建业站起身,挠了挠头,"这小孩可爱,我不就帮忙带着一起看电视吗?"

林建华闭上眼,深呼了一口气。

睁开眼时,林建华弯腰抄起桌上的茶杯砸了过去。水泼到了林建业的身上,茶杯滚到了地上,人没被伤到分毫。

客厅旁边就是张餐桌,上边是散开的手擀面条,旁边有根擀面杖。林建华走过去抄起了擀面杖,擀面杖粘了面粉没那么滑手,能被抓得很牢,林建华想也没想就一下子打在了林建业的身上。

林建业被这一下打得腿一软,倒在了沙发上,他哥却没停,下了死手一般接二连三地打着他。他抱着头躲着:"哥,你干什么?你都不说出了什么事,跑过来就打我干什么?"

又是一闷棍打在了背上,林建业疼得转身握住了擀面杖。林建华已经六十多岁了,年纪大了,早年应酬喝多了酒的身体有再多的保养品也很虚。此时才打了这么几下,他已经气喘吁吁了。在力气上,他哪里是林建业的对手?林建业反抗后,林建华拿着棍子再无法动弹。

内心一阵怨念过后,林建业又是一副嬉皮笑脸的样子:"你心情不好,把气撒在我身上干什么?打我也得有个理由吧。"

林建华盯着他,察觉到了他眼中压制的不善之色,放开了棍子。林建华想到他刚刚挑衅的动作与眼神,是不是给他个机会,他还要拿着棍子反过来打自己一顿?

手掌粘了面粉,拍也拍不掉,林建华忽然反手甩了林建业一巴掌:"钢丝厂的事,你搞的。"

林建业蒙了:"什么?"

"就想要个钢丝厂,你就蠢到去搞我的工地?你一辈子都是个废物,想要钱算计到我的头上了?"林建华居高临下地指着他的鼻子,"要不是你是我弟弟,我早找人废你的一条腿了。"

林建业反应了过来:"哥,你至于吗?我干什么了?周旺财自己干了蠢事,跟我有什么关系?"

"闭嘴。"林建华不想听他说废话,当即训斥了他,"不要跟我狡辩。"

"不是,我……"

"我是来警告你的,你别跟我玩花样。守着你那点儿小生意,不属于你的东西你别乱碰。不然你那点儿小生意,我都让你做不了。"

他哥当了大半辈子的老板。看见他哥这六亲不认的样子,林建业立马认怂了。

"哥,我错了。我就是一时糊涂,提了一嘴,谁知道周旺财那个龟孙子胆子那么大。他干了什么事都没告诉我,就怕我要分他的钱。出了事我才知道事情竟然闹得这么大,我也没敢跟你承认错误。"

"不要解释,你要是再敢背着我搞小动作,试试看后果。"

林建华说完就走,走到门口时又回来,看着仍旧瘫在沙发上的林建业说:"一把年纪了,不该干的事不要干,不要再出什么事,毁了林家的名声。"

他会毁了林家的名声?

林建业笑了:你儿子都死了,林家还有后吗?

林建华到车上时,喘着气,看着车窗外一片模糊的景致。司机通过后视镜看到他的脸通红,赶忙靠边停车,拿了瓶水拧开了盖子给他。他喝了一口水,又从裤袋里掏出降压药吃了一片,等了一阵才渐渐缓过来。

"走吧。"

林夏本想跟程帆一起吃晚饭,可他发了信息说要出差几天,今晚就走。

出差于他来说是家常便饭,她也没问他去哪儿。他不在家里,她就留在了公司里加班。

但她加了一个小时的班,就觉得有点儿困了,坐着腰和腿还酸痛。她干脆关了电脑,早点儿回家休息。

她回的还是附近的公寓。开门后进到客厅时,她看着茶几上只剩了三分之一的糖的糖罐简直哭笑不得,旁边一堆还没被扔掉的糖纸证明了糖的确是他吃掉的。

这罐太妃糖是她买咖啡时顺便买的。她回家后将糖和咖啡一并收拾在了柜子里。她看不见零食就不想吃,自己快忘了还有一罐糖,不知怎么糖就被他翻找出来了。他一下午就吃掉了她半个月的量的糖。

她也拆了一颗糖,果然很好吃。糖罐旁边是被拆了塑封的书,看样子他是在这儿待了一下午。

她顺手收拾了客厅,却忽然觉得哪里不对劲,看了一眼沙发,又去卧室看了一下。

屋里少了一只熊,是他买的那只。

隐约猜到熊去了哪儿,她却不死心地将家中的每个房间都翻了一遍。当连垃圾桶都看了没找到熊时,她笑了。

他真是个小气鬼,熊都送给她了,还要拿回家。

程帆做决定很快,觉得一件事应该去做,甚至暂时找不到要这么做的充分理由时,就会立刻行动。

他当晚就启程了。

飞来飞去是他生活中的一部分。想起当年刚做生意时,他要跟一个重要的人物建立关系,明明这个人就住在京州,自己只需预约会面即可,但他没有这么做。在得知这个人有海外行程时,他特地飞了过去,让人牵线搭桥,两个人见了面。

那个人还特惊讶,只是一件小事,他大可约见自己。

但那个人也看出了他的诚意,之后一直和他保持着联系,后来喝酒时还嘲笑他，说他可真是雷厉风行，别人还在纠结时，他已经脑子转过两个弯，把事给做了。

他只当这是一句场面上的赞美话，无论真心还是假意，都不当真才好。

他起步艰难，吃过很多亏，算计过别人，更多被别人算计，深切地领会过人性有多复杂与可怕。

他觉得苦吗？

他不可能没苦过。

以前他常被他爹批评浮躁，甚少为自己辩解，更从未说过辛苦。比起上一辈人吃的苦，他没什么资格向上一辈人说辛苦。

当然，他也没指望得到他爹的肯定。

他为什么要得到肯定呢？

人未进化前，发生矛盾，以拳头服人，进化后也没什么区别。对方若说了不中听的话，那他就想办法让对方闭嘴，而不是去讲道理。

他从未后悔过与他爹冷战两年。那时的他，尚未强大到与之抗衡。父子之间的感情太过微妙，更像是动物世界的弱肉强食。

两个人关系缓和后，那一段冷战期被他爹形容为他的叛逆期，他还被他妈说过没有心。对此，他只是一笑而过。

看完那本书，他才忽然意识到，她很在乎她的妈妈。

他们的生活中，各自的家庭对他们的生活的参与度几乎为零，两个人也甚少谈及各自的父母，这也没什么好聊的。

对她与父母的疏离关系，他并不觉得奇怪。只是血缘关系而已，不是所有人都能与父母有缘分。

可是，与父母长久不联系，她却特地买回孙玉敏看的书。

她们是无法交流吗？她只能通过一本书了解她妈妈在想什么吗？

这一刻，程帆心里莫名其妙地堵得慌，像是漏掉了很重要的东西。他捡回了一点儿，可不知道还有什么东西被他遗漏了，以及东西到底在哪儿丢失的。

他飞美国的次数并不多，在定好行程后，他却改变了计划，要离开前去一趟芝加哥，同样没有理由。美国国内的航线很长，飞机从旧金山飞往芝加哥这种东部城市，航程近五个小时，而且飞机服役时间普遍较长，人坐着会觉得不舒服。但他十几个小时都飞了，这也没什么。

转机时他又在机场附近的酒店里将就了半宿，再坐了车，抵达孙玉敏在尔湾的家时，还未至中午。

他按下门铃后没多久，门就开了。来开门的人是孙玉敏。

她虽是他的岳母，但程帆与她见面的次数并不多。许久未见，他喊了人之后未寒暄，就被邀请进了屋子。

早知他要来，孙玉敏已在客厅里备好了茶。她那一杯茶已经喝了大半，他能看出来她一直在这儿等着。她坐的沙发旁放着几本书，前边的桌上放了个配了键盘的平板电脑。

他落座时家中的阿姨端来了一碟点心，阿姨跟他打了声招呼就跟孙玉敏说，要出门去超市采购。阿姨拿着购物袋出门后，家中就剩下了程帆和孙玉敏两个人。

程帆喝了一口热茶："还以为来这儿能不这么热，结果加利福尼亚州的阳光也太好了。"

孙玉敏笑了："这两天的确热了些，我夏天都躲去西雅图避暑。"

"那儿可太凉快了，今年夏天京州都好几次高温预警了。"

"那你该找个气候适宜的地方度假，生意再忙，也该劳逸结合。"

程帆点了点头："是的，我准备这个月和夏夏去度假了。"

"挺好的。"

她没有问他们去哪里，但这也没什么意外的。

聊完天气，程帆转移了话题，又看了一眼她身边的一摞书："真巧，最下边那本书，我也看过。"

没料到他会说这个，孙玉敏扫了一眼最下边的那本书，愣了一下，然后说："是吗？"

果不其然,在她的眼中看到了戒备之色,程帆盯着她回答:"在家里看到的,夏夏买了这本书。她说这本书是你在读的,她就买来了,我顺手拿来看了。"

"嗯,多读书挺好的。可惜我年轻时没什么文化,上了年纪后才知道要读书。"

她的情绪控制能力很强,刚才的异样不过出现一瞬,随即她又进入了社交模式,还不像是刻意地压抑自己,而是毫不在意他说的话而已。

有时谈判,他需要先去激怒对方。而此时,他快觉得他会是先被激怒的那个人了。

"你这是谦虚了,文化跟读书没什么关系。人在社会里学到的东西,可要比书里多。"

"社会里学够了,再看书,才知道这个世上没什么稀奇的事情,你经历的事,其他人也经历过。"

"也是,阳光底下无新鲜事。就算读百年以前的书,人性也没什么两样。"

"人性如果像世界发展得这么快,人就不再称为人了。"

"是的,总有一些感情是共通的。比如,"程帆停顿了一下,才又说,"孩子天生爱父母。"

"对的。"孙玉敏端起茶杯,向他示意着,"要不要吃点儿点心?"

程帆断然不会用她唯一的弱点去刺激她,可除此之外,她刀枪不入。

看着这张与林夏神似的脸,他忽然想到了在他家的后院里,趴在他的肩头哭的傻孩子。他对面的女人曾经连一个拥抱都吝啬给——她怎么舍得?

女儿天生爱妈妈。

一个聪明的人,在得不到某样东西之后,可以学会自我保护,没有就不要了。她是有多傻,才会心里想要,嘴上却不跟任何人说,只会自己偷偷地哭？

程帆能理解孙玉敏。

他们在某些方面很像：野心勃勃，强势，为了目的不择手段，只有成就与突破感才会让他们有满足感。他们在风险中追求收益，会觉得很刺激，有时连感情都淡薄得可怜。

亲情也是感情的一种，有些人多，有些人少。

母亲可以不爱女儿，这是她的权利。除了当事人，其他人无法去指责她，包括他。

他和林夏从未交流过这件事，而此时，他与她也许有了一个共同的认知：这件事无解。

问题没有解决的方法，也无须解决。

不是所有的伤害都能消失，不是所有的爱都有回应。迟到的回应都会显得别扭，更何况孙玉敏根本不会给出回应。

程帆能理解这点，但这一刻，莫名其妙地感到窒息，心中沉闷得像是喘不上气。

林夏哭的时候，都不会发出声音，流一会儿泪就会止住，甚至若无其事。

他无法想象，她经历了什么，用了多久才学会了这样。

面对孙玉敏，他知道她绝无可能给出回答，但还是问了一句"为什么"。

孙玉敏放下了杯子，看着这个远道而来的女婿："什么？"

程帆却忽然笑了，她已经给出答案了。

"对了，我这次来，是想拜托你一件事。"程帆拿出打印的资料递给了她，"你在这儿不问世事，我这是来打扰你的清闲日子了。上一辈的事就该上一辈的人来解决，不该留给晚辈。"

孙玉敏接过了资料，面色顿沉，一张张地往后迅速地翻阅着。

"也不知你是否知道前些日子建林集团发生的事情，我只查了一点儿东西。在我这儿，事情该到此为止了。"

程帆查到的东西的确有限，他查到了林建业在赌博，还有林建业在声色场所里的一些照片。照片中他抱着女人，走廊里监控摄像头拍到的照片，清晰度很一般。

这种东西他的确不想再查了，该留给孙玉敏去解决。至于她怎么解决此事，是她的事。如果她做不好，那他再出手。

他的要求也很简单，不要让这种危险分子对林夏造成任何伤害。鬼知道这种人今天敢在工地里动手脚，明天能干出点儿什么事？在关于她的事情上，他极其厌恶风险。

孙玉敏忽然站起了身："稍等一下。"

"好的。"

她拿起了手机，还未放下手中的资料，就转身往楼梯口走去。

坐着等很无聊，他起身去了外边的院子里抽了根烟。他带了三包烟。

想少抽烟需要转移注意力，他拿出了手机，她却一条信息都没有给他发。他随手发了句"在干什么"后，才意识到国内已经是凌晨。

他正要切换界面时，她却回了信息过来，说准备睡觉。

"怎么还不睡"还没发出去，他就收到了一张照片。

照片上一只小熊正平躺在枕头上，他看背景，就知道她在家中的主卧里。他明明不喜欢这只睡了他的枕头的熊，但还是点开照片放大了看，她的手还在熊的背下边，她是在抱着它睡吗？

那天早上去公司之后，当知道这只熊的价格时，他很想问助理为什么不走他这儿的报销流程。助理花这么多钱买一只熊，他的钱是抢来的吗？但程帆脾气很好地忍住了。

算了，这么贵的熊，他就让她放在床上吧。

但看到这只熊，心中还是有点儿烦躁，他又点了根烟。虽然这件事他做错了一大半，但她不能得理不饶人。

她给他发完小熊的图片后，他久久没回复。林夏打了个哈欠就放下手机要睡了。可她刚将手机放下，手机就振动了。

455

解锁了屏幕，看到消息的她笑得不小心将手机摔在了地上。卧室里全铺了地毯，她也没捡起手机查看摔坏了没，翻了个身抱住小熊，嘴角噙着笑意，却没打算回复他。

　　一片黑暗的卧室里，唯一的光源来自地上的手机，手机黑屏前，她看到了聊天界面里的最后一句话："我回去后，你不许把它放在床上。"

　　抽完了两根烟，他进了屋子，孙玉敏也从楼上下来了。

　　她已经神色自若，还递给了他一本相册。

　　"这里面是她以前的照片。"

　　程帆接过相册时，孙玉敏拿了茶壶去了厨房。

　　他还以为这是本家庭相册，但翻到第一页时，看到的就是林夏的出生照，一团很小的东西，下边写了"六斤二两"。

　　下一张照片里她就到了四岁，在老式的影楼里拍的。她还被涂了口红，扎了两个马尾辫，额头上还有一枚红印。

　　五岁时她骑在石麒麟的身上，大笑着，门牙掉了一颗。

　　六岁时她与外婆在河边的树下，像是在野餐。她们铺了破旧的床单在草地上，上边放着像是馅饼的食物，还来不及摆造型，她就在偷吃了。

　　七岁时，她站在院子里，眼神拘谨，怯生生的样子，穿着纱裙，在躲避镜头。

　　后来几乎每年都有一张她的照片，他看得出来照片是过年时摄影师来家中拍的。单人照里的她一年比一年高，也一年比一年漂亮。

　　有一张照片是她高中时拍的。她还臭美地烫卷了头发，穿了件红色的斗篷，披散着黑发，像精灵一样在雪地里站着。

　　目光停留了很久，再翻过一页时，他却愣住了。他眼前的是一张胶片，复古的风格，人像没那么清晰，穿着短袖的她怀中抱着的泰迪熊很明显。

他看了一眼时间，她那时应该还未读大学。

孙玉敏拿了添了水的茶壶走过来，看到他的目光停留在那张照片上："那是她去美国读书之前拍的。"

程帆抬头："这只熊是她的吗？"

孙玉敏顿了一下，弯腰将茶壶放在茶几上，再坐了下来："是她哥哥送给她的。"

手中拿着这本轻薄的相册，程帆许久说不出话。

看着他这样失态地沉默，孙玉敏问他："怎么了？"

"我……做错了一件事。"

孙玉敏没有问什么事："能弥补吗？"

他能吗？

"我不知道。"不愿在他人面前展现私人情绪，他合上了相册，"这个相册，能送给我吗？"

孙玉敏摇头："不可以。"

"能……"他自己都不好意思开口，何时这么向人讨要过东西？

"能给我一张照片吗？"

孙玉敏依旧摇头："不可以。"

看着这样坚决又不讲情面的孙玉敏，程帆忽然明白了什么。

这样的钝痛，彼此都在承受着，她们却无法去解决问题。

他沉默了一下，什么也没有问，将相册递给了她，站起身，然后说："我还有事，先走了。"

孙玉敏起身送他到门口："你说的这件事，我会处理好。"

"要我帮忙，你尽管开口。"

"不用，该我来。"

"好。"

"程帆，"孙玉敏喊了他的名字，"对她好一点儿。"

他跟林夏结婚时，孙玉敏都没这么说过，兴许是此刻真把他当成了女婿。

"我会的。"他补了一句,"我会对她很好。"

"好。路上小心。"

看着他上车离开,孙玉敏关上了门。

相册她怎么能给他呢?

他有全部的林夏,而她就只有这些照片了。

戴奕这段时间上班心情简直起伏不定,工作量是一回事,承担老板的情绪是另一回事。工作就是这样,纯粹做事不难,戴奕要与各种人打交道,很大部分工作是人事纷争。

在集团里,他是老板亲自提拔上来的人。在此之前,他目的明确,只对老板的利益负责,一定要让工作成果被老板看到,其他人不重要。

他这样做肯定会让别人不舒服,偌大的集团里,派系林立,利益纷争多,遭遇记恨和算计太过正常,但这依旧不重要。人要头脑清楚,明白是谁在给自己好处,谁能给自己最大的利益。

坚持奉行这样的工作理念很久后,他果然被老板看见了。这个位置有更广阔的前景和更丰富的资源,他也会面对更多的糖衣炮弹。不用老板敲打,他都不会松懈丝毫。

大部分时候,老板做事没什么情绪。但他不可能完全没情绪,脾气上来了一样骂人。靠自己打拼起来的老板,一般不会是好说话的,就看他愿意用哪一面来对你。

这也没什么,工作本身就是如此。

这次老板也没太发火,更像是在憋着,阴晴不定的。戴奕可以确定,老板肯定是与林总较上劲了,这情况很罕见。

戴奕当然见过林总,老板年前宴请高管,都会带林总一起过来应酬。林总也有公司,人漂亮、干练,更是聪明地从不过问老板的公司的事。

林总也为人幽默。去年吃饭时,她还调侃老板,说他脾气这么大,可得给助理多发点儿奖金。戴奕还没来得及开口,老板难得一副轻松的做派,问了他:"我脾气很大吗?"

这两个人情商都不低,怎么还能闹这么久的矛盾?兴许有钱人在家里也一样吧。

他们似乎和好了,老板要在月底开始休假。

而在这么个关口,老板突然飞了趟美国。这应当是私人行程,还是很紧急的事。秘书帮忙订了票,请了当地的接送司机。可后来老板又改了主意,加了去芝加哥的行程。

秘书和戴奕说这件事时,戴奕还嘀咕了一下,老板去那么危险的地方干什么?美国枪支泛滥,此前的枪击案,凶手一个人所持的枪支弹药,是许多国家一个正规陆军班都难以达到的火力配置。是不是天气太热,人容易暴躁到变态?最近美国各地接连发生枪击案,他新闻都看得有点儿麻木了。

戴奕半夜醒来上厕所,再回去时没睡着,就摸了手机刷新闻。看了几分钟后,他又有了点儿困意,准备放下手机,可打哈欠打到一半时突然止住,瞬间清醒了。

过去的两天中,芝加哥发生多起枪击案,造成至少35人中枪,5人死亡。最新一起枪击案中一名三十多岁的男子在街头中枪,当场死亡。视频里市长在喋喋不休地表示:我们绝不容忍这种暴力行为。

按照行程,这个时间,老板应该还在芝加哥。

一座城市有那么多人,枪击事件随机发生在一个旅客身上的概率很低,但戴奕还是连忙发信息给老板。等了许久老板没有回复消息,他直接打了电话,但无人接听。

他又紧急联系了帮忙购票的秘书,问航班信息,飞机还有两个多小时将起飞,此时正是值机时间,他不应该联系不上老板。他让秘书打电话联系那边的机场,询问乘客有没有办理登机手续。

挂了电话,明知心里那个猜测的可能性极低,这么远的距离加上时差,他一时联系不上老板也正常,但他的心里还是有点儿慌。

头脑保持着冷静,他没有打电话联系林总。人一急就容易发生意外，别老板没什么事，就是手机没电了，老板娘急得出了点儿事，最后还是他倒霉。

现在是凌晨四点，如果到中午都联系不上老板，他再打电话给林总。

戴奕等待了漫长的一个小时，秘书打来电话，说打电话给机场，耽误了很久还是没沟通成功，干脆联系了航空公司，老板的机票已经被取消了。

戴奕愣了一下，才反应过来。平时这些行程琐事都是秘书去处理的，他都忘了，老板自己会订机票。估计是有私人行程，临时改变，老板也就没麻烦秘书。

老板没去芝加哥，戴奕虚惊一场。他累得瘫倒在了沙发上。外边的天已经蒙蒙亮，再眯一会儿，他就要去上班了。

他感觉还没睡多久，放在肚子上的手机就振动了。他用力地睁开眼，看了一眼手机，连忙接了电话，是老板给他的回电。

"什么事？"

"老板您在哪儿？"戴奕都不知如何解释这么荒唐的推理，这么件事，说出来也晦气，"是这样……我看新闻，芝加哥发生了枪击案，正是您在那儿的时候……"

"我在日本，今天回去。"

"好的。"心终于踏实地放下，戴奕看了一眼手机，已经七点多了。

一下飞机，程帆打开手机，就见助理给他打了好几通电话。这很少见，以为出了什么大事，他立刻回拨了电话过去。

结果就是这么件小事，他挂了电话，顺手搜了新闻。手机屏幕里是血腥、暴力、人受伤与哭泣的图片。这里是熙熙攘攘的机场，跨洲的航线，顺着通道前行的乘客都无比疲倦，甚至有些麻木。

一切恍如隔世，他应当对生命敬畏，却没觉得庆幸，事发地不是他原本的目的地。

不过很多事也就是一念之间，是与否，做还是不做，都是瞬息万变的。去美国前，他想顺道去一趟芝加哥，在芝大里走一圈。驱车离开尔湾时，他已经不想再有任何行程，只想回京州。

改变同样很快，他只需买机票即可。没有合适的直飞航班，他就从东京转机，再飞回京州。离开前，他去长滩见了个朋友，聊了点儿事。

回程的飞机上，为了不用倒时差，他应当睡去，大脑却无法停止运转。

在大多数人看来，孙玉敏到美国是为了疗伤，躲避世事。但她同时也办理了移民手续，待在那里拿到了绿卡。

她中年丧子，伤痛并非旁人能理解的。程帆并非没有同理心，但凭借直觉，对这样一生强硬的女人来说，她不会长时间沉溺于悲伤情绪中。

的确，孙玉敏去了那里没多久，就小范围地尝试了投资，十分低调。他不刻意去查，根本不知道。她搭建了人脉网，在美国的华人，富豪多，家属们也多。

而林夏不知道这一切。

有时，她心思单纯到他无法想象。单纯，在这儿并不是个褒义词。

或许，单纯是种选择。

他闭上眼时，抱着小熊的她的样子就浮现在他的脑海中。那只哥哥送给她的小熊，被她藏在了公寓内，她偶尔去住时，都要抱着它睡觉。

可是，在林玮文死后，她很快恢复正常，连抑制悲伤的刻意感都没有，生活一切如常。

结婚前程帆就知道，她跟家里人没那么亲近。

他也揣测过，兴许她身在一个重男轻女的家庭，与哥哥的关系没那么好。林玮文还是个游离于世俗之外的艺术家，两个人没什么交流。况且，有钱人家的子女感情比一般人家的要复杂得多。

过去就是过去，生活一切照旧，可在这万米高空上，程帆陡然感到失控。

她克制到宁可被误解，也不去解释。到底是他失败，还是她不想说？

十个多小时的飞行时间，他需要睡眠。他向空乘人员要了一杯葡萄酒，盖了毛毯昏昏睡去。

在成田国际机场转机时，他顺便买了两盒饼干，是她曾经让他帮忙买的牌子。倒不是他记忆力好，是饼干摆在了门店外最显眼的位置。他结账时还有一群人在排队。

排队时，他发了信息问她："在干什么？"

等到她回他消息时，他已经再次登机，刚坐到座位上。她说正从工地出来，要回去洗澡吃午饭。

他问："下午干什么？"

她这次回得很快，说去学校外看看房子，没问题就喊个保洁过来收拾。

程帆才想起侄子租房的事。这事没那么急，他一时也没顾上办，没想到她将此事放在了心上。他又问她在哪儿，算算时间，觉得自己正好可以过去帮忙。

她没回复，飞机即将起飞，他开了飞行模式，等待三个小时后落地京州。

林夏上午去了工地，工地已经复工。她本想直接回家，又去了趟钢丝厂。

厂里从没什么人不能被替代，周旺财和司机走了，三天内就有人过来接替他们。她又找了个门卫，老李战战兢兢，以为她要将他辞退。

她说不会，但也没过多地解释。

找了财务的人聊了一番，林夏答应了帮她解决女儿上小学的问题，再送了两个在这里做了好几年的工人去外地培训。

她离开办公室时已是正午,外边梧桐树上的蝉又开始鸣叫。急促的叫声此起彼伏,让人烦躁之余,还有一丝莫名其妙的心慌感。

她上了车,让司机送她回城里的家中。她还没吃午饭,在车上就点了外卖,到家时外卖也送到了。

夏天去趟工地,就得出半身汗,她拿了外卖进屋,先洗了个澡。生理期时食欲旺盛,还爱吃碳水,平常她只吃几口蛋炒饭,今天一碗都吃完了。

人还是很累,睡了午觉后,她才自己开车去学校外边的房子处。

很久没有过来,她都忘了这里有没有停车场,就将车停在了附近。

这些年,曾经的新小区已经显得有些陈旧,但在学校附近,小户型的房子在二手市场上挺抢手的。她问了门卫,找了半天才找到房子。

这套房曾经被回国的林玮文当作画室,在他发生意外后,家中应该是有人来过,很可能是孙玉敏。

林夏却没有来过。看,她多么懦弱。

终于有了一个借口,她可以过来了。

她戴了遮阳的口罩,推开门时,连灰尘味都闻不到。窗帘紧闭,唯一的亮光是从门口进来的光。她没有摘下口罩,打开手机的手电筒,将门旁边的电源总闸开了,估计是当年林玮文充了很多电费,竟然还有电。

她开了灯,径直走去了窗边,拉开窗帘,打开了窗户通风,回头时才猛然意识到,客厅里早没了沙发和茶几这些累赘的家具,显然房子已经被收拾过,只剩下了一个画架,画架用一块布遮挡了起来。

她看着被布遮着的画架的轮廓,画架上应该放着一幅画。

林夏僵直地站在那儿好久,看着被布蒙起的画架,未上前一步。

阳光洒进屋子里,灰尘在空中悬浮着。风从窗户外吹了进来,从敞开的门口出去,清新的空气终于通过这一间密闭已久的屋子。

外边是大夏天,身在屋内,一点儿都不热,她忽然走上前,揭开了那块布。

画架上放了一支被用了一半的炭笔以及一幅炭笔画,画没有鲜艳的色彩,只有被线条勾勒出的人物。

画上是一个七岁的孩子,她穿着裙子,站在树下。她似乎对周遭的陌生环境感到恐惧,还生出了敌意,对着镜头想讨好地挤出笑容,但内心又太过不安。这些表情组合在一起,显得画中的孩子无比怪异,还很孤僻。

画到底是什么?

相机拍下就可记录下最真实的场景,可画非要将人的心剥出,看到的人只能看到属于自己的心。

她手指向前,想触碰画纸,感受线条压在其上的触感,却停下了,怕一碰它就会消失。

眼前忽然一片模糊,她向后退了一步,不敢再靠近它。

他们的关系真没那么好。

她读小学时,跳级的他已经住校读初中了。她读初中时,他已经去了国外。他们的暑假那么丰富,他出国上暑期学校,当旅游在玩。

他懒得搭理幼稚的小女孩,她忌妒他能拥有妈妈的关心。妈妈对她从不会像别人家的妈妈一样温柔体贴,对他说一句"别贪玩,早点儿睡",都让她有点儿羡慕。

很小的时候她就隐约知道,他跟别人不一样。她还在书房里听到了父母争吵,语速很快的京州方言,她听不太懂,但知道父母是在因为哥哥吵架。

她很自私地得出了一个结论,她要听话,要讨人喜欢。

看,她从小就是这么自私又虚伪的一个人。

不喜欢家中的压抑气氛,她聪明地不去对抗,反而是学会生存。

她言行举止符合规则,没有半点儿逾矩行为,甚至做到最好。没有考学的压力,她还是要申请名校。所谓放纵,都是压力大到无处释放,她才会整晚看电视。只有让他们满意,她才有谈条件的资格。

那时的她没有想过，一个不那么主流的人为什么要那么激烈地反抗。

她不敢再看这幅画，更不敢去想，这是不是他生前的最后一幅画。他为什么要画一个跟他没什么感情，还背叛了他的妹妹？

她用手背擦去了眼泪，这显然是徒劳的。她逃离了客厅，走去了书房。

书房依旧是原样，简单的桌椅，原来放在书桌上的台式机被拿到了角落里，旁边还有张小桌，是用来放打印机的。侧面书柜的玻璃门上已有一层灰，不知里面的书会不会沾上灰尘，她也没有打开来看。

老式的书桌下边有三个抽屉、两个柜子。左侧的抽屉上没了钥匙，她伸手打开它时自然拉不动。钥匙在右侧的抽屉里，高中时的她很无聊，只有一个人住的屋子，却要将自觉隐秘的东西放在锁住的抽屉里。但她的生活极其简单，哪里有秘密可言？她最隐秘的事情不过是将她收到的第一封情书锁在了抽屉里面。那时她还故作成熟地想：这是我老去时的回忆。

她苦笑了一下，像是在跟年少的自己玩游戏，打开了右边的抽屉，钥匙被压在了一堆明信片下。她拿着钥匙打开了左边的锁。

她轻轻一拧钥匙，将青春的秘密放出。

她都忘了里面放了些什么东西，最上面是一沓 A4 纸，林夏将其抽了出来。

那沓 A4 纸是打印的资料，她一扫而过，就将重点抓住了。

第一张是人物履历——

"1993 年 5 月，调任京州市市长。"

第二张是一则新闻——

"1995 年，城南地块的机关办公楼招标时，名气不是很大的建林建设有限公司一举中标，击败了众多具有特级资质的建筑企业……该项目的建成让建林建设有限公司成了京州市的行业翘楚。"

程帆落地京州，依旧是司机老杜来接他。

老杜利落地帮他将行李放进后备箱，上车后跟他闲聊了一句："我差点儿昏头了，来的时候把车开到了出发层，一看不对劲哪，赶紧来了到达层，不然还要让您等我一会儿。"

程帆边低头看手机信息边回他："我自己开车时也常搞错，你这又绕了一圈吧。"

"是啊，不过也巧，我还在出发层看到了林总的父亲呢。他正下车，拖着行李箱往里走。"

"林建华？"

"是的。"

他这种人坐飞机出差再正常不过。程帆问："就他一个人吗？"

老杜想了想，说："对的，司机帮他把行李拿下车，他自己一个人提着行李箱进去了。"

后面的人没了声，老杜看了一眼后视镜，程总已经闭目养神了。接送都是老杜来的，这么几天程总就往返了一趟中美，舟车劳顿，定是累了。老杜平稳地开着车，心想着可别吵醒了程总。

程帆忽然睁开眼，拿起手机打了个电话。

"帮我把假期提前，明天，最晚后天我出发。"

挂了电话，他又打了电话给林夏，却没有人接。他这才反应过来拿的是工作手机。他拿起另一部手机，看了她给他发的信息："老杜，去另一个地方。"

小区基本算是没有安保，他从大门直接进去即可。

进来时程帆观察了一下周遭的环境，还算安静，单元楼楼层低，没有电梯。他走了楼梯上去，一层有两户。他刚到三楼想确认是哪一户时，就发现了左边的门开着。

他往里面看去，屋里几乎没什么装饰，还传来一股隐约的霉味，就是这一户。

打了电话没人接，此时门却开着，程帆生了戒备心，走进了屋子，同样没有将门关上。玄关并不大，他走了两步，就到了客厅。

看到那幅画时，他心头一震，画跟他在相册里看到的照片一样，很艺术感的创作，浮夸中带着荒诞的真实感。

他没有在这幅画前停留太久，阳台上不像有人的样子，整个屋子一丁点儿声音都没有。他往里走去，里面有两个房间，一扇门紧闭着，一扇门敞开着。

程帆走到了敞开的门外时，停住了脚步。

这是一间书房，朝南的窗户已经打开，采光很好，不用开灯房间里的光照都足够。林夏坐在地上，阳光洒在她的背上。她正低头看着纸张，专心到像是在办公室里看文件，没有发现他到来。

他没有立刻进去，转身回去关上了屋子的门，再走进了书房，到了她的跟前。

林夏知道来人是他，抬起头来，将手中的纸张递给了他："你要不要看？"

程帆伸手接过纸，迅速地浏览着，关键的年份数字，由她之手指出，隐含的指向性很明显。这份履历上的名字有点儿熟悉，他似乎在哪里听过。

林夏见他在仔细地看履历，问："你在想什么？"

眼神从纸张上离开，他说了一句："这得不出什么信息。"

"真虚伪。"她将他手中的纸抽回来，扔到了一旁的地上，"你是不是在想，我可能是这个人的女儿？"

程帆蹲了下来，下意识地伸手揉她的头发："想过，但不成立。"

"你猜对了，我是我爸妈的女儿。"她抱着膝坐在地上，不喜欢被他当作孩子一样摸头，却也没推开他的手，"我哥哥也是亲生的。"

"这没什么，我早就想过这个问题。妈妈为什么对我不一样？家里不穷，她为什么要把我送到外婆家养？"她笑着耸了耸肩，"然而结果就是我们俩都是亲生的。"

467

她当然怀疑过，还用了最科学的方式彻底打消了疑虑。

她得到了她想要的结果后，怀疑的事情自然无法成立。更何况，人擅长找补与合理化现状。

这很正常，一对醉心打拼事业的夫妻，在家里的时间都很少，彼时更是事业上升期，人这一辈子，关键点就那几个，要有取舍，根本不可能停下照顾孩子。保姆哪有孩子的亲妈做事踏实、让人放心？孩子尚未懂事时被送到乡下照顾，等读书了再回京州。

一个强势的女人，在家庭生活上性格也不会突变。对待子女，孙玉敏本身就不温柔。林夏不是她一手带大的，感情不如她与哥哥的深厚，也正常。

林夏不知林玮文为什么会忽然找出这种东西。可生活中哪里会有忽然被揭晓的真相？答案都在日常生活里，取决于你想不想去看。

她震惊吗？

她是二十八岁，不是十八岁，不会因为这样莫须有的东西将生活的信念全然推翻，做吃惊状，再扮作幼稚模样去问父母："这是真的吗？我到底是谁的孩子？"

顾不上地上的一片灰尘，程帆撑着手坐在了她的对面。她是这样克制又冷静，可这一层坚硬的外壳已经是强弩之末。这世上有很多无奈的事，比如此刻她的痛苦只能由她自己承受。无法帮她分担的他却要被她的情绪牵制着。

"当能够告诉你真相的人永远不会开口时，有些事你只能从蛛丝马迹中去推断，猜想也永远得不到验证。"林夏看着地上的纸张，"这些资料不过是能佐证一种猜想。"

程帆隐约猜到了些什么，但不能说出口，也不想问她。她亲口说出，不啻亲手再次将伤疤撕开。

林夏看着沉默的他："为什么不问我？"

没有碰过满是灰尘的地面的那只手笨拙地将贴在她的脸颊上的一缕发丝捋到了耳朵后边，他慢慢地开了口："怕你不说心里憋着，又怕你说出来更难受。"

她摇头："我不会难受的。"

"她生下我时，以为我是另一个人的孩子。当时的她无法面对我。"林夏想再说什么时，却忽然感到一阵哽咽，"可是程帆，你知道吗？我根本不在乎我是谁的孩子，只在乎她是不是自愿的。"

眼泪毫无征兆地流了下来，她明明说过自己不会难受的。

真相并非要有切实的证据，有时仅是一些微妙且共通的情感。

比如，一个女人不爱一个男人，那她很有可能不爱跟这个男人生的孩子。

如果孙玉敏无法接受刚出生的孩子，那压根就不爱那个男人。这场交易里，她是别人的筹码，还是将自己当作了筹码？

林夏不是天真到不知社会残酷的人，这种事并不少见。

对与她无关的旁人，她甚少做道德评判。

可当事情发生在自己的妈妈身上时，她只关心孙玉敏是不是自愿的。她更觉得羞愧，自己什么都没有做，生来就得到了他人牺牲带来的利益。

不想被他看到自己哭泣，她将脸埋在了膝盖上，抱着自己无声地哭泣着。

她缩成了一团，身体颤抖着，他离得极近才能听到她细微的呜咽声。她压抑了太久，连崩溃的一瞬间，都是悄无声息的。

她忍耐的哭泣像是一把很钝的刀，在折磨着他。

程帆对孙玉敏的过去不感兴趣，更不在乎林夏是谁的女儿。看到林夏这样，程帆恼怒到想把他们都揪出来，麻烦他们处理好自己的事，至少他们把这些事藏好了，别让她一个对过去无法做任何改变的人在这儿承担无解的痛苦。

他抱住了她，在她颤动的背上抚摸着，在她的耳边回应着她："我知道，你抬起头看着我，好不好？"

她没有动，他也不催促。他只是一直坐在地上，安抚着她，陪着她。

她忽然侧过头,眼神一片茫然,问他:"是我的存在给她带来痛苦了吗?是不是她看到我,就会想到很糟糕的过去?"

"不许这么说。"程帆皱眉,当即呵斥了她。意识到自己的语气太凶时,他叹了一口气,将终于抬起头的她搂到怀中,揉着她的发丝,说"对不起"。

"你不该这么说,你的存在一定给她带来了很多……快乐。"

林夏不喜欢哭泣的自己,这样很软弱。她一向习惯了不哭的。妈妈教给她的很多东西是对的,女孩子不能哭,不要用眼泪去获得一些东西。痛苦她也要打碎了往肚里咽,不能给别人看。

可趴在他坚实的肩上时,眼泪就流淌在了他的衬衫上,她摇着头:"不,不会的,哥哥不在了,是我没有……"

说到这儿,她再没法说下去。

她在找心理咨询师时,一个咨询师第一次见到她就问了她一堆问题,要用来填评估表。其中一个问题是,家族是否有遗传性精神病史,或有因精神类疾病而自杀的人。

她不知道这是不是常规的流程,但当场就恼怒了,认为被冒犯了隐私,拒绝回答后就结束了咨询。

林玮文早年有抑郁症,但没有治疗,兴许是艺术和恋人治愈了他,他又恢复了。

林夏不知道他的病复发了。

他是个艺术家,在赶作品闭关时厌恶被打扰,很难被联系到,还经常熬夜。后来,他变得很瘦,精力还不太好,别人只以为他是压力太大了。创作时的他总是脾气很古怪,两个人联系也不多。

她在后来的心理咨询中,跟咨询师聊得最多的一个话题就是林玮文:讲他年少不羁,他与思想观念十分传统的家庭对抗;讨论自己也不喜欢压抑的家庭氛围,却能去容忍与顺从,而他成了叛逆者;同为子女,她未曾支持过他,这是不是也是一种背叛行为;还有那微妙的忌妒心，他未将她当成对手，而她下意识地要跟他争抢一切。

但她从未向咨询师开口说的一件事是，他去找过她。

衣服被泪水打湿，贴在了皮肤上，怀中的她却无声，程帆觉得不对劲，放开了她，才发现她咬着唇，极力抑制着哭出声。

心中无名的怒火顿生，不知是对她，还是对自己，他用手指用力地捏住了她的下巴："松开，不许咬自己。"

"好痛。"

"咬自己就不痛了？"程帆扯着她的下唇看了一眼，她还知道分寸，没有咬出血。他知道自己脾气算不上好，刚刚一急，让她松开时手上没了轻重。但对哭着的她，他真是一点儿办法也没有，只能转移话题："客厅的画是哥哥画的你吗？"

她疼到忘了哭，点了点头。

"那我找人将画裱起来，放到你的公寓里好吗？"可那幅画也太艺术了，画在家里她时不时地见着也不太好，他又说，"或者放到小范的画廊里去，能让更多人看到他的画，好不好？"

他见她又点了头，也不知她是同意了哪一个提议，她的眼睛都哭肿了。在没有外人的屋子里，两个人都毫无形象可言地坐在地上，他忽然凑过来，亲了亲她的眼睛："不要再哭了，好不好？"

感受到他的唇将她眼下的泪吮干，林夏不习惯他为她这么做，侧过脸躲避着。可他追着她，捧住了她的脸，贴着额头吻她的眼："夏夏，我也会怕。"

她不解地望着他："你怕什么？"

程帆却不想回答她的问题，余光扫过了被她扔在一旁的纸张："这是哪儿来的？"

"我在抽屉里发现的，应该是哥哥搜集的。"林夏看着他沉思，自己先回答了，"这跟他的……离去无关，他不会是因为这种事而选择走那条路的人。"

她苦笑："他患了抑郁症，却没有人拉他一把，包括我。"

他严肃地看着她:"不要责怪你自己。"

她想说"你不懂"。可此时此刻,她连说出口的勇气都没有。

他看出她有话说不出口,也没有追问。这个屋子封闭太久了,灰尘和细菌都太多了,久待不好,他开口:"先回家吧。"

她点头,刚想站起身时,整个人却忽然被他打横抱起。她又不是行动不便,哪里需要他这样抱着下楼:"放我下来。"

程帆没有答应她,手臂用力地箍住了她,她再无法动弹。他抱着她,脚踩过被扔在地上的纸张,往外走去。路过客厅时,他又看了一眼那幅画,那样的她也只会是过去的她。

林夏到家后,就独自去了浴室,关上门时顺手上了锁。

她明明不晕车,他开车更是平稳,她却觉得胃里一阵翻江倒海,抱着马桶将午饭吐了个干净。

呕吐过后,在洗手台上漱了口,她看着镜中自己的苍白脸色。她从小到大,很多人夸她漂亮时,总要添一句"你长得真像你妈妈"。

外貌于孙玉敏来说,到底是利刃,还是累赘?她是有能力完全掌控自己的命运,还是对命运不满时,才以容貌为资本的?她到底付出了多大的代价,才有了今日的成就?

林夏无从得知答案,答案并非简单的是与否,有太多模糊地带难以用言语说出。个中滋味,只有当事人才能体会,旁人说一句"懂得",都显得不妥。

一回家就看到她去了浴室,程帆将行李箱内的衣物扔进洗衣机后,自己也去洗了个澡。水冲在身上时,他突然想起了那个有点儿熟悉的名字对应的人。

聪慧如她,兴许猜得没有错。

父亲与那人曾为同僚,他哥的大变动指日可待。他们遇见了,打个招呼,再客气地说两句话实属正常。父亲让他哥独善其身,到底是一贯的指示,还是感受到了时局动荡?

但这个人不会跟林夏有任何联系。他也不会允许他们有这种联系。

洗完澡,他发现她还没出来,刚想敲门时,她就打开了门,穿着睡裙走出来。

"你脸色差成这样,先去休息。"

程帆将她赶去了卧室,去倒了杯蜂蜜水端进房间,放在了她那侧的床头柜上。他要离开时,却被她揪住了衣角,她说:"不要走。"

看了她难得的黏人样子,他很矛盾。他喜欢她这样,此时却希望她不要这样。他解释了一句:"我去拿吹风机。"

他很少帮她吹头发。他让她的头枕在了自己的大腿上,发丝穿过指缝,微热的风慢慢地吹着。指腹在她的头皮上轻按着,他问:"为什么不继续留长头发了?"

从认识他以来,她就是中长的头发,也不知他怎么知道她曾经留过长发:"觉得打理麻烦。"

"真懒。"

风将最后的发梢吹干后,她依旧躺在他的腿上。满手是她柔顺的头发,他耐心地将头发捋到了一侧:"夏夏,我们不能改变过去。你的存在对你妈妈来说很重要,对我来说更重要。

"有些事,你不想说,我也不会问。我说过,很多事要你自己去面对,但我会陪着你,看着你。"

见她闭了眼沉默着,程帆知道她心里难受,将她抱回枕头上,看了一眼旁边枕头上的熊,拿起那只熊,放到了她的手里。

林夏睁开眼,房间里只开了盏床头灯,昏暗到适合入眠。他正弯腰看着她,将熊放到她的手里后,似乎又要离开。

她的心很软,软到了酸涩,她说:"对不起。"

"什么?"

"那只泰迪熊,是哥哥送我的。"

"嗯。"

"你怎么不问我为什么瞒着你?"

"这不重要。"程帆倒是笑了,"你是要我跟你算账,让我打你一顿吗?"

"不要。"

他忽然神情严肃,对她说:"那你也不要跟我说'对不起'。"

"好。"林夏看着他。他总有将大事化小的能力,她跟他在一起,很好的一点是,她总会被带着往前走,他会让她相信前边一定有更好的风景。

他是遇到了荆棘都会踩着大步往前跑的人,她作为他的伴侣,不能停下,也不想停下。即使曾经一段时间里他只顾着往前跑,忘了她的脚步没有那么快,她遇到了荆棘会害怕被刺痛而不敢向前,可他停下等她了。

"程帆,不许再把我落下。"

这一句没头没尾的话,他却懂了。

他俯下身,吻住了她柔软的唇,轻轻地安抚着她不安的内心。不是她需要他,而是他需要她的存在。

他未离开她的唇,伸手将床头灯关掉,房间失去了唯一的光源。他的唇游移到她的脖颈上,他们肌肤相贴,却不带情欲。

"对不起。"

"没有关系。"

"为什么这么轻易就原谅我了?"

她笑了,想说"我哪里像你那么小气",开口却是"因为我爱你"。

女人是不是总是知道如何让爱她的男人瞬间心软?她在经历了一场精神折磨以后,却还能主动给出爱,说出爱,这一点,他远比不上她。

从前的他不知道,当他试图掌控她时,已经被她抓住了弱点。她的喜怒哀乐牵连着他,他哪里还会将她落下,又哪里需要跟她解释和承诺?

爱情里又有什么平等?他爱她,就要被她吃定。虽然强势如他,不会向她承认这个事实。

逆反心随之生出,他对她有控制欲与占有欲有什么问题吗?

她就是他的,他凭什么不可以有这样的欲望?

他覆上她的身体,将她紧紧地抱在了怀里:"睡吧,我在这儿陪着你。"

"能不能开一盏灯?"

他转身将他那侧的床头灯打开:"怕黑吗?"

"我想要看着你。"

他却沉默地看了她许久。兴许这一时刻,他会记一辈子。看着她澄澈到全然信任他的眼神,他突然伸出手,将她的眼睛蒙住:"赶紧睡。"

身体累到极致,意识在极速地下坠,林夏不知自己睡了多久,猛然意识到自己醒了,眼睛却睁不开。她渐渐喘不上气,试图抵抗再次袭来的睡意,想让旁边的程帆将自己唤醒,他却无动于衷,放任她独自被扼住呼吸。

突然醒来时,她看到躺在一旁的他正在看书,想埋怨他为什么不叫醒自己,却突然哭了出来,害怕再次睡着。

程帆听到她的动静,赶紧放下书,给她喂了口水,轻拍着她,想问她怎么了,结果还没多久,她又睡去了。

似乎这一个晚上都要如此,她睡一两个小时,就哭着醒来。她意识恍惚,会抱着他哭,但他无法跟她对话。

趁她又一次哭完睡去的工夫,他出了卧室,打电话给家庭医生说明了情况,问有无必要去医院。医生说没必要,估计她这是白天受到了惊吓,人当时看着没事,但已经很恐慌了,先把今晚熬过去。

他道完谢后结束了通话,却没放下手机,一反常态地犹豫了许久。他可以去查这件事,试图拼凑出这件事的原本面貌,但绝不能这么做。

对她来说,这是种冒犯行为。

况且,这是个得不到答案的问题。

这世间有许多种感情,他与她已经是最亲密的关系,但两个人之间仍有一些禁区,他要克制地不去触碰。今天在那间屋子里发现的事,他也绝不会再提,只当不曾知道。

孙玉敏是老了,但从未因衰老变得温和。

如果她有更好的出身,她的成就绝不会止步于此。但这是上一代人的事情,没有如果可言。

程帆去倒了杯热水,一夜不能眠,又倒了杯酒。

他进卧室时,她安稳地睡着。他轻轻地掀开了被子,她这样不安,他的心绪哪里能平静?但他还是拿起书,打发着清醒的时间。等她再次醒来时,他能哄着她,跟她一遍遍地说"我在这儿"。

这是他此时唯一能做的事。

林夏知道,她绝不会被这样的陈年往事击溃。她只是有点儿累而已,睡一觉,恢复了体力与精神,就能继续往前跑。

只此一晚,让她暂停,允许她难过一会儿。

可一个个光怪陆离的梦将她拖入了深渊。她每一次费力爬上来时,看到的都是他。她分辨不清,他到底是没睡还是被她吵醒了,他总能轻拍着她,手背在她的额头上探着。

她却像是回到了小时候,变成了会哭闹的孩子。他越是哄她,她越要哭。她知道他这个人脾气没那么好,可也不害怕一味哭闹会让他失去耐心。

她再一次睡去时,梦到的是他们的过去。

春节过后,他们的关系更近了些。

他是她一时冲动下的选择,就算她对现实的接受是后知后觉的,也无法再不认真地面对这段关系。坦然接受以后,她倒是轻松了一些。

双方会对行程,时不时地凑几天假期一同出游。

她也开始贪杯，习惯了小酌一杯，自己在家里囤了酒。她囤的酒自然没有他的酒好，她不是个挑剔的人。他邀请她去他家喝一杯时，她也不会拒绝，兴许身体和味蕾比个人意志更实诚。

两个人的生活圈也不可避免地产生了交集，他主动将她带进了他的圈子。当进入他的朋友圈后，她才后知后觉地明白，他有多少人脉可调动。他并不避讳让她知道，一顿酒就能在私底下达成一些交易。

林夏不想听到他的生意，但无法回避。

不过有一件事让她心中有了点儿微妙的不痛快感。

跟他吃饭时，她难得地抱怨了一句工作上的事，说手头上的项目推进困难，关键的人物很难搞，卡了很久，她都要怀疑是不是得罪对方了。当时他随口问了一句，是哪个环节有问题。她以为是聊天，把来龙去脉说了一遍，自己也当是再梳理一遍流程，再想想办法。

没过多久，这个项目就顺利进行了。她还被孙玉敏在会议上提了一句。对要求甚高的孙玉敏来说，这算是一种肯定了。

林夏还挺高兴的，毕竟这个项目折磨了她很久，她经常是上一秒想着不干了，为什么要这么辛苦，下一秒就动作利索地去给人家当孙子，姿态不可谓不低。

她去送礼答谢对方时，对方态度却变得颇为恭敬。她一头雾水，直到离开时，对方说了一句"帮我向程总问好"。

她表面笑着说"一定"，心中却十分不是滋味。但仅限于心里，她要去跟他计较，无疑是得了便宜还卖乖。她不幼稚，用关系办事不是什么羞耻的事，能让别人帮她就是本事，而且都是有来有往的。

就是她心里矛盾而已，却无从分辨，她到底在抗拒什么。

他连约了她两次，她都以工作忙拒绝了。但她逃不了——她早已答应了他的邀约，周末去参加他朋友的婚礼。

他说来接她，她说别这么麻烦，自己直接去就行。

她开车去婚礼现场的路上就看到了许多辆婚车，估计今天是个黄道吉日，大家都算在了今天结婚。

477

她到时才发现两个人穿搭都是一致的休闲风,牛仔裤配T恤,阳光明媚,还都戴了墨镜。

程帆倒是沉稳,对她接连拒绝的行为,一句话都没问,牵了她的手就进去参加婚礼。正是春天,不冷不热,满目都是盎然生机,仪式在草坪上进行。

仪式过后,他拖着她去了角落的抽烟区。他坐在石凳上抽着烟,她不想跟他讲话,便拿着手机在拍草丛里的花。

程帆看着她的背影,她出去玩也这样,甚少自拍,都是拍些花花草草和风景。他忽然开口喊了她:"林夏。"

林夏回头,见他正看着她。他喊了她的名字后,却不说话,她走了过去:"怎么了?"

他当然知道她在别扭什么,抓住了她的手,还不忘将夹着烟的那只手放到一旁,怕烫着她,用力一拽,就将她扯着坐在了他的大腿上。

她没想到他有这种举动,怕摔下去,一只手下意识地抱住了他的肩颈。这个角落虽没什么人,但还算是公众场合,她坐在一个男人的大腿上,就算他是她男朋友,这样也不太好。

她问:"你干什么?"

他笑了:"工作这么忙吗?"

她移开了目光:"有点儿。"

"今天呢,周末还要忙工作吗?"

她垂眸看着他手中燃着的香烟,烟雾缓缓上升。跟他在一起就会变坏,此时坐在他的腿上,不知为何,她就很想抽一口烟。

手捧着她的脑袋,他让她看向了自己:"我给你抽一口,你今晚去我家。"

她却被他的交换条件逗笑:"不要,不划算。"

被她拒绝后,他抬起手,将快燃尽的烟放到自己的口中,吸完了最后的一口:"你要也没了。"

她突然生了恼意,直接吻了上去,毫不费力地撬开了他的唇舌,在他的口中抢夺那珍贵的一口烟。她却抢晚了，烟从他的鼻子里喷出，在两个人这紧密相贴的身躯间弥漫。她再要离开时，他抬手摁住了她的后脑勺，加深了这个吻。

她太堕落了，只是一口烟，何必跟他抢成这样？

很久之后，他终于放开了她："不给你，你就来抢。你是强盗吗？"

"我不喜欢你不告诉我就帮了我。"

看着她认真的表情，他点了点头："可我这儿没有免费的午餐，你以后是要还回来的。"

她不知她有什么地方能帮到他："还什么？"

"你说呢？"他将被他揉乱的头发捋到她的耳后，"你要是还不起，就不要还。"

听着他这指代不清的话，她意识到了些什么，却无法接这句话。

他很喜欢她坐在他的身上，也不介意她沉默："对了，你要的懒人沙发昨天到了，要不要去试一试？"

懒人沙发？

林夏才想起，上次躺在他家的沙发上刷着购物网站时说了一句，要给自己的家里买个懒人沙发，躺着玩手机应该很舒服。

"行，好的话我搬回我家。"

"强盗。"他笑着捏了一下她的鼻子，又忍不住吻了上去。

她承受着他的吻，笑着扯开了放在她腰际的手时，目光无意间扫过旁边的小径入口，整个人突然滞住。

她看到了孙玉敏，两个人眼神对上了两秒，孙玉敏便拎着包转身离开了。

察觉到了她不专注，他放开了她："怎么了？"

她摇了摇头："没什么。"

周末她自然是流连在了他家的床上，这样浪费时光，内心坦荡到理所当然。

周一去上班,林夏还以为会在公司里见到孙玉敏,怕她会问什么,结果她出差了,林夏一周都没在公司里看到她。

周五,林夏正准备关电脑,孙玉敏就敲门走进了她的办公室。

"妈。"

"要下班了?"孙玉敏拉开办公桌前的椅子坐下,"你的男朋友就是程帆?"

林夏并不知道是怎么回事:"对。"

"怎么认识他的?"

"在饭局上认识的。"

孙玉敏皱眉,盯着女儿:"公司跟他没有任何业务往来,什么饭局?"

像是犯人一样被审查,林夏反问她:"妈,你想问什么?"

察觉到了女儿的逆反心,孙玉敏没有继续问,也不适合再问下去。

"跟他在一起,你是认真的吗?"

"什么叫认真?"

"考虑过以后。"

"我没有考虑过。"林夏笑了,"妈,一段恋爱而已,指不定什么时候我们就分了。你为什么要来这么质问我?"

孙玉敏看着女儿。她很单纯,孙玉敏并非贬低她,而是论心机和手段,她根本比不过程帆。

如果一个女人不能和男人势均力敌,那就很危险了。

她太幼稚了,什么叫指不定什么时候他们就分了?那样的男人不是她能随便胡来的。

"夏夏,跟程帆那样的男人在一起,你会很辛苦。"

这里的"在一起",自然不是他们谈恋爱。此时的林夏并不理解这句话,不明白哪里会辛苦。

"那你希望我跟哪样的男人在一起?"

"我不是来干涉你。"

这句话林夏听起来却觉得无比刺耳，她妈妈不是不干涉，是根本不在意。

"那程帆哪里不好？他有钱，有背景，还能帮到我，帮到公司。像你说的，背景是硬通货，那我为什么不能跟他在一起……"

她话还没说完，孙玉敏就猛然拍了一下桌子，茶杯中的水都跟着晃动："闭嘴！"

孙玉敏本来就极为强势，此时站起身，严肃又有压迫感地看着林夏，林夏内心里充斥着躲不过的恐惧感，却不知道自己哪里说错了。

"公司不需要你这样的人，如果你为了这些跟他在一起，那就给我滚出公司。"

孙玉敏说完这话就离开了办公室，留下了林夏一人。

这是林夏印象中孙玉敏第一次向她如此发火，她坐在办公椅上，一时竟无法动弹，在想到底是哪一句话说错了，还是孙玉敏不满意她的态度。

还是说，她在公司里本就是可有可无的？毕竟她就是靠着父母才能坐上这个位置的，"帮到公司"——她这是不是太过直接地指手画脚了，还试图控制自己的位置？

如果她的男朋友不是程帆，孙玉敏会来这么质问她吗？

她知道程帆的生意有点儿大，但根本懒得想这些。她喜欢他，跟他待在一起挺开心的，这就够了。

谁都会有最世俗的考量。她不去那么做，倒不是清高，而是不想那么复杂。恋爱就该是件纯粹的事，她只在乎她对对方的感觉。对方再有钱、有背景，她不喜欢，对方跟她也没什么关系。

但她也清楚，如果他们要进入下一步，利益的牵扯是她必须面对的问题。

林夏趴在桌上，指尖敲击着水杯。妈妈为什么要那么生气地让她闭嘴，让她滚？她忽然将脸埋在了手臂上。

只是一会儿，她就站起身来，拿着包，关了灯，若无其事地离开了办公室,下了楼开车回家。

这么两句话,她们连吵架都算不上。

林夏心里还是有那么点儿介怀。孙玉敏公私分明,在公司里见到她照常打招呼,还把即将离职的一个副总的项目交给了她。项目甲方是公司的大客户,她中途接手,事情繁杂不说,各方利益制衡,甲方公司内斗严重,经常对外意见不统一。这个副总离职的一部分原因就是甲方难搞,现在这个项目留给了她。

她很快就体会到了对方有多难搞,白天被拖着开会,晚上完成被耽误的工作。她直接要求降低开会频次,但仍避免不了加班。

一次内部会议过后,她正要离开,被孙玉敏喊住。

"接手的项目怎么样?"

"还行。"这是个模糊的答案,林夏又补充了一句,"在稳步推进,就是我发现对方太认真了,他什么细节都要抠,确认过的东西我都要向他再解释一遍。"

"这不是认真,是不懂。对方对项目没经验,没整体把控,才需要事事都抓。"开会说了很多话,孙玉敏喝了一口水,"不行就要求对方换人,你没那么多时间帮他们做培训。"

"好的。"

"你很久没回家了,这周末回家吃饭。"

"好。"

孙玉敏看着站在面前的女儿,明显能感觉到女儿有了叛逆心,十几岁时没有,二十多岁时却忽然有了。

这是跟程帆有关吗?

对子女,她最近时常觉得无力,这也远比事业难做。

"别加班太晚,注意休息。"孙玉敏站起身,走到门口时,忽然转身对她嘱咐了一句,"跟你男朋友在一起时,你们记得做好措施。"

林夏听完这话一阵震惊,不知道别的母女如何相处,别的母女会不会谈到性，她妈竟然会跟她说这件事情。

算了，这也不稀奇。她妈还跟她说过要多谈几次恋爱呢。

林夏周六中午就回了家，家中的徐阿姨让她早点儿回，要给她做春饼。

正值暮春，院子里的无尽夏被精细地照料着，都已经开了花。手巧的徐阿姨还调了土壤的酸碱度，花色各异。

蓝、紫、粉与红的多重花瓣缀了一面墙，美到摄人心魄。这是家中她最爱的地方，她在这儿看了许久，直到被阿姨喊进屋。阿姨说饼快蒸好了，让她赶紧进去吃。

徐阿姨是北方人，可惜厨艺有些被埋没。这一家人很少在家里吃饭，还不爱吃面食。难得林夏爱吃她做的春饼，擀面杖终于有了用武之地。

徐阿姨炒了一盘杂菜和一盘京酱肉丝，黄瓜和葱丝摆得清清爽爽。林夏刚进屋，徐阿姨就端了一小屉的饼皮上桌，然后回去洗了手过来，帮她撕饼皮。

"现在女孩子用不着特地吃什么减脂餐，这春饼哪里不好？一点儿面皮，可减肥了。"

林夏包了个满满当当快破开的春饼塞进嘴里，看着装肉丝的盘里渗出的油，也说不了什么，嚼了半天咽下后，问了一句："他们都不在家里吗？"

"对，他们吃完早饭就出门了。"

正低头夹菜的林夏没有看到徐阿姨欲言又止的样子："这个葱丝好吃，没有辣味。"

"嗯，泡过冷水的。看你瘦的，多吃点儿，蒸锅上还有面皮呢。"

在徐阿姨期待的目光下，林夏吃得很撑。她吃完后坐在餐桌前看手机时就打起了哈欠，当即被徐阿姨勒令上去睡觉。

她在初中时搬家，房间里的东西挺少，收拾得很整洁。

她盖了被子倒头就睡，不知睡了多久，醒来时异常口干，可能是肉丝太咸了，吃饭时还没喝水。她爬起，想下楼倒水喝。

然而刚打开房门，林夏就听到了楼下传来的争执声，一时停住了脚步，却没关上门。

她听声音争执的人是孙玉敏和林玮文。

"你又去韩国干什么？这两个月你去了多少次？"

"我连这点儿人身自由都没有吗？"

"查你的银行流水时我都被吓了一跳，你干什么去了？钱都花在你朋友身上了吗？"

一声嗤笑声响起。

"我花的是我自己的钱，跟你有什么关系？"

"你的钱？你知不知道你这半年花了多少钱？你可以去看看你卡里还剩多少钱。我帮你还了多少信用卡，没有资格来管你吗？"

林夏并不疑惑，林玮文根本不擅长理财，早期孙玉敏不放心他，就让人帮忙管他那边的账，一直成了习惯。

他卖出画是能赚到钱，但成本投入也很大，仅办展就花费不少。无论账平不平，林玮文从不会缺钱花，从小花钱就大手大脚，林夏知道，他对钱没概念。

楼下一时没了动静，她害怕面对这样的吵架场面，正纠结着要不要回房时，林玮文又开了口。他刚才沉默，像是在忍耐什么情绪。

"那我很抱歉，用了你的钱。我会去停了信用卡，也用不着你来为我操心。"

"你一定要这样跟我讲话吗？"

又是一声嗤笑声响起。

"那就不要讲了。"

林夏听完这句话，就听到了滑轮滚过地面的声音，行李箱被提出去后，"砰"的一声，大门被关上。力道之大，她听得心中一震。

楼下彻底没了声音，她没有下去，也没有进屋，不知要去哪儿，就坐在了门口。

她从不加入这样的冲突，是恐惧争吵，还是觉得自己格格不入？她有种身为局外人的荒唐感。

天生拥有一切的人跟后来才得到这些东西的人就是不同的吧。

对得到的东西，她接受，却无法觉得理所当然。幼时要乖巧懂事，现在要付出努力，她脾气不坏，和父母也无矛盾，几乎从未与父母争吵过。

林玮文青春期时常与父母产生矛盾。她若是在家里遇到他们争吵，都是一个人躲在屋内，当作不知，过后再小心翼翼地出房门，争取不撞见他们。他们不会迁怒她，只是她害怕而已。

很多时候，她都不理解林玮文为什么要激烈地对抗他们。她站在自己的角度上看，他们对林玮文已经足够好，甚至可以说他们最爱林玮文。

但有些时候，她能够理解他，不论物质多么富裕，看似有多少自由，都有那么一瞬间想彻底逃离一切。

他们不同的是，她贪恋最世俗的追求，并以此为牵绊，在一个支点上找到成就感。在物质的社会里，名利与地位总是很诱人的，人们在追赶这些东西的路上，那么点儿痛苦完全能接受。

而他在精神世界中探索，在放纵与绝对的自由中寻找自我，激烈地反抗一切。谁都不明白，他为什么要这样，他在痛苦什么。

可谁也不能为另一个人的痛苦负责。

她屈膝抱着自己。谁也没有伤害她，可她此时莫名其妙地感到低落。她只要在这儿，单单作为一个旁观者，就心情不愉快。

似乎她不论多少岁，构建出如何强大的社会形象，都会在糟糕的回忆被触发的那一刻被击溃，再次体验受伤的感觉，然后，用理智将自己捞起，告诉自己，自己绝对不是过去那般弱小与无能为力的人，自己可以构建自己想要的人生。

她不知道自己能做些什么，但隐约知道，她需要一种更彻底的脱离感。

楼下的大门再次被打开,她不知是谁进来了,但听到声音很快就知道了。

"你怎么坐在这儿,脸色还这么差?"林建华进了屋就看见孙玉敏坐在沙发上,放下包,倒了杯温水递给她,"到底怎么了?"

"没什么。"

"难道要我去问徐姨吗?"

孙玉敏捧过茶杯,抿了一口茶:"玮文最近花钱太多了,我说了他两句。"

"他花钱一向不需要理由,只要不过分,你随他去吧。"

孙玉敏看向了丈夫:"建华,我有时觉得自己很失败,怎么把孩子教成了这样?"

"别这么说,你已经够好了。"林建华拍了拍她的背,"想开点儿,让他花吧,你别把自己的身体气坏了。"

"唉,他花钱太大手大脚了。"

孙玉敏自然没跟丈夫说,其中一大笔钱是为他的朋友解除跟经纪公司的合约的。

"会花钱才会挣钱,他这样总比连钱都不会花的傻子好吧。"

孙玉敏被他逗笑。她从不是个消极的人,开了句玩笑宽慰了彼此:"那只能我们辛苦点儿,多赚点儿钱,这样才够他花。"

"当然。"林建华扶她起来,"你去房间里躺一会儿,我让徐姨给你熬海参粥。"

"好。"

客厅又恢复安静,在二楼听了他们的完整对话的林夏关上了房门,坐着靠在了门上。

原来他们会如此温情地讨论着哥哥的事。

她沉默地坐了许久,无比后悔今天回来。周末在家中补眠多好,她何必这么浪费一个下午的时间?

她从不曾想依赖谁，此时却想找个肩膀靠一靠，创造新鲜、愉悦的记忆去覆盖这件事情。

她忽然拿起手机，打了电话给程帆，电话很快就被接通。

"喂，你在哪儿？"

"我在准备登机。"

"登机？你去出差啦？"

程帆已经出差快一周了，中间还不停地转换地点，听到她这句"去出差"，都下意识地看了一眼登机口前的屏幕，确认了一下他这是不是回京州的航班。

他纠正了她："我回来。"

她意识到自己都没发现他出差了，虽然不觉得这件事情有问题，但反应十分迅速："哦，你几点到，我去接你？"

"怎么敢劳烦你？"

"偶尔还是可以劳烦一下的。"

"两个半小时后到。"

林夏还想说什么，就被他挂了电话。好吧，她认领了司机的活儿。

她不想再在这儿待下去，当即起身，下楼走出大门。

在择葱的徐阿姨喊住了她："怎么走了？"

"对。"林夏看着徐阿姨欲言又止的模样，却不想听她讲什么，"有点儿急事，我要先走了。"

"那我给你剪一束绣球花带走吧。"

"不用了。"

林夏开车离开时，从后视镜里又看了一眼那一团无尽夏。

花被剪下来不能活，只能让人观赏几天。

程帆出来还等了她十五分钟，等得有些不耐烦。早知道她这么不靠谱，他就不该让司机别来了。

车到时，这个司机当然没什么服务，他自己提了行李箱塞进后备箱，开了车门坐在副驾驶座上时，多看了她两眼。

她穿了吊带连衣裙，下边还挺短，脚上是平底鞋，还知道不穿高跟鞋，不然就危险驾驶了。她像是刚洗了澡过来的，头发半干。

他系上了安全带："怎么突然来接我？"

"你说呢？"

他却没回答她的问题。她刚刚在听歌，他继续播放了音乐。

冷淡随性又带着淡淡忧伤感的嗓音传出："也许有一天我会谢谢你，陪我看见残破的自己。"

歌手唱了两句，林夏就关掉了音乐，笑着问他："上车就听歌，跟我在一起时没话说吗？"

"好好开车。"

她心想：他是多不信任她的车技？

他们照例去了他家，刚进门，林夏就想起他的行李箱忘拿了，想说：我忘了就算了，你的东西你怎么也忘了？

可灯还没开，门被关上后，她就被他压在了墙上，他的手撩开了她的裙摆。

"你穿成这样是想干吗？"

"跟你约会，想穿得漂亮点儿。"她伸手去解他的衣服纽扣，"有问题吗？"

她看着他。在内心慌乱不安中，此时她唯一能确定的是，她想要的是他。

她的心能被他安抚。

夜很深之时，客厅开了盏小灯。

程帆倒了酒回来，竟一时没有走上前，就站着居高临下地看着躺在沙发上的她。

她身上还是那件吊带裙，小清新的花色，吊带裙在白皙的皮肤上有些凌乱。光裸的脚丫垂在沙发边缘，身上的几处红痕是他刚刚不小心弄的。

他却想到了车上的那句歌词：残破的自己。

他喜欢这样，他的女人在他家里躺着。

"看我干什么？"

她并非躺着有意不起来。

他递了杯酒给她："喝点儿。"

喝完了半杯酒后，她突然起身，双腿分开坐在了他身上："你为什么之前说可以让我利用你？"

"可以就是可以。"

"你不介意被我利用吗？"

"为什么要介意？"

她想了想，说道："不那么纯粹。"

"不经过利益考验的纯粹性是水晶，我不喜欢廉价的东西。"

"你痛苦时会怎么办？"

"继续向前跑。"程帆看到了她眼中再也无法压抑的野心，"跑到原有的痛苦追不上你。"

他伸出手，拉了她的手与她十指紧扣着："我会带着你跑。"

孙玉敏曾对林夏说过："你不要成为我，成为你自己。"

可是，如果林夏就想成为她呢？

她很小时便知母亲精明能干与强势，母亲在世俗领域里取得了很大的成就，能分给家庭的时间很少，给她的关注更少。但这不影响她崇拜母亲，懵懂之中，她想成为这样厉害的女人。

只有年少无知时的她才会轻易地觉得成为一个女强人很简单，所需的只是时间而已。

当进入集团，级别远不如孙玉敏时，林夏才知道她们之间的差距有多大，甚至隐约觉得，这差距不是她努力就能缩短的。

林夏暗自将孙玉敏当成目标，向前跑着追赶她，希望有一天能获得她欣赏的目光。这样的过程，辛苦之余，林夏觉得兴奋。

婚姻也是她想要的。

孙玉敏没有阻拦林夏，仿佛此前呵斥她的情景是幻象。这到底是大事，恋爱才大半年就选择结婚，林夏问了一句："你为什么不让我多考虑一下？"

孙玉敏总是淡定的，回答一语惊人，说："男人不婚主义者很少，恋爱很久都不提结婚，就是不爱。你想结就结，不行了就离。"

林夏大学毕业后就搬出了家，可结了婚，明明只是两个人选择生活在一起而已，她却觉得，这才彻底脱离了原有的家庭，或者说，是逃避。

以组建自己的小家庭的形式，她理所当然地将自己、自己家庭的利益放在第一位，刻意不去管父母和哥哥的事。

不同的是，有了程帆支撑，她在集团里有了稳定的一席之地。她喜欢这样的转变，不再由父母全然决定她的位置。她能以资源为筹码，建构自己的地位。

身份转换之后，她与过往做了精致切割，相当利己。

结婚后，林夏才明白了孙玉敏所说的，跟那样的男人在一起，她会辛苦。

一个太过强大的人，很难有所谓的同理心。

但她完全不介意这点，也从不是个有点儿问题就要找人诉说的人。现代人谁没有点儿压力与焦虑情绪？睡眠障碍更是普遍存在，若是需排解，有条件的人大可花钱找专业人士解决。

忙碌才是两个人的常态，她磨合得很好。两个人作息不一致，她被打扰了睡眠，就提出分房睡，也没影响感情，性生活一直很和谐。

婚姻里也没有寻常家庭的鸡飞狗跳的事情，程帆从不让父母干涉他们的事，关于生小孩的事，全然尊重她的意愿。

她的重心也不在家庭上。

无论是枕边人，还是公司里的父母，都远比她强大。

她一边恐惧着怕搞砸一切，一边贪婪地默默向他们学习。她需要

490

成长，需要有更多的话语权，需要将资源拿在手中……直到林玮文来找她。

他们已经很久没有联系。她反复被父母的偏心行为戳痛，即使知道这跟哥哥无关，甚至他都是抗拒的。

林玮文来公司，林夏以为他是来找孙玉敏的。她开完会回来时，才发现他坐在办公室内等着她。

已是盛夏，他还穿了件长袖衣服，人瘦得很厉害。

她这一年只偶尔听见他的消息，他的作品在知名的画廊里展出，成绩还不错。为了明年的个展，他最近一直待在京州的工作室里。

林夏不懂艺术创作，但从他以往的创作经历看，知道这件事很难。到了关键期，他几乎没日没夜地画画，还有遭遇瓶颈的巨大痛苦，画作完成时，都不知是熬出了作品，还是熬掉了自己。

她问他怎么来了。

他说来看看她，问她最近怎么样。

她说就这样，工作、家庭，挺忙的。

他又问："你在公司里怎么样，辛苦吗？爸妈对你好不好？"

她内心很诧异：他几乎是不食人间烟火的人，怎么会问这种问题？

她说还行，没什么好不好的，就干活儿拿钱呗，干得好就多拿点儿，干得不好就要被骂，再被骂也有工资，上班不就这样嘛。

他被她逗笑，她也跟着他笑了。

笑过之后，两个人看着对方，一时沉默。

血缘上，他们是亲兄妹，算不上多亲密，但一起长大，面对同样的父母，有着不必言说的默契。但她的别扭性子，他的脱离世俗，让两个人联系并不多。

看到那样憔悴的他，她心中莫名其妙地心酸，想说：我跟程帆下个月要去南美旅行，你要不要一起去找找灵感？行程我安排，不用你操心。

他们生疏了这么久，她无法当面把话说出口。

她更不会说：哥哥，我现在很强大了。如果父母再来干涉你的人生，我可以帮你。

林玮文忽然站起身，说要走了。

走之前，他抱了抱她，那样纤细的身躯，却抱她抱得那么紧。

最后，林玮文在她的耳边对她说："夏夏，成为你自己，不要成为他们那样的人。"

翌日，林玮文自杀身亡。

林夏很冷静地跟着处理完丧事，迅速恢复正常。那三个月，程帆没有出差，就待在京州，虽然照常工作，但她知道，他在陪着她。后来她明确地跟他说："我真的没事，你正常出差就好。"

她是真的没事，都没怎么哭，连工作状态都没有被影响，甚至加大了工作量，忙得脚不沾地，将空闲时间填满。甚至在孙玉敏离开京州后，她还不忘争权夺利，将关键的业务划入自己的势力范围内。

只是她开始失眠。

刚开始，她只是睁眼到三四点，但第二天有重要的项目要谈时，就会整夜失眠。这样的情况还越发频繁。

但她也不一直这样，情况时好时坏，毫无规律可言。那些她睡得好的日子支撑着她度过失眠的夜。她只是失眠而已，这是都市人的通病。只要不影响第二天的工作，她睁眼到天亮又如何？

一个个失眠的夜晚，是她的赎罪券。

后来，她情绪失控。当砸东西时，她再也无法欺骗自己，去找了心理咨询师。

她怎么可能没有错呢？

哥哥来找她，是有过求生的欲望。他那么用力地抱她，但她就是忽视了。

如果她说出那句邀请的话，会不会结果不一样？

她对咨询师说："我觉得自己很坏，他承受了那么多的痛苦，我还要去忌妒他。作为他的妹妹，我该去帮他。可就因为心里那点儿不舒服的感觉,我逃避了。"

咨询师问:"他承受了什么样的痛苦?"

她许久无言。

在一个传统的家庭里,她所做的一切选择,虽然是自我意志的体现,却符合那样的传统——好好读书,进一所好的大学,毕业后回到家中的公司,再嫁一个能对事业有帮助的男人。

她是一个遵循主流的人,践行着主流的规则,只有成为这个系统里的强者,才能拿到掌控自己的人生的权力。

哥哥不是主流人,离经叛道,不论艺术创作多成功,都被视为小打小闹,终有一天要接班,回归正途。

痛苦无法感同身受,她作为一个连叛逆行为都没有过的主流人,怎么敢说自己理解哥哥的痛苦?

更何况,是她拒绝去了解哥哥的。

在忌妒他时,她不是没有想过帮他。可她自己都那么弱小,又有什么能力去帮他呢?

她错了,简直错得离谱。

哥哥是家人,她为什么要用弱肉强食的生存规则去判断是否帮忙?为什么她帮一个人要有实力,而不是直接跟他说"我会站在你的身旁支持你"?

哥哥说:"成为你自己,不要成为他们那样的人。"

可是,在对哥哥的事上,她跟他们又有什么区别呢?

一个又一个的噩梦里,在她耳边反复出现的一句话是——夏夏,不要成为他们那样的人。

她再次醒来后,感受到了微弱的灯光。因太过混乱的梦境,林夏一时间都不知身处何地,心脏跳得很快,身上热到出汗,再一摸脸,满脸的泪。

旁边的人感受到她的动作,立马抽了纸巾来帮她擦眼泪。

她别过了脸,不要他碰。

程帆发现她这是醒了,她还转了身背对着他。他笑了,侧过去半抱住了她,帮她擦了眼角的泪:"终于醒了。"

尚未完全清醒之际,她在想:程帆属于"他们"吗?

当他拥抱她时,她又笑自己多想了。见他的第二面,她就知道他不会是那样的人。

她伸手抓住了他的手臂:"抱紧一点儿。"

他将侧躺着的她用力地抱在怀里:"做噩梦了,还怕吗?"

"不怕,我梦到哥哥了。"

"他跟你讲话了吗?"

她没说话。小时候,村子里有老人去世,外婆跟她说过,在另一个世界的人想你了,就会来梦里找你。

哥哥走后,她却很少梦到他。哥哥这是想她了吗?

"你能不能把灯关掉?"

"好。"

程帆放开了她,转身伸手去关了灯,房间陷入黑暗之中。他躺回去摸索着要抱她时,她却忽然将头埋在了他的胸膛上,他只能伸出手,让她的脖颈枕在他的手臂上,揽过她,让她抱得更紧些。

"哥哥走的前一天来找我了。"她才说完这句话,眼泪就流了出来,"可我没有发现他的异常。

"我真的好恨自己。我那时想跟他说,要不要跟我们一起去南美旅游。如果我问出口,结果会不会不一样?

"哥哥跟我说的最后一句话是,让我不要成为他们那样的人。程帆,你说过要带着我一起跑,那你能不能看着我,提醒我不要变成他们那样的人?"

与怪物战斗的人,要小心自己也变成怪物。

此刻,她多么害怕有一天自己会面目全非,彻底取代父母时,变成他们。

他闭上眼,都不敢细想她为什么到今天才跟他讲这些话。这两年,她内心经历了多少折磨,他却不知道。他到底是多自负?

"好。"

和哥哥最后一次见面的场景,她连咨询师都没有说过。此时,对着他,她可以讲出来了。当彻底说出口时,她不想再哭了。

林夏忽然觉得自己快喘不过气了,整个人都被他抱在了怀里。此时不知他为何突然这么用力,她紧贴着他,正要让他放开她时,就听到了一声"对不起"。

她想问他为什么要这么说,却反应过来了他的意思。

她并不觉得这有什么对不起的,至亲逝去,是漫长的舔舐伤口的过程,不是旁人能够帮忙的。不是因为他,她才释怀,而是已将他当作生命中最信赖的人,隐藏在深处的想法才能够与他分享。

"我对你是不是很差?"

她吸了吸鼻子,却不小心将鼻涕流在了他的睡衣上,感觉好丢脸:"还行吧。"

"什么叫'还行'?不好吗?"

她笑了:这是什么人?他每次问她问题前,都给她一个标准答案。她答错了,他还要让她再答一遍。

"还行就是还行,没差到哪儿去,也没好到哪儿去。"

他没了声音,不知在想什么。

她趁机挣脱了他的怀抱:"几点了?"

"四点多。"

昏睡了近十个小时,她后知后觉地感到饥饿,甚至有了点儿难以忍受的趋势:"我有点儿饿。"

"我去煮粥,你先吃点儿饼干。"

"好,谢谢。"

林夏正以为他要开灯下床时,他突然翻身压在了她的身上,问她:"爱不爱我?"

他的呼吸喷洒在她的脸上。承受着他的重量,她没有回答,反问他:"你呢?"

这样的距离,在她毫无防备时,他低下头,咬住了她的鼻尖。她疼得快流泪时,听到了他的回答:"我爱你,夏夏。"

"我知道。"

"那你呢?"

他们的婚姻中有激烈的性,有细水长流的生活,有争吵,有温和的对话,却很少有一句"我爱你"。

他们都认为这不是一句重要的话,只是婚姻的前置条件。

她听到"我爱你"时,心还是会跳得很快,在被对方反复询问时才发现,原来彼此都有过怀疑。可她还是想要他的肩膀。她靠着他的肩膀,像个幼稚的孩童一样躲避着全世界。

"你对我不好也不差,但我就是得认命地爱你。"

"好,我们都要认命。"

他抱着她亲了很久,她不是个会破坏气氛的人,但实在饿得不行,躲开了他的吻:"能不能帮我去拿饼干?"

"好。"

他开了灯,出去帮她拿了饼干,还端了杯牛奶。她发现他换了件睡衣。放下东西后,他又出了卧室去厨房煮粥。

再不喜欢在床上吃东西,她也懒得再挪地方,嚼着饼干补充了糖分,大脑开始运转。

她不知道林玮文为什么会去查那些东西。他到底是自己想知道,还是发现了什么?但她更偏向前者,正如她当年想要一个答案去证实猜想一样。

她能确定的是,他的选择与那些东西无关。

人怎么能把一场持久的悲剧归咎于具体的一件事呢?

那些东西的真伪,她不会再次去确认。

这个秘密就此打住。

她永远不会让孙玉敏知道,林玮文曾发现过那些东西。

自程帆走后,孙玉敏就一直待在书房里。

她做着一件她几乎每天都会做的事,从回忆的蛛丝马迹里寻找答案。他与她的对话、他的神情、他的小动作、画作……

她知道,她永远都不会找到答案。

如果有答案,也是她给的,无法获得当事人的肯定或否定。

有答案比没有答案好,无解是深渊,她已经凝视了太久。

她盯着那些照片,当年林建业的案子是老太太以死相逼,花钱了结的。

不知过了多久,依稀中,她听到了钟声。

教堂离这儿不近,她怎么会听到钟声?

她摘了眼镜,才想起这是家中的钟声,林建华买来的钟,说摆风水的。

听着有规律的钟声,孙玉敏站起身,走到窗边拉开窗帘,外边天已经黑了。

她站了许久,忽然拿起手机打了个电话,不知那头是几点,不过对方一定会接听。

"建华,我身体有点儿不舒服,你来美国陪我吧。"

林夏睡够了,独自想了很久的事,回过神时,才发现身旁的他已经睡着了。

她还想着他怎么入睡得这么快,才想起他这是陪她熬了一宿。他那侧的床头灯还亮着,她想帮他关了,又怕吵醒他,就随它去了。

睡久了腰疼,她翻了个身撑着下巴看着他。

他可真严肃,睡着时也没温和到哪里去,醒着的时候更凶,有时候很让人讨厌。与他在一起,她不能弱,也不想弱。

她喜欢被他牵着手往前跑,遇到荆棘,他不会让她绕过,而是带着她一起被扎,再帮她舔舐伤口。在黑暗的丛林里,他将她丢失过,她埋着头不敢向前行,想让他回来找她,可又不想喊出声,让他轻易找到她。

她已经比结婚时强大了好多,在大多数时候能独当一面了。

可此时,她看着睡着的他,在私下里想依赖着他,什么都不想要,只想要他。她笑了,自己可真幼稚。

再没了睡意,她起身出了卧室,去洗了个澡,洗完后,电饭煲里的粥也好了。她盛了碗粥,加了肉松,将一整碗粥吃了。

已经日出,她昨天尚未落日就回了家,陷入了昏睡之中,再醒来看到阳光时,有点儿恍如隔世的感觉。

妈妈跟她说过,她要做她自己;哥哥也跟她说过,她要做她自己。

可是他们都没有问过她她想要什么,没有想过,这就是她想要的生活。现在的她,是过往的每一个做自己的时刻塑造成的。

这就是她:不够纯粹,有欲望,贪婪中也会恐惧,有很多怀疑自我的时刻,还会时不时被打倒,可跌落至谷底前,她总能将自己拽起。

她要比他们做得更好。

程帆睡了很长的一觉,醒来时看到她坐在床上。她披散着头发,正拿了本书在看,很专心,都没发现他醒了。

他没有喊她,就静静地看着她。

他太明白自己的脾气了,不是个好相处的人。她跟他共同生活,不是件容易的事。

他喜欢她,是再正常不过的事。

事情转变的节点总是很微妙,他无法用理性去判断何时产生了变化,更无法去形容爱上她那一瞬的感受。

如果非要给一个念头产生的契机,也许是他想跟她在一起生活。

当想要她时,他就已经做好了准备。常人有的顾虑,他都不会有,因为那根本不在他的考虑范围内。

他无须承诺幸福与永远,他给她的一切,一定是最好的。

但他此时怀疑：他给了她想要的东西吗？

林夏翻了页书时，发现他醒了，将书放到了一旁："你怎么睡了这么久？"

"几点了？"

"两点了。"

他竟然睡了快十个小时，可能是在回国的航班上没怎么睡。他拉住了她的手："怎么不喊醒我？"

她被他拉着坐到了他的身上，抓着他的手玩，感觉自己好无聊，竟然在等着他醒过来："睡呗，又没什么事。"

"最近有点儿累，不想去工作。"

她怀疑地看了他一眼："你还有不想上班的时候？"

他偶尔自我反省，就被她这么一句话打得烟消云散："你的重点为什么不能在前半句上？"

她下意识地想回：又不是我让你这么累的。可她又觉得这句话有歧义，挑了眉问他："我让你累着了？"

看着她一脸不怀好意的表情，他忽然起身，将她推倒压在了身下。当他的手往下摸时，她笑着拦住了他："不要，我在生理期里。"

他却没停住动作，扯到腰际的裙摆后，反了方向，一路向上："什么时候结束？"

"过两天。"

"去度假吧。"

"什么时候？"

"明天出发。"

虽然早就说好了要去度假，她拉住了他的手，想问他为什么这么急，但他也不算急，两个人都说了好几次要去。他出差的这几天，她也将工作都收尾了："好。"

两个人倒在了床尾，什么都做不了，难得清闲，无聊到在床上相拥着翻滚。男人在女人的耳旁说着私密话，引得女人娇笑之余还想踢他一脚。

女人也不是善茬,说了些什么后,就发出了抗拒声。抗拒声中,还夹杂着男人再难以忍耐的喘息声。

林夏下午还是去了趟公司。

京州依旧热着,要到九月份才可能稍微凉快点儿,这一趟休大半个月的假,她能躲掉最后一段大热天。

颇长的假期,她应当当面对林建华讲一声,却得知他不在京州,再一细问,他去了美国。

行程这么突然,她不知他是去干什么,就怕孙玉敏那儿有什么事,但孙玉敏要有什么事,肯定会通知她。

她心中放不下这件事情,还是李伟国告诉她,他们在美国有点儿生意,林建华估计是去处理事情了。

林夏愣了一下,自己倒是不知道美国有生意的事,没为他不告诉她感到介意,反应过来后很开心。

有些伤痛永远无法消除,但仍能通过一生所钟爱的事转移注意力,孙玉敏终于走出来了一点儿。

林夏跟李伟国说了休假的事,劳烦他在公司里多顾着点儿,又喊来了林洲。

跟林洲聊完工作的事后,她闲聊了一句:"周倩最近还好吗?"

正如林洲之前预想的那样,周倩是一厢情愿,董莉根本不会和周旺财离婚。

周旺财的大半存款被董莉拿了去,失了业,这个年纪他也很难再找到合适的工作,更别说有之前在钢丝厂里那样的薪酬。被这些事连续折腾后,他身体垮了,前列腺炎又加重了。

几乎失去了劳动能力,手中没有了财政大权的男人是无比精明的,知道谁才能照顾他,和老婆那样打架闹得鸡飞狗跳后,用手中剩下的钱为"诱饵",向家中的老婆认了厌。这些年,两个人的情分不知还剩下多少，可大多数事情看在钱的面子上，两个人又和好了。女儿再提离婚，就是盼着家散了的不孝女。

母女俩谈话驴唇不对马嘴，一个讲尊严最重要，一个讲再骗点儿钱过来买房。

林洲成了夹心饼干。当周倩再一次打电话跟她妈吵完架，泣不成声时，他下单了旅行社的定制旅行，价格不菲，让她无法拒绝。她需要脱离当下的环境，去外边散一下心。

这些糟心的事，他无处可说。当林夏问起，他知道她一点儿八卦之心都没有，倒是叹了一口气，简要地说了两句。

林夏甚少对别人的事情发表意见，听完却说了一句："上一辈人的事，下一辈人管不了。"

林洲点了点头："下一辈的人有自己的课题，也不该再被影响。"

明白他的意思，林夏笑了："你应当跟周倩一起出去旅行，等我休假回来，给你一个假期。接下来，项目上的事多麻烦你了。"

"是我应该做的。"

"你俩要是结婚，可别忘了给我发喜帖，我一定包个大红包。"

看她心情不错，林洲也开了句玩笑："为了红包，我也不能忘哪。"

事情谈完，林洲站起来离开办公室，开门之前，突然转头对她说了一句："林夏，谢谢你。"

谢谢你，被你影响，我能将一些执念放下。正如自己所说的，我该有自己的课题，而不是被上一辈的人的恩怨纠缠。

林夏不知他说的是哪一件事，也没打算问，向他笑了一下："不用。"

处理完一堆事，林夏想到了林建业。

想起这个人就觉得一阵恶心，她先把处理林建业的主动权交到了林建华手中，度假在即，也不想因为这种人影响自己的心情。

工地和公司内部被整顿过后，所有人做事都挺认真的，林建业暂时没什么兴风作浪的机会。从这件事的后续处理情况来看,这个人背后的势力极其有限。她先不管这个人,等回来再说。

又将最后的一点儿工作都交代下去后,林夏才离开公司。

路上她接到了小范的电话,小范跟她说,画廊已经收到了画,程帆还关照了,展出等后续事宜,小范直接跟她联系,问她的意见。

林夏道了谢,麻烦她这个专业人士照顾这幅画了,让她有什么事随时联系自己就好。

林夏回到家后,程帆还没回家。两个人一同出门去各自的公司,他这个说不想上班的人真虚伪,加班比她都晚。

她放下包后就去了衣帽间,开始收拾行李。

他今天还心血来潮地说要去买台相机,可以多拍照。两个人此前旅游,一律用手机拍风景。虽然很怀疑有没有这个必要,但她还是说"好"。

他们这次先去海岛,后面还有别的旅程安排。平日工作总是中规中矩的穿搭,收拾衣服时,她将尚未穿过的比基尼和连衣裙都塞进了行李箱。

她帮他收拾行李时,他的包被随手扔在了地上,林夏捡起时,登机牌掉落了出来。在将登机牌拿去丢掉前她看了一眼,他早几天出差是去了加利福尼亚州。

他在美国的生意很少,她才想起他那次出差似乎有些匆忙,他都没跟她讲过一句,像是临时的行程。

林夏看了一会儿,照旧将登机牌扔进了垃圾桶。

他不说,她就不会问他是不是去见了孙玉敏。如果是,他为什么要这么做?两个人又谈了些什么?

如果这是秘密,她就不去刺探。

正如她不会跟他说,她曾经去看过心理咨询师。

一切都过去了。

夏天的尾声里，天气好到阳光刺眼。两个人都打扮得悠闲舒适，戴了墨镜出门去机场。

他们许久没有一同出游，走向登机通道时，程帆牵住了林夏的手。

他们都注重隐私，喜欢清净，在岛屿上待腻了，再去一个陌生的国度走一走。这是他们每年都会做的事，工作再繁忙，他们都要留出时间给对方。

两个人大半个月的时间都会待在一起，一同进入未知的环境，分享彼此的感受。

他们可以在一个空间里各干各的事，可以牵手闲逛半天，可以对一个话题谈论很久，甚至是针锋相对，也可以一句话都不说，当身体做着最亲密的交流时，只需用感官去体会。

他们遇到了对的人，选择在一起生活后，仍需不断努力去构建彼此的幸福。

两个人从不缺自律性与信心，更懂得珍惜。

他们有能力且有意愿一直为对方奉上最好的东西，再将生活中不足为外人道的艰辛消化在一杯杯夜晚共酌的酒中。

高空上，空乘送来了香槟。

程帆与林夏碰了杯："旅途愉快。"

清脆的声音响起，林夏看着他笑了："旅途愉快。"

翌日，京州一开发区的商场附近，有人意外死亡，死于凌晨两点左右。

此人喝醉途经意外发生点，掉进了路旁一口没有井盖的井里，当场死亡。此处并没有监控摄像头，可似乎谁也不觉得此事奇怪。

商场附近有着声色场所与地下赌场，这些年这些地方屹立不倒，连象征性的查封都没有过一次。实际掌控人及背后的关系网深不可测，是铁板一块。

一起意外死亡事故而已，在这块地盘上，这根本算不上什么事。

这几年，"井盖吃人"事件接连发生，本地相关媒体做了系列报道，直指城市治理短板，以此问责市政公共事业管理部门，要求他们在各辖区内针对井盖情况进行专门调查。

媒体报道此事后，网民热烈呼吁市政公共事业管理部门对市民的生命安全负责后，大家的注意力随即被新的热点转移，这事再没了水花。

来认领尸体的人是死者的女儿，女子一身名牌衣服，对着意外死亡的父亲并无伤感的情绪，出去时还同男友骂了一句："老畜生，终于死了。"

工作人员看了暗自摇头：这样的孩子，父母养了有什么用？难道就最后她来收个尸吗？

这个叫林建业的人也真是个倒霉鬼。

整个悲剧外，只有一件好事。开发区对重点市政路段的井盖进行了全面检查，以防悲剧重演。

大洋彼岸，不是星期日，教堂的门半开着。

里面没有牧师，只站了一个一袭浅灰长裙的女人。她闭着眼，在做祷告。

许久后，她睁开了眼，抬头看着背负着十字架的雕像。

从进这个教堂那天起，她一直在问为什么，为何无法挣脱束缚。

初始命运给了她一手并不算好的牌，温柔敦厚的母亲都不能将她的野心打散，只能放任她离开家，让她独自到外闯荡。

她从未辜负过她的心，为何命运在她中年时给她这种磨难？

她找不到答案。

她无须任何人指引。她的恐惧，她要自己赶走。

她更不需要神来赦免她的罪恶。她要用自己的方式解决问题。

她此生，只信自己。

孙玉敏转身，缓缓地走向了门口。

她打开门时，踏出脚步，阳光洒在了她的身上。